EL TRONO DE JAZMÍN

GAMoN

F A N T A S Y

Creemos que a veces se necesita de un poco
de magia para sobrevivir a la realidad.

Somos fans del género y nos encanta sumar fieles a la causa.

Creemos que la clave para un buen libro está
en su capacidad de hacernos perder la noción
del tiempo y transportarnos a otros mundos.

Las historias que nos gustan son las que permanecen
con nosotros mucho tiempo después de haberlas leído.

Nos gustan las novelas de muchas páginas,
que cuesten llevar en la mochila o en el bolso.

Sabemos que las sagas deben publicarse hasta
el final, y eso haremos. Conocemos la angustia
de los finales abiertos, y el horror cuando descubrimos
que no hay fecha para el siguiente libro.

Tenemos a los autores que no deberían faltar en tu biblioteca:
los que no se publican desde hace mucho tiempo en español
y las nuevas voces, que pronto se convertirán en referentes.

¡Te damos la bienvenida!

Únete a la banda escaneando el código QR:

Suri, Tasha
El trono de Jazmín / Tasha Suri. - 1a ed - Ciudad Autónoma de Buenos Aires:
Trini Vergara Ediciones, 2022.
568 p. ; 23 x 15 cm.
Traducción de: María Inés Linares.

ISBN 978-987-8474-44-1

1. Literatura Fant·stica. 2. Magia . 3. India. I. Linares, María Inés, trad. II. Título.
CDD 823

Título original: The Jasmine Throne
Edición original: Orbit Books
Derechos de traducción gestionados por Orbit, Nueva York, USA.

Diseño de colección: Raquel Cané
Diseño interior: Flor Couto
Traducción: María Inés Linares
Corrección de estilo: Lucila Quintana

© 2021 Natasha Suri
© 2021 Micah Epstein por la ilustración de cubierta
© 2021 Tim Paul Piotrowski por los mapas

© 2022 Trini Vergara Ediciones
www.trinivergaraediciones.com

© 2022 Gamon Fantasy
www.gamonfantasy.com

España · México · Argentina

ISBN: 978-987-8474-44-1
Hecho el depósito que prevé la ley 11.723

Primera edición en México: octubre 2022
Impreso en Litográfica Ingramex S.A. de C.V.
Printed in Mexico · Impreso en México

EL TRONO DE JAZMÍN

TASHA SURI

Traducción: María Inés Linares

GAMoN

FANTASY

Para Carly. Haces que el mundo sea bueno.

Hiranaprastha

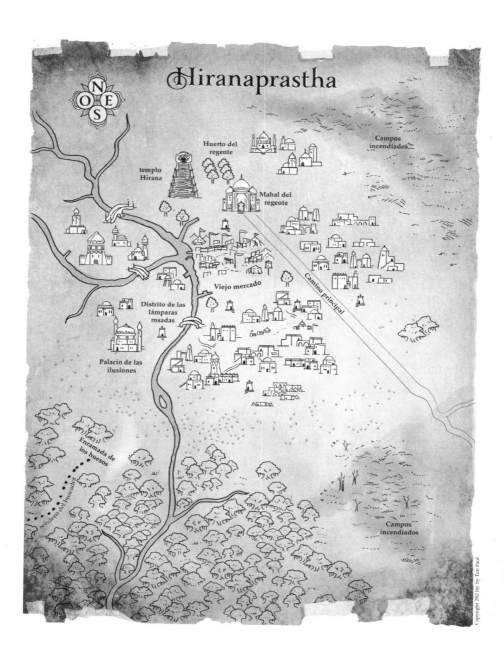

Prólogo

En el patio del *mahal* imperial se estaba construyendo la pira. La fragancia de los jardines entraba por las altas ventanas: de dulces rosas y también de flores de aguja imperial, más dulce aún, pálida y frágil, crecían en una profusión tan espesa que se derramaba a través de la celosía; sus pétalos blancos se desplegaban contra las paredes de arenisca. Los sacerdotes arrojaban pétalos sobre la pira y murmuraban oraciones mientras los sirvientes cargaban leña, la disponían cuidadosamente, aplicaban alcanfor y *ghee* y esparcían gotas de aceite perfumado.

En su trono, el emperador Chandra oraba junto con sus sacerdotes. Sostenía en sus manos una sarta de piedras de oración, cada una de las cuales llevaba el nombre de una Madre de las llamas: Divyanshi, Ahamara, Nanvishi, Suhana, Meenakshi. Sus cortesanos, los reyes de las ciudades-Estado de Parijatdvipa y sus hijos príncipes, sus guerreros más valientes, rezaban con él. Solo el rey de Alor y su prole de hijos sin nombre permanecían en silencio, notorio y deliberado.

La hermana del emperador Chandra fue llevada a la corte.

Sus damas de honor la acompañaban. A su izquierda, una princesa de Alor sin nombre, conocida solo como Alori; a su derecha, Narina, una joven de sangre noble, hija de un destacado matemático de Srugna y de una madre parijati de alta cuna. Las damas de honor vestían de rojo, sangriento y nupcial. En el cabello llevaban coronas de ramas, atadas con hilo para imitar las estrellas. Cuando todas entraron en la habitación, los hombres se inclinaron al verlas y apoyaron el rostro contra el suelo, las palmas abiertas sobre el mármol. Se las había ataviado con reverencia y rociado con agua bendita, se había rezado por ellas durante un día y una noche hasta que el amanecer tocó el cielo. Eran tan santas como podían ser las mujeres.

Chandra no inclinó la cabeza. Observó a su hermana.

No llevaba corona. Su cabello estaba suelto, enredado, desparramado sobre sus hombros. Él le había enviado criadas para prepararla, pero ella se había negado a recibirlas, rechinando los dientes y llorando. Le había enviado un sari carmesí, bordado en el oro más fino de Dwarali, perfumado con flores de aguja y otras esencias. Ella lo había rechazado y, en cambio, había elegido vestirse del más pálido blanco de luto. Chandra había ordenado a los cocineros que mezclaran opio en su comida, pero ella se negó a probarla. No había sido bendecida. Estaba de pie en el patio, con la cabeza desprovista de adornos y el pelo alborotado, como una maldición viviente.

Su hermana era una muchacha tonta y petulante. No estarían allí, se recordó, si ella no hubiera demostrado ser tan poco femenina. Si no hubiera intentado estropearlo todo.

El sumo sacerdote besó a la princesa sin nombre en la frente. Hizo lo mismo con Narina. Cuando se acercó a la hermana de Chandra, ella se estremeció y apartó la mejilla.

El sacerdote dio un paso atrás. Su mirada y su voz eran tranquilas.

—Ya podéis ascender —dijo—. Hacedlo y convertíos en Madres de las llamas.

La hermana de Chandra tomó las manos de sus damas y las apretó con fuerza. Permanecieron de pie, las tres, por un largo rato, simplemente sosteniéndose unas a otras. Luego, la princesa las soltó.

Las damas caminaron hacia la pira y ascendieron a su cúspide. Se arrodillaron.

La hermana de Chandra se quedó donde estaba, de pie, la cabeza en alto. Una brisa llevó una flor de aguja a su cabello, blanca sobre el negro más profundo.

—Princesa Malini —dijo el sumo sacerdote—. Puedes ascender.

Ella negó con la cabeza sin decir palabra.

"Asciende", pensó Chandra. "He sido más misericordioso de lo que te mereces, y ambos lo sabemos. Asciende, hermana".

—Es tu elección —dijo el sacerdote—. No te obligaremos. ¿Abandonarás la inmortalidad o ascenderás?

La propuesta estaba clara, pero ella no se movió. Negó con la cabeza una vez más. Lloraba en silencio, el rostro desprovisto de sentimientos.

El sacerdote asintió.

—Entonces, empecemos —dijo.

Chandra se puso de pie. Las piedras de oración tintinearon cuando las soltó.

A esto habían llegado. Por supuesto.

Bajó de su trono. Cruzó el patio, ante un mar de hombres inclinados. Tomó a su hermana por los hombros, muy suavemente.

—No tengas miedo —le dijo—. Estás demostrando tu pureza. Estás salvando tu nombre. Tu honor. Ahora, asciende.

Uno de los sacerdotes había encendido una antorcha. El olor a quemado y a alcanfor llenó el patio. Los sacerdotes comenzaron a cantar una canción grave que llenaba el aire, se hinchaba en él. No esperarían a su hermana.

Pero aún había tiempo. La pira no estaba encendida todavía.

Cuando su hermana negó con la cabeza una vez más, Chandra la sujetó de la nuca y le levantó el rostro.

No la sostuvo con fuerza. No la lastimó. Él no era un monstruo.

—Recuerda —dijo en voz baja, casi ahogada por la sonora canción— que esto te lo has buscado tú misma. Recuerda que has traicionado a tu familia y has negado tu nombre. Si no asciendes, hermana, recuerda que has elegido hundirte, y que yo hice todo lo que estaba en mi poder para ayudarte. Recuérdalo.

El sacerdote acercó su antorcha a la pira. La madera comenzó a arder lentamente.

La luz del fuego se reflejaba en sus ojos. Ella lo miró con una expresión que parecía un espejo: vacía de sentimientos, reflejaba nada más que sus ojos oscuros parecidos y ceño grave. Su sangre y huesos compartidos.

—Hermano mío —dijo ella—. No lo olvidaré.

Capítulo Uno

Alguien importante debía de haber sido asesinado durante la noche.

Priya lo supo en el momento en que escuchó el ruido de cascos en el camino detrás de ella. Se apartó hacia el borde cuando un grupo de guardias parijatis vestidos de blanco y dorado pasó junto a ella galopando en sus caballos, los sables tintineantes contra sus cinturones grabados. Se cubrió la cara con el *pallu* —en parte porque esperarían tal gesto de respeto de una mujer común, y en parte para evitar el riesgo de que alguno de ellos la reconociera— y los observó a través del espacio entre sus dedos y la tela.

Cuando se perdieron de vista no corrió, pero empezó a caminar muy muy rápido. El cielo ya se estaba transformando del gris lechoso al azul nacarado del amanecer y aún le quedaba un largo camino por recorrer.

El viejo mercado estaba en las afueras de la ciudad, lo suficientemente lejos del *mahal* del regente como para que Priya tuviera la vaga esperanza de que aún no hubiera cerrado. Aquel día había tenido suerte. Cuando llegó, sin aliento, con la espalda de su blusa húmeda de sudor, vio que las calles aún hervían de gente: padres que arrastraban a niños pequeños; comerciantes que cargaban grandes sacos de harina o arroz sobre su cabeza; mendigos demacrados, que se alineaban en los límites del mercado con su cuenco de limosna en la mano; y mujeres como Priya, sencillas y corrientes, con saris aún más sencillos, que se abrían paso obstinadamente entre la multitud en busca de puestos con verduras frescas a precios razonables.

Parecía haber incluso más gente de lo habitual en el mercado, y se percibía con claridad una nota amarga de pánico en el aire. Era evidente que las noticias de las patrullas habían circulado rápido de casa en casa.

La gente tenía miedo.

Tres meses antes, un renombrado comerciante de Parijat había sido asesinado en su cama; lo habían degollado y arrojaron su cuerpo frente al templo de las Madres de las llamas justo antes de las oraciones del amanecer. Durante dos semanas enteras, después del crimen, los hombres del regente habían patrullado las calles a pie y a caballo, habían golpeado o arrestado a los ahiranyis sospechosos de ser activistas rebeldes y habían destruido todos los puestos del mercado que intentaron permanecer abiertos desafiando las estrictas órdenes del regente.

Los comerciantes de Parijatdvipa se habían negado a suministrar arroz y cereales a Hiranaprastha en las semanas siguientes. Los ahiranyis habían pasado hambre.

Parecía que estaba ocurriendo de nuevo. Era natural que la gente recordara y tuviera miedo, y luchara para comprar todos los víveres que pudiera antes de que los mercados se cerraran por la fuerza una vez más.

Priya se preguntó quién habría sido asesinado esta vez; intentó escuchar algún nombre mientras se zambullía en la masa de gente que avanzaba hacia la bandera verde en el mástil que marcaba, en la distancia, el puesto del boticario. Pasó junto a las mesas que crujían bajo el peso de montones de verduras y frutas dulces, rollos de tela sedosa, imágenes *yaksa* bellamente talladas para venerar en los altares familiares, cubetas de aceite dorado y *ghee*. Incluso en la tenue luz de la mañana, el mercado vibraba de color y ruido.

La presión de la gente se hizo más dolorosa.

Estaba casi llegando al puesto, atrapada en un mar de cuerpos palpitantes y sudorosos, cuando un hombre detrás de ella maldijo, la empujó fuera del camino con todo el peso de su cuerpo, la palma de la mano pesada sobre su brazo, y le hizo perder el equilibrio. Tres personas a su alrededor también fueron derribadas. Ella cayó, sus pies resbalaron en el suelo húmedo. El mercado estaba al aire libre, y la tierra se había convertido en lodo por las pisadas y los carros y la lluvia monzónica de la noche. Sintió que la humedad se filtraba a través de su sari, desde el dobladillo hasta el muslo, empapando el algodón drapeado hasta la enagua de debajo. El hombre que la había empujado tropezó con ella; si no hubiera apartado su pantorrilla rápidamente, la presión de la bota en su pierna habría sido dolorosa. Él la miró, inexpresivo, desdeñoso, con una leve mueca en la boca, y apartó la vista de nuevo.

La mente de Priya se aquietó.

En el silencio, una voz le susurró: "Podrías hacer que se arrepintiera".

Había lagunas en los recuerdos de la infancia de Priya, huecos lo suficientemente grandes como para pasar un puño a través de ellos. Pero cada vez que le infligían dolor (la humillación de un golpe, el empujón descuidado de un hombre, la risa cruel de una compañera de servidumbre), sentía que se desplegaba en su mente la certeza de que ella podría causar el mismo sufrimiento. Susurros fantasmales en la voz paciente de su hermano.

"Así es como se pellizca un nervio lo suficientemente fuerte como para deshacerte de alguien que te sujeta. Así es como rompes un hueso. Así es como se saca un ojo. Mira atentamente, Priya. Justo así".

"Así es como apuñalas a alguien en el corazón".

Llevaba un cuchillo en la cintura. Era muy bueno, práctico, con funda y empuñadura sencillas, y conservaba la hoja finamente afilada para los trabajos de cocina. Nada más que con su pequeño cuchillo y un deslizamiento cuidadoso del índice y el pulgar, podía dejar el interior de cualquier cosa (verduras, carne sin piel, frutas recién cosechadas del huerto del regente) rápidamente al descubierto y la corteza exterior convertida en una cáscara suave, enrollada en su palma.

Volvió a mirar al hombre y, con cuidado, alejó de su mente todo pensamiento sobre su cuchillo. Abrió los dedos temblorosos.

"Tienes suerte", pensó, "de que no soy aquello para lo que me criaron".

La multitud detrás y frente a ella se estaba volviendo más densa. Priya ya ni siquiera podía ver la bandera verde del puesto de boticario. Se balanceó sobre las puntas de los pies y luego se levantó rápidamente. Sin volver a mirar al hombre, se inclinó y se deslizó entre dos desconocidos frente a ella, aprovechando su pequeña estatura, y se abrió paso a empujones hacia el frente de la muchedumbre. Un uso inteligente de sus codos y rodillas y cierta contorsión finalmente la acercaron lo suficiente para ver la cara del boticario, arrugada por el sudor y la irritación.

El puesto era un desastre: las botellas caídas, las vasijas de barro volcadas. El boticario estaba empaquetando sus mercancías lo más rápido que podía. Detrás de ella, a su alrededor, podía escuchar el ruido atronador de la multitud, cada vez más tenso.

—Por favor —dijo en voz alta—. Tío, por favor. Si te quedan algunas cuentas de madera sagrada, te las compraré.

Un desconocido a su izquierda resopló sonoramente.

—¿Crees que le queda algo? Hermano, si tienes, te pagaré el doble de lo que ella ofrezca.

—¡Mi abuela está enferma! —gritó una niña a tres personas de distancia detrás de ellos—. Así que, si pudieras ayudarme, tío...

Priya sintió que la madera del puesto comenzaba a astillarse bajo la dura presión de sus uñas.

—Por favor —dijo en voz baja para esquivar el alboroto.

Pero la atención del boticario ya estaba puesta detrás de la multitud. Priya no necesitó volver la cabeza para saber que había visto los uniformes blancos y dorados de los hombres del regente, que finalmente llegaban para cerrar el mercado.

—¡Ya he cerrado! —gritó—. No hay nada más para ninguno de vosotros. ¡Marchaos! —Dio un golpe con la mano y luego recogió las últimas mercancías meneando la cabeza.

La muchedumbre comenzó a dispersarse lentamente. Algunas personas se quedaron, suplicando todavía la ayuda del boticario, pero Priya no se unió a ellos. Sabía que ya no conseguiría nada allí.

Dio media vuelta, salió de la multitud y se detuvo solo para comprar una pequeña bolsa de *kachoris* a un vendedor de ojos cansados. La enagua empapada se le adhería pesadamente a las piernas. Tomó la tela, la apartó de sus muslos y caminó en dirección opuesta a la de los soldados.

En el extremo más lejano del mercado, donde el último de los puestos y el suelo transitado se encontraban con el camino principal que conducía a las tierras de cultivo y las aldeas dispersas más allá, había un vertedero. Los lugareños habían construido a su alrededor una pared de ladrillos, pero eso no bastaba para contener el hedor. Los vendedores de alimentos tiraban allí el aceite rancio y los productos en descomposición, y en ocasiones desechaban cualquier alimento cocido que no pudiera venderse.

Cuando Priya era mucho más joven, conocía bien ese lugar. Sabía de las náuseas y la euforia que se abrían paso en espiral a través de un cuerpo hambriento al encontrar algo casi podrido, pero comestible. Incluso entonces, su estómago se agitó extrañamente ante el montón de basura y el hedor denso y conocido que se elevaba a su alrededor.

Ese día había seis figuras acurrucadas contra las paredes en la escasa sombra: cinco chicos jóvenes y una chica de unos quince años, mayor que el resto.

Los niños que vivían solos en la ciudad, que vagaban de mercado en mercado y dormían en las terrazas de las casas más hospitalarias, compartían información. Se susurraban unos a otros los mejores lugares para pedir limosna o recoger sobras. Se pasaban las noticias de cuáles vendedores les darían comida por caridad y quiénes los molerían a palos antes que ofrecer siquiera una onza.

También hablaban de Priya.

"Si vas al viejo mercado la primera mañana después del día de descanso, una criada vendrá y te dará madera sagrada si la necesitas. No te pedirá dinero ni favores. Solo te ayudará. En serio, lo hará. No te pedirá nada en absoluto".

La niña miró a Priya. Su párpado izquierdo estaba salpicado de tenues motas de color verde, como algas en aguas tranquilas.

Llevaba un hilo alrededor del cuello, una sola cuenta de madera ensartada en él.

—Los soldados están aquí —dijo la niña a modo de saludo.

Los chicos se movían inquietos, mirando por encima del hombro el tumulto del mercado. Algunos usaban chales para ocultar la podredumbre de sus cuellos y brazos, las venas verdes, el brote de nuevas raíces debajo de la piel.

—Así es. Por toda la ciudad —confirmó Priya.

—¿Le han cortado la cabeza a otro comerciante?

Priya negó con un gesto.

—Sé tanto como tú.

La niña miró desde el rostro de Priya hasta su sari enlodado, las manos vacías salvo por la bolsa de *kachoris*. La interrogó con la mirada.

—No pude conseguir ninguna cuenta hoy —se lamentó Priya.

Observó como la expresión de la chica se contraía, aunque intentó valientemente controlarla. La compasión no le haría ningún bien, así que le ofreció los pasteles en su lugar.

—Deberías irte ahora. No querrás que te atrapen los guardias.

Los niños tomaron los *kachoris*, algunos murmuraron su agradecimiento y se dispersaron. La chica se frotó la cuenta del cuello con los nudillos mientras avanzaba. Priya sabía que estaría fría bajo su mano, vacía de magia.

Si esa niña no conseguía más madera sagrada pronto, probablemente la próxima vez que Priya la viera tendría el lado izquierdo de la cara tan cubierto de polvo verde como su párpado.

"No puedes salvarlos a todos", se recordó a sí misma. "No eres nadie. Esto es todo lo que puedes hacer. Esto y nada más".

Priya se dio la vuelta para irse y vio que un chico se había quedado atrás, esperando pacientemente a que ella se fijara en él. Era pequeño, su aspecto delataba desnutrición; los huesos demasiado afilados, la cabeza demasiado grande para un cuerpo que aún no había crecido para igualarla. Llevaba un chal sobre el cabello, pero ella alcanzó a ver sus rizos y las hojas de color verde oscuro que crecían entre ellos. Se había envuelto las manos en tela.

—¿De verdad no tienes nada, señora? —preguntó, vacilante.

—De verdad —dijo Priya—. Si tuviera alguna madera sagrada, te la habría dado.

—Pensé que tal vez habías mentido —dijo el niño—. Que quizá no tenías suficiente para más de una persona y no querías que nadie se sintiera mal. Pero ahora solo estoy yo. Para que me puedas ayudar.

—Lo siento mucho —dijo Priya.

Oyó gritos y pasos que resonaban en el mercado, el ruido de la madera cuando los puestos se cerraban.

El chico parecía estar reuniendo valor. Y efectivamente, después de un momento, cuadró los hombros y dijo:

—Si no puedes conseguirme madera sagrada, ¿puedes conseguirme un trabajo?

Ella parpadeó, sorprendida.

—Yo... yo solo soy una sirvienta —respondió—. Lo siento, hermanito, pero...

—Debes de trabajar en una casa agradable si puedes ayudar a los vagabundos como nosotros —dijo rápidamente—. Una casa grande con dinero de sobra. Tal vez tus amos necesiten un chico que trabaje duro y no cause muchos problemas. Ese podría ser yo.

—La mayoría de los hogares no aceptan a un niño enfermo de podredumbre, no importa lo trabajador que sea —señaló ella suavemente, tratando de disminuir el impacto de sus palabras.

—Lo sé —dijo él. Su mandíbula estaba tensa, en un gesto testarudo—. Solo pregunto.

Inteligente chico. No podía culparlo por intentarlo. Estaba claro que ella era lo suficientemente blanda como para gastar su propio dinero en madera sagrada para ayudar a los podridos. ¿Por qué no presionarla para obtener algo más?

—Haré cualquier cosa que alguien necesite que haga —insistió—. Señora, puedo limpiar letrinas. Puedo cortar madera. Puedo trabajar la tierra. Mi familia es... ellos eran agricultores. No le tengo miedo al trabajo duro.

—¿No tienes a nadie? —preguntó ella—. ¿Ninguno de ellos cuida de ti? —Hizo un gesto vago hacia la dirección en la que se habían escapado los otros niños.

—Estoy solo —respondió simplemente. Y agregó—: Por favor.

Unas cuantas personas pasaron junto a ellos esquivando con cuidado al chico. Sus manos envueltas, el chal sobre su cabeza, revelaban más de lo que ocultaban, su condición de podrido.

—Llámame Priya. No "señora".

—Priya —repitió obedientemente.

—Dices que puedes trabajar —dijo ella. Miró sus manos—. ¿Cómo están?

—No demasiado mal.

—Muéstramelas —pidió—. Dame tu muñeca.

—¿No te importa tocarme? —preguntó él vacilante.

—La podredumbre no se transmite entre las personas —explicó Priya—. A menos que arranque una de esas hojas de tu cabello y me la coma, creo que estaré bien.

El comentario hizo sonreír al chico. Duró lo que un parpadeo, como un destello de sol a través de las nubes que se separan, y luego desapareció. Desenvolvió hábilmente una de sus manos. Ella lo tomó de la muñeca y la levantó hacia la luz.

Un brote crecía debajo de la piel y presionaba contra la yema del dedo; pero su dedo era un cascarón demasiado pequeño para lo que intentaba desplegarse. Priya miró el trazo verde visible a través de la piel delgada del dorso de la mano, el fino encaje que formaba. El brote tenía raíces profundas.

Tragó saliva. Ah. Raíces profundas, podredumbre profunda. Si el chico ya tenía hojas en el cabello y arañas verdes que recorrían su sangre, imaginó que no le quedaba mucho tiempo.

—Ven conmigo —dijo, y lo sujetó por la muñeca para que la siguiera.

Caminó por la calle y finalmente se unió al flujo de la multitud que dejaba atrás el mercado.

—¿Adónde vamos? —preguntó el chico. No trató de alejarse de ella.

—Voy a conseguirte un poco de madera sagrada —dijo Priya con determinación, apartando de su mente todos los pensamientos sobre asesinatos y soldados y el trabajo que tenía que hacer. Lo soltó y se adelantó. Él corrió para seguirla, arrastrando su chal sucio alrededor de su cuerpo delgado—. Después de eso, veremos qué hacer contigo.

Las casas de placer más grandes de la ciudad se alineaban en las orillas del río. Era la hora temprana en que estaban completamente en silencio, sus lámparas rosadas apagadas. Pero estarían ocupadas más tarde. Los hombres del regente siempre dejaban los burdeles tranquilos. Incluso en el apogeo del último verano hirviente, antes de que el monzón arreciara, cuando los simpatizantes rebeldes cantaban canciones antiimperialistas y el carruaje de un señor noble había sido acorralado y quemado en la calle justo fuera de su propio *haveli*, los prostíbulos habían mantenido sus lámparas encendidas.

Gran parte de las casas de placer pertenecían a nobles de alcurnia demasiado alta para que el regente las cerrara. Muchas eran frecuentadas por mercaderes y nobles visitantes de otras ciudades-Estado de Parijatdvipa; eran una fuente de ingresos de la que nadie quería tener que prescindir.

Para el resto de Parijatdvipa, Ahiranya era una guarida de vicios, buena para el placer y poco más. Cargaba, como un yugo, su amarga historia, su condición de bando perdedor de una antigua guerra. Lo consideraban un lugar atrasado, plagado de violencia política y, en los últimos años, de la podredumbre: la extraña enfermedad que estropeaba las plantas y los cultivos e infectaba a los hombres y las mujeres que trabajaban en los campos y los bosques con flores que brotaban de la piel y hojas que les atravesaban los ojos. A medida que se diseminaba la podredumbre, las otras fuentes de ingresos en Ahiranya habían mermado. Y el malestar había nacido y aumentado hasta que Priya temió que también se derrumbaría, con toda la furia de una tormenta.

A medida que Priya y el chico seguían caminando, las casas de placer se veían menos grandiosas. Pronto, no las hubo en absoluto. A su alrededor había viviendas abarrotadas, pequeñas tiendas. Delante de ella estaba el linde del bosque. Incluso a la luz de la mañana se veía sombrío; los árboles eran una barrera silenciosa y verde.

Priya nunca había conocido a nadie nacido y criado fuera de Ahiranya que no se sintiera perturbado por el silencio del bosque. Había conocido a sirvientas de Alor o incluso de la vecina Srugna que evitaban el lugar por completo. "Debería haber algún ruido", murmuraban. "El canto de los pájaros. O insectos. No es natural".

Pero el pesado silencio era reconfortante para Priya. Ella era ahiranyi hasta la médula. Le gustaba el silencio, que solo interrumpía el roce de sus propios pies contra el suelo.

—Espérame aquí —le dijo al niño—. No tardaré mucho.

Él asintió sin decir una palabra. Estaba mirando hacia el bosque cuando ella lo dejó; una leve brisa susurraba entre las hojas de su cabello.

Priya se deslizó por una calle estrecha donde el suelo era irregular, con raíces ocultas; la tierra subía y bajaba en montículos bajo sus pies. Delante de ella había una sola vivienda. Debajo de su galería con columnas se agazapaba un hombre mayor.

Levantó la cabeza cuando Priya se acercó. Al principio no le prestó atención, como si hubiera estado esperando a alguien completamente diferente. Entonces su mirada se enfocó. Sus ojos se entrecerraron en señal de reconocimiento.

—Tú —dijo.

—Gautam. —Ella inclinó la cabeza en un gesto de respeto—. ¿Cómo estás?

—Ocupado —dijo brevemente—. ¿Por qué estás aquí?

—Necesito madera sagrada. Solo una cuenta.

—Deberías haber ido al mercado entonces —señaló tranquilamente—. He provisto a muchos boticarios. Ellos pueden negociar contigo.

—Probé en el viejo mercado. Nadie tiene nada.

—Si allí no tienen, ¿por qué crees que yo sí?

"Oh, vamos", pensó Priya irritada. Pero no dijo nada. Esperó hasta ver que las fosas nasales de Gautam se ensancharon cuando él resopló y se levantó para abandonar la galería y volverse hacia la cortina de cuentas de la entrada. Llevaba una hoz de mano enganchada en la parte de atrás de su túnica.

—De acuerdo. Entra entonces. Cuanto antes lo hagamos, antes te irás.

Priya extrajo la bolsa de su blusa antes de subir los escalones y entrar tras él.

La llevó a su taller y le pidió que se quedara junto a la mesa del centro. En las esquinas de la habitación se alineaban varios sacos de tela. Muchas botellas pequeñas tapadas, innumerables ungüentos, tinturas y hierbas cosechadas en el mismo bosque ocupaban filas ordenadas en los estantes. El aire olía a tierra y a humedad.

Él le quitó la bolsa, desató el cordel y sopesó el contenido en la palma de su mano. Luego chasqueó la lengua contra los dientes y lo dejó caer sobre la mesa.

—Esto no es suficiente.

—Oye, por supuesto que es suficiente —dijo Priya—. Este es todo el dinero que tengo.

—Eso no lo hace mágicamente suficiente.

—Es lo que me costó en el mercado la última vez...

—Pero no pudiste conseguir nada en el mercado hoy —dijo Gautam—. Y si hubieras podido, te habrían cobrado más. La oferta es baja, la demanda es alta. —Frunció el ceño en un gesto desagradable—. ¿Crees que es fácil cosechar madera sagrada?

—En absoluto —dijo Priya. "Sé agradable", se recordó a sí misma. "Necesitas su ayuda".

—El mes pasado envié cuatro leñadores. Salieron después de dos días, pensando que habían estado allí dos horas. Entre... eso —dijo, señalando en dirección al bosque— y el regente que envía a sus matones por toda la maldita ciudad por quién sabe qué razón, ¿crees que es un trabajo sencillo?

—No —respondió Priya—. Lo lamento.

Pero él aún no había terminado.

—Todavía estoy esperando que regresen los hombres que envié esta semana —continuó. Sus dedos tamborileaban la superficie de la mesa, con un ritmo rápido e irritado—. ¿Quién sabe cuándo volverán? Tengo todo el derecho a ponerles el mejor precio a los artículos que tengo. Así que me pagarás lo que corresponde, muchacha, o no obtendrás nada.

Antes de que pudiera continuar, ella levantó la mano. Llevaba algunos brazaletes en las muñecas. Dos eran de metal de buena calidad. Se los quitó y los colocó sobre la mesa frente a él, junto al bolso.

—El dinero y esto —ofreció—. Es todo lo que tengo.

Pensó que él lo rechazaría, solo por despecho. Pero en lugar de eso, recogió los brazaletes y las monedas y se los metió en el bolsillo.

—Eso servirá. Ahora mira —dijo—. Te mostraré un truco.

Arrojó un paquete envuelto en tela sobre la mesa. Estaba atado con una cuerda. La abrió con un rápido tirón, dejando que la tela cayera a los lados.

Priya se estremeció y dio un paso atrás.

Dentro vio una rama cortada de un árbol joven. La corteza de madera pálida se abría en una herida de color castaño rojizo. La savia que supuraba de su superficie tenía el color y la consistencia de la sangre.

—Viene del camino que conduce a la arboleda en la que mis hombres suelen cosechar —dijo—. La trajeron para mostrarme por qué no podían cumplir con la cuota regular. "Hay podredumbre hasta donde alcanza la vista", me dijeron. —Sus párpados se veían agobiados—. Puedes mirar más de cerca si quieres.

—No, gracias —dijo Priya con firmeza.

—¿Segura?

—Deberías quemarla —respondió ella.

Hizo todo lo posible por no oler la rama demasiado profundamente. Apestaba a carne.

Él resopló.

—Tiene su utilidad.

Se alejó de ella para hurgar en sus estantes. Después de un momento regresó con un objeto del tamaño de la punta de un dedo envuelto en tela. Lo desenvolvió con cuidado de no tocar lo que contenía. Priya pudo sentir el calor que emanaba del interior de la madera: una calidez extraña y palpitante que rodaba por su superficie con la firmeza de un rayo de sol.

Madera sagrada.

Observó cómo Gautam sostenía el fragmento cerca de la rama podrida: la lesión de la corteza palideció y el enrojecimiento se desvaneció. El hedor se disipó un poco y Priya respiró agradecida.

—Ya ves —dijo Gautam—. Ahora sabes que es fresca. La aprovecharás bien.

—Gracias. Ha sido una demostración muy útil. —Trató de no mostrar su impaciencia. ¿Qué quería? ¿Asombro? ¿Lágrimas de gratitud? No tenía tiempo para nada de eso—. De todas maneras, deberías quemar la rama. Si la tocas por error...

—Sé cómo manejar la podredumbre. Envío hombres al bosque todos los días —dijo él con desdén—. ¿Y tú que haces? ¿Barres suelos? No necesito tu consejo.

Él empujó el fragmento de madera sagrada hacia ella.

—Toma esto y vete.

Priya se mordió la lengua y extendió la mano, con el extremo largo del sari sobre la palma. Envolvió de nuevo la astilla de madera con cuidado una, dos veces, apretando la tela y atándola con un nudo limpio. Gautam la miró.

—Para quien sea que estés comprando esto, la podredumbre lo va a matar de todas maneras —dijo cuando ella terminó—. Esta rama morirá incluso si la envuelvo en una cáscara entera de madera sagrada. Solo tardará más. Te doy mi opinión profesional, sin costo extra. —Arrojó la tela sobre la rama infectada con un movimiento descuidado de los dedos—. Así que no vuelvas y malgastes tu dinero otra vez. Te mostraré la salida.

La condujo hasta la puerta. Ella empujó la cortina de cuentas e inhaló con avidez el aire limpio, libre del olor a descomposición.

En el borde de la galería había un altar construido como un nicho tallado en la pared. En su interior, tres ídolos esculpidos en madera rústica, con lustrosos ojos negros y cabello de enredadera. Ante ellos había tres pequeñas lámparas de arcilla encendidas con mechas de tela sumergidas en aceite. Un número sagrado.

Recordó que una vez había sido capaz de encajar todo su cuerpo perfectamente en ese nicho. Allí había dormido acurrucada una noche, cuando era tan pequeña como el niño huérfano.

—¿Todavía dejas que los mendigos se refugien en tu galería cuando llueve? —preguntó Priya volviéndose para mirar a Gautam donde estaba parado, bloqueando la entrada.

—Los mendigos son malos para el negocio —respondió—. Y los que veo en estos días no tienen hermanos a los que les deba favores. ¿Te vas o no?

"Basta con la amenaza del dolor para destruir a alguien". Miró brevemente a Gautam a los ojos. Algo impaciente y malicioso acechaba allí. "Un cuchillo, bien usado, nunca tiene que sacar sangre".

Pero Priya no tenía dentro de sí ni siquiera la capacidad de amenazar a ese viejo matón. Dio un paso atrás. Qué gran vacío había entre el conocimiento que guardaba dentro de sí misma y la persona que aparentaba ser, inclinando la cabeza con respeto ante un hombre mezquino que todavía la veía como una mendiga callejera que había ascendido demasiado, y a la que odiaba por eso.

—Gracias, Gautam —dijo—. Trataré de no molestarte otra vez.

Tendría que tallar la madera ella misma. No podía darle el fragmento tal como estaba al niño. Un fragmento entero de madera sagrada sostenida contra la piel la quemaría. Pero quizá sería mejor que la quemara. No tenía guantes, por lo que tendría que trabajar con cuidado, con su pequeño cuchillo y una tela para mantener a raya lo peor del dolor. Incluso entonces podía sentir el calor del trozo de madera contra su piel, traspasando el tejido que lo envolvía.

El chico estaba esperando donde ella lo había dejado. Parecía aún más pequeño a la sombra del bosque, aún más solo. Él se volvió para observarla mientras se acercaba, con ojos cautelosos y vacilantes, como si no hubiera estado seguro de su regreso.

A Priya se le encogió el corazón. Ver a Gautam la había hecho retroceder a lo más profundo de su pasado más cerca de lo que había estado en mucho mucho tiempo. Sintió el tirón de sus recuerdos, crispados como un dolor físico.

Su hermano. El dolor. El olor a humo.

"No mires, Pri. No mires. Solo muéstrame el camino". "Muéstramelo".

No. No valía la pena recordarlo.

Era sensato ayudar al chico, se dijo a sí misma. No quería que su imagen, de pie frente a ella, la persiguiera. No quería recordar a un niño hambriento y solo, con raíces que brotaban de sus manos, y pensar: "Lo dejé morir. Me pidió ayuda y lo abandoné".

—Estás de suerte —dijo, con tono jovial—. Trabajo en el *mahal* del regente. Su esposa tiene un corazón muy gentil cuando se trata de huérfanos. Lo sé por experiencia. Ella me dio asilo. Te dejará trabajar para ella si se lo pido amablemente. Estoy segura.

El chico abrió mucho los ojos. Había tanta esperanza en su

rostro que era casi doloroso mirarlo, así que Priya se aseguró de apartar la vista. El cielo estaba brillante, el aire demasiado caliente. Necesitaba volver.

—¿Cómo te llamas? —le preguntó.

—Rukh —respondió—. Me llamo Rukh.

Capítulo Dos

MALINI

La noche anterior a su llegada a Ahiranya, Malini no recibió su medicamento habitual. No había nada en el vino que Pramila le dio a beber antes de dormirse, ningún regusto empalagoso a azúcar que indicara que había tomado una dosis de flor de aguja.

—Tendrás que estar alerta cuando te encuentres con el regente —le dijo Pramila—. Alerta y cortés, princesa.

Las palabras eran una advertencia.

Malini no sabía qué hacer con la lucidez de su mente. Sentía la piel demasiado tirante sobre los huesos. Su corazón, finalmente, se permitió la libertad de afligirse sin el manto de flor de aguja para sofocarlo: era un fuerte latido en su pecho. Le dolían las costillas por el peso. Se cruzó de brazos y percibió cada hendidura, cada hueco. Los contó.

Después de semanas amortiguadas por la flor de aguja, el mundo era un doloroso rebote de sensaciones. Todo era demasiado ruidoso, demasiado duro, la luz del día demasiado punzante. Las sacudidas del carruaje hicieron que le doliesen las articulaciones. Se sentía un saco de carne y sangre.

Por una vez, no pudo evadirse de la lectura de Pramila del *Libro de las Madres*. Pramila estaba sentada junto a ella en el carruaje, rígidamente erguida, y recitaba con una lentitud minuciosa. Primero, la infancia de Divyanshi. Luego, los crímenes de los *yaksas* y sus terribles devotos, los ahiranyis. Después, la guerra antigua y cómo terminó. Luego, cerró el libro y le dio la vuelta. Y lo reabrió, y repitió una y otra vez.

Malini tenía ganas de gritar.

Mantuvo las manos quietas y tranquilas en su regazo. Controló su respiración.

Ella era la princesa imperial de Parijatdvipa. La hermana del emperador. Le habían dado el nombre a los pies de una estatua de Divyanshi rodeada de llamas y flores. "Tejedora de guirnaldas", la llamaron. "Malini".

Había tejido su primera corona con rosas sin espinas, mientras su madre le enseñaba las palabras del *Libro de las Madres* con mucha más dulzura y entusiasmo que la voz seca de Pramila.

"Las Madres terminaron su vida voluntariamente en las llamas sagradas. Su sacrificio fue una magia antigua y profunda que prendió fuego a las armas de sus seguidores y al monstruoso *yaksa*".

Ese era el pasaje del libro en el que su madre a menudo fingía agitar una espada frente a ella, aportando a la historia la cuota de levedad que necesitaba. Malini siempre se había reído.

"Su sacrificio nos salvó a todos. De no ser por las Madres, no habría imperio".

"Si no fuera por el sacrificio de las Madres, la Era de las Flores nunca habría llegado a su fin".

Sacrificio.

Malini miró desde el carro la tierra de Ahiranya. El aire olía húmedo e intenso por la lluvia. La delgada cortina que la rodeaba lo ocultaba casi todo, pero a través del hueco que se hinchaba con el traqueteo de las ruedas podía ver las sombras de los estrechos edificios. Calles vacías. Árboles rotos, astillados por las hachas, y restos carbonizados de algunos que se habían quemado por completo.

Esa era la nación que casi había conquistado todo el subcontinente en la Era de las Flores. Eso era lo que quedaba de lo que alguna vez fuera su gran poderío: un camino de tierra tan irregular que el carruaje se agitaba violentamente, algunos puestos cerrados y tierra quemada.

Y Malini aún no había visto un solo burdel. Se sintió extrañamente decepcionada al darse cuenta de que todos esos muchachos de alta alcurnia, que se habían jactado ante sus hermanos de ser capaces de acostarse con una docena de mujeres en el momento en que ponían un pie en Ahiranya por el precio de una sola perla parijati, habían exagerado.

—Princesa Malini —dijo Pramila. Sus labios estaban tensos—. Debes escuchar. Es la voluntad de tu hermano.

—Yo siempre escucho —señaló Malini, imperturbable—. Conozco estas historias. Me criaron y me enseñaron apropiadamente.

—Si recordaras tus lecciones, ninguno de nosotros estaría aquí.

"No", pensó Malini. "Yo estaría muerta".

Se volvió hacia Pramila, que aún sostenía el libro abierto sobre sus rodillas, las páginas sujetas con los dedos. Malini miró hacia abajo, identificó la página y comenzó su propio recitado.

—"Y Divyanshi se dirigió a los hombres de Alor, que servían al dios sin nombre por encima de todos los demás, y a los hombres de Saketa, que adoraban el fuego, y les dijo: Ofrézcanle a mi hijo, y a sus hijos después de él, la lealtad que le juraron, sus votos inquebrantables. Únanse con mi amada patria en un *dvipa*, un imperio, y mis hermanas y yo arrasaremos al *yaksa* de la tierra con nuestras muertes honorables".

Hizo una pausa, reflexionó y luego dijo:

—Si pasas a la página siguiente, Señora Pramila, hay una muy buena ilustración de Divyanshi encendiendo su propia pira. Me han dicho que me parezco un poco a ella.

Pramila cerró el libro de golpe.

—Te estás burlando de mí —exclamó—. Princesa, ¿no tienes vergüenza? Estoy tratando de ayudarte.

—Señora Pramila —llamó una voz. Malini oyó el repiqueteo de los cascos de los caballos cuando una figura se acercó—. ¿Algo anda mal?

Malini bajó los ojos. Vio que Pramila aferraba con más fuerza el libro.

—Señor Santosh —dijo Pramila en un tono de voz dulce como la miel—. No pasa nada malo. Simplemente estoy instruyendo a la princesa.

Santosh vaciló; estaba claro que quería intervenir.

—Pronto llegaremos al *mahal* del regente —dijo cuando Pramila guardó silencio—. Asegúrese de que la princesa esté preparada.

—Por supuesto, mi señor —murmuró Pramila.

Su caballo se alejó.

—¿Ves lo que pasa cuando te portas mal? —dijo Pramila en voz baja—. ¿Quieres que informe de tu inmadurez a tu hermano? ¿Te gustaría ver caer más castigos sobre nosotras?

¿Qué más podría hacerle su hermano de lo que ya le había hecho?

—Todavía tengo otros hijos —dijo Pramila. Sus dedos temblaban levemente—. Me gustaría verlos vivir. Si debo obligarte a que te comportes bien...

Dejó que la amenaza flotara en el aire, a medio formular. Malini no dijo nada. A veces las disculpas solo servían para inflamar aún más la ira de Pramila. Después de todo, una disculpa no podía corregir ningún error. No podía traer de vuelta a los muertos.

—Creo que esta noche duplicaré tu dosis —anunció Pramila, y abrió el libro una vez más.

Malini prestó oídos a Pramila. Escuchó el crujido del libro al abrirse, el roce de los dedos contra las páginas. El zumbido de su voz.

"Esto es lo que puede lograr una mujer pura y santa de Parijat cuando abraza la inmortalidad".

Malini contó las sombras de los soldados a través de la cortina. La figura del Señor Santosh se encorvaba sobre su caballo; un lacayo obediente sostenía una sombrilla sobre su cabeza.

Pensó en todas las formas en las que le gustaría ver morir a su hermano.

Capítulo Tres

PRIYA

Rukh observaba con atención todo lo que veía en el *mahal* del regente: los paneles de celosías con figuras huecas de rosas y flores de loto, los espaciosos pasillos interrumpidos por cortinas de seda blanca, los ramos de plumas de pavo real tallados en las bases de las columnas de arenisca que sostenían los altos techos cubiertos de azulejos plateados. Quiso recorrer el lugar para absorberlo todo, pero Priya lo arrastró sin piedad. No podía permitirse el lujo de darle tiempo para quedarse boquiabierto. Había llegado con muchísimo retraso, y aunque le había advertido al cocinero Billu que iba a llegar tarde y lo sobornó con hachís que había guardado específicamente para esa ocasión, solo podía contar con su buena voluntad hasta cierto punto. Dejó a Rukh al cuidado de Khalida, una sirvienta mayor de rostro agrio que accedió a regañadientes a preguntarle a su señora si el niño podía hacer algún trabajo doméstico en la mansión.

—Volveré y te veré más tarde —le prometió Priya a Rukh.

—Si la Señora Bhumika le permite quedarse, puedes recogerlo antes de la cena —agregó Khalida, y Rukh se mordió el labio. La preocupación tiñó su rostro.

Priya inclinó la cabeza.

—Gracias, señora. —A Rukh, le dijo—: No te preocupes. Nuestra ama no dirá que no.

Khalida frunció el ceño, pero no la contradijo. Sabía tan bien como Priya lo generosa que podía ser la esposa del regente.

Priya los dejó a ambos, fue a la habitación de las criadas, donde se limpió apresuradamente lo peor del fango y la suciedad de su sari francamente mugriento, y se dirigió a la cocina. Trató de compensar su retraso deteniéndose en el pozo de agua para recoger dos cubos llenos. Después de todo, siempre hacía falta agua en la cocina ajetreada del *mahal*.

Para su sorpresa, nadie parecía haber notado su ausencia. Aunque los grandes hornos de barro estaban calientes y algunos sirvientes entraban y salían, la mayoría del personal de la cocina estaba acurrucado junto al fogón en el que se preparaba el té.

Mithunan, uno de los guardias más jóvenes, estaba de pie junto a la tetera, bebiendo de una taza de arcilla que sostenía con una mano mientras gesticulaba salvajemente con la otra. Todos los sirvientes lo escuchaban con atención.

—... solo un jinete en avanzada —estaba diciendo—. Un caballo. Se notaba que había venido desde Parijat. Su acento era cortesano, y el capitán de guardia dijo que llevaba la insignia imperial. —Mithunan tomó un sorbo de té—. Pensé que el capitán se desmayaría, estaba muy conmocionado.

Priya dejó los cubos y se acercó. Billu la miró.

—Por fin has llegado —dijo secamente.

—¿Qué ocurre? —preguntó ella.

—La princesa llega hoy —respondió una de las sirvientas, en el tono susurrante y nervioso reservado a los mejores chismorreos.

—Se suponía que no llegaría hasta dentro de al menos otra semana —agregó Mithunan con un movimiento de cabeza—. Ni siquiera nos pidieron que fuéramos a su encuentro para escoltarla. El mensajero dijo que no traen séquito, así que viajan rápido.

—Sin séquito —repitió Priya—. ¿Estás seguro?

Todos los miembros de la realeza de todas las ciudades-Estado de Parijatdvipa viajaban con una gran variedad de acompañantes, en su mayoría inútiles: sirvientes, guardias, bufones, nobles favorecidos. Que la hermana del emperador no viajara ni siquiera con un pequeño ejército era absurdo.

Mithunan se encogió de hombros.

—Solo sé lo que nos dijo el jinete mensajero —respondió torpemente—. Pero tal vez las reglas sean diferentes cuando..., bueno, ya sabes. En esas circunstancias... —Se aclaró la garganta—. En fin. Me enviaron a buscar algo de comida. Hemos tenido turno doble y es posible que debamos quedarnos para un tercero. Los hombres están hambrientos.

—¿Dónde están los guardias del turno de día? —preguntó Billu poniéndose en movimiento para llenar una cesta de comida.

—Fuera, en la ciudad —dijo Mithunan—. El capitán dijo que el regente quiere que todo se cierre de manera segura antes de que la princesa llegue aquí. Hermano Billu, ¿tienes más té? ¿O caña de azúcar? Cualquier cosa para mantenernos a todos despiertos...

Priya se escabulló en silencio mientras los demás continuaban hablando, robó un *paratha* de la cesta que estaba junto a los hornos mientras se iba y se lo metió en la boca. Sima la habría llamado bestia sin modales si estuviera allí, pero no estaba, así que Priya era libre de ser tan grosera como quisiese.

Se había equivocado al suponer que alguien había sido asesinado. No había degollados ni cadáveres fuera de los templos. Ni asesinatos de rebeldes.

Solo una princesa que llegaba temprano a su encarcelamiento.

Después de terminar su trabajo, Priya arrancó a Rukh del cuidado de Khalida y lo guio a la habitación donde dormían los niños. Una vez que le encontró una colchoneta sobrante, lo llevó con ella a su propia habitación, compartida con otras ocho sirvientas. Debajo de la cubierta de la sencilla galería que la rodeaba, envuelta por la lluvia fresca que caía, se arrodilló, envolvió sus manos en su *pallu* y comenzó a tallar la madera sagrada en forma de una cuenta.

La quemazón de la madera a través de la tela fue lo suficientemente fuerte para hacerla maldecir. Se mordió la lengua por un momento, un dolor que la distrajera del otro, y siguió tallando con mano firme y segura. Podía soportar mucho más dolor que este.

—Ven y siéntate conmigo —le dijo a Rukh, que todavía estaba de pie bajo la lluvia, visiblemente abrumado por la dirección que había tomado su día. Salió a la terraza. Se arrodilló a su lado—. Pásame una de esas —agregó, señalando el pequeño montón de cintas e hilos enrollados en el suelo junto a ella.

Él eligió uno. Priya bajó el cuchillo y tomó el hilo.

—¿Hay algo más que pueda hacer? —preguntó tímidamente, mientras ella enhebraba la cuenta cuidadosamente en el hilo.

—Podrías contarme qué te parece tu nueva vida hasta ahora —dijo—. ¿Qué trabajo te ha asignado Khalida?

—Limpiar letrinas —respondió—. Está bien. No, en serio, está... muy muy bien. Una cama y comida es... es... —Su voz se fue apagando y meneó la cabeza, indefenso.

—Lo sé —dijo ella. De verdad lo sabía—. Continúa.

—Dije que haría cualquier cosa y lo haré —agregó Rukh muy rápido—. Estoy muy agradecido, señora.

—Te dije que me llamaras Priya.

—Priya —corrigió, obediente—. Gracias.

Ella no sabía qué hacer con su gratitud excepto ignorarla, así que simplemente asintió y presionó la cuenta de madera contra su propia piel. Era tan pequeña que, en lugar de quemarla, simplemente calentaba su muñeca; su magia se filtraba a través de su carne, sus nervios, su sangre. Sostuvo la cuenta allí por un momento, para asegurarse de que no fuese tan fuerte como para dañar a Rukh, pero sí lo suficiente como para ayudarlo, y observó su rostro. Él había bajado la barbilla, la mirada fija en las gotas de lluvia que salpicaban el suelo. Todavía parecía abrumado.

Priya recordó cómo se había sentido cuando llegó por primera vez al *mahal* del regente. Había llorado todas las noches aquella primera semana, cubriendo su cara con la colchoneta de dormir para amortiguar el sonido de su llanto y no despertar a las otras chicas.

—Te voy a contar una historia —le dijo con tono despreocupado. Él levantó la cabeza y la miró curioso—. ¿Has escuchado el cuento del astuto *yaksa* que engañó a un príncipe srugani para que se casara con una lavandera ahiranyi?

Él negó con la cabeza.

—Pues dame la mano y te lo cuento. —Enrolló el hilo alrededor de su muñeca y comenzó su relato—. Fue cerca del comienzo de la Era de las Flores, antes de que los sruganis y otros como ellos entendieran lo fuertes e inteligentes que eran los *yaksas*...

Para cuando Priya hubo narrado todo lo que podía recordar de esa historia de máscaras e identidades equivocadas, un duelo de honor y una lavandera envuelta en un velo de azucenas blancas y azafrán, Rukh había comenzado a relajarse, recostado en la galería y sonriendo un poco mientras jugueteaba con la nueva cuenta de madera sagrada en su muñeca.

—Ten cuidado con eso —le dijo Priya—. No va a ser fácil conseguir más. ¿Sabes de dónde viene?

—¿Del bosque?

—De los árboles que crecieron cuando todos los *yaksas* murieron —explicó Priya—. La madera sagrada tiene algo de su magia en ella. —Golpeó la cuenta con la punta de su dedo—. Al no haber más *yaksas*, tampoco hay árboles nuevos, lo que hace que la madera sagrada sea costosa. Así que trátala bien, ¿de acuerdo?

—Ahí estás —dijo una voz de mujer. Priya y Rukh volvieron la cabeza. La lluvia volvía a amainar, pero a la mujer que estaba de pie en el borde de la galería, con el *pallu* echado sobre el cabello, la había sorprendido el último aguacero, y la tela brillaba débilmente con el agua—. Priya —agregó—. Ven conmigo. Te buscan.

—Sima —la saludó Priya. Recogió los carretes de cinta, el cuchillo y los restos de madera sagrada y los ordenó—. Él es Rukh.

—Hola, señora —dijo el niño con cautela.

—Encantada de conocerte, Rukh —respondió Sima—. Deberías ir a la cocina para no perderte la cena.

—Ve —convino Priya mientras Rukh la miraba como pidiendo permiso—. Puedes encontrar el camino a tu habitación, ¿no? Los otros chicos te guiarán desde allí.

Él asintió. Con un agradecimiento final entre dientes y una leve sonrisa en dirección a Priya, saltó de la terraza y salió corriendo.

Tan pronto como se fue, Sima aferró a Priya del brazo y la arrastró por la galería, de regreso al *mahal* propiamente dicho. Su mano sobre ella era fuerte, húmeda por la lluvia y ligeramente perfumada de jabón por haber pasado horas lavando ropa.

—Así que has traído a un vagabundo a casa —dijo Sima—. Debería haber sabido que era verdad.

—¿Quién te lo dijo?

—Oh, uno de los guardias que te dejaron entrar. No lo sé —respondió Sima con desdén—. Tienes suerte de que Billu te haya encubierto. Volviste muy tarde.

—Si hubiera sabido que el mercado iba a estar cerrado, no me habría molestado en salir. Fui a... ayudar —explicó Priya—. Sabes lo que hago. Pero no pude hacer mucho. Y luego lo encontré. Estaba solo, Sima.

Priya vio una mezcla conocida de exasperación y afecto en el rostro de su amiga antes de que pusiera los ojos en blanco y meneara la cabeza.

—Hablando de cierres de mercados, en serio, tienes que venir conmigo. —Sima soltó el brazo de Priya y entrelazó el suyo con el de ella con un aire conspirador—. Y vamos a tener que apresurarnos.

—¿Por qué?

—La princesa ya casi ha llegado —respondió, como si Priya fuera una bobalicona—. Vamos a mirar. —Tiró de Priya—. Vamos. Tuve que sobornar a uno de los guardias con una botella entera de vino para conseguir un buen lugar.

—Tengo hambre —protestó Priya.

—Puedes comer más tarde —dijo Sima.

Fueron a un almacén, en lo alto del *mahal*, donde una estrecha ventana con barrotes daba al patio de entrada de mármol. La ventana solo era lo suficientemente grande para que una de ellas pudiera mirar. Priya miró primero y vio al regente y a sus asesores, los asistentes con sombrillas de pie junto a ellos para mantener a raya la amenaza siempre presente de lluvia. Un grupo de soldados con uniforme blanco y dorado de Parijatdvipa estaban dispuestos en una gran media luna a su alrededor.

Retrocedió para dejar que Sima ocupara su lugar.

—Deberías haber guardado algo de vino para nosotras —murmuró Priya agachándose en el suelo.

Sima negó con la cabeza.

—No voy a tener tiempo para beber. Tengo un nuevo trabajo.

Mientras estabas deambulando por la ciudad, Gauri reunió a varias chicas para que hagan las tareas domésticas en la nueva residencia de la princesa. Barrer, cocinar, lo de siempre. —Sima le lanzó a Priya una mirada de soslayo—. Deberías buscarla y ofrecerte como voluntaria también. Así podríamos trabajar juntas de nuevo, por fin.

No habían compartido tareas desde su primer año en el *mahal*, cuando ambas eran todavía niñas. Sima había dejado su pueblo y su familia y había venido al *mahal* por elección propia, pero se había sentido abrumada por el tamaño y el bullicio de la ciudad. Priya había sido como Rukh, por supuesto: uno de los casos admitidos por la esposa del regente por caridad, solo otra huérfana abandonada, salvaje, enfadada y completamente sola. Se habían aferrado la una a la otra, al principio por necesidad. Pero pronto construyeron una amistad basada en un afecto compartido por las chicas bonitas, el licor y las noches que pasaban chismorreando en su habitación, riéndose hasta que alguna de las sirvientas que intentaba dormir les arrojaba un zapato para callarlas.

—¿Es bueno el salario? —preguntó Priya.

—Es muy bueno.

—Entonces, debe de haber más voluntarias de las que puede manejar.

—Ah, no. —Sima entrecerró los ojos para ver a través de los barrotes—. Ven aquí. Veo caballos.

Priya se levantó con un gemido. Como Sima no se movió, se acercó y juntó su rostro junto al de ella para que ambas pudieran mirar.

Los caballos eran hermosos, de un blanco puro y con bridas de oro brillante, y tiraban de un carruaje de plata y hueso de marfil. Los pasajeros estaban ocultos, velados por un dosel de tela oscura en la parte superior y rodeados por un muro de cortinas. Había jinetes a ambos lados del carruaje, pero no era, de hecho, un séquito completo. Solo un puñado de soldados, erizados de armas, y un noble que se apeó de su caballo y se inclinó sin devoción ante el regente.

—La princesa —dijo Sima contra su oído, cuando la cortina del carruaje se abrió y una mujer noble mayor se apeó— estará prisionera en el Hirana.

Priya sintió un vacío repentino en su cabeza.

—A Gauri le está costando conseguir voluntarias —agregó Sima—. Yo me sumé, por supuesto. Y algunas chicas nuevas que no saben nada. Eso es todo.

—Pero tú sí sabes —logró decir Priya.

—Quiero el dinero —dijo Sima en voz baja—. No quiero ser una sirvienta por el resto de mi vida. No vine a Hiranaprastha por eso. Y tú... —Sima resopló, pero Priya se sentía tan entumecida que no lo sintió, a pesar de que estaban mejilla con mejilla—. No creo que quieras estar aquí para siempre tampoco.

—No es una mala vida —admitió Priya—. Las hay peores.

—Eso no significa que no puedas querer un poco más que lo que tienes —dijo Sima—. Y lo que pasó allí fue hace mucho tiempo, Pri.

—Los ahiranyis no olvidan. —Priya se alejó de la ventana. Apoyó la espalda contra la pared y miró al techo.

—Que los rebeldes recuerden —dijo Sima—. Que escriban sus poemas y canciones y tomen las armas. Tú y yo debemos cuidar de nosotras mismas.

No agregó "porque nadie más lo hará". Pero esa certeza estaba arraigada en su médula.

Y sin embargo...

El Hirana.

Si Gautam la había acercado al núcleo de su pasado, el Hirana era la tumba donde descansaban inquietos los fragmentos rotos de su memoria.

Entonces, todo se derrumbó sobre Priya. El agotamiento, el vacío en su interior. La valentía y la soledad de Rukh, como un espejo que reflejaba ante ella su pasado. Pensar en la facilidad con que una espada podía cortar la piel. En la humillación de ser atropellada, descartada, menospreciada. "¿Y tú qué haces? ¿Barres suelos?"

Tiempo atrás, ella había estado destinada a ser mucho más.

No podía ser aquello para lo que había sido educada. Pero tal vez, solo tal vez, podría permitirse querer un poco más que lo que tenía. Solo un poco.

De repente se encendió en su corazón un deseo tan pequeño y, sin embargo, tan poderoso, que brotó en ella como el hambre en un cuerpo famélico. No podía permitirse desear sus antiguos dones o su antigua fuerza. Pero sí podría desear esto: tener dinero suficiente para comprar madera sagrada sin humillarse ante un hombre que la odiaba. Suficiente dinero para hacer que la vida fuera un poco mejor para aquellos niños del mercado que no tenían a nadie. Para Rukh, que ya era su responsabilidad. Para ella misma.

El dinero daba poder. Y Priya estaba tan cansada de sentirse impotente...

—¡La veo! —jadeó Sima de repente—. Ah, no puedo verle la cara, pero su sari es precioso.

—Es una princesa. Por supuesto que su sari es precioso.

—Pero es gris. Pensé que usaría algo más brillante.

—Es una prisionera.

—¿Quién sabe qué se pone la realeza en prisión? Deja de criticarme, Pri. Ven y mira.

Priya tomó el lugar de Sima esta vez. Una figura esbelta acababa de salir del carruaje. Priya alcanzó a ver el borde de una mano que aún descansaba contra la pared del vehículo; la tela nacarada del sari de la princesa se movía ligeramente con la brisa.

—Voy a buscar a Gauri —dijo dando un paso atrás.

—¿Ahora? —preguntó Sima, cuya frente se frunció por la perplejidad.

Priya no quería esperar. Si pensaba demasiado en lo tonta que era su idea, se convencería de no seguir adelante.

—¿Por qué no? —dijo—. Voy a pedirle el trabajo. Iré al Hirana contigo. —Forzó una sonrisa—. Tienes razón, Sima. Es hora de cuidar de mí misma.

Capítulo Cuatro

MALINI

Fueron recibidas con cortesía por el regente, el general Vikram. Tenía a su lado a su joven esposa, una mujer ahiranyi bonita y de ojos saltones, que les ofreció una sonrisa respetuosa, pero tímida, y luego se excusó para retirarse a su propio palacio. La Señora Bhumika cursaba un embarazo avanzado y no podía cumplir con las demandas que implicaba entretener a los invitados.

Malini no era una invitada, por supuesto. Ella no estaba allí por elección. Pero el Señor Santosh, tan asquerosamente complacido de estar a cargo de su encarcelamiento desde el día en que Chandra había puesto en sus manos esa responsabilidad, insistió en una comida fastuosa. Los asesores del regente se les unieron, pero, para su alivio, a Malini se le otorgó un lugar de honor a cierta distancia de ellos.

Se presentaron platos grandiosos. Tal vez al general Vikram se le había advertido de antemano que el Señor Santosh, como el emperador Chandra, sentía un marcado disgusto por cualquier cosa que no fuera inherentemente parijati, porque la comida se parecía a la que Malini habría comido en el *mahal* imperial en Harsinghar. Estaba cargada de *ghee*, pasas y pistachos, y el azafrán se arremolinaba y perfumaba el *dhal* pálido. Picoteó un poco, esforzándose por obligarse a comer mientras el regente hacía preguntas educadas sobre el viaje y Santosh respondía.

Desde que Malini había comenzado a recibir su dosis de flor de aguja, su apetito había disminuido. Ya no sentía hambre.

Debería haber estado sopesando al regente: sus debilidades, sus creencias, la probabilidad de que estas cosas pudieran aprovecharse para volver su lealtad en contra de Chandra. No era posible que le cayera bien su hermano; a ningún hombre sensato le caía bien, y el general Vikram no habría ocupado la regencia durante tanto tiempo si careciera de inteligencia, pero la mente de Malini todavía era una maraña de pensamientos anudados, lentos, por las semanas de flor de aguja. Solo podía quedarse sentada, contemplar su plato y sentir que su conciencia se tambaleaba como un borracho al pensar en lo que debía hacer. Tendría que encontrar una manera de ganarse a las criadas de la casa, aunque no tenía joyas ni dinero para sobornarlas a cambio de favores. Necesitaría ojos y oídos en el *mahal*.

—La princesa aún no sabe —dijo Santosh, cuya voz sonaba más alegre de lo que le habría gustado a Malini y le hizo levantar la cabeza— dónde se encuentra su celda. ¿Le gustaría hacer los honores, general Vikram?

La mirada del regente vaciló entre ellos.

—El emperador Chandra ha solicitado que te alojes en el Hirana, princesa —dijo.

Malini deseó poder sorprenderse. Pero no fue así. El temor y la resignación la invadieron y rodaron desde su estómago hasta sus extremidades, hasta que incluso sus dedos se sintieron entumecidos.

—El Hirana —repitió—. El templo de los ahiranyis.

Pramila inspiró sonoramente. Ella no lo sabía, entonces.

—El templo donde los sacerdotes de Ahiranya se quemaron por orden de mi padre —dijo Malini lentamente, paseando su mirada del rostro demacrado de Pramila al gesto indescifrable del regente—. El templo donde veinticinco niños...

—Sí —dijo el general Vikram abruptamente. Se veía bastante pálido. Malini recordó que él ya era regente cuando su padre ordenó esas muertes.

—No hay otro Hirana, princesa —agregó Santosh con una risa leve. Vaya, estaba encantado, ¿no?—. ¿Qué mejor lugar —continuó

Santosh— para meditar sobre tus elecciones? Para pensar en lo que te espera.

El general Vikram apartó la mirada de la princesa, con los ojos fijos en la ventana de celosía. Como si, al no reconocer lo que le esperaba, pudiera ignorar su destino.

—Lo que quiera mi hermano el emperador —dijo Malini.

* * *

El Hirana no se parecía a nada que hubiera visto antes.

Era un edificio enorme que se elevaba hasta la cúspide, que era donde se encontraba el templo propiamente dicho. Pero no se apreciaba escalera alguna, tampoco ninguna pendiente accesible de piedras. En cambio, era como si alguien hubiera tomado un montón de cadáveres (animales, humanos, *yaksas*) y los hubiera apilado unos sobre otros para crear una montaña de muertos. Desde la distancia, a los ojos de Malini, se veía grotesco.

No le pareció mejor cuando la guiaron hacia una cuerda y le pidieron que trepara por ella.

—Debes tener cuidado, princesa —le dijo con calma el comandante Jeevan, el guía proporcionado por el regente—. El Hirana es extremadamente peligroso. La superficie está dañada en muchos lugares y se abre a pozos profundos. No sueltes la cuerda. Solo imítame.

Las tallas sobre la piedra eran desiguales para caminar sobre ellas y desgarradoramente realistas. Malini las miró mientras trepaba, aferrando la cuerda con fuerza. Pramila resoplaba detrás de ella. Había serpientes enroscadas que mostraban los dientes, con bocas lo suficientemente grandes como para que un tobillo quedara atrapado; cuerpos humanos grabados en la piedra con las manos hacia arriba, los dedos curvados; *yaksas*, esos antiguos espíritus que eran en parte humanos y en parte vegetales, con ojos que rezumaban verdor y profusa vegetación escapando de sus bocas, sus formas parecidas a las humanas, pero atravesadas en el estómago y el corazón por gruesas y violentas oleadas de hojas.

Con razón el mundo había temido a Ahiranya una vez. Malini podía imaginarse el aspecto que tendría el Hirana en la Era de las

Flores, cuando estaba lacado en oro, los sabios del templo todavía tenían un gran poder y los *yaksas* aún caminaban por el mundo. Las figuras debajo de ella, con cabellos de enredadera y dientes afilados, piel como corteza o tierra que se desmoronaba, la llenaron de una cautela visceral e instintiva.

Los soldados parijatis que Santosh había llevado con él para proteger a Malini treparon nerviosos. Santosh ya no parecía alegre. A medida que subían y la lluvia comenzaba a astillar el cielo, su voz adquirió un tono claramente quejumbroso cuando preguntó cuánto tiempo faltaba para llegar a la cima.

—No mucho, mi señor —dijo el comandante Jeevan, todavía tranquilo. Si se sentía acobardado, era lo suficientemente sensato como para no demostrarlo—. Las criadas han preparado las habitaciones para la princesa con anticipación. Creo que estará complacida.

La prisión de Malini estaba en el extremo norte del Hirana. La condujeron a través de pasillos vacíos y resonantes, y de un extraño atrio interior abierto completamente hacia el cielo, hasta una gran estancia con una pared de celosía escondida detrás de una cortina descolorida, claramente destinada a protegerse del frío del atrio. Había una sola puerta. Otra abertura había sido sellada y tapada con ladrillos para que solo hubiera una entrada o salida de la habitación. Había un único *charpoy* de bambú tejido a modo de cama y un baúl para su exigua colección de ropa.

Las paredes aún estaban manchadas de negro, las tallas de la habitación rotas y descoloridas, gastadas por el abandono y las llamas. Malini miró a su alrededor. Levantó la cabeza hacia el techo mientras los guardias, Pramila y Santosh la rodeaban y se dio cuenta, con horror, de que esa debía de ser la habitación en la que los sacerdotes de Ahiranya murieron quemados.

Por supuesto que lo era. Maldito su hermano y la naturaleza cruel y retorcida de su mente. Por supuesto que la encerraría lejos de todos los que la apoyaban, de todos sus aliados. Por supuesto que la enviaría a una habitación en un templo en ruinas donde docenas de niños habían muerto gritando entre las llamas, simplemente por el crimen de ser demasiado poderosos, demasiado monstruosos...

—Sí —dijo Santosh. Una mano pesada se posó en su brazo. Malini no se inmutó. No lo golpeó. Y estaba tanto orgullosa como asqueada por ello—. Esto servirá. El emperador Chandra estará complacido.

Después de que los guardias fueran apostados en la entrada del Hirana y de que el comandante Jeevan se retirase, guiando a Santosh con él, Malini se tumbó en el *charpoy* y Pramila abrió el diminuto frasco de medicina que llevaba colgando de su cuello. Vertió dos dosis, como había prometido, en una jarra de vino. La colocó junto a Malini.

—Bebe —ordenó.

Malini apartó la cara. Cerró los ojos.

—Otra vez no —suspiró Pramila—. Bebe, princesa Malini, o me veré obligada a llamar a los guardias.

Era capaz de hacerlo. Lo había hecho antes. Había ordenado que sujetaran los brazos de Malini mientras ella le echaba la cabeza hacia atrás, le abría la boca y forzaba el líquido a entrar, observando cómo Malini se ahogaba y escupía, mientras decía: "Ojalá fueras buena, buena como exige el emperador... Nadie quiere lastimarte, princesa, nadie".

Malini se incorporó sobre un codo y levantó la jarra.

Bebió.

Luego volvió a acostarse y esperó a que el estupor de la droga se apoderara de ella.

"No puedo sobrevivir así", pensó; ya se sentía desconectada. El techo manchado de cenizas le devolvió la mirada. "No puedo".

—El regente ha dispuesto sirvientas para mantener el templo —murmuró Pramila. Malini la escuchó abrir el *Libro de las Madres* una vez más, para comenzar de nuevo con las lecciones—. Sin embargo, no las verás, princesa. Me he asegurado de eso.

Pramila conocía demasiado bien a Malini.

Una corriente de aire se abrió paso desde el extraño atrio, el que estaba expuesto a los elementos, incluso en su techo, donde el cielo se asomaba a través de una gran abertura cortada en la piedra. Malini se estremeció y se acurrucó para protegerse del frío.

"Usa lo que tienes", se recordó a sí misma. "Usa cualquier cosa y todo lo que tengas. ¿Qué puedes hacer? ¿Qué tienes aquí que pueda salvarte?"

Le estaban robando la mente. Le habían negado compañía humana. No tenía nada más que a sí misma. Nada más que la rabia y el dolor que latían en su corazón.

La oscuridad se apoderó de ella. Oyó la voz de Pramila, apagada y distante. En el mundo sin luz entre el sueño y la vigilia, trató de recordar su antigua fuerza. Su antigua astucia. Envolvió su ira contra Chandra a su alrededor como piel nueva; como si fuera una serpiente, se desprendió de un cuerpo para hacer crecer otro.

Se obligaría a sobrevivir. Esperaría. Y cuando se le presentara una oportunidad de escapar del Hirana, cualquier oportunidad, la aprovecharía.

Se lo prometió a sí misma y se hundió profundamente en el recuerdo de los gritos de sus hermanas del corazón mientras ardían.

Capítulo Cinco

ASHOK

C uando Ashok tenía diez años, entró en las aguas inmortales por primera vez.

Esa era la edad adecuada para la primera inmersión. Había vivido en el templo desde que era un niño pequeño. Había sido seleccionado y entrenado. Le habían enseñado a no quejarse cuando estaba sentado en el calor sofocante del sol del mediodía o en la oscuridad de la noche fría sin una vela. Había aprendido a sobrellevar el hambre, el escozor que le provocaban las manos de un hermano mayor del templo que le daban pellizcos. Así era como se les enseñaba a los hijos del templo de Hirana. Así aprendían sobre el dolor y la fuerza y la necesidad de extirpar la debilidad.

Había sido una mañana normal, hasta entonces. La mayor Saroj los había guiado a él y a los demás en sus oraciones y tareas, y había observado cómo preparaban obsequios para que los peregrinos se llevaran a casa: botellitas de aguas inmortales, extraídas de su fuente, pero que aún conservaban un hermoso azul brillante en su interior; madera sagrada, tallada en diminutos amuletos; frutos tiernos, con los hollejos salpicados de especias cuidadosamente aplicadas en su lugar por las manos infantiles.

Pero después de que hubieran terminado con todo eso, en lugar de dejarlos ir como de costumbre, los había llevado a las aguas.

—Tres viajes —les había dicho—. Después de tres viajes a través de las aguas, seréis mayores como nosotros. Este es solo vuestro primer viaje. No lo olvidéis: aquellos de vosotros que seáis lo suficientemente fuertes para sobrevivir, igualmente deberéis trabajar duro y volveros aún más fuertes. Es nuestra responsabilidad mantener la fe y preservar la memoria y las tradiciones de la gran historia de Ahiranya. Aun si el imperio Parijatdvipa olvida lo que alguna vez fuimos, nosotros no lo olvidaremos.

"Aquellos de vosotros que seáis lo suficientemente fuertes para sobrevivir".

Ashok no se había preocupado. Sabía que era lo suficientemente fuerte, porque había mirado las tallas de los mayores del templo de la Era de las Flores, esos hombres y mujeres que habían conquistado el subcontinente en nombre de los *yaksas*. Que habían tenido un poder terrible e incalculable. Al mirarlas, había pensado: "No voy a ser como nuestros mayores, no sostendré solo una sombra de poder, un eco débil de lo que fue alguna vez. No me sentaré con el regente ni me inclinaré ante el emperador en Parijat. Voy a ser como vosotros".

Supo —en el momento en que emergió de las aguas inmortales por primera vez, jadeante en busca de aire para llenar sus pulmones, tanto vacíos como llenos— que había tenido razón. Porque en su cabeza vio el *sangam*. Un lugar mítico. Un mundo más allá del reino mortal, donde los ríos cósmicos se encuentran; donde, una vez, los mayores del templo habían podido caminar. Ese día, años antes de que los otros niños comenzaran a cambiar y volverse poderosos, antes de que los mayores del templo se dieran cuenta de en qué se habían convertido los niños, antes de que todo y todos ardieran, Ashok lo supo. Los *yaksas* lo habían oído. La gloria de Ahiranya regresaría.

Ahora.
Ahora estaba en la confluencia de los ríos.
Se encontraban bajo sus pies. El río del alma; el río de la carne del corazón, rojo y profundo; el río de la inmortalidad, burbujeante del verde de la vida y el oro de lo eterno.
Ríos de los vivos. Ríos de los muertos.

Se metió más profundo; el agua le llegó a los tobillos, a las rodillas. Cerró los ojos y contuvo la respiración, luego la soltó, lenta y uniformemente. Ya lo había hecho antes. Sabía cómo funcionaba: una espiración prolongada podía separar la mente de un hombre de su cuerpo para adentrarse en las garras de los ríos. En el bosque de Ahiranya, su cuerpo se sentó con las piernas cruzadas, la espalda recta y los ojos cerrados, solamente a respirar. En la confluencia de los ríos, en el *sangam*, el lugar más sagrado, su alma se abrió paso hasta el lugar de encuentro.

Ella lo esperaba, en el mismo remolino de agua, una mera sombra de mujer. Estaba temblando. Ella siempre temblaba entonces. A su alrededor, el río era una mancha de aceite violeta.

—No estás bien —le dijo.

—Ashok —murmuró bajando la cabeza—. Estoy bien.

—¿De verdad?

—Casi he encontrado el camino —dijo—. Casi. Estoy segura.

—Cuéntamelo todo.

Ella vaciló ante él. Su sombra se desdibujaba, como tinta arremolinada en el flujo del río. No era lo suficientemente fuerte para estar allí. Cada momento era una especie de agonía.

—No puedo quedarme mucho tiempo —dijo. Había un tono de disculpa en su voz, pequeña y quebrada—. Pero te prometo que... nos salvaré. Lo prometo.

Se acercó más. Entonces la sintió: su dolor, su debilidad, su amor y su lealtad. Extendió la mano, un hilo de alma delante de él.

Tocó su mejilla.

Pensó en decirle que volviera a casa. Pensó en decirle que regresara con su familia, donde estaría a salvo.

Pero si hubiera una esperanza, si hubiera una oportunidad...

—Sé lo que significa ser fuerte —le dijo ella—. Sé que todo tiene un precio.

Así era.

—Sé fuerte, entonces —murmuró él—. Y yo estaré aquí.

Ella se desvaneció y él se quedó; el *sangam* se arremolinó a su alrededor.

Capítulo Seis

PRIYA

E ra solo su cuarta semana escalando el Hirana cuando se enfrentaron al desastre.

Priya estaba al final de la fila de sirvientas, a la mitad de la subida, cuando escuchó un grito que atravesó la oscuridad, seguido por el sonido de una lámpara al golpear el suelo. Se mantuvo inmóvil. Por encima de ella, la línea serpenteante de lámparas vaciló y se quedó quieta; sus portadoras estaban petrificadas.

Priya inspiró lentamente. El aire olía a lluvia, a sangre o a algo punzante como el hierro que, de algún modo, se parecía a ambas. Afianzó las plantas de los pies contra la piedra húmeda para mantenerse firme. En su mano izquierda, la cuerda guía, resbaladiza por el agua, le aguijoneó la palma ya lastimada. La cuerda mojada era una agonía para la piel en carne viva, pero Priya se había aferrado con más fuerza cuando la lluvia comenzó a caer a mitad de su ascenso, empapando la cuerda junto con su ropa, su piel y sus provisiones. Ya no llovía, pero el agua había dejado la piedra del Hirana resbaladiza y peligrosamente suave. No era de extrañar que alguien se hubiera caído.

Detrás de ella, Meena susurró:

—¿Qué ha pasado?

Meena era la sirvienta más joven entre las que se habían ofrecido como voluntarias para hacer esta tarea, y la mayoría de las veces era un manojo de nervios. El grito la había estremecido. Priya podía escucharla respirar, con un ritmo superficial y aterrado que hizo que le doliesen los pulmones por compasión hacia ella.

—No lo sé —le mintió. Trató de parecer tranquila por el bien de Meena—. ¿Sigues aferrándote fuerte?

—Sí.

—Bien. Voy a ver.

—Pero...

—Toma la lámpara. —Le entregó la luz que compartían; Meena la sujetó con dedos temblorosos—. No tardaré mucho.

Al igual que una vez supo cómo separar la piel del hueso, Priya sabía cómo escalar el Hirana. Después de todo, eso era lo que habían hecho los niños del templo: conducir hasta la superficie del Hirana a los peregrinos que buscaban las bendiciones de los espíritus *yaksas*; los guiaban hasta los mayores del templo, que eran los elegidos de los *yaksas*. En aquel entonces no había una cuerda. La peregrinación, después de todo, era un viaje tanto espiritual como físico. Tenía un precio. Algunos vacilaban o fracasaban. Algunos caían. Los *yaksas* exigían fuerza de sus fieles, tal como la habían exigido del consejo de su templo.

Solo los dignos podían ascender.

Priya había sido digna una vez.

Sin la lámpara en la mano, era más fácil moverse deprisa. Sostuvo la cuerda más flojamente y se lanzó hacia el Hirana lo más rápido que pudo. Ella y Meena se habían quedado detrás de las otras sirvientas; el nerviosismo de Meena las había retrasado a ambas, pero Priya pronto llegó al punto donde estaban las demás, acurrucadas tan cerca que sus pies casi se tocaban.

La criada más cercana a Priya se inclinaba precariamente; una mano retorcía la cuerda guía, la otra sostenía su lámpara lo más lejos posible en la oscuridad.

Bajo su luz, Priya pudo ver a Sima.

Había quedado atrapada a la izquierda de la cuerda guía, un poco más abajo de la superficie del Hirana: debió de tropezar y resbalar, su cuerpo debió de deslizarse traicioneramente por la roca húmeda.

Sus brazos estaban extendidos, cada músculo definido. Tenía los dedos enganchados en una de las fisuras de la piedra, los nudillos blancos por el esfuerzo de sostener su cuerpo. El resto de ella era invisible.

Había caído en una grieta tallada en la roca, una brecha ingeniosamente oculta, excavada entre una serie de estatuas alineadas para seguir la caída natural de la sombra. Desde la mayoría de los ángulos habría sido invisible. Pero aunque Sima estaba atrapada en ella, era difícil pasar por alto la trampa. La retenía como una boca desdentada y estrecha.

Priya no tenía idea de cuán profunda era la grieta, pero la idea de que Sima perdiera el control, de que muriera por la caída o, peor aún, quedara atrapada viva en la oscuridad, donde nadie podría alcanzarla, hizo que su estómago se contrajera con náuseas.

Una mano áspera tiró de ella hacia atrás.

—No te asomes —dijo enfadada Gauri, la sirvienta principal—. No voy a dejar que te caigas también. Tú —le gritó a una mujer más arriba, haciéndole un gesto con el bastón—, ve a buscar un guardia de las puertas. Diles que una chica se ha resbalado. ¡Date prisa!

La mujer comenzó a trepar. Pero era demasiado lenta sobre el suelo mojado, con la lámpara y la cuerda en las manos. Demasiado lenta.

Sima jadeaba con fuerza, el blanco de sus ojos era visible en la oscuridad parpadeante iluminada por la lámpara.

—No puedo aguantar —resolló.

—Puedes y lo harás —dijo Gauri—. Eres una chica fuerte. No te sueltes ahora.

Pero Sima estaba asustada, y sus manos seguramente estaban tan en carne viva como las de Priya, por la piedra vidriosa bajo sus dedos. No lograría aguantar hasta que llegara la ayuda.

Priya miró al suelo, la piedra tallada simulando enredaderas y hojas, entremezclada con el verde que brotaba a través de su superficie agrietada.

Había conocido el Hirana una vez, y el Hirana a ella.

Todavía la conocía.

No se había sentido segura la primera noche que lo escaló, cuando solo había podido concentrarse en llegar a la cima sin perder los nervios. Pero en este momento sí estaba segura. Mientras se levantaba y se obligaba a respirar, mientras las lámparas temblaban y los dedos de Sima se deslizaban un poco de su asidero, sintió el pulso de la roca mojada bajo sus pies, deslizándose como si las enredaderas en su superficie se movieran para acunarla. Tenía la sensación de que, si presionaba su oído contra el Hirana, escucharía la piedra moverse, como las vértebras de una gran bestia dormida.

Ella podría salir. Dejar que esa columna vertebral la sostuviera. Todo lo que necesitaba era un acto de fe. "No debería", pensó Priya distante. "Oh, espíritus, realmente no debería hacerlo".

Pero se trataba de Sima. Su amiga.

Se arrodilló. La luz amarilla de la lámpara proyectaba sombras sobre sus pies descalzos. La piedra debajo de ella era negra, su superficie agrietada como un huevo roto que goteaba líquenes y musgo de la yema. Tocó con los dedos el verde; sintió su calor debajo del agua de lluvia.

—La tierra me protege —murmuró. Luego se levantó una vez más y se alejó de la cuerda guía, hacia la izquierda y la oscuridad.

Escuchó gritos de sorpresa sobre ella, escuchó a Gauri gritar su nombre, pero Priya no levantó la cabeza. Siguió moviéndose. Lenta, cuidadosamente, maldiciendo para sí.

No quería hacerlo. Se arrepentiría de haberlo hecho.

Quería hacerlo. Quería saber si podía.

Se escuchaba la respiración aterrorizada de Sima.

En ese escalón había tallas en relieve: serpientes enroscadas y amontonadas, una cobra con la boca abierta y los dientes apuntando hacia arriba. Sintió el borde afilado contra su piel. Se quedó inmóvil.

Oyó una voz en su cabeza. Esa vez, no la de su hermano. Una voz grave, sabia. Divertida.

Un mayor.

"Tú y el Hirana tenéis un vínculo especial, ¿verdad, pequeña?" Recordó las manos sobre sus hombros. Una figura que se cernía sobre ella, ataviada con una túnica de algodón blanco y cuentas de madera sagrada que caían en cascada de su cabello. "Pero no olvides que está diseñado para engañar a tu vista. Así que no confíes en tus ojos".

Maldijo en su interior. Bajó los párpados, como si los mayores de su templo todavía estuvieran vivos allí para ser obedecidos, para darle su aprobación. Movió el pie más hacia la izquierda, confió en su piel. La aspereza dio paso a suaves enredaderas, enroscadas entre sí. Debajo de ellos, la piedra era sólida.

Un paso. Otro. Otro. Tanteó el suelo. Frágil, aquí. Sólido, aquí. Todavía oía gritar a Gauri, con la voz ronca. La piedra descendía, en un ángulo agudo y repentino, y Priya se detuvo una vez más, doblando los dedos de los pies contra el suelo. La respiración de Sima se oía cerca, muy cerca, por lo que Priya abrió los ojos.

Sima yacía en el suelo frente a ella. El blanco de sus ojos brillaba en la oscuridad.

Priya echó los pies hacia atrás y se arrodilló en el suelo, donde estaba lo suficientemente áspero como para mantenerse firme. Luego se recostó sobre su estómago. Extendió su mano.

—Puedes escalar—dijo— si me usas para sujetarte. Pero tendrás que soltar la roca y aferrarte a mí. ¿Puedes hacer eso por mí, Sima?

—Yo... —Sima se detuvo. Sus dedos exangües se crisparon—. Yo... no creo que pueda.

—Sí que puedes —dijo Priya con firmeza.

—Te arrastraré también hacia abajo. Moriremos las dos.

—No lo harás —objetó Priya, aunque no estaba del todo segura—. Vamos, Sima.

—Los fantasmas me van a llevar —susurró Sima—. Lo sé.

—Si hay algo de justicia, los espíritus de los mayores y los niños del templo están con los *yaksas*, en algún lugar lejos del Hirana —aseguró Priya en voz baja—. Y si no lo están, pues... no creo que esos fantasmas quieran las vidas de dos buenas ahiranyis, cuando tienen muchos parijatis por encima de nosotras para llevarse.

—Priya —dijo Sima—. No. Te...

—¿Me meteré en problemas? Puedes regañarme como es debido cuando ambas estemos a salvo. Te prometo que te escucharé.

Sima dejó escapar un gemido que podría haber sido un intento de risa. Cerró los ojos con fuerza.

—Priya, tengo miedo.

—No tienes que tener miedo. Estoy aquí. —Se apoyó con los antebrazos en la piedra y se arrastró un poco más cerca. Lo suficiente como para poder tocar con su mano la de Sima. Sintió los dedos temblorosos de su amiga—. Los dignos siempre están a salvo en el Hirana —dijo—. Eso es lo que les decían a los peregrinos. Y eres digna, Sima. Lo he decidido yo. Así que no te pasará nada.

Sima perdió sujeción. Su cuerpo se sacudió y Priya se apresuró a sostenerla, con el corazón acelerado. La mano de Sima se apretó contra la piedra un momento después.

—¡Priya! —Su voz estaba aflautada por el terror.

—Toma mi mano —dijo Priya—. Ven.

Después de un momento largo y tenso, Sima lo hizo. Aferró la mano de Priya con un apretón doloroso y desgarrador. Ahogó un sollozo, luego un grito, y se arrastró arriba, arriba. Sus uñas se clavaron en la piel de Priya. Ella apretó los dientes, enganchó el pie contra la roca y rezó para que ambas sobrevivieran.

Finalmente, Sima se liberó del hueco. Jadeando, ambas se pusieron de pie. Por encima de ellas, las otras sirvientas estaban en silencio, temerosas, tal vez, de que un solo ruido las hiciera caer.

Inspiración profunda. Espiración.

—Agárrate de mis brazos —dijo Priya. Mientras sostenía a Sima, el pánico finalmente la había alcanzado. Podía sentirlo cantar en su sangre, en el escozor caliente de las marcas de las uñas en sus brazos—. Te guiaré de regreso a la cuerda.

Llevó tiempo. Pero finalmente volvieron a subir con las demás y aferraron la cuerda guía. Sima se derrumbó de rodillas, llorando; otra sirvienta le murmuró algo y le puso una mano en la cabeza.

Priya sintió un fuerte golpe en el hombro. Se volvió para ver a Gauri. El rostro de la vieja mujer estaba blanco. Sus ojos no pestañeaban.

—Tonta —le dijo ella—. Las dos. Deja de lloriquear, Sima. Llegaremos tarde.

Sima hipó algo incomprensible en respuesta, pero se puso de pie. Las sirvientas comenzaron a moverse una vez más. Gauri miró a Priya por última vez, aterrorizada, furiosa y demasiado pensativa, y luego se dio la vuelta.

—Puedo seguir llevando la lámpara, si quieres —dijo Meena. Estaba de pie detrás de Priya, temblando como una hoja.

Priya abrió y cerró las manos. Le dolía todo el cuerpo.

—No es necesario —respondió—. Gracias por cargarla, Meena. Pero ya estoy bien. Dámela, deja que yo la lleve.

Dos guardias esperaban en las puertas para revisar cuidadosamente a cada una de las mujeres en busca de armas. Examinaron el bastón de Gauri, como siempre hacían, antes de devolvérselo con un gesto de respeto. Ambos eran soldados que habían viajado con la princesa desde Parijat, y miraban al resto de las sirvientas con frialdad, desdeñosamente.

Priya les devolvió la mirada. Extrañaba su pequeño cuchillo.

—Está esperando —dijo uno. Luego agregó—: He oído que una chica se cayó. Lamento su pérdida.

La mandíbula de Gauri se tensó, solo un poco.

—Tuvimos suerte de no perderla, gracias a los espíritus —dijo—. Envié a una de las mías en busca de ayuda. ¿No te pidió que vinieras?

Su expresión era distante. Se encogió de hombros.

—Nos ordenaron que no nos moviéramos. Pero todo ha salido bien, supongo, si la chica está viva.

—Todo ha salido bien —convino Gauri. Pero no parecía contenta.

Priya no pudo evitar pensar que si uno de los suyos, como Mithunan, hubiera estado protegiendo a la princesa, o incluso el propio séquito personal de hombres de ojos fríos del regente, habrían ido a salvar a Sima. O al menos lo habrían intentado.

Los guardias abrieron las puertas. La sirvienta que se había adelantado las esperaba con el rostro surcado por las lágrimas. Cuando vio a Sima, su expresión se iluminó, pero el enérgico sonido de unos pasos que se acercaban la ensombreció una vez más y bajó la cabeza.

La asistente de la princesa apareció en el vestíbulo de entrada.

La Señora Pramila era una mujer de la nobleza parijati, alta y severa. Iba siempre vestida con un sari bordado con flores de jazmín blanco, como señal de su sangre noble, y un chal grueso alrededor de la cabeza y los hombros. Rodeando su cintura llevaba un cinturón, y colgando de él un juego de llaves y una funda de cuchillo. A pesar de toda su alcurnia y la finura de su sari, no era más que una carcelera, y todos los sirvientes, incluida Priya, ya la odiaban y temían.

—Solo faltan tres horas para el amanecer —dijo Pramila con frialdad.

—La lluvia nos retrasó, mi señora —respondió Gauri—. El monzón es... quiero decir, es difícil escalar con este clima. Casi perdimos a una muchacha.

Pramila se encogió de hombros como diciendo: "Eso no es asunto mío".

—Está durmiendo en la habitación norte, como siempre —dijo—. Aseguraros de marcharos cuando se haga de día. Si el trabajo no está terminado para entonces, allá vosotras.

—Sí, mi señora.

—La próxima vez que lleguéis tarde —dijo Pramila— tendré que informar al regente de mi disgusto.

Gauri inclinó la cabeza con deferencia. Priya y las demás hicieron lo mismo. Tan pronto como Pramila se fue y desapareció en su estudio, Gauri se volvió hacia ellas.

—Comenzaremos en las cocinas —dijo—. Rápido, ya. Y si os retrasáis, prometo que os golpearé a todas y cada una de vosotras hasta dejaros llenas de moratones.

Priya encendió el fuego de la cocina y lo avivó hasta tener llamas constantes. Cortó cebollas y peló verduras, y las dejó a un lado para cocinarlas. Cuando terminó, se dirigió a uno de los pasillos del templo que los guardias solían utilizar y empezó a limpiar las huellas de barro del suelo.

—Priya. —Levantó la cabeza, sobresaltada. Sima la miraba con los brazos cruzados frente a ella—. Yo... yo quería darte las gracias.

—No es necesario.

Sima asintió. Su cara estaba demacrada. En la inclinación de su cabeza, en la curva de su boca, se adivinaba una pregunta.

—Nunca te había visto así antes —dijo Sima.

—¿Así cómo?

—Valiente. Supongo.

—Oye —dijo Priya—, soy muy valiente. ¿Quién fue la que atrapó la lagartija que se había metido en nuestra habitación, mientras todas las otras chicas gritaban? Yo.

—Eso que dijiste... —respondió Sima—. Cuando estabas... cuando me salvaste. Yo... —vaciló—. ¿Fuiste...?

Priya esperó. Trató de imaginar qué le preguntaría Sima: "¿Fuiste peregrina alguna vez?" Eso estaría bien. Mentiría convincentemente si eso era lo que Sima le preguntaba. Pero si fuera "¿Fuiste una niña del templo?", ¿cómo podía mentir, cuando incluso el hecho de estar en el Hirana le hacía sentir su pasado tan cerca, su piel demasiado tensa para retenerla?

Ah, espíritus, Priya esperaba que Sima no preguntara.

Finalmente, Sima dijo:

—Gauri quiere que encuentres a Meena.

—¿Qué?

—Meena ha desaparecido —le explicó—. Debe de haberse escondido, espero. Creo que estaba muy asustada.

—Lo estaba —admitió Priya. Suspirando, dejó caer su trapo en el cubo—. Iré a buscarla.

—Terminaré tu trabajo —dijo Sima—. Y, Pri, si necesitas algo...

—¿Sí?

Sima se arrodilló y recogió el paño empapado.

—Dímelo —completó—. Te lo debo, eso es todo.

Priya se esforzó por encontrar a Meena. De verdad. Pero si la muchacha estaba llorando en un rincón en algún lugar, probablemente aparecería a su debido tiempo. Después de echar un vistazo a unas cuantas habitaciones pequeñas del claustro, utilizadas alguna vez para albergar las efigies de los espíritus, pero ya vacías y acumulando polvo, Priya descartó la tarea y aprovechó la oportunidad para dirigirse adonde siempre había querido ir.

Más allá de las habitaciones del claustro, el estudio de la Señora Pramila, la cocina, la letrina y el baño, no lejos de las habitaciones que una vez pertenecieran a los mayores del antiguo templo, se encontraba el *triveni*.

El *triveni* era una habitación abierta al exterior, con enormes pilares tallados con figuras de *yaksas* que sostenían el techo con sus grandes brazos. Se podía acceder a tres ramas del templo a través del *triveni*: la habitación norte prohibida, donde dormía la princesa, y las del oeste y el sur. Entre ellas había franjas de cielo, la luz del amanecer entraba sin obstáculos desde el este. Si una estaba desprevenida, podría salir directamente a la parte exterior del Hirana y a todos sus peligros.

Priya no iba desprevenida. Cruzó la superficie del *triveni*, cubierta de profundos surcos que parecían agua en una orilla. Llegó al pedestal del centro de la habitación. Sobre este se encontraba el techo, un círculo tallado en el centro como una ventana al cielo. La superficie del pedestal estaba mojada, su pálida piedra brillante y lavada por la lluvia.

Como había hecho tantas veces antes, murmuró una oración y apoyó las manos contra el pedestal. Bajó la cabeza.

Recordó que una vez había habido gruesos cojines en el suelo para que los mayores del templo se sentaran cómodamente. Y candelabros colgados del techo, cargados de velas. Recordó haber corrido entre los cojines, una mano que la apartaba del borde y otra que la golpeaba cerca de la oreja. "Compórtate o te caerás, niña tonta".

Recordó el roce de la seda contra el suelo; una máscara de corona de madera barnizada, que brillaba a la luz. La voz de su hermano. Las risas de sus otros hermanos y hermanas, que se mezclaban. Eso y nada más.

Un ruido interrumpió sus reflexiones: un estruendo muy fuerte, que astilló el aire. Levantó bruscamente la cabeza.

—¿Meena?

El ruido procedía del pasillo que tenía delante. La habitación norte. Si la muy tonta había ido hacia la habitación de la prisionera...

Priya levantó las manos del pedestal y se deslizó por el pasillo, que estaba oscuro, con una simple antorcha chisporroteando en su candelabro. En las paredes había relieves de piedra de los *yaksas* en la guerra, conquistando el mundo con espadas de espinas en la nudosa madera de sus manos. La pintura se había descascarillado y descolorido hacía mucho tiempo, pero las imágenes seguían siendo nítidas. Los míticos mayores del templo de antaño estaban al lado de los *yaksas*, mirándola a través de sus máscaras de corona, sin rasgos distintivos aparte de sus pechos abiertos, ahuecados, de los que brotaban tres chorros de agua sobre un campo de batalla plagado de cadáveres.

Priya se obligó a no vacilar, a no demorarse y a mirar fijamente, absorbiendo las historias con los ojos. Pasó junto a ellos, con los pies descalzos y silenciosos sobre el suelo.

Se detuvo de repente. El suelo estaba húmedo, y no por la lluvia. Allí el techo y las paredes estaban cerrados. Se arrodilló. Tocó el líquido y se llevó los dedos a la cara. Vino.

De cerca, muy cerca, llegó el sonido de sollozos ahogados.

Priya volvió la cabeza.

La pared a su derecha tenía una celosía con molduras en forma de flores. A través de ellas, Priya vio telas, pesadas cortinas de seda que ondeaban como si las llevara el viento, parcialmente arrancadas de sus ganchos. Una jarra de metal en el suelo, la fuente del vino derramado. Se inclinó más cerca...

Y se encontró con los ojos de una mujer.

Por un momento, Priya no supo dónde estaba. Estaba en su propio pasado. Estaba mirando a otra hija del templo, tendida en el suelo ante ella. Estaba mirando a sus propios fantasmas hechos carne.

Grandes ojos oscuros, inyectados en sangre por el llanto. Las cejas eran gruesas y arqueadas, la piel del color de la madera de teca clara. Los sollozos se calmaron y Priya pudo oír la respiración de la mujer: un ritmo entrecortado, casi un estertor dolorido.

Fue el aliento lo que devolvió a Priya a sí misma. La devolvió a su propia piel, temblorosa y de rodillas.

La prisionera. Estaba mirando a la prisionera. La hermana del emperador. La princesa.

No debería de haber sucedido. La prisionera debería de haber estado durmiendo.

Pero la pared, esta pared de celosía, estaba en un corredor en el que ninguna sirvienta debería haber entrado. A nadie se le había ocurrido tapar la celosía más que con una simple cortina; nadie había pensado que esto pudiera ocurrir.

"Aparta la mirada", pensó Priya. "Apártate".

Debería de haber bajado la vista. Debería de haberse inclinado.

En lugar de eso, miró fijamente, sin pestañear, esos ojos. Miró y contuvo la respiración dentro de sí misma, un núcleo apretado que amenazaba con estallar contra sus costillas. Era como un pájaro sujetado por el ala. Volar estaba fuera de sus posibilidades.

La prisionera le devolvió la mirada. Estaba tendida en el suelo, apoyada sobre los codos, su cabello era una cortina oscura y salvaje a su alrededor. El vino había teñido su pálido sari de rojo, como si se hubiera herido. Todavía sosteniendo la mirada de Priya, se inclinó hacia delante.

—¿Eres real? —dijo en voz baja y suave para evitar ser escuchada, y ronca por el llanto—. Habla. Necesito estar segura.

La boca de Priya se abrió. Ningún sonido escapó de sus labios. Ella quería preguntarle lo mismo.

La prisionera tragó saliva. Priya escuchó el chasquido de su garganta; vio la inclinación de su cabeza, mientras la princesa la miraba con una expresión que no esperaba entender.

—Eres real, entonces. —Sus ojos estaban bordeados de rojo—. Bien.

—Por favor —susurró Priya—. Perdóname, princesa.

Se puso de pie. Hizo una reverencia, con la cabeza gacha, las manos entrelazadas ante ella. Y luego dio media vuelta y huyó.

No oyó nada detrás de sí. Solo la ausencia de llanto. Solo la respiración ronca de la princesa, que se desvaneció en el vacío silencioso de la noche.

Corrió de regreso al *triveni*.

En el centro de la habitación, sobre la parte inferior del pedestal, vio a Meena sentada. Estaba de espaldas a Priya, pero se volvió cuando se le acercó. Parpadeó hacia ella. Había huellas de lágrimas en sus mejillas.

—¿Priya?

—No deberías estar aquí.

—Solo estaba recogiendo —dijo Meena, lo cual era una mentira tan obvia que Priya solo pudo mirarla, boquiabierta, por un momento.

—Baja.

—Solo estaba...

—Bájate de ahí —repitió. Y luego, como su lengua y su corazón a veces eran traicioneros, dijo—: Eso no es para ti.

Meena bajó. Se cruzó de brazos delante de ella; se sentía, a todas luces, culpable.

—¿Sabes lo cerca que estás de la habitación de la princesa? —preguntó Priya conmocionada; su corazón acelerado hizo que su voz temblara repentinamente—. ¿Sabes el problema que podríamos tener si la princesa nos escuchara? ¿O si, los espíritus no lo permitan, la Señora Pramila nos encontrara aquí? Tenemos un trabajo: venimos aquí en la oscuridad, limpiamos y preparamos la comida, y nos vamos antes del amanecer. No molestamos a la prisionera. No le dejamos saber siquiera que existimos. Esas son las órdenes del regente y las obedecemos, ¿entiendes?

—Lo... lo siento —dijo Meena con voz temblorosa—. Por favor, no se lo digas a Gauri.

—No lo haré. —Aferró el brazo de Meena—. Piensa en el dinero que obtendrás por este trabajo y compórtate la próxima vez, ¿de acuerdo? Piensa en tu futuro. Ahora ven. Vamos a volver a trabajar.

Dejaron el *triveni* atrás.

Capítulo Siete

PRIYA

E ra temprano en la mañana cuando las sirvientas bajaron del Hirana y regresaron al *mahal*. Billu tenía un plato de comida caliente listo para ellas, y se repartieron el *roti* y los pepinillos. Gauri se excusó rápidamente, alegando que necesitaba descansar.

—Deberíamos descansar también —dijo Sima, frotando su *roti* sobre el aceite fragante y la salmuera que habían sobrado. Priya abrió la boca y Sima levantó un dedo para detenerla—. No hables hasta que hayas terminado de comer, Pri, por favor.

Priya puso los ojos en blanco y tragó su bocado de comida con un trago de agua, luego dijo:

—Todavía no estoy cansada.

—¿Qué vas a hacer?

—Voy a la huerta —dijo—. ¡Billu! —llamó, y el cocinero se apartó del enorme montón de cebollas que estaba cortando—. Me voy al huerto, así que si quieres que les lleve algo a los niños...

—Deberías irte a dormir —la regañó Billu, pero le dio algunos *parathas* para que los llevara con ella y una gran botella de té; el vapor transportaba el cálido perfume del cardamomo—. Diles que queda un poco de cebolla del *sabzi,* si se apresuran —dijo—. Pero no se la llevarás. Demasiado lío.

A las pocas personas con podredumbre que vivían en la casa se les había asignado la tarea de limpiar los acres arruinados del huerto del regente, junto a los sirvientes que por lo general se encargaban del cuidado de los árboles. Después de todo, los podridos ya estaban marcados: no podían volver a infectarse. O esa era la lógica utilizada, al menos.

Durante días habían trabajado desde el amanecer cortando las ramas y amontonándolas en una hoguera. Priya siguió el humo y los encontró limpiando un árbol muy viejo. Era enorme, de tronco grueso, con raíces profundas y extendidas que eran parcialmente visibles entre la tierra que estaban quitando. Las raíces habían sido cortadas para que el interior comenzara a secarse y se prendiera fuego más fácilmente.

Los trabajadores llevaban un paño envuelto alrededor de la boca para evitar respirar lo peor del humo, pero Priya no estaba ni la mitad de preparada. Se tapó la boca con el *pallu* mientras mantenía en equilibrio la comida y la botella contra la cadera, respiró hondo y trató de no pensar en todas las cosas en las que el olor a humo siempre la hacía pensar. Los brazos de su hermano alrededor de ella. Sangre. El Hirana.

La princesa, mirándola con los ojos enrojecidos, oscuros como la brea.

"¿Eres real?"

Se obligó a retroceder y miró a través de la neblina hasta que vio una figura pequeña y conocida que se tambaleaba bajo un enorme montón de leña.

—¡Rukh! —llamó Priya.

Él miró por detrás de la madera y sus ojos se entrecerraron al sonreír cuando la vio. Entusiasmado, arrojó la leña a la hoguera.

—He traído comida para todos —gritó ella, y los otros hombres emitieron sonidos de alivio mientras bajaban sus machetes.

Había tinajas de agua salada colocadas cerca, y todos los trabajadores se lavaron manos antes de comenzar a comer, para limpiar su piel. La sal, pensaban algunos, ayudaba a mantener a raya la podredumbre.

—¿Cómo va la vida como sirviente? —le preguntó Priya a Rukh, después de haber repartido la comida y pasado la botella de té al hombre más cercano, quien murmuró su agradecimiento.

—La comida es excelente —dijo Rukh, limpiándose las manos mojadas en la túnica. Sus ojos estaban fijos en los *parathas*. Tomó uno rápidamente.

Priya quería interrogarlo un poco más. Solo lo había visto de vez en cuando desde que lo dejara al cuidado de Khalida, generalmente en los momentos en los que él iba a comer a las cocinas temprano en la mañana, junto con el resto de los sirvientes. Una o dos veces, el chico se había sentado con ella después de la cena y había dejado que le contara cuentos de los *yaksas*. Eso era todo. Pero estaba comiendo con tal alegría que no quiso interrumpirlo, así que suspiró y dijo:

—Dame la mano. —Lo aferró de la muñeca—. Puedes comer con la otra.

—Estoy mucho mejor —dijo masticando un bocado de comida—. No duele tanto.

—No hables con la boca llena.

Se metió el resto del *paratha* en la boca, con los carrillos llenos, y asintió rápidamente. Ella inclinó la cabeza para ocultar su sonrisa e inspeccionó sus dedos. La cuenta colgaba ceñida a su muñeca, atada con un hilo fuerte.

Sintió una oleada de alivio. Su podredumbre no estaba mejor, pero tampoco peor: la piel todavía se arrugaba alrededor de lo que crecía debajo de ella, pero estaba intacta. La cuenta de madera sagrada estaba obrando su magia.

—Cuando la cuenta se enfríe, ven a verme de inmediato —explicó—. Antes de que empeore, Rukh. No después.

—Está bien —dijo suavemente—. Lo prometo —agregó, bajo su mirada severa.

—Quizá debas unirte a ellos —dijo, señalando a los otros niños—. Bueno, tengo que irme a la cama. —Resistió el impulso de alborotarle el pelo rapado. No le gustaría que se lo hiciera delante de los demás.

—En un segundo —dijo. Se balanceó un poco sobre sus talones, con la vista baja—. Priya. ¿Puedes...? —dudó—. ¿Me harías otro favor?

—¿Otro favor? —preguntó ella, incrédula—. ¿Quieres decir, además de conseguirte un trabajo? Eres bastante descarado. —Hizo una pausa—. Bueno, depende de lo que sea.

—Por favor. No subas al Hirana esta semana.

Eso no era lo que ella esperaba.

—¿En toda esta semana?

—Toda la semana —confirmó él. Tragó saliva—. Por favor.

Era una petición tan absurda que Priya solo pudo reírse. Cuando levantó la cabeza, arqueó una ceja.

—¿Y cómo conservaré mi puesto si no trabajo, eh? ¿Crees que el regente mantiene a las mujeres que no cumplen con su deber?

—Di que estás enferma. No te harán escalar si estás enferma, y dijiste que su esposa es amable, que no permitiría que te despidieran —insistió Rukh, decidido—. Por favor, Priya. Todo el mundo dice que ese lugar está embrujado. Y después de lo que pasó contigo y Sima...

—Sima fue la que se cayó —señaló Priya—. Yo no. Y no le estás pidiendo a ella que finja una enfermedad, ¿verdad?

—Ella no es tú —dijo Rukh—. Tú eres la que gasta su dinero en madera sagrada para los niños con podredumbre. Nadie lo hace. Tú eres quien me dio esta oportunidad. No ella, ni nadie más. —Su expresión era solemne, llena de una seriedad que era a la vez infantil y, de alguna manera, demasiado madura para que la cara pequeña y afilada la pudiera contener—. Priya, por favor. Solo por una semana. ¿Hasta que cesen las lluvias?

—Tendrás un lugar aquí sin importar lo que me pase a mí —dijo ella. Tal vez necesitaba oír eso, necesitaba estar segura—. Pero no tengo pensado lastimarme. Si tengo la oportunidad, estaré cerca para ayudarte, ¿entiendes? Hay cosas que no podemos controlar, Rukh. Ambos sabemos cómo es el mundo. Mientras pueda ayudarte, lo haré. Pero no puedo hacerlo si no trabajo.

—Igual no deberías ir —dijo Rukh obstinado. Y cuando miró hacia abajo, Priya reconoció lo que el chico estaba tratando de ocultar. Culpa.

—¿Hay alguna otra razón por la que no quieres que escale? —preguntó con cuidado.

Rukh no dijo nada. Luego, torpemente, murmuró:

—Porque me importas.

—Eso es muy amable —dijo—. ¿Por qué más?

—Te he dicho la verdad. —Parecía herido, pero Priya no estaba convencida.

—No confundas mi bondad con ser una tonta —dijo Priya tranquilamente—. No eres bueno para ocultar tus sentimientos.

—No es seguro —repitió él.

—Vamos —lo persuadió Priya—. ¿Qué has oído? ¿Las criadas han estado inventando cuentos de espíritus peligrosos y malignos? Seguramente ya te has dado cuenta de que es mejor no escucharlos.

Rukh negó con la cabeza.

—No importa. Voy a seguir comiendo.

—Rukh.

Priya estaba bastante segura de que no eran historias de fantasmas lo que lo tenía mordiéndose el labio y tirando del hilo de su muñeca. Pero no tanto de cómo sacarle la verdad.

—Deberías escucharme —dijo frustrado. Dio un paso atrás. Otro—. Deberías confiar en mí. Yo confié en ti.

—Así no es cómo funciona la confianza —respondió Priya, desconcertada.

Cuando trató de seguirlo, él comenzó a correr, abriéndose camino entre los árboles. Uno de los hombres le gritó, advirtiéndole que regresara o recibiría una paliza más tarde. Pero no volvió a aparecer.

Finalmente, ella dejó de esperar a que él regresara y se fue a su habitación; se arrojó sobre su estera, exasperada y exhausta, mirando al techo hasta que, a regañadientes, se quedó dormida.

Cuando se despertó era de noche, el aire aterciopelado tenía una calidez moribunda y Sima estaba sentada con las piernas cruzadas en la colchoneta junto a la suya, desnuda, con los hombros todavía húmedos por el baño. Estaba cosiendo la blusa de su sari, cuya manga estaba rasgada por la mitad.

—Qué desastre —murmuró Priya.

—Se me rompió cuando me caí —dijo Sima—. ¿Por qué no descansaste antes?

—Estaba buscando a Rukh.

Sima soltó un débil resoplido.

—Por supuesto.

—¿Qué significa eso?

—Nada. Él también te estaba buscando a ti —dijo jovialmente—. ¿Hiciste algo para enfadarlo?

—¿Por qué lo dices?

—Parece que no quiere que te ganes la vida. Me pidió que te diera esto. —Sima rebuscó en su colchoneta; extrajo algo en su puño—. Dijo que vendrá a buscarlo si se lo devuelves después del atardecer.

—¿Estuvo aquí? ¿Mientras yo lo estaba esperando en el huerto? —Priya dejó escapar un gemido—. Dame eso.

Sima dejó caer la cuenta de madera sagrada, todavía ensartada en el hilo, en la palma de Priya.

—Niño tonto —maldijo Priya—. Sabe que necesita usarla constantemente. —Apretó la cuenta con más fuerza, el calor irradió contra su piel.

—Mi caída debe de haberlo asustado —dijo Sima.

—Lo hizo. —Priya suspiró frustrada—. Pero le dije que puedo cuidarme sola. Te salvé, al fin y al cabo.

Sima negó con la cabeza. Se puso la blusa del sari sobre los hombros húmedos y se apartó el pelo del cuello.

—Eso no evitará que se preocupe —dijo—. Está tratando de protegerte.

—Es un niño —protestó Priya—. ¿No sabe que es el trabajo de sus mayores protegerlo a él, no al revés?

—¿Por qué iba a saber eso? —preguntó Sima sin rodeos.

Tenía razón, por supuesto. El chico no había tenido a nadie antes de que Priya lo llevara al *mahal*. Si sus familiares habían sido granjeros, probablemente habían muerto de hambre cuando sus cultivos se pudrieron, dejándolo solo. Casi seguro que llegó a Hiranaprastha sin nadie que lo cuidara.

—Además —prosiguió Sima—, la mayoría de nosotros vemos niños con podredumbre y miramos hacia otro lado. No tiene sentido llorar por algo que no puedes arreglar.

—¿Incluso un niño enfermo?

—Especialmente ellos —murmuró Sima, alisándose las mangas de la blusa—. Hay tantos que nunca podrías parar. Priya, eres muy buena al preocuparte por él y al hacer todas las pequeñas cosas que haces en la ciudad, pero se te romperá el corazón por ese chico cuando muera. Y morirá.

—Mi corazón está bien —dijo Priya un tanto rígida—. No tienes que preocuparte por mí.

Después de un silencio incómodo, Sima volvió a hablar con más suavidad.

—Dale unos días. Dejará de preocuparse. Le diré a Gauri que no te sientes bien.

Priya abrió los dedos y miró fijamente la cuenta. Unos pocos días. Eso tenía sentido. Pero Rukh le había pedido que no escalara el Hirana durante una semana. Si estaba preocupado por su seguridad, ¿por qué establecer un período de tiempo? ¿Por qué no le había pedido que dejara el trabajo por completo?

Algo no iba bien. Lo supo cuando Rukh le pidió el favor. Pero la certeza se había vuelto más fuerte entonces.

"Necesito hablar con Bhumika", pensó. El temor se enroscó en su vientre. "Necesito hacerlo ahora".

—¿Cuánto falta para el atardecer? —preguntó.

—No mucho.

Ojalá hubiera sido honesto con ella. No sabía que él era capaz de urdir artimañas.

—Simplemente tendré que dejar que se preocupe —dijo Priya. Levantó el hilo y lo pasó por encima de su propia muñeca—. Se lo devolveré por la mañana.

Se abrió paso rápidamente por los pasillos de los sirvientes, caminos laberínticos creados para que pudieran trasladarse por el *mahal* sin cruzarse con la nobleza. Finalmente, salió al jardín central y comenzó a caminar hacia el palacio de las rosas.

La Señora Bhumika era una mujer que valoraba la privacidad y la belleza, y sus aposentos lo reflejaban. En lugar de vivir en la gran opulencia del *mahal*, había creado su hogar en el palacio de las rosas: una mansión dentro del jardín de rosales que se encontraba en el corazón de los terrenos. Sus puertas estaban rodeadas de macizos de flores: haces de blanco y burdeos, rosa y rojo glorioso.

Por lo general, las puertas del palacio de las rosas estaban abiertas de par en par; la suntuosa alfombra de la sala estaba atestada de mujeres visitantes de alta alcurnia que se sentaban bajo un techo decorado con una profusión de esmeraldas incrustadas, talladas en forma de hojas. Allí escuchaban música y bebían vino, reían y tejían el tipo de intrigas frívolas para las que Priya tenía poca paciencia.

Pero aquel día las puertas estaban cerradas, el aire dolorosamente tranquilo y solo había dos personas en la entrada. La sirvienta mayor de rostro agrio, Khalida, estaba hablando con otra mujer. Esta llevaba un maletín a su lado. Estaba abierto por arriba, e incluso desde la distancia Priya podía ver su contenido. Frascos. Pinzas. Era una doctora.

Priya se detuvo en seco cuando ambas mujeres la vieron.

—Niña —dijo Khalida—. ¿Qué estás haciendo aquí?

—He venido a limpiar los aposentos de mi ama, señora —dijo Priya, inclinando la cabeza con respeto y voz recatada.

—Hoy no —dijo Khalida—. Nuestra señora no se encuentra bien. No tiene tiempo para ti. Vete.

En otro momento, Priya habría empujado, sobornado o engatusado a Khalida para que le permitiera entrar. Pero faltaba poco para el anochecer y la doctora todavía estaba de pie, mirando entre ellas. Priya sabía que Khalida no rompería las reglas frente a una desconocida. Así que, en cambio, inclinó la cabeza de nuevo.

—Señora.

Se dio la vuelta y se alejó. Mientras lo hacía, escuchó la voz de la doctora elevarse en una pregunta y a Khalida responder.

—... uno de los vagabundos de nuestra señora. Mendigos descalzos, todos ellos. No puede soportar ver pasar hambre a un huérfano. Sí que les gusta lloriquear por las sobras.

"Espero que una rata se coma tu pelo, Khalida", pensó Priya con amargura.

Un vagabundo. No era una descripción falsa, en realidad. Pero eso solo hizo que las palabras ardieran aún más.

Fue una noche de milagros. Priya llegó a la base del Hirana con tiempo de sobra y Gauri no dijo nada, lo que significaba que la princesa no le había mencionado el error de Priya a la Señora Pramila. Afortunadamente, no había llovido durante horas, por lo que la superficie del Hirana se había secado al sol del día. Y, pese al estúpido incidente del día anterior, Meena apareció al anochecer, trotando detrás de las demás con un paquete de leña atado a la espalda.

—Déjame que te lo lleve —ofreció Priya. Pero Meena negó con la cabeza.

—Oh, no, puedo hacerlo. Solo... ¿puedes llevar la lámpara?

Priya estuvo de acuerdo y comenzaron su ascenso. La luna estaba llena, gorda y reluciente, su luz plateada era casi tan fuerte como el resplandor de una lámpara. En la cima del Hirana, los guardias revisaron si tenían armas y les permitieron entrar, y Pramila las saludó con sus instrucciones heladas habituales antes de que se fueran a trabajar.

Priya estaba limpiando las cenizas de fuego del suelo cuando Gauri la sujetó del brazo.

—Ven —le dijo con brusquedad—. Meena ha vuelto a desaparecer. Encuéntrala y tráemela. Puedo entender que ayer estuviera asustada. Pero dos veces seguidas es demasiado.

—Señora —dijo Priya con deferencia. Dejó su escoba a un lado y se alejó.

—Dile que si vuelve a hacerlo se quedará sin trabajo. ¿Me oyes, Priya? ¡Díselo!

Priya se dirigió directamente al *triveni*, pero no había señales de Meena en el pedestal ni en ningún otro lugar.

El aire era claro y frío, y Priya estaba sola con sus propios recuerdos, las líneas dibujadas en el suelo y la certeza de que la prisionera yacía en el otro extremo del *triveni*, un pasillo más allá.

Había tratado de no pensar en la princesa. Pero no pudo evitarlo. Esos ojos. Se los imaginó y algo sin nombre la inundó. Por un momento, se sintió como si estuviera mirando un espejo oscuro. Su pasado se reflejó en ella y la transformó en algo nuevo.

Priya sabía lo que todos sabían sobre la princesa, nada más. El emperador Chandra había ordenado a su hermana subir a la pira, junto a sus doncellas, para sacrificarse como lo habían hecho las Madres de las llamas hacía mucho tiempo. Pero la princesa había rechazado el honor. Y ahora estaba allí.

"Casi te quemas también", pensó Priya mientras miraba el corredor. "Como yo".

Esa voz. Su sonido ronco y áspero. Esa boca, formando palabras en la penumbra.

"¿Eres real?"

"Deja de comportarte como una tonta", se dijo Priya.

Pero se encontró cruzando el *triveni* de nuevo, sin prestar atención al aterciopelado cielo nocturno que la rodeaba o a las figuras de *yaksas* talladas en los grandes pilares que sostenían el techo sobre ella. Se movió como si el corredor oscuro que tenía enfrente y la pared de celosía que se extendía a lo largo fuesen una luz y ella, una polilla particularmente estúpida.

—Priya —la llamó una voz suave—. Detente.

La voz se oía a sus espaldas. Priya se volvió.

Meena estaba detrás de ella. En uno de sus brazos, flexionado, transportaba algo que parecía un pequeño montón de leña. Su rostro estaba extrañamente pálido.

—Necesito tu ayuda —dijo Meena.

—¿Qué ha pasado? —preguntó Priya, alarmada—. ¿Te has hecho daño?

—No.

—¿Alguien se ha herido? —Cuando Meena negó con la cabeza, Priya dijo—: Entonces, ¿qué ocurre? —Meena permaneció en silencio un segundo de más, así que Priya siguió hablando—. Volvamos a las cocinas. Le pediré a Sima que te prepare una taza de té. Algo para calmar tus nervios...

—Sé lo que eres —dijo Meena, con un ligero temblor en la voz.

Priya ahogó sus palabras abruptamente.

—Lo supe en el momento en el que salvaste a Sima. Cuando te moviste, lo hiciste como si hubieras caminado sobre el Hirana antes, como si el suelo te conociera. —Meena tragó saliva. Luego dijo—: Eres una hija del templo. O lo fuiste alguna vez.

—Estás equivocada —negó Priya.

—¿Cuántas veces pasaste por las aguas inmortales antes del fin del consejo? ¿Llegaste a nacer una vez? ¿O dos?

—Meena —dijo Priya suavemente—. Estás confundida. Ve a las cocinas, ahora.

—No lo estoy —insistió Meena con firmeza—. Estoy muy segura. Sé que eres una hija del templo. Te criaron aquí. Fuiste educada para gobernar nuestra fe. Y luego el regente los quemó a todos, ¿no? A ti y a tus mayores. Pero de alguna manera sobreviviste. Oculta a plena vista. No eres la primera que conozco. Él me dijo qué debía buscar. Lo sé.

Meena cruzó el *triveni*. Aferró el brazo de Priya con fuerza, como una garra de hierro.

—Mira —dijo con voz firme, feroz.

Entonces Priya miró. En la mano izquierda de Meena, medio oculta bajo los pliegues de su sari, vio lo que antes había pensado que era leña.

Era una máscara. Meena debía de haberla escondido en el bulto que cargaba siempre a la espalda. Los guardias no la habían visto cuando revisaban a las sirvientas en busca de armas. Después de todo, no era un arma. No era más que madera, de una oscuridad profunda, tallada en curvas concéntricas a partir de un hueco central. Pero era hermosa y familiar, y cada centímetro estaba torneado de las ramas de los árboles sagrados. Al tenerla cerca Priya podía sentir su calor, intenso como el latido de un corazón ensangrentado.

Era una máscara de corona.

La cuenta de madera que llevaba atada en su muñeca no tenía ni una sombra de su poder.

Priya se estremeció a su pesar.

—La reconoces —dijo Meena; su voz temblorosa era triunfal.

—No sé a qué te refieres.

—Por favor, Priya. Sabes qué es. Yo sé que lo sabes. —Meena dio un paso más cerca—. Tú puedes ayudarme a encontrar las aguas inmortales. Tienes que hacerlo. Necesitamos su poder para liberarnos de un imperio que siempre nos ha odiado, de gobernantes que quieren que nos sometamos como perros obedientes por el delito de ser mejores que ellos. —Aferró con más fuerza la máscara—. Nos han robado muchas cosas. Nuestro idioma. A nuestros mayores. Juzgaron nuestra cultura como algo sucio, nos dejaron morir de hambre. Necesitamos las aguas, Priya, todos las necesitamos, antes de que sea demasiado tarde.

—Me estás haciendo daño en el brazo —dijo Priya con firmeza—. Suéltame. Volvamos a trabajar y olvidemos todo esto.

—¿No me estás escuchando? —El rostro de Meena era la viva imagen de la desesperación—. Este emperador loco nos quemará a todos. Necesitamos ser fuertes. Tenemos que ser lo que una vez fuimos.

—Te estoy escuchando —respondió Priya sin emoción ninguna—. Y creo que deberíamos volver al trabajo. Creo que esperas de mí algo que no puedo darte.

Hubo un sonido, más allá del *triveni*; dos sirvientas pasaron charlando. Priya se quedó rígida, en completo silencio. "No entréis aquí", pensó. "Por la tierra y el cielo, por favor, no".

Las mujeres pasaron. Sus voces se desvanecieron.

Meena la observaba, atenta como un animal que contempla a su presa. Pero temblaba y temblaba, como si su propio instinto la aterrorizara.

—Muéstrame el camino a las aguas inmortales —dijo Meena en un susurro—. Solo dime cómo llegar a ellas, simplemente dímelo y me iré de aquí. No causaré problemas.

—¿Qué quieres decir con "problemas"? —preguntó Priya.

Meena tragó saliva. Su mirada era inquebrantable.

—Ser fuerte significa ser despiadado —dijo Meena—. Lo sé. Y no tengo miedo de hacer lo que haya que hacer.

—Fuerte —repitió Priya. Recordaba lo que había significado "ser fuerte" cuando era una niña—. ¿Quieres decir que me torturarás? ¿Y a las otras sirvientas también? ¿Quieres decir que las matarás para obligarme a mostrarte el camino? —Como Meena permaneció en silencio, le sonrió con una sonrisa feroz y dura—. No tendría sentido, de todos modos. No conozco el camino.

—No me mientas —exclamó Meena, su voz de repente alta y aguda como si no pudiera controlarla. La aferró aún más fuerte, hasta hacerle daño—. Les he preguntado a los demás. Has vivido en el *mahal* del regente desde que eras una niña. Si alguien conoce el camino, eres tú.

—Meena —dijo Priya con el tono de voz más tranquilo que pudo adoptar, aun mientras su corazón se aceleraba—, si tuviera el poder de las aguas inmortales en la punta de mis dedos, ¿de verdad crees que estaría trabajando tan duro en la casa del regente? ¿No debería ser algo más que una sierva? Piensa con sensatez.

—Creo que eres una cobarde —dijo Meena repentinamente viperina—. Creo que estás dispuesta a lamer las botas del regente, y me das asco. No eres como él.

Priya no pudo preguntarle quién era él, no pudo decir una palabra, porque Meena la soltó y enseguida le tomó la cara. Le clavó sus uñas afiladas en la mandíbula. Para ser una mujer tan pequeña, era fuerte. Había una luz febril en sus ojos.

—Dime la verdad.

Priya sintió que la mano de Meena apretaba cada vez más. Se esforzó para que las palabras salieran de su boca.

—Meena. Detente.

Las uñas de Meena se clavaron con más fuerza.

Como no la soltaba, Priya hizo lo único sensato que podía hacer: le pisó el pie. El talón primero, todo el peso de su cuerpo después. Meena dio un chillido, aflojó la presión, y Priya le aferró la mano que aún tenía pegada a su rostro. Clavó sus propias uñas en la muñeca de Meena y se liberó.

Podría haber gritado pidiendo ayuda. Pero Meena jadeaba delante de ella, con la máscara de corona en las manos, y había llamado a Priya "hija del templo". El miedo dejó los pulmones de Priya sin aire. Pensó en su hermano, en sus ojos llenos de terror a la luz amarilla del fuego. Pensó en la oscuridad, en el agua, y sintió su voz en sus oídos.

"No llores, Pri, no llores. Solo muéstrame el camino".

Meena levantó la máscara.

—Meena —dijo Priya bruscamente—. Meena, no lo hagas. No.

—Arriesgaré cualquier cosa. Haré cualquier cosa —replicó Meena con la voz tensa por el miedo y la desesperación, y también por algo más. Algo venenoso—. No tengo otra opción. No puedo volver sin una respuesta. Así que dímelo ya. Por favor.

—Estoy siendo sincera contigo. No lo sé.

En el silencio que siguió, Priya escuchó el rugido distante de un trueno.

—Es lo que has elegido —dijo Meena. Su labio inferior temblaba—. Espero que lo sepas.

Se colocó la máscara sobre la cara.

Priya se quedó inmóvil, helada, excepto por el lugar donde la cuenta de madera le entibiaba la muñeca. Observó cómo la máscara de corona se adhería a la piel de Meena. En los espacios entre las franjas de madera pudo ver que la piel de Meena se enrojecía al instante, bañada en calor. Meena dio un grito ahogado y levantó la cabeza; en la penumbra, su rostro era como una lámpara, brillaba con una luz profunda en su interior mientras la fuerza de la madera sagrada se derramaba a través de ella.

Meena dio un paso adelante. Luego se quedó inmóvil. Un silbido de dolor escapó a través de los dientes fuertemente apretados.

—Quítatela —le rogó Priya—. Meena, hazlo ahora mismo, mientras puedas.

Pero Meena no se la quitó. Inspiró y espiró, inspiró y espiró, encorvada hacia delante por el dolor. Cuando levantó la cabeza, la piel entre las franjas de la máscara estaba moteada, enjuta; había adquirido el brillo nacarado y reluciente de los huesos hervidos y limpios de carne, y el color contrastaba con el de la madera.

Meena había elegido su camino, había escogido arrojarse a los brazos de la muerte. Priya no haría lo mismo.

Corrió.

No llegó muy lejos; casi ni había girado su cuerpo hacia la puerta del *triveni* cuando sintió un golpe en la espalda que le quitó el aire de los pulmones y la arrojó al suelo. Sus manos se estrellaron contra la piedra. El dolor la atravesó. Se arrodilló, luchando por volver a ponerse de pie.

Meena la empujó hacia abajo colocándole eficazmente un codo en la columna. Priya se tumbó de costado, pensando cómo quitarse de encima el peso de Meena o... no. Eso no funcionaría. Por pequeña que fuera, Meena llevaba puesta ahora una máscara de madera sagrada que imprimía una fuerza nueva a sus manos mientras sujetaba a Priya contra la piedra, jadeando detrás de las franjas, con los ojos desorbitados.

Entonces, Priya aferró la garganta de Meena tratando de cortarle el aire el tiempo suficiente para poder deslizarse debajo de ella. Se las arregló para apoyar sus manos y clavarle las uñas en los tendones del cuello, incluso mientras Meena le hundía los nudillos en los hombros, la rodilla en el estómago. Priya rechinó los dientes, apretó aún más y...

Meena apartó las manos y las apoyó contra suelo.

—Quédate quieta —ordenó.

Priya trató de liberarse, torciéndose hacia un lado, pero Meena simplemente presionó más hasta que Priya se sintió como si sus manos estuvieran en llamas; los huesos de sus muñecas crujían dolorosamente.

—Lo sientes, ¿no? —dijo Meena. Apretó con más fuerza y Priya jadeó—. He probado las aguas inmortales. Tengo sus dones.

—Entonces no deberías necesitarme —se obligó a decir Priya.

Volvió la mejilla contra la piedra y dejó que su cuerpo se relajara. Trató de comportarse como si hubiera renunciado a seguir luchando. Dejó que Meena creyera que había ganado. Después de todo, en ese momento —con sus manos aferradas a los hombros de Priya, aplastando sus huesos, y las rodillas en el estómago— ella era la vencedora.

Meena también se había dado cuenta. Y saberlo pareció ablandarla. Se inclinó más cerca, lo suficiente como para que Priya pudiera oler su piel, que desprendía un humo putrefacto y cocido.

—Solo he probado un poco —confesó Meena—. Y no de la fuente. Solo... un trago de un frasco. Nada más. Pero no es... —Su presión se contrajo en un espasmo. Su piel ardía—. No es suficiente.

Priya trató nuevamente de liberarse, pero no pudo.

—Dime el camino —dijo pesadamente Meena. No tengo mucho tiempo.

—La máscara te está matando, Meena.

—Me está dando la fuerza que necesito. —Sus palabras mostraban confianza. Pero sus ojos estaban rojos y casi no parpadeaban. Sabía en lo que se estaba convirtiendo—. Las aguas inmortales me están matando con su ansia. La máscara me está matando con su poder. Y... y no me importa. —Su voz sonaba entrecortada—. Pero necesito respuestas. Por el bien de Ahiranya y de los demás que, como yo, quieren salvarlo. Necesito saber el camino.

—No sé el camino, idiota. Eres una niña llorona. Me llamaste hija del templo. Sabes lo que soy. ¿Nunca te preguntaste por mis motivos para venir aquí, como yo debería haberme preguntado sobre los tuyos? —Priya estiró el cuello y levantó leve y dolorosamente la cabeza—. Casi no puedo recordar nada. Oh, pasé por las aguas, sí, nací una vez, pero cuando vi quemar a mis hermanos y a los mayores, lo perdí todo. Soy mercancía dañada. Mi mente... —Priya se interrumpió, temerosa de hacer algo ridículo como reírse de la mujer moribunda que tenía encima y que parecía capaz de romperle las muñecas—. No puedo ayudarte. He estado tratando de recordar, vine aquí y pensé en intentarlo. Pero ahora tal vez nunca lo haga, por tu temeridad. Las únicas personas que podían mostrarte el camino están muertas.

—No. —La voz de Meena tembló como una llama. Sus ojos eran salvajes—. ¡No, no!

La fuerza con que sujetaba a Priya se aflojó un poco. Estaba distraída. Priya se arriesgó.

Golpeó su cabeza contra la de Meena, con la fuerza suficiente como para que su cráneo crujiera y su piel ardiera por el calor de la madera sagrada. En el momento en el que Meena intentó recuperarse del susto, Priya logró levantar una mano y tirar de la máscara.

Empezó a dar arañazos feroces y torpes, sus uñas se deslizaron entre el calor abrasador de la madera y la carne moteada y carbonizada de Meena. Sintió algo suave bajo las yemas de los dedos, resbaladizo y cálido. Se dio cuenta con horror de que la piel de Meena, alrededor de las cuencas de los ojos, se había quemado hasta reducirse a hueso. Meena lanzó un grito terrible que se elevó y se elevó hasta convertirse en un aullido que resonó en el *triveni*, sus columnas y sus ausencias, atravesando el estruendo de la lluvia que había comenzado a caer.

Priya la empujó hacia atrás. Se puso de pie de un salto. Las yemas de sus dedos estaban ampolladas. Meena todavía se retorcía en el suelo cuando Priya oyó pasos en el pasillo y, de repente, vio a Gauri y a Sima en la puerta, inmóviles y boquiabiertas.

—¡Salid de aquí! —gritó Priya—. ¡Vamos!

—Decídmelo —dijo Meena entrecortadamente, poniéndose de pie—. Alguna de vosotras. Por favor.

Cuando Sima vio la cara de Meena, gritó y se tapó la boca con las manos. Dio un paso atrás.

—Meena —intentó explicarle Priya—. Detente. No saben nada, Meena. ¡Detente!

Pero Meena no escuchaba. Se movió con la concentración frenética de alguien al borde de la muerte y la desesperación: cruzó la habitación y aferró a Gauri por el hombro. Gauri gritó cuando las manos de Meena la empujaron y la arrojaron contra una columna. El bastón de la vieja criada cayó al suelo. Trató inútilmente de alcanzarlo mientras Meena la sostenía y jadeaba inspirando y soltando aire, sin preguntar nada, el blanco de sus ojos rojo de sangre.

Gauri gimió. Cayó hacia delante.

Con un grito furioso, Priya saltó sobre la espalda de Meena. Le torció la cabeza en ángulo, forzando sus dedos hacia atrás debajo de los bordes de la máscara. Cuando Meena ni siquiera se estremeció (por la tierra y el cielo, ¿acaso había perdido toda sensación de dolor?), Priya la empujó con fuerza y aplastó a Gauri contra el pilar mientras golpeaba la cabeza de Meena contra la piedra una y otra y otra vez. Luego la soltó; Meena se derrumbó ligeramente.

—¡Corre! —le gritó Priya a Gauri; la anciana tropezó y cayó, luego se levantó de nuevo cuando Sima la sostuvo por los brazos y la arrastró.

—¡Guardias! —gritó Sima—. ¡Guardias, auxilio! ¡Auxilio!

Meena volvió a jadear, una espiración larga y fina que se alargó hasta convertirse en un sonido áspero y hueco. Se dio la vuelta, a la velocidad del rayo. Aferró a Priya por la garganta y la sostuvo en alto.

Los pies de Priya no tocaban el suelo. Le quemaban los pulmones y no podía... no podía mover las manos, aunque intentaba levantarlas. Estaba perdiendo el control. Sentía el cuerpo como si estuviera envuelto en algodón.

Los pulmones le ardían. Empezaba a verlo todo negro. Pero la oscuridad era intensa y con matices, ondulante como un río sin luz. Cuando la mano de Meena apretó un poco más, Priya sintió que se abría una hendidura oscura.

Percibió agua a sus pies; tres ríos se unían alrededor de sus tobillos y se arremolinaban sobre su carne. En la negrura vertiginosa, vio la sombra de su hermano, arrodillada, teñida de rojo por las venas debajo de sus párpados cerrados. Sintió que los viejos recuerdos clamaban como campanas, cada uno repicaba contra el siguiente: una hermana mayor del templo que probaba su tolerancia al dolor, al sumergir su mano en agua cada vez más caliente, mientras los mayores observaban; el pequeño Nandi, su hermano del templo, que la ayudaba a poner flores y frutas en el nicho de un santuario, y robaba un gajo de un mango fibroso y dorado; los peregrinos que caían de bruces ante los mayores enmascarados, rogando por obtener un recuerdo de la antigua gloria de Ahiranya. Todas las cosas que había perdido. Fragmentos de sí misma.

A su alrededor podía oír el Hirana cantar, esperar, respirar por ella. Todo lo que tenía que hacer... todo lo que tenía que hacer...

Sus ojos se abrieron de golpe.

Apretó las manos alrededor de la muñeca de Meena mientras las líneas en la superficie del *triveni* fluían y cambiaban; logró que Meena perdiera brevemente el equilibrio, lo que permitió a Priya interrumpir su asfixia y golpearle el estómago con el puño cerrado. Cuando Meena se dobló hacia delante, Priya volvió a golpearla y la hizo caer al suelo.

Priya había nacido una vez, sí, y la pequeña maraña de recuerdos que había recuperado fue suficiente para que el Hirana se moviera con ella; su estructura de piedra cambiaba constantemente bajo los pies de Meena como olas que se alejaban, lanzándola hacia atrás, atrás, al borde del *triveni*, donde estaba abierto al cielo. Cuando Meena tropezó, Priya se detuvo para tomar el bastón de Gauri del suelo. Solo habían pasado unos segundos, pero se sentía como si varias eras se hubieran escapado con su respiración.

—No sabes lo que significa tener fuerza —murmuró. Su voz era ronca pero firme. Se alegró de eso—. No lo sabes. Pero yo lo aprendí. Sé lo que significa llevar dentro las aguas inmortales.

Sostuvo el bastón de Gauri delante de ella. Tocó con la punta el pecho de Meena. Con los ojos fijos en los de ella, dijo:

—Muévete.

Por fin. Por fin. El Hirana le estaba hablando una vez más. La respuesta que le había dado el Hirana cuando caminó en su superficie había sido el ruido sordo de algo dormido. Esta, en cambio, era una voz despierta. Solo un susurro, un pequeño impulso, pero había sido suficiente.

Meena se movió. Dio unos pasos lentos y reacios hacia atrás, hacia atrás, mientras Priya la empujaba con el bastón hasta el borde de la superficie del *triveni*, donde se fundía con la superficie de piedra llena de cicatrices y plagada de muerte del Hirana. Meena se detuvo cuando sus talones tocaron el borde.

Se miraron. La lluvia seguía cayendo.

—Por favor —susurró Meena.

—¿Quién es él? —Las manos de Priya estaban húmedas de sudor y lluvia. Escuchó gritos que se acercaban, desde algún lugar—. ¿Quién fue el hijo del templo que te dio a probar las aguas inmortales? ¿Quién te condenó a morir?

Priya no podía ver la expresión de Meena a través de la máscara. Pero la sintió cuando Meena se liberó de su estupor conmocionado y se impulsó hacia delante; el bastón de Gauri se quebró entre ellas y un grito feroz escapó de la garganta de Meena mientras intentaba una vez más poner sus manos alrededor de la garganta de Priya.

Priya soltó el bastón y aferró a Meena por la parte delantera de su blusa. La rabia que se apoderó de ella entonces la consumió por completo. ¿Cómo se atreve?

—El Hirana no te perdonará —dijo salvajemente—. No eres digna.

Y luego empujó a Meena con ambas manos.

Meena cayó en silencio.

Priya se quedó inmóvil, con las manos aún extendidas ante ella. Inspiró profundamente. Otra vez. La rabia pura que se había apoderado de ella la abandonó abruptamente. Sus manos comenzaron a temblar.

Oh, espíritus. ¿Qué había hecho? ¿Qué acababa de pasar? Su corazón todavía estaba acelerado, pero no podía sentir sus extremidades.

Bajó las manos y se dio la vuelta.

La prisionera estaba de pie en la entrada de la habitación norte.

La observaba.

La prisionera, la princesa, era más alta de lo que había pensado que sería. Y más delgada. Era absurdo pensar en eso en ese momento: la vida de Priya había terminado, había asesinado a otra mujer y había hablado de las aguas inmortales frente a la hermana del emperador. Pero la princesa, alta y demacrada y con los ojos enrojecidos, se quedó completamente quieta, sin pestañear; su boca era una línea suave e indescifrable. Parecía no tener miedo en absoluto.

¿Había visto la princesa lo que había hecho? ¿Había escuchado lo que dijo? No parecía temer que Priya fuese a matarla y, por un momento, se preguntó salvajemente si debería hacerlo. Nadie podía saber quién era ella. Pero estaba temblando, no podía, no quería.

Los guardias entraron corriendo, las sirvientas detrás. Pramila caminaba tras ellos, con un cuchillo en las manos.

—¡Princesa Malini!

La visión de Priya todavía estaba teñida de negro. No podía pensar. No podía respirar. Ah, espíritus de arriba y de abajo, Priya sabía lo que todos veían y lo condenable que era: las paredes marcadas con sangre. Priya, una humilde sirvienta, sangrando. La princesa. La princesa...

—Pramila —jadeó la princesa.

Priya observó sorprendida y entumecida cómo corrían las lágrimas por el rostro de la prisionera, sus mejillas repentinamente llenas de manchas. La princesa se aferró inútilmente a los bordes de su chal, como si intentara llevárselo hasta la cara para protegerse de las miradas de los guardias masculinos, que se quedaron boquiabiertos, con las armas desenvainadas. Pero dejó caer el chal, una y otra vez. Su mano temblaba. Entonces sus dientes comenzaron a castañetear, como si el shock la hubiera vencido. La princesa se recostó contra la puerta.

—¡Pramila, ah!

La Señora Pramila dejó caer el cuchillo y corrió a su lado; sostuvo a la princesa por los brazos.

—Tú —le gritó a un guardia—. Detén a esa sirvienta. Ahora.

El guardia cruzó la habitación y aferró brutalmente a Priya por el brazo. Priya se mordió el interior de la mejilla. No miró a Gauri ni a Sima. No mostraría lo asustada que estaba.

—Ella me salvó la vida —jadeó la princesa. Miraba a Pramila y parpadeaba rápidamente, con expresión aterrorizada y sincera—. Esa criada, ella me salvó. Había una asesina y ella se arriesgó por mí y yo... ¡Ah, Pramila, no puedo respirar! ¡No puedo respirar!

La princesa se derrumbó en los brazos de la Señora Pramila. A pesar de su delgadez, su peso arrastró a Pramila con ella. Y Priya solo pudo mirar con la boca abierta mientras todos se apresuraban a ayudar a la princesa. La mano del guardia soltó su brazo, suavizado por la mentira.

Capítulo Ocho

ASHOK

El sonido de la lluvia hizo volver a Ashok de regreso a su piel. La oyó tamborilear como cien mil yemas de dedos contra el suelo. La escuchó golpetear una canción baja y hueca contra la madera que lo rodeaba. Respiró profunda y lentamente, una respiración que era como enrollar y desenrollar una cuerda, y supo que había estado lloviendo, y que no era solo el sonido de la lluvia lo que lo había llevado de vuelta. Podía sentir un extraño dolor a lo largo de su columna; una pesadez en la garganta y los ojos, una amenaza de dolor que no se permitiría cumplir. Sin lágrimas. Un hombre no lloraba.

Pero Meena estaba muerta. La había sentido irse, en el *sangam*, ese espacio que se extendía más allá de la carne. Había sentido el calor doloroso y sangriento de la máscara sobre su rostro, que derretía su piel hasta convertirla en savia, y el deslizamiento de su cuerpo hasta la muerte. La responsabilidad por la pérdida de la joven recaería sobre sus hombros.

Él la había entrenado: le enseñó cómo pelear con otros niños con las uñas y los dientes, cómo manejar una navaja y lanzar un puñetazo y cortar la arteria de un hombre impecablemente. Él le había enseñado lo que los parijatis habían extraído de la médula de Ahiranya. Él le había inculcado el conocimiento de que la libertad de Ahiranya valía cualquier precio.

Luego le había dado un frasco de agua inmortal y la había dejado elegir. Como si una elección, cuidadosamente inculcada en tu naturaleza por el dolor, el entrenamiento y las dificultades, fuera cualquier elección.

Qué desperdicio de una buena arma.

Soltó el aire y se inclinó hacia delante, presionando la barbilla contra el cuello para aliviar la tensión que aún atenazaba su columna.

Aunque la lluvia seguía cayendo con fuerza, Ashok estaba seco. Había elegido bien su lugar. Estaba sentado, con las piernas cruzadas, en el corazón hueco de un árbol muerto, una gran cáscara con las entrañas limpias. A su alrededor, en un claro todavía negro y ceniciento marcado desde el incendio de los árboles podridos, no había un refugio similar. Sus hermanos y hermanas acampaban en un bosquecillo cercano sombreado suavemente por grandes hojas lo suficientemente grandes como para tapar lo peor de la lluvia. Eran invisibles para él desde allí, y él para ellos.

Se alegró de gozar de esa privacidad. Se presionó los ojos con los nudillos, primero el izquierdo y luego el derecho, y se puso de pie. Se inclinó para dejar el refugio del árbol, luego salió a la lluvia que caía, que era clara, dulce y sorprendentemente fría.

A pesar del fracaso de Meena, había algo poético en su muerte que lo conmovió. Ashok era más hábil en los asuntos de guerra —el beso de una espada contra la garganta tenía más elocuencia para él que un verso—, pero había estado en las casas de placer y había escuchado a los poetas narrar historias sobre los valientes rebeldes y entretejerlas con las epopeyas de la Era de las Flores. Alternaban entre los recitados prohibidos de los *Mantras de corteza de abedul* y el relato de las acciones de la banda enmascarada de Ashok, intercaladas con la fuerza legendaria de los antiguos mayores del templo. Hablaban apasionadamente de cómo las Madres de las llamas habían borrado cruelmente el brillante futuro de Ahiranya. Los poetas más hábiles hacían llorar de rabia y pasión a los hombres adultos.

Se preguntó qué contarían sobre la muerte de Meena: una rebelión contra el Hirana, una lucha fallida contra el cruel regente.

Tendría que dejar que la historia circulara.

Si la pena se había apoderado de él después de todo, al pensar en la historia de ella, en su tragedia, si sus ojos escocían con lágrimas por una soldado impetuosa que había elegido su muerte sin inmutarse, entonces se negaría a reconocerlo. Que la lluvia se llevara lo que no quería. Que lo vaciara. Él era un líder de hombres y mujeres, un hijo del templo que había superado todas las pruebas y nacido dos veces. Y había sentido a alguien más en el *sangam*: una presencia como una espada, nítida, limpia y pura, que había vuelto sus frías manos hacia él y lo había visto a través del río de corazón y carne.

Planes. Siempre había planes que hacer o deshacer, y no había tiempo para llorar.

Kritika esperaba al amparo de las hojas con el extremo largo de su sari sobre su cabello. Ashok no sabía cuánto tiempo había estado observándolo.

—¿Qué ocurre? —preguntó.

—Meena no volverá con nosotros —respondió Ashok—. Ha muerto.

Kritika respiró profundamente. Su boca, sus ojos, sus huesos parecieron contraerse.

—Actuó en forma precipitada —agregó Ashok.

—¿Cómo? —Kritika se secó inútilmente las mejillas empapadas de lágrimas con la punta de los dedos—. ¿Qué hizo?

Ashok negó con la cabeza. El *sangam* no se lo había mostrado todo. No había podido verlo. Dentro de su espacio liminar, tenía la capacidad de sentir mucho: recuerdos, emoción, fragmentos de pensamientos. Pero Meena no había nacido dos veces, solo una, gracias a las aguas inmortales que había consumido. Y se había comunicado con él justo en el momento en el que había comenzado a caer del Hirana, cuando la muerte ya era inevitable. Todo lo que él había sentido de ella habían sido impresiones, turbias como la luz a través de la lluvia del monzón. Dolor, carne fundida. El destello penetrante de los ojos. Las garras de la gravedad en su espalda. El hilo amargo de las palabras no pronunciadas en su lengua.

"Ashok. Por favor. Perdóname".

No le dijo a Kritika nada de eso. En cambio, hizo rotar sus hombros, con la columna llena de nudos de dolor, y respondió:

—Usó la máscara.

—Pensé que eso era solo para emergencias. ¿Crees que la descubrieron? ¿La atacaron?

—Lo sabremos pronto, espero. Dile a Ganam que recoja y traslade el campamento principal.

El movimiento rebelde contra el gobierno de Parijatdvipa era dispar, estaba formado por múltiples miembros que no obedecían todos al mismo líder. Pero si la rebelión tenía corazón, entonces Ashok consideraba que era su pueblo. Ellos eran los que estaban dispuestos a recurrir a la violencia, y eran lo suficientemente buenos como para actuar con rapidez, enmascarados y letales, asesinando a consejeros, comerciantes y leales al emperador, erosionando lentamente los puntales que sostenían el esqueleto del imperio. A veces denominaba al campamento principal su propio consejo del templo medio en broma. Pero había visto la forma en la que sus ojos se iluminaban. Pensaba a menudo en que un cuento podía ser un yugo útil.

Y su gente era una especie de consejo lo suficientemente astuto como para ayudarlo a mantener su propia red de espías y aliados en las casas nobles de Parijatdvipa. Incluso en la casa del regente, en la que era irritantemente difícil infiltrarse.

Hablando de eso... no creía que Meena hubiera sido interrogada. Pero no podía estar seguro. Era mejor ser cauteloso para no tener que ver muertos a más de ellos.

—Deberías ir al *mahal*. A ver si hay algo más que saber sobre su muerte.

Kritika tragó saliva. Inclinó la cabeza. Se dio la vuelta para alejarse, pero Ashok la detuvo poniendo una mano sobre su hombro.

—Yo también estoy triste por ella —dijo.

—Lo sé. —Kritika bajó los ojos—. No dudo de ti —agregó, en un tono ascendente que denotaba respeto—. Pero...

Su voz se apagó. Ashok miró su rostro, lo demacrado que estaba, la forma en la que las arrugas parecían franjas de dolor, y dijo:

—Dime.

—Sarita está enferma —agregó Kritika a regañadientes—. Y Bhavan no... no estará mucho tiempo más en este mundo.

Dos más. Dos armas más entrenadas y perdidas.

—Entonces necesitamos encontrar las aguas inmortales con mayor urgencia, por el bien de todos. —Apretó los nudillos contra su frente—. Espera un momento, Kritika —dijo—. Déjame pensar un rato.

Costo y ganancia. Sacrificio y éxito. Había perdido a Meena, una máscara de madera sagrada, un par de ojos en el *mahal* del regente y un par de pies en el Hirana por casi nada. Esta misión había sido todo sacrificio y costo, sin éxito ni ganancia para equilibrar sus desastres. Él había fallado.

Pero cuando era niño le habían inculcado hasta los huesos la lealtad a una visión superior, una visión que era despiadada en sus demandas. Volvió a recurrir a esas verdades entonces. Le devolvieron la mirada, sin pestañear, con sabiduría.

Todo fracaso nace de la debilidad. Esta era la verdad. Él sabía que no debía enviar a Meena a una tarea que requería tanto paciencia como astucia. La joven era, había sido, demasiado imprudente y demasiado feroz, demasiado honesta. Y ella sabía que se estaba muriendo. Sabía que todos se estaban muriendo. La desesperación la había deshecho. Y como su líder, él debería haber sabido que eso pasaría.

Pero Ashok había deseado que tuviera éxito. Lo había deseado porque Meena le recordaba a otra chica y a otra época, a esperanzas vanas, y había pensado: "Si Meena es siquiera una sombra de lo que era ella...".

Bajó la mano. Kritika esperó, tranquila y vigilante.

—He sido un tonto —dijo finalmente.

El sentimentalismo tenía su lugar cuando cumplía una función; cuando ayudaba a lograr el ideal de una Ahiranya libre y poderosa, como lo había sido una vez. Pero su amor, no. La ternura de la sangre no era más que debilidad.

El amor lo había descarriado a él y había desperdiciado la vida de Meena. Incluso entonces, su naturaleza débil se estremecía ante la idea de hacer lo que era necesario. Incluso entonces, pensó en una noche de hacía mucho tiempo, en la que se había arrodillado bajo la luz vacilante de las lámparas, con las manos sobre los hombros delgados como huesos de pájaro. Los hombros de su hermana.

Recordó haberle dicho una mentira. Espera aquí, había dicho. Y volveré a por ti. Lo prometo.

Ella lo había mirado con tanta confianza... Nunca había olvidado esa mirada.

—Hay una sirvienta en la casa del regente. Una mujer llamada Priya. Dile a nuestro nuevo integrante que me la traiga. La resistencia la necesita.

Él había tratado de salvarla una vez. La había dejado ir y había mandado vigilarla a personas leales de vez en cuando y, a través de ellas, había visto cómo había crecido sin él. Ashok había creído que podría dejarla vivir libre de ese propósito que lo tenía constantemente aferrado por la garganta. Pero ya no podía ser débil. La había sentido en el *sangam*. Ella había estado allí cuando Meena murió. Esta vez ella tenía fuerza y poder, más del que había poseído en todos los años en los que él la había vigilado, y en ese momento podría utilizarla.

Ojalá hubiera tomado esta decisión antes. Ojalá le hubiera dicho a Meena que se le acercara, que se aliara con ella. Pero ya no importaba. Todavía había un camino a seguir. Todavía podía torcer los dones de su hermana para que sirvieran a sus propios fines.

Ahiranya valía cualquier precio. Incluso si se trataba de ella.

Capítulo Nueve

VIKRAM

Las noches largas eran a menudo un requisito del papel de Vikram como regente de Ahiranya y, en ocasiones, eran un placer. Otras, eran una carga. A veces, como esa noche, eran ambas cosas.

Esa noche, Vikram jugaba al diplomático y entretenía a uno de los príncipes inferiores de Saketa, el príncipe Prem, que había estado todo el día encerrado en un burdel, en un barrio de mala fama, bebiendo y gozando de las prostitutas con algunos de sus hombres y un puñado de nobles de reputación dudosa, primos suyos. De acuerdo con las complejas reglas del linaje de sangre de Saketa, Prem era considerado un primo hermano del gran príncipe que gobernaba su ciudad-Estado y, por lo tanto, tenía un estatus similar al de Vikram. A pesar de su papel como regente de Ahiranya, Vikram no poseía ni una pizca de sangre noble. Todo lo que había obtenido bajo el reinado del último emperador, Sikander, lo había ganado por derecho propio como general de Parijatdvipa.

Otro príncipe inferior o miembro de la realeza de una ciudad-Estado podría haber exigido a Vikram más obsequiosidad de la que este hubiera querido ofrecer, pero el príncipe Prem era un hombre lascivo, frívolo y afable; no daba ningún problema y no exigía nada más que las cortesías típicas. Había visitado a Vikram varias veces desde su llegada, y en general había resultado ser una compañía agradable, aunque poco edificante. Toleraba bien el licor y llevaba bebidas de excelente cosecha de Saketa en cada visita. Jugaba al *pachisa* con una gracia que no era irritante, sus movimientos eran moderados y su conversación, ingeniosa.

Habría sido una velada agradable, muy parecida a las anteriores, de no ser por la presencia del Señor Santosh. El hombre se había negado a jugar al *pachisa*. "Sé que en las otras naciones de Parijatdvipa les gusta", se burló, "pero en Parijat somos más refinados". No había tocado el vino de Prem, ni la variedad de licores ahiranyis dispuestos en hermosas tinajas de colores sobre la mesa para el deleite de los invitados, sino que exigió que le trajeran un verdadero licor parijati, que no compartió.

Mientras bebía, interrogó a Vikram sobre las rebeliones de Ahiranya, que se habían vuelto notablemente más sangrientas desde la coronación del emperador Chandra. Comentó la gran cantidad de sirvientes de origen ahiranyi en el *mahal*: "Si este fuera mi *mahal*, general Vikram, lo llenaría con nuestros compatriotas", dijo, e hizo una pregunta tras otra sobre las rutinas de los guardias basándose en las observaciones que sus propios hombres, distribuidos entre las fuerzas de Vikram, le habían hecho.

Después de una hora de atender a Santosh, la paciencia de Vikram se estaba agotando; el príncipe Prem atacaba su vino con un entusiasmo preocupante y una sonrisa falsa impresa en su boca. Aun así, Santosh continuó.

"Este es el hombre que el emperador Chandra envía para husmear en mi regencia", pensó Vikram con desesperación histérica. "Este bufón. Quizá tendría que dejársela a él. Que destruya a Ahiranya en un año, o que Ahiranya lo destruya a él".

Pero Vikram no renunciaría, ni podría renunciar, a su regencia tan fácilmente. Durante años había mantenido unida a una nación dividida, pagando todos los precios necesarios para que sobreviviera bajo su gobierno. Hasta que el emperador Chandra ordenara su remoción, fingiría ignorar el propósito de Santosh y haría todo lo posible para conservar lo que tenía.

Que al emperador Chandra le gustara lo suficiente el Señor Santosh como para permitirle provocar a Vikram y su autoridad no favorecía su imagen. Chandra no se parecía en nada a su hermano mayor, Aditya, que al menos tenía la apariencia de un buen gobernante: lo rodeaba un grupo adecuado de amigos y consejeros, provenientes de todas las naciones de Parijatdvipa y, por lo tanto, tenía el apoyo pleno de las ciudades-Estado del imperio. Y tenía un sentido del honor que le habría impedido entregarse a algo demasiado ambicioso.

Era una lástima que hubiera abrazado una nueva fe y dejado atrás sus deberes.

—Háblanos sobre Parijat —interrumpió Prem—. ¿Cómo es en la capital? ¿Es Harsinghar tan hermosa como la recuerdo?

—Harsinghar es siempre la más hermosa de las ciudades —dijo Santosh con seriedad—. El *mahal* está en plena remodelación.

—¿Cómo es eso? —preguntó Vikram. No tenía ningún interés particular en la arquitectura, pero fingiría interés si era necesario.

—Se van a construir estatuas en honor a las nuevas Madres de la corte imperial, para que se pueda venerarlas y agradecerles la gloria de Parijatdvipa —dijo Santosh con orgullo, como si él hubiera tenido algo que ver.

Sonreír ante tal declaración fue difícil. Vikram usaba sus piedras de oración y oraba a las Madres, encendía velas para ellas por la mañana y por la noche en el santuario familiar. No sabía cómo encontrar un terreno común entre la versión de la fe del emperador Chandra y la suya propia. Pero sonrió.

—Fascinante —dijo Prem; sonó adecuadamente asombrado—. ¿Y cómo van a caber tantas estatuas en la corte? ¿Se está ampliando?

Un latido de silencio. Vikram tomó su copa de vino y bebió.

—Las estatuas serán solo para las Madres Narina y Alori —dijo Santosh—. A las otras mujeres se les otorgó un regalo: fueron purificadas, pero carecían de las cualidades para ser verdaderas Madres de las llamas.

"No eran nobles", tradujo Vikram. Pero no dijo nada y no se permitió sentir repugnancia. Habría sido hipócrita, después de todo lo que él mismo había hecho.

—Ah, disculpa mi error —dijo Prem alegremente.

Santosh le respondió con una sonrisa tensa y desagradable, luego miró a Vikram.

—De todas maneras, general Vikram —comenzó—, quería conversar contigo sobre tus asesores. Tu Señor Iskar es de Parijat...

—Ah, Santosh —protestó Prem—. Estoy aquí para beber y divertirme, no para hablar de política. ¿Hablamos de otra cosa?

—Veo que te preocupas poco por los asuntos importantes —dijo Santosh sin ninguna sutileza para disimular su desdén, lo cual tenía sentido, supuso Vikram con cansancio. La sutileza la cultivaban, por necesidad, las personas que sabían que el poder debía tratarse con cuidado, que entendían lo fácil que podía ser robarlo o arrebatarlo. Santosh tenía el oído del emperador y la cruda fe de este en la supremacía de Parijat y la sangre parijati. No necesitaba cosas como la sutileza—. Pero estoy en la primera línea de la política imperial, príncipe Prem, y no puedo simplemente actuar como lo haces tú.

—¿Dices que estás en la primera línea de la política y el emperador Chandra te ha enviado aquí? —La frente de Prem se arrugó con perplejidad, incluso mientras seguía sonriendo. El gesto le dio a su expresión un matiz bastante burlón—. ¡Estás muy lejos de Parijat aquí, Santosh! Además, no es la política lo que atrae a la gente a Ahiranya. —Sonrió mientras levantaba su vino—. Es el placer. Los burdeles son muy buenos.

La expresión de Santosh era ligeramente preocupante; su mueca estaba al borde de la crueldad. Entonces Vikram intervino y dijo:

—El Señor Santosh acompañó gentilmente a la princesa Malini en nombre del emperador Chandra. Un gran honor que cumplió de manera admirable.

La sonrisa de Prem se contrajo levemente, pero incluso él pareció comprender que no había que hacer comentarios sobre la princesa. Santosh se volvió a propósito, excluyendo a Prem de la conversación, y le dijo a Vikram:

—Hablando de la princesa Malini y tu... consideración hacia ella, hay cosas que debemos discutir, general Vikram. Así como el emperador Chandra desea ver que su hermana reflexione sobre sus decisiones, le gustaría que su nación más difícil aprendiera a ser más dócil. Tengo muchas sugerencias que hacer en su nombre. Conozco muy bien la opinión del emperador sobre este asunto. Hablamos de Ahiranya a menudo.

Vikram no permitió que la ira se le notara en el rostro, pero Prem no parecía tener tal control. Los ojos del príncipe ya se habían entrecerrado ante el desaire de Santosh hacia él, ante el desprecio de un simple noble de Parijat contra un príncipe saketano de sangre real, y el alarde trivial de Santosh sobre su cercanía con el emperador solo había servido para incitarlo.

—Tienes razón, tienes razón, ¿qué interés tengo en la política? —señaló Prem, en voz demasiado alta—. Fue mi tío el que siempre se preocupó por la política, y el emperador lo destituyó de su cargo de tesorero hace solo un mes, ¿no? ¿O fueron tres meses? Los números no son mi fuerte, como lo eran para él, pero recuerdo que, cuando se quejó, lo ejecutaron. Condenado a muerte, así como así —dijo animadamente—. Un verdadero escándalo.

—Príncipe Prem —murmuró Vikram, pero no había forma de detener al hombre.

—No recuerdo bien quién tomó su lugar, ah... —Chasqueó los dedos—. Uno de tus primos, creo. Felicidades.

Vikram apoyó su copa.

—Señor Prem —dijo—. Creo que estás ebrio.

La mandíbula de Santosh temblaba de furia.

—Eres un borracho —murmuró en un tono que sugería que hubiera usado palabras mucho peores, o tal vez su espada, si no fuera por la disparidad en su jerarquía—. Cuando el emperador Chandra termine de limpiar la corte imperial y este agujero abandonado al que llaman país, me aseguraré de que vaya a Saketa. Necesitas que te recuerden el lugar que te corresponde.

Prem se puso de pie. Vikram se levantó más tranquilamente y se dirigió hacia sus hombres.

—Déjame acompañarte a tomar un poco de aire, príncipe Prem. —Sin esperar una respuesta, Vikram lo tomó por los hombros y lo condujo fuera de la habitación.

Prem parecía inestable sobre sus pies. Uno de los sirvientes de Vikram que estaban en el salón, más lejos, lo miró inquisitivamente, preguntando sin palabras si Vikram preferiría que ellos escoltaran gentilmente al príncipe a una habitación para que descansara. Vikram no respondió. Sin importar cómo habían cambiado las cosas,

Prem era lo suficientemente importante como para recibir toda su atención. Lo último que quería era una carta enfadada de los escribas del gran príncipe, aparte de todo lo demás.

—Lo siento, lo siento —dijo Prem.

—No es necesario que te disculpes, mi señor.

—¿Cuánto tiempo se quedará?

—Tanto como el emperador Chandra quiera —dijo Vikram—. ¿Y tú?

—Tanto como mi dinero me lo permita —respondió Prem con una carcajada—. Esperaba que pudiéramos hablar a solas. La última vez que vine jugamos una excelente partida de *pachisa*. Me gustaría hacerlo otra vez.

—Siempre eres bienvenido —le aseguró Vikram, y le palmeó la espalda con falsa jovialidad. "Deberías tener cuidado", pensó en decirle. El príncipe era joven. El consejo de un hombre mayor no podía hacerle daño. Las cosas no eran como antes. Un hombre que no lo reconociera no viviría mucho tiempo.

—Sabes que su agresividad hacia mí y hacia ti no terminará aquí, general Vikram —dijo Prem rodeando con un brazo el hombro de Vikram como si fueran amigos—. Ciertamente deberíamos encontrarnos de nuevo, tú y yo, aunque no sea para jugar o tomar vino. Puede que seas parijati, pero creo que no de la clase a la que le irá bien en esta nueva era.

Charla peligrosa, al borde de la traición. Vikram no dijo nada.

Prem se inclinó, la voz baja, los ojos atentos. Quizá no estaba tan borracho como Vikram había creído.

—Lo que quiero decir, general Vikram, es que el emperador Chandra está cambiando a Parijatdvipa. —Su aliento era dulce, anisado—. Él piensa que solo porque las Madres forjaron su dinastía y las ciudades-Estado recuerdan cuánto les deben, besaremos la mano de cualquier parijati endogámico que él favorezca. Pero los saketanos no olvidamos que él no es el único vástago de las Madres con derecho a ese trono. Y no creo que lo olvides tú tampoco, general Vikram. Hay otro camino.

El príncipe no era el primero en pensar o decir eso. Y Vikram casi estuvo tentado de mostrarse de acuerdo. Casi. Sabía que Prem tenía algo que ofrecer: algún trato que hacer, alguna información que intercambiar.

Pero Vikram no había alcanzado su estatus corriendo riesgos innecesarios.

Su último encuentro con el recién entronizado emperador Chandra, justo después de la muerte del emperador Sikander, había quedado grabado a fuego en su mente. En aquel entonces, el nuevo emperador aún no había comenzado a destituir de sus puestos a los asesores que no eran parijati: no había ordenado la ejecución de los antiguos y venerados ministros de guerra de Dwarali o los tesoreros de Saketa, ni quemado a una dama noble de ascendencia srugani y a una princesa de Alor. Sí había mandado a la hoguera a una famosa cortesana y a todas las mujeres que la acompañaban, pero los rumores populares sugerían que había sido la favorita del emperador Sikander, y Chandra era bien conocido por su virulento disgusto hacia la impureza en las mujeres. A algunos miembros de la nobleza les había parecido cruel, pero lo pasaron por alto: era la clase de alboroto que se espera que ocurra cuando un nuevo emperador llega al poder.

Todavía no habían comenzado a comprender lo horriblemente profundo del compromiso que Chandra tenía con su fe.

Chandra había sido afable, acogedor. Le había sonreído a Vikram, con los labios apretados, había aceptado su reverencia con gracia. Le había ofrecido un sorbete parijati hecho de caña de azúcar y flores trituradas que le había servido a Vikram una encantadora sirvienta. Chandra había intercambiado cumplidos y conversación intrascendente.

Luego había dicho: "Dime cómo lo hiciste, general Vikram. Cómo ardió el consejo del templo. Cómo mataron a los niños".

Vikram nunca olvidaría la mirada en el rostro del emperador. A pesar de sus años de servicio, creía que las personas no eran crueles de manera innata. A todos los que Vikram había tenido que matar, incluso a los niños del templo, los había matado por necesidad. Pero Chandra... Chandra escuchó cada detalle insoportable con los ojos iluminados y una sonrisa en la boca.

Y todo lo que había hecho desde aquel primer encuentro había sido una confirmación de esa primera sonrisa, ese primer destello de sus dientes que había provocado un presentimiento escalofriante que recorrió la columna vertebral de Vikram.

"Un hombre como tú me será útil", había dicho.

Esas palabras. El placer que contenían.

Vikram había comprendido que a un hombre así no había que enfadarlo.

Prem debió de notar que su expresión se había ensombrecido repentinamente, porque la sonrisa murió en su rostro.

—General Vikram —dijo—. Quizá me he pasado de la raya.

—Sí —concordó Vikram—. Me temo que así es.

Fue casi un alivio cuando un guardia joven apareció corriendo por el pasillo seguido por el comandante de la guardia personal de Vikram.

—La princesa —anunció el comandante Jeevan—. Las caracolas han sonado.

—Ha sido un placer, príncipe Prem —dijo Vikram—. Tal vez nos volvamos a encontrar pronto.

Prem asintió con la suficiente cortesía. Pero ambos sabían que Vikram acababa de rechazar cualquier propuesta que él hubiera intentado ofrecerle.

Vikram no volvería a reunirse con el príncipe saketano.

Vikram subió al Hirana lenta y laboriosamente. Era demasiado viejo para tal esfuerzo y, lo más lamentable de todo, la lluvia se negaba a amainar. El sirviente que estaba a su espalda sostenía una sombrilla sobre su cabeza, lastimosamente ineficaz contra el aguacero. Cada vez que encontraban una irregularidad en la superficie del Hirana, el hombre se tambaleaba y la sombrilla se balanceaba y se inclinaba en su mano.

Al menos Jeevan estaba con él: una presencia sólida y confiable, cuidándole la espalda, arco y flecha en mano.

La única pequeña satisfacción fue que Santosh no lo había acompañado. El hombre lo había intentado, pero claramente lo aterrorizaba el Hirana, y el licor lo había dejado demasiado inestable. Había trepado durante dos minutos, luego desistió y volvió al bajar. Había enviado a uno de sus propios guardias parijatis en su lugar, quien los seguía detrás de Jeevan, aferrando la cuerda guía como si su vida dependiera de ello.

Vikram no se tomó la molestia de temer al Hirana. Cuando los mayores aún vivían, era responsabilidad del regente supervisar el consejo del templo. Todos los meses, uno de los niños más pequeños lo guiaba hasta arriba, y él comía con los mayores. No había pensado demasiado en ellos, esas reliquias de una era pasada, de una época en la que Ahiranya todavía era poderosa y desempeñaba su papel simbólico. Pero, aun así, consideraba a los mayores extrañamente fascinantes. Habían sido amistosos con él, incluso le habían mostrado los pequeños trucos de magia que aún podían realizar, cambiando sutilmente la superficie del Hirana a su voluntad.

No le tenía miedo al Hirana. Pero sí temía las consecuencias de esa noche.

Una asesina. Una princesa parijati que aullaba y lloraba, insensible por el terror. Si no hubiera sido por la intervención de una sirvienta, una cuestión de pura casualidad, la hermana del emperador estaría muerta y la sentencia de muerte de Vikram estaría sellada.

Llegó a la cima del Hirana y los guardias de la puerta se inclinaron ante él. Su comandante abrió las puertas y lo hizo pasar.

—Está aquí, mi señor —dijo el guardia en voz baja—. La Señora Pramila no se ha apartado de su lado.

Entraron en una sala del claustro, un saliente del corredor occidental del Hirana. La princesa Malini, única hermana del emperador Chandra, rey de reyes, señor del imperio de Parijatdvipa, estaba arrodillada en el suelo, vomitando en un cubo.

—Llévatela —jadeó la princesa empujando el cubo con la mano, al mismo tiempo que se aferraba precariamente a su borde, para mantener el equilibrio—. Por favor.

—¿Y dejar que estropees el suelo? —La voz de su carcelera era sombría—. No. Consérvala cerca, muchacha.

—El general Vikram ruega tu indulgencia, princesa —dijo el guardia, inclinando la cabeza una vez más y retrocediendo hacia el pasillo. Dejó a Vikram solo con las mujeres.

La princesa levantó la cabeza, el rostro gris, los ojos húmedos.

Antes de que su hermano la enviara para ser encarcelada y aislada en el Hirana —"donde ella pueda contemplar sus decisiones y el estado de su alma, como lo he contemplado yo, en un lugar acorde con su destino", había escrito el emperador—, Vikram había visto a la princesa una vez, en una visita al *mahal* imperial en Parijat. Se mostró amable y bonita, envuelta en finas sedas. Las hijas reales no usaban coronas. En su lugar, llevaban símbolos imperiales: flores de jazmín, amarillas y blancas, entrelazadas en una diadema; caléndulas y rosas, oro y cornalina, frescas y todavía tocadas por el rocío, sujetas a las raíces y puntas de una pesada trenza.

La mujer que miraba no se parecía a la princesa de Parijat envuelta en flores. Ni siquiera se parecía mucho a la princesa que había llegado hacía casi un mes a su *mahal*. Aquella chica era callada y adusta, pero lo suficientemente saludable, alta y bien formada, con severos ojos oscuros y una mueca cautelosa en la boca.

Esta mujer, en cambio, estaba delgada y sucia, jadeaba histéricamente, la piel salpicada de lágrimas, los ojos hundidos y enrojecidos.

"Que las Madres de las llamas me protejan", pensó Vikram. Debería haberse preocupado mucho más por el bienestar de la princesa de lo que lo había hecho, al diablo con las órdenes del emperador.

—Princesa —dijo en dvipano, el idioma formal de la corte y lengua materna de la hija real—. ¿Te han hecho daño?

—Solo está asustada, mi señor —dijo rápidamente su carcelera.

Vikram miró a la princesa, que se tambaleaba de rodillas, la cara enrojecida por el sufrimiento.

—Necesita un médico —dijo.

—No hace falta, mi señor —dijo Pramila—. Tiene una constitución frágil. Simplemente necesita descansar. Tomar su medicina y descansar.

Vikram no estaba convencido en absoluto. ¿Cómo podía estarlo, si la princesa continuaba temblando, tenía el cabello tan suelto y salvaje como el de un sacerdote y el cuerpo de una fealdad demacrada?

—Princesa Malini —dijo una vez más—. Dime cómo te sientes.

—Vio a la princesa tragar, levantar la barbilla.

—Una asesina intentó quitarme la vida, general —graznó con una voz que temblaba como una llama—. Mi imperial y maestro hermano nunca habría permitido tal cosa en su casa.

Ah.

Vikram sintió los ojos sobre él. Los guardias que lo rodeaban, salvo Jeevan, eran todos hombres de Santosh, no suyos. Y Santosh tenía muchas razones para informar al emperador sobre todos y cada uno de los fracasos de Vikram.

Estaba claro que el emperador Chandra no se preocupaba demasiado por el bienestar de la princesa. De ser así, no la habría enviado allí. Pero, no obstante, ella era de sangre real y estaba recluida al cuidado de Vikram.

Si hubiera muerto asesinada estando prisionera en Ahiranya, si Vikram no hubiera podido mantenerla a salvo y hubiera permitido que la sangre imperial se derramara en sus tierras...

Bien. El emperador Chandra no era famoso por su generosidad. Vikram recordó nuevamente la voracidad en sus ojos cuando le preguntó acerca de los niños quemados en el templo. No se podía confiar en esa avidez.

—Te juro, hija de las flores, que se hará todo lo posible para mantenerte a salvo como una perla —dijo Vikram.

Ella meneó la cabeza.

—No es suficiente, general. ¿Cómo puede ser suficiente? Oh, Madres de las llamas, protegedme. ¡No puedo sobrevivir aquí, sola y sin amor!

—Princesa —susurró Pramila—. No. Silencio.

—Yo... —Su rostro se contrajo—. No tengo nada aquí. Ni asistentes, ni damas de compañía. No hay guardias en los que pueda confiar. Fui criada con muchos cuidados, general. Estoy segura de que moriré si sigo así.

—Princesa —dijo Vikram. Se arrodilló ante ella. Le dolían las rodillas—. Tu hermano ha ordenado que te mantengan en soledad. En contemplación. No puedo darte la corte que una vez tuviste. Sería traición.

—Un asistente sería suficiente para tranquilizar mi corazón —susurró la princesa—. General, la mujer que me salvó la vida..., ¿no puedo tenerla conmigo? Ella es solo una sirvienta. Sin duda no sabe nada más allá de la obediencia. Dudo que incluso hable una lengua civilizada. Sería como si me proporcionaras un sabueso leal. Ella no interrumpiría mi contemplación. Pero tal vez me haría sentir... a salvo.

No era una petición irrazonable.

Una sirvienta. Bien. Seguramente el emperador no se enojaría si Vikram le proporcionara a la princesa una chica sencilla ahiranyi para barrer el suelo y ayudarla a dormir por la noche. Seguramente el Señor Santosh no se opondría a esta medida si Vikram la enmarcara como una forma de calmar a una joven asustada. Una sirvienta era un pequeño precio a pagar para mantener dócil a la princesa. Incluso entonces, mientras lo miraba a los ojos, su respiración agitada se estaba calmando. El color volvía a sonrojar sus mejillas.

—¿Qué otra cosa puedo hacer yo, un humilde servidor de tu familia, sino intentar aliviar tu dolor? —dijo Vikram con cuidado, con gracia—. Tendrás la sierva. Lo prometo, princesa.

Después de que Vikram hubo hablado con los guardias del Hirana, con la princesa sollozante y con sus consejeros más cercanos, e incluso hubo consolado a su esposa, que se había despertado cuando sonaron las caracolas y suplicó tener noticias de sus apreciados sirvientes inmediatamente después de que él regresase, se fue a sus aposentos privados. Se quedó de pie, en su balcón cubierto, y miró a lo lejos durante un largo rato, aferrando la madera de la balaustrada con tanta fuerza que crujió bajo la presión de sus manos. Un sirviente, apostado junto a la puerta, le preguntó si quería cambiarse de ropa. Su túnica y su *dhoti*, ambos de seda de un azul tan oscuro que parecían casi negros, estaban empapados, oscurecidos por la lluvia y el sudor del trayecto arriba y abajo del Hirana.

—No —dijo Vikram brevemente—. Prepárame un baño para cuando regrese. —No quería usar ropa limpia para esta tarea.

El sirviente murmuró un asentimiento y se retiró. Vikram abandonó el balcón, regresó al fresco interior del *mahal* y se abrió paso más y más dentro del edificio, más y más profundo aún, más allá de las puertas y los guardias, hasta una oscura escalera protegida por puertas enrejadas y más guardias. Santosh lo estaba esperando allí. Vikram había tenido esperanzas de que se hubiera ido a la cama.

Pero uno de los hombres de Santosh debió de informarle dónde estaba Vikram.

En los subsuelos del *mahal*, en las celdas de la prisión, los esperaba un sacerdote.

—General —dijo este—. Ven. Ella está preparada.

Santosh inclinó la cabeza. Por una vez, se quedó callado. Ante un sacerdote de las Madres, finalmente mostró el debido respeto. El anciano tenía ojos claros, de color castaño verdoso, y una marca de ceniza sobre la frente y la barbilla. Era un verdadero sacerdote parijati; había colocado a la asesina sobre una losa de piedra, como corresponde, la había envuelto en una tela blanca y había marcado su piel con perfume resinoso. Había reparado lo peor de su caída: todas sus extremidades estaban donde deberían haber estado, lo que Vikram dedujo que no había sido el caso cuando los guardias la encontraron, al pie del Hirana. Una guirnalda de flores, medio marchitas por el calor, se amontonaba a sus pies.

Los sacerdotes mostraban respeto a los muertos, lo merecieran o no. Y los sacerdotes parijatis tenían un respeto especial hacia las mujeres fallecidas. Era su costumbre.

A la luz de la lámpara de la celda, Vikram miró el cuerpo y luego la cara.

Se dio la vuelta, aunque no lo suficientemente rápido.

Ninguna cantidad de bebida borraría la imagen de ese cráneo. La caída no lo había pulverizado. Se veía como si se hubiera... derretido.

—La máscara que usaba es poderosa —dijo el sacerdote tranquilamente. Le mostró su mano, y Vikram vio que la tenía quemada—. Sostenla con esta tela si quieres mirarla —agregó levantando la máscara frente a él—. Con cuidado.

Vikram tomó la máscara de madera, manchada de sangre y cartílago, con la tela perfumada que le había ofrecido el sacerdote a modo de guante. Miró los agujeros de los ojos, la boca abierta. Podía sentir el calor de esa cosa a través de la tela, más caliente que la carne.

—Dices que es poderosa —murmuró.

—Sí.

—¿Tenía la podredumbre?

El sacerdote negó con la cabeza.

—El cuerpo de esta mujer estaba limpio de impurezas.

—¿Qué es esto, entonces? —preguntó Santosh. Vikram se sobresaltó. Había olvidado que estaba allí. El rostro del noble parijati estaba gris—. ¿Algún tipo de brujería ahiranyi? Pensé que su poder maldito había muerto con sus *yaksa*.

—No —respondió Vikram, meneando la cabeza—. Probablemente solo sea un producto del bosque. La madera de allí siempre ha sido... especial.

"Incluso antes de la podredumbre", pensó.

Con cansancio, se dio cuenta de que muchas cosas habían salido mal durante su gobierno. Había comenzado la podredumbre. Los niños del templo se habían vuelto más poderosos. Ellos y sus mayores habían sido quemados. El malestar rebelde había aumentado sin cesar, a medida que la podredumbre propagaba el hambre y la muerte y desplazaba a los aldeanos de sus hogares ancestrales. Y luego... esto.

—Tendrá que haber justicia —exigió Santosh—. La brujería, sea del tipo que sea, es un crimen. Estos ahiranyis creen que pueden volver a la Era de las Flores. Necesitan ser castigados. Deben aprender que el emperador Chandra no es débil.

Vikram asintió.

—Los rebeldes serán interrogados y ejecutados —dijo.

Sería casi imposible capturar a los insurrectos que probablemente estuvieran detrás de aquello. Los más violentos, enmascarados y, por lo tanto, sin rostro, eran muy buenos para camuflarse en el bosque, donde ningún hombre sensato los seguiría. Pero los poetas y cantantes, que recitaban poesía ahiranyi prohibida en los bazares y pintaban *mantras* en las paredes, que ofrecían visiones de una Ahiranya libre, serían un objetivo más fácil. Un chivo expiatorio adecuado.

Incluso mientras hablaba, supo que no sería suficiente. Y, efectivamente, el gesto de Santosh se endureció. Meneó la cabeza.

—Nos debéis algo más que eso, general Vikram —dijo Santosh—. Le debéis un sacrificio al emperador.

¿Cuánta justicia, cuánta sangre, cuánta muerte, cuánto sufrimiento podrían ser suficientes para un emperador deseoso de condenar a su propia hermana a morir en el fuego?

"¿Qué debo hacer para asegurarme de que mi regencia sobreviva a esta noche?". Vikram pensó sombríamente en su joven esposa ahiranyi, sus ojos plácidos, su naturaleza ingenua y bondadosa, y en el niño que llevaba en el vientre. Su esposa, que recogía huérfanos y víctimas de la podredumbre como una especie de manía... y que, tal vez, había llevado a la asesina a su casa sin darse cuenta.

A ella no le gustaría lo que él tendría que hacer. Pero lo aceptaría. No tenía otra opción.

Observó los huesos de la asesina sobre la losa de piedra que tenía delante, la cáscara abierta de su rostro, la vulnerabilidad desnuda de la mandíbula desprovista de carne. La habitación estaba llena del hedor de la muerte, a pesar de las guirnaldas y el perfume.

Vikram dejó la máscara sobre la mesa.

—Que reciba sus ritos funerarios —dijo—. Con la debida reverencia. Esparce las cenizas. No tiene familia que se las lleve.

El sacerdote inclinó la cabeza. Entendía los rituales de la muerte.

—Con la debida reverencia —repitió Santosh.

—¿El emperador se opondría a eso? —preguntó Vikram.

—Ah, no —dijo Santosh—. No. El emperador Chandra estaría complacido de que se respetara el orden religioso adecuado. Para ver finalmente purificada a una rebelde.

Santosh había convertido algo que Vikram consideraba un acto honorable en una venganza. Y, de hecho, tal vez lo fuese. Después de todo, los ahiranyis preferían enterrar a sus muertos. Una rebelde no querría ser cremada.

—Será la primera purificación de muchas —dijo Santosh. Ya no parecía borracho ni jactancioso. Solo decidido. En su rostro, Vikram vio una sombra de la maldad brillante y quebradiza del emperador—. Haremos que Ahiranya se purifique, general Vikram. En honor a Parijat.

Capítulo Diez

RAO

Rao no sabía cuándo habían comenzado a marchar los soldados imperiales a través de Hiranaprastha. Estaba en un burdel, con la espalda contra una pared y empuñando una botella de *arrack* medio vacía. Había una cortesana girando en el centro de la habitación mientras los hombres la miraban en un éxtasis semiebrio. La cortesana bailaba maravillosamente, cada giro era un repique brillante y melodioso de los cascabeles que llevaba en sus tobillos. Pero esta era una casa de placer pequeña y decrépita que no tenía casi nada en común con los grandes palacios de color rosa y turquesa que bordeaban el resplandeciente río de la ciudad. Estaba abarrotado, el alcohol era barato y la sala estaba tan llena que los hombres se apretaban hombro con hombro. Tal era la aglomeración, de hecho, que el hombre a la izquierda de Rao le había clavado el codo y lo había dejado allí durante la última media hora. A Rao le dolían las costillas.

Deseó estar bebiendo el *arrack* y no simplemente vertiéndolo poco a poco en la copa de su vecino de codos afilados. Deseó que la bailarina terminara y que el poeta se diera prisa y comenzara su recitado. Pero aunque el poeta había entrado hacía algún tiempo, sus seguidores seguían llegando en grupos desordenados, con expresiones atormentadas.

Las tres mujeres que normalmente lo atendían habían pasado sigilosamente, conducidas a través de la habitación por un hombre que miraba con furia a cualquiera que les echara una mirada demasiado larga. Unos cuantos hombres con gruesos chales, chorreantes de agua de lluvia, aparecieron y se abrieron paso entre la multitud hasta el pasillo que conducía a las atestadas habitaciones traseras del burdel. Pero todavía no habían llegado los escribas jóvenes, con el pelo tonsurado y manuscritos encuadernados bajo los brazos, con los dedos manchados de tinta, dispuestos a copiar las palabras del poeta.

El poeta no empezaría hasta que estuvieran todos allí. Nunca lo hacía.

Así que Rao esperó. Y fingió beber. Y vio girar a la cortesana.

Solo se dio cuenta de que algo andaba mal cuando la madama del burdel entró en el salón y agitó un brazo cargado de brazaletes hacia los músicos, para ordenarles silencio. La melodía terminó con un repiqueteo abrupto y discordante de flautas de caña y címbalos, mientras un músico tras otro levantaba torpemente las manos ante su insistencia.

La cortesana se detuvo con un suave giro de sus talones contra el suelo de baldosas color esmeralda. Los pliegues de su falda dejaron de moverse tras un susurro. Su trenza se enroscó ingeniosamente alrededor de su garganta. Sin perder el ritmo, aunque ya no había ningún ritmo que la guiara, juntó las manos delante de ella e hizo una reverencia, dando por terminado el baile.

Rao estaba silenciosamente impresionado. Actuar con gracia ante una multitud de viejos borrachos lascivos era una tarea bastante difícil. Terminar una danza tradicional ahiranyi de seis etapas en su tercer paso era aún más difícil para una mujer que valoraba su arte. Y esta mujer —que había bailado en el salón, a lo largo de tres noches, una pieza abiertamente sediciosa destinada a venerar a los espíritus *yaksas*, sazonada con suficientes movimientos de caderas y tobillos para complacer a los clientes—, claramente, valoraba mucho su arte.

—Me temo que esto es todo por esta noche, señores —dijo la madama en tono de disculpa, mientras sus chicas cruzaban la habitación y corrían las pesadas cortinas de brocado sobre las paredes caladas del vestíbulo. Los sonidos de la ciudad se bloquearon inmediatamente. La leve dulzura de la brisa nocturna fue reemplazada por el olor de hombres sudorosos, humo de pipa, aceite perfumado y humo de lámparas—. Los soldados están de ronda otra vez esta noche.

Hubo un murmullo de sorpresa entre la multitud. Los soldados nunca cerraban los burdeles. Las casas de placer eran la razón por la que gente de todo Parijatdvipa iba a Ahiranya. Siempre se la había considerado más licenciosa que cualquier otra parte del imperio. Los ahiranyis no guardaban la pureza de sus mujeres con tanto cuidado. En el pasado, incluso, habían permitido que sus hombres se casaran con hombres y que sus mujeres se casaran con mujeres. Cuando Rao aún era un niño, él y sus amigos, otros jóvenes nobles de las ciudades-Estado de Parijatdvipa habían conseguido una copia de contrabando de la poesía religiosa prohibida de los ahiranyis: los *Mantras de corteza de abedul*. Se reían y bromeaban, burlándose del texto y entre sí para ocultar su vergüenza mientras leían los relatos eróticos explícitos junto con panfletos en los que los *yaksas* conquistaban nación tras nación, bañándolas en sangre.

Solo cuando llegó a Ahiranya y vio que se pintaban pasajes de los *Mantras de corteza de abedul* en las paredes, y que los recitaban poetas que usaban los burdeles como tapadera para difundir sus ideas políticas, llegó a comprender que aquello por lo que él y sus amigos se habían sonrojado, considerándolo solo lujuria, era una fuente de fe y desafío para los ahiranyis, quienes aunaban las historias de seres seductores de flor y carne, de hombres que yacían juntos, con los relatos de la gloria conquistadora del mundo en una misma lírica.

Los murmullos de descontento que habían comenzado a resonar entre la multitud cesaron rápidamente y la confusión dio paso a la cautela y el miedo. Los hombres se pusieron de pie. Empezaron a irse. Si el burdel debía cerrar, era porque algo terrible había sucedido. Mejor estar en un lugar seguro que esperar a escuchar directamente de los soldados lo que había ocurrido.

Rao permaneció donde estaba por un momento. La madama del burdel se quedó de pie, mirando irse a los hombres. Parecía bastante tranquila, pero cuando estaban cerrando las cortinas, él había visto la tensión alrededor de sus ojos. El sudor que salpicaba su labio superior. Estaba asustada.

Tal vez el hecho de que permitiera que sus chicas bailaran de forma subversiva y que alquilara sus habitaciones a los poetas ahiranyis era motivo suficiente para asustarse. Pero Rao tenía la sensación de que el miedo pintado en su rostro era demasiado real, demasiado inmediato para ser simplemente abstracto.

Debería haberse ido entonces. Pero Rao pertenecía a la fe sin nombre y entendía el poder sagrado del instinto: lo que sabe el cuerpo, una profecía escrita en el latido del corazón, o el hielo del miedo que recorre una columna vertebral, puede ser un regalo del dios sin nombre. Entonces lo sintió: una especie de presentimiento. No era exactamente miedo. Tampoco curiosidad.

Había conocimiento allí, si estaba dispuesto a aceptarlo.

Se levantó. En lugar de salir del burdel, cruzó la habitación y entró en el pasillo que conducía al salón del poeta.

No había nadie más en el pasillo para observarlo, pero de todos modos se esforzó por tambalearse mientras caminaba. Un balanceo desgarbado y borracho. Sabía que olía a tabaco, a pipa de opio y a vino: tenía la chaqueta abierta y el pelo suelto. No tenía marcas de estatus: ni *chakrams* como brazaletes en los brazos, ni collares de perlas alrededor de la garganta, ni un fino turbante azul alorano, ni un par de dagas en un cinturón sobre sus caderas. En cambio, llevaba un sencillo collar de piedras de oración, huesos de fruta pulidos y unidos con engarces de plata, del tipo que llevaban todos los hombres parijatis. Y eso era él. No un príncipe sin nombre de Alor, nacido de una profecía, sino un noble parijati, rico, tonto y muy pasado de copas.

Se detuvo, se dejó caer al suelo. Cerró los ojos.

Escuchó.

Había soldados en la habitación, mujeres que lloraban y hombres que murmuraban en voz baja. Los soldados hacían preguntas y uno de los hombres —no el poeta, Rao conocía su voz— discutía.

—Somos eruditos, señores, y artistas. No somos rebeldes, solo discutimos ideas.

—Nadie dijo que ustedes fueran rebeldes —respondió el soldado, lo que hizo que una de las mujeres comenzara a llorar con más fuerza.

Sin embargo, el poeta y sus seguidores eran rebeldes. En esta sala los había oído hablar de secesión y resistencia a través de la poesía parijati: las metáforas de la rosa y la espina, de la adelfa venenosa, del fuego y la miel, que volvían el lenguaje de Parijat contra sí mismo.

Pensó en las mentiras y verdades por las que había tenido que pagar para conocer sus secretos. El descontento entre los nobles de Ahiranya. Los hilos de inquietud que los unían entre sí, a sus comerciantes, guerreros, alfareros y curanderos. Cómo el mal manejo de la podredumbre, las muertes de granjeros, la prohibición y la degradación de la lengua y la literatura ahiranyi habían llevado a que un número desconocido de rebeldes, armados y enmascarados, asesinaran a los funcionarios y comerciantes de Parijatdvipa con crueldad punzante, y que un número mucho mayor de poetas y cantantes difundieran el ideal de una Ahiranya libre.

El poeta y sus seguidores no eran los rebeldes enmascarados del bosque de Ahiranya. Pero formaban parte del alma de la resistencia contra Parijatdvipa, vinculados a mecenas de alta alcurnia, y Rao esperaba que le fueran de utilidad.

Esta vez, desafortunadamente, ya no lo serían.

Se oyó un ruido. Rao levantó la cabeza.

—Oye, tú —dijo el soldado. Vestía el uniforme parijati blanco y dorado, con la marca del regente en su turbante. Sus pasos, calzados con botas, eran pesados—. ¿Qué estás haciendo aquí?

Rao no lo había oído acercarse. Tal vez había bebido un poco más de *arrack* de lo que pensaba.

—B-buscaba la salida, señor —balbuceó.

Notó que el soldado sopesaba sus opciones: ¿dejar que uno de los hábiles guardias del burdel echara al borracho que había encontrado en el pasillo, o arrastrarlo al salón para interrogarlo junto al poeta y sus acólitos? Rao vio vacilar el interés del soldado por él. Era un tonto borracho, no había nada notable en él, se había asegurado de eso, y ¿cuán probable era que un hombre parijati estuviera involucrado en la resistencia de los ahiranyis? Vomitaría, tal vez, o lloraría. Era mucho mejor dejarlo ir.

Rao simuló un hipo de ebriedad y trató de enderezarse. El soldado puso los ojos en blanco, murmuró algo desagradable en voz baja y se volvió para irse.

Detrás de ellos, en el salón, una mujer chilló. Uno de los hombres comenzó a gritar, luego se quedó abruptamente en silencio, al tiempo que un ruido sordo de carne, de metal, de sangre resonaba por el pasillo.

El soldado, en un acto reflejo, buscó su espada. Miró a Rao una vez más. La conmoción del ruido había hecho que Rao se enderezara, con la columna rígida como el hierro y los ojos muy abiertos. Demasiado atento para estar borracho.

Los ojos del soldado se entrecerraron.

—Tú —dijo—. Levántate.

Rao tragó saliva. Buscó adoptar el tono de voz inestable, farfullante, que necesitaba.

—¿Qué...?

No tuvo tiempo para simular. El soldado lo aferró por el brazo y tiró hacia arriba tan repentinamente que, si Rao no hubiera sido naturalmente ligero de pies, el movimiento le habría dislocado el hombro. El soldado lo arrastró por el pasillo hasta el salón.

Lo arrojó al suelo. Rao se las arregló para poner sus manos delante de él antes de que su nariz golpeara contra la piedra. Trató de gatear, pero la bota del mismo soldado que lo había encontrado lo empujó nuevamente hacia el suelo.

Una docena de ojos se volvieron hacia él: un puñado de soldados imperiales del regente, vestidos con el traje de Parijatdvipa blanco y dorado, los sables al cinto; un grupo de mujeres aterrorizadas, que se abrazaban unas a otras; algunos hombres todavía con sus chales, y uno desplomado, con la garganta cortada, su sangre acumulada en el suelo.

Y el poeta, Baldev. Era un hombre mayor, corpulento como solo los ricos pueden permitírselo, de mandíbula cuadrada y nariz aguileña, afilada y firme. Ese noble rostro suyo era entonces un rictus de furia y de miedo.

—Encontré a este fuera —dijo bruscamente el soldado que había arrastrado a Rao.

—Uno de los tuyos, ¿verdad? —esto se lo preguntó otro soldado a Baldev.

Baldev miró a Rao.

Rao pensó en cómo se había hecho un hueco en esos salones, persuadiendo pacientemente a uno de los seguidores de Baldev para que le extendiera una invitación. Pensó en las preguntas que le había hecho a Baldev, una vez que la desconfianza del poeta se había disipado un poco y había llegado a creer, a regañadientes, que Rao no era un hombre con malas intenciones, sino simplemente lo que decía ser: un parijati inclinado a la erudición, los altos ideales y el deseo de ver libre a Ahiranya.

Pensó en lo que Baldev le había revelado. El secreto compartido a medias tras el último encuentro.

"Conozco a alguien que puede ayudarte".

—Nunca he visto a este hombre —dijo Baldev, mirando a Rao de arriba abajo con visible desdén.

—¿Estás seguro?

—No me relaciono con hombres que no sean de mi propio pueblo —respondió. Su voz era sonora, un terciopelo retumbante hecho para la poesía y la política. Mostraba un disgusto deliberado hacia el hombre borracho parijati tirado en el suelo, y hacia los soldados que lo rodeaban—. Esta casa está llena de parijatis lujuriosos y depravados como él. Desde ya, arréstenlos a todos. Me alegraría ver mi tierra libre de ellos. No es un seguidor mío.

Las mujeres, los hombres, todos evitaron cuidadosamente mirar en su dirección. Él les devolvió el favor y miró al suelo.

—Bien —dijo otro soldado. Hablaba en voz baja, pero el brazalete de plata en la parte superior del brazo lo distinguía como comandante. Sus ojos no parpadeaban—. Tengo algunas preguntas simples para ti, poeta. Responde con inocencia y podrás irte.

—Un acertijo, ¿verdad? —Rao levantó la vista y vio que la sonrisa de Baldev no tenía alegría. Fue solo el rictus fruncido de esa sonrisa lo que le indicó a Rao que tenía miedo.

Y con razón. Aun bajo el filo de la navaja de la adrenalina, bajo la paciencia vigilante que le habían inculcado los largos años de entrenamiento en la corte con las armas, Rao también tenía miedo.

—¿Tuviste alguna participación en el ataque al *mahal* del regente? —preguntó el comandante.

—No —dijo Baldev.

—La noche en que sonó la caracola, ¿estabas aquí? —La voz del comandante era suave.

Silencio. Quizás Baldev estaba asimilando la realidad que yacía ante él.

—Sí —dijo finalmente—. Estábamos aquí. Mis seguidores y yo.

—Predicando una ideología política rebelde —incitó el soldado. Baldev no dijo nada.

El comandante dio un paso hacia delante, con las manos entrelazadas a la espalda.

—¿Vienen muchas mujeres a tus... conferencias? —La mirada del comandante se deslizó hacia las mujeres acurrucadas juntas, que temblaban levemente de miedo—. Habla. O destriparé a otro hombre.

—No. No muchas.

—¿Estás seguro, poeta?

—Las mujeres de buena reputación no suelen entrar en las casas de placer.

—Escuchamos que las mujeres ahiranyis no se preocupan mucho por su reputación —dijo uno de los soldados. Otro a su lado se rio. Esos dos, notó Rao, no vestían exactamente los mismos uniformes que el resto. No tenían la marca del regente en sus turbantes, y el lenguaje zaban común del hombre que había hablado no tenía el acento cantarín de los ahiranyis—. ¿Qué son estas, entonces? ¿Putas?

—Cuida tu lengua —dijo su comandante.

—Lo siento, comandante Jeevan —se disculpó el hombre. No parecía particularmente arrepentido.

—Habla —le dijo el comandante al poeta.

—Siervas —dijo el poeta con rigidez—. Niñeras. Lo suficientemente respetables.

—Entonces no te será difícil recordar a una mujer en particular: pequeña, joven. No más alta que esa de allí. —Señaló a una de las mujeres, que dejó escapar un pequeño suspiro, tanto de terror como de ira, sin levantar la mirada—. Piel oscura. ¿La conoces?

—Hay muchas mujeres así. Podría ser cualquiera.

—Se hacía llamar Meena.

—No —dijo Baldev—. No conozco a esa mujer.

—Hasta hace poco —continuó el comandante—, ella era sirvienta en el *mahal* del regente. Trató de matar a su invitada. Un asunto turbio. Por suerte la detuvieron. —Hizo una pausa—. Nos preguntábamos —dijo— adónde puede ir una mujer, una criada, a aprender tales cosas. Y aquí estás tú, poeta.

Rao casi podía escuchar la réplica formarse en los labios de Baldev. ¿De qué le serviría a un hombre como él atacar a una invitada del regente?

Entonces Baldev recordó que la hermana del emperador estaba prisionera al cuidado del regente. Rao pudo verlo recordar: el gris repentino que se apoderó del rostro del poeta.

Nada de lo que dijera lo salvaría.

—Encontramos a algunos escribas redactando material que no deberían tener —continuó el comandante—. Verdaderas herejías, ocultas en la escritura ahiranyi.

—¿Dónde están? —preguntó una mujer audaz. Su voz tembló.

—Ya han sido llevados a los campos de ejecución.

—Perdona a las mujeres, al menos —susurró Baldev. Nunca, en todas sus conferencias vespertinas y sus recitaciones, su voz había sonado tan tenue.

—Las mujeres son el problema —dijo el comandante arrastrando las palabras.

—¿Qué les harás? —preguntó el poeta. Su voz tembló. Luego se reafirmó—. Hemos escuchado lo que el emperador Chandra les hace a las mujeres. Por favor...

—Una muerte mejor que la que merecen estas sucias mujeres —dijo en voz alta uno de los dos soldados parijitas—. Tú, ahiranyi, no sabes lo afortunado que eres.

La boca del comandante se estrechó. Luego dirigió su atención a sus hombres. Hizo un gesto.

"Rodeadlos".

Fue demasiado. Uno de los hombres ahiranyi que había estado arrodillado sobre la sangre de su compatriota lanzó un grito y se arrojó hacia delante. Hubo un siseo de acero, gritos, un estallido de sangre fresca, mientras el caos invadía el lugar y las mujeres salían disparadas hacia la puerta.

Parecía, en ese momento, que no había razón para no intervenir. Independientemente de lo que los soldados creyeran que era Rao, también iban a matarlo. Así que se giró, empujando a uno de los soldados con un movimiento aparentemente descuidado de sus propias manos y rodillas contra la piedra. En el tumulto de cuerpos y armas, fue un milagro que Rao no fuera aplastado o apuñalado. Cuando sintió una patada en las costillas, lo tomó como algo que le correspondía. Su cabeza golpeó el suelo. Las estrellas estallaron detrás de sus ojos.

Sin un arma, no había nada que hacer más que rodar con todo su peso y aferrar la pierna de otro soldado, que gimió. Detrás, a su alrededor, los demás hombres gritaban. Uno arrojó un libro. Fajos de poemas se deshojaron contra el suelo.

Una de las mujeres salió por la puerta hacia el final del pasillo, un soldado la perseguía. Rao permaneció donde estaba, en el suelo.

Soltó una maldición cuando un cuchillo aterrizó junto a su cabeza. Levantó la vista y vio al poeta Baldev mirándolo fijamente, con el rostro ensangrentado y una contusión sobre el ojo.

Baldev le escupió en la cara.

—Basura parijati —gruñó. Era una expresión fea, que desentonaba completamente con los modales razonables e intelectuales que había usado en el pasado—. ¡Todos sois escoria de Parijat!

Baldev golpeó salvajemente al guardia más cercano y luego fue arrojado al suelo e inmovilizado. Rao se quedó donde estaba.

El soldado que estaba encima de él, uno de los hombres que no llevaba la marca del regente y que había mirado a su comandante con desdén poco disimulado, miró a Rao, por primera vez con una sensación de afinidad.

—No debería haber hecho eso —dijo el soldado con brusquedad—. Cuando miras bajo de su superficie, todos son unos salvajes.

Rao no dijo nada. Le dolían las costillas. Su rostro estaba caliente por la sangre.

Si hubiera tenido una espada, podría haber cortado la cabeza de aquel hombre.

El soldado le ofreció la mano. Rao la tomó.

—Señor —dijo el soldado a su comandante.

—Déjalo ir —respondió el comandante, con tono aburrido—. Creo que estamos de acuerdo en que él solo es lo que parece ser.

Aun así, el soldado vaciló.

—Yo... yo puedo pagar —tartamudeó Rao, odiándose un poco por la artimaña. Titubeó. Rozó las piedras de oración parijatis, esos huesos unidos por eslabones de plata, y las apartó del cuello de su túnica—. Puedo...

Al fin, eso pareció ser suficiente.

—Vete —dijo el soldado—. Corre, bastardo borracho. Has aprendido que no debes interferir con los asuntos imperiales la próxima vez, ¿no?

—Sí, señor —respondió Rao.

Alguien mejor hubiera luchado valerosamente por esas mujeres sollozantes, por esos hombres. Por el poeta. Un buen hombre ni siquiera habría estado en esa habitación de ese burdel.

Pero Rao no era un buen hombre. Era solo un hombre con un propósito, y su obra aún no había terminado.

Se tambaleó hasta la puerta.

El poeta no lo miraba. El poeta le había salvado la vida.

Rao lo dejó librado a su muerte.

Se despertó al ver a Lata inclinada sobre él, con la frente arrugada en un abanico de líneas. Por encima de ella, el techo estaba cubierto de tallas de rosas y flores de iris. Estaba de regreso en el palacio de las ilusiones, entonces. A lo lejos, podía escuchar acordes tenues de música. Pero las habitaciones que había alquilado en esta hermosa casa de recreo, un establecimiento con faroles rosados en la puerta, eran tan grandes como las de un rey, y bien aisladas del ruido de abajo.

—Quédate quieto —lo regañó Lata—. Estoy limpiando tus heridas. Tienes las costillas magulladas.

—Al menos dime que no me quitaste el *dhoti* —dijo Rao débilmente.

Lo dijo en broma, pero Lata respondió:

—No. Dejé que Prem lo hiciera. Deja de intentar levantar la cabeza.

Rao la ignoró y miró hacia arriba. Prem, príncipe de baja alcurnia de Saketa, estaba de pie al pie de su lecho. Sonrió, sus ojos se arrugaron.

—Hola, Rao —dijo Prem—. Estás hecho un desastre.

Rao resopló una risa débil y volvió a recostarse.

—Supongo que no tuviste éxito en tratar de convencer al regente de que nos ayudase —dijo Rao.

—Tienes suerte de que no lo hiciera —dijo Prem—. Si no hubiera regresado temprano, estarías muerto en la calle.

—Les dije a tus hombres adónde había ido por una buena razón.

—Deberías haberlos llevado contigo.

—Eso me habría hecho parecer demasiado llamativo, creo.

—Tienes razón —dijo Prem—. No deberías haber salido en absoluto.

—Era importante —dijo Rao. "Y no es la primera vez", añadió para sí mismo. Si los hombres de Prem no le habían advertido lo que Rao había estado haciendo, entonces Rao tampoco iba a decírselo.

Prem buscó tranquilamente su pipa, que estaba escondida bajo los pliegues de su voluminoso chal: una prenda de lana de un azul profundo que le cubría los dedos y estaba fuertemente anudada alrededor de su garganta.

—Nos alojamos en un burdel perfectamente bueno, y tú vas a una choza barata. A veces no te entiendo, Rao.

—Fui por el poeta. Un hombre llamado Baldev.

—¿Qué tenía él que tú necesitaras?

—Información sobre los rebeldes de Ahiranya —admitió Rao.

—No veo por qué los rebeldes querrían ayudar a nuestra causa —dijo Prem. Pero estaba escuchando, sus ojos brillaban tenuemente a la luz de la lámpara.

—No lo harían. No le hablé de nuestra causa. Le conté una mentira. Le dije que quería conocimiento. —Respiró lenta y superficialmente, sintió el dolor de sus costillas, de sus pulmones—. Y lo obtuve.

Prem dio una calada a su pipa.

—El poeta —continuó Rao después de un momento—, la última

vez que fui a su salón, me confesó que él y sus seguidores tienen el apoyo y la protección de una figura poderosa en Ahiranya. Me dijo...

"No puedo darte un nombre. Algunas cosas son demasiado preciosas. Y de algunas otras, no estoy al tanto".

"¿No lo estás?"

Una leve sonrisa.

"No soy un hombre importante".

El poeta había vacilado. Se había encontrado con los ojos de Rao cuando los dos estaban sentados en la habitación trasera del burdel y la luz del amanecer entraba por la ventana. Rao le había devuelto la mirada, serio, con los ojos muy abiertos, un hombre rico y tonto con un buen corazón. Esas fueron siempre las mejores mentiras, las que se asientan sobre huesos reales.

"Vuelve y hablaremos, muchacho".

—Hay simpatizantes de la secesión de los ahiranyis del imperio en todos los niveles del gobierno del país —dijo finalmente Rao—. No tuve la oportunidad de obtener un nombre. Los soldados llegaron antes de que terminara de hablar con él.

—Oh, los soldados. Eso lo sé.

—El poeta me salvó —murmuró Rao, pensando en la furia de Baldev. El cuchillo que ni siquiera lo había rozado, por la ira con la que lo había estrellado contra el suelo—. No tenía por qué hacerlo.

—Ah. —Prem aspiró otra calada de su pipa. Soltó una bocanada de humo—. ¿Y por qué hizo eso?

Rao se levantó con dificultad hasta quedar sentado.

—Me gané su confianza.

—¿Cómo?

—Le dije que leería las enseñanzas de Sunata. —Hubo una pausa, un silencio que se prolongó hasta que Rao dijo con tristeza—: No sabes quién es Sunata.

—No a todos nos gustan los libros tanto como a ti.

—Sunata era un sabio. Los sabios eran hombres y mujeres eruditos, sin afiliación a ninguna fe o credo. Las enseñanzas de Sunata sustentan... no importa. —Rao negó con la cabeza. Hizo una mueca. Se había olvidado por un momento de que su cuerpo era una bolsa de magulladuras—. Escribió que no hay un sentido en el universo: ni el destino, ni la sangre pura, ni derechos de los reyes sobre la tierra. Todo es vacío. El mundo solo tiene sentido cuando le damos sentido.

—Suena inteligente —murmuró Lata, mientras aplicaba una pasta de especias con una firmeza innecesaria sobre las costillas magulladas de Rao.

—No lo entiendo —dijo Prem—. Hazlo más simple, Rao, para tu amigo.

—La gente que sigue sus enseñanzas rechaza a todos los reyes, a toda la realeza, a todos los imperios. Ellos creen en... la autodeterminación. Supongo que esa es la explicación más sencilla.

—Ah —dijo Prem—. Imagino que entonces sus enseñanzas no deben ser populares entre los reyes, ¿no? El gran príncipe no aprobaría mucho que...

—Sus libros fueron quemados en Parijat —explicó Rao—. Y en Alor. En Saketa...

—Entonces, en todas partes —añadió Prem.

—No entre los sabios —dijo Lata. Pero, claro, Lata era también una sabia; ellos nunca quemarían libros. Era anatema para su vocación.

—¿Lo has leído, entonces?

—No —dijo Lata—. No me interesa esa rama de la filosofía particularmente.

—Esperaba que pudiéramos usar lo que tienen los rebeldes —dijo Rao—. Esperaba, bueno, ya no importa.

—Los rebeldes son salvajes enmascarados —opinó Prem—. Quieren desgarrar el reino de Parijatdvipa, Rao. Quieren que vuelvan los buenos viejos tiempos de la Era de las Flores. —Sus labios se curvaron un poco. Ningún vástago de una ciudad-Estado de Parijatdvipa recordaba con nostalgia la Era de las Flores, antes de que las Madres derrotaran a los *yaksas*—. Aun si los rebeldes tuvieran el apoyo de los nobles ahiranyis para echarnos al resto de nosotros... ¿qué esperabas lograr? No estamos aquí precisamente para ayudar a los ahiranyis a liberarse del gobierno imperial.

—Una forma de sacarla *a ella* de aquí.

Prem suspiró de nuevo.

—Siempre lo mismo.

—Por supuesto —admitió Rao—. Por supuesto.

Prem no le dijo a Rao que era un tonto. No esa vez. Quizá se compadeció demasiado de él para hacerlo. En cambio, dijo:

—Lo siento. Sé lo mucho que significa para ti.

Como siempre, la vergüenza le revolvió el estómago a Rao al pensar que Prem, o cualquiera, malinterpretara la situación.

—Pero has hecho todo lo que has podido —estaba diciendo Prem—. Y yo también. El regente no me volverá a recibir. —Otra voluta de humo—. Es una pena, de verdad. El emperador Chandra lo reemplazará muy pronto. Y el Señor Santosh es un maldito idiota. Solo será el títere de Chandra y mandará a un nuevo grupo de pobres muchachas a arder en las llamas para insistir sobre la pureza de la cultura parijati, como si el resto de nosotros fuéramos tan descastados como los ahiranyis y necesitáramos su liderazgo.

Pero había otras personas en Ahiranya que podrían resultar útiles, pensaba Rao. Había nobles que, a diferencia del regente, probablemente no perderían su jerarquía. Hombres ahiranyis de alta cuna que tal vez estaban financiando a los rebeldes..., rebeldes que se podrían utilizar para apoyar un golpe contra Chandra y liberar a la princesa Malini.

—No deberías fumar aquí —dijo Lata. El tono familiar de desaprobación en su voz era casi un bálsamo—. Vete fuera, Prem.

—¿Tan enfermo está?

—No —dijo Lata—. Pero no me gusta el olor. Vete.

—Como ordenes, sabia —dijo Prem, inclinando la cabeza con una sonrisa. Se dio la vuelta para irse, envuelto en humo. Bajó la pipa. Miró hacia atrás—. Rao —agregó—. Sabes que Aditya nos necesita. Ya sabes que Parijatdvipa necesita que nos aseguremos de que el hermano correcto sea quien se siente en el trono. Emperador Aditya. Imagínatelo.

Rao no dijo nada. Se lo había imaginado. Pero era culpa de Aditya que esa visión aún no se hubiera hecho realidad.

—Solo... —Prem expulsó el humo—. Voy a ir a verlo. Tan pronto como el festival termine. Deberías venir conmigo. Él te necesitará. Has hecho todo lo que has podido para salvarla. Y yo también.

—¿Eso crees? —dijo Rao.

—Sí —respondió Prem. Volvió a sonreír, con algo de tristeza en las comisuras de los labios—. Ambos lo hicimos.

Rao quería discutir y sabía que Prem estaba listo para responder amablemente, pero Lata intervino.

—Príncipe Prem —dijo—. Deja que mi paciente descanse.

Silencio. Luego:

—Volveré más tarde, Rao.

Rao se recostó y cerró los ojos mientras Lata se movía alrededor de la habitación, murmurando para sí misma algo acerca de sábanas limpias y agua hervida.

Pensó en Malini, en esa prisión. Tan cerca, pero demasiado lejos para que cualquiera de ellos pudiera llegar a ella.

Pensó en la carta que ella le había escrito. Garabateada apresuradamente, manchada de lágrimas, enviada no en el idioma dvipano de la corte, ni siquiera en la lengua zaban común a todo Parijatdvipa, sino en el de la ciudad de Alor, que su propia hermana le había enseñado a Malini. La carta había sido entregada por una doncella de ojos atormentados. Malini la había sobornado con la última pizca de oro que le quedaba: los brazaletes de boda de su madre.

La carta tenía cenizas encima. Sal y ceniza.

"Chandra me envía a Ahiranya".

Y allí, subrayada, una callada desesperación en la curva de cada letra:

"Sálvame".

Lata se arrodilló a su lado. Rao abrió los ojos. Ella tenía un aspecto esquelético y cansado.

—¿Entonces te irás? —le preguntó Lata en voz baja.

—¿Qué opinas tú?

Ella no dijo nada por un momento.

—Creo que tenemos que vendar tus costillas —dijo finalmente—. Quédate quieto. Esto te dolerá.

—No te preocupes —dijo Rao, tragando saliva. Las rosas le devolvieron la mirada, tan rojas sobre el techo que parecían salpicaduras de sangre—. Soy muy bueno obedeciendo órdenes.

Capítulo Once

PRIYA

H abía celdas debajo del *mahal*. Priya nunca había tenido motivos para tener en cuenta esa realidad antes. Pero ahora había una buena razón.

Los guardias habían sido bastante amables con ella. Le habían permitido recorrer por su cuenta la superficie del Hirana, por necesidad, más que por cualquier otra cosa, sospechaba. Luego le habían atado las manos y la habían guiado más allá de los huertos del general, del casi desbordante pozo escalonado y hacia una escalera tras unos portales de hierro, que conducía a las entrañas del *mahal*. La habían encerrado en una celda, le habían ordenado que se sentara y descansara hasta que la llamasen y la habían dejado sola.

Solo había una ventana en su celda: una franja alta, cubierta de una filigrana de barrotes, que casi no dejaba pasar la luz, pero permitía que el agua de lluvia entrase libremente. Había dejado de llover por fin, "por fin", pero el agua todavía se derramaba a través de la abertura en un flujo lento y constante, como si todo lo que el suelo no había podido tragar rodara por la pendiente de tierra y entrara en la celda de Priya.

Se preguntó si ese diseño —la pendiente, la ventana, el agua que se acumulaba inevitablemente a sus pies— era intencionado. Después de una hora de pie en el lóbrego frío, demasiado entumecida por la conmoción para hacer nada más, decidió sombríamente que probablemente lo era. Se abrió camino hasta el rincón más apartado de la celda. Se sentó y se inclinó hacia delante, la cabeza sobre las rodillas.

En el momento en el que se sentó en el suelo, su cuerpo comenzó a temblar. No podía controlarlo. Se aferró los codos con las manos, luchando por controlar su respiración, y sintió una especie de pánico salvaje que le apretaba el pecho.

Había querido recordar, ¿no? Podría admitirlo entonces. Había querido más que fragmentos de recuerdos. Bueno, su deseo se había cumplido. Más que cumplido. Por un momento, mientras luchaba contra Meena, había sido la Priya que era una niña del templo. Había visto el *sangam* en su mente.

Y había matado a una mujer.

Meena había tratado de matarla a ella, por supuesto. Pero eso no la hacía sentir menos conmocionada.

De niña, había aprendido a infligir y manejar el dolor. A todos los niños del templo de Hirana se les había enseñado a ser fuertes de la misma manera, para que tuvieran una oportunidad de sobrevivir al proceso de convertirse en mayores. Tres viajes, a través de las mágicas aguas inmortales. Tres viajes que podrían dejarlos muertos, ahogados. O en estados aún peores.

Priya se había hundido bajo las aguas una vez. Solo una. Y había emergido con poderes. La capacidad de manipular el Hirana. La habilidad de deslizarse en el *sangam*.

No había vuelto a hacerlo desde que era una niña. No había sido capaz de hacerlo.

Se miró las manos. Deseaba dinero. Poder. Tal vez, en lo más profundo de su corazón, incluso quería sus legítimos dones. Pero entonces miraba sus dedos temblorosos y se preguntaba si sus deseos eran sabios. Se preguntó si sus recuerdos se habían fragmentado para salvarla de un dolor aún mayor.

Finalmente, a pesar del frío y el agua, se quedó dormida. El calor comenzó a filtrarse a medida que salía el sol y ella durmió inquieta, soñando que el agua bajo sus pies siseaba y se retorcía, que unos ojos la miraban desde la oscuridad. Cuando despertó vio que alguien le había llevado comida. Se la comió, luego se acurrucó una vez más.

Durmió y soñó otra vez con el agua. La sombra de su hermano en la oscuridad líquida.

Pasaron las horas.

La puerta se abrió. Pensó que le traían más comida. En cambio, sintió una mano sobre su brazo.

—Ven —dijo el guardia. Estaba armado hasta los dientes, pero su voz era amable y la sujetó con suavidad—. La Señora Bhumika quiere verte.

Dentro de los aposentos de la Señora Bhumika en el palacio de las rosas había una profusión de flores colocadas en jarrones ornamentados sobre las ventanas. Había lirios recién cortados que flotaban como nubes pálidas en cuencos de agua, moviéndose como si la brisa los empujara con manos ligeras.

La Señora Bhumika en persona estaba sentada en un sillón de seda color amatista. No se reclinaba, a pesar de la gran cantidad de almohadas que había detrás de ella. Se irguió, con una mano apoyada en su vientre voluminoso. Una sirvienta estaba de pie a su lado, abanicándola. Cuando Priya entró en la habitación y se inclinó, la Señora Bhumika no sonrió. Sus ojos estaban ensombrecidos.

—Todo va bien, niña —dijo, en voz baja—. Mi esposo me pidió que hiciera los arreglos para ti. No tienes por qué tener miedo.

—Mi señora —dijo Priya, e inclinó la cabeza una vez más con recato.

Bhumika tenía fama de ser una señora amable. Desde que se había casado, se había ocupado de las víctimas de la podredumbre y las había acogido en su casa. A todos sus guardias y sirvientes los había elegido ella misma, y por ello eran ferozmente leales. Así que, cuando ella dijo: "Ahora déjanos solas", a Priya no la sorprendió que la criada bajara el abanico y sus guardias inclinaran la cabeza en reconocimiento, para luego partir raudos y en silencio.

Las puertas se cerraron con un ruido sordo. Priya levantó la cabeza.

Después de un momento, Bhumika habló.

—Dime lo que sucedió. —La suavidad de su voz se desvaneció, solo quedó una dureza de hierro, y ya no eran sirvienta y ama.

Eran hija del templo e hija del templo. Hermanas, aunque Priya no solía permitirse pensar en esos términos. No le gustaba mirar demasiado de cerca lo que significaba la hermandad, una década después de que sus hermanos hubieran sido quemados.

—Meena me atacó en el Hirana —dijo Priya—. Ella sabía lo que yo era. Quería que le mostrara el camino a las aguas inmortales. Y cuando le dije que no podía, trató de hacerme daño. —Las imágenes de la pelea pasaron por su mente. Estaban demasiado frescas aún para considerarlas recuerdos. Su corazón todavía se aceleraba. La piel todavía le escocía por la magia—. Tenía una máscara de corona.

El ojo derecho de Bhumika latió con un tic bastante expresivo.

—¿Y luego? ¿Qué pasó?

—Se puso la máscara. Lastimó a Gauri y trató de herir a Sima. Y yo... la empujé del Hirana.

—¿Dijiste algo que te delatara?

Priya no respondió.

—Priya.

—Solo a ella. —No mencionó a la princesa. No sabía qué había escuchado la princesa, después de todo. Aun así, sus palabras se sintieron como una mentira, una que cuajaba hasta convertirse en un amargo terror en su lengua.

—¿Cómo pudiste ser tan idiota? ¿Acaso no te he enseñado nada?

—Me iba a matar. ¿Qué se suponía que debía hacer? ¿Abrazarla?

Bhumika puso los ojos en blanco.

—¡Oh, por los espíritus, Priya! Podrías no haber dicho nada. Podrías haber pedido ayuda a gritos. Sé que hay muchos guardias allá arriba.

—¿Y dejar que ellos hablaran con ella? Ella ya sabía lo que yo... era. Soy. —Priya levantó la cabeza—. Matarla fue lo único que pude hacer para protegernos. Sería peor si hubiera admitido lo que soy y la hubiera dejado vivir, ¿no es así?

—Obviamente, sí —dijo Bhumika secamente—. ¿Y cómo se enteró ella de lo que eres?

Priya se encogió de hombros. Ah, sabía que eso solo inflamaría aún más el temperamento de Bhumika —normalmente contenido—, pero ella misma también se sentía inestable. Había sido atacada.

Había matado a alguien, y por más que se dijera que era algo para lo que había sido criada, y por más que trató de convencerse de que no había tenido otra opción, estaba conmocionada. Y la enfadó sentirlo, la enfadó no ser lo suficientemente fuerte como para no sentir nada.

Era más fácil estar furiosa con Bhumika que consigo misma.

—¿Le has contado a alguien más tu pasado? —preguntó Bhumika.

—No soy tonta.

Hubo un largo silencio. Bhumika la miró sin pestañear.

Finalmente, con terquedad, Priya agregó:

—No.

Los ojos de Bhumika se entrecerraron. Tamborileó con los dedos de la mano izquierda sobre la rodilla.

—Primero salvaste a Sima, y ahora...

—¿Preferirías que hubiera dejado morir a Sima?

—¿Para protegerte? Sí —exclamó Bhumika—. ¿Has pensado que salvar a Sima podría ser precisamente lo que te delató ante la rebelde?

Bhumika tenía razón, por supuesto. Así era como Meena se había dado cuenta. Había visto a Priya escalar con confianza el Hirana, como alguna vez lo hicieran los niños del templo.

—No puedo hacer tanto como tú, dos veces nacida —dijo Priya.

—No me llames así.

—De acuerdo. De todos modos, ya sabes, Bhumika: ni siquiera puedo hacer tanto como una persona nacida una sola vez, como yo debería ser capaz de hacer. Caminar sobre el Hirana, salvar a Sima: eso era un riesgo, pero no más que lo que cualquier mujer valiente podría o querría hacer. Incluso si no fuera lo que soy —continuó Priya—, me habría arriesgado por Sima.

Alguien nacida una sola vez era capaz de entrar en el *sangam* a voluntad. Podía manipular la superficie del Hirana con facilidad. Podía sentir la naturaleza, toda su respiración brillante y poderosa, dondequiera que fuera.

Priya había tenido todo eso cuando era niña. Antes de que la noche del fuego rompiera algo dentro de ella.

Bhumika, dos veces nacida, había sido aún más fuerte. Y los tres veces nacidos...

Bueno, ya no quedaba ninguno de ellos.

—Creo —dijo Priya lentamente— que estás decidida a enfadarte conmigo. No he hecho nada malo. No pedí ser atacada por una rebelde que buscaba las aguas inmortales. He hecho todo lo posible para protegerme. Y tú...

—Podrías haber muerto. ¿Entiendes eso?

—Lo entiendo.

—Podrían haberte acusado de asesinato. O de rebeldía. O de ambas cosas.

—De verdad, no soy tonta —exclamó Priya—. No sé cuántas veces tengo que decírtelo. Lo sé.

A veces odiaba a Bhumika. No podía evitarlo. Había algo en su hermana del templo que le hacía arder la sangre y que envenenaba su lengua. Bhumika era toda falsedad: mansa ante el mundo, ardiente en su corazón. Le gustaban los dulces finos y los saris elegantes y la buena música. Nunca jamás había fregado un suelo. Y se había casado con el regente. Eso era algo que Priya nunca sería capaz de comprender, por más que Bhumika hubiera salvado incontables vidas en su papel de esposa de buen corazón. Cuando el hermano de Priya la abandonó en la puerta de Gautam, había sido Bhumika quien la había salvado. Bhumika, quien había llegado en su palanquín de caoba y había llevado a Priya a su casa y se había asegurado de que tuviera comida y refugio y la oportunidad de vivir.

"No puedo darte poder. No puedo darte lo que perdimos. ni siquiera puedo darte una familia", le había dicho Bhumika. "Pero puedo darte un trabajo. Y eso tendrá que ser suficiente para ti".

—Gracias por sacarme de la prisión —se obligó a decir templando su tono—. Aprecio tu gesto.

—Bueno, no tienes que agradecerme nada —dijo Bhumika—. Fue la princesa quien intercedió por ti. Ella le dijo a Vikram que le salvaste la vida. Rogó tenerte como su propia sirvienta. Lo rogó. ¿Y qué podía hacer, sino estar de acuerdo?

—¿Qué? —graznó Priya.

—Hay agua de limón en la mesa junto a la ventana —dijo Bhumika, señalando vagamente a la izquierda de la habitación—. Sírvete un vaso y sírveme uno también.

Priya lo hizo. Sus manos ni siquiera temblaron. Pero la voz de Bhumika fue más amable cuando le entregó el vaso. Solo los espíritus sabían qué contenía la expresión de Priya, pero logró mitigar la ira de Bhumika.

—El general está en una posición difícil —dijo Bhumika—. La princesa es... no es la persona favorita de su hermano. Pero, al fin y al cabo, lleva la sangre imperial, y si muere aquí, asesinada o por enfermedad o alguna mala casualidad, el general y su gente serán castigados. Todos seremos castigados. —La mano de Bhumika se movió levemente sobre su vientre, donde descansaba—. La princesa debe estar aislada. El emperador lo ordenó y debe ser obedecido. Pero su aislamiento significa que Vikram tampoco puede verla regularmente. No se la puede vigilar o proteger tan bien como quisiéramos. —Hizo una pausa—. El general se inclina a darle lo poco que es capaz de ofrecerle.

—Me estás diciendo —dijo Priya lentamente— que no puedes evitarme esta tarea.

—Nunca he sido capaz de obligarte a hacer nada, Priya. Podrías marcharte, si quieres. Creo que tú, entre todas las personas, encontrarías el modo de sobrevivir. Pero si te quedas y te conviertes en la criada de la princesa, podrías hacernos mucho bien a todos —dijo Bhumika—. El general se preocupó cuando vio a la princesa. Está enferma y débil, y lloró mucho. Él cree que no está bien, o que la sierva que el emperador envió con ella no es muy atenta. Por lo que vi de ella cuando llegó, me inclino a estar de acuerdo. No puedo apostar guardias leales en sus puertas. El Señor Santosh tiene demasiados espías en casa para que yo pueda reorganizar las cosas en silencio. —Torció el gesto—. Solo quedas tú, Priya.

—Quieres que la vigile —dijo Priya—. Que la espíe. Que la mantenga a salvo.

—Sería útil si pudieras mantenerla con vida sin exponernos a cualquiera de nosotros, sí.

Priya sintió un peso en su estómago.

—Lo haré lo mejor que pueda —logró decir.

—Bébete el agua. Tienes mal aspecto.

—He estado sentada en una celda todo el día. Por supuesto que tengo mal aspecto.

—Bebe.

Priya bebió. Bhumika la miró mientras lo hacía, su propio vaso intacto, la mirada demasiado astuta.

—Sé que quieres encontrar las aguas inmortales —dijo Bhumika finalmente—. No, no me mientas, Pri —continuó, cuando Priya la miró con incredulidad—. Miéntete a ti misma si quieres, pero te conozco. Y sé que piensas que si encuentras las aguas, te encontrarás a ti misma. Pero, Priya, recuerdas tan bien como yo el precio que las aguas pueden exigir. No quiero verte morir por esto. Y si, en cambio, eliges ayudarme, si vigilas a la princesa y a su carcelera, si me das información... salvarías muchas más vidas de las que puedes imaginar.

—Salvar a tu esposo, querrás decir —señaló Priya.

Se arrepintió de sus palabras incluso mientras las pronunciaba, pero ya era tarde, no podía desdecirse. Y no eran exactamente falsas, ¿verdad? El general Vikram era quien tenía más que perder por la ira del emperador. Las personas como Priya ya lo habían perdido todo.

—Ya veo. ¿Y qué crees que le sucederá a este hogar si él se muere? No, no me respondas —dijo Bhumika, cuando Priya abrió la boca—. Júzgame todo lo que quieras, Pri, no me importa lo que piensas de mí, o de cualquier otra persona. Llámame puta y traidora si lo deseas, simplemente no me interesa. Todo lo que quiero es asegurar un resultado donde la mayor cantidad posible de nosotros sobreviva. Entonces, ¿vigilarás a la princesa o no?

—Si el regente lo ha ordenado...

—No pienses en el regente. Soy yo quien te lo pide. ¿Lo harás?

Priya miró a los ojos de Bhumika.

—¿Confiarías en mí? —preguntó.

—Así parece —dijo Bhumika suavemente. Sin embargo, miró a Priya con ojos recelosos, cautos, en la forma en la que siempre la miraba: como si Priya estuviera a punto de correr hacia un precipicio, o empujar a alguien desde uno; como si fuera impredecible.

Priya pensó en los ojos oscuros de la princesa, enrojecidos por el llanto. Pensó en cómo la había observado la princesa después de que Meena se precipitara hacia su muerte. Pensó en la ausencia de horror en ese rostro inexpresivo. La mirada suave y firme.

—Lo haré —aceptó.

Bhumika suspiró.

—Bien. —Bebió su vaso de agua de un solo trago y lo bajó—. Ve y date un baño. Descansa. Voy a hacer los preparativos.

Priya se volvió. Dudó.

—Bhumika...

—¿Qué?

—Meena. La asesina. —Su voz sonó entrecortada—. Ella me dijo que había bebido las aguas inmortales de un frasco. Y que su poder estaba matándola. Me dijo que un hijo del templo le había dado a beber las aguas. Ahora lo sé, no estamos solas después de todo. No somos las últimas.

Silencio.

—Bhumika —reiteró Priya.

—Déjame en paz —dijo Bhumika con cansancio—. Ya tengo suficientes preocupaciones.

—No puedes decir eso.

Bhumika negó con la cabeza.

—¿No puedo? Si hay un hijo del templo por ahí y es lo suficientemente cruel como para traficar agua inmortal, y embotellada, qué locura, y enviar a jóvenes a morir en su nombre, entonces no necesitamos encontrarlo. Es peligroso. Y ya tenemos bastante peligro con que lidiar, Priya.

—Supongo que sí —admitió.

—Supones correctamente. Ahora ve y aséate. Hueles fatal.

Priya se volvió para irse. La voz de Bhumika la detuvo.

—El chico que trajiste, Priya.

Retrocedió, alarmada.

—¿Está bien? Está bien, ¿no es así?

—No he oído nada, así que debo suponer que sí —dijo Bhumika—. Pero, por favor, no traigas más vagabundos a casa. Sé que tengo una reputación benévola, pero solo puedo salirme con la mía hasta cierto punto, o tendré que darle explicaciones a mi esposo.

Priya no dijo nada. ¿Qué podía decir?

—Sé que asistes a los enfermos de podredumbre en la ciudad —dijo Bhumika—. Podrías haberme pedido ayuda con ellos, ¿sabes?

Bhumika acababa de señalar exactamente por qué no se la había pedido. Pero Priya no mencionó al regente. En cambio, justificó:

—No debería haber tenido que pedirla.

—No puedo hacerlo todo —se excusó Bhumika—. Desafortunadamente.

Priya registró lo cansada que se veía Bhumika en ese momento, y sintió una punzada al pensar en todas las tareas con las que tenía que lidiar. Pero antes de que pudiera decir una palabra, ella volvió a hablar.

—Organizaré un suministro de madera sagrada para todos los que pueda. En la ciudad y dentro del *mahal*.

—¿Y para Rukh? Necesitará más que el resto. Más a menudo.

Una pausa.

—Se está muriendo, Priya. Sería un desperdicio darle ayuda.

Priya tragó saliva.

—Yo lo traje aquí —dijo—. Y ahora no estaré para asistirlo.

—Tú y tu tierno corazón —comentó Bhumika. Y Priya no supo si era un insulto o no. Bhumika desvió la mirada hacia las rosas de las ventanas, que susurraban con la brisa, y dijo—: Vete. Haré lo que pueda. Eso es todo lo que te prometo.

Priya dejó la habitación y caminó hacia los dormitorios de los sirvientes. Bhumika no había enviado un guardia para escoltarla; se alegró por eso. Necesitaba tiempo a solas.

Estaba oscureciendo, pero supuso que no se requeriría su presencia en el Hirana esa noche. En la escasa luz, pudo ver que el dobladillo de su sari estaba húmedo y manchado de fango y sangre. Descubrirlo la hizo estremecerse. Tendría un sinfín de problemas para eliminarlo.

Era más fácil pensar en las manchas de su dobladillo que en cualquier otra cosa.

—Priya —susurró una voz.

Ella se giró.

Rukh estaba de pie bajo la sombra que arrojaba una gran columna tallada, los puños apretados a los lados del cuerpo. Parecía pequeño y fuera de lugar, e incluso desde allí Priya podía ver que, bajo la piel, la sombra de las hojas teñía sus muñecas.

Rukh, quien le había advertido que no subiera al Hirana. Miró fijamente su gesto culpable, su piel verdosa, y tocó con la punta de un dedo la cuenta de madera sagrada que llevaba en la muñeca.

—¿Qué has hecho, Rukh?

—Lo siento mucho —dijo—. De verdad. Pero... no hablé contigo para pedirte ayuda y trabajo solamente porque lo necesitara. Aunque sí... sí lo necesitaba. Me dijeron que hablara contigo y tratara de entrar en el *mahal*. Me ordenaron que lo hiciera. —Tragó saliva—. Y ahora necesito que vengas conmigo. Fuera del *mahal*. Por favor...

Me dijeron. Me ordenaron. ¿Quién le había dado esa orden?

Un escalofrío la recorrió. Podía adivinarlo.

Lentamente, negó con la cabeza. Antes de que pudiera hablar, Rukh se lanzó hacia delante y aferró su mano.

—Les dije que no vendrías —dijo con seriedad—. Que no me perdonarías. Que no eres tan débil como creen. Y tal vez... tal vez no deberías venir. Pero me prometieron que no te harán daño, Priya, y les creo. Me pidieron que me asegure de que no te hagas daño, así estarás a salvo. O si no, yo... no podré... —Sus ojos se llenaron de lágrimas de frustración.

—Rukh —La mano libre de Priya se apoyó sobre la cabeza del chico y lo acarició suavemente—. Cálmate. Habla despacio. Lo que dices no tiene sentido.

Él abrió y volvió a cerrar los dedos alrededor de la muñeca de Priya. No dijo nada durante un largo instante, y ella suspiró.

—Tengo hambre —dijo Priya—. Y estoy cansada, y me han dicho en confianza que huelo fatal. Solo quiero dormir, Rukh. No tengo ninguna gana de jugar estos juegos.

—Si no vienes —susurró el niño—, no sé lo que van a hacerme.

—¿Quiénes?

—Tú ya lo sabes.

—Quiero que me lo digas —insistió ella.

Rukh sostuvo su muñeca, inmóvil. Sus dedos no la apretaban con fuerza, Priya podría haberse liberado sin ningún problema. No lo hizo.

—Los rebeldes —resopló con la cabeza gacha, antes de levantar la mirada hacia ella—. Los rebeldes del bosque.

Ella lo miró largamente a los ojos.

Creyó que sabía exactamente lo que era Rukh. Había pensado que era un poco como ella había sido una vez: un niño que agonizaba de hambre, herido, solo. Se había compadecido de él.

La compasión no había desaparecido. Pero mientras lo miraba, dejó que las suposiciones que había hecho sobre él se desvanecieran. El chico era más que "un poco" como la niña que una vez había sido ella. Tenía sus propios secretos. Sus propias obligaciones. Priya sabía exactamente cómo se sentía eso.

La preocupaba. Se preocupaba por él.

"Está en peligro", pensó. "Todavía me necesita".

—Róbame algo para comer de las cocinas —dijo finalmente Priya—. Y luego iré contigo.

Capítulo Doce

PRIYA

Los parijatis bautizaron con muchos nombres al gran bosque de Ahiranya en sus mapas. Lo segmentaron, delimitándolo con finas líneas; colocaron rótulos en todos los sectores donde los humanos podían sobrevivir, donde el tiempo no se movía de forma extraña y la podredumbre no se había infiltrado: los campos incendiados, al este; los tramos de manglares espesos donde florecían aldeas edificadas sobre pilotes en los pantanos, hacia el oeste. Nombre tras nombre, cada uno fue minuciosamente transliterado entre el parijati y todas las escrituras y lenguas dispares de Parijatdvipa. Solo excluyeron el idioma ahiranyi.

La lengua ahiranyi había sido borrada, por supuesto: entonces se reducía a frases y palabras dispersas con las que la gente de Ahiranya salpicaba la lengua común, el zaban. Pero Priya, que había aprendido el idioma tradicional por ser hija del templo, sabía que los ahiranyis nunca le habían puesto nombre al bosque. Ahiranya "era" el bosque. El bosque era tan innombrable como cada aliento del aire, tan indivisible como el agua. A las ciudades y los pueblos sí les habían puesto nombre, a las montañas que habían trazado en los mapas. Al bosque lo dejaron en paz.

Eso no significaba que Priya no reconociera el lugar al que Rukh la había llevado. Se habían escabullido fuera del *mahal,* en la ciudad circundante de Hiranaprastha. Se habían abierto camino a través de las calles de postigos cerrados y débilmente iluminadas, hasta el lugar donde los árboles se fundían con las casas y donde los pequeños templos huecos dedicados a los *yaksas* colgaban de las ramas por encima de ellos, fijados en lo alto entre las hojas mediante tablas planas clavadas entre los troncos. Habían caminado por senderos angostos delineados por cintas y banderas, cuidadosamente trazados en el bosque por los viajeros que iban desde Hiranaprastha a los pueblos más pequeños.

Pero pronto se desviaron de las cintas delimitadoras y no hubo nada que los guiara, excepto la lámpara que compartían y los minuciosos grabados en la corteza de los árboles, en el lenguaje de símbolos que utilizaban los cazadores y leñadores. Entonces Priya miró hacia arriba y se dio cuenta de que estaban en la enramada de los huesos.

La enramada de los huesos era un lugar antiguo, una tumba y también la entrada a un viejo sendero tallado por las manos de los *yaksas*. Había lugares en Ahiranya donde el tiempo se movía de manera diferente; este camino era el más fuerte de ellos, y el mejor señalado. El sendero del buscador, como lo llamaban algunos, conducía a la nación vecina de Srugna y a los grandes monasterios en los que se veneraba al dios sin nombre, donde los sacerdotes meditaban sobre los secretos del cosmos y adoraban a su dios sobre todos los demás seres inmortales.

Pero también era un lugar maldito. Los aldeanos locales y los leñadores que buscaban madera sagrada para cosechar afirmaban haber escuchado susurros entre las tumbas. Encontraban huellas en la tierra húmeda de rocío al amanecer y cuerpos putrefactos de animales en el suelo. Era como si las criaturas hubieran venido a la enramada a morir, o como si unas manos fantasmales los hubieran dejado allí, decían algunos.

Cuando la carne terminaba de pudrirse, esos fantasmas volvían para concluir su trabajo. Sobre Priya y Rukh colgaban los huesos de los animales muertos, atados con cintas rojas y amarillas. Brillaban, blanquecinos, a la luz de la lámpara. Cuando el viento susurraba entre las hojas, el agua de lluvia acumulada caía en un centelleo frío y los huesos repiqueteaban unos contra otros, como el chasquido de los dientes que castañetean.

—Bueno —dijo Priya suavemente—. Qué lugar tan agradable para una reunión.

—Normalmente no me encuentro con ellos aquí. Pero... —Rukh se encogió de hombros, su expresión era cautelosa—. Me dijeron que esta vez viniera aquí.

Meena había usado una máscara de corona. Había bebido agua inmortal de la fuente y luchado con saña, por lo que Priya ya sabía que estos rebeldes eran de los más duros: los que usaban el asesinato como método de resistencia.

Había escuchado los rumores y las historias de los rebeldes que usaban máscaras. Cuando el comerciante fue asesinado, la gente dijo haber visto una figura enmascarada irse de su *haveli*. Pensó en los rebeldes que atacaban con rapidez, feroces, mientras echaba un vistazo a Rukh. El chico se veía abatido; se abrazaba a sí mismo con fuerza. Priya sintió ira al pensar que habían usado a un niño hambriento, moribundo, y habían manipulado su corazón para sus propios fines. Eso no estaba bien.

Levantó la linterna más alto, la noche oscura le devolvió la mirada entre las frondas de hojas y hueso.

—¿Qué suele pasar cuando te encuentras con los rebeldes? —preguntó.

—Les doy información —respondió Rukh—. Antes de que me enviaran a buscarte, les decía todo lo que oía en los mercados. Ellos solían darme comida.

"No hay mucha comida", pensó Priya.

—¿Nada de madera sagrada?

Rukh se encogió de hombros.

—Está bien —dijo Priya, displicente—. ¿Qué querían que hicieras en el *mahal*?

Él no dijo nada.

—Vamos —insistió—. Seguramente puedes decírmelo ahora.

—Solo ser sus ojos y sus oídos —murmuró Rukh—. Para vigilar. A ti... y a cualquier otra cosa interesante. Cualquier cosa que pudieran usar. Eso es todo.

Ella asintió.

—¿Algún otro sirviente está haciendo lo mismo? —preguntó, e inmediatamente puso un gesto ceñudo.

—Algunos, supongo —dijo él después de un momento—. No lo sé. Podría haber más de nosotros escondidos.

—¿Nosotros?

—Rebeldes.

—Tú no eres un verdadero rebelde —dijo Priya de inmediato.

—Sí, lo soy —insistió él.

—Meena era una rebelde. Ella sabía cómo matar. Tú no.

—¿Cómo lo sabes? —preguntó Rukh. La terquedad endureció el gesto de su barbilla.

Ella bajó la mirada de su carita afilada a sus puños cerrados. Con sus manos como las tenía, con la amenaza hormigueante de un nuevo crecimiento verde bajo la piel, se preguntó si sería capaz de manejar un cuchillo si le dieran uno. Los cuchillos requerían delicadeza.

—No puedes hacerlo —dijo—. Tú no eres lo que ella era.

—No lo sabes todo sobre mí —murmuró Rukh.

—Claramente no —dijo Priya.

No había señales de nadie a su alrededor. Ni aldeanos, ni cazadores, ni rebeldes. Priya supuso que ella y Rukh simplemente tendrían que esperar. Bajó la lámpara al suelo y luego se enderezó.

Él la miró fijamente. Y ella a él.

—No eres la única a la que se le permite creer en cosas —dijo Rukh en voz baja. Priya recordó con inquietud el tono que ella había adoptado al hablar con Bhumika—. Se me permite querer que el mundo sea mejor. Se me permite querer ayudar a que eso suceda.

Ah, por la tierra y el cielo, necesitaba aprender a hablarle a su hermana del templo con más autoridad y menos petulancia cuando estaban solas. Si Bhumika se sentía así cuando Priya le hablaba, entonces era un milagro que alguna vez mantuvieran una conversación civilizada.

—No he dicho nada, Rukh —comentó Priya tranquilamente. Se esforzó por mantener la calma. La calma era una armadura con la que se envolvía, de pie en ese suelo cargado de muertos, mientras escuchaba el viento y pensaba en las decisiones que Rukh debía de haber tomado para llegar hasta allí; era solo un niño, pero estaba en deuda con los asesinos. Solo un niño, y ella no había visto las señales de que los rebeldes habían puesto sus garras sobre él. No lo había advertido. Su tranquilidad sonó firme como el acero, porque así era—. Pero creo que deberías tratar de creer en cosas que no nos maten a ninguno de los dos en el futuro.

—No te harán daño —insistió Rukh—. Ya te lo dije. Te lo prometí. Me pidieron que me asegurara de que no subieras al Hirana. Que estarías a salvo.

—¿Te pidieron que lo hicieras?

Él asintió.

—¿Por qué?

—No sé. Pensé que tú lo sabrías —dijo.

No podía pensar en eso todavía. Quizá pronto obtendría respuestas. Así que, en cambio, dijo:

—Si te hubiera escuchado... si me hubiera quedado en el *mahal* y hubiera dejado que las demás subieran por su cuenta, Meena probablemente habría tratado de matar a alguien más. —Pensó en el grito de Sima, en el cuerpo de Gauri chocando contra el pilar.

—No sabía que ella lastimaría a alguien —susurró él.

Ella lo miró.

—Tú no proteges a la gente —dijo—, no les dices que no vayan a un lugar, a menos que corran el riesgo de ser heridos si van. Así que lo sabías, Rukh. No te mientas a ti mismo. Ya sabes lo que hacen estos rebeldes.

Él volvió la cabeza.

—Están tratando de hacer algo importante —insistió. Pero su voz era débil.

Priya suspiró. No pudo evitarlo.

—Esas personas a las que tanto temes, ¿merecen realmente tu lealtad?

—Merecen mi lealtad porque les temo —dijo—. Están aquí para luchar contra el imperio. He visto al general Vikram. He visto a sus soldados. Si no son más fuertes que eso... —la voz de Rukh se fue apagando.

—Asustar a los niños no es ser fuerte, Rukh.

—No solo me asustan a mí —se burló—. Ya viste las calles. Asustan hasta al regente. De no ser así, él no enviaría a todos sus hombres a patrullar. Eso es lo que logra el verdadero poder.

Ojalá tuviera la elocuencia de Bhumika, o su comprensión aguda e instintiva de los espinosos juegos de poder de Parijatdvipa.

—El poder no tiene por qué ser lo que el regente y tus rebeldes hacen —dijo Priya, buscando cómo explicárselo con sus propias, ingenuas palabras, con su propio conocimiento sencillo de la forma en la que funcionaba el mundo—. El poder puede consistir en cuidar de las personas. En mantenerlas a salvo, en lugar de ponerlas en peligro.

Él le dirigió una mirada sospechosa.

—¿Estás diciendo que eres poderosa?

Priya rio instintivamente.

—No, Rukh.

¿Qué poder tenía ella? ¿Qué había hecho realmente para cambiar algo en Ahiranya? Ella se había referido a Bhumika, no a sí misma.

La idea de que ella tuviera algún poder...

Por un momento, en el Hirana, lo había tenido. Había aprendido sus límites rápidamente, en la celda y en los aposentos de Bhumika. Y en el momento en que mató a Meena, también había sentido la debilidad; las arenas movedizas de la rabia dentro de ella.

—No seas tonto —agregó, después de un momento—. No soy fuerte, Rukh.

—Trataste de protegernos, a mí ya los otros niños —dijo—. Intentaste que no muriéramos de podredumbre, al menos. Me diste un hogar. Eso suena como lo que acabas de decir.

Era la lógica de un niño, la convicción de un niño. Aun así, Priya apartó la mirada lejos de él. La forma en la que él la veía estaba lejos, muy lejos de la forma en la que se veía a sí misma, y no sabía cómo responderle.

El viento chirrió a través de los huesos una vez más.

—¿De verdad mataste a Meena? —preguntó Rukh vacilante, bajando los brazos.

—Te dije que sí.

—¿Quisiste... quisiste hacerlo?

Priya iba a empezar a hablar, pero se detuvo; las palabras se petrificaron en su lengua. Contuvo la respiración, momentáneamente. Escuchó. El silencio que los rodeaba ya no estaba vacío. Los vigilaban. Priya sintió que se le erizaba el vello de la nuca. Se dio la vuelta. Había un hombre de pie sobre las tumbas. La enramada arrojaba sombras que lo atravesaban. Pero su rostro...

Llevaba una máscara. No una de corona, labrada en madera sagrada, sino una de caoba normal, tallada con una curva feroz en la boca y las cuencas de los ojos lo suficientemente anchas como para revelar unas cejas gruesas y unos ojos del color oscuro de la tierra removida.

Rukh dio un paso adelante y se detuvo junto a Priya. Se movió como si fuera a decir algo, y el hombre levantó la mano para hacerlo callar.

—Por favor —dijo el hombre cortésmente—. Dime, ¿por qué la mataste? —Su voz era amable; su máscara, burlona.

—¿Le harás daño a Rukh para hacerme hablar?

—No —respondió—. Rukh es uno de los míos.

—¿Me harás daño?

—Eso —dijo el hombre— depende de ti.

Priya escuchó a Rukh tragar convulsivamente a su lado. Levantó la cabeza y cuadró los hombros, manteniéndose firme y erguida. Apretó los dientes. Se quedó callada.

El hombre dio un paso adelante. Priya observó el movimiento de sus pies, suave, sinuoso. Sentía la tierra sin mirarla, confiaba en su instinto. Se movía casi en absoluto silencio. Con razón el viento y el repiqueteo de los huesos habían ocultado sus pasos.

—¿No me vas a responder?

Eso, pensó Priya, era evidente.

—Arrodíllate —dijo el hombre—. Baja la cabeza. Arrodíllate. Vas a obedecer y vas a hablar.

No podía ver la boca del hombre. Pero estaba casi segura de que estaba sonriendo.

La invadió un recuerdo. Duelos de la infancia. Un niño más grande, todavía delgado, pero cada día más alto, que le sonreía. "Arrodíllate", había dicho. "Y obedece. Di que soy mejor que tú. Sabes que no vas a ganar, Pri. Más vale que lo hagas ahora".

Ella había rechinado los dientes; era más pequeña, más terca, estaba lista para probarse a sí misma, y había dicho...

—Ya veremos —murmuró.

Priya dio un paso adelante, y otro; se movía como lo hacían los hijos del templo, como si danzara sobre la tierra, una agilidad entrenada en el músculo y el hueso. Se alejó de Rukh y deseó que el chico fuera prudente y se quedara quieto donde estaba.

Esos ojos detrás de la máscara. Ese tono castaño tan particular.

La esperanza...

Estaba casi, casi segura.

No se arrodillaría. No hablaría hasta que quisiera hacerlo. Hasta que tuviera las respuestas que ansiaba.

No esperó a que él atacara. En cambio, se lanzó hacia él. El hombre se posicionó y ella hizo una finta hacia la derecha. Él giró rápidamente, siguiendo ese mismo bucle de movimiento furioso, pero ella se movió de nuevo y se deslizó bajo su brazo.

Se puso de frente a él y los dos dieron vueltas, zigzagueando uno alrededor del otro, como depredador y presa. Priya sabía que ella era musculosa, pero su estructura ósea era pequeña y liviana en comparación con la de él. Solo podría ganarle con astucia.

Cuando estuvo a tiro, tomó el cuchillo de cocina que llevaba sujeto en la cintura de su sari, sacó la hoja de su improvisada vaina cuando él giró hacia ella y lo levantó. La mirada del hombre se agudizó, y Priya oyó que su respiración se aceleraba.

Con la velocidad del rayo, él la aferró de la muñeca y se la apretó con fuerza para que abriera los dedos y soltara el cuchillo. Pero era demasiado tarde. Priya ya lo había levantado hasta un lado de la cabeza, para cortar la primera de las tres hebras de cuerda que ataban la máscara a su cabeza.

Con la otra mano, le arrancó la máscara. No hubo pegajosidad de carne derretida, ni calor que le chamuscara dolorosamente las puntas de los dedos. No sintió nada más que vetas de madera y piel. Lo miró a la cara.

Él la empujó hacia atrás y Priya cayó al suelo. La inmovilizó sujetándole las muñecas con las manos. Ella recordó su niñez y a Meena, y el olor a carne quemada, todo a la vez, en una vertiginosa madeja de recuerdos enredados. Era como si el tiempo se hubiera plegado y arrugado como una hoja de papel.

—Cuando era niña —jadeó—, solías ponerme a prueba así.

—Y nunca ganaste —dijo él.

—Yo era más joven, más pequeña y más débil, y eso no ha cambiado —dijo Priya—. Pero no lo he hecho para ganar. Quise saber si eras... tú.

Él aflojó la presión de sus manos.

—Priya —admitió—. Eres más fuerte de lo que solías ser.

—Ashok —dijo ella. "Hermano". Los huesos que colgaban sobre ella y el rostro de él debajo de ellos parecían tallados en la sombra por la luz de la luna. Se le quebró la voz—. Pensé que estabas enfermo. Que habías muerto.

—Estuve enfermo —dijo él en voz baja—. Y también pensé que moriría. —Su mirada recorrió el rostro de Priya, y ella pensó que tal vez él también se sentía desgarrado por sus emociones, abrumado por el peso del tiempo—. Es una larga historia.

Ella tragó saliva. Sentía un nudo en la garganta y le dolían las muñecas.

—¿Me dejas levantarme?

Él la soltó. La máscara yacía en el suelo entre ellos. Rukh los observaba, radiante y demacrado a la vez. Miró a Priya como si todo tuviera sentido de repente. La miró como si finalmente la viera exactamente como era.

Ella le dijo que se alejara y que la esperase más allá de la enramada de los huesos. No podía pensar. Su mente era un estrecho punto de enfoque, totalmente centrado en su hermano, su hermano vivo, que respiraba, que la exasperaba.

Él asintió con la cabeza para que Rukh se fuese. Luego, le contó a Priya su historia.

Ambos habían padecido hambre todo el tiempo cuando vivían en las calles de Hiranaprastha. Priya lo recordaba. Pero Ashok había contraído una enfermedad; no la podredumbre, sino algo mucho más prosaico, que le agitaba los pulmones y le hacía escupir sangre. Se había debilitado, su magia se desvanecía con la fuerza de su cuerpo. Y Priya seguía siendo su responsabilidad, pequeña y hambrienta, con su propia magia fragmentada junto con sus recuerdos. El poder que había condenado a sus hermanos y hermanas había estado más allá de ambos.

Ashok se había preocupado por alimentarla. Era ella quien lo despertaba para que saliera, sudoroso y temblando, de las pesadillas que lo invadían sobre el destino de Priya si él moría. Y luego, una noche, con las manos empapadas de sangre y Priya dormida, acurrucada contra él, había tomado una decisión.

—Fui a ver a Bhumika y le pedí que te protegiera —dijo.

—Me abandonaste —murmuró ella.

—Te dejé ir.

¿Le estaba dando la razón, o la estaba corrigiendo? Priya no lo sabía.

—No tenías por qué dejarme así —dijo—. Podrías haberme dicho la verdad.

—Ah, no. Pensé que me moría. Pensé en dejarte en casa de ese viejo bastardo de Gautam para que Bhumika te salvara, irme al bosque y morir como un buen ahiranyi. —Una sonrisa débil y amarga curvó su boca—. Y no pude despedirme de ti. No podía soportar pensar en ello. Fui débil.

—Pero no moriste.

—No.

—Y aun así, nunca volviste a buscarme.

Ella no iba a llorar ni a aferrarse a él como una niña. Él no tendría paciencia para tales emociones. Nunca la había tenido.

—Me encontró una mujer —continuó—. Ella se ocupó de mí y me cuidó. Me dijo que sabía lo que yo era. "Recuerdo tu cara", dijo. "Peregriné muchas veces al Hirana. Recuerdo los rostros de todos vosotros. Y tengo un regalo para ti". Ella me dio un frasco con agua inmortal. Me alimentó con las aguas. Me salvó la vida y me dio una misión. Un propósito. Con ella, finalmente, aprendí para qué sirve ser como somos —dijo con la mirada iluminada—. Nuestros mayores nos entrenaron para ser fuertes. Luego, las aguas nos dieron dones que ellos no habían visto en generaciones.

Movió la mano por encima del suelo. Priya observó cómo se movía la hierba y se inclinaba como si él la estuviera tocando.

—Somos como los mayores del templo de la Era de las Flores, Priya. Aquellos nacidos tres veces que conquistaron franjas del subcontinente. Me di cuenta de que seguramente tenemos la fuerza para recuperar a Ahiranya para nuestro pueblo. Debemos hacerlo. El régimen de Parijatdvipa nos negó el derecho a tener nuestros propios gobernantes. El imperio nos llama depravados, incluso cuando se complace en nosotros y se beneficia de ello. Dejan que la podredumbre nos mate y no hacen nada, porque nuestras vidas no tienen ningún valor para ellos. Este emperador... —El labio de Ashok se curvó—. Este emperador es un monstruo. Pero incluso antes de que llegara al poder, me di cuenta de todo esto. Este era mi propósito. Mi tarea. Y tú, Priya, eras solo una niña.

—Débil —dijo ella—. Pensaste que era "débil".

—Eras una niña —repitió él sin refutarla.

Ella lo miró a la cara. Observó su rostro fuerte y sano.

—Sigues bebiendo de ese frasco —susurró ella—. Aún hoy.

Él asintió una vez, lentamente.

—El agua me mantiene vivo. Y me da fuerza.

—El agua debe tomarse de la fuente —replicó Priya—. Ashok, lo sabes. ¿Recuerdas lo que les pasó a los peregrinos que intentaron beber de los frascos? Para elevarte necesitas agua de manantial, rica en magia; no agua embotellada, fraccionada... marchita. Y se la ofreciste a otras personas... —Pensó en Meena, con el estómago revuelto.

—Los tres viajes a través de las aguas inmortales tampoco están exentos de peligro —la interrumpió él con calma—. Muchos niños del templo murieron en el intento.

"No es lo mismo", quiso decir Priya, pero no lo hizo.

—Bebo para ser lo suficientemente fuerte como para ver a las personas que quisieron quemarnos, que nos degradan, expulsadas de nuestro país. Y los que eligen beber conmigo hacen lo mismo. Es un riesgo calculado —le dijo, más suavemente, tal vez en respuesta a la mirada de horror en su rostro—. Solo tenemos que sobrevivir el tiempo suficiente para encontrar el manantial de las aguas inmortales y atravesarlas. Nada más.

—No las encontrarás —dijo Priya—. No puedes. El camino está demasiado bien escondido.

—Se necesita tiempo —dijo Ashok—. Y acceso al Hirana, que no tengo. Envié a Meena para la tarea, pero... —Su voz se apagó—. Me importaba mucho Meena —agregó—. Ojalá no la hubieras matado.

—Lo mismo digo, hermano. Y ojalá ella no hubiera intentado matarme —replicó Priya—. Eso fue obra tuya. No tenía ningún deseo de hacerle daño. Pero era ella o yo.

—Sí —coincidió él. La miró, una mirada larga y evaluadora—. Nunca debí mantenerte alejada de mi misión. No eres como Bhumika, que se hace la débil. Siempre estuviste hecha de un material más fuerte. Priya..., hermana. Ya no eres una niña. Y tienes más poder que cuando lo eras. Puedes ayudarme ahora, si estás dispuesta. ¿Me ayudarás? ¿Encontrarás el camino a las aguas inmortales para mí? Tienes acceso al Hirana. Acceso y tiempo, y más paciencia, creo, de la que poseía Meena.

Ella tenía más recursos de los que él suponía.

—¿Por qué no le preguntas a Bhumika? ¿Por qué no intentas encontrar el camino tú mismo?

—Hay demasiados guardias para acercarme al Hirana —dijo Ashok—. Y Bhumika sentiría mi presencia. Ella no tiene ningún interés en ayudarme.

Su tono fue repentinamente frío al mencionar a la hermana de ambos. Pero luego su expresión se suavizó una vez más.

—Quise mantenerte a salvo. Meena nunca debería haberte tocado —dijo Ashok, con una voz que intentaba apaciguar la ira de Priya, romper su determinación como la cáscara frágil de un huevo.

—Ella nunca debería haber tocado a nadie —replicó Priya—. Pero eso es lo que hacen tus rebeldes, ¿no? Matar.

—Por un propósito.

—El régimen de Parijatdvipa mata por un propósito.

—Uno injusto, y lo sabes muy bien. —Sonaba eminentemente razonable. Ella no podía hacer que él se estremeciera, al parecer—. Quieren mantener su imperio y saben que deben suprimir la grandeza que anida en nosotros. Nos menosprecian. Nos controlan. Nos dejan morir de podredumbre.

—La podredumbre —dijo Priya— difícilmente es culpa del general.

—¿No lo es? Algunos de nosotros creemos que la podredumbre es la reacción de Ahiranya levantándose para protestar contra el dominio imperial.

Priya se cruzó de brazos.

—Eso es una gran tontería, hermano.

—¿Eso crees? —preguntó Ashok, con un brillo sobrenatural en sus ojos—. ¿Por qué razón, entonces, las aguas inmortales comenzaron a otorgarnos poderes? Varias generaciones de hijos del templo atravesaron las aguas sin que nada en ellos cambiara, y nosotros... —Extendió las manos, con las palmas abiertas—. De repente, obtuvimos el poder mítico de los *yaksas*. Nuestras voces, nuestra piel, nuestras almas alojaron ese poder. Y, también de repente, llegó la podredumbre. ¿Piensas que todo esto sucede sin motivo? ¿Crees que no hay un sentido detrás de todo esto?

—¿Y de qué nos han servido esos poderes? —exclamó Priya—. Yo no tengo ningún poder.

—Pero has recuperado la fuerza que tuviste alguna vez —dijo él—. Eres casi lo que estabas destinada a ser. —"Imagina todo lo que podríamos lograr juntos", insinuó.

Ella no dijo nada, guardó un silencio obstinado. Sabía que el Hirana la había fortalecido. Lo había sentido cuando se recostó en la roca y extendió la mano para rescatar a Sima. Lo había sentido cuando le dio muerte a Meena. Ella había buscado esa fuerza.

Y aun así...

—Vi arder a los tres veces nacidos, al igual que tú —le dijo finalmente Priya—. Sus poderes no les sirvieron para salvarse. Ni su fuerza.

—No cometeremos los errores que cometieron ellos —dijo Ashok—. No confiaremos en las personas equivocadas.

—No debería confiar en ti —respondió ella. Pero se sentía eufórica y furiosa, y muy cerca de las lágrimas. No podía desconfiar de él. No sabía cómo.

La expresión de Ashok se suavizó. Extendió una mano, la sostuvo entre ambos, como una pregunta; luego, le tocó la mejilla con los nudillos.

—Has crecido tanto —dijo con asombro.

—El tiempo suele producir ese efecto, en general.

—Tu nariz está torcida. ¿Era así antes?

Ella tomó su mano y la apartó. Él la soltó.

—Debes creerme, Pri. Me he preocupado por ti —dijo, nuevamente serio—. Te he cuidado, a través de los ojos de otras personas.

—No miró a Rukh—. Aunque hubiera sido más fácil para mí si no hubieras estado en el hogar del regente.

—Terminé allí por tu culpa.

—Pensé que dejarías de ser criada de Bhumika cuando crecieras —explicó—. Ella no debería haberte conservado como una mera sirvienta.

—Ya no soy una niña, Ashok —dijo Priya con firmeza—. Puede que haya terminado en la casa del regente por culpa tuya y de Bhumika, pero ninguno de los dos controla mis decisiones ahora. Soy una mujer adulta. Si hubiera querido, ahora podría ser estar casada y ser madre.

Él resopló.

—Nunca estuviste interesada en el matrimonio.

—Ojalá viviera en la Era de las Flores —dijo secamente, sin permitirse sentir ninguna amargura—, así podría haberme casado con una mujer, como solían hacerlo las antiguas. O podría haber elegido formar una familia con una buena chica, aunque no me casara —agregó Priya encogiéndose de hombros—. Elegí quedarme en el *mahal*.

—¿Por qué?

Priya iba a hablar, pero Ashok la interrumpió.

—Te quedaste, Priya, porque, al igual que yo, no puedes olvidar lo que deberíamos haber sido. Sientes la injusticia de lo que te robaron. Puede que no quieras ver Ahiranya libre como yo, pero quieres lo que es tuyo y mío por derecho. —Se inclinó más cerca—. Por favor, Pri —dijo—. Ayúdame. Ayúdanos a los dos.

Era como si ya no estuviera de pie sobre el suelo cubierto de musgo del bosque, como si no fuese una mujer adulta con los puños apretados. En cambio, era una niña embadurnada en hollín y sangre. Su cabeza estaba apoyada en el hueco del hombro de Ashok mientras él corría, esforzándose por sostenerla, mientras susurraba: "No mires, Pri, no mires, no mires. Solo muéstrame el camino...".

—Necesitamos las aguas inmortales. —La voz de su hermano era como el viento de medianoche—. ¿Encontrarás el camino para nosotros, Priya? ¿Me ayudarás a recuperar lo que nos robaron?

Ella pensó en Bhumika, embarazada y casada con un asesino, usando toda su influencia para ofrecer a un puñado de huérfanos una pizca de vida, y a Ahiranya un mínimo de estabilidad.

Pensó en Rukh, que se había aliado con los rebeldes, que tenía las manos podridas y ningún futuro que defender.

Pensó en el Hirana. Un latido bajo sus pies.

Tal vez querer más de lo que tenía era egoísta. Quizás fuese un error. Pero pensó en todo lo que había sufrido, y en todo lo que había sufrido Ahiranya, y sintió que se le abría el núcleo de la ira en el pecho.

—Sí —dijo—, hermano. Supongo que lo haré.

Capítulo Trece

MALINI

E ra temprano en la mañana cuando llegó la sirvienta. Malini estaba acostada en su *charpoy*, acurrucada de lado; la habitación se movía perezosamente a su alrededor cuando Pramila abrió la puerta y entró.

—Eres una chica muy afortunada —decía Pramila—. Tus nuevas tareas no serán muy pesadas, y cuando dejes mi servicio, sabrás hacer muchas más cosas. Tal vez incluso ascenderás en la casa del regente. ¿No es estupendo?

—Sí, mi señora. —La voz que respondió fue baja y cálida, con la inflexión melodiosa de un hablante ahiranyi del idioma zaban.

Malini cerró los ojos, contenta de estar de espaldas, y se preparó.

Había visto a esta sirvienta dos veces. La primera, cuando dejó caer la dosis de vino al suelo por tener las manos entumecidas, demasiado confusa por el efecto de la flor de aguja para hacer otra cosa que arrastrarse y sollozar y mirar ese rostro a través de la celosía y preguntarse, histéricamente, si lo había soñado todo.

La segunda vez, había visto a esa criada asesinar a una mujer.

No podía recordar el rostro de esta sirvienta. Solo sus brazos y el movimiento ondulante de los músculos mientras luchaba. Solo la forma en la que se había enderezado, los hombros hacia atrás, el viento contra su cabello negro. Solo podía recordarla dándose la vuelta y... mirándola. La conmoción de esos ojos.

Recordó haber pensado, incluso mientras se preguntaba si la sirvienta la mataría, incluso mientras su mente se curvaba y se retorcía y examinaba las cosas que había visto y oído: "Puedo usar a esta".

"Puedo usarla".

Había luchado por tener esta oportunidad: fingió un colapso en presencia de Pramila y de los guardias, que le había dejado un hematoma muy real en la cadera; había llorado como una niña histérica ante el regente. Todo eso, para tenerla a ella: una sirvienta que no era Santosh o Pramila o ninguna criatura de Chandra, que probablemente no era simplemente una sirvienta y que estaba parada frente a ella dentro de los muros de aquella prisión arruinada.

—Princesa —dijo Pramila. Su voz era entrecortada, casi dura como una cuchilla clavada en la espalda de Malini—. He traído a tu nueva sirvienta. Aquí está, como nos rogaste. ¿No estás contenta? ¿No nos saludarás apropiadamente?

Malini respiró hondo para tranquilizarse y se incorporó sobre los codos. Luego se sentó derecha. Se dio la vuelta y puso los pies descalzos en el suelo de piedra. La habitación se inclinó alarmantemente a su alrededor, luego se asentó.

—La que me salvó la vida —dijo Malini lentamente, tomándose su tiempo con las palabras para poder demorarse en mirar a la mujer—. La recuerdo.

La criada estaba de pie sobre un rayo de luz que entraba por una ventana alta, la mitad de su cuerpo iluminado, la mitad en la sombra. Lucía un sari un poco más fino que el que llevaba la última vez que Malini la había visto. Alguien debía de haberla vestido para este encuentro. Envuelta en la tela ocre oscura, con el cabello recogido hacia atrás en una pulcra trenza, la sirvienta no era ni hermosa ni encantadora ni especialmente fea. Había algo fácil de olvidar en ella: la forma de estar de pie, con la cabeza ligeramente hacia delante y los hombros encorvados, la sencillez de su ropa, su pequeña estatura. Si Malini no la hubiera visto en el *triveni*, si no la hubiera visto a través de una celosía en la oscuridad, ni siquiera habría detenido su mirada en ella.

—La que le exigiste al general, sí —dijo Pramila—.Inclínate ante ella, muchacha.

La criada dio un respingo, como si se hubiera olvidado por completo de Pramila, y luego hizo una reverencia. Tocó el suelo con las yemas de los dedos. Luego se levantó y, sin querer o deliberadamente, su mirada se encontró con la de Malini.

A la luz del sol, sus ojos eran de un tono castaño cálido; sus pestañas, más doradas que negras.

—Acércate —dijo Malini—. Por favor.

La criada lo hizo. Cruzó la sala, dejando atrás a la Señora Pramila.

—¿Cuál es tu nombre?

—Priya, princesa.

—Soy Malini. Pero debes llamarme señora, no princesa. Ahora estás a mi servicio.

Priya probablemente nunca había tenido ninguna razón para conocer las complejidades de los títulos en la casa de una mujer imperial, pero dijo: "Sí, mi señora" obedientemente.

—¿Cómo llegaste a trabajar en la casa del regente, Priya?

—Soy huérfana, mi señora —dijo Priya—. El regente me acogió amablemente cuando era una niña.

—Qué bondadoso.

—Estoy agradecida por la amabilidad del regente —agregó Priya.

Su voz era sumisa, pero sus ojos... sus ojos seguían fijos en los de Malini, como hipnotizados. Sus labios estaban ligeramente separados.

—Y yo estoy muy agradecida de que estés aquí, Priya —expresó Malini, sin dejar que sus ojos se apartaran de los de ella. La forma en la que la sirvienta la miraba la dejaba sin aliento—. He tenido mucho miedo. Me cuesta comer o dormir. Con tu protección, tal vez estaré más a gusto.

—Eso espero, mi señora —respondió Priya.

Pramila le había dicho a Malini lacónicamente, cuando esta le había pedido información, que las otras sirvientas seguirían yendo a hacer la mayor parte del trabajo: alimentar a los guardias y transportar mercaderías y limpiar una vez a la semana por la noche, en un horario en el que no perturbaran la contemplación de Malini, pero la nueva criada se ocuparía de las comodidades de Pramila y Malini. Sus baños. Sus comidas. "Si tenemos suerte, sabrá cómo vestirnos y peinarnos", dijo Pramila en un tono que sugería que no esperaba que una chica que se ocupaba de barrer supiera algo por el estilo, pero ella vivía en una perpetua esperanza.

—Me encantaría que me contaras historias, Priya —dijo Malini con seriedad, inclinándose hacia delante y juntando los dedos frente a ella—. ¿Estarías dispuesta a hacerlo? ¿Y protegerme mientras duermo? Creo que me ayudaría mucho.

Priya asintió en silencio.

"No sabría lo que eres si no te hubiera visto", se maravilló Malini. "Si no te hubieras movido como lo hiciste en el Hirana".

"No creo que estés acostumbrada a que te vean, ¿verdad, Priya?"

Ese pensamiento hizo que algo cálido se asentara en el estómago de Malini. Había reconocido el valor de esa mujer, mientras que otros no lo habían hecho. De alguna manera, aun sin saberlo, cuando descubrió que Pramila no había cerrado con llave su habitación y salió al pasillo y vio a la criada en el *triveni*, había sido testigo de una mujer llena de potencial en bruto. Alguien poderoso que la miraba y la miraba, como si Malini —enferma, despeinada, los rizos enredados y la mente líquida— tuviera el sol dentro.

Alguien a quien podría usar para liberarse.

Eso esperaba. Oh, Madres. Eso esperaba.

—La criada tendrá muchos otros deberes que atender —dijo Pramila desde la puerta—. Ella no podrá sentarse a tus pies todo el día, princesa. Recuérdalo.

—El general me la ha dado —dijo Malini— para asegurar mi salud y mi tranquilidad.

Pramila resopló.

—¿Y qué cuentos puede contarte, princesa? Es probable que ni siquiera sepa leer ni escribir. ¿Acaso sabes, muchacha?

—Soy una sirvienta ahiranyi —dijo Priya, lo que no era exactamente un asentimiento—. Y nada más.

Malini le sonrió, levantando ligeramente las comisuras de sus labios, y vio que los ojos de la sirvienta se agrandaban un poco.

Seguramente, ambas sabían que eso era mentira.

—Mi niñera me contaba cuentos populares ahiranyis —dijo Malini—. Y mis hermanos y yo pensábamos que eran fascinantes. Los conoces, ¿verdad, Priya?

—Sí, mi señora. Hay un... un niño al que a veces le cuento esas historias en el *mahal*. —Y agregó—: Me encantaría compartirlas contigo.

Malini la había visto matar a una mujer sin vacilar y, aparentemente, sin remordimientos; la había visto moverse con una agilidad sorprendente y una fuerza brutal. Pero allí estaba, claramente visible en sus palabras. Un corazón tierno.

—Gracias —dijo Malini, y sonrió—. Me gustaría mucho, Priya.

Capítulo Catorce

PRIYA

P riya no llevaba ni una semana en el Hirana y ya tenía la sensación de que se iba a volver loca.

Sin nadie que la ayudara a lavar la ropa y barrer los suelos, acarrear el agua y encender el fuego, aparte de preparar la comida para todo el personal, incluidos los guardias, estaba abrumada. Aunque Pramila pensaba que una visita semanal de las otras sirvientas era suficiente, no lo era. Priya empezaba a sentirse como una prisionera.

Pramila siempre estaba vigilando, con ese gesto agrio que rezumaba resentimiento. Por la noche, se aseguraba de que los guardias cerraran con llave la habitación norte, con Priya y Malini dentro. Al amanecer, se volvía a abrir para que Priya pudiera atender sus deberes nuevamente.

Malini simplemente... dormía. Y despertaba, a veces, para mirar a Priya con sus desconcertantes ojos oscuros, antes de pedirle pequeños favores: un vaso de agua, un poco de esencia para refrescar sus almohadas, una muselina húmeda para su cabeza que aliviara el calor del día.

No le pedía cuentos. No preguntaba qué le había hecho Priya a Meena aquella noche en el Hirana. Las preguntas que no hacía eran una espada silenciosa en la garganta de Priya.

Todas las noches, antes de que cerraran la puerta con llave,

Pramila visitaba a Malini y la sermoneaba sobre las Madres de las llamas. Recitaba muchos pasajes de un grueso libro que sostenía sobre el regazo. Malini escuchaba sin decir una palabra. Después, Pramila le daba vino, que Malini bebía obedientemente antes de caer en el estupor del sueño.

Una vez, mientras Priya se ocupaba de doblar los saris limpios de Malini, escuchó a Pramila hablar sobre los mayores y los niños del templo. Sintió que sus manos repentinamente de petrificaban; incapaz de obligarse a moverse, escuchó.

—... y los niños optaron por seguir a los mayores y arder. Una muerte honrosa, incluso para los impuros —decía Pramila enfáticamente.

—Los niños no ardieron por voluntad propia —murmuró Malini. Estaba acostada boca arriba, con las manos cruzadas sobre el estómago, los ojos abiertos y fijos en el techo. El techo que estaba ennegrecido por una corona de hollín desde la noche en que muriera la familia de Priya—. ¿Cómo podrían los niños haber elegido quemarse?

Pramila suspiró, como si ese tema de discusión ya estuviera agotado.

—La lección —dijo— es que arder es algo sagrado. Pone fin a cualquier defecto humano. Es una bendición.

No notaron la presencia de Priya ni la tuvieron en cuenta, ni siquiera cuando las prendas se deslizaron de sus manos temblorosas y se le cayeron.

Cuando finalmente se produjo la visita semanal de las otras sirvientas, no se le permitió escabullirse para encontrarse con Sima o Gauri. Paseó por la habitación norte sin mirar a la princesa, sin escuchar a sus amigas caminar del otro lado de los muros. Y luego, a regañadientes, se durmió, envuelta en su chal sobre una estera de paja junto a la puerta.

Pasaba el tiempo pensando en Bhumika, quien, embarazada y con su mirada implacable, trataba desesperadamente de mantener unido su hogar deshilachado. Pensaba en Ashok, que estaba vivo, que le había pedido que lo salvara y que salvara a todos, haciendo exactamente lo que ella quería hacer de todos modos.

Pensaba en Rukh, el niño del que se había hecho cargo y luego había abandonado, que quería contribuir a un mundo mejor.

Cuando apoyaba la oreja contra la estera de paja imaginaba que podía oír las aguas, extrañas, profundas y poderosas, moverse en algún lugar debajo de ella, pero fuera de su alcance. Paciencia. Necesitaba paciencia. Su conexión con el Hirana estaba aumentando. Cuando caminaba sobre la piedra, la sentía cálida bajo sus pies, como la tierra bañada por el sol. Las tallas en las paredes de la habitación norte habían comenzado a moverse. Eran movimientos sutiles, gracias a los espíritus; no más que un ligero cambio en la forma de los ojos o la boca, o la posición de las manos de los *yaksas,* los dedos con las puntas envenenadas giraban hacia arriba o las palmas se curvaban y se abrían. Las flores a su alrededor tenían nuevos pétalos, enroscados como lenguas de fuego. La princesa Malini o Pramila difícilmente se habrían dado cuenta.

Una vez, cuando Priya era niña, le habían dicho que ella tenía un vínculo especial con el Hirana. Podría haber encontrado el camino a las aguas inmortales con los ojos cerrados, solo con su instinto. A medida que creciera ese vínculo con el Hirana, ese instinto regresaría...

Eso esperaba.

Las criadas habían llevado harina, leña y aceite. Habían dejado el Hirana reluciente y, escondido debajo de una sartén, le habían enviado a Priya un mensaje: sus huellas dactilares, impresas apresuradamente en un trozo de tela blanca.

Priya tragó para deshacer el nudo de su garganta. Para quienes no sabían escribir, este era el único tipo de mensaje que podían dejar para un ser querido que estaba lejos de casa.

Las sirvientas habían preparado el desayuno para la princesa: *kichadi* cocido a fuego lento, salpicado de comino y *parathas* gruesos con yogur, azúcar y *malai* salpicado de pasas. Pero cuando Malini se despertó a última hora de la mañana, perezosa y casi inconsciente de lo que la rodeaba, los *parathas* estaban endurecidos, el *kichadi* frío, el *malai* cuajado. Pramila tampoco tocó su comida. Era como si las dos hubieran sido mordidas por algo que no les permitía sentir hambre. Así que fueron los guardias quienes más comieron, y Priya se quedó con una ración para ella.

La princesa casi no usaba el agua que Priya calentaba cada amanecer. Era Pramila quien la utilizaba para bañarse superficialmente, y luego permitía que Priya le peinara el cabello y le gritaba cuando se le enredaba o cuando se lo recogía demasiado apretado. Malini simplemente dormía, sucia, con el pelo enmarañado. Y Priya... observaba, obedecía y sentía crecer su desprecio por Pramila.

No estaba segura de si la carcelera descuidaba a Malini a propósito, o si consideraba que alimentar, bañar y cuidar a la princesa era el trabajo de las criadas y, por lo tanto, no era acorde a su dignidad. Pero Priya sospechaba que era lo primero. La mujer exigía que se encendiera el fuego y que se calentara la comida, pero no le importaba nada el bienestar de Malini, más allá de asegurarse de que escuchara sus cuentos santurrones y bebiera el vino cada noche.

Priya se asombraba de la inutilidad de las mujeres nobles y cada vez las despreciaba más. Su propio estatus era alto tiempo atrás, cuando era pequeña, pero a los niños del templo se los arrancaba de las aldeas y los asentamientos de Ahiranya y luego se los sometía, día tras día, a probar su fuerza, su resistencia y su astucia. Si Priya se hubiera negado a encender un fuego cuando era niña, la habrían golpeado en las orejas por perezosa. En su infancia, la ociosidad era una debilidad que había que desaprender.

Gracias a los espíritus, pronto habría un día santo y tendría un poco de tiempo libre.

—Por supuesto que no te irás.

—Todos los sirvientes tienen un día de descanso —dijo Priya—. Mi señora —agregó, después de un segundo. No quería enfadar demasiado a Pramila. No si necesitaba algo de ella.

—Te quedas aquí —dijo Pramila lentamente, como si Priya fuera estúpida—. Ahora sirves a un descendiente imperial, niña. ¿No lo entiendes? Tus costumbres locales no se aplican.

Priya estaba bastante segura de que los sirvientes en otros lugares de Parijatdvipa también tenían días de descanso, pero ¿de qué serviría decirlo si la Señora Pramila la miraba como si fuera una idiota y, claramente, ya estaba decidida a no darle permiso?

—Yo... tengo otras tareas.

—Ya no. Tus deberes están aquí —dijo Pramila—. Ahora tráeme la cena y una taza de té.

Priya inclinó la cabeza y murmuró un asentimiento. Calentó algo de comida, preparó una taza de té cargado de especias y caña de bambú, con las manos temblando de furia acumulada.

Sirvió el té. Llenó un plato. Regresó junto a Pramila y le sirvió la comida. Bajando la vista, con recato, dijo:

—¿Podría quizá conversar un rato con mis compañeras sirvientas...?

—Sí, sí —dijo Pramila, agitando una mano con indiferencia. Desprendió una llave de su cinturón y se la arrojó a Priya—. Quédatela, niña. Tengo otra. Haz lo que necesites. Pero no permitas que la princesa deambule, ¿entiendes?

—Sí, señora —dijo Priya—. Gracias.

Al menos en eso había obtenido un pequeño triunfo: tenía permiso para hablar con las demás criadas, y también tenía pruebas de que Pramila ya no sentía la necesidad de vigilarla. Su falsa mansedumbre la había liberado, la había hecho invisible y le permitía salir de la celda de Malini.

Priya estaba fuera de sospecha otra vez. Podía explorar el Hirana una vez más.

Buscó a Sima fuera de la habitación oriental. Sima se dio la vuelta cuando sintió una mano aferrarle el brazo. Luego sus ojos se abrieron de par en par y se arrojó sobre Priya en un abrazo aplastante.

—Cuánta emoción —dijo Priya bromeando ligeramente—. Creo que me has echado de menos.

—Por supuesto que te he extrañado. ¿Sabes lo aburrido que es todo sin ti? Ninguna de las otras chicas chismorrea sobre nada, son idiotas con cabeza de búho, todas ellas. —Sima bufó—. Pero mírate. Tu sari...

—Me ordenaron que lo usara.

—Bueno, es bastante bonito. No le diría que no a un sari nuevo.

—Aunque había reparado impecablemente el desgarro de la manga del suyo, producto de la caída, aún se veía una cicatriz tenue y arrugada en la tela—. ¿Por qué no has vuelto a hablar con ninguna de nosotras? Te busqué. Gauri le preguntó al carcelero por ti, pero le dijeron que estabas ocupada y que dejara de hacer preguntas.

—Tengo deberes por la noche que me mantienen ocupada —dijo Priya—. No es que me guste. Yo también te he echado de menos. Tienes que contarme todo lo que me he perdido. ¿De acuerdo?

Sima se rio.

—Por supuesto. ¿Por dónde empiezo?

—Háblame de Gauri primero —dijo Priya—. Y de Billu, si quieres. Y...

"Y Rukh", estuvo a punto de decir. Pero se detuvo. Las palabras se marchitaron en su lengua, sin pronunciarse.

Por supuesto. Rukh.

—¿Y? —preguntó Sima.

Priya negó con la cabeza.

—Continúa —le dijo—. Empieza por ellas. Y por ti. También quiero saber qué has estado haciendo sin mí.

Afortunadamente, Sima comenzó a hablar sin pedir más explicaciones. Y Priya escuchó y pensó en el problema de Rukh. Y en su podredumbre, y en sus lealtades.

Rukh era leal a los rebeldes. Era un espía. Atrapada allí en el Hirana, sin un solo día libre, Priya no podía verlo. No podía protegerlo de sí mismo.

Sabía que era su deber hablarle a Bhumika sobre él. Lo sabía.

Pero no iba a hacerlo.

Esa certeza se infiltró dentro de sí misma. Se instaló en sus huesos.

Era poco lo que un sirviente joven podía averiguar sobre el funcionamiento del *mahal*. Rukh no era un espía entrenado ni un asesino. Era simplemente un niño, joven e idealista, agonizante y solo; ella no sería, no podría ser, quien lo enviara de vuelta a la ciudad sin nada. Y Bhumika lo enviaría lejos si supiera la verdad, de eso Priya estaba segura.

Para un niño enfermo de podredumbre, hambriento, sin familia... sería una sentencia de muerte.

—Necesito un favor —le pidió a Sima cuando esta finalmente se quedó callada.

—Dime.

—Rukh —dijo, y Sima suspiró, como si hubiera adivinado lo que se avecinaba—. ¿Puedes... puedes asegurarte de que esté bien? Todavía es tan nuevo en el *mahal* que en realidad no sabe cómo funciona todo. ¿Puedes comprobar que tenga suficiente madera sagrada? ¿Si la Señora Bhumika se la ha conseguido? Sé que es mucho pedir.

—Te dije que te ayudaría en lo que necesitaras, ¿no? Voy a intentarlo.

—Si se comporta de manera extraña o está preocupado, ¿podrías enviarme un mensaje de alguna manera? ¿Me dejas una nota cuando me visites? —Priya maldijo para sí. No había forma de que ella dijera con sutileza algo parecido a "Si él traiciona a la familia, házmelo saber".

Sima le dirigió una mirada se sospecha, como si las palabras de Priya la hubieran golpeado extrañamente. Pero asintió de todas maneras.

—Sabes que lo haré —dijo.

Esa vez fue Priya quien la abrazó con tanta fuerza que Sima protestó entre risas, porque no podía respirar. Así que Priya retrocedió y dijo a regañadientes:

—Tengo que irme. La princesa se despertará pronto. Necesito estar lista.

—¿Estás a salvo? —soltó Sima—. ¿Y bien?

—Estoy bien —dijo Priya.

—¿Y la princesa...?

—No es una señora difícil.

—Pero más mandona de lo que querrías, supongo —dijo Sima con una sonrisa leve y amarga. Volvió a abrazarla. Apretó su mano, luego la soltó—. Cuídate, Priya. Y... háblame de nuevo. Hazme saber que estás bien.

Priya asintió con la cabeza. Sintió toda la furia acumulada en ella, esa comezón que no quería nada más que deshacerse de la responsabilidad de las aguas inmortales y de la princesa enferma y volver al peso reconfortante de su vida normal. Una parte de ella deseaba desesperadamente irse con Sima, escapar de la trampa que había creado para sí misma.

Pero la otra parte quería ver dónde la conduciría.

—¿Y qué harás si no estoy bien? —preguntó.

—Nada —dijo Sima—. No podré hacer nada. Pero igual me gustaría saberlo. Eso es lo que quieren los amigos.

Llegó el alba y las siervas se fueron. Cuando la primera luz gris se filtró sobre su *charpoy*, la princesa se incorporó. Gimió y se cubrió el rostro con las manos. Luego levantó la cabeza. Las manos le temblaban. Tenía los ojos enrojecidos.

—Priya —dijo—. Quiero bañarme.

Priya estaba acostumbrada a las solicitudes suaves y extrañas de la princesa cuando estaba medio dormida. Pero Malini estaba completamente despierta, de pie, y su voz era una orden firme.

Seguramente no violaría ninguna ley al cumplir con esta simple tarea, pero aun así Priya tocó la llave ganada con tanto esfuerzo, que colgaba de una cadena en su cintura. Esperaba que Pramila aún no se hubiera despertado.

—Voy a calentar el agua, mi señora —dijo Priya moviéndose por la habitación para recoger un paño seco, jabón, un peine.

—No. Necesito agua fría. Ahora, por favor. —Extendió un brazo, pálido como la madera de sándalo, haciendo señas a Priya para que se acercara.

Malini entrelazó su brazo con el de ella y apoyó su peso frágil contra el cuerpo más pequeño de Priya, quien no debería haber sido capaz de sostenerla tan fácilmente como lo hizo. Pero, claro, ella era toda músculo y tendón, mientras que Malini era toda huesos débiles y una capa de carne sobre ellos.

Priya miró la mano apoyada en su brazo. El color agua de mar de las venas de la princesa, que se transparentaban bajo su piel suave.

Pensó, absurdamente, en la enramada. En el tintineo de los huesos blancos contra el viento.

Caminaron juntas muy despacio desde la habitación norte a través del *triveni*. Priya temía que Pramila apareciera en cualquier momento, pero afortunadamente no había ni rastro de ella cuando salieron al aire libre y entraron en un pasillo oscuro. Las doncellas habían apagado las lámparas a lo largo del muro al marcharse, conservando el aceite y las mechas para usarlas más tarde.

—Debes perdonarme por ser tan mala compañía —dijo la princesa—. Antes era maravillosa. Pero ya no soy como solía ser.

Los ojos de Malini se encontraron de repente con los de Priya, y ella casi se tropezó. Fue como el momento en el que sus miradas se enfrentaron por primera vez a través de la celosía: una sacudida que zumbó a través de ella. Priya no sabía si alguna vez se acostumbraría a la extrañeza de que alguien con poder sobre ella la viera "de verdad".

—Tengo sueños terribles —dijo Malini como si se disculpara. Su voz, en la semioscuridad, era el roce de un ala contra la oreja de Priya—. Cada vez que duermo los tengo. Sueño con el *mahal* imperial. Con mis damas de compañía favoritas. Sueño con... —Su respiración se agitó—. Con lo que les hizo mi hermano.

Una pausa. Su respiración era leve como la pisada de la garra de un tigre.

Priya apartó la mirada de ella.

—Por aquí, mi señora —dijo, y la guio a la sala de baño.

Sin esperar a que la desvistiera, ignorando el vago intento de protesta de Priya, la princesa se sentó en el taburete bajo que había en el suelo. Se apartó el cabello enredado de la cara con una mano impaciente mientras Priya arrastraba un cubo de agua tibia que habían dejado las criadas.

—Fría, dije.

—Mi señora...

—Por favor —insistió Malini.

Priya fue a las cocinas —allí había agua almacenada para limpiar— y llevó un cubo lleno al cuarto de baño. Lo dejó en el suelo, tomó el cucharón de mango largo y lo sumergió.

—Pásame el cucharón —dijo Malini.

Priya no discutió. La princesa lo tomó y vertió el agua fría directamente sobre su cabeza. Hubo un chapoteo cuando tocó el suelo de piedra, un silbido entre los dientes apretados de Malini. Su cabello goteaba, su sari estaba empapado.

Priya desvió la mirada e hizo como si buscara el peine que se había metido en la cintura del sari, junto con el jabón. Había olvidado el paño de secado y se maravilló en silencio ante lo absurdo de su propia vida.

—¿Te lavo el cabello?

Malini se quedó en silencio durante un momento, con la cabeza gacha. Luego sumergió el cucharón una vez más en el agua y lo derramó sobre su cabeza.

—Sí —respondió finalmente, mientras el agua caía a raudales por su rostro—. Si quieres.

Priya se colocó detrás de ella y se inclinó, metiéndose el sari entre las rodillas para evitar que se mojara.

Tomó suavemente el largo cabello de Malini en sus manos. Era espeso y oscuro, y estaba horriblemente enredado. No se atrevió a pensar cuánto tiempo había pasado desde que alguien lo había cepillado. Malini ciertamente no lo había hecho —oh, estas mujeres de la nobleza—, y Pramila difícilmente lo habría intentado. Aun así, Priya pasó los dedos con cautela a lo largo del pelo, tratando de desenredar los nudos más pequeños solo con sus manos húmedas.

—Tendré que usar aceite —dijo con cuidado—, para desenredar los peores nudos. No puedo hacer mucho más, tal como está.

—Mis sirvientas parijatis usaban aceite de jazmín —recordó Malini—. El favorito de mi madre, aunque nunca me interesé por ello.

Malini ni siquiera se estremeció cuando Priya enganchó un nudo con la uña; no reaccionó cuando murmuró una disculpa y tomó el cucharón para verter más agua sobre el cabello antes de comenzar a frotarlo suavemente con la fina espuma del jabón para lavarlo.

Debajo del peso de su pelo, el cuello desnudo de Malini estaba pálido; sus hombros, a través de la tela mojada, eran huesos de pájaro. Tenía una antigua cicatriz en la nuca. Un tenue rastro plateado, curvado como una luna, en forma de hoz.

—¿Puedo contarte un secreto, Priya?

Si Sima le hubiera dicho eso, se habría inclinado en actitud conspiradora; se habría reído, o al menos sonreído, y le habría dicho: "Cuéntamelo todo", palabras triviales e informales. Pero no podía tomarse esas familiaridades con la princesa. Priya pensó en todas las preguntas que Malini le había hecho cuando hablaron por primera vez. El flujo constante y paciente de preguntas con las que la había evaluado.

Se esforzó por elegir las palabras correctas; deseó tener la elocuencia de Bhumika, su mente rápida y su lengua afilada.

—Soy tu leal sirvienta, mi señora —dijo apresuradamente para llenar el silencio—. Puedes contarme lo que desees.

Malini se quedó en silencio un instante, mientras Priya le desenredaba el cabello y el agua goteaba al suelo.

—¿Sabes —dijo por fin— por qué Pramila me cuenta cuentos de las Madres de las llamas?

"Porque tu hermano quiere que ardas como ellas", pensó Priya. Ya lo había comprendido.

—No lo sé, mi señora. —Esa parecía ser una respuesta más segura.

—Porque mi hermano quiere que yo sea pura y honorable como ellas. Porque cree que la única forma en la que una mujer puede servir verdaderamente al imperio, la única forma en la que puede ser buena, es sacrificando su vida. —Bajó un poco la cabeza, se miró las manos—. Yo venero a las Madres, Priya. Debería querer ser una de ellas. Arder es, después de todo, la suerte que solo corren las mujeres más valientes y nobles. Pero yo tuve... miedo. —Su voz se quebró un poco—. No quise quemarme, Priya. Y ahora, todas las mañanas me despierto después de soñar con las llamas y creer que estoy en ellas.

Priya tragó saliva, con las manos quietas. Las palabras de Malini fueron demasiado para ella.

Los niños del templo habían ardido tiempo atrás.

Entendía cómo se sentía Malini. Estaba detrás de ella, con las manos aún enredadas en su cabello, y pensó en los cuerpos retorciéndose, gritando y quemándose, y descubrió que nada la ataba a su piel excepto el goteo del agua fría, el húmedo rizo de pelo alrededor de su pulgar.

—Me envió aquí para que pensara en todos los que ardieron y se sacrificaron. De buena y de mala gana. Un fuego bueno y uno malo. —Malini tragó saliva—. Pero son todos iguales. Y todo lo que puedo ver cuando duermo es a mis mujeres, y ahora a los niños, y el fuego...

La voz de Malini se desvaneció. Levantó la cabeza.

—Normalmente no hablo así —dijo—. Lo siento.

—Por favor, no te disculpes, mi señora —murmuró Priya.

—Creo que no dormiría nada —dijo Malini lentamente—, no descansaría si no fuera por mi medicina. Y ahora por ti.

—No sabía que tomabas un medicamento —dijo Priya tontamente.

—Pramila me pone mi dosis en el vino —explicó—. Es algo hecho de flores. Flor de aguja, tal vez. No sé nada más.

—Medicina elaborada con flores. Ya veo. —Un miedo atenazador se enroscó en el estómago de Priya. No podía ser. Y aun así...

El boticario vendía lo mismo en el viejo mercado. Gautam tenía pequeños recipientes del tamaño de una cáscara, con un hilo amarillo de advertencia envuelto alrededor del tapón de cada botella. Una medicina elaborada a partir de flores de aguja. Una pequeña dosis podía amortiguar el dolor. Un poco más podía dar felicidad.

Y un poco más podía matar.

A veces se les administraba a los enfermos en dosis graduales para aliviar el dolor, pero la exposición prolongada podía causar otra enfermedad: un desgaste de la mente y de la carne que terminaba en la muerte, o en algo horriblemente parecido.

¿Pramila quería que la princesa muriera o simplemente quería debilitarla? Por supuesto, no se trataba de si Pramila quería a Malini muerta. Era una cuestión de si el emperador lo deseaba. Y ¿qué sería del santuario cuidadosamente tallado de Bhumika si el emperador lograba su objetivo, si se aseguraba de que el general Vikram no fuera capaz de cuidar a Malini como había jurado hacerlo?

Priya miró entonces la espalda de la princesa sin preocupación ni vergüenza, sino con una especie de furia clínica; examinó la agudeza de sus huesos, la transparencia de su piel. Oh, ella conocía la fragilidad de un cuerpo mortal; su resistencia solo podía sostenerse hasta cierto punto. Incluso si el emperador no quería que su hermana muriera (¿y qué sabía Priya de las intenciones de un emperador?), Malini podía morir fácilmente. Pensó en los pulmones vulnerables, el pulso titubeante de ese corazón.

—¿Con qué frecuencia tomas tu medicina, mi señora? —preguntó con calma.

—Todas las noches —dijo Malini—. Y a veces durante el día, si Pramila decide que estoy demasiado... inquieta. ¿Por qué?

La princesa se volvió para mirar a Priya. No parecía sospechar nada, ni siquiera sentir curiosidad. Había un gesto de desafío en el arco de sus cejas.

—Eso es mucha medicina —dijo Priya—. Pero... no soy médica. Soy solo una sirvienta. ¿Qué sé yo, mi señora?

—No es mi elección tomarla o no —dijo Malini—. Lo entiendes, por supuesto. Es la elección de Pramila y debo obedecer.

Finalmente, la princesa se dio la vuelta. Priya buscó a tientas el cucharón. Enjuagó el cabello y luego lo soltó. Tomó el jabón y se arrodilló ante ella, para restregar superficialmente sus brazos y pies desnudos con un paño húmedo. No hizo más que eso. No creía que a Malini le importara. Lo que ella anhelaba era frescura, no limpieza.

Levantó la mirada cuando apoyó el pie izquierdo de la princesa en el suelo. No podía decir si había estado llorando, por esos ojos ya rojos, por el agua que mojaba su rostro. Pero la mandíbula de Malini temblaba levemente, sus puños se cerraban apretados sobre su regazo.

—Siempre que quieras bañarte en agua fría, solo tienes que pedirlo —le dijo—. Yo me encargaré.

El temblor se alivió un poco. La sonrisa de la princesa era débil pero mordaz: un latigazo de dientes blancos contra el gris de su rostro.

—Gracias —dijo—. Es... muy amable de tu parte, Priya.

Priya tragó saliva. Bajó la cabeza. Hizo rechinar sus dientes y se obligó a no hacer la pregunta afilada que recorría su cerebro.

"¿Qué quieres de mí?"

Y otra, aún más peligrosa:

"¿Qué quiero de ti?"

Capítulo Quince

BHUMIKA

Hasta los guardias más leales de Bhumika protestaron cuando pidió que le prepararan un palanquín.

—Su salud, señora —dijeron—. El bebé...

—Está dentro de mí —dijo Bhumika—, y aún no tiene planes de ir a ningún lado.

Uno dijo tentativamente:

—Si el general Vikram se entera de esto...

—No le va a gustar —admitió Bhumika resoplando mientras se ponía sus botas más resistentes con cierta dificultad. La redondez de su vientre siempre interfería con sus actividades cotidianas—. Pero ¿por qué habría de enterarse? Tráeme mi chal, por favor.

Una de sus muchachas le llevó el chal y lo colocó cuidadosamente alrededor de los hombros de Bhumika.

—No quisiéramos que hubiera más conflictos entre usted y el amo —dijo un guardia vacilante.

—Tal vez debería tomar un carro de guerra en lugar de un palanquín —reflexionó Bhumika. Sonrió, para demostrar que estaba bromeando, y suavemente agregó—: Ahora, vámonos.

Solo un puñado de hombres del Señor Santosh se había quedado en la casa para actuar como espías, y ella además se aseguró de no cruzarse con ninguno de sus turnos de guardia en las cercanías de los establos o las puertas del *mahal*. Con la ayuda de sus propios hombres y mujeres, había aprendido a rastrear sus rutinas: las rondas de vigilancia, las tareas que exigían que se les asignaran, las preguntas que hacían.

Había visto a Santosh solo una vez, cuando llegó al *mahal*. No le llevó mucho tiempo entender lo que era: un hombre pomposo, mezquino, de mente pequeña y hambriento de poder. No había pensado mucho en él.

A Santosh le gustaba creer que estaba vigilando de cerca al esposo de Bhumika. Todavía no se había dado cuenta de que sus espías también estaban siendo vigilados, y probablemente no lo notaría. Le faltaba el sentido común para desconfiar de las sirvientas. Como muchos de su calaña, las miraba sin verlas.

Vikram, el esposo de Bhumika, había permitido que los mercados reabrieran después de la redada en el burdel, aunque de mala gana, por necesidad. La gente necesitaba comprar comida, al fin y al cabo. Las calles de Hiranaprastha todavía no estaban del todo tranquilas, pero la gente no podía dejar de lado todas sus preocupaciones diarias debido a la actividad rebelde o las patrullas de los soldados del general, aun si quisieran.

A través del enrejado de las puertas corredizas del palanquín, Bhumika vio al pasar los bulliciosos puestos de comida, las mesas cargadas con sartenes de aceite caliente para freír pescado de agua dulce, *pakoras* y *samosas*, incluso albóndigas de arroz al estilo srugani, con bordes cuidadosamente plegados.

De niña, le encantaba el bullicio de Hiranaprastha, el constante movimiento y la energía de la ciudad. Nunca había podido disfrutarlo directamente; como hija de la nobleza, estaba siempre resguardada y solo podía observar la ciudad desde el palanquín, como lo hacía en ese momento, pero había conservado la imagen en su mente como un retrato en miniatura. El ruido. La vida. Su propio cuerpo quieto, escondido y protegido, que lo observaba todo.

El mundo más allá del enrejado del palanquín había cambiado desde su niñez. Aunque el sonido y el movimiento aún estaban allí, los bordes de aquella imagen se habían deshilachado. Ahora había más mendigos. Los edificios eran más pobres, más monótonos. El color se había desvanecido de Hiranaprastha. Y Bhumika ya no era solo un cuerpo silencioso que consumía la ciudad con sus ojos.

Fue desde el bullicioso centro, más allá de los mercados más tranquilos y del distrito alfarero donde una vez había comprado exquisitos jarrones azules para sus rosas, a través de campos cubiertos de maleza y colinas yermas salpicadas de casas, hasta las tierras incendiadas y arrasadas donde los traidores imperiales eran condenados a muerte.

Allí había solo unas pocas casas, viviendas dispersas para los hombres y las mujeres que custodiaban la cárcel y luego se llevaban a los muertos. Detrás de esas casas asomaban los altos muros que rodeaban el campo. Eran paredes impresionantes de madera y piedra, bordeadas con puntas irregulares de cristal, que bajo el sol de la mañana brillaban como el ápice de una corona.

Golpeó el costado del palanquín: tres golpes, una manera fácil de alertar a los porteadores para que redujeran el paso. Un momento después vio una figura salir de una de las viviendas, una mujer anciana con espeso cabello blanco recogido sobre su cabeza en un moño pulcro, vestida con un sari gris liso y un chal de color café sobre los hombros. La mujer inclinó la cabeza. Esperó.

Los porteadores del palanquín lo bajaron al suelo. Bhumika descendió, ignorando las punzadas de su cuerpo al inclinarse y ponerse de pie, la columna y las caderas cargadas del dolor inquietante del bebé en su vientre. Dio las gracias al sirviente que le ofreció un brazo y lo aferró para poder erguirse con un mínimo de dignidad.

—¿Está segura de que esto es lo mejor? —Su sirviente fruncía el ceño.

—Sí —dijo Bhumika—. Estoy segura.

Ella no se había rodeado de sirvientes y seguidores que obedecían sin cuestionar. Pero a veces se cansaba de tanta vacilación, tanta preocupación. Había empeorado mucho desde...

Se tocó el estómago con las yemas de los dedos y luego los volvió a esconder debajo del chal. La anciana asintió a modo de saludo.

—Ha comenzado —dijo la mujer—. Podemos mirar desde el este.

Guio a Bhumika y su sirviente a una escalera que conducía a una torre que dominaba los terrenos de ejecución. Dentro de los muros había un macabro teatro de la muerte. Una muchedumbre observaba de pie, hombro con hombro; los más ricos se sentaban en gradas altas, y los soldados se apostaban en las torres de vigilancia opuestas con sus arcos y flechas preparados.

En el centro del terreno estaban los elefantes. Los elefantes de guerra de los parijatis eran enormes, con grandes colmillos y ojos pequeños. A Bhumika nunca le habían gustado; llevaban anteojeras y tenían la piel desollada a latigazos, los colmillos ya empapados de sangre. Un desafortunado escriba, reconocible por su cabeza tonsurada, se encontraba sobre un pedestal de roca; los guardias lo sujetaron y le apoyaron la cabeza contra la superficie mientras el *mahout* acercaba a un elefante, al que luego instó a levantar la pata. Y luego, a bajarla.

Los gritos del escriba y el crujido húmedo de su cráneo al quebrarse quedaron solo parcialmente enmascarados por el clamor del público. Bhumika observó y escuchó, y no se inmutó. De alguna manera, todavía era una hija del templo.

—Él está observando desde arriba —le dijo la anciana—, está con algunos de sus hombres. Mira. —Levantó un dedo y señaló una figura en una de las gradas.

Y sí, allí estaba sentado el esposo de Bhumika, observando con calma cómo ejecutaban a los patriotas ahiranyis que luchaban por la independencia. Vio a los asesores de Vikram a su alrededor y a Santosh a su lado, en un sitio de honor que el hombre no merecía. Había aprendido más sobre la naturaleza de Santosh gracias a la muchacha que había servido vino la noche en que Vikram entretuvo a Santosh y al príncipe saketano; gracias a la mujer mayor que barría todas las habitaciones de invitados, incluida la de Santosh. Ambas habían hablado con Khalida, quien a su vez había hablado con Bhumika, confirmando que su opinión desfavorable sobre Santosh era correcta. No era un hombre inteligente, pero sí motivado y ambicioso. Requeriría vigilancia.

El *mahout* se llevó al elefante. Hubo una pausa. Bhumika se abanicó la cara con una mano y se preguntó por el retraso. Los encargados de las ejecuciones salieron corriendo en grupos, cargando paja y leña, y recipientes gigantes con un líquido viscoso que vertieron sobre la madera. Bhumika se inclinó hacia delante para mirar más de cerca, pero no estaba segura de qué era. ¿Petróleo? ¿*Ghee*?

Hubo más exclamaciones del público cuando llevaron a más rebeldes. Estos no estaban encapuchados; sus rostros estaban desnudos para la muchedumbre. Por su baja estatura, sus figuras, Bhumika supo que eran las mujeres. Sirvientas.

Alguien las había vestido como novias.

Una ola de gritos recorrió la multitud, un movimiento inquieto que agitó la presión de los cuerpos, como un temblor a través de los músculos.

Todo el cuerpo de Bhumika se rebeló al instante, atravesado por una ola de repugnancia. Presionó la mano contra su boca para contener las náuseas.

No podía permitirse descomponerse u horrorizarse. Tal vez más tarde.

Pero no allí, y no entonces. "Así que el emperador Chandra pretende purificar a nuestras mujeres", pensó, con un desapego forzado. "Qué generoso de su parte, asesinarnos así".

Las mujeres fueron obligadas a subir a la pira. Sus manos estaban atadas.

Uno de los hombres llevó una antorcha.

Bhumika no apartó la mirada. Era importante recordarse a sí misma lo que estaba en juego; con qué facilidad podían dispersarse las tensiones en Ahiranya, cuán delicado era realmente el equilibrio que había luchado por cultivar junto a su esposo.

El aire olía a humo rancio. La muchedumbre gritaba.

Se obligó a pensar.

Su esposo no volvería a casa por un buen rato. Sus consejeros estaban con él. El *haveli* del Señor Iskar era el más cercano. Irían allí. Habría bebida y partidas de *catur*, y en medio de todas las apuestas y los juegos de estrategia y dados se desarrollaría el negocio de la política. Sabía cómo era para los hombres como ellos.

Y el Señor Iskar, por supuesto, estaría dispuesto a cultivar el favor del Señor Santosh, porque estaba bien claro que Ahiranya sería el lugar donde el emperador Chandra probaría su religión tan peculiar, y donde Santosh, quizás, pronto sería regente.

Así que esperó, con las manos entrelazadas mientras la arena se vaciaba.

Esperó y respiró con un cuidado constante y superficial, consciente de su estómago revuelto y del olor nauseabundo y chamuscado del humo. Esperó hasta que escuchó el crujido de las escaleras y la anciana dijo:

—Mi señora.

Se volvió y vio que el *mahout* unía las manos en un gesto de respeto. Todavía olía a sangre y a la bestia. Levantó la vista.

—Señora Bhumika —dijo.

—¿Cómo están tus niñas, Rishi?

—Bien, bien. Ahora tengo un hijo.

—Mis felicitaciones. ¿Y la salud de tu esposa?

—Bien. Ella está bien.

—Gracias por tu gentileza —dijo Bhumika. Le sonrió. Vio que algo de la tensión de sus hombros se relajaba—. Y gracias por venir a hablar conmigo.

El *mahout* volvió a inclinar la cabeza.

—Tengo una deuda con tu familia, mi señora. No lo olvido.

—Y estoy agradecida por tu lealtad —respondió ella con sinceridad—. Ahora, por favor, dime. ¿Fueron torturados?

—Sí.

—¿Las mujeres también?

Él asintió en silencio.

—¿Qué dijeron?

—Admitieron que cuentan con el apoyo de los nobles ahiranyis, quienes financian la difusión de su poesía.

—¿Dieron algún nombre?

—No —dijo el *mahout*—. Sin nombres. No tenían ninguno para dar.

Bueno. Patrocinar la rebelión ahiranyi, incluso en forma de arte, era un crimen, y Bhumika no podía admitir que estaba involucrada.

—¿Y su conexión... —preguntó tentativamente— con los rebeldes?

—Los rebeldes usaban máscaras —dijo el *mahout*—. No sabían más que eso.

Ella no debería haber sentido alivio, pero lo sintió.

—Gracias —dijo de nuevo.

Su sirviente se adelantó y le tendió un pequeño monedero atado con un cordel.

—Esto es por tu ayuda —dijo Bhumika, mientras el *mahout* tomaba el monedero con un murmullo de gratitud—. Y cuando tu hijo esté listo para un aprendizaje...

—Mi señora —saludó.

Hizo una profunda reverencia y se fue rápidamente; la anciana lo siguió. Entonces solo quedaban Bhumika y su sirviente sobre un campo de ejecución invadido de humo, con el suelo manchado de sangre.

—¿Volvemos al *mahal*, mi señora?

—No —dijo ella—. Llévame a la casa de mi tío.

El *haveli* de la familia Sonali estaba construido en estilo tradicional ahiranyi. Modesto para los grandes estándares parijatis, era exquisito a los ojos de Bhumika.

A los parijatis les encantaban sus espaciosas y aireadas mansiones, llenas de mármol pálido y arenisca y columnas altas. La arquitectura ahiranyi era modesta, casi pintoresca en comparación. El *haveli* de la familia Sonali tenía una estructura abierta, dividida en sectores solo por delicadas tramas de paneles de celosía, decorados con motivos de hojas y flores tallados en madera. Solo los dormitorios estaban cerrados al exterior mediante cortinas de seda de color violeta claro.

Entró en el patio central, donde una fuente de agua hacía sonar su melodía líquida. Una de las criadas había conducido las oraciones de la mañana: había un pequeño plato de flores flotando en la fuente.

—Señora Bhumika —dijo una sirvienta a modo de saludo—. Está despierto.

—Maravilloso —dijo ella—. Llévame con él.

La habitación de su tío daba al patio, dejaba entrar el aroma fresco del agua y la leve calidez del sol. Sabía que a él le encantaba escuchar el repiqueteo de la lluvia monzónica sobre la piedra del patio y su eco más profundo cuando se encontraba con el agua de la fuente. Había estado enfermo durante muchos años, y esas pequeñas comodidades eran preciosas para él. Golpeó suavemente el marco de la puerta al entrar. La recibió el aroma dulce de los lirios rojos, dispuestos en macetas de laca azul alrededor de ventanas y paredes.

—Tío —lo saludó, arrodillándose junto a su cama—. Soy yo.

—Ah —dijo, con la voz quebrada—. Eres tú. —Una sonrisa curvó su boca.

Se veía más viejo y delgado. El dolor trazaba arrugas alrededor de su boca. Tenía un mal día, entonces. Trataría de no darle mucha conversación esta vez. Lo había visitado hacía unas semanas, pero el tiempo se deslizaba sobre él con una crueldad constante.

—Escuché que tu esposo ha tenido problemas.

—¿Dónde escuchaste eso, tío?

—No eres la única que cuenta con ojos y oídos leales. —Chasqueó la lengua—. Un asunto complicado. Debería haber mostrado misericordia.

—Hizo lo que el emperador quería —murmuró Bhumika, aunque coincidía con todo su corazón.

—No debemos hacer lo que nos dicen los poderosos, simplemente porque nos lo dicen —objetó él con voz áspera—. Lo sabes.

Cubrió la mano de Bhumika con la suya. Sus dedos temblaron.

—¿Estamos solos?

Ella levantó la cabeza. El sirviente que la había hecho entrar se había ido.

—Sí —le dijo.

—¿Recuerdas cuando vinieron a por ti? —preguntó.

—Lo recuerdo—respondió. Pero él ya estaba atrapado en sus evocaciones, y la respuesta de ella no fue suficiente.

—Eras tan pequeña —murmuró—. Y estabas tan sola. Yo no quería que te llevaran. Hay muchos niños que pueden aprender a servir en el consejo, les dije. Pero mi niña es una Sonali. Ella se queda con su familia.

—No fue tan terrible —mintió—. Me trataron bien.

Él meneó la cabeza. Pero no discutió.

—Eres una buena chica, Bhumika —susurró—. Has hecho un buen matrimonio. Aseguró que nuestra nobleza tenga prestigio. No eres lo que los mayores habrían hecho contigo, y me alegro por eso. Me alegro de que te hayamos salvado, tu tía y yo.

Priya había sobrevivido a la masacre de los niños del templo por casualidad. Aún llevaba las cicatrices de aquella noche, en su naturaleza y en su memoria.

Bhumika no había estado allí.

Su familia nunca había querido que ella fuera una hija del templo. Ella y su tío eran los últimos del linaje familiar, después de que sus padres murieran de fiebre. Y luego su primo también había muerto, de una enfermedad devastadora, y Bhumika era la única que quedaba. Su tío la había llevado a casa para el funeral. Después del entierro, de compartir la comida y los cantos, él le había pedido que se quedara en casa. Él y su tía habían discutido sobre la herejía, sobre lo que haría el consejo del templo si no devolvían a Bhumika, sobre que tenían que devolverla, pero la postura de su tío había prevalecido.

Cuando los otros niños murieron, Bhumika estaba en esta casa bebiendo té, escuchando cantar a los pájaros más allá de la celosía de la ventana. Desempeñando el papel de una buena niña de la nobleza ahiranyi, en lugar de la criatura bendecida por el templo que en realidad era.

Había tratado de usar su supervivencia para el bien. Cuando el regente —mucho mayor que ella y sombrío, con la sangre de sus hermanos en las manos— la cortejó, ella le sonrió. Lo besó. Se casó con él. Engendró a su hijo. Y a cambio, obtuvo poder para proteger a los desplazados o huérfanos por culpa de la podredumbre, y la influencia y los medios para financiar a sus compañeros ahiranyis. Cosas pequeñas. Pero mejor que nada.

Aun así, se sentó en la silenciosa habitación del enfermo, con la mano de su tío en la suya, y solo pensó en la sangre debajo de la pata del elefante, en los gritos sobre la pira. Sangre, carne quemada. Tierra.

Fuego.

Se inclinó hacia delante y besó la frente de su tío, debajo de los débiles mechones de cabello blanco que aún formaban un halo en su cabeza.

—Todo lo que soy lo he logrado gracias a ti —le dijo—. Ahora duerme, por favor. Necesitas descansar.

Fue a la sala de oración de la casa.

No tenía dónde orar en la casa de su esposo. Él veneraba a las Madres de las llamas, conservaba sus costumbres parijatis, y ella...

Ella era su esposa.

El tío Govind no utilizaba la sala de oración. Por costumbre, se encendían velas y las manos cuidadosas de los sirvientes limpiaban y pulían las estatuas finamente labradas de los *yaksas* hasta arrancarles un brillo aceitoso. Pero no se depositaban nuevas ofrendas a los pies de las estatuas, ni frutas, ni cáscaras de coco, ni flores; solo había platos vacíos.

Se sentó en la alfombra del suelo, tan erguida y pulcra como pudo, con las piernas cruzadas. Cerró los ojos. Respiró. Y respiró. Cada vez más hondo.

El *sangam* se desplegó a su alrededor.

Abrió los ojos. Esperó. Sabía que era solo cuestión de tiempo hasta que él viniera a ella.

Las aguas se movían alrededor de su sombra, profundas y extrañas.

Había amado el *sangam* cuando era niña, cuando entró por primera vez. Le habían encantado su belleza y su extrañeza, su poder.

Se negó a mirarlo. Simplemente pronunció su nombre.

—Ashok. Ven.

Avanzó, con el peso del agua ondulante a su alrededor. Las estrellas estallaron y se marchitaron sobre ella. Y allí estaba Ashok. Él también era sombra. Cuando ella se movió, la sombra de él se volvió moteada, se desdibujó por un momento y luego se asentó, la luz se abrió paso a través de las copas de los árboles.

Se preguntó cómo la veía él.

—Bhumika —la saludó—. Ha pasado mucho tiempo.

—No me gusta este lugar.

—Y no te gusto yo —dijo él—. Lo sé. Así que no juguemos tus juegos habituales. Dime. ¿Los viste morir?

—Los vi.

—¿Fue brutal?

—Las ejecuciones siempre son brutales —respondió Bhumika—. De otro modo, no cumplirían su propósito.

—Sabía que quemarían a las mujeres —dijo—. ¿Te sorprende?

—Sé que tienes tus espías —señaló Bhumika—. Al igual que yo tengo los míos.

—No tantos como tú, pero nos arreglamos. Tienes a un verdugo entre los tuyos, ¿no? Yo tengo a un hombre que barre el templo de las Madres de las llamas. Aparentemente, no todos los sacerdotes apoyan el entusiasmo del emperador por la purificación. Les preocupa que los rebeldes puedan quemar su templo en represalia.

—¿Deberían estar preocupados?

La boca sombría de Ashok se curvó en una sonrisa.

—Quién sabe —respondió. Luego su sonrisa se desvaneció—. Sabes, por supuesto, que tu esposo es un tonto.

Bhumika no estuvo del todo en desacuerdo. Pero las palabras de Ashok fueron un ataque a ella, no a Vikram, a sus elecciones, a sus sacrificios, a la vida de una esposa de la nobleza parijati, la máscara que ella usaba.

—Tuvo que tomar medidas. El emperador requería una acción decisiva. —Algo así le había dicho Vikram, con gesto ceñudo por la irritación, cuando Bhumika cuestionó su decisión de matar a los rebeldes aplastándolos. Si ella hubiera sabido sobre la pira...

Ah, ya era demasiado tarde.

"Hay que demostrar firmeza", había dicho él. "No lo puedes entender, mi paloma. Tienes un corazón demasiado blando".

—¿Entonces él da muerte a los poetas y a las sirvientas? ¿Sabe tu esposo que mandó matar a las mismas personas a las que tú apoyas con el dinero de su familia? —Cuando Bhumika no se dignó responder, Ashok se echó a reír—. Te dije que es un tonto.

—Fuiste tú quien infiltró una sirvienta falsa en mi casa —dijo Bhumika con firmeza—. Tú fuiste quien hizo que él y los de su calaña consideraran necesario hacer esto. Sabías que tus acciones tendrían consecuencias.

—Necesito las aguas. —Su voz bajó. Líquida, oscura—. Seguramente lo entiendes.

Por supuesto que lo entendía. Ella sentía la atracción de las aguas todos los días. El anhelo que agitaba su sangre, como la fuerza de gravedad. Tan intenso que podría haber desenrollado las venas de su cuerpo. Entendía por qué Priya había subido al Hirana. Entendía por qué el *sangam* acechaba sus propios sueños.

—Las necesito más de lo que crees —insistió él.

—Has estado consumiendo las aguas robadas de la fuente —dijo Bhumika mientras se le formaba un nudo en el pecho por saberlo—. Entiendo exactamente cuánto las necesitas. Una urgencia que tú mismo te buscaste.

Él no dijo nada. Esa fue suficiente respuesta.

—¿Por qué? —preguntó ella. Odiaba que aún le doliera pensar en la posibilidad de que él muriera. Como si le debiera algo.

—Las he estado consumiendo durante mucho tiempo —dijo Ashok en voz baja—. Y me mantienen fuerte. Me mantienen con vida. Ahora mi nueva familia, mis soldados, mis compañeros guerreros, también las consumen. No son dos veces nacidos, como yo. Saben que beberlas los matará. Pero lo hacen de todos modos, porque, al igual que yo, saben que debemos ser libres.

Se acercó unos pasos a ella.

—Hemos recuperado los asentamientos forestales. Hemos ubicado cuidadosamente a los nuestros donde los necesitábamos. En las casas de los comerciantes. En los *havelis* de las familias de la nobleza. Hemos conseguido mecenas. No eres la única noble que financia la rebelión, Bhumika. —Se inclinó acercándose—. Estamos aprendiendo cada punto de vulnerabilidad, cada lugar donde atacar, para que los huesos del imperio se derrumben a nuestro alrededor.

—Todos esos planes no significarán nada cuando estés muerto y el resto de nosotros tengamos que limpiar la sangre que has derramado —dijo Bhumika.

—No moriré —replicó Ashok—. Ninguno de nosotros morirá. Encontraremos las aguas. Viviremos para restablecer el consejo del templo. Si volvemos a instaurar aunque sea una sombra de la Era de las Flores, valdrá la pena.

—Ay, Ashok. Esto no terminará como esperas.

—Ahora tenemos a Priya.

A pesar de estar en el *sangam*, un lugar donde ellos solo eran sombras moteadas, el rostro de Bhumika debió de revelar algo de lo que sentía, porque Ashok agregó:

—La busqué.

—Tu maldita sirvienta rebelde casi la mata.

—Ya me disculpé.

—Ah. Todo está bien, entonces —respondió Bhumika, mordaz—. En cuanto a tenerla, si crees que posees algún control sobre ella, no la conoces en absoluto.

—Cuento con ella. Me dijo cuánto me ha extrañado. Que todavía me ama. —Había un tono de dolor auténtico en su voz. Un sentimiento verdadero—. Ella no sabía que yo había sobrevivido.

Bhumika no le dijo: "Se escapó una docena de veces para buscarte, y una docena de veces mis guardias la trajeron de regreso. Lloró por ti, y si hubiera sabido que vivías, nunca habría descansado, nunca se habría dado por vencida contigo...".

En cambio, dijo:

—Ella tampoco conoce el camino hacia las aguas. Déjala en paz.

—Pero lo encontrará. Sé que lo hará. De todos nosotros, ella siempre era la que podía encontrarlo. Tiene el don.

El don. Sí.

—Una acción decisiva —reflexionó Ashok, cuando Bhumika no respondió. Ella tardó un momento en darse cuenta de que estaba repitiendo sus propias palabras cuando citó a Vikram—. Creo que necesito realizar alguna "acción decisiva" por mi cuenta. Esas pobres sirvientas y esos poetas merecen justicia. Y no creo que estés inclinada a proporcionarla. —Apretó sus puños sombríos, que resonaron como el crujido de los árboles que se doblan con el viento—. Y ahora mis seguidores y yo tenemos la fuerza que necesitamos para arreglar el mundo.

—Lo que sea que estés planeando hacer, no lo hagas, Ashok. Esto solo se intensificará. —Bhumika tuvo terribles visiones de los soldados del emperador pululando por el país. Árboles talados, personas quemadas, sangre derramada. Su historia y su presente borrados. Lo poco que habían salvado de resistencia y arte, de su cultura, perdido.

—El régimen de Parijatdvipa es la podredumbre que debe ser arrancada de Ahiranya —dijo él—. El imperio solo se levantó porque nos aplastó. No merece mantenernos bajo su bota por más tiempo.

—¿Y con qué lo reemplazarás, exactamente? ¿Con tu valerosa banda de rebeldes?

—Cuando tengamos el poder, ya no nos llamarán rebeldes.

—Por supuesto. Mis disculpas, venerable Ashok —dijo ella con tono burlón—. ¿Y con quién comerciará tu nuevo consejo? ¿Quién les venderá el arroz y la tela que necesitamos para sobrevivir?

—Somos una nación rica, Bhumika.

—Estoy en una posición mucho mejor que tú para conocer nuestra riqueza. Tenemos bosques, sí, árboles que se pueden talar y madera que se puede vender, la ruta más rentable a corto plazo; por todo eso, si Parijatdvipa comerciara con nosotros, sus términos serían poco favorables. Pero la cultura de nuestro pueblo depende de que el bosque no sea talado. Y nuestros campos y bosques están llenos de podredumbre. Tal vez te hayas dado cuenta. —Cuando él se quedó en silencio, ella agregó—: Ashok, necesitamos aliados.

—Y los tendremos —dijo él con calma—. Cuando seamos libres. Eso importa más que nada. Vale cualquier precio.

—¿Crees que no quiero un mundo diferente de este? —preguntó Bhumika—. ¿Crees que quiero que el gobernante de nuestro país sea un extranjero, en deuda con los caprichos de un emperador? ¿Crees que quiero a nuestros hermanos muertos? ¿No entiendes que estoy tratando de proteger lo que queda de nosotros, de nuestra Ahiranya? Estoy luchando por sobrevivir, y tú estás eligiendo apostar lo poco que tenemos a una esperanza que puede destruirnos.

—No adornes tu prostitución —dijo él con un salvajismo que la hizo detenerse y luego reír furiosa.

—Ahí está —exclamó ella—. Ahí está el hermano que conozco. El bastardo cruel que una vez me dio una paliza para impresionar a nuestros mayores. Para probarse a sí mismo que él era más fuerte. ¿Crees que me avergüenza que me llamen puta? ¿Crees que no has usado tu cuerpo como moneda de cambio para tus propios fines? ¿Qué crees que es verter la muerte en tu garganta?

—No te preocupes —dijo él—. No te haré daño otra vez. No eres tan fuerte como antes. No sobrevivirías. —Le puso una mano contra el pecho—. Pero a tu esposo —agregó— y a esos parijatis de la nobleza..., bueno...

—Ashok...

Él la empujó.

Ella volvió a su cuerpo. Temblando, se puso de pie con cuidado. Estaban barriendo el polvo del suelo en el patio. Bhumika lo cruzó. Se dirigió a su palanquín.

—A casa —dijo a sus guardias. Ellos levantaron el palanquín y obedecieron.

* * *

Su esposo había regresado. Estaba en sus aposentos, en el palacio de las rosas, terminando el almuerzo cuando ella llegó.

—Tomaste el palanquín —dijo Vikram, enjuagándose las manos con agua perfumada de rosas.

—Fui a visitar a mi tío —explicó Bhumika.

—¿Cómo está su salud?

Ella meneó la cabeza. Se acercó a él, rozando la yema de un dedo ligeramente contra el dorso de su mano a modo de saludo.

—Voy a orar por él. Prenderé incienso para las Madres y quemaré jazmines.

Vikram hizo un murmullo de aprobación. O tal vez fue compasión.

—Tengo una nueva criada —dijo Bhumika a la ligera, tomando el vaso de agua con limón que le ofreció un sirviente—. Oh, no me mires así, mi amor. Esta es de confianza. Viene de la casa de mi tío.

Una muchacha había escapado de los soldados del burdel. Solo una. Era natural que Bhumika la protegiera.

—No tienes la sensatez de saber en quién confiar —dijo él.

Su tono era duro. Entonces Bhumika bajó los ojos, aceptando la reprimenda.

—Mi tierno corazón me deja en ridículo —admitió.

—Alguien de confianza tiene que entrevistarla —continuó Vikram, mientras le llevaban agua en una copa de metal que brillaba por la condensación—. Haré que el comandante Jeevan hable con ella.

Bhumika asintió.

Vikram vaciló.

—El Señor Santosh... —comenzó. Luego se quedó en silencio—. El emperador Chandra está ordenando quemar a las mujeres.

Ella no dijo nada.

—Esta no es la fe de las Madres de las llamas —dijo—. Este Chandra..., si su hermano mayor gobernara, si no hubiera dejado su familia y su fe, esto no sería así. Pero algunos hombres añoran épocas muertas hace mucho, y tiempos que nunca existieron, y están dispuestos a destrozar el presente por completo para reinstaurarlos. Me alegra que no lo hayas visto —añadió, y ella se preguntó por un momento si la estaba poniendo a prueba. Si lo sabía. Pero no. Nunca había sospechado nada de ella, su pobre e ignorante esposo.

—Oh, Vikram —comentó en voz baja—. Lo siento.

Él suspiró y dijo:

—No tienes nada por qué disculparte. —Bebió un largo trago y luego bajó la copa—. Ahora ven aquí. Cuéntame cómo fue tu día.

Cuando Vikram se fue, Bhumika se retiró a su habitación. Khalida entró poco después, con una maceta de flores en equilibrio contra su cadera. Su expresión era tensa.

—La Señora Pramila no la deja salir —dijo Khalida—. La criada Gauri me lo dijo. Ella no le dará a su chica ni un día libre. ¿Qué quiere hacer?

—Nada —respondió Bhumika. Desde la ventana podía ver los bordes del Hirana, enmarcados por la luz del sol.

—Puedo insistir en su nombre para que se respeten las reglas domésticas sobre el trato a los sirvientes.

—No importa. Encontraré una manera de hablar con Priya.

Conocía el poder del Hirana. Sabía que ya estaba cambiando a Priya. Tenía una corazonada, una sospecha, y pronto sabría si era correcta.

—¿Qué llevas ahí? —preguntó—. Un regalo, ¿verdad?

—Jazmines parijatis —dijo Khalida, y colocó la maceta en la ventana junto a Bhumika—. El general Vikram te los envió de regalo.

—Qué amable de su parte —agradeció, y vio que los labios de Khalida se torcían ante la dulzura de su voz. No era un recipiente apto para flores de jazmín, morirían muy pronto.

—¿Está él aquí?

Khalida sabía que no estaba hablando de su esposo.

—Sí.

Dile que entre.

Mientras esperaba, Bhumika pasó los dedos por las flores; sintió la corriente profunda del río de las aguas inmortales dentro de ella. Observó los pequeños capullos marchitarse y plegarse sobre sí mismos bajo sus dedos. No había razón para no matarlos, si no iban a sobrevivir de todos modos.

—Señora Bhumika.

La voz de un hombre. La sombra de un hombre sobre el mármol, que se inclinaba detrás de ella.

Se volvió.

En sus años de matrimonio, Bhumika se había asegurado de una cosa al menos: Vikram era el amo de su *mahal*, pero la lealtad de la mayoría de las criadas y los niños, los soldados y sirvientes, los que cocinaban la comida y alimentaban el fuego, y apuntaban flechas y espadas contra la oscuridad, era para ella. Ella, la amable esposa del regente, su paloma insípida, los había salvado. Ella les había dado trabajo y un hogar. Y no les exigía nada a cambio.

Todavía. Por ahora.

No habló de las ejecuciones. No habló de Ashok.

—Es posible que te necesiten, muy pronto —dijo—. Y lo siento, pero debo exigir tu lealtad. Debo solicitar tu servicio, pedirte lo que me prometiste.

Había recursos que debían usarse con moderación, demasiado valiosos para desperdiciarlos. Recursos que debía probar antes de que realmente llegara el momento en el que serían necesarios. Era el momento de ponerlo a él a prueba.

El hombre levantó los ojos. En su brazo, el brazalete de metal que marcaba su rango brillaba como una cicatriz plateada descolorida.

—Mi señora —dijo—. Lo tienes. Siempre.

Capítulo Dieciséis

PRIYA

D esde que sabía que Malini soñaba con fuego, Priya comenzó a soñar con agua. Clara, fresca, ondulante. Ríos que zigzagueaban bajo sus pies y silbaban como serpientes.

Cuando Meena intentó estrangularla tuvo una alucinación parecida, agua que se enroscaba en sus tobillos. Su hermano, delineado en una sombra líquida y roja, más agua que piel. Después de esta visión, recuperó esos poderes que durante mucho tiempo habían sido inaccesibles para ella.

Permanecer en el Hirana ya la había cambiado, pero entonces también cambiaba y moldeaba sus sueños. Una vez se despertó en mitad de la noche y vio que el suelo se había modificado debajo de ella; había huellas de flores por toda la superficie de piedra. Cuando parpadeó, confundida, se desvanecieron.

Esa noche se despertó nuevamente, como tantas veces; a su alrededor, la oscuridad era total. No se oía ningún sonido que rompiera el silencio, ni siquiera se escuchaba trabajar a las otras criadas. Se dio cuenta de que había algo diferente. Podía oír un nuevo ruido. No era la corriente de agua que se deslizaba a través de sus sueños. No era la respiración de Malini, ralentizada por su medicina y profunda por el sueño.

Era un llanto.

Se levantó. Cruzó la habitación oscura hasta la cama de la princesa. Malini estaba acurrucada de lado, con el rostro torcido en un rictus, los hombros doblados en un ángulo agudo detrás de ella, levantados como alas. Todavía estaba profundamente dormida, la droga mezclada en el vino se había ocupado de eso, pero una pesadilla feroz tenía sus garras clavadas en ella.

Priya se arrodilló en el *charpoy* a su lado. Sacudió ligeramente su hombro, luego un poco más fuerte, y aún más cuando Malini permaneció enroscada como un caracol.

—Mi señora —susurró. Luego, con más firmeza—: Princesa Malini, despierta. Despierta, princesa.

Malini dio un respingo y se movió, con la súbita velocidad de una víbora.

La fuerza con la que se aferró a la muñeca de Priya fue cruel. Las uñas de Malini se le clavaron en la piel, dejando marcas que no atenuaron la vacilación ni el miedo. Sus ojos se abrieron de golpe, pero no veían, miraban a través de Priya como si su cuerpo fuera de cristal.

Priya cerró instintivamente la mano izquierda alrededor de la de Malini y la aferró. Sabía exactamente cómo apretarla con más fuerza, para que sufriera un espasmo y la soltara, o torcerle la muñeca hasta que el hueso cediera con un chasquido.

—Por favor, mi señora —dijo en vez de hacer eso. Se esforzó por controlar su respiración para aguantar el dolor, también sabía cómo hacerlo—. Soy yo.

Durante un momento, la fuerza de Malini no se aflojó. Luego, lentamente, la conciencia volvió a sus ojos. Soltó a Priya abruptamente, pero ella todavía la sostenía. Desenroscó sus dedos con calma, con cuidado. Como la princesa permanecía inmóvil, le bajó el brazo y dijo:

—Tuviste una pesadilla.

—Creo que voy a vomitar —murmuró Malini débilmente, y se volvió hacia un lado, tapándose la boca.

Priya se levantó de un salto en busca de una jofaina, pero la princesa no vomitó. Simplemente permaneció de lado durante un momento, con la cabeza gacha y la mano sobre la boca. Después se incorporó y dijo:

—A veces, mi medicina...

—No hay necesidad de explicar nada, mi señora.

—Estaba soñando otra vez. —Priya observó a Malini retorcer la tela de su sari con las manos—. No... no soy yo misma.

Priya deseó poder ir a hablar con un sanador, o incluso con Gautam. Serían capaces de decirle exactamente qué señales debía tener en cuenta antes de que el efecto de la flor de aguja se convirtiera en un envenenamiento en toda regla: la cadencia de la respiración, el significado de la parálisis del sueño y las pesadillas, el peligro que acechaba en el pulso débil o en la casi transparencia de la piel de Malini.

Pero no tenía con quién hablar. Solo podía ver deteriorarse a la princesa.

Pensó en cómo reconfortaría a Sima, o incluso a Rukh, ante una pesadilla, y no podía imaginarse dándole a Malini el tipo de consuelo informal y afectuoso que les daría a cualquiera de ellos. Consideró apoyar una mano en la espalda de la princesa, pero... no. No pudo.

—¿Deseas darte un baño, mi señora? —preguntó abruptamente.

—Ni siquiera ha amanecido —dijo Malini con voz monótona—. No puedo salir de esta habitación.

—Sí puedes —dijo Priya—. Salir, quiero decir. Si quieres, mi señora.

Tenía la llave de la habitación atada a la cadena de su cintura. La desenganchó y la acercó a la tenue luz.

Malini la miró. Apartó la mirada, su rostro de perfil.

—No quiero bañarme —dijo. Pero no volvió a acostarse en su cama, ni exigió agua o comida. No hizo nada más que sentarse encorvada, con las manos crispadas como garras, mirando a la nada.

—Un paseo, entonces —ofreció Priya—. Un poco de ejercicio tal vez te haría bien.

—¿Me haría bien, en serio? —Malini cerró los puños con más fuerza—. No creo que caminar cure lo que me sucede.

No había amargura en la voz de la princesa. Solo resignación.

—Camina conmigo de todas maneras —dijo Priya—, y te contaré una historia de los *yaksas*.

Malini finalmente levantó la mirada. Oscura, profunda. Lo pensó mejor.

Se puso de pie.

—Pramila se enfadará —dijo, una vez que hubieron salido de la habitación y comenzado a caminar por el pasillo.

—Podemos regresar si lo deseas, señora —dijo Priya.

No se sorprendió cuando Malini negó con la cabeza. La princesa se apoyaba en su brazo, aferrándose como si Priya fuera la columna vertebral que sostenía su cuerpo frágil. Pero su expresión se veía más clara, más concentrada de lo que había estado desde el momento en el que se presentaron formalmente, ama y sirvienta.

El viento soplaba a través del *triveni*, un viento fuerte y azotador que recorría los tres pasillos abiertos y vacíos del Hirana con el rugido hueco de una bestia. Priya, vestida con su sari nuevo y sin un chal para echarse sobre los hombros, empezaba a arrepentirse de su decisión de sacar a Malini del silencio oscuro y enfermizo de su prisión. De hecho, hubiera preferido el calor pegajoso de una noche cargada de monzones antes que este clima extraño e intempestivo.

—Caminemos por el pasillo —dijo Priya—. Una o dos veces. Y luego volvamos a tu habitación, si quieres.

"En lo posible, antes de que la patrulla de guardia pase por el *triveni*", pensó.

—¿Te hice daño? —preguntó Malini bruscamente.

—¿Qué?

—Tu brazo. ¿Te lastimé?

—Un poco, mi señora —admitió.

Malini tomó la muñeca derecha de Priya y la levantó hacia la luz de la luna. Apretó los labios.

—No suelen salirme magullones —la tranquilizó.

Pero la princesa no la soltó. Miró su mano como si pudiera leer cada callo, cada línea en la palma, como si fuera un lenguaje.

Y Priya miró a Malini a su vez porque..., bueno, podía admitirlo, al menos, porque simplemente quería mirarla. Mirar a la princesa era una sensación prohibida, pero un poco menos aterradora que hacerlo directamente a los ojos, que era algo demasiado... íntimo.

Oh, Priya sabía reconocer el enamoramiento cuando le sucedía.

—Eres fuerte —observó Malini—. Sentí la presión de tu mano sobre mí. Pero ni siquiera intentaste detenerme.

—No quería lastimarte.

—Qué extraño —dijo la princesa. Su voz era suave. Finalmente, soltó el brazo de Priya—. Yo tampoco quise hacerte daño —agregó—. No me gusta actuar sin darme cuenta de lo que hago.

Priya negó con la cabeza.

—Tendré más cuidado si necesito despertarte en el futuro —dijo. Entrelazó el brazo de Malini en el suyo una vez más y comenzó a guiarla alrededor del borde del *triveni*.

—Ahora —dijo—, un cuento de los *yaksas*.

Le contó a Malini una historia sencilla. Una historia que se narraba a los niños, sobre un joven, un leñador, que nació bajo malas estrellas. Si se enamoraba, su amada compartiría su suerte maldita. Cualquier hombre o mujer con quien se casase moriría prematuramente.

—Así que evitaba a otras personas —relató Priya—. Sus familiares se preocupaban por él todo el tiempo. Un día les dijo que, a pesar de todo, había encontrado a alguien con quien podía casarse.

—¿Quién? —preguntó Malini.

—Un árbol.

—¿Un árbol?

—Eso —dijo Priya— fue exactamente lo que le respondió su familia. No estaban impresionados, te lo aseguro. Pero él adornó el árbol con guirnaldas, como si fuera una novia, le contó cuentos y le hizo ofrendas de flores y secretos, y un día el árbol se transformó en un hermoso hombre. En realidad, era un *yaksa*. El *yaksa* le construyó al leñador un *mahal* de *banyan* y hojas de plátano, y vivieron juntos felices. Desde entonces, cuando los niños nacen con malas estrellas, les celebramos un primer matrimonio con un árbol, para que el *yaksa* los cuide; así, su segundo matrimonio, mortal, será dulce.

Malini le dirigió a Priya una mirada extraña e ilegible.

—¿Los hombres pueden enamorarse de otros hombres en Ahiranya?

Oh. Priya tragó saliva. Había cometido un error. Una historia simple e inocente de la cultura ahiranyi era mucho menos inocente para las personas que eran... que no eran ahiranyis.

Seguramente Malini había oído las historias que contaba la gente sobre la lascivia de los ahiranyis: su tendencia a vender placer, la liberalidad de sus mujeres, el hecho de que estaban dispuestos a acostarse con gente de su mismo género. Y seguramente, como todos los parijatis, aborrecía todo eso.

—Lo siento, mi señora —dijo Priya—. Una sirvienta tonta como yo debería haber sido más discreta. —Inclinó la cabeza a modo de disculpa—. Por favor, perdóname.

Sintió las manos de Malini sobre sus hombros. De repente, estaban una frente a la otra.

—Por favor —dijo la princesa—. Me gustaría que me respondieras.

—Supongo que puede ocurrir en cualquier lugar, mi señora.

Malini negó con la cabeza.

—No se hace eso en Parijat. —El tono de su voz sugería que no aceptaría preguntas, así que Priya no hizo ninguna. En cambio, dijo con falsa ligereza:

—Bueno, los hombres solo pueden casarse con mujeres ahora. Uno de los primeros regentes acabó con la forma en que solían ser las cosas aquí.

—¿Y hay historias como esa... —quiso saber Malini— sobre mujeres también? —Había algo vacilante en su voz.

—Sí —respondió Priya. Tragó saliva de nuevo. Sabía exactamente por qué sentía seca la garganta—. ¿Qué otras historias debo narrarte sobre los *yaksas*, mi señora?

—Todo —dijo Malini de inmediato—. Cualquier cosa. Mi niñera me contó algunas, pero estaban claramente censuradas, para adecuarlas a los niños buenos parijatis. Quiero saber una historia que nadie me contaría jamás. —Hizo una pausa y luego dijo—: ¿Puedes contarme los *Mantras de corteza de abedul*?

—Esos cuentos están prohibidos, mi señora —respondió Priya, aunque los había aprendido de memoria cuando era niña y todavía recordaba fragmentos de cada poema, fantasmas irregulares de los versos.

—Dime de dónde provienen los *yaksas*, entonces —dijo Malini—. Eso debe de ser bastante inocente.

Probablemente no lo era. Pero Priya no lo aclaró.

Mientras guiaba a la princesa por un desnivel en el suelo, miró hacia abajo. La superficie estaba marcada por surcos como olas. Como el agua.

Esas olas también se habían movido. No estaban donde las había visto ayer.

—Los *yaksas* vienen del mismo lugar de donde viene todo —dijo Priya lentamente—. De los ríos.

—¿Ríos?

—Los ríos cósmicos de los que nacen los universos —explicó—. Son ríos que brotan de la yema del Huevo del Mundo. Ríos de carne y sangre de corazón; ríos de inmortalidad; ríos del alma. Los *yaksas* nacieron en estos ríos como peces y nadaron a través de ellos hasta que encontraron el mundo en la orilla. Entraron en nuestro mundo desde allí, pero fue el más joven de ellos, Mani Ara, quien vino a Ahiranya y lo convirtió en su hogar.

—¿Qué es el Huevo del Mundo?

—El huevo del que nació el mundo.

—¿Y de dónde... —murmuró Malini, con una leve inclinación de cabeza— de dónde salió ese Huevo del Mundo? ¿De un pavo real mundial?

Priya hizo un valiente esfuerzo por no hacer un gesto de fastidio.

—¿De dónde creen los parijatis que nació el mundo, mi señora?

—Del fuego —dijo ella—. Creemos que otro mundo se quemó y de él surgió el nuestro. De las cenizas y las llamas.

—¿Y de dónde salió ese otro mundo, mi señora? —añadió Priya, con mordaz deferencia—. ¿De otro mundo en llamas, tal vez?

—Hay mundos incendiados hasta el infinito —dijo Malini, con la voz seca y una mueca divertida—. Bien visto, Priya.

El rostro de Priya se sentía irritantemente cálido. Se alegró de ser mucho más oscura que Malini y que sus emociones y deseos no se le notaran tan fácilmente en la piel. Desvió la mirada.

—Mi niñera me habló de un río —dijo la princesa en voz baja—. Un río mágico, oculto bajo la superficie de Ahiranya. Lo llaman el río de las aguas inmortales. Quizá lo conozcas.

Priya necesitó de toda su entereza para no petrificarse de miedo. Se había dejado llevar por una falsa sensación de seguridad, por el roce de la mano de Malini en su brazo, por las historias compartidas. El nudo helado que cobró vida en su vientre fue aún más impactante por ello.

—Me escuchaste hablar de eso con Meena —dijo en voz baja—. La rebelde. ¿No es así?

La princesa no lo negó. En cambio, dijo:

—Sé que a mi padre le preocupaba eso. Decía que los niños adquieren extraños poderes en Ahiranya. Habló de ello con mi madre. Dijo que había que hacer algo.

Su padre. El emperador Sikander.

—Mi señora —dijo Priya en voz baja, reprimiendo el pequeño remolino de ira en su corazón—. ¿Por qué me trajiste aquí? ¿Por qué mentiste sobre mí y dijiste que te salvé la vida?

Ya estaba. Lo había dicho. Finalmente se enfrentaba a la realidad: había cometido un terrible error al revelarse ante Meena, ante Malini, y al ocultarle la verdad a Bhumika.

—No sé por qué esa rebelde estaba aquí —dijo finalmente la princesa—. Tal vez quería matarme. Pero cuando te vi, Priya... —Su voz vaciló—. Eres fuerte —dijo finalmente—. Y no te haré preguntas sobre tu fuerza, pero... necesito mucho tener una amiga en este lugar. Alguien que entienda qué se siente al perder y llorar a las personas que amas. Alguien que pueda mantenerme a salvo de mis miedos. Y yo... espero que seas la amiga que necesito.

Una amiga. Como si pudieran ser amigas.

El contacto de Malini era tan ligero. La princesa se sentía y se veía frágil. "¿Cómo puedes ser tan suave?", pensó Priya, impotente. "¿Cómo puedes saber lo que soy y mirarme así con esos ojos? ¿Cómo puedes ser tan estúpidamente confiada?"

—No se hacen amigos —dijo, hablando con cierta dificultad a través del nudo en su garganta— hablando de los muertos.

—No —concedió Malini, con una mirada vaga—. Supongo que no.

—Me gustaba más —logró decir Priya— cuando hablaste de los pavos reales. Podemos conversar sobre eso, si quieres.

La princesa negó con la cabeza una vez más y se le escapó un sonido leve de diversión. No exactamente una risa, pero era lo más cercano a eso que había expresado desde que Priya la conoció. Priya, sin saber cómo sentirse, guio a Malini una vez más alrededor del *triveni*, observando cómo el viento azotaba el cabello de la princesa, hasta que se detuvo abruptamente.

Pramila estaba en el salón occidental, mirándolas. Su mandíbula estaba tensa. Su expresión era furiosa.

—No se te permite salir de tu celda. —Su voz vaciló como una llama.

Por un segundo, Priya pensó que estaba llorando. Y luego se dio cuenta de que la vacilación no eran lágrimas, sino ira, una tormenta que Pramila no podía modular del todo. La carcelera cruzó la habitación, temblando por la fuerza de sus emociones.

Al lado de Priya, Malini no dijo nada.

—Sabía que encontrarías una manera de usar a la criada —dijo Pramila—. Y aquí estás. ¿Le pagaste? ¿La sobornaste?

—No me sentía bien —dijo Malini débilmente—. Necesitaba aire.

—Dame tu llave —le dijo Pramila a Priya abruptamente, extendiendo la mano delante de ella.

—No —exclamó Malini—. No se la des.

Priya ya había desenganchado la llave. No tuvo oportunidad de volver a engancharla en la cadena antes de que Pramila se la quitara.

—Es una cosa tan pequeña —dijo Malini, con una voz cercana a las lágrimas—. Solo quise salir de mi habitación y sentir el aire en mi cara. Si tan solo me permitieras esa pequeña gentileza, por favor.

—No ruegues —dijo Pramila con disgusto—. Cada vez que lloras y suplicas, sé que todo es mentira, sé lo que eres...

—Solo lo hago porque me tienes encerrada como un animal. ¿Crees que mi hermano quiere que muera enclaustrada en una pequeña habitación en un país extranjero?

—No, esta no es la forma en la que creo que él quiere que mueras. Sabes exactamente lo que espera.

—¿De verdad quieres que sufra como ella, Pramila? —preguntó Malini. Su voz era aterciopelada. Una súplica. Pero la mujer se estremeció como si hubiera recibido un golpe.

Siseó, con los ojos duros de rabia, y sin vacilar levantó la mano para golpear a Priya, no a Malini, en la cara. No iba a ser un golpe superficial de castigo; Priya lo anticipó. La mano de Pramila estaba cerrada en un puño cubierto de anillos de metal que la dejaría ensangrentada. Solo tuvo un segundo para sentir una furia sin aliento que la atravesó, por lo horrendo de ser utilizada para recibir golpes que eran en realidad para Malini, antes de levantar su propia mano para apartar el brazo de Pramila.

Pero no llegó a hacerlo. La princesa se estrelló contra Priya, le aferró las muñecas con sus manos frías y se colocó directamente entre el puño de Pramila y la cara de Priya. Priya sintió un ruido sordo y un dolor cegador cuando la mano de la carcelera golpeó a Malini cerca de la oreja y el cráneo de la princesa chocó contra el suyo. No podía moverse, no podía luchar: Malini la sujetaba, sus uñas se clavaban como lo habían hecho cuando Priya la había despertado de la pesadilla, presionaban afiladas como agujas.

—No —dijo Malini. Su voz se quebró un poco—. No, no lo hagas.

Priya casi no podía ver detrás del escudo del cuerpo de la princesa, doblado contra el suyo, detrás de su cabello oscuro suelto, aún más salvaje que de costumbre por el viento. Pero sintió el aliento de Malini en su piel y supo que sus palabras iban dirigidas a ella.

Se quedó inmóvil. Malini no la soltó.

—Princesa —dijo Pramila entrecortadamente—. ¿Estás heri...?

—Puedes pegarme de nuevo si quieres —dijo Malini—. Pero no golpearás a mi criada. Ella no tiene nada que ver con nuestra situación. —Permaneció encorvada sobre Priya—. Continúa, Pramila. Haz lo que quieras.

—¡Oh! Oh. ¿Crees que no te golpearía como corresponde? —Pramila soltó una risa fea y, a través de la cortina del cabello de Malini, Priya pudo ver partes de su rostro húmedo, los ojos furiosos y la mueca de los labios—. ¿Crees que no me atrevería a arriesgarme a hacerte daño, cuando estás aquí sola conmigo? Mereces ser golpeada.

—Sigo siendo la carne y la sangre del emperador —dijo la princesa, con voz suave pero firme—. Sigo siendo una princesa de Parijat. Golpéame, si quieres, pero no olvides que mi hermano me envió aquí con un propósito.

—Cumple ese propósito entonces —dijo Pramila—. Acepta tu destino, para que ya no necesite vigilarte.

Malini no respondió y Pramila parpadeó, espasmódica, con una expresión oscura que estaba mucho más allá del odio. Luego se calmó. Sofrenó su furia. Enderezó los hombros. Alisó los pliegues de su sari.

—Más medicina, supongo —anunció Pramila—. Estás sobreexcitada, princesa.

La exhalación de Malini fue un estremecimiento. Casi sin sonido.

—Ahora —dijo Pramila—. Camina, princesa.

Durante un momento, Malini permaneció donde estaba, doblada sobre Priya, sujetando sus muñecas con esa dolorosa presión. Finalmente, la soltó y se alejó.

Priya bajó la cabeza. Esperó.

Pramila levantó la mano. Malini emitió un sonido, tan débil como el de las hojas al caer.

Entonces, Pramila golpeó a Priya sin obstáculos. Esta vez el golpe no estaba alimentado por la ira. Fue un acto deliberado, diseñado para recordarle a la criada su lugar y a Malini el suyo, pero eso no hizo que el rasguño de los anillos fuera menos doloroso, ni la sangre en la boca de Priya menos nauseabunda.

—Niña tonta —dijo Pramila—. Lleva a la princesa a su habitación. Ahora. Estaré contigo en un momento.

No pasó mucho tiempo antes de que Pramila irrumpiera con la jarra.

—Bébetelo —dijo, apoyando el vino de un golpe junto a Malini.

La princesa trató de levantar la jarra, pero le temblaban las manos. Su breve paseo, cuando había estado tan lúcida, la había agotado. Antes de que pudiera soltarla, Priya cruzó la habitación. Cuando se acercó, Pramila se estremeció —o se movió para golpearla, no estaba del todo claro—, pero entonces Priya la miró y la mujer se quedó inmóvil. Notó un destello de vergüenza en el rostro de Pramila, al verle el labio rojo y magullado. Después de todo, la rabia la había atravesado y ahora las tres estaban allí: Pramila, Malini y Priya, que no importaba en absoluto, pero que lucía un labio partido y una mejilla roja como un recordatorio de la vergüenza de Pramila.

"Tengo que tomar el control de esta tarea de sus manos", pensó

Priya. "Tengo que asegurarme de que la princesa ya no siga envenenándose, o morirá".

Se inclinó y tomó la jarra de las manos de Malini. Sirvió una medida en una copa y se la alcanzó.

—Con cuidado, mi señora —dijo—. Así.

Ayudó a Malini a llevarse la copa a los labios y beber.

Si Pramila la golpeaba de nuevo, no estaba segura de poder controlarse o de querer hacerlo. Apretó los dientes sobre la lengua, para distraerse del latido doloroso de su mejilla.

Todavía arrodillada ante la princesa, le devolvió la jarra a Pramila, con la mirada baja, recatada.

"Si me vuelve a hacer daño, le romperé los dedos. La muñeca. Le daré un puñetazo directamente en la cara. No me contendré. No lo haré...".

Pramila tomó la jarra y salió de la habitación sin decir una palabra más. Un momento después, Priya escuchó el clic de la cerradura. Como ya no tenía llave, sabía que ella y Malini estarían encerradas hasta la mañana siguiente.

Suspiró, una terrible tensión se desplegó de sus hombros.

—No te sale bien permitir que hieran tu orgullo, ¿verdad? —murmuró Malini.

—Mi señora, soy una sirvienta —le recordó Priya—. No tengo orgullo que alguien pueda herir.

Una pequeña sonrisa cruzó los labios de la princesa.

—Ah, esa es una mentira que crees que debes decirle a una dama de alcurnia, ¿no es así? Pero sé que tienes orgullo. Todos lo tenemos. Por más que me digas "señora", o te inclines ante tus mayores, puedo ver que por dentro eres de hierro.

Malini levantó una mano y rozó con los nudillos la hinchazón de la mejilla de Priya. Sus dedos temblaban, todavía. Priya sintió el escozor del contacto. Ardió a través de su sangre, la estremeció como una canción. Pensó: "Oh. Oh, no".

Esto era más que una simple fascinación. Esto era atracción, y no era... para nada conveniente.

—A veces debes dejar que tu orgullo y tus virtudes se desvanezcan para ganar la guerra —dijo la princesa.

La respiración de Priya vaciló, solo un poco.

—Gracias —logró decir—. Por protegerme.

—No me lo agradezcas. No te salvé por tu bien. Lo hice por el mío. Si te hubieras enfadado lo suficiente la habrías lastimado. Y entonces te habrían despedido y yo estaría sola otra vez.

Malini ya empezaba a tambalearse. Soltó el aire, luego cerró los ojos y se recostó.

—¿Te quedarás cerca cuando me duerma? —Le dio la espalda—. Puedes acostarte aquí si quieres.

Priya tragó saliva. ¿Acaso ella...? Pero no.

Esas cosas no se hacían en Parijat.

"Y hay cosas", se dijo con firmeza, "que no haré, porque no soy una tonta con cerebro de búho".

—Me sentaré a tu lado, mi señora —dijo—. Hasta que te duermas.

Malini no discutió. Claramente no tenía la energía suficiente para hacerlo. Yacía inmóvil, con los ojos cerrados. Su cara seguramente iba a magullarse. La piel de Malini era como de papel.

Su respiración. Su pulso. El color de sus encías, de sus uñas. Priya no necesitaba ver ninguna de esas cosas para saber que Malini se estaba muriendo, y rápido.

Tenía que hallar una manera de mantenerla viva. Y necesitaba la fuerza del Hirana. "Paciencia", le había dicho Ashok. La paciencia y el tiempo eran claves. Pero la paciencia solo podía llevarla hasta cierto punto. Y ella nunca había tenido demasiada, para empezar.

Tomaría el control de las dosis de veneno. Volvería a tener un comportamiento dócil y fácil de ignorar, de modo que Pramila le entregara la responsabilidad sin poner en duda sus motivos. Mantendría viva a la princesa, por el bien de Bhumika y la familia, y también porque era lo correcto.

Y no porque ella quisiera. No por eso, en absoluto.

Capítulo Diecisiete

PRIYA

A l principio, pensó que era otro sueño.

El agua a sus pies. El líquido que se enroscaba a su alrededor, liso como una cuerda. El recuerdo de la sombra rojiza de su hermano.

Entonces sintió la magia del *yaksa* cantar y atravesarla. La sal en sus venas.

Recordó los ríos cósmicos. El Huevo del Mundo.

"El pavo real mundial". No. No debía pensar en eso.

Miró a su alrededor y, a través de la bruma del sueño, se obligó a ver. Agua oscura debajo de ella. El agua de un río. De tres ríos, que se juntaban y zigzagueaban: uno de un rojo tan profundo que era casi negro, latiendo a su alrededor, desagradable con la vida; un río verde salpicado de oro, que se mecía como la hierba en un aullido de viento; el tercer río, de oscuridad, sin luz, un vacío ondulante.

Sintió los tres bajo sus pies y luego circularon a través de su cráneo. Esto no era un sueño. Esto era...

—Priya. —Era la voz de Bhumika. Parecía aliviada—. Al fin estás aquí.

Bhumika se paró frente a ella, con el agua hasta la cintura. Era su sombra, oscura contra el agua; el río a su alrededor resplandecía débilmente, teñido de rosa por la luz roja que emanaba de ella.

—El *sangam* —dijo Priya, asombrada—. No lo veía bien desde hace tanto tiempo...

—Es la influencia del Hirana —murmuró Bhumika. Y agregó—: ¿Qué quieres decir con que "no lo veías bien"?

—Cuando Meena me estaba estrangulando, me pareció ver un atisbo. Pero no así.

—Bueno —dijo Bhumika, disgustada—. No me dijiste eso cuando hablamos, por supuesto.

Priya se encogió de hombros.

—No pensé que fuera importante.

Bhumika dejó escapar un suspiro. Priya apartó la mirada de ella, para observar el *sangam*.

Los ríos ondulaban debajo de ella, pero por encima se reflejaban, cubiertos de estrellas. Los ríos cósmicos eran como una flor plegada y arrugada: docenas de mundos apretados, unidos por el movimiento del agua.

—Al menos, esto nos ahorra tener que encontrarnos en persona —dijo Bhumika, observando cómo Priya se daba la vuelta, mientras vadeaba un círculo a través del agua y los tres ríos se arremolinaban alrededor de sus rodillas—. Háblame de la princesa.

—Está enferma.

—Ya lo sé, Priya.

—Pramila la está envenenando con flor de aguja en polvo mezclada en el vino —agregó—. No estoy segura de si tiene la intención de matarla o no, pero...

—Da igual —completó Bhumika—. ¿No crees que el emperador tenga la intención de deshacerse de ella, entonces?

Bhumika había temido que el general Vikram y su familia fueran uno de los objetivos del emperador, que buscara eliminar a su hermana y al general de una sola vez y económicamente. Pero Priya ya no estaba tan segura. Vadeó más profundo y se acercó, la confluencia cósmica la cubrió hasta la cintura.

—No —dijo—. No envenenándola. Creo, estoy casi segura, de que quiere que la quemen. Pero si ella continúa negándose, tal vez él piensa que con el veneno lo logre. Morir por causa de la flor de aguja... sería una mala muerte. —Apartó ese pensamiento de su mente—. ¿Sabes qué hizo ella para enfadarlo tanto, Bhumika? ¿Por qué quiere quemarla?

—No, eso no lo sé. Quizás no hizo nada, Priya. —Sonó repentinamente cansada—. Hoy quemaron a unas cuantas mujeres en la ciudad, al parecer para impartir justicia imperial.

—¿Qué? ¿Lo ordenó el general Vikram?

—Uno de los hombres del emperador, no importa. Todo lo que necesitas saber es que el emperador se complace en la quema. Le da algo de valor. Le sirve para algún tipo de propósito, de control o religioso, no lo sé.

Priya se acercó aún más y, a través de la extrañeza del *sangam*, sintió el eco de lo que Bhumika había visto: las mujeres en llamas. Los gritos.

Se tambaleó.

—¿Es eso lo que quiere el emperador? —logró decir.

—Al parecer, sí.

El agua brillaba a su alrededor.

Siempre había habido una distancia entre Priya y su hermana mayor del templo. Una brecha que no podía sortearse con palabras. No habían estado muy unidas, cuando los mayores del templo aún vivían y Priya era solo una niña pequeña. Y desde el momento en que Bhumika se había hecho cargo de ella dejó claro que no podían tratarse como familia. El parentesco entre ambas se había convertido en algo agudo y agrio, pero que las unía a pesar de todo. Hacía que hablar con honestidad fuera difícil.

Pero algo de este lugar, su extrañeza, la sombra de Bhumika como una mancha de tinta ante ella y el eco del horror que había presenciado, aflojó la lengua de Priya. Dejó que las palabras fluyeran libremente.

—No he podido venir aquí en tanto tiempo... ¿Es así como se siente nacer dos veces? —murmuró—. ¿Poder entrar en el *sangam* y simplemente ser... más que humana?

—Somos completamente humanas —dijo Bhumika—, no importa lo que podamos hacer.

Priya se rio. Miró a su alrededor deliberadamente, a los ríos anudados en torno a ella como rosas de los vientos.

—¿Crees que esto es humano?

—Creo que esto es una aberración. Un problema. No es algo en lo que debamos complacernos.

—Entonces, ¿por qué estás aquí? —la desafió.

—Porque lo necesito —admitió Bhumika—. Porque todo se está desmoronando. Porque muchas cosas están terriblemente mal en Ahiranya, y necesito usar todas las herramientas de mi limitado arsenal.

—¿Te encuentras con Ashok aquí? —preguntó Priya sin rodeos. Cuando Bhumika guardó silencio, agregó—: Sé que está vivo.

—Deberías haberme dicho que lo viste —le respondió.

—Deberías haberme dicho que estaba vivo.

—Él no quería que lo supieras.

—Oh, me mentiste por respeto a él. Ya veo.

—Nunca te mentí.

—No juegues conmigo, Bhumika. Sabías que yo creía que estaba muerto y me dejaste seguir creyéndolo. Elegiste ocultarme la verdad. Eso es lo mismo que una mentira.

Si Bhumika hubiera sido menos sombra y más piel, probablemente habría parecido avergonzada.

—Es peligroso, Priya —dijo finalmente—. Hice exactamente lo que creí necesario por la niña que eras cuando te abandonó.

—Pero ya no soy una niña.

—Ah, Priya. Nada es tan simple.

—No —coincidió Priya—. Y no te estoy pidiendo que simplifiques las complejidades de tu vida, Bhumika. Conozco mis límites. —Sonaba amargada, lo sabía. Realmente no le importaba—. Pero solo puedo actuar con el conocimiento que tengo y merezco. Así que voy a seguir buscando las aguas inmortales. Porque él las necesita y yo también.

—Ashok quiere instaurar el caos.

—Él quiere construir un mundo nuevo —dijo Priya a la defensiva, a pesar de que le había dicho casi lo mismo a él, cuando estuvieron bajo la enramada de los huesos—. Una Ahiranya libre.

—No —contradijo Bhumika—. Quiere volver a la antigua Ahiranya. Está persiguiendo un sueño, un espejismo, de una época en la que Ahiranya estaba aislada, sola, y era fuerte. ¿Cuántos cientos y cientos de años atrás fue eso? —La voz de Bhumika estaba cargada de desprecio—. Quiere un mundo que no puede forjarse sin sangre, muerte y sacrificio. Así que no es diferente del emperador.

—Ahiranya se está muriendo. Literalmente, está pudriéndose.

—Pero eso no cambia nuestro deber —dijo Bhumika—, nuestra necesidad de mantenerla íntegra. Si todavía somos hijas del templo, no puedo permitirme olvidarlo. Y tú tampoco puedes.

—Ashok —dijo Priya deliberadamente— fue la última persona que me trató como familia.

Un golpe. Dos.

—Bueno —respondió Bhumika con voz calma—. Si así es como te sientes, entonces así es como te sientes.

—Bhumika, soy literalmente tu sirvienta.

—¿Y qué más podrías ser? ¿Mi hermana perdida hace mucho tiempo, tal vez? ¿Una prima lejana? Difícilmente podría adoptarte, ¿verdad? Ser la esposa del general, usar al general, requiere de ciertos sacrificios. Siempre ha sido así.

Incluso en la sombra, incluso en el *sangam,* la mano de Bhumika se deslizó sin pensarlo conscientemente hasta su cintura. Priya se sintió extrañamente avergonzada. Desvió la mirada.

"¿Por qué siempre nos tratamos tan mal?", pensó.

—En fin —dijo abruptamente—, quiero terminar con el envenenamiento de la princesa y dejar de administrarle la flor de aguja. Pero no soy yo quien le sirve el vino.

Bhumika tamborileó ligeramente con los dedos.

—¿Podrías reemplazar a esa persona?

—Pramila no toma en cuenta a los sirvientes. —Priya se cruzó de brazos—. Y, ciertamente, no me toma en cuenta.

—Pero te necesita —dijo Bhumika.

—Necesita mucho más que a mí. Pero sí.

Bhumika asintió, como si hubiera tomado una decisión.

—Mantén viva a la princesa —ordenó—. Solo un tiempo más. Eso es todo lo que te pido, Priya. Lo que hagas con Ashok... —meneó la cabeza—. Haz esto por mí. Eso es todo.

Después, Bhumika extendió ambas manos delante de ella y empujó violentamente a Priya bajo el agua.

* * *

Despertó con un grito ahogado.

Malini yacía profundamente dormida en el *charpoy* a su lado. El sol comenzaba a salir. Y Priya casi hubiera creído que solo había sido un sueño, si no fuera por el recuerdo de la dureza en la mirada de Bhumika. La magia que cantaba y se enroscaba en su sangre.

Las líneas del suelo, que se habían movido y transformado otra vez para imitar estrellas.

Capítulo Dieciocho

MALINI

M alini sabía que estaba cada vez más enferma. Cada vez le costaba más obligarse a hablar. El silencio era más fácil.

La flor de aguja era un estanque oscuro que la envolvía y presionaba su lengua.

Pasaron los días. Le había pedido a Priya que se quedara cerca de ella, que se acostara si quería, y Priya se había tomado en serio la petición. A menudo, se sentaba a su lado y le contaba historias: más sobre los *yaksas*, pero también cuentos tontos y frívolos que claramente había sacado de su infancia. Una vez, le contó sobre un elefante que les pidió a sus amigos ratones que lo salvaran de un cazador mordiendo las cuerdas que lo ataban.

—¿Los ratones y los elefantes hablan el mismo idioma? —preguntó Malini, cuando Priya estaba a la mitad de la historia.

—No le busques los defectos —la regañó Priya—. ¿Todo tiene que tener sentido, mi señora? Es un cuento para niños.

—Creo que es una pregunta válida —dijo Malini. Sabía que su voz era débil, aflautada por el agotamiento, pero logró reír cuando Priya la miró burlonamente—. Vamos, imagina que tú fueras del tamaño de un elefante y yo del tamaño de un ratón. ¿Seríamos realmente capaces de tener una conversación?

—Bueno, estarías demasiado asustada para decirme lo tontos que son mis relatos, al menos —dijo Priya.

Pero a medida que la salud de Malini empeoraba, las historias se fueron apagando. La mayoría de las veces, Malini se despertaba de sus pesadillas y encontraba a Priya dormitando en el suelo junto a su *charpoy*, con la cabeza apoyada en los brazos y el cuerpo hecho un ovillo, de lado.

Una noche, sintió que el *charpoy* se movía. Escuchó el crujido del marco detrás de su espalda curva.

A Malini se le escapó el aliento.

—¿Priya? —susurró.

—Aquí estoy.

Malini se dio la vuelta.

—¿No estoy soñando?

—No —dijo Priya—. No, mi señora.

—Qué bueno. —La voz de la princesa era un poco ronca.

Curvó los dedos contra el tejido de bambú y vio que los dedos de Priya reflejaban los suyos, a media respiración de distancia entre los nudillos de ambas. Malini casi no podía distinguir su rostro. En la penumbra de la noche, la piel de Priya se veía fantasmalmente oscura, su boca y su mandíbula en sombras.

Tal vez fue la flor de aguja lo que hizo que Malini sintiera que Priya se desvanecería en cualquier momento, que se desenrollaría como la espiral de humo de la llama de una vela. Quiso estirar la mano y sentir su piel; la tranquilidad de los dedos sólidos y las uñas suaves, el hundimiento y la hinchazón de los nudillos, todo ello real y prueba de vida.

Pero no lo hizo. Se quedó quieta y escuchó la respiración de Priya. Observó el blanco de sus ojos, mientras Priya la observaba a su vez.

—¿Por qué te odia la Señora Pramila, mi señora? —preguntó de repente.

—¿Pramila te ha dicho algo hoy?

Priya negó con la cabeza.

—No, mi señora.

—Los carceleros siempre odian a sus prisioneros —respondió.

—Ella no te habla del mismo modo en que un carcelero lo hace a un prisionero, creo.

—¿No? —Malini frunció el ceño—. Pensé que sí. Después de todo, el poder vuelve monstruoso a todo el mundo. Al menos un poco.

La boca de Priya se torció hacia abajo. Parecía... preocupada, tal vez. Eso era bueno.

—Por favor, mi señora —dijo ella—. Quiero ayudar.

Malini quería la compasión de Priya. Quería atarla a ella. Necesitaba una aliada. Ya había sido vulnerable frente a ella, la había atraído y la había convertido en una confidente. Tendría que hacerlo de nuevo. Pero, ah, era difícil obligarse a hablar sobreponiéndose al peso de la flor de aguja. Verter las palabras. Todo era duro y doloroso.

Hubo un largo momento de silencio, mientras Malini recurría a sus reservas de fuerzas y se movía, incorporándose sobre los codos. Miró a Priya a través de su cortina de cabello, deseando poder leerla mejor, deseando que su propia mente no estuviera tan envuelta en veneno.

—Su hija era mi amiga —explicó—. Mi dama de compañía. Se subió a la pira, mis dos damas lo hicieron, y yo me negué. Pramila no puede perdonármelo. Una parte de ella cree sinceramente que fue un honor para su hija. Un ascenso a la inmortalidad. Y otra parte sabe la verdad: que la pira fue mi castigo. Que su hija agonizó y murió quemada por mi culpa. Y yo sigo viviendo a pesar de todos mis errores, pero su hija no. No son cosas que ella pueda perdonar.

Priya tragó saliva y se incorporó, imitando la posición de Malini.

—¿Por qué desea eliminarte? —preguntó—. Tu hermano.

Había muchas cosas que Malini podría haber dicho. Porque lo traicioné. Porque traté de derrocarlo. Porque puedo ver con demasiada claridad la clase de persona que es, y me odia por eso. Pero esas no eran verdades que pudieran ayudarla ahora. ¿Qué verdad podría ayudarla?

Se echó el pelo hacia atrás y miró a Priya a los ojos.

—Porque no soy pura.

Los ojos de la sirvienta se agrandaron, solo un poco.

"Pregúntame", pensó Malini, sin apartar su mirada de la de ella, "qué me hace impura. Si eres lo suficientemente valiente, pregúntame".

Pero Priya no lo hizo.

—Lo siento, mi señora—dijo, en cambio.

—Pramila quiere que muera en la pira —continuó Malini—. A veces se sienta junto a mi lecho de enferma y me dice cuán dichosa será la inmortalidad. Y, a veces, me pide que imagine cómo se sentiría arder. Y lo hice. Y lo hago, Priya. Lo hago, lo hago y lo hago.

Cuando Priya se sobresaltó y comenzó a extender la mano al escuchar que la voz de Malini vacilaba, la princesa la apartó.

—No —continuó—. Yo... yo no quiero que me consuelen. —De repente estaba temblando, el dolor y la ira la invadían, y no quería que la tocaran. Eso sería demasiado. Demasiado, cuando su piel ya estaba llena de sentimientos. Suspiró. Bajó la mano—. Pramila cree que elegiré la pira. Que elegiré arder. Pero tal vez no llegue a eso. Si me debilito más, no llegaré.

—No —concedió Priya—. Supongo que no.

—Así que ya lo sabes —dijo Malini—. Te pediría que me perdones por contarte mis heridas, pero no me arrepiento de nada de lo que he hecho. Quiero que lo sepas, Priya.

Así. Una verdad real, sin adornos, puesta al descubierto.

Malini había abierto su corazón y derramado su sangre ante Priya, le había dado todo: lo feo y lo tierno, el metal y la dulzura de su pasado. Y Priya...

No la tocó, pero mantuvo su mano cerca de la de Malini. Le sostuvo la mirada. Firme y segura.

—Te lo he dicho muchas veces, mi señora —dijo—. Solo soy una sirvienta. Ni siquiera necesitas pensar en disculparte conmigo.

—Pero sí lo pienso, Priya —confesó la princesa—. Eso es todo.

Pramila fue a verlas durante el día. Malini lo notó porque se despertó entibiada por el sol de mediodía y porque la voz de Priya la había sacado de la duermevela, del profundo estanque del sueño drogado, a las aguas poco profundas de la casi vigilia, donde la habitación se inclinaba perezosamente a su alrededor. Pero aún podía pensar. Escuchó cuando Pramila se acomodó en el borde del *charpoy* con un crujido de madera.

—Está descansando, mi señora —dijo Priya. Malini mantuvo los ojos cerrados y la respiración constante—. Puedo intentar despertarla si lo deseas, pero duerme profundamente.

Pramila hizo un sonido de reconocimiento. Se aclaró la garganta.

—Tu cara —dijo—. ¿Te duele?

Hubo una pausa.

—No, mi señora —respondió Priya.

—No debería haberte golpeado —dijo Pramila con frialdad—. Nunca antes había golpeado a ninguna de mis criadas. No es propio de mí. Pero aquí, en este lugar... —Tamborileó con los dedos sobre algo sólido. El *Libro de las Madres*, tal vez—. La princesa me hace olvidarme de mí misma.

Malini no abría los ojos. No lo necesitaba. Le bastaba con escuchar sus voces.

—Crees que la amas un poco, tal vez —continuó Pramila—. Es una señora deslumbrante, para alguien tan humilde y tosco como tú. Pero ella usa a todos, niña. Incluso a mí. ¿Por qué crees que mantengo a los guardias alejados de ella? No es solo por piedad. Se dejarían engañar por su bonito rostro y sus palabras dulces. Es una joven manipuladora. No importa lo que ella te diga, recuerda que no eres más que tierra bajo sus pies. Recuérdalo la próxima vez que te pida un pequeño favor. —Su tono de voz bajó—. Recuérdalo la próxima vez que ella provoque mi ira.

—Señora, no la admiro —respondió Priya, con la voz entrecortada—. Yo solo... necesito mantener esta posición, señora. Tengo personas a las que cuidar, que dependen de mí. No puedo perder mi trabajo ni mi salario.

—A pesar de lo que la princesa pueda decirte, soy yo quien decide si te quedas o no —dijo Pramila, con una nota de aprobación en su voz—. Has sido una buena trabajadora, aparte de un desafortunado desliz. No debes temer nada mientras recuerdes a quién es más... prudente obedecer.

—Oh, gracias —dijo Priya—. Muchas gracias, Señora Pramila.

Malini escuchó el sonido de los pasos de Priya sobre el suelo, que se acercaban a ella.

—Permíteme ayudarte con algo más, Señora Pramila. Puedo... Podría encender incienso en tu estudio por las noches, para endulzar el aire. O podría preparar tus comidas favoritas, si tenemos los ingredientes... Y podría... podría darle a la princesa su medicina. Ya le llevo la cena, al fin y al cabo. No sería ningún problema para mí servirle también el vino, antes de que se duerma. —Priya hizo una pausa. Luego agregó—: Ella confía en mí. No se quejará.

Hubo un momento de silencio. Pramila se movió; la seda de su sari susurraba a su alrededor.

—A pesar de lo que puedas creer, y de lo que es sensato, yo quiero a la princesa —dijo entrecortadamente, como si le estuvieran arrancando las palabras. En cierto modo, así era. Su voz tembló—. La quiero lo suficiente como para desearle lo mejor, incluso si ella no lo desea.

—Entonces déjame quitarte esa carga —dijo Priya—. Por favor.

—Bien —aceptó—. Mientras recuerdes a quién eres leal.

—Por supuesto, señora. Cualquier cosa que necesites, aquí estoy —respondió Priya con seriedad.

Malini abrió los ojos, solo un poco. En la delgada media luna de su visión vio a Priya, con los ojos muy abiertos y sin rastro de hipocresía, con la mano extendida, y a Pramila, que apoyaba el frasco de flor de aguja en su palma.

Llegó el anochecer. Pramila volvió a sermonear a Malini sobre las madres. La princesa escuchaba a medias mientras observaba la puerta y se preguntaba qué estaba haciendo Priya. ¿Vertería obedientemente una dosis de flor de aguja en el vino? ¿O quizás volcaría toda la botella, para que Malini muriera rápido y sin dolor?

Improbable. Pero lo imaginó de todos modos.

Priya le hizo una reverencia a Pramila y entró en la habitación. Cuando la mujer se levantó para irse, Priya habló.

—La Señora Pramila me ha encomendado la tarea de proporcionarte tu medicina —le dijo a Malini.

Luego miró a Pramila de soslayo, como si buscara aprobación. La mujer asintió y Priya se arrodilló con la jarra entre las manos.

La princesa la miró fijamente. Luego miró a Priya.

—Sé algo sobre la medicina hecha de flores de aguja —comentó Priya, en voz baja. Era poco probable que Pramila, que rondaba junto a la puerta, la hubiera oído.

Había un mensaje en esos ojos castaños, en la forma en la que sostenía el vino, como si fuera un regalo en lugar de veneno; como si fuera algo precioso ahuecado entre sus palmas.

"Confía en mí", decía su rostro.

Ese era el problema de hacer aliados. Inevitablemente, llegaba un momento en el que había que tomar una decisión: ¿se podía confiar en ellos? ¿Se habían ganado su lealtad? ¿O su generosidad era una fachada para un cuchillo escondido?

Malini hizo su elección.

Fue más fácil de lo que debería haber sido.

—Ah, ¿sí? —dijo también en voz baja—. Bien. Da la casualidad de que yo también.

Miró a Priya a los ojos. Sin dejar de sostener su mirada, tomó la jarra y bebió todo el contenido.

Capítulo Diecinueve

RAO

D espués de que Rao se enterase de las ejecuciones y de las muje-res que fueron quemadas, se sentó con Prem y bebieron juntos, metódicamente, tres botellas de vino.

Sintió un doloroso alivio porque Prem no se burló de él por ello; solo sirvió los vasos y permitió que Rao se apoyara en él, y le contó historias incoherentes de su juventud, a las que Rao solo pudo responder arrastrando las palabras.

—¿Recuerdas —dijo Prem— cuando tú y Aditya intentasteis aprender a bailar para la boda de mi tía? ¿Lo recuerdas? —Prem ya había dejado de beber y estaba fumando su pipa, con el rostro envuelto en una nube de humo de olor dulce—. Erais unos bailarines de mierda. Los dos. No podía creerlo cuando Aditya te puso un ojo morado.

—Era un baile tradicional saketano —logró gruñir Rao, a pesar de que la habitación giraba vertiginosamente a su alrededor—. Nunca antes habíamos bailado con bastones.

—No es muy diferente de usar sables, ¿verdad? Deberías de haberlo hecho bien.

No fue en absoluto a usar sables. Ese había sido el problema. Ambos eran torpes, estaban más acostumbrados a la erudición y las armas que a la danza. Y Aditya había tratado de arrojar sus bastones danzantes gemelos como sables. Así fue como golpeó a Rao en la cara.

Aditya se había disculpado profusamente por el ojo morado. "Debí haber mostrado más sensatez", había dicho, en esa manera suya de hablar, tan seria y martirizada. "Lo siento, Rao. Necesito practicar más duro". Una pausa. "Por mi cuenta, probablemente".

Rao lo contó mientras apoyaba la cabeza en el brazo de Prem, envuelto en un chal, y sintiendo el ascenso y descenso del hombro debajo de él, moviéndose al ritmo de su respiración. Prem murmuró y se rio en todos los momentos correctos, y Rao finalmente se quedó en silencio y cerró los ojos. La habitación seguía dando vueltas. Seguramente tendría resaca más tarde, se dio cuenta. No le importó.

—¿Cómo está? —preguntó Lata.

—Oh, está bien, supongo. —La voz de Prem era tan ligera como siempre—. Pronto se dormirá.

Lata se sentó, él escuchó el susurro de su ropa, el golpe de su cuerpo, y ella y Prem comenzaron a hablar en voz baja, mientras Rao entraba y salía de la conciencia.

—... la madera sagrada —decía Prem. Su voz sonaba apagada. Rao escuchó el golpeteo de su pipa, mientras Prem la limpiaba de cenizas—. Dime si crees que es verdad.

—Los ahiranyis creen que cuando los *yaksas* murieron, esos árboles nacieron de su sacrificio —dijo Lata después de un momento—. Creen que su madera está imbuida del poder *yaksa*. En cuanto a lo que yo creo, ¿quién puede saber con certeza en qué consiste ese poder?

Rao pensó, somnoliento, que nunca hubiera creído que Prem fuese un hombre interesado en la fe de los demás. Tal vez algún día, cuando todo esto terminara, tendría que llevarlo a los jardines sagrados más antiguos de Alor, aquellos en los que se podían leer viejos destinos grabados en los troncos vivos de los árboles. Tal vez a Prem le gustaría eso. Rao tendría que preguntarle.

Después el sueño se apoderó de él, y ya no escuchó más.

Al día siguiente se despertó con la cabeza palpitante y la lengua pastosa, nada inesperado. Se permitió sentirse enfermo por una mañana, solo una mañana.

Luego, volvió a la tarea de tratar de liberar a Malini.

Prem lo miró en silencio mientras se vestía como un señor de Saketa, con ropa prestada por el propio Prem, todo en verde pálido y azul. Mientras se colocaba un chal sobre los hombros, Prem dijo:

—Al menos llévate un látigo de cuchillas. Puedes pedirle prestado uno a alguno de mis hombres, si quieres. —Hizo un gesto a los dos guardias que estaban en la puerta, ninguno de los cuales pareció aceptar la idea.

Rao negó con la cabeza.

—Ningún noble saketano iría a ninguna parte sin su arma —dijo Prem.

Ningún príncipe de Alor iba a ninguna parte sin sus armas, por regla general. Pero Rao había dejado de lado sus *chakrams* y sus dagas en aras de la sutileza. No se lo dijo a Prem, quien lo sabía perfectamente y solo buscaba provocarlo.

—¿A ninguna parte? —repitió Rao, atando su faja—. Con la cantidad que bebes, me sorprende que todavía tengas todas tus extremidades, entonces.

—Estamos entrenados para manejar la batalla en cualquier situación —dijo Prem, con fingida afrenta—. Incluyendo la embriaguez.

—Bueno, aun así prefiero no llevar ninguna. Es más probable que me corte la mano a que me defienda con ella, esté sobrio o no.

—Debería enseñarte. Para que amplíes tus recursos.

—Tal vez en otro momento —dijo Rao.

Lata lo esperaba, y aunque no parecía impaciente cuando él llegó, el leve arqueo de sus cejas sugirió que no estaba muy contenta con la demora.

Alquilaron palanquines que los llevaron desde la casa de recreo hasta la mansión tradicional ahiranyi donde vivía el señor con el que se reunirían. Los sirvientes los condujeron a una sala de recepción, donde estaba él, apoyado sobre almohadas, en un sofá bajo. Había vibrantes lirios rojos cuidadosamente dispuestos en macetas junto a las ventanas enrejadas. Una olla estaba a un lado del sofá, un toque de color junto a la túnica pálida del anciano y la manta blanca extendida sobre sus piernas.

Lata había organizado esta presentación; había hecho preguntas sutiles a los sabios de la ciudad que habían recibido apoyo y patrocinio de la nobleza ahiranyi. Siempre había personas que valoraban la conversación de un sabio y buscaban aprender algo de la erudición que cada uno llevaba consigo. Uno de esos hombres era el Señor Govind, el último descendiente varón de una antigua familia de nobles ahiranyis, que había expresado interés en las enseñanzas de Lata y quería conocerlos a ella y a su patrón.

Hoy, Rao era ese patrón; el Señor Rajan, primo de Prem y noble saketano con inclinaciones académicas. Se recordó esto mientras él y Lata le ofrecían al Señor Govind sus saludos y respetos.

Lata hizo una elegante reverencia antes de arrodillarse frente al sofá y a Rao. Llevaba regalos consigo: libros escritos de su puño y letra, encuadernados en seda. Rao no podía imaginar cuánto tiempo le habría llevado completar manuscritos tan grandes, las horas a la luz de la lámpara, pero entregó los libros de buena gana. Ella describió su contenido mientras lo hacía: los cuentos que había reunido, las filosofías que había registrado y diseccionado, para gran deleite del Señor Govind.

—Este es un regalo humilde, mi señor —dijo—. Un regalo de mi patrón, el Señor Rajan, quien se enteró de vuestro interés en mis conocimientos.

—¡Ah, un regalo de tu patrón! Ya veo, ya veo. Qué generoso de tu parte, Señor Rajan —dijo Govind con amabilidad, tomando los libros encuadernados en seda que le tendió Lata con manos temblorosas. Los puso sobre su regazo y presionó con reverencia un dedo frágil contra la superficie de seda. Mientras lo hacía, Rao tuvo una idea de cómo Govind leería esos libros cuando estuviera solo: lentamente, saboreando cada página, ahuecando el lomo para proteger las delicadas hojas.

—El conocimiento es algo impagable —continuó Govind—. Pero las horas de trabajo invertidas en la creación de estos libros tienen un gran valor que sí puede medirse, y eso lo aprecio aún más. Te agradezco tu tiempo, sabia. —Lata inclinó la cabeza en respuesta, aceptando su elogio.

—¿Qué provocó tanta generosidad, Señor Rajan?

—Muchas cosas, Señor Govind —dijo Rao con una sonrisa, y permitió que un poco de acento saketano influyera en sus palabras. La verosimilitud era importante, después de todo—. Pero la alegría de complacer a un compañero erudito no puede subestimarse.

Govind soltó un leve resoplido.

—Los señores de Parijatdvipa rara vez visitan Ahiranya para una conversación intelectual.

—Eso me han dicho —dijo Rao. Se preguntó si el Señor Govind sabía que Prem y su séquito vivían en un burdel. Decidió tratar de averiguarlo.

—Vienen aquí para hacer cosas que se considerarían inapropiadas más allá de las fronteras de Ahiranya —continuó el Señor Govind—. Por ejemplo, no pensé que los saketanos consideraran apropiado viajar con mujeres jóvenes con las que no están casadas. ¿No trajo a ninguna anciana como acompañante, Señor Rajan? Qué vergüenza.

A Rao ni siquiera se le había ocurrido que fuese inapropiado, aunque debería de haberlo tenido en cuenta. Había dado por hecho que habría criadas presentes en la habitación para atender a su amo y a sus invitados, pero el Señor Govind había prescindido de los sirvientes ante la llegada de Lata y Rao. Y él y Prem habían viajado con Lata lo suficiente como para que la extrañeza de estar a solas con ella se hubiera aliviado hacía mucho tiempo.

A pesar de sí mismo, Rao sintió que su rostro se encendía. Estuvo tentado de conservar su sonrisa, usarla como una máscara, pero en lugar de eso permitió que su gesto se volviera solemne y reunió el tipo de palabras y frases que necesitaría para suavizar los bordes afilados de esta conversación.

Pero Lata habló primero.

—Mi maestro enseñó a la hermana del Señor Rajan —dijo—. Esto nos convierte en una especie de familia, mi señor, en materia de educación.

—¿Como compañeros de estudios? —preguntó Govind, con una ceja levantada.

—El vínculo entre los estudiantes que comparten las enseñanzas de un sabio puede ser más fuerte para nosotros que un lazo de sangre —explicó—. O eso creen muchos sabios. En mi opinión, es completamente honorable estar en su compañía.

—¿Y a los ojos de la sociedad? —murmuró el Señor Govind con un dejo de reproche en su voz temblorosa.

—Parijatdvipa no es un imperio en el que los valores sean uniformes, mi señor —dijo Lata sonriendo.

—Por supuesto. De hecho, no lo es. —Había una mirada astuta en los ojos de Govind—. Bueno, no es asunto mío —agregó suavemente, como si no lo hubiera hecho ya asunto suyo—. Creo que quieres algo de mí, Señor Rajan. Quizá pretendas sutileza. Pero soy un anciano. Ya no tengo paciencia para tales juegos.

Aunque el Señor Govind ciertamente era viejo y frágil, Rao no creía que le faltara paciencia para la política. Pero no lo dijo. Se sentó erguido, juntando las manos delante de él con la pulcritud del señor que estaba destinado a ser, un señor acostumbrado a empuñar pluma y tinta en lugar de la espada, y se inclinó hacia delante. Habló.

—Busco el consejo de un hombre sabio, Señor Govind. Usted me supera en experiencia, es un hombre que conoce íntimamente la política a menudo... tumultuosa de Ahiranya. Deseo entender la política de esta región un poco... mejor.

Esas palabras eran arriesgadas. Pero como el Señor Govind no se paralizó de miedo, ni reaccionó como si Rao fuera a arrastrarlo ante el regente como un traidor, sino que solo entrecerró los ojos ligeramente con interés; siguió adelante.

—Tenemos entendido que hay nobles ahiranyis que financian a los poetas. Cantantes, escribas y sabios. Y... a otros rebeldes.

—Financiar el arte no debería considerarse signo de rebelión —dijo Govind, con lo que a Rao le pareció una falsa dulzura—. Debería ser simplemente un signo de cultura.

—Los rebeldes de Ahiranya no se limitan a escribir poemas o cantar canciones —señaló Rao—. También escuchamos cosas así en Saketa. Somos conscientes de que existe una resistencia violenta. Sabemos que varios comerciantes y nobles de importancia para el imperio fueron asesinados. —Hizo una pausa, pensando en el hombre que estaba destinado a ser, en ese momento—. Los tres estamos interesados en la educación, mi señor, ¿no es así?

Govind inclinó la cabeza en señal de reconocimiento.

—Entonces hablemos como eruditos —dijo Rao—. Teóricamente, de conceptos que no tienen nada que ver con lo que podemos o no hacer realmente.

—Veo que nos entendemos —murmuró Govind—. Continúe, Señor Rajan.

—Teóricamente, entonces, circula mucha ira aquí. He visto gente hambrienta, mendigos, en Ahiranya, mi señor. Muchos más que en Saketa. —En realidad, Rao nunca había estado en Saketa, pero Prem había comentado sobre la cantidad de personas enfermas de Ahiranya, lo extendida que estaba la pobreza. Y ciertamente era mucho más de lo que Rao había presenciado en Alor o Parijat—. Esto hace que la violencia rebelde sea comprensible. Y hasta despierte la simpatía de algunos.

—Ira —repitió Govind. Se masajeó la garganta mientras tosía—. Tienes un conocimiento demasiado superficial de Ahiranya, si llamas ira a lo que alimenta la violencia rebelde.

—Entonces, ¿cuál sería el término correcto? —preguntó Rao.

—Debes entender que no hay una rebelión unificada en Ahiranya —respondió Govind—. Los métodos de cada grupo rebelde son diferentes. Pero es una visión lo que los une a todos, no la ira. Un sueño.

—¿Con qué sueñan, mi señor?

—Por el bien de los intereses académicos que compartimos los tres, planteo esta hipótesis: cada ciudad-Estado de Parijatdvipa, cada noble, rey y príncipe, está vinculado al emperador Chandra por antiguos votos. Pero Ahiranya no está obligada por voto ni por elección. Ahiranya es una nación conquistada. Así que, por supuesto, todos los rebeldes en nuestra tierra sueñan con que Ahiranya sea libre.

—Imagino que el significado de la libertad es una pregunta más complicada —murmuró Lata.

Govind inclinó la cabeza.

—Y así, esos nobles ahiranyis que comparten el sueño rebelde lo financian como quieren. Algunos piensan que la libertad se gana matando. Otros buscan un camino a través del arte.

"¿Y tú qué camino tomas?", pensó Rao. "¿Tienes conexiones con los rebeldes que buscan sangre? ¿Puedes aliarte con nosotros para liberar a nuestra princesa?"

—Interesante —dijo, en cambio, con cortesía—. Ese sueño de un país libre es admirable. —Esperó un momento y luego agregó con delicadeza—: Los ahiranyis no son los únicos que sueñan con un mundo diferente.

Podría haberlo dicho en ese momento, que había muchos en Parijatdvipa que anhelaban a un emperador diferente en el trono; muchos que soñaban con un imperio de concordia, en lugar de uno aplastado por un emperador que creía que Parijat era superior. Pero Govind se apoyó débilmente sobre sus almohadas y soltó una risa burlona, mientras hacía callar a Rao con un movimiento de su mano.

—Ciertamente, ciertamente. Pero lo que sucede más allá de nuestras fronteras me interesa poco. En verdad, incluso lo que sucede dentro de nuestras fronteras ya no me preocupa como antes. Los sueños son sueños —dijo—. Aprendí hace mucho tiempo los límites de una visión construida sobre la fe y los ideales. Y los peligros que entraña.

—Señor Govind —dijo Rao mientras el hombre negaba con la cabeza.

—Eres un hombre joven, Señor Rajan, y los jóvenes tienen creencias. A menudo mueren por ellas. Matan por ellas. El regente quemó mujeres ahiranyis, ¿te enteraste?

Rao tragó saliva. Mantuvo su expresión tranquila.

—Me enteré, Señor Govind.

—¿Creyó el regente que había actuado bien, al servicio de ideales más elevados? Alguien lo creyó, seguro —dijo Govind, y Rao no tuvo ninguna duda de que por alguien se refería al Señor Santosh—. Pero su acto de fe nos costará caro a todos. Mató por fe, y ahora los rebeldes no harán menos a cambio. Si escuchas el consejo de un anciano, entonces te aconsejo que abandones la ciudad mientras puedas. Deja Ahiranya enseguida. Vete rápido. Olvida nuestros problemas. No encontrarás ayuda aquí, Señor Rajan, ni de mí ni de nadie. Será mejor que estés en otro lugar cuando los rebeldes busquen sangre para vengarse. Y no pasará mucho tiempo hasta que eso ocurra, creo.

—¿Lo cree o lo sabe? —preguntó Rao, dejando de lado la sutileza. Su corazón latía con fuerza.

Govind negó con la cabeza, una respuesta insuficiente. Luego cerró los ojos, sumamente cansado.

—Hacía mucho tiempo —murmuró—. Hacía mucho que no hablaba tanto. Te agradezco los libros, Señor Rajan, joven sabio. Me traerán alegría en los tiempos por venir. Sean lo que sean esos tiempos. Pero creo que ahora debo descansar. Deberías seguir tu camino.

Capítulo Veinte

JITESH

La noche era cálida. Los mosquitos zumbaban, los grillos cantaban y el *haveli* se iluminaba con tanta fuerza que parecía una pequeña luna contra la oscuridad salpicada de luz de la ciudad. Era hermoso, pero...

Por los espíritus, estaba cansado.

Ahogó un bostezo y luego gritó cuando sintió una mano en su hombro.

—¿Cómo va el servicio de guardia? —preguntó Nikhil.

—Oh —dijo Jitesh—. Bien, ya sabes.

—Claro, no te estabas quedando dormido. —La voz de Nikhil sonaba divertida—. Al menos trata de parecer un guardia atento. Esta es una noche especial.

El Señor Iskar había organizado una lujosa fiesta para celebrar tanto el final de la temporada del monzón como el nacimiento de su primer hijo. Su segunda esposa le había dado un niño, un bebé gordo y saludable que llevaba cadenas de plata alrededor de las muñecas y los tobillos para protegerlo de la mala suerte y una marca de ceniza en la frente, por las Madres. Al parecer, madre e hijo estaban resplandecientes y gozaban de buena salud, y el Señor Iskar había dispuesto cestos de frutas y pasteles de miel fina para festejarlo. Desde su puesto fuera del salón de celebraciones, Jitesh casi no podía ver, a través de la celosía de la ventana de madera, a la madre y al niño, sentados en una tarima, y al orgulloso Señor Iskar de pie junto a ellos, saludando a sus invitados.

Toda la élite parijati de Ahiranya había acudido, vestida con sedas finas y alfileres de oro en sus turbantes, y largos collares de perlas y rubíes en el cuello. No había un solo noble ahiranyi, pero eso no fue una sorpresa. Jitesh había oído que el Señor Iskar se estaba haciendo amigo rápidamente de un tal Señor Santosh de Parijat, que era cercano al mismísimo emperador, y al parecer no pensaba mucho en las personas que no eran de su tierra natal.

—Ponte firme —dijo Nikhil—. Viene el comandante.

Su tono era burlón. A ninguno de los hombres le gustaba su nuevo comandante, que también era parijati y había ascendido a su cargo porque el Señor Iskar quería complacer a su nuevo amigo, no por algún mérito particular.

Tanto Jitesh como Nikhil estaban acostumbrados a esas cosas, por supuesto. Los señores hacían lo que hacían para su propio beneficio, y la gente normal simplemente tenía que aceptarlo. Pero era el hombre mismo quien los irritaba más. Insistía en hablar con ellos. Trataba de ser su amigo.

—Va a hablar de política —murmuró Jitesh.

—Espíritus, salvadnos —gimió Nikhil.

Aparentemente, la noche anterior alguien había pintado un verso prohibido de los *Mantras de corteza de abedul* en un templo dedicado a las Madres de las llamas. "Algo sobre sangre y rectitud", dijo la criada que lo había visto, cuando Jitesh le preguntó al respecto. "No sé. ¿Crees que tengo tiempo para la poesía, Jitesh?"

Jitesh no pensó que fuera un gran problema. Después de todo, las palabras podían borrarse. Pero el comandante estaba furioso por eso y quería que todos lo supieran. Sus hombres eran, por desgracia, su público cautivo.

—Nadie va a la guerra por los poetas y las putas —le decía el comandante parijati al soldado que estaba a su lado, en su zaban áspero y melodioso por momentos, como si no supiera si quería hablar como sus compatriotas o como su enjoyada nueva familia—. Oh, a la gente le gusta lloriquear, eso es cierto, pero deberían estar contentos de que esas mujeres fueran quemadas. Serán veneradas ahora. Inmortales. —Resopló, como dando a entender "Yo no habría sido tan amable"—. Fue una muerte generosa, mejor que aplastarles el cráneo.

—Sí, comandante —dijo el sufrido guardia a su lado.

—¿Me estás escuchando? —exigió el comandante. Jitesh no necesitaba mirarlo para saber que su expresión era amarga, con la boca torcida hacia un lado—. Vosotros, los provincianos, no sabéis nada acerca de cómo debería ser el mundo...

Se quedó en silencio abruptamente. Jitesh casi suspiró de alivio.

Hubo un sonido de gorgoteo. Jitesh miró nuevamente, preguntándose si algo andaba mal.

Luego vio la empuñadura de una hoja afilada que sobresalía de la garganta del comandante.

El soldado que había estado caminando a su lado lanzó un grito ahogado de horror. Nikhil buscó a tientas su espada y Jitesh... se quedó allí, congelado, mirando una figura en el techo.

Pensó que iba a vomitar cuando el hombre saltó delante de él.

El asesino llevaba una máscara ahiranyi de estilo antiguo, tallada en caoba oscura con grandes cuencas oculares para permitir la máxima visión periférica.

—Nadie va a la guerra por los poetas y las putas. —Repitió las palabras lentamente, con calma—. ¿No es eso lo que dijiste?

El comandante noble borboteó sangre. Luego se derrumbó en el suelo.

El hombre enmascarado se inclinó, retorció el cuchillo y luego lo extrajo. El comandante estaba quieto.

—Vamos, amigos —dijo el hombre amablemente—. Vais a tener que moveros un poco más rápido. Puede que seáis traidores a Ahiranya, pero aún sois mi gente. —Dio otro paso adelante—. Me gustaría daros una batalla justa. Y una muerte honorable, como merecen los ahiranyis.

Extrajo una hoz de la parte de atrás de su faja.

Nikhil finalmente se lanzó hacia delante, blandiendo su espada en el aire. El rebelde se deslizó bajo el arco de la espada. Con un movimiento tan elegante como un baile, se colocó detrás de Nikhil y le cortó la garganta.

El otro soldado gritó, impotente, cuando el rebelde se giró y le clavó la misma hoz en el pecho.

Jitesh no era idiota.

Dio media vuelta y corrió.

Corrió hacia el *haveli* por el pasillo, directo a los brazos de otros dos guardias. Los golpeó tan fuerte que uno de ellos, sin aliento, soltó una maldición. Más allá se podía ver la celebración: los invitados, la suave brisa de la música de un *tanpura*, el parpadeo de la luz de las lámparas. Abrió la boca para gritar.

Ya era demasiado tarde.

Se oyó un grito cuando el primer rebelde enmascarado emergió de la nada —y en verdad debieron de salir del aire, porque parecía que hubieran despegado el grueso enrejado de madera, apartándolo como si estuviera hecho de niebla, aunque seguramente eso no era posible— y cortó la garganta de un invitado. Los gritos se hicieron más fuertes cuando aparecieron tres más. Y luego otro.

Los guardias que sujetaban a Jitesh lo soltaron y empuñaron sus espadas. Jitesh se quedó donde estaba, petrificado en su horror.

Junto a la tarima, el Señor Iskar desenvainó su sable, el rostro gris por el miedo. El regente estaba de pie junto a él. Estaba gritando algo, desenvainaba también su sable y hacía un gesto a los hombres para que avanzaran. Jitesh se dio cuenta de que los rebeldes no mataban a cualquiera. Asesinaron a uno de los comerciantes parijatis más ricos de la ciudad. A la esposa del recaudador de impuestos más poderoso. Luego caminaron hacia la mujer del Señor Iskar, quien gritó, abrazando a su hijo. Su esposo se puso delante de ella.

Jitesh vio un cuchillo volar por el aire y hundirse de punta en la garganta del Señor Iskar. Luego, la multitud de invitados, que huían aterrorizados, se estrelló contra él como una ola, y empujó a Jitesh fuera del salón.

Corrió por los pasillos del *haveli*, tropezando, cegado por el pánico. Corrió incluso cuando escuchó gritos desde los niveles superiores de la casa y vio los primeros indicios de fuego dorado en las ventanas. Corrió incluso cuando otros guardias vieron las llamas y gritaron: "¡Agua, agua!".

Él corrió. Y de pronto encontró a alguien parado frente a él, bloqueando su camino.

—Bien hecho —dijo una figura enmascarada. No era el rebelde de antes. La voz era más joven, los ojos más claros—. Hiciste una buena carrera. Te observé. Pero ahora te vas a quedar quieto.

Trató de correr, pero fue como si el suelo se inclinara debajo de él. Se cayó.

Paralizado, miró a la figura sobre él.

—Gracias —dijo el rebelde. Extrajo un cuchillo de su cinturón—. Eso hará las cosas mucho más fáciles.

Capítulo Veintiuno

PRIYA

Se necesita tiempo para eliminar el veneno del cuerpo. Y, sin embargo, parecía que Malini había mejorado casi de inmediato. Por primera vez logró permanecer despierta por la noche, en lugar de caer directamente en un estupor.

—Enciende una lámpara —insistió—. Quiero intentar caminar.

¿Alguien se daría cuenta de que Priya había usado más aceite de lo habitual para las lámparas? Era algo que las sirvientas mayores del *mahal* habrían notado. Lo habrían comentado. Pero Priya no creía que le importara a nadie allí. Ciertamente, no a Pramila.

Malini se aferró a la pared para sostenerse y caminó alrededor de la habitación con pasos inseguros. Priya observó, sentada en el *charpoy* que la princesa había abandonado, mientras esta apoyaba las manos contra la pared de piedra, sintiendo los bordes y las curvas de las tallas borradas, un mapa destruido.

—Parece que las paredes siempre están cambiando —dijo Malini con una risa leve, los ojos brillantes—. Me siento como si estuviera nadando en este lugar, todo es tan inestable.

—¿Quieres intentar soltarte de la pared? —preguntó Priya.

—No estoy segura de que sea prudente —dijo Malini. Miró la imagen ennegrecida del *yaksa* en la pared. Luego soltó el aire y aceptó—: ¿Por qué no?

Priya se puso de pie y caminó bajo la luz de la lámpara.

—Aquí —dijo, extendiendo las manos frente a ella, con las palmas hacia arriba—. Déjame ayudarte.

—Gracias —respondió Malini. Dio un paso tentativo hacia delante y colocó sus manos sobre las de Priya—. Creo que quiero caminar sola.

—Entonces déjame mantener mis manos debajo de las tuyas —dijo Priya—. Intenta caminar, mi señora, y estaré aquí para sostenerte si es necesario.

Sus manos no se tocaban, pero compartían el mismo aire, la misma caída de sombra, mientras Malini daba un paso vacilante tras otro y Priya caminaba hacia atrás frente a ella.

Los ojos de la princesa se encontraron con los de Priya, el rostro iluminado por una sonrisa.

—Lo estás haciendo bien —dijo esta, alentadora, y la sonrisa de Malini se hizo más amplia.

—Me siento menos mareada que hace un momento —admitió—. Nunca pensé que vería el día en que me felicitarían por no caerme. Cómo ha cambiado mi vida. —Su voz se volvió melancólica—. Nunca me has visto como soy en realidad. Desearía que pudieras. Solía usar los saris de seda más hermosos de Parijat, entrelazaba flores en mi cabello formando una corona. Antes era hermosa.

Priya tragó saliva.

"Todavía lo eres", pensó.

—Hay una manera en la que tienes que moverte cuando te vistes así —continuó Malini, sin darse cuenta de nada—. Una forma en la que tienes que comportarte. No puedes quedarte encorvada, como estoy yo ahora. No puedes bajar la cabeza. No puedes dejar ver ninguna debilidad. Tienes que mostrarte fuerte.

—Fuerte —repitió Priya, girándose un poco para coincidir con la curva de la habitación. Malini también se volvió, como si estuvieran bailando—. ¿Cómo es eso? No querrás decir como un soldado, supongo.

La princesa se rio.

—No, no como un soldado. Fuerte como... Ah, tal vez sería más sencillo mostrártelo.

Enderezó la columna. Levantó la cabeza, el cuello en una línea elegante, los ojos repentinamente fríos. Se movió con gracia, levantando los pies con una patada sutil. Priya supo que ese movimiento servía para evitar que un sari demasiado largo (ese largo poco práctico que ella nunca usaría) se arrastrara por el suelo. Por un momento se transformó por completo, intocable y, sí, fuerte. Pero no era un tipo de fuerza que ella hubiera conocido antes.

Entonces la princesa tropezó. Priya tomó sus manos de inmediato y sostuvo su peso. Estaban tan cerca, el rostro de la princesa casi pegado al suyo, que sus alientos se mezclaron. Sus ojos se encontraron. Malini soltó otra carcajada débil y retrocedió un poco. Priya hizo lo mismo. Su corazón latía con fuerza.

Todavía estaban tomadas de las manos.

—¿Cómo era este lugar hace mucho tiempo? —preguntó la princesa con voz extraña.

Claramente estaba tratando de distraer la atención de lo que acababa de pasar entre ellas, y surtió efecto. Priya sintió como si la hubieran rociado con agua fría. Malini no había preguntado "antes de que ardiera el templo", pero eso era lo que había querido decir.

Si Priya cerraba los ojos, podía imaginarlo: las tallas pintadas en ricos tonos de verde y azul, con ojos y bocas rojas. Los suelos azules y la laca dorada en los grandes pilares que sostenían las paredes. Los faroles de cristal de colores en los candeleros. Los niños que reían. Los mayores envueltos en sus sedas finas y suaves.

Pero miró a su alrededor y ya no quedaba nada de todo eso. Solo motas de polvo en el aire, y las paredes carbonizadas y vacías. Solo Malini, que la miraba.

—¿Cómo era el *mahal* imperial? —preguntó, en cambio.

Malini le ofreció a Priya una sonrisa astuta que dejaba claro que entendía lo que estaba haciendo, pero estaba dispuesta a dejarse guiar.

—Era hermoso. Enorme. Había jardines por todas partes, Priya. Qué hermosos jardines. Mis damas de compañía y yo solíamos jugar en ellos cuando éramos pequeñas. —Movió sus dedos inquietamente contra los de Priya—. Me gustaría que me hablaras de ti —agregó. Su voz era suave—. Quiero saberlo todo sobre ti.

La garganta de Priya estaba repentinamente seca.

—¿Por qué? No soy muy interesante.

—Estoy segura de que lo eres. Déjame demostrártelo. Hagamos un juego. —Su voz era casi burlona—. Dime una cosa que desees ahora mismo, Priya.

—¿Que yo desee?

—Sí. ¿Qué deseas? Vamos, estoy probando si eres aburrida, después de todo.

Parecía una pregunta peligrosa. Priya negó con la cabeza y Malini ladeó la suya.

—Vamos —la engatusó—. Todo el mundo desea algo. Yo, por ejemplo, deseo los dulces que mi hermano Aditya me traía siempre para mi cumpleaños cuando era niña. *Ladoo*, pero como ninguno que hayas comido antes, Priya. Empapados en almíbar de rosas y almendras garrapiñadas, espolvoreados con una filigrana de oro. Oh, eran perfectos. No los he probado en años. Bueno, ¿qué deseas tú?

—En este momento, creo que quiero esos dulces —dijo Priya medio en serio. Un *ladoo* empapado en jarabe de rosas era un lujo, y de repente quiso ese lujo. Se le antojó algo delicioso.

—No hagas trampa —la regañó Malini—. Tienes que pensar tu propio deseo. Y no vale que sea comida. Ya la elegí yo.

—¡Pero no puedes acaparar "toda" la comida!

—Puedo y lo hago.

—Con todo respeto —dijo Priya, en un tono que era todo menos respetuoso—, eso no es justo.

—Yo soy la que te está poniendo a prueba. Es mi derecho decidir los parámetros. Ahora, continúa: dime lo que más deseas.

Priya no se consideraba una persona complicada, pero no pensaba muy a menudo en sus deseos. ¿Qué quería ella, al fin y al cabo? Recordarse a sí misma, su pasado. Ver a Rukh con vida unos años más. Que Ashok estuviera bien y que fuera... diferente. Capaz de amarla. Y Bhumika... Quería que Bhumika la respetara.

Esos eran deseos más grandes de lo que Priya quería admitir... o lo que Malini seguramente quería escuchar, incluso si Priya fuera libre de confesarlos.

—Tal vez quiero aprender a caminar como lo haces tú —dijo

enderezando el cuello e inclinando un poco la barbilla, para imitar la postura real de Malini.

—¿De verdad? Podría enseñarte.

—¡Oh, espíritus, no! —dijo Priya, y vio que el labio de la princesa temblaba una vez más—. La gente diría que finjo ser una princesa. Se burlarían de mí, mi señora. No.

—Entonces necesito una respuesta diferente, Priya.

Priya lo pensó por un momento. Pero era difícil pensar con las manos de Malini en las suyas, con sus pulgares rozándole el interior de las muñecas, donde latía la sangre. Había una promesa tácita, en el contacto y la sonrisa, y en la alegría escrita en el rostro de Malini, en la agudeza provocadora de su voz. No sabía exactamente qué hacer con eso, ni con el vuelco que generaba en su propio corazón.

—Hay unos cocos que crecen en el bosque —dijo por fin—. A veces los recolectores o los leñadores los cosechan y los venden en el mercado. Solo los más ricos pueden permitirse comprarlos.

—Dije que nada de comida —reprochó Malini. Pero le prestó atención.

—No son exactamente comestibles. Son... El bosque, mi señora, es completamente ahiranyi, y a veces se pueden encontrar cosas extrañas en él. Cosas inesperadas. Si se parte uno de esos cocos, por ejemplo, se encuentran flores dentro. De color púrpura oscuro, violeta, negro. El color de las sombras. Los ricos colocan esas flores en sus altares. O solían hacerlo.

Los peregrinos más ricos también habían llevado esos cocos al Hirana alguna vez. Priya había abierto uno ella misma, y casi lloró cuando las flores brotaron y cayeron maravillosamente en sus manos, una cascada de oscuridad.

—Me gustaría uno de esos cocos para hacer una ofrenda con él. Sería frívolo y estúpido y... no ayudaría a nadie que haya perdido. Ni invocaría ninguna clase de suerte. Pero sería como dar un grito en el vacío. Y eso es lo que algunas de las personas que he perdido hubieran querido... —La voz de Priya se apagó—. Normalmente no soy frívola. Pero por eso es un deseo —agregó—. En este momento, en este lugar, es lo que quiero.

Malini seguía mirándola, sin decir palabra. Toda la alegría juguetona había desaparecido de sus rasgos; se veía neutra, austera.

—Qué respuesta tan seria —murmuró.

—Lo siento.

—Eres una persona genuinamente interesante—dijo Malini—. Pienso así desde el primer momento en que te vi, y aún no se ha demostrado que esté equivocada.

Lo dijo como si fuera una acusación, como si las palabras de Priya fueran de alguna manera una afrenta, un golpe, algo que le hubiera hecho daño. Cuando Priya parpadeó hacia ella, Malini la soltó bruscamente, volvió a su *charpoy* y se dejó caer sobre él, con la cabeza vuelta hacia otro lado.

—¿Estás bien? —preguntó Priya, alarmada.

—Estoy bien —dijo Malini. Pero no se volvió para mirarla de nuevo.

Ese cambio radical en su estado de ánimo era incomprensible para Priya. Pero por la curva de la espalda de la princesa, por la forma en la que sus brazos se envolvían alrededor de su cuerpo, quedó claro que no quería que le hiciera más preguntas. Como si leyera sus pensamientos, le dijo en voz baja:

—Me gustaría mucho estar sola.

—Por supuesto —respondió Priya sin pensar, y se dirigió a la puerta.

Solo cuando tocó la manija recordó que ya no tenía la llave. La puerta estaba cerrada por la noche. Bajo la mano, el Hirana escuchó. El aire cambió. La puerta se abrió ligeramente.

Ah.

Priya miró hacia atrás. Malini todavía estaba acurrucada.

—Te dejaré descansar —dijo—. Voy a dar un pequeño paseo. No tardaré.

Como la princesa no se quejó, Priya salió de la habitación.

El silencio la siguió. Era un silencio punzante, espinoso.

El *triveni* estaba vacío. No llovía. No soplaba viento frío. Tal vez el monzón estaba pasando. Cuando miró hacia el cielo, pudo ver el guiño de las estrellas.

Dio unos pasos hacia el pedestal y... tropezó.

Con una exclamación silenciosa, recuperó el equilibrio y se enderezó. Qué extraño. Conocía el *triveni*. Había caminado por allí muchas muchas veces y él la había sostenido. Pero había tropezado contra un surco en el suelo. Su encuentro con Malini la había dejado nerviosa, pero no tanto como para que eso ocurriera.

Miró hacia abajo.

Las líneas habían cambiado, sin duda. En lugar de bailar como olas en la orilla, se fusionaban, irregulares y extrañas.

Parecían llamas. Como una advertencia.

Hubo un estruendo. Un chillido. Vio la sombra de uno de los guardias en el pasillo y a Pramila que corría hacia ella.

—La princesa —gritó Pramila con urgencia, sin aliento—, ¿está a salvo? ¿Hay alguien aquí?

Priya negó con la cabeza, sorprendida, tratando de comprender.

—Solo... solo los guardias de las puertas del templo, creo, mi señora. ¿Ocurre algo malo?

Pramila se acercó. Había manchas de color en sus mejillas.

—Ha habido un terrible ataque en la ciudad, en la casa de uno de los consejeros del general, y no hay noticias del general, ¡oh!

Priya escuchó el susurro de los pasos de Malini detrás de ella antes de verla, de pie en la puerta de la habitación norte.

—Lo siento —se disculpó, maldiciendo por dentro. No quería romper tan pronto la frágil confianza de Pramila—. Dejé la puerta abierta, estoy tan...

—Algo se quema —dijo Malini—. Por favor, dime que no estoy soñando.

Una respiración profunda y lenta llevó un olor acre a la nariz de Priya.

Caminó hasta el borde del *triveni* y se quedó de pie con nada más que la superficie agrietada del Hirana debajo de ella para sostenerla, en caso de que tropezara. Pero no volvería a tropezar. El Hirana era suyo y ella, a su vez, le pertenecía. Estaba cambiando para ella.

El suelo del templo la sostuvo mientras miraba hacia fuera.

Debajo de ellas, vio una llama amarilla y naranja.

Efectivamente, algo estaba ardiendo.

Los rebeldes habían atacado.

Capítulo Veintidós

PRIYA

Priya giró sin pensárselo y corrió hacia las puertas, por el pasillo, más allá de las lámparas encendidas. Entonces los guardias la atraparon, la empujaron de regreso al templo y cerraron las puertas detrás de ellos. Uno maldijo, manipulando a tientas su espada (si hubiera intentado apuñalarla por reflejo, habría hecho un mal trabajo), y el otro la sujetó por la parte superior de los brazos y le murmuró palabras urgentes y sin sentido. El sonido de su voz tardó un momento en convertirse en algo más que ruido blanco.

—... nadie puede salir del Hirana. Nuestras órdenes no han cambiado. Sé que tienes miedo, pero debes estar tranquila.

—Estoy tranquila —se obligó a decir Priya, y aquietó su cuerpo—. Estoy tranquila. No volveré a correr.

El guardia la soltó, ella retrocedió y se alejó. Caminó hasta que los guardias y las puertas quedaron fuera de su vista.

No podía escapar por allí.

Otra mano la aferró del brazo. Priya ya estaba en el límite de sus nervios. Giró y empujó a la persona dueña de esa mano contra la pared.

Malini respiró rápidamente. Se encontró con la mirada de Priya sin pestañear.

—Suéltame —dijo—. No tenemos tiempo.

—¿Dónde está Pramila?

—No sé. Corrí tras de ti. Vamos. Quiero hablar contigo a solas.

Al final, Priya fue la que marcó el camino, arrastrando a Malini por un pasillo lateral poco utilizado, y de allí a una sala del claustro. La habitación era pequeña, destinada únicamente a la meditación y la oración, pero a pesar del escaso espacio disponible, una vez que la puerta se cerró detrás de ellas, Priya caminó de un lado a otro.

Pensó en toda la gente que estaba en el mahal y el pánico se apoderó de sus pulmones.

—Tengo que irme —dijo—. No puedo quedarme aquí. Yo...

—Los guardias ya te detuvieron —le recordó Malini—. ¿Crees que puedes burlarlos?

Priya negó con la cabeza, pero no fue una respuesta verdadera. Solo podía pensar en Sima, Rukh y Bhumika, en el olor del fuego, y su propia sangre parecía cantar una canción en sus venas: "corre hacia ellos, corre hacia ellos, corre hacia ellos".

—Priya —dijo Malini. Su voz era lenta, deliberadamente aterciopelada—. Escúchame. Cálmate. ¿Crees que puedes burlarlos?

Priya tardó un momento en darse cuenta de que Malini no estaba tratando de razonar con ella. Estaba preguntándole genuinamente si podría abrirse camino entre los guardias. Sus pensamientos acelerados se detuvieron. La princesa la tomó de las manos, entrelazó sus dedos y la obligó a quedarse quieta.

—No quiero preguntarte esto ahora —dijo—. Realmente no quiero. Pensé que tal vez más adelante..., pero no habrá una oportunidad mejor, y debemos aprovecharla mientras podamos. Podrías matar a los guardias si quisieras. Podrías eliminar a Pramila. Podrías liberarnos a los dos. ¿Verdad?

—Sobreestimas mi poder —respondió Priya con cuidado—. No soy así.

—Has hecho tanto por mí... —continuó Malini—. Sé que estás intentando salvar mi vida. ¿Te preocupas por mí lo suficiente como para hacer más?

Priya pensó en alejarse. Trató de desentrelazar sus dedos de los de Malini y sintió que el apretón se hacía más fuerte y la atraía más cerca hasta que no hubo distancia entre ellas y Priya se encontró mirando la cara de la princesa, a la sombra gris de sus ojos suplicantes.

—Es posible que los guardias no obedezcan su rutina normal en estas circunstancias, pero todos viajaron conmigo desde Parijat. Los conozco. El del bigote grueso se queja de que le duele la rodilla derecha cada vez que llueve. Y llovió mucho en el viaje hasta aquí. El más joven de ellos es mejor con un arma de largo alcance que en la lucha cuerpo a cuerpo. Prefiere un *chakram* o un arco si puede elegir. Pero si atacas primero a su superior y lo hieres en las rodillas, el más joven no pensará en retirarse y, una vez que esté en combate cuerpo a cuerpo contigo, te resultará más fácil controlarlo. —Los dedos de Malini rozaron los suyos de un lado a otro; un ritmo constante, casi hipnótico—. Puedes sacarnos de aquí, Priya. En este momento, mientras están distraídos y hay caos debajo de nosotras... Puedes hacerlo. Y yo puedo ayudarte.

Priya le devolvió la mirada. Aturdida, negó con la cabeza. Pensó en las consecuencias para el mahal, para Bhumika, si la princesa escapaba del Hirana.

—Yo... no puedo, mi señora.

—No es necesario que los mates —agregó Malini rápidamente, todavía sosteniéndola—. No te pido eso. Solo que consideres lo que me pasará si me quedo aquí. Mi única esperanza está más allá de los muros del Hirana. Podrías venir conmigo, Priya. —Bajó la voz—. Podrías ir dondequiera que yo vaya.

La expresión de la princesa era suplicante, su voz era halagadora, herida, pero había una dureza en su mandíbula, una desesperación en sus ojos que contrastaba con su tono.

Sus manos sobre las de Priya eran un peso ligero, los dedos curvados. Todo en ella era una súplica vulnerable. Tan perfectamente vulnerable, que Priya solo pudo pensar en obras de teatro, en actrices con máscaras pintadas de azafrán y bermellón, con expresiones fijas (afligidas o alegres, de dientes afilados o de boca blanda) para coincidir con sus papeles en una historia. Sintió como si su pulso, acelerado por el pánico, tropezara consigo mismo por un momento.

Lo que había creído comprender sobre la princesa, sobre "aquello", cambiaba por completo.

De repente pensó en las palabras de Bhumika en el sangam: "Debo usar todas las herramientas en mi arsenal", había dicho.

La princesa era una hija del imperio. Estaba atrapada y desesperada.

Y Priya le era... útil.

Qué tonta había sido.

—¿Y qué obtendré a cambio de ayudarte a escapar de aquí? —preguntó; la rabia y la humillación emergían de ella—. ¿Esperabas que arriesgara mi vida por ti solo por la bondad de mi corazón? —Todas esas caricias suaves, todas esas sonrisas: las manos de Malini sobre las suyas y el aliento compartido que podría haber terminado en un beso. Todo eso no había sido más que una correa cuidadosamente colocada alrededor del cuello de Priya, lista para tirar en el momento adecuado—. ¿Acaso creíste que lo haría por un beso? ¿De verdad tienes tan poca idea de quién soy?

La expresión que cruzó el rostro de Malini se esfumó demasiado rápido como para descifrarla.

—Priya, sea lo que sea que pienses, estás equivocada.

—Pramila me dijo que no confiara en ti. Me dijo que haces que la gente te ame. Que eres una manipuladora.

La princesa no dijo nada.

—Has desperdiciado tu energía en mí —continuó Priya—. No soy capaz de hacer lo que quieres.

—Sí lo eres —objetó Malini—. Por favor, Priya. Si alguien puede ayudarme a escapar del Hirana, esa eres tú. No hay nadie más que tú.

—Por supuesto que crees que puedo —dijo Priya con amargura—. Después de todo, me viste con Meena. Me viste matarla y ni siquiera parecías asustada. ¿No sabes que deberías tener miedo de mí? ¿No sabes lo fácil que sería para mí matarte? —Aferró las manos de Malini con más fuerza—. Tengo muchas razones para odiarte. Tú, con tu sangre imperial y tu padre y tus hermanos que estaban felices de ver a los niños del templo de Ahiranya amontonados en una pira y quemados. —Priya se sorprendió por el veneno que destilaba su voz, la forma en que el calor subió a la superficie de su piel, furioso y punzante—. No tengo ninguna razón para ayudar a la hija de una familia imperial que decretó la muerte de mi propia familia. Podría romperte el cuello, aquí y ahora, y no podrías detenerme. Podría arrojarte del Hirana. Si crees que tengo el poder de matar a todos los guardias, entonces sabes que fácilmente podría acabar con tu vida y liberarme.

—No tengo miedo de morir por tu mano —dijo Malini.

—¿Por qué?

Parte de la vulnerabilidad se desvaneció del rostro de la princesa.

—La noche que me viste, en mi habitación, en el suelo, había convencido a Pramila para que me dejara el vino. Había sido amable con ella. Dulce, dócil. Durante días. Ya sabes cómo funciona eso. Dejó el vino a mi alcance. Y bebí, bebí y bebí. Sopesé mis opciones. Pensé: o me enfermaré lo suficiente como para que ella tenga que buscar ayuda, permitiéndome acceder a un médico al que pueda pedir auxilio para escapar de esta prisión, o simplemente moriré. —La voz de Malini tembló un poco—. Pero luego me asusté y volqué el vino en el suelo. Ya no sabía qué era real. Y no quería morir en un charco de mi propio vómito, después de todo.

Después, Priya lo supo, había aparecido ella. Recordó los ojos de Malini en la oscuridad. La aspereza de su voz, sus palabras —"¿Eres real?"— con un estremecimiento.

—¿Te perturba esto? —preguntó Malini. Su voz se endureció—. Me gustas, Priya. Pero me temo que me estoy quedando sin tiempo para las sutilezas de nuestra relación. Si el general Vikram está muerto, ¿quién sabe adónde me enviará mi hermano o qué será de mí?

No había distancia entre ellas y, sin embargo, Malini logró dar un paso adelante y liberar sus manos de las de Priya. Le tocó la barbilla con las yemas de los dedos, tan cerca de la boca, sus dedos cálidos y firmes, imposibles de ignorar.

—Mátame o sálvame —murmuró—. Pero haz algo, Priya. Mi hermano quiere que me consuma aquí, o que le suplique la santidad de una inmolación, pero no lo haré. No he podido hacer nada para cambiar mis circunstancias, aparte de solicitarte para que me sirvieses, así que, por favor, ten la amabilidad de terminar con mi sufrimiento, de una forma u otra. Seguramente eres lo suficientemente humana para eso.

Priya se soltó de la mano de Malini.

—Si hablas de lo que soy con alguien más —dijo Priya enfadada—, yo misma te obligaré a tragar ese veneno de flor de aguja.

—Nunca —dijo Malini— te amenacé con contarle a nadie tus secretos, Priya.

—No sabes nada de mis secretos.

—Tú sabes que sí.

—No me avergüenzo de desearte —soltó Priya, aunque sí le avergonzaba desear a Malini, porque la convertía en una tonta enamorada que no era apta para la tarea que su hermana le había encomendado. Un fracaso—. Pero no me gusta que uses mis deseos en mi contra, y no dejaré que lo hagas más. Dile a quien quieras que te amo. Pero si hablas de lo que crees que soy...

—Ya te lo dije —interrumpió Malini—. No he amenazado con delatarte. Podría haberlo hecho hace mucho tiempo, pero no lo hice. Ni lo haré.

Sus palabras arrancaron una risa ahogada de la garganta de Priya.

—¡Qué generoso de tu parte! Quieres mantenerme de tu lado, ¿no? Sin mí, no tienes a nadie aquí. A nadie.

Malini no dijo nada ante ese comentario. La vulnerabilidad había desaparecido de su rostro y su expresión era casi ilegible.

—Escóndete aquí de Pramila si quieres —agregó Priya, mientras se giraba—. No te voy a ayudar.

—¿En serio me condenarás por hacer lo que necesito para sobrevivir? —preguntó Malini. Como Priya no respondió, agregó rápidamente—: Podríamos hacer un trato. Hay otras cosas que podría ofrecerte a cambio de tu ayuda.

Priya se detuvo. Volvió.

—¿Cómo qué? No tienes nada.

—Dime lo que necesitas y lo que quieres. Negocia conmigo. Es cierto, no soy tan tierna e ingenua como pensabas, es cierto que quiero vivir y estoy dispuesta a usarte para hacerlo, ¿y qué? No dejes que eso te enfade, Priya. Úsalo. Nunca volverás a tener este tipo de poder sobre un miembro de la realeza de Parijatdvipa. Soy una princesa. Conozco el latido del corazón, las entrañas del imperio. Tengo aliados que me esperan más allá de esta prisión. Hay cosas que quieres, Priya. Me lo dijiste. Lo sé. Úsame.

Priya miró a Malini. Miró su rostro bronceado pálido, de ojos oscuros, enmarcado por rizos enredados, un rostro adelgazado por la enfermedad, y pensó en lo tonta que había sido al no darse cuenta de que la princesa podía leerla como un libro.

—Eres útil —dijo Malini, cuando Priya siguió mirándola, con el corazón latiéndole con furia y vergüenza—. Lo que eres me sirve. Pero yo también te sirvo a ti.

—Supongo que soy una buena arma —admitió Priya débilmente.

Volvió a pensar en Meena, en la rabia, en la caída del cuerpo de Meena y en el olor a fuego y carne cocida que la había perseguido durante años.

"Oh, espíritus", se dijo con una especie de desesperación. "¿En qué estoy eligiendo convertirme? ¿Poder recordarme vale la pena?"

Como invocado por sus pensamientos, un nuevo recuerdo se apoderó de ella. Un derrame de agua en el suelo. El olor a *ghee* y resina en el aire. Una de sus hermanas del templo que se volvía hacia ella, con los ojos muy abiertos, aferrándose la garganta. Un mayor, con la boca curvada hacia abajo, triste, que encendía una llama...

No quería recordar aquello.

—Priya. —Malini suspiró—. Por favor.

Priya se dio cuenta de que estaba temblando.

—No puedo —dijo—. Ahora no.

—Priya...

—¡Ahora no!

Salió abruptamente de la habitación.

No llegó muy lejos.

Lejos de la luz vacilante de la lámpara, lejos de Malini, se arrodilló sola, con la cabeza sobre las rodillas. Estaba temblando.

Necesitaba saber si Bhumika estaba a salvo. Si el *mahal* del general, si Rukh, Sima y Gauri, si todas esas personas que componían el *mahal* estaban a salvo.

Si no podía ir en persona, tomaría la única salida del Hirana que tenía disponible.

Respiraciones irregulares. Una tras otra, y otra, y se hundió más profundo. Más adentro. En el *sangam*. El agua del río subió para encontrarse con ella.

Capítulo Veintitrés

ASHOK

S iempre llevaba una botellita llena de agua colgada del cuello. La tocó mientras se deslizaban por el bosque; sentía el olor a sangre en sus fosas nasales, pegado a sus ropas y uñas. Kritika se giró para mirarlo por un instante. Había una mancha oscura en su mejilla.

—Avanza —le dijo él.

La botella no estaba caliente, el poder de su contenido no ardía como ardían los árboles sagrados. Pero algo parecía... extraño. En su sangre, por donde circulaban las aguas inmortales. Dentro de su cabeza.

A su alrededor estaban sus compañeros rebeldes, zigzagueando por el bosque con la confianza de quienes han nacido en él. Unos cuantos empuñaban guadañas de mango largo y estaban despejando el camino delante del resto. Esta era una tierra intacta, no contaminada por la presencia del imperio, ni siquiera poblada por asentamientos ahiranyis. No había altares para los *yaksas* colgados de las ramas o clavados en los vastos troncos de los árboles que los rodeaban. No era territorio de nadie y, por lo tanto, era ideal. Necesitaban un lugar donde esconderse y descansar.

Habían golpeado con fuerza al régimen imperial. Era lo correcto, lo justo, después de lo que el regente les había quitado. ¿Parijatdvipa quería usar el miedo, convirtiendo la fe en una espada? Entonces también lo haría Ahiranya.

Más adelante se oyó un ruido. Un golpe. Los demás se detuvieron; Ashok rechinó los dientes y avanzó. Al igual que el resto, cuando lo escuchó reconoció el sonido de un cuerpo que caía.

Sarita yacía inmóvil donde se había derrumbado, en un montón de ropa manchada de sangre, con los dedos de color pardo rojizo, la guadaña caída a un lado. Incluso de pie ante ella, Ashok pudo ver que su piel estaba mojada.

Cuando se consumían por primera vez, las aguas inmortales extraídas de la fuente provocaban un intenso aumento de la fuerza física, junto con parte de su magia. Pero a medida que la influencia de las aguas se desvanecía, el cuerpo comenzaba a temblar, terriblemente debilitado. Al poco tiempo, el agua y la sangre comenzaban a abandonar el cuerpo: salían por la boca, los oídos, los ojos. Así comenzaba la muerte envenenada.

Esa vez se había llevado rápido a Sarita.

Se había bebido dos botellas o tres en el tiempo que había servido a la rebelión, siempre luchando por mantener a raya la muerte que acarreaba. Había luchado con ferocidad en el *haveli* del señor anciano: había roto varios cuellos, nada más que con la potencia pura de su propia fuerza, sujetando a esos hombres bajo sus manos. Y en ese momento, ella se estaba muriendo. Pero un poco más de agua le daría tiempo. Un poco más...

Una mano se cerró alrededor de la muñeca de Ashok. Kritika estaba a su lado.

—Casi no te queda nada —le dijo en voz baja, para que los demás, que estaban a su alrededor, no la escucharan—. Tres o cuatro botellas como máximo, ¿y quién sabe cuándo podrás reponer tus provisiones? Por favor, Ashok, no lo hagas.

Hizo una pausa, con su mano todavía sobre la botella en su bolsillo, lista para extraerla. Luego la soltó, se arrodilló y apoyó la palma de esa misma mano suavemente contra la frente de Sarita.

—Sarita —dijo—. Mujer valiente. Lo has hecho muy bien.

Ella abrió los ojos, solo un poco. Todos blancos, las pupilas un pinchazo de oscuridad, como dos heridas ensangrentadas que hubieran brotado bajo la punta de una aguja.

—Sarita, Sarita. —Él repitió su nombre como una canción de

cuna. Su corazón sangró dentro de él al verla. Qué pérdida—. ¿Te duele?

Su boca formó una palabra, sin sonido. "Sí".

—Kritika —dijo él—. ¿Podrías...?

—Sí —le respondió con tristeza. Le abrazó los hombros, instándolo a levantarse—. Se hará.

Él se puso de pie y se alejó.

Oyó alzarse la guadaña. Un golpe. Después, nada.

En el silencio de ese momento, sin nada que lo perturbara excepto los sonidos de respiraciones mortales a su alrededor, el zumbido de los insectos y el canto de los pájaros entre los árboles, finalmente entendió qué lo había perturbado tanto. Lo que clamaba en su sangre.

Había una voz en el *sangam* que gritaba su nombre.

Caminó un poco más, hasta que encontró un árbol lo suficientemente viejo y grande como para apoyarse en él. Sintió que lo cobijaba.

El compañero más cercano a él lo vio sentarse y asintió gravemente. Ashok sabía, sin más confirmación, que nadie lo molestaría entonces, a menos que los soldados del general los encontraran. Y eso era poco probable.

Cerró los ojos. Respiró. Respiró.

Su hermana había aullado llamándolo en el *sangam*, y él había acudido. Era una sombra arrodillada en el agua que corría veloz. Ella levantó la cabeza en el momento en que él apareció.

—¿Qué has hecho? —le preguntó al instante.

—Así que has visto las llamas...

—Por supuesto que las vi, Ashok. ¿Por qué?

—Justicia —dijo él simplemente—. ¿Crees que no debería haber consecuencias por quemar vivas a las mujeres y aplastar los cráneos de los hombres? Vamos, Priya.

—¿Mataste al general Vikram?

Esa pregunta lo detuvo en seco.

—¿En serio te importa?

—Me importa por lo que significaría su muerte —exclamó ella.

—Ya veo. Te preocupas por Bhumika. —Se le acercó—. No. No lo maté. Pensé hacerlo —confesó, imaginando con no poco placer la cara aterrorizada del regente—. Pero algunas cosas no están destinadas a suceder. Me conformé con el Señor Iskar y su familia, en cambio.

—Ashok.

—Las muertes de nuestra gente tenían que vengarse —dijo con calma. Ella todavía era demasiado ingenua. No entendía la forma en la que funcionaba el mundo, o el precio que exigía el poder. No como él—. Y ahora las hemos vengado. El Señor Iskar sirvió hábilmente al regente, ¿no? Una gran mente financiera. Sin él, Vikram nunca podrá someter a los otros señores. Nadie sabrá cómo hacer nada. Tal vez cuando todos estén discutiendo mientras sus fuentes de ingresos se desmoronan a su alrededor, recordarán que no se debe jugar con el espíritu ahiranyi.

—Te estás propasando —dijo Priya—. Vas a hacer que todo sea mucho peor. El general va a matar a mucha gente para compensar esto, Ashok...

—Él fue quien se propasó. Todos esos hombres y esas mujeres fueron condenados a muerte por... ¿por qué? ¿Un "ataque" en el que no murió nadie, salvo Meena? Tu regente es un tonto, o su amo lo es. El emperador debe entender que no puede apoderarse de nuestro idioma, prohibir nuestras historias, dejarnos morir de hambre y luego matarnos directamente sin consecuencias. No me arrepiento, Priya. Y tú tampoco deberías.

—Verás a Ahiranya bañada en sangre ante ti —Sonaba tan parecida a Bhumika, tan desaprobatoria y remilgada, que él podría haberse reído.

En cambio, se arrodilló, imitando la postura de ella.

—¿Has encontrado el camino a las aguas inmortales, Pri? Si realmente quieres que las cosas sean menos sangrientas, eso es lo que debes hacer.

—Si vas a mentirme, al menos hazme el favor de ser convincente —se burló Priya—. Si te doy las aguas inmortales, las usarás para construir un ejército, para asesinar, para...

—Para vivir —completó él—. Necesito las aguas inmortales para vivir.

El golpe surtió efecto, como sabía que lo haría. Podía oírlo en el peso de su silencio.

—Es como si estuvieras poniendo un cuchillo en tu propia garganta para hacerme obedecer —dijo ella finalmente—. Todo lo que dices parece una amenaza.

—La verdad no es una amenaza —dijo Ashok suavemente—. Pri, nunca quise esto para ti. Le di esta tarea a Meena con un propósito. Pero ahora tú eres mi única esperanza. Y no estoy mintiendo. Será menos sangriento si mis seguidores y yo tenemos el tipo de fuerza que necesitamos para dar un golpe que rompa el control de Parijatdvipa sobre Ahiranya en las bases.

En verdad, necesitaban las aguas si querían estar seguros del éxito. Tenía planes. Sabía exactamente quién tenía que morir para poner de rodillas al poder imperial de Parijatdvipa. Había pasado mucho tiempo planeándolo. Cada asesinato que él y sus seguidores cometían tenía la intención de debilitar el control de Parijatdvipa y arrancar las malas hierbas del poder imperial desde sus raíces más profundas.

—Ya sabes lo que dicen: para matar, un solo golpe de guadaña es más limpio que una docena de mazas.

Con las aguas inmortales, ellos podrían ser la guadaña: más fuertes de lo que les permitía la disparidad del grupo y su escasa cantidad de integrantes. Podrían matar con precisión y rapidez, y limpiar a Ahiranya de un solo golpe.

Sin las aguas, había pocas posibilidades de éxito. Tendrían que ser brutales. Tendrían que quemar y destripar a Ahiranya, matar a los suyos para destruir el imperio. No habría una limpieza verdadera de las malas hierbas: ese sería el tipo de guerra que incendiaría campos enteros de cultivos, dejando nada más que cenizas y hambre a su paso. E incluso entonces, incluso después de pagar con la sangre de los ahiranyis, no habría garantía de éxito. Ninguna garantía de que Ahiranya fuese a conseguir su libertad.

Solo Priya podía encontrar las aguas. Solo Priya podía hacerles visible el camino desde el Hirana y así llevar a Ashok y a sus seguidores la fuerza que necesitaban para triunfar. Solo ella.

Priya extendió su mano hacia él y luego se detuvo. Retiró la mano de mala gana y volvió a hundirla en la confluencia de los ríos.

—No estoy segura de poder darte lo que necesitas —dijo finalmente. Había algo vulnerable, casi una pregunta, en su voz—. No estoy segura de poder conseguirte las aguas. Y tampoco estoy segura de poder conseguirlas para mí misma.

—¿Entonces estás de acuerdo con Bhumika ahora? ¿Quieres inclinarte y arrastrarte ante los parijatis por lo poco que se dignan darnos? ¿Ya no quieres que tengamos lo que es nuestro por derecho?

—¿Qué harás con ese derecho, Ashok? ¿Qué estás haciendo? —exigió—. ¿Qué estamos destinados a ser?

—Podríamos hacer mucho bien, Priya —le respondió con sinceridad—. Los nacidos tres veces podrían controlar la podredumbre, ya sabes. Era todo tan nuevo en aquel entonces, como nosotros, pero ellos podrían controlarla. Puede que no te gusten mis métodos. No tienen por qué gustarte. Pero una vez que gobernemos Ahiranya, podremos mejorar nuestro país. Podremos poner a nuestra gente en primer lugar, alimentarla y cuidarla como prioridad, por una vez. Podremos salvar nuestra cultura, nuestra historia. Tal vez, incluso, acabar con la podredumbre por completo.

—¿Convirtiéndonos en monstruos? —susurró Priya—. ¿Convirtiéndonos en armas letales?

"Sí".

—Tú también has matado —dijo él—. No hay que avergonzarse de ser lo suficientemente fuerte como para tomar lo que es tuyo por derecho.

—Tal vez lo haya —replicó Priya. Otra vacilación. Entonces las palabras salieron de ella—. Ahora recuerdo más cosas. El Hirana está empezando a responderme. A veces huelo humo y es como si me estuviera ahogando. Escucho gritos. Yo... —Lo miró, esta sombra de ella misma que recién comenzaba a recordar lo que él nunca podría olvidar—. Ashok, ¿puedes prometerme que no lo harás? ¿Que solo harás lo que sea necesario para ver libre a Ahiranya? ¿Que no matarás a todos los parijatis en nuestra tierra? Conozco tu rabia —le dijo—. Puedo sentirla. Y tu pena. Y tu... hambre de algo mejor. Pero ¿puedes prometerme que no ahogarás a Ahiranya en sangre?

—Prometo hacer lo mejor para Ahiranya.

—Esa no es una respuesta —le reprochó ella.

—Prometo convertirnos en lo que una vez fuimos.

—Esa tampoco es una respuesta —susurró Priya—. Ashok, hermano. No se te puede confiar el poder que alguna vez tuvimos.

Sus palabras lo hirieron como un cuchillo que cortaba lentamente la piel de sus costillas.

—Yo te crie —logró decir en medio del dolor de su condena.

—Lo sé.

—Cuando teníamos hambre, cuando no teníamos nada, te di la poca comida que teníamos. Me quedé despierto con una daga en la mano cuando dormías en la calle, para que no te hicieran daño. En el Hirana te salvé la vida.

—Lo sé —se atragantó ella—. Ashok, lo sé.

Pero no dijo nada más.

Él recordó el momento en que despertó dentro de la corteza del árbol, con la noticia de que Meena había muerto. Con la certeza de que su propia debilidad había dejado a la rebelión sin su espía, sin un arma valiosa en sus manos.

No había educado a Priya para convertirla en un arma. La había dejado con Bhumika. ¿Y así se lo agradecía?

—Hay tantas cosas que no recuerdas de nuestra infancia, Priya... Pero ¿recuerdas cómo nos entrenaron cuando éramos niños?

Silencio. Luego dijo:

—Recuerdo el dolor.

—Así fue como nos enseñaron a ser fuertes. Nos enseñaron a todos a ser lo suficientemente fuertes para sobrevivir y gobernar. El dolor puede ser un maestro amoroso. Los espíritus saben que ya he tenido suficiente.

"Pero tú", pensó él, "¿has sufrido suficiente?"

Era demasiado débil, su hermana. Demasiado inconsciente de lo que debería haber sido.

—¿Sabes por qué no somos más que sombras en el *sangam*? —le preguntó luego—. ¿Alguna vez te lo has preguntado?

—No —respondió ella.

—Algunos de nosotros, que somos mayores, hablamos de eso. Todos nuestros dones son un reflejo de los poderes que poseían los *yaksas*. Incluso este don. Fueron ellos quienes viajaron por los ríos cósmicos una vez, y vinieron a nuestro mundo. Cuando nosotros venimos aquí, creo que solo la parte *yaksa* de nosotros se mueve. —Cerró el puño y lo puso contra la clavícula de Priya, por encima de su corazón—. Cuando pruebas las aguas inmortales, excavan un espacio dentro de ti para los dones *yaksas*. El poder *yaksa* es como un pájaro cucú en el nido de tu cuerpo. Pero, peor aún, te convences de que eres tú. Solo cuando el poder se desvanece te das cuenta de que una parte de ti ha sido borrada.

—Lo que dices no tiene ningún sentido —objetó ella. Pero estaba prestándole atención.

—La parte de ti que está aquí es la que no es humana —siguió explicando Ashok—. Es la parte que las aguas inmortales tallaron, destriparon y ahuecaron para dejar espacio para el poder. No lo sientes día tras día, pero yo sí. Cada vez que bebo las aguas, me arrancan otra parte de mí. —Se armó de valor para hacer lo que fuera necesario. Para instruirla—. ¿Quieres saber lo que somos, Priya? Ven. Deja que te lo enseñe.

Ella se dio cuenta demasiado tarde. Antes lo habría sabido mucho más rápido: lo habría esquivado, o habría corrido, o usado sus dientes. La vida en el *mahal* la había vuelto lenta. Pero no pudo hacer nada antes de que la sombra del puño de él se abriera paso en su pecho, y el humo oscuro que le daba forma a ella se desparramara.

Él apretó el puño, cerca de donde debería haber estado su corazón. Y apretó más, y lo retorció.

Ella gritó, su sombra era un destello de agonía.

—Sé que duele —dijo él con aspereza—. Lo sé. Así es como me siento todo el tiempo. Rasgado y retorcido e inhumano, Priya. Esta es nuestra herencia.

"Como un agujero en el corazón", pensó. "Como si tu alma fuera una estructura en descomposición que se desmorona, y la luz se vertiera a través de ti".

Había algo horrible y dulce en el sentimiento que lo recorrió en respuesta al dolor de ella. Era, razonó, la satisfacción de ver cómo se aprendía una lección.

—Mi voluntad es más fuerte que la tuya, Pri. Siempre lo fue. Te salvé la vida una y otra vez, y ahora te digo: salva la mía. Es el momento de saldar tu deuda. O me condenarás a morir sintiéndome así. Quiero hacer que este horror que nos habita sirva de algo, Pri —agregó—. Que lo usemos para algo más grande. Para algo bueno. Para ver a Ahiranya como debe ser, libre del imperio. Para nuestro hogar.

Él tiró de su mano hacia atrás. La oscuridad cayó en el agua desde la silueta sombría de ella, estallando en flores negras antes de marchitarse. Las manos de Priya se movieron, revolotearon, como si quisiera tocar su pecho pero no se atreviera.

—Podrías haber sido más amable —se atragantó—. Tú, entre todas las personas, que sufriste lo que yo sufrí... Pensé que podía confiar en ti para ser mi hermano.

Él meneó la cabeza.

—La familia no tiene el deber de ser amable contigo. Tiene el deber de hacerte mejor. Más fuerte. Estoy siendo fiel a nuestra familia. Ahora mismo, Pri. Y siempre.

Su voz se volvió más tierna.

—Encuentra las aguas inmortales. Recuerda quién eres y sé fuerte, Priya. —Y luego, cuando ella se negó a mirarlo, cuando su cabeza permaneció baja, agregó—: Priya, tenías que saberlo.

Intentó tocarla, pero ella se apartó de él, lo rechazó con un ruido salvaje que no eran palabras, solo sentimientos. Se arrojó de nuevo al agua y se disolvió en la nada. Huyó de él y de la verdad.

A lo lejos, Ashok sintió el parpadeo de Bhumika. De uno de sus rebeldes, los pocos que habían bebido las aguas para luchar a su lado. Cerró los ojos y hundió su propio rostro bajo los ríos.

Capítulo Veinticuatro

PRIYA

Volver a su cuerpo fue sentir por un momento que las aguas de la carne, de la inmortalidad y del alma subían por su garganta, asfixiándola, y se agarró el cuello jadeando, jadeando. Su piel ardía, no sabía dónde comenzaba la tierra o terminaba el cielo, no sabía el camino hacia arriba, hacia fuera. Era una sensación de ahogo, o algo tan parecido que no importaba si el agua la rodeaba o si parte de ella yacía aún atrapada en el *sangam*, desgarrada por la furia de Ashok.

—Priya —dijo una voz—. ¿Estás herida? Háblame. En voz baja.

Los ojos de Priya se abrieron. Malini estaba arrodillada a su lado. Ella no había nacido una vez, ni dos ni tres: era completamente mortal, con la mirada enfocada en Priya, los labios apretados con fuerza. Ya no estaba en el *sangam*, entonces, y Ashok no estaba allí. No podría hacerle daño.

Ashok había tratado de hacerle daño.

Se llevó la mano al pecho. Él la había lastimado. El lugar de la herida era como el centro de una estrella ardiente y le dificultaba respirar.

—Priya —repitió Malini. Su voz era tranquila, absolutamente tranquila, pero era una serenidad que Malini vestía como una armadura. Le sostuvo firmemente la mirada—. Tienes que detener esto.

—¿Detener...?

Fue entonces cuando Priya se dio cuenta de que estaban rodeadas de musgo y flores, enredaderas que se retorcían sobre la piedra de las paredes y se desplegaban a través de las grietas. De hecho, la piedra parecía haberse movido, se había moldeado para dejar que la vegetación se enroscara a su alrededor.

—Pramila —jadeó—. Si ella ve...

—No sé dónde está —dijo Malini—, ni cuándo regresará, y por eso debes quedarte callada.

—Lo siento —jadeó, aunque no tenía nada de qué arrepentirse y Malini tenía que hacerlo por todo.

Trató de concentrarse, de levantar la cabeza, pero podía sentir la furia de Ashok como si su puño todavía estuviera en su pecho. Respiró y se desvaneció en la oscuridad.

El rostro de Malini, frío y resuelto, fue lo último que vio.

Capítulo Veinticinco

MALINI

L a primera vez que Malini aprendió a sostener un cuchillo fue también el día en que aprendió a llorar.

Ella y Narina estaban jugando en el jardín de flores de su madre, lleno de lirios y lotos de agua en pequeños estanques, zinnias e hibiscos. Jugaban a ser comerciantes dwaralis que cruzaban las fronteras de Parijatdvipa hacia los peligrosos páramos del territorio nómada de Jagatay y Babure. Para eso, necesitaban capas gruesas; por alguna razón, Narina insistía en que los comerciantes siempre usaban capas gruesas, pero también necesitaban armas.

—Para proteger nuestras mercancías —explicó Narina.

—Pensé que tendríamos guardias para proteger nuestras mercancías —había dicho Malini.

—No todo el mundo tiene guardias, Malini —resopló Narina.

—Ya veo. Entonces no somos muy buenos comerciantes. Si lo fuéramos, podríamos permitirnos tener guardias, ¿no?

Alori dio un pequeño suspiro.

—No discutáis, por favor —dijo—. De todos modos, sé dónde podemos conseguir armas.

Alori era la única hija del rey de Alor, que tenía suficientes hijos para constituir su propio pequeño ejército. Era tranquila y pequeña, y tenía el don de desaparecer de la vista, desvanecerse en la insignificancia. Pero su tranquilidad no era timidez, y guio a Narina y a Malini con confianza a la habitación donde dormía el menor de sus hermanos sin nombre. En el camino a través de los corredores, podían escuchar el sonido de los golpes sobre la madera y de las cadenas bajo sus pies. Ese sonido era la garantía suficiente de que los príncipes imperiales, los hermanos de Malini, y sus señores acompañantes estaban ocupados entrenando en el patio de prácticas.

Las chicas entraron en la habitación y rebuscaron en el baúl que estaba al pie de la cama del hermano de Alori. No guardaba su maza ni su sable, ni ninguna de sus armas más impresionantes en la habitación. Pero había dos *kataras* gemelas, enfundadas en cuero, en el fondo de su baúl, y dos dagas con tallas de peces de ojos pequeños como cuentas en las empuñaduras. Antes de salir de la habitación, a Malini se le ocurrió de repente mirar debajo del colchón. Ahí era donde ella guardaba sus propios tesoros, y su instinto la recompensó cuando encontró un simple cuchillo. No era lo suficientemente bueno para ser una daga. No tenía ninguna curva sinuosa en la hoja ni decoraciones en la empuñadura. Era sencillo, brutal y afilado. Malini se lo guardó en el bolsillo.

Corrieron de regreso al jardín, donde se derrumbaron en ataques de risa.

Fue Alori quien se ofreció a mostrarle a Malini cómo usar el cuchillo.

—Mis hermanos me enseñaron —dijo—. Mira, así es como se sostiene.

Había un truco para sostener el arma de manera adecuada. Una actitud de confianza al sujetarla. Malini extendió el cuchillo frente a ella y una sensación extraña y ardiente creció en su pecho. Sonrió.

—Protejamos nuestras mercancías —dijo.

Estaba fingiendo ser una bandida de Babure, de pie en el borde de una roca alta, agitando el cuchillo frente a ella, cuando Narina y Alori, que estaban a sus pies desafiándola a gritos, se quedaron repentinamente en silencio.

Malini era una niña sensata. Bajó el cuchillo y se enderezó. Se volvió. Detrás de ella, vio alzarse la figura de un hombre, ensombrecida por la luz del sol. Pero conocía la forma de esos hombros; ese turbante, con perlas alrededor del borde y una sola pluma de pavo real cosida a la corona. Las zapatillas de oro y bermellón, ricamente teñidas, en los pies.

Chandra se paró frente a ella. Era joven, solo unos años mayor. Pero ya tenía dureza en la mirada, la cualidad pétrea de alguien que está furioso con su suerte en la vida. La miró con desdén y Malini fue repentinamente consciente de su cabello suelto, sus pies descalzos y sucios. Del arma que tenía en la mano.

—Malini —dijo él—. ¿Dónde conseguiste ese cuchillo?

Ella no dijo nada. Sus palmas ardían.

—Te escuché en el pasillo —dijo, acercándose a ella—. Oh, pensaste que habías pasado inadvertida, lo sé. Pero yo no estaba en el patio de prácticas con los demás. Estaba orando en el altar familiar. Hablando con el sumo sacerdote.

—¿Acerca de...? —preguntó Malini.

Tal vez si fingía que no pasaba nada, que no podía ver la curvatura de su labio, la estrechez de sus ojos, su ira se desvanecería. Qué esperanzas tan descabelladas tenía.

Pero Chandra apretó aún más los labios.

—Dámelo —dijo.

Alori le había explicado, entre risas, cómo un pinchazo bajo el hueco de las costillas podía matar a un hombre. Cómo podría cortar un tendón. Cómo podría rebanar una garganta.

Lo había dicho todo suavemente, con facilidad. Esas eran las cosas que los hermanos de Alori le habían revelado, como si una niña tuviera el mismo derecho a las armas y al conocimiento, como si esperaran que ella derramara sangre con sus propias manos.

Chandra le había enseñado a sentir miedo y vergüenza. Esos sentimientos se asentaban en su estómago, pesados como una piedra. Podían alterar su propia naturaleza, someterla, encadenarla.

Malini pensó en todas las formas en las que se podía usar un cuchillo para matar o mutilar, con la palma de la mano picando por la sed de sangre. Luego le ofreció el arma a su hermano. Chandra la tomó.

—¿Qué te dije la última vez que te portaste mal? —preguntó.

—Lo siento —dijo Malini.

—Agacha la cabeza —respondió él, como si no la hubiera oído.

La tomó por el pelo.

Y luego comenzó a cortar.

—Te dije —dijo él, cortando su trenza, mientras su otra mano aferraba bruscamente las raíces de su cabello— que las mujeres son un reflejo de las Madres de las llamas. Naciste para ser santa, Malini. Te dije que, si te niegas a comportarte correctamente, tendrás que aprender.

Malini vio a Narina justo cerca de ellos, con la cara roja y los puños cerrados. Alori se había apartado bajo la protección de los árboles y los miraba, completamente inmóvil.

Nunca olvidaría la mirada en los rostros de sus amigas.

Trató de apartarlo de un empujón, con fuerza, con ambas manos. Él simplemente tiró de su cabeza hacia atrás y cortó con más vigor. Malini sintió el dolor punzante de la carne herida. Un escozor y el calor de la sangre que bajó por su piel.

Lo había sentido entonces, como lo sentiría muchas veces en los años siguientes: la certeza vertiginosa de que, cuando él le cortó el pelo, también había querido cortarle el cuello. Que al lastimarla la amaba más intensamente, y que quería lastimarla aún más intensamente; como si destruirla fuera la única manera de mantenerla pura.

Fue entonces cuando Malini comenzó a llorar. Lloró porque pelear no le había funcionado y no se atrevía a suplicar. Y Chandra cortó más suavemente; como si las lágrimas de su hermana fueran una señal de sumisión, de derrota, y así él pudiera permitirse el lujo de ser amable con ella. Como si eso fuera lo que había buscado todo el tiempo.

Ella aprendió. Las lágrimas eran una especie de arma, incluso aunque hicieran su furia arder, pudrirse y retorcerse dentro de ella.

—Chandra —dijo una voz. Y el cuchillo se detuvo.

El hermano mayor de Malini, Aditya, estaba de pie en la terraza del jardín. Todavía llevaba el atuendo que usaba en el patio de prácticas: el torso desnudo y nada más que un *dhoti,* sin turbante que ocultara su cabello empapado por el sudor. Cruzó el jardín con paso rápido. Detrás de él, en las sombras, estaba su madre. El *pallu* le cubría el rostro, la cabeza baja.

Cuando Malini lo vio, lloró aún más furiosamente, con grandes sollozos, aun cuando su corazón permanecía lleno de rencor y furia.

—Déjala —dijo Aditya. Sonaba cansado.

—Ella tenía un arma. Una mujer debería ser más sensata.

—Es una niña. Deja que madre se ocupe de su disciplina.

—Madre la malcriaría si pudiera —murmuró Chandra—. Los sacerdotes dicen...

—No me importa lo que digan los sacerdotes —dijo Aditya—. Ven conmigo, Malini.

No tuvo que decírselo dos veces. Ella corrió a su lado.

Aditya la guio a la terraza. Después de un momento, Narina y Alori la siguieron.

—Nadie más piensa como él, pequeña paloma —le dijo Aditya en voz baja. Cepilló suavemente las puntas rapadas de su cabello—. Esta es una época más tolerante. No necesitas un cuchillo. Tienes suficientes guardias para protegerte y dos hermanos que te quieren.

—¿Y quién me protegerá de mis hermanos? —preguntó Malini.

—Chandra no quiso lastimarte.

Malini sabía que su hermano estaba equivocado. Chandra había querido hacerlo. Y lo había logrado.

Pero Aditya no lo entendería si tratara de explicárselo, así que no lo hizo.

Esa noche, cuando ella, Narina y Alori se acurrucaron como cachorros bajo una manta, Alori les mostró una hoja envainada. Otro de los cuchillos de su hermano.

—Él quiere que lo tengamos —dijo Alori. Y agregó—: Lo lamenta, Malini.

Pero no era un príncipe de Alor el responsable del dolor de Malini.

Ese día aprendió a envolverse en un caparazón de mansedumbre en lugar de mostrar el verdadero temple de su furia. Aprendió, cuando Chandra le cortó el cabello, que había una forma en la que se esperaba que ella se comportara y, si no lo hacía así, tendría que pagar un precio.

Solo su madre sabía lo que le ocurría. Una vez, se sentó a su lado en el columpio, en el mismo jardín donde Malini había aprendido la lección.

—Voy a daros clases a ti y a tus amigas —le dijo, después de un largo silencio—. Ya es hora de que aprendáis la filosofía de la estrategia militar y el liderazgo, las enseñanzas de las primeras Madres, estas son las cosas que una princesa debe saber.

Malini se quedó en silencio. Nadie le había dado la impresión, y menos aún su madre, tan sumisa, de que ese conocimiento fuera adecuado para las princesas.

—Cuando era niña, mi padre se encargó de que me educara una mujer sabia —continuó su madre—. Trataré de darte lo mismo, mi niña, pero hasta que pueda hacerlo te enseñaré yo misma lo que sé. Cosas que te ayudarán a sobrevivir como hija de Parijat. Una flor con un corazón de espinas.

—No soy rebelde —dijo Malini—. Lloré.

—Llorar no te hace ser menos tú misma —respondió su madre. Tocó con las yemas de los dedos el cabello rapado de Malini—. Ten cuidado con tus lágrimas —agregó con una voz que se notaba entrenada en la moderación—. Son sangre del espíritu. Si lloras demasiado, te desgastarás hasta que tu alma sea como una flor magullada.

Sin embargo, su madre se había equivocado. Si una llora lo suficiente, el carácter se transforma como una piedra erosionada por el agua hasta que se vuelve suave e impermeable al daño. Si se usan las lágrimas como herramienta durante el tiempo suficiente, es posible olvidar cómo se siente el verdadero dolor.

Era una especie de pequeña misericordia, al menos.

Las paredes respiraban. Cuando salió de la sala del claustro, lentamente hacia la oscuridad, Malini vio que las enredaderas se abrían paso a través de los muros, el musgo se desplegaba en las grietas del suelo como telarañas. Esas raíces y hojas latían junto con el aliento de Priya, que yacía inconsciente en el suelo. Malini veía sus párpados latir, inquietos, pero sin abrirse del todo.

La inclinación felina de sus ojos, la nariz torcida y la agudeza de sus huesos. No era posible disfrazar a esta mujer para convertirla en una dama de la nobleza. Era fea y fuerte. Exactamente lo que Malini necesitaba. Lo supo desde el primer momento en el que la vio a través de la celosía, en la oscuridad.

Estuvo segura de ello cuando escuchó los gritos desde el otro lado del corredor, presionó su mano contra la puerta de su celda y sintió que la cerradura se abría como si hubiera estado esperando que la tocara. Cuando se escapó y vio a Priya quitarle la vida a la rebelde. Era una posibilidad, una esperanza. La única que tenía Malini.

—Priya. Despierta —le dijo con firmeza.

Miró más allá de las enredaderas hasta el final del corredor. Lo único que le faltaba era que, las Madres no lo permitieran, apareciera un guardia buscándola o se encontrara con Pramila doblando la esquina.

—Despierta.

Con un gemido, Priya levantó los párpados una vez más.

Los ojos de Malini estaban secos. Pensó en fingir sus lágrimas de nuevo, en ser amable y ablandarla.

Pero no. No había podido jugar bien ese juego. El incendio de abajo había hecho que su sentido común fallara, y se había revelado demasiado rápido. Toda esa confianza cuidadosamente cultivada, las vulnerabilidades que había exhibido, todo, desperdiciado.

Tendría que encontrar una nueva estratagema para ganarse a Priya, para capturarla a su servicio, o bien recurrir a la honestidad. Pero primero...

—Priya —dijo—. Ponle fin a esto. Tu... magia.

—Lo estoy intentando.

Observó el pecho de Priya subir y bajar, la forma en la que sus manos se curvaban mientras se incorporaba sobre los codos.

—¿Qué te ha pasado? —murmuró Malini.

—Cállate y déjame pensar.

La mirada de Priya era distante, fija en un punto mucho más allá de Malini. Respiró lenta y profundamente. La princesa permaneció en silencio y de rodillas. No tocó el verde que se desplegaba a su alrededor; solo vio cómo retrocedía y se marchitaba de nuevo en el suelo y las paredes.

Priya se miró las manos con asombro y miedo.

—¡Por la tierra y cielo! —susurró—. Ha funcionado.

Entonces levantó la cabeza, se enderezó y miró a Malini. Su expresión era desagradable: los labios apretados, la mandíbula tensa, los ojos entrecerrados. Parecía capaz de quitarle gustosamente la vida.

—Hace tiempo que sé que no puedo confiar en nadie —dijo Priya—. Sé cómo es el mundo. Pero tú... fui una tonta contigo. Creí entender algo de lo que eras. Te vi enferma, te vi llorar. Y me daba miedo tener que verte morir. Pero todo lo que dijiste e hiciste..., todo era mentira, ¿no? —Meneó la cabeza con furia y levantó una mano delante de ella—. No, no respondas. Sé que fue una mentira.

"No mentí", pensó Malini. Ella sabía cómo mentir, por supuesto. Lo había hecho a menudo. Pero el valor de una verdad, cuidadosamente tallada para satisfacer las necesidades de su público, era mucho mayor y mucho más difícil de refutar.

Le gustaba Priya. Le gustaba la firmeza con que la sujetaban sus brazos; la forma en la que sus músculos se hundían y curvaban; su manera de sonreír, siempre extrañamente cautelosa, no más que un destello de dientes blancos, un hoyuelo grabado en la mejilla.

Malini no sabía cómo la hacía sentir la mirada de furia y traición de Priya. El dolor que sentía en el pecho le recordaba la sensación de comer un chile verde fresco entero cuando era una niña, simplemente porque su niñera le había dicho que no lo hiciera: un dolor palpitante y, sin embargo, intensamente dulce. No estaba segura de si lo odiaba o si tenía hambre de más.

"No quiero que me odies", pensó. "Quiero gustarte. Es absurdo, pero ¿por qué más te pediría que me imagines con mis mejores saris? ¿Por qué más te pediría que me imagines hermosa?"

Decir esta verdad no la beneficiaba en nada. Y necesitaba a Priya.

—Deberías escuchar lo que tengo para ofrecerte —dijo en cambio—. Aunque no me ayudes a escapar, debes escucharme.

—Con todo respeto —replicó Priya, con voz entrecortada—, no tengo por qué hacerlo. No tienes nada para mí.

Tenía razón. Todo lo que Malini había fomentado durante su tiempo en la corte —un jardín de leales mujeres nobles, reyes, señores y príncipes, una red de susurros para alimentarla con el néctar del conocimiento— había desaparecido, se había marchitado o lo había arrasado el fuego, o simplemente estaba fuera de su alcance. Ni siquiera su mente era lo que debería haber sido por culpa del veneno de flor de aguja. No tenía nada ni a nadie. Solo podía ofrecerle a Priya favores y deudas que, con suerte, podría pagar algún día.

Se inclinó hacia delante, apoyando una mano en el suelo fresco que había estado cubierto de musgo. No jugó ningún juego que Priya hubiera podido rechazar. En cambio, la miró a los ojos y pensó: "Soy una hija noble de Parijat, he sobrevivido a las hermanas de mi corazón, he ganado hombres para mi causa. Todavía vivo, a pesar de la fe y las llamas".

"Me escucharás. Te lo ordeno".

Vertió ese pensamiento en cada centímetro de su cuerpo: en la inclinación de su cuello, la firmeza de su mano en el suelo, la orgullosa prominencia de sus hombros.

Fue suficiente para retener a Priya por un momento. Solo lo suficiente.

—Sé que no amas a los parijatis —dijo Malini—. Pero amas a Ahiranya. Y sabes que el emperador Chandra pronto destituirá a tu regente.

—¿Qué me importa si lo hace?

—¿Quieres que uno de sus compinches se apodere de tu país? ¿Un creyente fervoroso en la unidad de Parijatdvipa bajo la única llama de la fe? Independientemente de lo que pienses del general Vikram, no es un idealista. Los idealistas son, con mucho, los gobernantes más peligrosos.

¿Qué estaba haciendo, tratando de explicarle política a una criada?

"Pero Priya no es una simple sirvienta", susurró una voz en su cabeza. Sonaba como su voz de... antes. Antes de que bebiera veneno día tras día y sus pensamientos comenzaran a deshilacharse dentro de su mente. Era una voz dulce, que hablaba en la lengua dvipana de la corte culta con una cadencia como la de un barco que surca aguas muy muy profundas. "Ella es una hija del templo, ¿no? Tiene más poder en un dedo que tú en todo tu cuerpo. No sabes todo lo que ella sabe. No sabes lo que es capaz de hacer".

—¿Qué daño te hará escucharme? —preguntó Malini.

Priya vaciló. Se oyó un sonido en alguna parte del Hirana. Alguien gritaba un nombre. Apretó los labios, tomó a Malini por el codo y la obligó a ponerse de pie.

—Suficiente daño —dijo—. Pero lo haré de todos modos, supongo.

Había amargura contenida en la voz de Priya... Ah, si Malini fuera de las que se entregan al odio a sí mismas, lo habría sentido entonces. Había algo increíblemente suave en el corazón de Priya. Nunca había visto algo así antes. Cuando había hablado de hacer una ofrenda de coco y flores a los espíritus ahiranyis, cuando había hablado de llorar a sus muertos, Malini había podido sentir ese corazón en sus manos: un músculo tan frágil como un huevo con un mundo dentro, la compasión que fluía de él, tan terrible y nutritiva como la sangre.

Pero Malini no era de las que se arrepienten, así que no sintió nada.

Pramila ni siquiera estaba enfadada. Priya inventó con ligereza una historia: Malini se había ido corriendo por el pánico y ella la había buscado, la había calmado y la había llevado de regreso tan pronto como pudo; una flagrante mentira, pero que Pramila estuvo dispuesta a creer. La mujer había estado llorando y todavía temblaba. Una vez que estuvo segura de que la princesa estaba a salvo, dio media vuelta y se encerró en su propia habitación. Para llorar más, supuso Malini.

Ella y Priya no eran las únicas con recuerdos terribles del fuego, al fin y al cabo.

Priya se movía inquieta por la habitación mientras Malini permanecía sentada sobre el *charpoy*, con las piernas cruzadas y la espalda erguida. Sin preámbulos, dijo:

—Mi hermano me quería muerta porque traté de hacer que nuestro hermano mayor le quitara el trono.

Priya dejó de pasearse.

—Aditya abandonó la fe —agregó Malini. No sabía qué conocía o desconocía Priya sobre la política parijati. Mejor contarle todo—. Tuvo una visión y se convirtió en sacerdote del dios sin nombre. No podía hacer eso y seguir siendo príncipe heredero de Parijatdvipa. No podía ser emperador. Y por eso nos quedamos con Chandra. Pero yo sabía en mi alma que Aditya era quien debería gobernar. Sabía que sería mucho mejor que Chandra, porque era mucho mejor en todos los sentidos. Y sabía que por su condición de primogénito y por su forma de ser, tendría el apoyo de las naciones de Parijatdvipa. Así que busqué a esos reyes y príncipes y me aseguré su respaldo. Pero entonces Chandra descubrió mis planes.

—Me dijiste que eras impura —dijo Priya. Lanzó las palabras como si fueran una acusación.

Impura. Sí, Malini había insinuado eso, que habían sido sus deseos los que la habían condenado. No era... falso. Pero Malini siempre había ocultado bien sus deseos. Si Chandra hubiera conocido su verdadera naturaleza, su alteridad, el hecho de que prefería a las mujeres en vez de a los hombres, tal vez habría terminado antes en la pira. Pero él no lo sabía.

—Lo soy —dijo simplemente. Observó la forma en que Priya la miró: el estremecimiento, la incredulidad—. Pero fue lo que él llamó traición lo que me trajo aquí.

—¿Y no fue traición tratar de deponer al emperador?

—Si hubiera tenido éxito, no habría sido así —dijo Malini—. Y todavía puedo lograr mi objetivo. Los reinos de Parijatdvipa no olvidan la Era de las Flores, ni el sacrificio de las Madres. Hicieron un voto a nuestra dinastía para unirse en torno al gobierno de un hijo del linaje de Divyanshi. Por su honor, no lo romperán. Pero los planes de Chandra no los colocan a su lado, sino a sus pies. Les he ofrecido una alternativa que les proporciona el estatus que él quiere quitarles. No más.

"No más". Como si dar un golpe de Estado contra el emperador de Parijatdvipa, el gran imperio de las ciudades-Estado, los bosques y los mares, fuera un asunto menor y nada importante. Era algo por lo que se había esforzado hasta la saciedad, por lo que había arriesgado todo. Y había perdido tanto en el proceso... A sus hermanas del corazón, Narina y Alori. Su posición en la corte. Su libertad. Y su salud y su mente, que la abandonaban poco a poco. Si Chandra se salía con la suya, sus esfuerzos por deponerlo también le costarían la vida.

—¿Y realmente crees que este hermano irresponsable que dejó su imperio en manos de alguien a quien todos odian es apto para gobernar?

Malini tuvo que hacer un esfuerzo para no inmutarse. Pensó en Aditya: su moralidad, su bondad, la forma en la que la miraba, con cariño. Imprudente, sí. No podía negar que lo era. Pero era mejor hombre que Chandra. Nunca la había amenazado con un cuchillo. Nunca intentó quemarla viva.

No era, ciertamente, un estándar alto para juzgar a Aditya. Pero, ah, por las Madres, si el voto entre las naciones requería de un vástago masculino de Divyanshi en el trono de Parijatdvipa, ¿quién más sino él podría ocupar ese lugar?

—Permíteme decir simplemente que los hombres de mi familia tienen un problema con la indulgencia excesiva en la religión. Pero, aun así, Aditya es un buen hombre. Y Chandra no lo es.

—¿Qué lo hace un hombre malo? —preguntó Priya.

Malini tragó saliva.

—¿No es prueba suficiente que queme mujeres? ¿Que me quiera quemar? Él está... poseído.

No le contaría a Priya su infancia. Todos los años de terror creciente que nadie parecía ver o comprender. No hablaría de todos los sruganis y dwaralis, saketanos y aloranos a los que él había indignado, mucho antes de tener la oportunidad de sentarse en el trono.

—Chandra es un hombre con una visión de cómo debería ser el mundo. Es una visión horrible. Y es capaz de hacer sangrar al mundo con tal de que encaje en ella.

Algo brilló en los ojos de Priya. Malini siguió adelante.

—Chandra destruirá a Ahiranya tal como la conoces —dijo—. Pero Aditya no lo haría. Y a cambio de que me ayudes... puedo pedirle más de lo que Ahiranya tiene ahora.

—Dime.

—El mismo poder que poseen todas las ciudades-Estado de Parijatdvipa —dijo—. Gobernantes propios. Lugares en la corte, para ayudar en la administración del imperio. Un grado de libertad dentro del imperio.

—No puedes prometerme eso —dijo Priya de inmediato. Sus ojos estaban muy abiertos.

—Aditya tiene un fuerte apoyo —respondió Malini—. Y cuenta con el factor sorpresa. Chandra no sabe qué fuerzas se han acumulado contra él. Ni siquiera sabe dónde está Aditya. Solo sabe que yo, junto con mis damas de compañía, lo traicioné, despertando malos sentimientos contra su reinado. ¿Y qué podríamos hacer, su hermana llorona y otras dos mujeres tontas, para comprometer realmente su trono?

—Por todo eso —dijo Priya—, a cambio de todo eso, ¿qué quieres? ¿Que no sigan envenenándote? ¿Ser liberada del Hirana? No te liberaré. No si al hacerlo pongo a la familia del regente en peligro inmediato. Debes pedir algo más.

—Quiero ser libre —dijo Malini—. Ya lo sabes. —Plegó su deseo y lo apartó de sí. Dejó que se hundiera, en el fondo—. Pero hay otras cosas que necesito. Yo no puedo escapar del Hirana, pero... ¿tus poderes te permitirán hacerlo?

—Tal vez —dijo Priya, precavida.

Eso era tan bueno como un sí.

—Un hombre leal a mí aguarda en Hiranaprastha —dijo Malini. Conservaba esa esperanza—. Aguarda noticias mías. Todo lo que pido a cambio del futuro de Ahiranya es que le lleves un mensaje y me traigas su respuesta.

—¿Qué tipo de mensaje?

—Si tú no me liberas, él intentará encontrar un modo de hacerlo —dijo Malini—. Una estrategia silenciosa que no exponga nuestros planes. Si es que la hay. Y si no... —Sus manos se crisparon, cerró los puños—. Entonces le agradeceré que me informe sobre cómo continúa nuestra tarea y que le envíe un mensaje a Aditya.

Priya estaba muy quieta. Malini la miró, sopesando la tensión de su cuerpo, la inclinación de su cabeza, y se preguntó cuánto le faltaba para romper sus resistencias.

—Hablaste del odio hacia los que tienen sangre imperial —murmuró Malini—. Hablaste de tus seres queridos que fueron quemados. Bueno, yo también he perdido en la pira a personas que amo. Por las órdenes de mi hermano. Logremos que quede fuera del trono, Priya.

La franqueza, una dolorosa franqueza, se dibujó en el rostro de Priya ante esas palabras. Los ojos se agrandaron, la boca se entreabrió con tantas palabras guardadas que no podía pronunciar. El gesto se desvaneció un instante después, dejando nada más que determinación en su lugar.

—Si lo hago, si te ayudo, entonces ya no seremos ama y sirvienta —dijo Priya lentamente—. Fuera de aquí puedes ser la princesa imperial y yo puedo no ser nada, pero aquí soy alguien útil. Tengo algo que necesitas. Y no seré tu herramienta ni tu arma. Seré tu igual. ¿Estamos de acuerdo?

Priya odiaba que la menospreciaran. Odiaba no ser vista. Odiaba que la creyeran débil. Malini lo había notado cuando Pramila la golpeó, cuando una mirada negra y calculadora parpadeó, solo por un momento, en los ojos de la sirvienta.

Fue una suerte, entonces, que siempre fuera tan fácil encontrarse con su mirada. Poder mirar ese rostro y darle lo que quería, simplemente permitiéndose ser honesta. No tener que manipular a Priya era como una pequeña bendición.

—Eres inmensamente poderosa —le dijo Malini—. Y si eliges creer que te estoy manipulando, o no, por favor créete esto: te estoy diciendo la verdad cuando digo que necesito una amiga. Y tú has sido... muy amable. —Ah, cuánto extrañaría esa amabilidad—. Debo saber: ¿cómo quieres que te llame?

—Solo Priya —dijo secamente—. Como ya me llamas.

—Entonces, a cambio, seré Malini para ti.

—De acuerdo —dijo Priya, y el corazón de Malini se disparó incluso cuando se le hizo un nudo en el estómago. Tratos, promesas sobre lo acordado. Esto no se acababa nunca—. Ahora, Malini. Háblame de este hombre y dime dónde puedo encontrarlo.

Capítulo Veintiséis

BHUMIKA

S e enteró del fuego cuando sonaron las caracolas. Había ocurrido un ataque en el *haveli* del Señor Iskar, le dijo un capitán, cuando llegó con una guarnición adicional de soldados para proteger su casa. Pero él no sabía nada más.

Esperó en su palacio de las rosas para ver si algo, alguien, también atacaba el *mahal*. No tenía idea de si su esposo estaba vivo. Solo podía sentarse, pensar y obligarse a mantener la calma.

Los miembros más vulnerables del *mahal* se unieron a ella: las sirvientas más jóvenes y más viejas, algunos niños y el puñado de enfermos de podredumbre que servían en silencio en su casa. Estaban de pie en un extremo de la habitación, en la sombra; los niños sollozaban y las sirvientas permanecían en un silencio estoico.

Entre los enfermos, vio al niño que Priya había llevado a la casa. A Khalida no le había gustado cuando ella autorizó que el chico tuviera un puesto de trabajo. Pero no había causado ningún problema desde entonces. Nadie le había presentado quejas a Khalida ni, por extensión, a la propia Bhumika. De hecho, casi ni había pensado en él desde que lo permitió.

Pensó en él entonces. Era más fácil mirar sus hombros encorvados y su barbilla baja, la forma en la que se mantenía alerta, exactamente de la misma manera en la que lo hacía Priya cuando Bhumika la llevó a su casa por primera vez, que contemplar lo que podría estar sucediendo más allá de las paredes de su hogar.

—Ven aquí, niño —dijo haciéndole señas suavemente.

Él se acercó muy despacio, luego se detuvo y esbozó una extraña reverencia. Iba vestido con una túnica de servicio y un *dhoti*, el tipo de prendas que se le da a cualquier sirviente del *mahal*, pero el chal que llevaba encima estaba sucio, deshilachado en los bordes.

—Tu chal está muy gastado —dijo—. ¿No tienes otro?

Él negó con la cabeza.

—No, mi señora —respondió; su voz era un graznido de nerviosismo.

—¿Pediste uno?

Negó con la cabeza una vez más.

Bhumika miró a Khalida, quien con un ligero movimiento de cabeza y el arqueo de una ceja le dio a entender que el niño no había pedido un chal nuevo ni ningún tipo de ayuda.

—Khalida, ¿podrías traerme...? —dijo Bhumika.

—¿Sí, mi señora?

—Mi chal pardo —dijo—. Por favor.

Khalida llevó el chal. Era sencillo, pero bien confeccionado, con lana muy fina y resistente. Lo mantendría abrigado y ocultaría bien las manchas de su piel. Bhumika le explicó todo eso mientras se lo colocaba sobre los hombros.

Se dio cuenta de que él estaba temblando.

—Rukh —dijo ella, y él se sobresaltó—. No hay nada que temer —lo tranquilizó—. Estamos en el corazón del *mahal*, y bien protegidos. Todo irá bien. Estás a salvo.

El chico asintió lentamente, sin mirarla a los ojos. Se envolvió con más fuerza en el chal, tocando la tela como si fuera preciosa, de mucho valor. Más digna que su propia piel.

Un guardia llamó a las puertas y entró.

—Mi señora —anunció—. Él está aquí.

Bhumika se levantó tan rápido como pudo, que no fue ni la mitad de rápido de lo que le hubiera gustado.

—Llévame con él —dijo.

Vikram estaba acostado en la cama en sus aposentos privados, sin su túnica. Un médico estaba volviendo a vendar una herida reciente en su costado, un corte profundo y sangriento. Él la miró y Bhumika hizo un ruido, una exclamación sin palabras de alivio y horror.

—Esposo —dijo ella, y se acercó para sentarse a su lado. Vikram le tomó la mano entre las suyas. Olía a humo y sangre.

—Me alegro —dijo entrecortadamente—, me alegro mucho de que no estuvieras allí.

Él se lo contó todo. El Señor Iskar había estado celebrando el nacimiento de su hijo. Había sido un evento hermoso. Entonces los rebeldes habían atacado.

—¿Y el Señor Santosh? —preguntó ella.

—Ileso —respondió—. Insistió en liderar una fuerza en la ciudad para buscar a los rebeldes. —Su mandíbula se tensó visiblemente por la frustración y el dolor—. Traté de detenerlo, pero mi herida me lo impidió.

—¿Encontraron a los rebeldes? —preguntó Bhumika.

Pero eso no era lo que ella realmente quería saber. ¿Qué había hecho Santosh en la ciudad, sin la supervisión de su esposo? ¿A cuántos transeúntes inocentes había herido? ¿Cuántas casas y comercios había dañado? ¿Cuánta destrucción había dejado a su paso? La frustración y la ira se apoderaron de ella ante la realidad de que su esposo herido no pudiera liderar esa ofensiva; que Santosh, en consecuencia, estaba ganando poder más rápidamente de lo que ella había esperado.

—No sé. He enviado hombres para que lo sigan. Tendré noticias de los daños pronto, espero —dijo Vikram sombríamente—. Pero, por ahora, sigo en la ignorancia. No pude irme. No pude seguirlo. Me quedé con el cuerpo del Señor Iskar después de que su esposa... — Tragó espasmódicamente—. Había tanta sangre. —Su voz se ahogó—. Perdóname. No debería hablarte de esto.

—¿El Señor Iskar está muerto? —Bhumika sabía que el horror se había filtrado en su voz una vez más.

—Sí.

—¿Y su esposa?

—Sí. Entre otros. Sí.

Ella lo consoló con palabras suaves, rozando su mano con el pulgar, incluso mientras su mente corría.

Pensó en Ashok con furia.

—¿Que pasará ahora? —preguntó en voz baja. Trató de sonar como si temiera por Vikram específicamente, y no por nadie ni nada más.

—El Señor Santosh ya está usando esta tragedia como una oportunidad para aumentar su influencia —dijo Vikram—. Y el emperador... el emperador querrá lo que siempre quiere.

—Ya veo —dijo Bhumika—. Si así es como son las cosas... ¿Qué debes hacer, esposo?

—Le recordaré a Santosh que él no es el regente de Ahiranya. Hasta que el emperador lo nombre como tal, ese título es mío. —Su voz era dura—. Mantendré mi gobierno. Mataré a los rebeldes. A cada uno de esos enmascarados. Y si el emperador exige que las mujeres sean quemadas... —Un suspiro dolorido—. Haré lo que deba. Tendremos paz.

"Así no se sofocan los conflictos", pensó Bhumika. Pero no lo dijo. Se quedó en silencio.

—Estoy cansado —dijo él, los nudillos contra su frente; su rostro era la viva imagen del agotamiento—. Cansado de matar. Cansado de tratar de hacer algo por este lugar abandonado. Pero es el único trono que tengo y trataré de conservarlo. He hecho todo lo que he podido por Ahiranya y continuaré haciéndolo.

—Los rebeldes mataron al Señor Iskar, que las Madres lo amparen, por el poeta y las mujeres que condenaste a muerte —dijo Bhumika con suavidad. Tan suavemente como si su voz fuera un paso en el suelo más frágil de azúcar hilado—. Quizá más muertes solo empeoren esta situación.

—Alégrate de no haber estado allí —dijo Vikram—. O no dirías cosas tan tontas. —Le acarició el cabello. Creía estar consolándola—. Habrá más muertes, de una forma u otra. Pero te prometo que mi camino será mucho menos sangriento que el que trazaría Santosh.

Bhumika permaneció al lado de Vikram en las tensas horas que siguieron, ayudando al médico a administrarle una mezcla débil de vino y flor de aguja, y a las criadas a limpiar la sangre y las cenizas restantes en el cuerpo de su esposo. Después de que el médico se retirase, Bhumika ayudó a Vikram a vestirse con una túnica nueva y un *dhoti* de seda ligera que no agravaría su lesión. Aunque ella era consciente de su herida, cuando terminó la tarea, él estaba más demacrado que nunca por el dolor.

Un momento después, hubo un clamor más allá de la puerta. El comandante Jeevan entró sin ser anunciado, su armadura blanca y dorada llena de suciedad y sangre, su expresión sombría. Su mirada parpadeó hacia Bhumika, luego hacia otro lado, mientras se inclinaba.

—Mi señor —dijo Jeevan—. ¿Estás bien?

—Sin cortesías —dijo Vikram brevemente—. Cuéntamelo todo.

Jeevan lo hizo.

Mientras describía lo que el Señor Santosh y sus hombres habían hecho en la ciudad, la expresión de Vikram se volvió más sombría. Cuando Jeevan se quedó en silencio, el rostro del regente estaba tan tenso por el dolor y la ira que Bhumika buscó automáticamente el brebaje de flores de aguja que el médico le había dejado. Cuando empezó a servirlo, él hizo un gesto tenso y enfadado con la mano.

—No.

Ella bajó la taza y la jarra, sin ofrecerle nada.

—Tráeme al Señor Santosh tan pronto como regrese —dijo Vikram al comandante—. En cuanto llegue, lo quiero aquí. Al instante. ¿Me entiendes?

—Ya está regresando, mi señor —respondió el comandante Jeevan—. Mis hombres lo tienen vigilado. Me ocuparé de ello.

—Ve —ordenó el regente.

El comandante se inclinó una vez más, luego giró sobre sus talones y se fue.

—Bhumika —dijo finalmente Vikram—. Debes irte ahora.

Ella negó con la cabeza y le tomó una de las manos entre las suyas, con los ojos bajos.

—No te dejaré hasta que esté segura de que estás bien —murmuró; cada centímetro de su cuerpo interpretaba el papel de la esposa devota. Antes de que él pudiera protestar de nuevo, le apretó la mano con fuerza y luego la soltó, diciendo—: Pero esperaré en el balcón hasta que el Señor Santosh se haya ido. Lo prometo.

Salió al balcón sombreado, sin darle tiempo a ordenarle nuevamente que se fuera. Desde allí, podía ver los terrenos del *mahal*. El cielo. De pie en el borde más alejado del balcón, ella ya no era visible para él desde su cama. Tendría que ponerse de pie si quería buscarla, o gritar si quería obligarla a retirarse. No se sorprendió cuando él permaneció en silencio.

No pasó mucho tiempo antes de que la puerta se abriera de nuevo y se anunciara al Señor Santosh.

Las voces le llegaban apagadas, pero Bhumika oyó el ruido sordo de las botas de Santosh. Su saludo. Vikram no se lo devolvió.

—Me he enterado de lo que has hecho, Señor Santosh —dijo Vikram.

Vikram usaba cierto tono al hablar con Santosh. Era un tono diplomático; buscaba aplacar, manipular, mantener la paz mientras navegaban por lo más espinoso de la política.

Ese tono se había ido. Esa noche sangrienta claramente había destrozado su paciencia. Con mordacidad, dijo:

—¿Quieres que te cuente lo que presenciaron mis soldados? Edificios saqueados. Hombres y mujeres que corrían para salvar sus vidas, sus hogares destruidos. Mendigos degollados.

—Mendigos ahiranyis —aclaró Santosh con desdén.

—También dañaste el distrito de las lámparas rosadas —dijo Vikram—. La fuente de ingresos de los nobles de Ahiranya. Eres consciente del valor de las casas de placer para la economía ahiranyi, ¿no? ¿Para las arcas del emperador? Debes de saberlo. Así que dime, Señor Santosh. ¿Por qué lo hiciste?

Hubo un latido de silencio.

—Los ahiranyis mataron al Señor Iskar —dijo Santosh lentamente, incrédulo—. Casi te matan.

—¿Por qué lo hiciste? —repitió Vikram, con la voz entrecortada.

Bhumika hizo una mueca. Su esposo no estaba ocultando su ira.

Debería haber consumido la flor de aguja cuando ella se la ofreció. Habría aliviado su dolor y lo habría ayudado a controlar su temperamento, generalmente contenido, pero que la agonía había desatado.

—Hice lo que fue necesario para recordarles a los ahiranyis su lugar —dijo Santosh, después de una pausa. Su voz de repente era untuosa, empalagosa. Bhumika apretó la mano sobre la balaustrada y escuchó la cadencia, la advertencia que su repentina obsequiosidad llevaba consigo—. Has estado ausente durante mucho tiempo del corazón del imperio, general Vikram. Quizá no entiendas el tipo de gobierno que el emperador Chandra espera de ti. Cuando salvajes como estos ahiranyis matan a los nuestros, deben ser aplastados con mayor fuerza. Todos deben enfrentarse a la justicia.

—Claramente no entiendes a Ahiranya, Señor Santosh —dijo Vikram con una voz neutra que no sirvió para ocultar su furia—. No comprendes a su gente. No como yo. No sabes cómo manejarlos. Tu actitud los convertirá en perros rabiosos que muerden las manos de sus amos.

Bhumika oyó un gruñido de agonía, mientras él se acomodaba en la cama. Cuando ella lo había dejado, estaba recostado contra los cojines. Pero en ese momento, al oír la intensidad de su voz, podía imaginar perfectamente la forma en la que se inclinaba hacia delante, tensando su herida, con los ojos fijos en Santosh. Deseó estar en la habitación, donde podría leer sus caras y sus cuerpos. Pero solo podía quedarse quieta y escuchar, midiendo la respiración forzada de su esposo y el pesado silencio de Santosh.

—Te diré algo que sé sobre los ahiranyis —continuó Vikram—. Cuando se ejecuta a un rebelde, ya sea un escriba, un poeta o un asesino, la gente ahiranyi se dice a sí misma: "El hombre violó la ley. Tal vez merecía morir". Cuando quemaron a las mujeres, la gente dijo: "Ellas eran rebeldes, ¿no es así? Deben de haber hecho algo que les deparó este destino. Lo que les pasó a ellas no me pasará a mí". Buscan razones, reglas, y a través de esas reglas aprenden que mientras sean obedientes, estarán a salvo. Su miedo los entrena. Pero esta noche, Señor Santosh, has matado a hombres y mujeres que no eran rebeldes, que no sabían nada de lo que le había sucedido al Señor Iskar, que vieron a un señor de Parijat, tú, Santosh, atacarlos sin motivo. Esos ahiranyis verán lo que hiciste y se asustarán. Se indignarán. Creerán que se les ha cometido una injusticia contra ellos. Nobles y plebeyos por igual.

"Cuando los niños del templo se quemaron —agregó en voz baja—, aprendí exactamente hasta dónde se puede empujar a la gente de Ahiranya. Aprendí que un acto aparentemente sin sentido puede convertirlos en enemigos. Y tú, Señor Santosh, has ido demasiado lejos. Has unido a los ahiranyis. El emperador no te lo agradecerá.

Santosh no dijo nada. Pero, oh, Bhumika bien podía imaginar la expresión que tenía.

"Has hablado demasiado, esposo", pensó.

Santosh no era un hombre al que le gustara que lo regañaran. Su orgullo era demasiado exagerado y Vikram lo estaba destrozando. Tenía miedo de que Santosh juntara los restos, todas esas astillas cortadas por las palabras de Vikram, e hiciera cuchillos con ellas.

Y su esposo no había dejado de hablar todavía.

—Tendré que ser indulgente, para compensar tu error de juicio —continuó Vikram—. Debería cerrar la ciudad, por el bien de la seguridad. Pero los ahiranyis querrán celebrar el festival de la oscuridad de la luna.

—Un festival herético —dijo Santosh con voz fina y petulante.

—Un festival que tiene valor para los ahiranyis —corrigió Vikram, todavía calmado—, y que les permitiré celebrar a pesar de las acciones de los rebeldes, como una demostración de la benevolencia del emperador y mía. No convertiré a los ciudadanos de Ahiranya en nuevos rebeldes, Señor Santosh. Dejaré que su gratitud suavice su indignación.

Santosh hizo un ruido. Una risa. Afilada, alta. Oh, Bhumika deseaba poder ver su rostro. Su mirada.

—Ya veo —dijo—. Te harás amigo de ellos, ¿verdad? Por supuesto que lo harás. Tú, con tu pequeña esposa ahiranyi y tus preciosos aliados nobles ahiranyi. Prácticamente te has convertido en uno de ellos. —El asco goteaba de su voz.

Bhumika oyó un ruido de pasos. Por un momento, se preguntó si él saldría furioso al balcón y se preparó, relajando los hombros, abriendo mucho los ojos para parecer pequeña, inofensiva, cualquier cosa menos la atenta oyente que era; pero luego lo escuchó detenerse. Y hablar. Su voz sonaba más distante, como si hubiera cruzado la habitación.

—Ahiranya no será tuya para siempre —dijo el Señor Santosh—. Casi no es tuya ahora. Intenta ganarte el favor de los ahiranyis si quieres. Que dirijan sus prostíbulos y adoren a sus dioses monstruosos. ¡Déjalos! Pero ganar su favor no salvará tu regencia, Vikram. El emperador es quien decidirá quién gobierna. Él me envió aquí. Él me dará Ahiranya.

—Cualquier cosa que el emperador me pida, la haré —dijo Vikram—. Lo que él pida, se lo daré. Pero aún no te ha nombrado como mi reemplazo. Ha sido un placer verte, como siempre, Señor Santosh.

Bhumika oyó un portazo. Santosh se había ido.

Cuando estuvo segura de que no regresaría, volvió a entrar en la habitación. Vikram estaba reclinado hacia atrás nuevamente, con los ojos cerrados, la boca ligeramente entreabierta mientras respiraba aguantando el dolor. Ella se acercó a su lado, considerando ya las consecuencias que tendría esa desafortunada conversación para la regencia de su esposo. Para Ahiranya.

Evitó cuidadosamente pensar en cómo había hablado su esposo de la gente de su pueblo. Había muchas cosas en las que se cuidaba de no pensar cuando estaba con él.

Vertió el vino en la copa.

—Bebe —dijo, y colocó la taza contra sus labios. Mantuvo su voz tierna, su expresión compasiva, como si la conversación no hubiera significado nada para ella—. Necesitas descansar. Deja que tu esposa te cuide, solo por esta vez.

Sin abrir los ojos, con absoluta confianza, él bebió.

Capítulo Veintisiete

E ra una de las cosas más fáciles que había hecho jamás. Ella preparaba toda la comida, después de todo. Era la que hacía la cena, los *parathas,* los encurtidos, los tarritos de *dhal* o de yogurt, si había alguno disponible. Preparó un plato para Pramila y colocó la dosis mínima de flor de aguja en su té. Con suerte, la dulzura del azúcar que había echado en la taza ocultaría el sabor.

Con manos que temblaban mucho menos de lo que deberían, considerando lo nerviosa que estaba, Priya preparó el resto de la comida. Las sirvientas habían dejado en su última visita bolsas de arroz y harina integral, de especias molidas, de cebollas y jengibre. Cuando Priya levantó una bolsa de harina, vio que un trozo de papel caía al suelo. Se inclinó y lo recogió.

Era una carta escrita con tinta índigo, manchada por haber estado doblada durante mucho tiempo entre dos bolsas, aunque alguien se había tomado la molestia de presionar un paño entre los dos bordes para secar el color. Reconoció la letra de Sima, su rudimentario zaban. Sima no escribía con frecuencia y su conocimiento de la lengua escrita era endeble.

"Mantente a salvo. Pienso en ti".

Debajo, Sima había dibujado un pajarito: una paloma gorda y joven, a la que había agregado ojos oscuros y plumaje con mucho cuidado.

Pensó en Sima sentada, volcando cuidadosamente esas palabras en la página para ella, y se le hizo un nudo en la garganta.

Se metió la nota en la blusa, terminó de cocinar y llevó la comida a la habitación de Pramila, con una sonrisa fija en el rostro.

Cuando finalmente regresó a la habitación de Malini, la encontró caída en el suelo de su celda, con una mejilla contra la piedra y los ojos muy abiertos. Priya corrió hacia ella.

—¿Qué ha pasado? ¿Estás bien?

—Claro que no estoy bien —jadeó Malini—. Yo... me he desmayado.

—¿Cómo...?

—Lo vi todo negro —dijo la princesa— y me sentí mareada. Y ahora estoy en el suelo. Eso es todo lo que sé. Por favor, ayúdame a levantarme.

Priya lo hizo, cargando el peso de Malini mientras esta se incorporaba para sentarse. Pudo sentir la humedad en la piel de la princesa.

—El mareo pasará —dijo Malini con firmeza. Parecía enfadada—. Va a pasar. Este es un efecto natural de dejar de tomar la flor de aguja, ¿no es así?

—No lo sé —respondió Priya, impotente.

—Dijiste que sabías sobre los efectos del veneno.

—Sí. Pero no soy sanadora.

—Bien, vale. —La mandíbula de Malini se tensó.

Levantó más la cabeza, como si luchara contra una fuerza invisible que le inmovilizaba el cráneo. Con cuidado, se puso de pie y luego se sentó en el *charpoy*.

Priya la miró.

—Debe de ser el efecto persistente de la flor de aguja —agregó finalmente Malini, como para tranquilizarlas a ambas—. Eso es todo. Estaré mejor a medida que pase el tiempo. ¿Estás lista, Priya? ¿Te has ocupado de Pramila?

—Está durmiendo. Lo he comprobado. Si vienen los guardias...

—No vendrán a mi habitación. Son sensatos.

—Pero ¿y si lo hacen?

—Simularé dormir —respondió la princesa—. Y si me despiertan, les diré que no sé dónde estás.

—Entonces, estoy lista —dijo Priya.

—Recuerdas...

—Recuerdo todo lo que me dijiste —asintió Priya con impaciencia—. Tenemos un trato, Malini. No te preocupes por nada.

El palacio de las ilusiones, le había dicho Malini, era el lugar al que tenía que ir. Priya había oído hablar de él. Era una casa de placer situada en una parte bastante elegante, si no terriblemente respetable, del distrito de las lámparas rosadas. Su nombre era a la vez una broma y una burla: había sido nombrado en honor a un antiguo mito que se contaba en todo el subcontinente sobre el palacio de una hermosa reina que tenía muchos esposos.

Sabía que iba a encontrarse con el joven señor que se hospedaba allí, un primo lejano de un príncipe de poco rango de Saketa, aunque ese no era, según Malini, su verdadero linaje. Debía darle un mensaje de la princesa, hacerle las preguntas que esta le había indicado y luego regresar. Todo esto, antes de que Pramila despertara.

Necesitaría la suerte de su lado.

Se echó un chal sobre los hombros.

—Priya. —La expresión en los ojos oscuros de Malini era ilegible.

—¿Sí?

Nada. Por un largo rato.

—Espero que regreses a salvo —dijo finalmente la princesa—. Espero que estés bien. Pensaré en ti.

¿Por qué Malini seguía insistiendo en que realmente le importaba? Priya se sintió en carne viva. Quería que ella la cuidara, quería disfrutar de ese cariño, fundirse en él. Pero el resto de sí misma era cauteloso, quería acorazarse.

—Por supuesto que lo harás —dijo—. Soy la única aliada que tienes aquí. Estarías indefensa sin mí.

Malini no se inmutó, pero había algo en su quietud que hizo que el corazón de Priya se encogiera, solo un poco, con una culpa que no quería sentir.

—Volveré pronto —murmuró—. Solo espera y verás.

Salió de la habitación y caminó hacia el *triveni*. La oscuridad más allá era casi completa. El resplandor de la luna creciente era tenue, las luces de la ciudad eran meras salpicaduras de oro sobre negro.

Cerró los ojos. Sintió la llamada de la magia, un río que surcaba su piel. Pensó en la forma en que el Hirana se había movido debajo de ella; las tallas se habían vuelto más nítidas, como si resucitaran de la destrucción de las paredes. Pensó en cuánto había crecido también su conexión con él.

Aspiró una bocanada de aire fortalecedor y bajó a la superficie del Hirana.

La piedra estaba caliente bajo sus pies. Sintió el musgo nuevo contra sus suelas.

Dio un paso hacia abajo. Otro. Otro.

Capítulo Veintiocho

RAO

—**H**ay una mujer aquí que pide ver a su primo, Señor Prem —dijo uno de sus hombres—. Parece una sirvienta.

El anuncio los tomó por sorpresa. Prem y Rao se miraron a los ojos. La mandíbula de Prem se tensó, también sus labios.

En los tres días transcurridos desde el asesinato del Señor Iskar, incluso las casas de placer se habían visto invadidas por una atmósfera de inquietud. Los hombres de Prem habían investigado superficialmente los daños en el área local, después del ataque de los rebeldes y las represalias que siguieron, a cargo de los hombres del regente. Habían visto puestos de venta reducidos a astillas; casas saqueadas; mendigos muertos, derribados por caballos, olvidados en las esquinas de las calles. La casa de placer en la que se encontraban había sobrevivido, al parecer, por pura suerte.

Habían obtenido suficiente información para suponer que el Señor Santosh había estado detrás del daño infligido a la ciudad. "Es exactamente el tipo de estupidez que haría un hombre como él", había dicho Prem, con disgusto en su voz. Rao asintió y trató de entender la decisión del general Vikram de dejar la ciudad abierta después. Se preguntó cómo se relacionaba el acto de un señor con el del otro, cómo la brutalidad de Santosh había desencadenado la magnanimidad del general Vikram y qué decían sus elecciones sobre el verdadero equilibrio del poder en el *mahal* del regente. Si hubiera tenido más tiempo y recursos, Rao habría perseguido las respuestas como un depredador con el olor de la sangre en la nariz.

—¿Quién la dejó entrar? —preguntó Prem—. ¿Ninguno de los guardias la detuvo?

—¿Por qué detendrían a una sirvienta? —dijo Lata. Se sentó cómodamente en una pila de almohadas con un libro en sus manos. No levantó la vista mientras pasaba la página—. Nadie detiene a las sirvientas.

—Después de lo que le sucedió al Señor Iskar, y en ese templo ahiranyi, no lo olvidemos, deberían hacerlo —murmuró Prem—. Además, ¿y si ella es una espía de ese presumido Señor Santosh? No creo que sospechara de mí, pero debemos tener un poco de cuidado. ¿Qué es, parijati?

—Ahiranyi, creo, mi señor.

—Bien, entonces probablemente no sea una de sus espías —dijo Prem más relajado.

Se inclinó hacia delante, con los codos sobre las rodillas cruzadas. En el suelo, entre él y Rao, había una cruz bordada en seda, el tablero de un juego de *pachisa*. Arrojó seis caracolas de cauri al suelo con un pequeño ruido. Una de ellas cayó hacia arriba y Prem maldijo suavemente.

—Estoy perdiendo —dijo—, así que vete si quieres. —Guardó los cauris—. ¿Estaba prevista esta reunión?

—No —respondió Rao, y agregó, dirigiéndose al guardia—: ¿Dijo ella por qué quiere verme?

—No, mi señor.

Rao se puso de pie, haciendo una mueca ante la punzada de su herida, que aún no había cicatrizado del todo. Escuchó el silencio de la tarde. Los insectos que zumbaban más allá de la terraza. El sonido del agua que manaba de la fuente. Y tomó su decisión.

—Ya voy.

La criada esperaba en el pasillo. Era una mujer sencilla ahiranyi, vestida con un sari humilde, de poco más de veinte años, cabello negro suelto y piel oscura, nariz asimétrica y ojos penetrantes. Hizo una reverencia superficial de respeto y luego dijo, sin preámbulos:

—Ella me dijo que buscara a un hombre que se hace llamar Señor Rajan, primo de un príncipe menor de Saketa. ¿Es usted?

Rao se sorprendió por su franqueza.

—¿Quién pregunta?

—Mi... ama —dijo entrecortadamente; se detuvo ante la palabra "ama", como si luchara por encontrar el término que deseaba usar—. ¿Es usted el Señor Rajan?

—Sí, soy yo —respondió—. Dime el nombre de tu ama.

La mujer ahiranyi negó con la cabeza.

—Ella me pidió que le dijera que hace mucho tiempo le robó su cuchillo. No su daga. Su cuchillo. —La criada lo repitió como si se lo hubiera aprendido de memoria—. Y además quería que le dijera que se alegró cuando usted se lo devolvió a su hermana y a ella. El arma le dio esperanza. —Lo miró a los ojos, su mirada era muy intensa—. ¿Quizás ahora reconoce a mi ama?

—Ven conmigo —dijo él en voz baja, y empujó la primera puerta que encontró. Ella lo siguió a una sala de baños y él cerró la puerta firmemente detrás de ellos.

—¿Cómo sé que realmente vienes de parte de ella? —preguntó Rao bruscamente. La esperanza había roto su voz en pedazos.

La criada se encogió de hombros, un único movimiento de subida y bajada.

—No sé. ¿Alguien más sabe la historia que le conté?

Rao tragó saliva.

—Nadie que aún viva —logró decir—. Pero alguien podría haberle arrancado los detalles bajo tortura.

—Bueno, no es lo que ha ocurrido —dijo la sirvienta concisamente—. Y no tengo mucho tiempo. Debo volver con ella y traigo preguntas para las que necesita respuestas.

—Dímelas.

—¿Puede usted salvarla? —preguntó la criada sin rodeos—. ¿Puede sacarla de su prisión? ¿Lo está intentando?

—Lo estoy intentando, sí —dijo Rao—. Pero la necesidad de mantener todo en secreto hace... difícil que tengamos éxito. No estoy seguro de poder liberarla —admitió con reticencia—. Pero continuaré esforzándome.

—Bien. El príncipe Aditya —continuó ella—. ¿Todavía vive? ¿Está bien?

—Hasta donde me han informado, está vivo y bien.

—¿Tiene muchos seguidores a su alrededor?

—Tal vez más de los que esperaba —respondió Rao—. Hice todo lo que pude para guiar a todos aquellos que eran de fiar al lugar donde tenían que estar.

No mencionó el arduo trabajo de su padre para aliar los reinos de Parijatdvipa en contra del emperador, en ausencia de Malini. Antes de la pira, en el momento en que había sentado por primera vez las bases para sus maquinaciones, ella le había escrito al rey Viraj una carta en fluido idioma alorano en la que le pedía ayuda; se había reunido con él en secreto, con la ayuda de Alori y el propio Rao, para debatir los pros y contras de que el gobierno quedase en manos de Aditya. El padre de Rao había sido casi el primer converso a su causa.

Después de la quema de Alori, después del encarcelamiento de Malini, el padre de Rao se había hecho cargo de esa misión. Al igual que él, dentro de sus posibilidades.

Pero todo eso era más de lo que la sirvienta necesitaba oír. Rao no sabía si esa mujer sabía que él en realidad era un príncipe de Alor, pero, francamente, no quería que lo supiera.

Estaba inclinada hacia delante con urgencia.

—¿Quiénes? Dígame sus títulos, al menos, si no sus nombres.

—Señores del mismo Parijat. Varios príncipes menores de Saketa, aunque no se ha contactado al príncipe supremo ni a sus favoritos más cercanos. Sus hombres tomaron el camino largo a Srugna, bordeando las fronteras imperiales. No hay señales de que hayan sido vistos. Asegúrate de decirle eso. Ella querrá saberlo.

—¿Quién más? Debe de haber más.

—¿Estás segura de que recordarás todo esto?

—Lo recordaré —dijo la criada, con la voz al límite de la paciencia—. Continúe, mi señor.

—El sultán de Dwarali ha enviado emisarios en su nombre, con sus propios jinetes. —Y no habían sido poco llamativos, en sus monturas de color blanco puro con sillas de montar de color rojo sangre.

Pero la criada tampoco necesitaba saber nada de eso—. Tenemos un buen número de aliados. El rey de Srugna también ha echado su suerte con nosotros.

Si la criada quedó impresionada o alarmada por algo de aquello, si entendió las implicancias de lo que él le estaba diciendo, su rostro no lo demostró en absoluto. Rao admiró su impasibilidad.

—Bien. Se lo diré.

—¿Y cómo está ella? ¿Cómo le va? —preguntó, y esperó que su pregunta no sonara como la sentía en su corazón.

La criada le dirigió una mirada suspicaz.

—No está bien. Ha estado enferma durante mucho tiempo.

—¿El general Vikram le ha conseguido un médico?

La criada le dedicó una sonrisa tensa y negó con la cabeza.

—El general tiene atribuciones limitadas sobre su cuidado. Por orden del emperador, me han dicho. Además, es su medicina la que la está matando. Ella sabe que es así.

—¿Y quién eres tú para ella?

—Su única asistente, mi señor. Y la que se asegura de que su envenenamiento no continúe.

—¿Y cómo te beneficia eso? —preguntó Rao.

—Ah, mi señor —dijo la sirvienta—. Lo hago solo por el amor y la lealtad en mi corazón.

Había un rastro de verdad en esa ocurrencia, pensó él. Algo en la inclinación de su barbilla, la forma de su boca mientras decía las palabras, se lo indicaba. Malini tenía una forma de ganarse a la gente, les gustara o no. Y, sin embargo, no era toda la verdad, por supuesto.

—¿Tienes algo que pueda usar para liberarla? —preguntó Rao. Los esfuerzos de Prem habían fracasado. No le quedaba nada más que esto: la esperanza de que una criada les diera una posibilidad y una respuesta—. ¿Algún conocimiento, alguna información, algún aliado que pueda buscar?

Prem se habría reído de él por pedirle aliados a una sirvienta. Pero las personas que eran invisibles para los demás a menudo sabían mucho más de lo que la clase noble respetaba o entendía.

—No sé. —La joven apartó la mirada de él cuando sonaron pasos en el pasillo, que luego se alejaron—. No debería intentar asaltar el templo, o algo así de absurdo. No hay un camino fácil para subir y bajar el Hirana. Su superficie es peligrosa. Y también hay guardias. Tendría que abrirse camino a través del *mahal* del regente y sus terrenos, y subir sin tomar el camino seguro marcado por la cuerda. No sería capaz de hacer todo eso. Ni siquiera con un ejército.

—Pero tú puedes hacerlo —dijo Rao.

Una sonrisa irónica asomó en el rostro de ella.

—Nadie se fija en las sirvientas, mi señor. Y yo soy ahiranyi. Conozco el Hirana mejor que usted. Pero la princesa no puede descender por el Hirana para liberarse, y yo no puedo simplemente acompañarla hacia las puertas.

—¿Ella no ha enviado nada para mí?

—Nada más que la información que ya le he dado sobre su salud y sus preguntas.

—¿No me propone ninguna manera de salvarla?

—Creo que ella esperaba que usted encontrara una, mi señor.

Ese comentario desató la risa de él. Aunque su idioma zaban era tosco y su expresión, odiosa, descubrió que ella le gustaba, lo cual lo horrorizó ligeramente.

—¿Puedes decirme tu nombre? —preguntó.

—Priya —dijo después de una pausa renuente.

Priya. Un nombre común en todo Parijatdvipa. Un nombre dulce para niñas de mejillas redondas y también para novias mansas. Esta mujer no era ninguna de las dos cosas.

—Priya —repitió—. Gracias por venir a mí. Por favor, dale a tu señora un mensaje mío a cambio. —Respiró hondo—. Dile que debe aferrarse a la esperanza. Dile que su trabajo aún no ha terminado. Que esperaré noticias de ella y continuaré tratando de salvarla. Y dile... —Parpadeó; no deseaba mostrar sus emociones ante esta mujer— que soy su leal sirviente. Tal como le prometí. No he olvidado, y nunca olvidaré, la promesa que hicimos sobre un cuchillo.

Ella había extendido el paño primero, alisándolo con los dedos sobre la mesa lacada. A continuación, apoyó el cuchillo. Comparado con la mesa y la muselina, era tosco y feo, sin adornos; terminaba en una punta afilada y práctica.

Pero era el cuchillo de él.

No había pedido vino, ni té, ni vasos altos de *lassi* o sorbete fresco en esa tarde calurosa. No habría sirvientes que los molestaran. Había vivido en el *mahal* imperial desde que era un niño de ocho años, enviado para fomentar los lazos entre Alor y Parijat, y en todo ese tiempo nunca había estado solo en una habitación con la princesa imperial.

En ese momento sí lo estaba.

Permanecieron en silencio durante un rato.

—Mi padre ha muerto —dijo la princesa Malini.

Casi saltó cuando ella habló.

—Lo sé. Lamento tu pérdida, princesa.

—Y mi hermano —agregó ella—, mi amado y honorable hermano se ha ido donde nadie puede encontrarlo. Chandra es el único que queda para encender la pira de mi padre. Para sentarse en su trono. Estoy segura de que, cuando llevaste a Aditya al jardín de los sin nombre, no tenías la intención de que esto sucediera.

—No, princesa. No fue mi intención. Pero los caminos de la fe sin nombre no están bajo el control de los mortales. De una forma u otra, Aditya habría encontrado el jardín. Y habría oído a nuestro dios. Es su destino, está escrito en las estrellas de su nacimiento.

—No creo que las cosas sean así —dijo la princesa—. Que no tengamos opciones. Y aun si nuestro destino está sellado por las estrellas en nuestro interior, entonces no veo por qué no podemos ceder a las necesidades de nuestro tiempo y alejarnos de nuestro camino prescrito. —Tocó con las yemas de los dedos el lado sin filo de la hoja. Todavía había ceniza en su piel, donde había tocado los restos de su padre, en un último acto ritual de duelo—. Quiero ver a Chandra fuera de un trono que no merece. Y quiero que Aditya lo ocupe. ¿Me puedes ayudar?

Él encontró su mirada. No era modesta ni humilde. La chica dócil y silenciosa, fácilmente propensa a las lágrimas, que Rao había esperado que fuera, que siempre había sabido que era, se había derrumbado. La princesa que estaba sentada frente a él era severa y tranquila, su mirada se clavó en él con tanta precisión como una daga en la garganta.

—Eso nos pondría a ti y a mí, y a todos los que consideramos personas valiosas, en peligro —dijo Rao.

—Tengo cartas de Aditya —dijo ella—. Sé dónde reside y lo convenceré de que regrese. Sea su destino o no, conoce su deber.

Eso hizo que Rao se quedara sin aliento.

—¿Sabes dónde está? ¿En serio?

—Tengo mis propios espías y mujeres —dijo—. Y mi hermano no tuvo el corazón, ni el sentido común, para dejarme sin decir una palabra.

—¿Cómo está él? —preguntó Rao—. ¿Está...?

Malini negó con la cabeza. No le diría nada. Aún no.

—Ya sabes cómo es Chandra —dijo—. Sabes lo que hará. Puedo asegurarte, príncipe Rao, que tus temores no son infundados. Mi hermano es la misma criatura que era cuando niño y cuando era joven. Piensa que los principios de su fe purificarán la sangre de sus manos. Cree que las atrocidades que comete son bendiciones.

—No ha cometido atrocidades.

—Si el destino está escrito en las estrellas, estoy segura de que sus atrocidades también están escritas —dijo Malini—. Pregunta a tus sacerdotes. O mejor aún, pregúntale a tu propio corazón. No es necesario ser devoto de un dios para saber lo que hará.

Rao pensó en todo lo que había visto de la manera de ser de Chandra. Había crecido junto a él, al fin y al cabo. Se estremeció.

Malini seguía mirándolo.

—Tenemos un pacto entre nosotros, príncipe Rao —continuó la princesa—. ¿No es así?

Él dejó escapar un suspiro y se puso de pie con ella. Dobló la muselina alrededor del cuchillo y lo tomó.

—Sí —dijo—. Así es.

Su hermana Alori estaba de pie en la esquina de la antecámara más allá, con los brazos cruzados. Aparentemente, estaba de guardia para los visitantes, pero no estaba prestando atención a nada en particular. Su rostro estaba vuelto hacia arriba, captaba un rayo de sol moteado que entraba por la ventana de listones altos. Había pájaros jugando en el alféizar, periquitos verdes con picos anaranjados vivos; el revoloteo de sus alas arrojaba sombras sobre la cabeza levantada de Alori.

Ella lo miró entonces, sus ojos ensombrecidos por las alas.

—¿Ya está, hermano? ¿Os habéis puesto de acuerdo?

—Sí —le había dicho él—. Ya está.

Regresó a la habitación. Prem todavía tenía el tablero de *pachisa* frente a él, y algunos de sus hombres se habían unido a él en el juego. Levantó la cabeza cuando entró Rao.

—¿Tuviste una buena charla en la sala de baños? —preguntó, burlón—. Tengo que admitir que no sabía que te gustaban tan oscuras.

—Eres un tonto, Prem —dijo Rao con cansancio. Pasó junto a él y Lata, que todavía estaba acurrucada sobre su libro, y salió a la terraza.

Necesitaba el aire frío. Necesitaba olvidar.

Capítulo Veintinueve

PRIYA

No tenía idea de cuánto tiempo pasaría antes de que Pramila despertara, y la razón le dijo que lo mejor sería regresar al Hirana lo más rápido posible. Ciertamente, antes de que amaneciera.

Pero había estado privada su libertad durante mucho tiempo. Estaba acostumbrada a moverse: dejar el *mahal* e ir al mercado, comprar fruta fresca o *dosas* matutinas con *chutneys* dulces para contrastar con el frágil enrejado de la harina de garbanzos. Había disfrutado escondiéndose de Gauri con Sima, vomitando vino de palma en el huerto, riéndose tan fuerte que le dolían las costillas. Echaba de menos acostarse en su propia colchoneta para dormir.

Extrañaba a Rukh un poco. Y cuando recordó su rostro la última vez que hablaron, cuando pensó en Ashok y en lo que un hombre como su hermano podía hacer con un niño deslumbrado que estaba dispuesto a morir por él...

Pero ella no podía ir a buscar a Rukh. No tenía excusa para estar en el *mahal*, o ver a Sima, o siquiera tocar las sombras de su antigua vida.

Sin embargo, había una cosa que sí podía hacer.

La casa al borde del bosque se veía exactamente como la última vez que la había visitado; le pareció extraño, cuando tantas otras cosas habían cambiado.

Llamó suavemente a la puerta. Esperó.

Se abrió una rendija y la mirada alerta de Gautam se encontró con la suya. No parecía en absoluto cansado. Había algo tenso y aterrorizado en su expresión. Incluso en la oscuridad, pudo ver que su mano aferraba al mango de su hoz, teniéndola lista.

—Priya. ¿Qué estás haciendo aquí?

—Necesito hablar contigo. No tardaré mucho.

—Es medianoche, mujer estúpida.

Parecía que iba a cerrarle la puerta en las narices, así que Priya se inclinó y colocó su cuerpo entre el marco y la puerta. Lo miró fijamente, sin pestañear, manteniendo su expresión tranquila.

—Gautam —dijo—. Me ha enviado mi hermano. Déjame entrar. Y baja la hoz.

Como ella había sospechado, él vaciló. Luego obedeció.

La condujo más allá de su taller, más allá de sus aposentos privados, al patio central de la casa. De allí la llevó a otra habitación, polvorienta y silenciosa, y cerró la puerta.

—¿Cómo va el negocio, Gautam? ¿Sigues prosperando?

—¿Por qué te ha enviado? —preguntó Gautam.

Ella negó con la cabeza lentamente, sin dejar que su mirada vacilara. Él parecía sudar más bajo la constante presión de sus ojos. Al menos, Priya había aprendido eso de Malini; que una mirada podía sujetar, atar y obligar, ser tan poderosa como cualquier magia.

—No fue él quien me envió —dijo—. ¿Cuánto tiempo hace que sabes que mi hermano está vivo?

La mirada de Gautam se endureció.

—Vete.

—Vosotros fuisteis amigos alguna vez —señaló Priya.

—Nunca fuimos amigos.

—Le debías algo. O él sabía lo bastante como para asustarte y hacerte obedecer. Eso es suficiente amistad. ¿Cuánto tiempo hace que lo sabes? —Como Gautam guardó silencio, ella agregó—: Lo he vuelto a ver. No me mientas.

Gautam pareció desinflarse.

—Lo supe todo el tiempo. No me gusta, ¿entiendes? Pero es un hombre difícil de rechazar. Conoce a demasiada gente. Y paga bien. No mucha gente puede hacerlo en estos días.

—Con dinero robado.

—El dinero es dinero —dijo Gautam—. No espero que alguien como tú me dé lecciones de ética.

Ella ignoró su mezquindad.

—¿Y qué te compra mi hermano con su dinero?

Gautam se cruzó de brazos.

—Si tu hermano está nuevamente en tu vida, deberías preguntarle directamente. No vuelvas a involucrarme a mí o a los míos en tus asuntos familiares.

—Tienes miedo —dijo ella—. No necesitas negarlo, Gautam. Sé cómo es mi hermano. Tienes miedo de lo que hará si me lo dices. Pero él no sabe que estoy aquí. Y debes saber que cuando aceptas dinero de personas peligrosas, siempre hay consecuencias.

—No me sermonees —protestó escuetamente—. No eres más que una sirvienta, una rata. Probablemente también una puta.

—Cállate —dijo Priya. Las palabras salieron de ella con un filo despiadado.

Con un solo movimiento le quitó la hoz de su mano sudorosa y rompió el mango en su palma. Los ojos de Gautam se agrandaron.

—Olvidas —agregó Priya con calma— que sea lo que sea mi hermano, yo también lo soy. Si tienes miedo de él, entonces deberías temerme a mí. Oh, sé que suelo ser muy agradable y me gustaría seguir siéndolo. Una vez me permitiste dormir en tu puerta, después de todo, y eso fue un gran favor. Estoy agradecida. Ya puedes hablar, si quieres.

Gautam hizo un ruido ahogado, pero no habló.

—¿Qué te compra? —repitió ella.

Él se masajeó la garganta con los nudillos.

—Yo... —Carraspeó—. Empezó a venir hace poco más de un año. Dijo que necesitaba provisiones. Las suyas se estaban agotando. Las medicinas normales, para curar heridas y controlar enfermedades. Pero también...

—Adelante —instó Priya con impaciencia.

—Mi madre, cuando aún vivía, era una peregrina frecuente al Hirana —dijo Gautam—. Y también les pagaba a otros peregrinos para que la consiguieran. Tienes que entenderlo. Sabía que era peligroso, pero la leña empapada con "esol" casi pasa por madera sagrada. Y para algunos de sus clientes, era lo suficientemente buena. Sin embargo, nunca te he lo vendido a ti, Priya. Te lo juro.

—Agua inmortal —murmuró ella—. Ya me lo imaginaba. ¿Y dónde está?

Él se inclinó y levantó un listón del suelo. Abajo, una escalera descendía a la oscuridad.

Gautam tomó una lámpara de la pared y la encendió hábilmente; su tenue brillo los guio hacia abajo y se reflejó, cuando llegaron al final de la escalera, en una pequeña y escueta colección de botellitas de fino cristal de color que colgaban de las paredes. Las botellas estaban cuidadosamente tapadas; todas, llenas de agua que brillaba con su propia sorda extrañeza en la oscuridad titilante. Priya tocó una ligeramente con las puntas de los dedos. Estaba fría, no cálida como una máscara sagrada. Pero algo en su corazón, en la parte de ella que Ashok había retorcido bajo su puño, reconoció la llamada de las aguas.

—No puedes llevártelas —dijo Gautam en voz baja, desesperadamente, detrás de ella—. No puedes. Me he jugado la vida por esto. Se las he prometido. Todo lo que me queda es suyo.

—No me las llevaré —dijo Priya. Recorrió con un dedo el borde de una botellita—. Pero debería destruirlas.

—Por favor —rogó Gautam—. No. Por favor.

Priya golpeó un poco el cristal. Observó cómo el recipiente oscilaba en su gancho.

—Me llamaste rata —dijo—. Y algunas otras cosas que probablemente consideres desagradables.

Él no dijo nada.

—Quiero que recuerdes que eso es todo lo que seré, siempre y cuando no me des ninguna razón para ser más. Y quiero que le hagas un favor a esta puta que barre suelos y compartas un poco de tu conocimiento con ella. —Se giró para mirarlo de frente—. A cambio, te dejaré en paz con todo esto. Mi hermano no tiene por qué enterarse.

Gautam exhaló un suspiro tembloroso por el alivio.

—¿Qué quieres saber?

—Háblame de la flor de aguja —respondió Priya—. Dime exactamente qué le hace al cuerpo la ingestión a largo plazo. Y dime cuáles son las consecuencias cuando se suspenden las dosis.

Capítulo Treinta

MALINI

Los mareos empeoraron después de que Priya se fue. Los temblores le sacudían el cuerpo, y hubo momentos en los que no veía ni oía nada durante largo rato y luego, al reaccionar, se encontraba en una nueva posición. Apoyada contra la pared o derrumbada en el suelo, Malini no se sentía dueña de su cuerpo.

Nadie iría si pidiese ayuda. Ella y Priya se habían asegurado de eso, después de todo.

Priya se había ido hacía una hora. Dos. Tres. Malini se obligó a permanecer en su *charpoy*, acurrucada de lado como una niña pequeña, con las manos juntas en la concavidad de su estómago, como si el calor de su propia piel pudiera mantenerla en su lugar.

"Quizá Priya haya muerto", pensó Malini. Era ridículo. Pero el tiempo transcurría de manera diferente cuando una estaba cautiva y el cuerpo se negaba a obedecer.

Escuchó el susurro de pasos detrás de ella. Levantó la cabeza y...

No había nadie ahí.

No podía quedarse en el *charpoy* con esos ruidos extraños que rozaban sus oídos. Se sentía vulnerable y asustada, el corazón le aullaba en el pecho. Bajó, mareada, y atravesó la habitación. Se dejó caer contra la pared.

Un recuerdo de fuego crepitaba dentro de ella. Cerró los ojos y escuchó el chasquido de la madera al astillarse y el siseo de la carne al quemarse bajo las llamas. Los gritos.

Ella no estaba bien. No estaba bien. No.

Vio dos sombras cruzar el suelo. Las observó.

"No es real. Esto no es real".

"No es real".

—Mi señ... —Priya se corrigió—. Malini. Ya he regresado. ¿Por qué estás sentada en un rincón?

—Sentí esa necesidad —dijo la princesa con voz áspera. No se movió cuando Priya se acercó a ella. No escuchó los pasos esta vez, lo cual era al menos normal. Priya siempre caminaba con una gracia extraña y silenciosa. Su rostro estaba dolorosamente vivo, oscuro y real frente al de Malini—. ¿Lo encontraste?

—Así es —dijo Priya, arrodillándose.

—¿Puede liberarme?

Priya se quedó en silencio por un momento.

—Eso es un no, entonces.

—Me dio mensajes para ti.

—Dímelos —dijo Malini.

Priya lo hizo. Era un consuelo saber que su trabajo no se había desperdiciado. Aditya tenía todas las herramientas que ella había podido proporcionarle, todo lo que necesitaba para hacer polvo a Chandra. Pero no lo suficiente para verla libre de esto; de su prisión, su envenenamiento, las marcas negras del fuego en las paredes que la rodeaban.

—¿Ha intentado el Señor Rajan negociar directamente con el general Vikram? —preguntó Malini—. Vikram tiene mucho que perder con el gobierno de Chandra, y más que ganar con el de Aditya. Podría beneficiarnos.

—No lo sé —dijo Priya—. No sabía que debía sugerir eso.

—No. No tenías por qué saberlo.

Priya frunció el ceño.

—No te enfades, Priya —murmuró Malini—. Esas cosas son asunto mío, no tuyo. Me criaron para tener en cuenta la política, siempre.

Pero ella conocía a Rao. Conocía el valor de la afabilidad, de los juegos de poder más sutiles. Por eso siempre se habían llevado tan bien, y por eso él y Aditya habían sido tan buenos amigos. Se habría acercado a Vikram de alguna forma. Era evidente que ese enfoque no había dado frutos.

—Debes volver pronto —dijo Malini—. Debes decirle...

Ah. No podía recordar lo que Priya debía decirle. Las palabras se le habían escapado de la mente. Sus manos temblaron un poco.

Esto pasaría pronto.

—Tienes que tomar esto —dijo Priya.

Sostenía una taza en sus manos. ¿Cuándo la había conseguido? ¿Había entrado con ella? Malini no lo sabía.

—¿Qué es?

—Una dosis muy muy pequeña de flor de aguja —explicó Priya. Su expresión era seria—. Finalmente pude hablar con un sanador. Tu cuerpo se ha acostumbrado al veneno. Aparentemente, reducir la ingesta demasiado rápido es tan peligroso para tu vida como continuar consumiéndola. Necesitamos darte algunas dosis más. Solo unas pocas. Las mediré con cuidado y pondré la mitad cada vez. Incluso eso probablemente no sea seguro, pero es... es la forma más rápida en la que podemos verte libre de esto.

—Ah —murmuró Malini. Miró la mano de Priya, la taza y sus dedos fuertes y de huesos finos que se cerraron alrededor—. Eso explica muchas cosas.

Se acercó. Luego retiró su mano.

—Llévatela —dijo—. No me la beberé.

—¿Por qué no?

—Porque no quiero.

—Malini —dijo Priya.

—No. No la volveré a tocar. Lo que me hizo... —La bilis del veneno en su lengua. Su mente en una niebla terrible, asfixiante. Su dolor, que se enroscaba a su alrededor, como un lazo que la ahorcaba—. No. No la aceptaré.

—Morirás si no la tomas —explicó Priya sin rodeos—. Has confiado en mí para tantas cosas... confía en mí para esto.

Había confiado por necesidad. Pero sí. Después de todo, le había confiado a Priya el conocimiento de la existencia de Rao. Rao, que había cumplido su promesa y esperado su palabra.

—Todavía no, entonces —dijo Malini—. Todavía no.

—¿Por qué no?

Malini dirigió su vista detrás de Priya.

Allá, en la habitación que temblaba como si estuviera atravesada por una neblina caliente, había dos figuras. La observaban. El humo descendía de sus cabellos. Sus coronas de estrellas ardían. Malini las miró, alargó la mano, mientras su visión vacilaba una vez más, hasta que la oscuridad se apoderó de ella.

Narina siempre había sido la más bonita de las tres. Tenía una nariz larga y fina, y cejas arqueadas, que depilaba en un arco aún más fino. Pómulos altos, que acentuaba aplicando rubor. Al estilo del pueblo de origen de su padre se oscurecía los dientes, lo que hacía que sus labios se vieran de un rojo aún más exuberante en comparación.

Se levantó y miró a Malini con una sonrisa chamuscada. Sin dientes. Solo carbón y cenizas.

—Te hemos extrañado, hermana de corazón —dijo.

—No tienes que decir nada —dijo Alori con ternura—. Sabemos que tú también nos has extrañado.

Pasó el tiempo. Malini parpadeó. Estaba en el suelo, y Priya la estaba sacudiendo para despertarla, mientras esos dos fantasmas se movían por la habitación, espejismos de humo de colores, seda roja enrollada y reluciente, las estrellas de sus cabellos brillantes, ardientes como el fuego.

"Malini. Malini".

Oh, cuánto le dolía la cabeza.

—Si esto es una estratagema para que te ayude a escapar, es peligrosa —dijo Priya. Su voz temblaba—. Pramila está despierta y he logrado distraerla, pero..., por favor. Necesitas beber esto. Por favor.

—¿Cómo está mi madre? —preguntó Narina. Inclinó la cabeza hacia un lado, con un crujido como el de la leña—. No. Ya sé. Ni siquiera necesito adivinarlo. Se retuerce de dolor por mí. Te culpa por todo. Mejor que culpar al emperador. Mejor que culparse a sí misma.

Alori no dijo nada. Miró a Malini con ojos como huecos tristes, profundos y oscuros.

—Mi madre nunca te perdonará —murmuró Narina—. Espero que lo sepas.

—Por supuesto que lo sé.

—¿Qué? —Priya parecía confundida, alarmada—. No te entiendo.

—¿Ella piensa que soy inmortal ahora? ¿Una Madre de las llamas? ¿Tú lo crees?

—Ya no sé qué creer —dijo Malini con honestidad.

Arrodillada ante ella, Priya bajó la cabeza y soltó una maldición. Priya.

¿Cuándo había hablado Priya con Pramila? ¿Cuánto tiempo había estado Malini en el suelo, observando la lenta espiral de la sonrisa muerta de Narina?

—Solo bebe —dijo Priya, su voz era un susurro temeroso—. Por favor.

Malini negó con la cabeza. Narina y Alori, tambaleándose de manera repugnante, se manifestaron primero a su lado y, luego, delante de ella.

—¿Recuerdas cómo nos cortamos el pelo las dos, después de que tu hermano te cortara el tuyo? Usamos tijeras de plata e hicimos nuestras cabelleras aún más cortas. Mi madre estaba furiosa —dijo Narina—. Dijo: "¿Qué eres sin tu corona gloriosa?". Pero ahora llevo una corona de fuego y soy cartílago y polvo, así que supongo que no importa.

—Has perdido tanto —dijo Alori, infinitamente amable, infinitamente triste, mientras sus dedos de telaraña rozaban la frente de Malini. Y Malini... no sintió nada.

Porque ellas no estaban ahí.

—Tus preciosas sedas. Tus joyas. Tu red de aliados. Tus amigos. Tu poder. Todo se ha ido. ¿Y quién eres sin ellos?

—Eres cruel —murmuró Malini—. Nunca habías sido cruel, princesa sin nombre.

—¿Y cuál es tu nombre, debajo de todas esas galas que has perdido? —susurró Alori—. ¿Cómo te llamaron los sin nombre el día que naciste?

—Esa —dijo Malini— es tu fe, no la mía.

—Eso no la hace menos verdadera —dijo Alori—. Lo creas o no, el destino te encontrará. Como me encontró a mí. Te dieron tu nombre mucho antes de que nacieras, princesa. Tu historia está escrita.

¿Estaba escrito que Malini viviera cuando Narina y Alori ardieron? ¿Estaba escrito que ella debería vivir y ser reducida a esto? Se había esforzado mucho por construirse una armadura de poder impenetrable. Había aprendido textos clásicos sobre la guerra, el gobierno y la política, leía a la luz de la luna cuando todos los demás en el *mahal* dormían. Se había hecho amiga de las esposas de los reyes y de las hermanas de los príncipes.

—Y ahora no tienes nada —dijo Narina, con una voz de savia, de madera y de ceniza—. Ni siquiera a nosotras.

Ninguna hermana de su corazón. Nadie a quien recurrir.

—Tengo a Priya —se obligó a decir, y a través de la neblina escuchó la presión de una voz en sus oídos. "Sí, sí, estoy aquí, por favor".

Una risa.

—¿Una sirvienta con poderes monstruosos, a quien ni siquiera le gustas en realidad?

—Oh, sí le gusto.

—Le gustaba la falsa tú —gorjeó una voz—. La versión que creaste para ella. Te convertiste en algo cálido y herido, como una liebre gorda en una trampa. No creo que ella supiera si quería salvarte o consumirte entera. Pero no eres una liebre, ¿verdad? Eres una flor nocturna, en todo caso, preciosa solo por un breve tiempo antes de marchitarte.

Esa no era la voz de Alori, ni la de Narina. Era... ella misma. La princesa Malini, hija de Parijat, coronada en una profusión de flores, jazmines pálidos que irradiaban en caléndulas, para imitar el sol naciente. La princesa Malini, con un sari de seda del color verde de un pavo real, con una cadena de rosas doradas anudadas alrededor de la cintura, un collar de perlas gruesas alrededor de la garganta.

Ella era todo lo que Malini ya no era. Y estaba sonriendo.

—Tú —dijo Malini con voz entrecortada— tampoco eres real.

Parecía fácil y correcto alejar a su antiguo ser, empujarlo y luego golpearlo con los puños, mientras algo feo y furioso se precipitaba hacia sus pulmones, sus ojos y su boca, mientras pensaba en Narina y Alori acurrucadas junto a ella en su cama, o en el funeral de su madre, o en el de su padre, o en Aditya al abandonarla sin dejarle nada más que una carta y un beso en la frente. La fealdad se convirtió en un gemido y luego Malini comenzó a gritar y reír, aun cuando Priya intentaba hacerla callar y sujetarle los puños, con una arruga de preocupación en la frente, y era Priya contra quien estaba luchando después de todo...

—¿Qué ocurre aquí?

Era la voz de Pramila.

—Mi señora, no lo sé. Ella simplemente se volvió contra mí. —La voz de Priya era frenética. Estaba aferrando las manos de Malini, para obligarla a quedarse quieta.

—Necesita su medicina —dijo Pramila—. ¿La tienes? Dámela y...

Malini se rio. Y se rio. Casi no podía respirar de tanto reír, pero se obligó a hacerlo, mostró los dientes en una sonrisa y pensó en Narina.

—Tu hija —le dijo a Pramila—, tu Narina, a quien lloras y lloras... La mañana en que murió, ¿lo sabías?, cuando bebió el vino de opio y esperó a que los sacerdotes fueran a buscarnos, apretó su cabeza contra mi brazo y me dijo: "Quiero a mi madre". ¿Lo sabías? No sé si alguna vez te lo conté. Creo que tal vez yo quería ahorrártelo. No sé por qué.

Pramila dio un respingo, como si Malini la hubiera golpeado. ¿La había golpeado? Su mano estaba apoyada la pared. ¿Estaba llorando?

—Debería llamar a los guardias —murmuró Pramila—. Debería... ellos pueden obligarla a beber, a ver si no...

—Mi señora...

—No me merezco esto —sollozó Pramila—. Yo...

—Le haré beber —dijo Priya—. Lo juro. Me ocuparé de ella. Por favor, Señora Pramila.

—No puedo. No puedo...

—Por favor, Señora Pramila —suplicó Priya—. Por favor, tranquilícese.

Pramila sollozó otra vez. Asintió con la cabeza, su cara llena de manchas, desagradable. Se dio la vuelta y se fue. Priya suspiró y Malini la aferró de los brazos mientras su cuerpo se estremecía contra su voluntad.

—Tienes que beber ahora —dijo Priya—. Y como has visto, puedo obligarte si tengo que hacerlo.

Malini volvió la cabeza.

—No eres tú misma —agregó Priya suavemente.

—No eres la primera en decírmelo hoy.

—¿Qué?

—Estoy alucinando —dijo Malini con impaciencia—. Presta atención, Priya.

No quería explicar que cuando Narina y Alori habían aparecido, antes, necesitó hablar con ellas. No le importaba si eran inmortales o alucinaciones. Solo importaba que haberlas perdido la quemaba, dolorosa y profundamente, y hubiera querido tocar ese dolor, sentir la sangre fresca de ellas otra vez.

—Tienes que decirle a Rao que se vaya —dijo Malini en cambio—. Dile que se vaya. Dile que Aditya lo necesita.

—Rao —repitió Priya. Sus labios formaron el nombre con cuidado—. Por supuesto.

—Ese no es su nombre —dijo Malini—. Ninguno de ellos tiene nombre. Solo palabras para que las usemos el resto de nosotros, para sujetarlas como un paño debajo de una aguja. ¿Entiendes?

—En absoluto —dijo Priya.

—La realeza de Alor —dijo Malini— venera al dios sin nombre. Mantienen sus nombres en secreto. Porque sus nombres son sus destinos. Yo solo... solo confío en él ahora. Y quiero que algo bueno salga de esto. Él no puede salvarme de este lugar. Lo sabe. Tú también lo sabes. Su presencia aquí es un desperdicio. Pero si va al encuentro de Aditya... Si puedo obtener el más mínimo sabor a venganza...

El fuego subió por su lengua.

La pira ardía ante ella. Chandra estaba de pie allí. Varias manos la arrastraban hacia la pira. Ninguna de sus cuidadosas y cortantes palabras había funcionado. La verían arder, todos estos príncipes y reyes, muchos de ellos aliados que ella había cultivado con palabras bonitas y pactos y, sí, dinero. Se aferró a Chandra y luchó con furia.

"Si debo quemarme, te llevaré conmigo, con trono y todo".

Pero Chandra no estaba allí. Solo Priya, tendida debajo de ella en el suelo de piedra, atrapada por las manos de Malini, mirándola con esos ojos claros. Sus ojos rodeados de pestañas más castañas que negras. Contra su piel oscura, eran como el oro.

Un pensamiento absurdo. Pero devolvió a Malini a su propia carne nuevamente. La hizo desplomarse cuando Priya la aferró y la sostuvo con firmeza.

—Silencio —dijo Priya—. O Pramila te escuchará.

¿Malini estaba haciendo ruido? No se había dado cuenta. Rechinó los dientes, bajando la cabeza.

—Me dejaste abrazarte —dijo— cuando podías derribarme sin siquiera intentarlo.

—No quiero lastimarte —dijo Priya, con voz firme y segura. Ya lo había dicho antes, recordó Malini. Hacía mucho tiempo.

—¿Y por qué no? —exigió saber.

—Porque tenemos un trato.

—Ah, no —dijo Malini—. No. No es por eso.

Ella se derrumbó un poco más, un espasmo de dolor la atravesó. Fantasmas. Fuego. Los espíritus de telaraña de Narina y Alori que bailaban a su alrededor.

—Malini. Princesa. Vamos, por favor. Déjame ayudarte a volver a tu cama.

Malini se dejó trasladar. Priya la levantó como a una niña y la ayudó a subir al catre.

—Yo te importo —dijo la princesa—. Te preocupas por mí. Odias que te necesite tanto y que haya tratado de darte lo que querías de mí, lo que pensé que querías de mí, para obtener lo que yo necesitaba de ti. Pero, aun así, te importo. No me mientas y me digas que no. Lo puedo ver en tu cara.

—No sabes lo que estás viendo —murmuró Priya frunciendo el ceño.

—Sé exactamente lo que veo —dijo Malini—. Pero no entiendo por qué. Oh, cuando pensabas que yo era tierna y sufriente, eso lo podía entender. Pero ahora, ahora que sabes que te he mentido y usado, ahora que sabes que soy una traidora, una impura, que tengo un corazón duro, que soy el imperio y el imperio soy yo...

—No lo sé —dijo Priya. Su voz fue un latigazo—. No sé por qué me importas, ¿es eso suficiente? Tal vez simplemente no soy lo suficientemente monstruosa como para disfrutar viendo sufrir a otro ser humano, sin importar cuán duro pueda ser su corazón.

—Esa bondad sincera no tiene nada que ver conmigo —reflexionó Malini. Las palabras salieron de ella lentas y espesas como la miel—. No estoy segura de creer que alguien así exista. Todo el mundo quiere algo. Todos usan esos deseos. Eso es la supervivencia. Eso es el poder.

—Entonces tu vida ha sido terrible y triste —respondió Priya sin rodeos.

—No es así. Tengo todo lo que necesito. —Amigos leales. Aliados leales—. Solía tenerlo todo. Solía...

Su voz se apagó. Silencio. Un latido, luego otro. Luego Priya habló.

—No estás demostrando tu fuerza —dijo— al rechazar la flor de aguja.

—Puedo luchar contra esto —protestó Malini débilmente.

Priya tocó con su mano la de la princesa. Los dedos eran ásperos sobre las palmas. Su contacto era suave.

—No creo que puedas —objetó—. No creo que nadie pueda.

—Todos los cuerpos sufren y mueren igual, nos guste o no —dijo Alori amablemente.

—No estás aquí —dijo Malini—. Así que cállate.

—Veo que sigues siendo una grosera —comentó Alori con un suspiro exasperado.

—No puede evitarlo —agregó Narina.

—Incluso en mi mente eres horrible conmigo —dijo Malini. Le dolían los ojos—. Si os digo que os extraño... bueno. Ambas lo sabíais cuando vivíais. Y ahora eso no le importa a nadie más que a mí. Así que no lo diré.

—Malini. —Los dedos de Priya se entrelazaron con los suyos—. Por favor. Concéntrate en mí. La flor de aguja, ¿la tomarás?

Priya. Priya se inclinaba sobre ella. Priya apretaba su mano, tratando de traerla de regreso al mundo estable.

Su cabello era muy lacio, tan oscuro donde caía sobre la curva de su oreja. Extraño. No era encantadora, no, pero partes de ella sí lo eran. Partes de ella.

—Hay tantas maneras en las que podría haberte convencido de que me liberaras. —Pensamientos oscuros, pensamientos ligeros, como un destello de sombra en la piel—. Desearía tener la fuerza para usarte como lo necesito, para poder escapar de aquí —dijo Malini—. Y, sin embargo, me alegro de no poder hacerlo.

Priya se limitó a mirarla, imperturbable.

—Por favor —insistió—. Bebe.

Y, finalmente, Malini tomó un sorbo minúsculo. Lo tragó, acre y dulce. Y volvió a caer en un sueño oscuro, con sus dedos aún entrelazados en los de Priya.

Capítulo Treinta y uno

La primera noche no se separó del lecho de Malini. Midió cuidadosamente una dosis de tintura de flor de aguja y rogó no haber cometido un error, que Gautam no la hubiera engañado y que la princesa sobreviviera. Desde su última dosis, cuando inmovilizó a Priya y se enfureció, Malini había estado en completo silencio, con los ojos cerrados. Si no le hubiera puesto una mano en la boca para sentir la cadencia de su respiración o no le hubiera tocado el pulso en la muñeca, como lo había hecho una y otra vez, podría haber pensado que Malini estaba muerta.

Se sentó junto a la princesa en el *charpoy* tejido y la instó a beber la flor de aguja; tuvo que convencerla otra vez para que abriera la boca. La recostó en su regazo y se la dio sin siquiera mezclarla con vino para que la tragara más fácilmente.

—Vas a estar bien —le dijo cuando Malini tosió y apoyó la cabeza contra el brazo de Priya, con los ojos aún cerrados con fuerza. Pasó una mano por el cabello de la princesa, como si fuera una niña a quien se pudiera consolar fácilmente con una caricia amable—. Vas a estar bien.

Esperaba que no fuera una mentira.

Priya entraba y salía del sopor, de sueños agotados. Cuando parpadeaba para abrir los ojos, alternando entre el sueño y la vigilia, las tallas de las paredes parecían bailar ante sus ojos, rodeándola en un círculo imperturbable. El Hirana vibraba bajo sus pies. Y Malini seguía durmiendo, respirando cálida y tranquilamente contra el costado de Priya.

Al día siguiente todavía estaba viva, pero siguió durmiendo, sin comer; tomó agua y flor de aguja solo cuando la convenció. La noche siguiente, Priya la abrazó de nuevo, observando cómo subía y bajaba su pecho.

"Dejadla vivir", pensaba. "No dejéis que me despierte y la encuentre fría. Dejadla vivir".

Era humano, natural, querer que Malini viviera. No más que eso.

Tomó la mano de la princesa entre las suyas y la sostuvo con firmeza.

—Nunca te vengarás si no sobrevives —le dijo—. Si puedes oírme, no lo olvides.

Fue al día siguiente, en medio de una tormenta, cuando Malini despertó por fin. Bebió un poco de agua. Extendió la mano y entrelazó sus dedos con los de Priya una vez más.

—Dile a Rao —susurró, cuando Priya le preguntó cómo se sentía; cuando trató de convencerla de que comiera, de que descansara más, de que tomara su próxima dosis controlada—. Dile que se vaya.

Luego volvió a dormirse. Sus dedos sobre los de Priya estaban fríos.

Priya drogó a Pramila una vez más. Caminó por el *triveni*, esperando ansiosa, y luego bajó del Hirana en la oscuridad de la noche.

Los hombres del regente patrullaban en grupos numerosos e intimidantes. Pero a pesar de ello, los mercados nocturnos estaban llenos de gente que caminaba entre los puestos de comida con obstinada alegría, sus voces altas, sus sonrisas desafiantes. Se habían colgado pancartas de colores entre las casas. Había faroles en cada terraza, aún sin encenderse.

Priya, confundida por el bullicio de la multitud, tardó un momento en recordar que la noche siguiente sería el festival de la oscuridad de la luna, en el que las familias donarían lujosos regalos a los pobres, comerían *jalebis* dorados y dulces de leche, y colocarían docenas de faroles en sus terrazas para iluminar la oscuridad. Le tomó mucho más tiempo deducir, por los chismes de las personas que la rodeaban, que el regente había dado permiso explícito para que el festival continuara con normalidad. Nadie sabía exactamente por qué había elegido hacerlo, pero había rumores de descontento aquí y allá mientras ella caminaba sobre el desastre que los soldados de Parijatdvipa habían hecho en la ciudad. Efectivamente, vio un puñado de edificios con las vigas de madera rotas, aún sin reparar.

Se las arregló para entrar en el palacio de las ilusiones con bastante facilidad. Todo lo que tuvo que hacer fue acercarse a la entrada de los sirvientes con confianza, con una escoba en la mano, robada de la terraza de una casa desafortunada; los guardias, indiferentes, le permitieron pasar. Después de eso, fue solo otra sirvienta invisible que se deslizaba por los pasillos mientras sonaban sitares distantes y las mujeres cantaban canciones de amor.

El Señor Rajan, o Rao, o el príncipe sin nombre, o como Malini quisiera llamarlo, fue a su encuentro. Le había preguntado por él a uno de los hombres —guardias, supuso, aunque fumaban y se recostaban fuera de la puerta con mucha más calma que cualquier guardia de servicio que hubiera visto antes— y él había ido, arrastrando su chaqueta, como si hubiera salido directamente de la cama, tropezándose.

—¿Qué ocurre? ¿Qué te ha dicho?

Priya se lo explicó. Al terminar, le dirigió una mirada de incredulidad.

—No puedo dejarla sin más.

—Es lo que ella quiere que hagas. Dijo que Aditya te necesita.

Rao la evaluó, su mirada recorrió su rostro, como si pudiera leer algo en la mirada, en el surco de su ceño y la mueca de su boca.

—Sí —dijo finalmente—. Me necesita. Pero también la necesita a ella. Aditya es... no es como ella.

No sabía qué esperar de un hombre que vivía en un burdel. Pero Rao era como una cierva: gentil, pero con astucia reflexiva.

—Te dije que está enferma —repitió Priya—. La verdad... la verdad, tenía miedo de que muriera. Y todavía no estoy segura de que no vaya a morir. No puede ayudarte. No tiene fuerza para escapar. Y no tiene a nadie en quien confiar en su prisión, excepto en mí.

"Yo podría ayudarla a escapar", pensó Priya, mientras el rostro de Rao contraía ligeramente y él se llevaba una mano a la frente. "Podría traerla aquí, con este hombre. No sería fácil bajarla por el Hirana, teniendo en cuenta cómo es ella. Pero podría hacerlo. Tal vez, ciertamente, ella estaría más segura".

Pero la lealtad de Priya no se dirigía en primer lugar a Malini, sino a sí misma, a Bhumika y a Ahiranya.

Rao carraspeó.

—¿Estás segura?

—Tan segura como puede estarlo cualquiera.

—No puedo dejar que se arriesgue a morir sola —dijo.

—No está sola —dijo Priya—. Me tiene a mí.

El príncipe inclinó la cabeza.

—No es suficiente.

—Es más de lo que recibe la mayoría de la gente —dijo Priya—. Pero... prometo, si sirve de algo, que haré todo lo que pueda para mantenerla con vida. Usaré lo que tengo para ayudarla a sobrevivir hasta que tú o tu príncipe podáis volver a por ella.

Era más una promesa que algo que fuera a hacer, más de lo que quería deberle a Malini, pero ¿era verdaderamente capaz de dejarla en ese momento, cuando se había quedado despierta dos noches viéndola dormir, aterrorizada de que la muy tonta muriera?

—He cumplido con mi deber al hablar contigo —agregó—. Pero ahora tengo que volver con ella. Mi señor. —Inclinó la cabeza en una reverencia.

Él no le devolvió el saludo.

Capítulo Treinta y dos

RAO

P rem estaba sentado solo, envuelto en un gran chal a pesar del calor, con una botella de vino abierta en las manos. Estaba bebiendo directamente de ella, con un gesto de contemplación en su rostro.

—Los caballos están listos —anunció—. Mis hombres están preparando provisiones. Traté de reunirme con el general Vikram para despedirme de él, pero, alabadas sean las Madres, no recibe visitas en este momento. ¿Compartes un trago conmigo?

Rao se apoyó contra la pared.

—Es posible que la princesa Malini se esté muriendo —dijo. Era todo lo que podía decir.

Los ojos de Prem se agrandaron, luego se entrecerraron comprensivos.

—Esa era su criada —dijo—. Debería haber sabido que la chica era una de sus arañas. Dioses, esa mujer tiene talento para coleccionar personas, ¿no? —Prem se volvió y bebió su vino. Tiró del cuello de su túnica—. ¿Qué quieres hacer?

—Quiero salvarla —respondió Rao—. Pero sé que no es posible. Y no es lo que ella quiere que hagamos.

—Bien. Tampoco es lo que yo quiero que hagamos. —Cuando Rao lo miró con incredulidad, Prem negó con la cabeza—. No me mires así. Sabes que no hay una manera fácil de salvarla. Y por valiente que fuera ella en la corte, por excelente que fuera para organizar la causa del emperador Aditya, no es... fundamental.

—¿No lo es? —murmuró Rao.

—Aditya volverá a por ella, Rao. Cuando la guerra termine y hayamos triunfado.

—No podrá hacerlo si ella muere.

—En ese caso, será recordada por sus sacrificios y el emperador Aditya la honrará —dijo Prem con firmeza—. La promesa de la muerte nos espera a todos, Rao. Algunos de nosotros tendremos una buena muerte y otros no. Al menos no morirá quemada.

—Como sí murió mi hermana.

Prem no se inmutó ante eso. Solo asintió y bebió.

—Como murió tu hermana, sí. —Bebió de nuevo, luego suspiró—. Ah, lo siento, Rao. No soy una buena compañía.

—Está bien —dijo Rao.

Pero, de hecho, no estaba bien.

—Lamento tu pérdida. De verdad. Pero... —meneó la cabeza—. Ya hemos perdido mucho, y este golpe aún no ha comenzado realmente. Pero de eso se trata, ¿no? Retirar a un déspota del poder tiene un costo. Simplemente no quiero pagarlo.

Un comentario sensiblero del príncipe, por lo general frívolo. Rao esperó, inmóvil por un momento, mientras Prem le devolvía la mirada.

—No puedes suspirar por ella para siempre, Rao —dijo finalmente Prem—. Ella nunca fue para ti de todas maneras.

Rao tuvo que contener la risa. Prem no entendía nada en absoluto. No entendía qué era Malini para él; lo que le habían susurrado mucho tiempo atrás, un secreto, algo que era suyo y solo suyo, en la oscuridad.

—Lo siento —dijo, enderezándose—. He sido un tonto. Yo... —Se volvió—. Regreso en un momento.

—Rao...

—¡En un momento! —gritó, y salió corriendo por la puerta.

En la oscuridad de una noche llena de gente, en una calle que nunca dormía, habría sido imposible que encontrara a la criada. Pero cuando salió corriendo de la casa de placer, vio su sombra, la forma de sus hombros y la palidez de su sari, mientras se movía entre los puestos del mercado iluminados por faroles. La alcanzó.

—¡Espera! —jadeó.

Ella giró rápidamente, y él vio que su mano se cerraba en un puño. Llevaba una daga en la mano, un feo cuchillo de cocina. Tuvo el sentido común de no blandirlo. Lo sujetaba con fuerza a su lado, con el brazo en ángulo, como si estuviera lista para destriparlo si fuera necesario. Su expresión era tensa y solo se aflojó un instante cuando se dio cuenta de quién era él.

—¿Qué quieres?

—Darte un mensaje.

—Ya me has dado un mensaje. Te he dado el de ella. ¿Qué más hay?

—Solo esto. Dile que estaré en la entrada del sendero del buscador —dijo—. La esperaremos en las tumbas.

—En la enramada de los huesos —corrigió la sirvienta—. Así es como la llamamos.

—La enramada de los huesos, sí —confirmó—. Dile que esperaré hasta que termine el festival de la oscuridad de la luna. Si puede escapar, la llevaremos con nosotros. Si envía un mensaje, trataremos de ir a buscarla. Intentaré ir a por ella.

—No es lo que ella querría —dijo la criada con dureza.

—Lo sé —admitió Rao—. Pero... sopesé los riesgos y cambié de opinión. Quiero que ella tenga la opción. —Y luego, con un sentimentalismo vergonzoso, dijo—: Si se está muriendo, es posible que desee que su propia gente la cuide.

—¿Más de lo que ella desea que su causa triunfe? —La criada se rio—. No la conoces tan bien como crees, mi señor.

—Sé todo lo que necesito saber de ella —dijo.

No podía decirle que sabía en el fondo de sus huesos que Malini viviría. Tales cosas no eran para contárselas a los desconocidos. No podía explicarle los secretos de la fe sin nombre, la respuesta susurrada que vivía en su sangre, que le decía más sobre Malini de lo que la propia Malini sabía.

—Díselo —agregó—. Es todo lo que te pido.

Después de que la criada desapareciese, regresó a la casa de placer mucho más lentamente. Le dolía el costado. Prem se había ido. Para organizar a sus hombres, sin duda, o dormir su borrachera.

Lata lo encontró sentado en los escalones de la terraza de su ridícula habitación.

—Te has demorado bastante —dijo en el silencio—. Es hora de ir al encuentro de Aditya. Te ha estado esperando.

—Después de lo del poeta, cuando me lesioné, me preguntaste qué quería hacer.

—No puedes hacer lo que quieras —dijo Lata—. ¿O sí puedes?

—No —meneó la cabeza.

Ella le devolvió la mirada, completamente tranquila. Había sido una sirvienta en el *mahal* imperial, antes de la caída en desgracia de Malini. Pero, además, había sido aprendiz de la sabia que había educado a Malini, Alori y Narina cuando eran niñas. Estaba tan familiarizada como cualquiera podría estarlo con el extraño peso de la fe sin nombre: sus alegrías, sus demandas. Su precio.

—Lata —quiso saber él—. ¿Por qué nunca me llamas Rao?

Ella le dirigió una mirada considerada. Luego cruzó la habitación y se sentó a su lado.

—Puede que no sea un sacerdote de la fe sin nombre, pero soy sabia —dijo finalmente—. Entiendo el valor que tu gente le da a los nombres. Y sé que Rao no es el tuyo verdadero. Sé que sigues las formas más antiguas y pagas el precio que estas exigen. No necesito llamarte por un apodo. Honro el nombre que te fue susurrado en tu nacimiento.

—¿Sabes cuál es?

Ella negó con la cabeza.

—¿Cómo podría saberlo?

—Mi hermana lo sabía —dijo—. Ella me contó el suyo, antes de morir. Y yo... Yo le dije el mío.

—No tuve oportunidad de hablar con la princesa antes de su inmolación —dijo Lata en voz baja—. Y ella no me lo habría dicho, de todas maneras. Entiendo que el momento de revelarlo es... significativo. Especial.

Rao asintió.

—Cuando tu nombre es una profecía, es sabio mantenerlo en secreto. O eso me enseñaron siempre. Solo hablamos de ello cuando es el momento adecuado. Cuando la profecía se acerca a su cumplimiento. Cuando nuestra voz tiene un propósito.

Conocía la historia de su propio nombramiento. Su madre y su padre lo habían llevado al jardín del templo de Alor, un valle apacible y frondoso lleno de árboles que goteaban dejando joyas sobre los hilos. El sacerdote, vestido de azul pálido, había llevado a Rao al monasterio y había buscado su nombre en la oscuridad insondable del dios. Rao había regresado al jardín a los cinco años y le habían entregado su nombre. Lo había llevado desde entonces: el peso de sus consonantes agudas y sus vocales suaves. El peso de su promesa.

—Alori... —Tragó saliva—. Mi hermana. Su verdadero nombre era... el idioma alorano antiguo es difícil de traducir, pero... se llamaba "La que arderá en la pira". Y eso fue lo que le ocurrió.

—Un nombre de muerte es una carga terrible —dijo Lata, con una compasión tan sabia que él no se atrevió a mirarla.

—Ella era fuerte. Pudo llevarlo... bien. —Mejor de lo que lo hubiera hecho Rao—. Mi nombre no profetiza mi muerte. Mi nombre...

—Puedes decírmelo si lo deseas —dijo Lata suavemente—. O no.

Rao miró hacia la nada. Pensó en su hermana, con sus silencios y su inteligencia, y la forma en la que le había tocado el brazo con la frente y le había dicho: "No llores, por favor, no llores. Estoy bien. Toda mi vida he sabido que algún día me quemaría".

—No —dijo—. No es el momento adecuado. Lo sé.

Se puso de pie, estremeciéndose un poco cuando la herida en su costado se tensó.

—Pero sí es el momento adecuado para que comience mi viaje a Srugna. He hecho todo lo que he podido aquí. El destino de la princesa Malini está fuera de mis manos.

Capítulo Treinta y tres

PRIYA

Subió al Hirana con los ojos cerrados; el viento le acariciaba las mejillas, su cabello se enredaba en la brisa. En un momento se detuvo, apoyó su cabeza contra la piedra, enganchó un pie en un hueco de roca quebrada y musgo y usó sus manos libres para trenzar su cabello.

Así. Mucho mejor.

"¿Qué diría Bhumika si me viera ahora?", pensó Priya, con no poca picardía, "¿haciendo equilibrio en una trampa mortal, tan solo apoyada en mi dura cabeza?". Quizá Bhumika disfrutaría de tener una excusa para gritarle.

Cuando entró en el Hirana se deslizó por los silenciosos pasillos, bajo las sombras proyectadas por los faroles, para ir a ver a Malini.

Estaba dormida. Había cierto color en sus mejillas; su rostro no se veía tan crispado. Y se había tomado la minúscula dosis de flor de aguja que Priya le había dejado.

Quizás ella sobreviviría después de todo.

Priya apoyó la cabeza en el tejido del *charpoy* junto a Malini. Escuchó su respiración, el ritmo constante y reconfortante.

Y entró en el *sangam*.

Lo había evitado por más tiempo del que debería. La idea de volver a ver a Ashok le hacía arder el pecho con un eco de dolor, el recuerdo de la traición. Pero lo que más la asustaba era la forma falsamente amable en que él la había mirado y le había hablado, antes de que ella se zambullera en las aguas cósmicas para volver a su cuerpo.

Él era capaz de hacerle daño por amor. En su familia, esa era la manera de ser fuerte.

Abrió la boca. Llamó a Bhumika en el insondable torbellino de las aguas. Había aullado por Ashok; esa llamada era más tranquila.

Bhumika apareció. Su sombra se elevó como si se desenrollara al emerger del agua.

—Cuéntame —dijo simplemente.

Priya le contó todo de la forma más sucinta posible. Habló de su pacto con Malini, de su reunión con uno de los aliados de la princesa y de los esfuerzos de esta para destituir al emperador Chandra y reemplazarlo por su otro hermano, Aditya.

—Así que la guerra viene a nuestro encuentro, pase lo que pase —dijo Bhumika—. Parijatdvipa se vuelve contra sí mismo. Tenemos en un problema aún peor de lo que pensaba. —Parecía cansada.

—¿Qué vas a hacer? —preguntó Priya, pensando en el general, en los niños alojados en el *mahal*. El futuro.

—No lo sé. No tengo el poder para arreglarlo todo, aunque parezca capaz de hacerlo.

—No quise decir eso.

Bhumika chasqueó la lengua, como si dijera "No importa".

—Debería preguntarte cómo estás. Ashok te hizo daño.

Priya resistió el impulso de tocarse el pecho con el puño, en el lugar donde Ashok le había metido la mano hasta el alma y se la había retorcido.

—Sé que Ashok es fuerte. Que puede ser peligroso cuando tiene que serlo. Solo pensé... —Priya se detuvo.

—Pensaste que todavía era un buen hombre, a pesar de todo.

—Es un buen hombre —exclamó Priya.

Luego se obligó a detenerse de nuevo, apartó la mirada de Bhumika y observó el cosmos sinuoso que las rodeaba, líquido y extraño. Si él no era bueno, ¿cómo podría Priya ser buena? ¿Cómo podría serlo cualquiera de ellos?

—Recuerdas al niño que fue —dijo Bhumika—. No ves... al hombre que es ahora.

—Recuerdo que me salvó la vida. Que se preocupaba por mí. A veces siento que casi recuerdo aquella noche y no puedo odiarlo, porque... —Se le quebró la voz—. No me gusta hablar de mis sentimientos. No me gusta nada de esto, Bhumika, y te juro que si pudiera arrancarme esta ira, si pudiera no sentir lo que siento, si pudiera borrar aquella noche por completo...

—Lo sé —asintió Bhumika—. ¿Recuerdas cuando te subía a mis habitaciones y hablaba contigo a solas, de vez en cuando, cuando llegaste al *mahal* por primera vez?

—Siempre tenías dulces —dijo Priya inmediatamente. Era su recuerdo más fuerte de aquella época. Después de años de hambre, había tenido una extraña obsesión por la comida—. Una vez incluso me ofreciste *rasmalai*, cubierto de pétalos de rosa.

—Convencí a Vikram de que deseaba criar una niña —recordó Bhumika—. Le gustó esa idea. Así que te conseguía dulces, sí. Y me ocupé de ti, Priya. Por un tiempo. —Vaciló—. Pri. Traté de ser una familia para ti. Realmente lo intenté.

A Priya le dolía el pecho.

—Lo sé —dijo, con dificultad—. No me escuches cuando estoy enfadada. O nunca. Nunca soy justa contigo, Bhumika.

—¿Eso ha sido una disculpa?

—No —respondió Priya—. Esto es una disculpa: lo siento. Saboréala, porque no lo voy a volver a decir.

La frase cayó pesadamente entre ellas, tosca como una piedra.

—Por favor, no —dijo finalmente Bhumika. Había un tono más suave en su voz, mientras se movía en el agua, mientras ondulaba silenciosamente alrededor de su sombra—. No recordarás esto, supongo, Priya, pero eras tan callada cuando llegaste al *mahal* por primera vez... No era timidez. Simplemente, no estabas dispuesta a hablar. Traté de hablarte de nuestra infancia. Del Hirana. De cómo habíais logrado escapar Ashok y tú. Te negaste a decirme nada. En aquel momento pensé que era por el trauma. Eras una niña. Estabas asustada, herida y abandonada. Pero ahora creo que no fue por eso. Tomaste una decisión, Priya. Había algo que querías borrar.

—No puedes saberlo.

—Sé lo terca que eres. Nunca me has obedecido —dijo Bhumika—. Realmente no. Hay algo en ti que es... elemental. Y también lo veo en Ashok.

—¿Estás diciendo que soy como él?

—Estoy diciendo que has buscado las aguas inmortales. Te aliaste con Ashok y luego rompiste con él. Hiciste un pacto con una princesa de Parijatdvipa, todo sin mí, por tu propia voluntad. Trazas un camino que yo no puedo seguir, Priya, y nunca miras lo que dejas atrás. —Hablaba con suavidad, y aun así lograba que sus palabras lastimaran profundamente—. Te impulsa un código moral que no puedo comprender. A tu manera, eres tan peligrosa como Ashok. Sí. Debería haber reconocido eso en ti hace mucho tiempo.

La opinión que Bhumika tenía sobre ella, el hecho de que la viera como una especie de criatura asombrosa, extraña, feroz y elemental, hizo que Priya quisiera reír con incredulidad.

—Nunca he hecho nada, nada —le dijo—. Nunca fui... nada más que una sirvienta. Hay partes de mí que están rotas, y yo estoy de pie en medio de todas esas piezas y no voy a ninguna parte. Estoy atascada, Bhumika. En todo este tiempo, solamente he estado quieta. Solo he sobrevivido.

—Una quietud que te restringe, creo yo. Y ahora estás exactamente donde debiste estar todo el tiempo: en el Hirana, con las aguas inmortales casi a tu alcance. —La voz de Bhumika estaba cargada de intención—. Puedo ver que te estás volviendo más fuerte.

—Eso nunca fue lo que planeé.

—¿No? —Hizo una pausa—. Ya no intentaré controlarte, Pri. Pero te pido que pienses, ¿alguna de las personas en las que has confiado lo merece realmente?

—Confío en ti —logró decir Priya.

Bhumika negó con la cabeza, lenta y segura.

—No —corrigió—. No creo que confíes de verdad. Regresa, Priya. Y por favor, mantén encarcelada y segura a la princesa un poco más. Por mi bien.

—¿Qué vas a hacer? —preguntó Priya, otra vez.

Bhumika se quedó en silencio por un momento. Luego respondió:

—Todavía no lo sé. Pero comenzaré por hablar con Vikram. Le aconsejaré que busque una salida a la guerra que nos permita sobrevivir a todos. Y si él no me escucha... —Una sombra, como de alas negras, atravesó su voz—. Bien. Ashok y tú no sois los únicos hijos del templo.

—Te deseo suerte —dijo Priya—. Supongo que por el bien de todos nosotros.

—Sí —dijo Bhumika—. Por el bien de todos nosotros.

Volvió a su piel. Echó un vistazo a la figura dormida de Malini, luego salió de la habitación para caminar por el *triveni*. Había estado lloviendo otra vez. El suelo estaba resbaladizo, casi un estanque, un gran espejo.

Si Bhumika tenía razón... Si ella había elegido no hablar, si había elegido olvidar...

Inclinó la cabeza hacia atrás. La lluvia caía nuevamente. Una última lluvia de un monzón que se desvanecía. Se subió al pedestal del *triveni*, la piedra fría y húmeda bajo sus pies descalzos, la cara levantada hacia el cielo. Tierra. Cielo.

"Solo muéstrame el camino".

—¿Por qué? —susurró—. ¿Por qué tenía que mostrarte el camino, Ashok? ¿Qué sabía yo que tú no sabías?

La respuesta estaba dentro de ella. Siempre había estado allí. Pero ella la había encerrado dentro de sí misma. Había guardado aquella noche de fuego y muerte en su puño cerrado. Tenía demasiado miedo de que se la robaran como para dejarla ir, como para hacer otra cosa que ocultarla. Durante el dolor, el hambre y la pérdida, tras su llegada al *mahal*, mientras bebía y reía con Sima bajo la protección de los árboles, siempre la había llevado consigo. La había sostenido para que nada pudiera tocarla ni alterarla.

Era hora de desplegar los dedos. Era hora de ver lo que ocultaba.

Por primera vez en una década, Priya pensó en la noche en que la quemaron a los niños del templo.

Capítulo Treinta y cuatro

PRIYA

Priya tiró del pesado cubo de agua y maldijo cuando se inclinó precariamente y una ola se derramó sobre el dobladillo de su *ghagra choli*.

—¡Nandi! ¡Ayúdame!

—No puedo —dijo Nandi, con tono ofendido.

Estaba sentado en el centro de la habitación tapándose los ojos con las manos. Llevaba unos buenos diez minutos llorando en esa posición. Antes había tenido un desacuerdo con algunos de los niños mayores del templo, que habían cultivado esporas que estallaban en las paredes. Nandi había tocado donde no debía y un estallido de polen amarillo le había dado de lleno en la cara.

Por lo general, Priya lo habría arrastrado directamente ante uno de los mayores para que lo regañaran y le lavaran los ojos y le aplicaran una tintura para detener la infección, pero esta noche los mayores habían prohibido expresamente al grupo de niños de Priya, los más jóvenes y los pequeños, salir de sus habitaciones. Uno de los nacidos dos veces había perdido el control de un furioso nudo de enredaderas, que había resquebrajado la piedra y excavado bajo la superficie del templo, causando un daño grave. Ya había destrozado los escalones del Hirana, lo que impedía el recorrido de los peregrinos.

El Hirana siempre era peligroso y cambiante. A veces, el camino que tomaban los peregrinos desaparecía de la noche a la mañana. Otras veces crecían extrañas flores silvestres incluso sobre el *triveni*, de color púrpura, negro y rosa vibrante, y los mayores tenían que arrancarlas entre murmullos de oraciones y reverencias. Pero el Hirana no era despiadado en sus cambios de humor, como los mortales. O eso decía el mayor Bojal. Él se quejaba en voz alta, ante cualquier otro que quisiera escucharlo, de que los niños "malditos" habían arruinado total y completamente el Hirana. Solo se callaba cuando el mayor Sendhil lo apartaba y le preguntaba, en voz baja, si quería enfrentarse directamente a los niños.

El mayor Bojal nunca respondía.

La mayor Chandni no había comentado nada sobre los cambios en el Hirana. Ni siquiera sobre las nuevas grietas que se abrían a la oscuridad, y que habían atrapado a algunos de los hombres del propio general en sus fauces. Nadie había muerto, los mayores habían intervenido, pero un hombre se había roto la pierna en un ángulo horrible, y eso había hecho que Sanjana y Riti —tres veces nacidos y ya mayores, aunque ninguno de los otros mayores los llamaba así— se rieran y se rieran como si la sangre y los huesos fueran un asunto terriblemente divertido. Pero cuando Priya le preguntó a la mayor Chandni al respecto, ella solo negó con la cabeza y le dijo que tuviera cuidado.

—Tú no eres como ellos —dijo—. Alégrate de eso.

Priya había pensado que era una declaración extraña. Ella era exactamente como los demás, aunque solo había nacido una vez. Había atravesado las aguas inmortales durante el festival de la oscuridad de la luna, junto con todos: los niños más pequeños que intentaban volver a nacer; los nacidos una vez, listos para nacer dos veces; los dos veces nacidos, que buscaban ascender a mayores. Se había levantado de las aguas jadeando, pero tres de sus compañeros de su misma edad no lo habían logrado. Se había sentado en la enfermería, a esperar y ver si las aguas se la llevaban más tarde, con fiebre y debilidad, como sucedía a veces.

Y como todos los niños que habían sobrevivido a ese viaje antinatural y desafortunado, ella se había vuelto... rara. Alguien nacido dos veces era capaz de persuadir a las flores para hacer estallar el polen a través de los capullos. Alguien tres veces nacido podía cortar una piedra usando solamente hojas y espinas. Y Priya y Nandi podían caminar, trastabillantes, a través de sueños de aguas que confluían, en el *sangam* de los cuentos antiguos.

"Ningún mayor ha caminado por allí en siglos", había susurrado la mayor Kana. Y, como guardiana de la tradición antigua, había dicho: "Ningún mayor ha tenido tal poder desde la Era de las Flores".

Puede que tuvieran un don mítico, pero Priya y Nandi aún eran pequeños, y Nandi todavía era un llorón. Priya soltó el cubo de agua de golpe, se contuvo para no gritarle de nuevo.

—Echa la cabeza hacia atrás y abre los ojos—dijo.

—¡No me grites!

—¡No te estoy gritando! Y si no quieres que grite, deja de ser tan, tan...

Nandi sollozó.

Priya cedió, se acercó y tiró de él suavemente hacia delante. Cuando estuvo cerca del cubo, le quitó las manos de los ojos y lavó el polen mientras él parpadeaba rápidamente.

—¿Te sientes mejor? —preguntó.

—Creo que sí.

—Bien.

—¿Estáis listos, vosotros dos?

Priya y Nandi se giraron a la vez para ver a Sanjana, tres veces nacida, que estaba apoyada contra la puerta. Llevaba un sari de color amarillo intenso, el pelo suelto sobre los hombros, el *maang tikka* de su frente de color rojo rubí, como una pesada gota de sangre. Un rastro de musgo había crecido bajo sus pies descalzos, pero se marchitó cuando dio un paso adelante.

—Están tardando mucho y estoy aburrida —dijo Sanjana—. Riti está de mal humor hoy, y Ashok tiene un dolor de estómago terrible; se niega a comer nada ¡y hay tanta comida deliciosa! ¿Por qué estáis holgazaneando?

—A Nandi le entró polen en los ojos —dijo Priya.

—Ah —dijo Sanjana—. ¿Y por eso tu ropa está mojada, Priya?

Priya frunció el ceño como respuesta y Sanjana se rio entre dientes.

—¿Por qué lastimaste a esos hombres? —preguntó Priya de repente, pensando en el hombre que se había roto una pierna.

Tal vez no debería haber preguntado. Tal vez Sanjana la golpearía en las orejas por preguntar. Pero su expresión era tranquila, solo fruncía el ceño, y Priya supuso que no se enfadaría.

—¿A quiénes?

—A los soldados parijatis.

—¿Te asustaste, palomita?

—No me asusto fácilmente —dijo Priya. Ambas sabían que eso no era exactamente un "no".

Sanjana respondió con una media sonrisa.

—Porque los parijatis deberían tenernos miedo —explicó—. Pero tú no tienes por qué tener miedo de mí. Somos familia.

Sanjana había golpeado a Priya más de una vez, le había robado la cena y se reía a carcajadas cuando ella se caía durante el entrenamiento o se dormía durante la meditación. Pero también sabía que creía sinceramente lo que había dicho. La crueldad era parte de su entrenamiento, había que encallecer el corazón de la misma manera en la que un cuchillo encallece las manos. Había que alejar la debilidad. Sanjana siempre había tratado de fortalecer a Priya, para que esta sobreviviera dos viajes más a través de las aguas. Para que viviera.

—Esta noche nos nombrarán mayores a Riti y a mí —dijo Sanjana—. Así que quiero que tengáis buen aspecto.

—Tengo buen aspecto.

Sanjana se arrodilló. Tocó con los dedos el dobladillo de Priya.

—A ver —dijo ella—. Vamos a ponerte un poco más bonita. Solo un poco, nada más. No soy una *yaksa*, no puedo hacer una magia tan grande.

—Ja, ja —comentó Priya sin entusiasmo.

Pero luego se quedó en silencio cuando Sanjana le pasó los dedos suavemente por la falda y el sonido distante del susurro de la hierba llenó el aire.

Una delicada guirnalda de hojas naturales, con ramas tan finas como el oro hilado, bordeó el dobladillo húmedo del vestido de Priya.

—Ahí tienes —dijo Sanjana—. ¿No te parece encantador?

Dejó caer el dobladillo, que hizo un susurro de pliegues cuando rozó los tobillos de Priya, como si las hojas todavía vivieran.

—Tú también te ves muy elegante, Nandi —agregó Sanjana.

—Gracias —La voz de Nandi era débil. Todavía estaba encorvado junto al cubo.

Sanjana se rio, ni cruel ni simpática, y salió de la habitación.

Para compensar a Priya por haber llorado, Nandi le peinó el cabello y le aplicó un poco de aceite para que estuviera brillante, flexible y con un olor dulce. Ella le dio un ligero golpecito en la cabeza a cambio y revisó sus ojos una vez más. Ya no estaban hinchados y Nandi no estaba lloriqueando, así que Priya lo arrastró desde la habitación hacia el banquete. Olió que se estaba cocinando algo y se preguntó si los sirvientes le habrían hecho su comida festiva favorita, arroz teñido de verde y amarillo salpicado de almendras, pistachos y pasas gordas, acompañado de buñuelos y un caldo dulce e intensamente especiado.

—Espera, Priya. Deberíamos volver a poner el cubo en su lugar —le dijo Nandi con urgencia—. Si la mayor Chandni lo ve, sabrá que no hicimos lo que nos dijeron. Ella nos pidió que nos quedáramos en la habitación y fuéramos directamente al banquete, y sabrá que no la obedecimos.

—Solo nos gritará —dijo Priya encogiéndose de hombros.

—O nos hará irnos temprano del banquete. O no nos dejará comer nada.

Era el tipo de castigo que elegiría un mayor. Pensando con añoranza en ese arroz de colores, Priya suspiró.

—Bien, vamos a devolverlo a su sitio. Pero rápido, o llegaremos muy tarde.

Era más fácil llevar el cubo entre los dos, aunque Nandi se quejó de Priya por haberla llenado tanto, y ella le respondió bruscamente que simplemente la había llenado y la había llevado sin pensar, y que todo era culpa de Nandi por hacerse daño en los ojos.

Escucharon voces. Se detuvieron.

—Los mayores —susurró Nandi.

Sin molestarse en responder, Priya arrastró el cubo a una habitación lateral del claustro y luego a Nandi detrás de ella.

Los pasos se acercaron.

—Deberíamos esperar hasta que regrese Bhumika. —Esa era la voz del mayor Bojal.

—¿Crees que volverá? ¿En serio? En el momento en que atravesó las aguas, la niña corrió directamente al seno de su familia como una cobarde —respondió la mayor Saroj.

—Su familia es creyente. La traerán de vuelta.

Un resoplido.

—¿Creyente? Muy poco. Los Sonali van hacia donde sopla el viento. Nunca la devolverán, recuerda mis palabras; le arreglarán un matrimonio adecuado y olvidarán que alguna vez sirvió aquí.

—Sin embargo...

—Se están volviendo mucho más fuertes. —La tercera voz era un susurro perentorio. El mayor Sendhil—. Cada minuto. Cada hora. No pueden vacilar sobre esto ahora. Pronto no seremos suficientes para encargarnos de ellos. El emperador enviará ejércitos. Ahiranya sufrirá las consecuencias.

Nandi abrió la boca. Priya se la tapó con una mano antes de que pudiera emitir palabra.

—Haz un ruido —susurró— y te taparé la nariz también.

Nandi se quedó en silencio.

—Son fuertes tal como les hemos enseñado a ser. Tal vez esto sea necesario.

—Lo que exige el emperador Sikander es desmesurado. Inhumano.

—Por eso iremos con ellos —dijo la mayor Saroj con calma—. Son nuestra familia. Iremos juntos.

—Pero ciertamente debemos discutir...

—No. —La voz de la mayor Chandni sonó triste, pero inquebrantable—. Creo que ya hemos discutido esto lo suficiente. Ya lo acordamos.

Un silencio. Entonces, Saroj habló, con voz pesada:

—Será nuestro fin.

—Creo que es un fin necesario —dijo Chandni en voz baja. Priya se mordió el labio al escucharla—. En esto, el general no se equivoca.

Hubo un murmullo que Priya no pudo captar, y luego se oyeron pasos una vez más.

El mayor Bojal. El mayor Sendhil. La mayor Saroj. La mayor Chandni. Todos ellos debatían sobre lo fuertes y extraños que eran los niños del templo.

Priya nunca había sido elogiada por su inteligencia, pero entendió lo suficiente como para sentir una punzada de miedo. Miró a Nandi a los ojos. Destapó su boca.

—¿Qué crees que significa lo que dijeron? —susurró Nandi.

Priya tragó saliva.

—No sé.

El festín estaba en pleno apogeo en la habitación norte: los cojines dispuestos en círculo, los platos colocados en el suelo que incluían, como esperaba Priya, el arroz teñido y los buñuelos. Una vez que llegaron, la mayor Chandni cerró las puertas detrás de ellos. Fueron los últimos niños en entrar.

Había telas que cubrían las paredes, en una vibrante variedad de colores. Priya rozó de cerca una de ellas. Olía dulce, resinosa, como a *ghee* o caña de azúcar, y estaba ligeramente... mojada.

La mayor Chandni tocó la frente de Priya con una mano. Luego se inclinó y la besó en la mejilla.

—La puerta izquierda —murmuró Chandni.

Los dedos de la mayor estaban fríos y temblaban un poco.

No le dijo nada más.

—Quédate aquí —siseó Priya a Nandi, y él se sentó sin quejarse.

Sanjana y Ashok estaban sentados una junto al otro, y cuando Priya se acercó sigilosamente, Sanjana dijo:

—¡Por fin! ¿Qué vas a tomar? Vino no, supongo, aunque sería divertido verte vomitar.

—Necesito deciros algo —dijo Priya en voz baja. Debió sonar alterada, porque ambos la miraron y la escucharon atentamente; Ashok sostenía un vaso de agua tibia y parecía levemente enfermo. A medida que Priya hablaba, el rostro de Sanjana se contraía de miedo, o de furia, Priya no supo distinguirlo. Sanjana la tomó de la muñeca y dijo:

—Hablaremos con ellos. Ahora.

Se puso de pie y... se tambaleó. Se llevó una mano a la cabeza, las yemas de los dedos a la sien y tragó saliva.

Cayó.

Priya nunca pudo recordar con claridad lo que siguió. Solo recordaba haber gritado y que sus hermanos trataron de usar sus poderes. Se las arreglaron, un poco. El suelo se astilló. La piedra se agitó, movida por las ramas y raíces, por su furia salpicada de magia. Pero algo andaba mal, y poco a poco todos se desplomaron, pálidos.

—La comida —murmuró Ashok de repente; su rostro se torció mientras miraba a su alrededor. Se levantó rápidamente y tomó el brazo de Priya.

—Nos vamos.

La arrastró hacia delante, entre los cuerpos caídos.

Escuchó un ruido punzante y un grito, y Ashok la arrastró más y más lejos, hacia la puerta izquierda, como la mayor le había dicho a Priya. Ella volvió la cabeza hacia atrás. Nandi, ella necesitaba buscar a Nandi...

—Vamos, Priya —dijo Ashok bruscamente—. Vamos. ¡Ah!

Había soldados, soldados parijatis, bloqueando las puertas. A Priya le dio un vuelco en el estómago al ver a esos forasteros allí, en un lugar reservado para los peregrinos y servidores ahiranyis y su propia familia del templo.

Ashok empujó a Priya detrás de él.

Siempre había sido un buen luchador. Todos lo eran. Pero los otros niños del templo estaban drogados y casi inconscientes, incapaces de luchar como lo hubieran hecho normalmente. Ashok no había sido afectado. Levantó una mano delante de él, y las enredaderas atravesaron las paredes y el suelo. Un soldado soltó un grito de horror: hubo un sonido metálico de acero.

Ashok tomó el arma del soldado y, agitando su brazo, hizo un corte.

Priya sintió algo húmedo y caliente en la cara y se obligó a no cerrar los ojos con fuerza. En cambio, tomó un pequeño cuchillo de trinchar de la mesa, al lado de donde uno de sus hermanos había caído inconsciente con la frente contra un plato de comida, y lo sostuvo en la mano sudorosa y resbaladiza.

Ella y Ashok corrieron hacia delante, sin ninguna gracia: solo un feroz empuje de sus cuerpos y su sangre, y Ashok que la arrastraba y cerraba la puerta empujándola con las manos, y Priya que se dio la vuelta y se encontró con los ojos de Nandi al otro lado de la habitación. Su mirada. Su cabeza en un ángulo horrendo, imposible en alguien vivo. Lo último que vio antes de que Ashok la tomara en sus brazos fue a la mayor Saroj tocar, con la llama de una lámpara, una de las telas colgantes. La habitación comenzó a arder. Saroj arrastró la tela de la pared y Priya la vio caer sobre uno de sus hermanos.

—No mires. —Ashok la arrastró fuera.

Atacó a los soldados brutalmente, con eficacia, cortando una arteria aquí, rompiendo un cuello allá, hundiendo su cuchillo en la cuenca de un ojo. Bajó a Priya para que pudiera luchar, pero cuando una daga se clavó en el suelo a los pies de ella, la tomó en sus brazos y echó a correr.

—Priya —gritó contra su cabello; su voz cubrió el clamor palpitante de su propia sangre—. Priya, ¿dónde está el camino a las aguas inmortales?

—¡No lo sé!

—Sí lo sabes. Lo sabes. No nos falles ahora.

Como todas las demás partes del Hirana, la entrada a las aguas inmortales se movía. A veces los mayores hacían un ritual para buscarla. Pero Priya nunca había tenido que esforzarse para encontrarla. No era la mejor luchadora, ni la más inteligente, ni la más fuerte, pero podía hallar el camino sin cometer errores, incluso con los ojos cerrados.

Había asombrado a la mayor Chandni cuando se dio cuenta. Todos los mayores la habían puesto a prueba. Le vendaron los ojos. La hicieron girar hasta marearla. Le preguntaron de noche, de madrugada, en pleno día. Ella siempre supo el camino.

Nadie podía explicar su don. Había escuchado a los mayores hablar de ello una vez, en la habitación de Chandni, cuando estaba acurrucada en el suelo junto a su jergón.

—Es una atracción extraña —había murmurado Saroj—. Oh, cuanto más tiempo pasamos aquí, más conectados nos sentimos con el Hirana, sin duda. Pero la niña es... diferente.

Los dedos de Chandni habían acariciado suavemente su cabello.

—No nacen muchos niños en el Hirana —había dicho—. No me sorprende que tenga un vínculo especial con el templo.

—No es bueno que nazcan niños aquí —había dicho Sendhil, y algo en su tono hizo que la mayor Chandni se quedara quieta.

—Como tú digas —había murmurado Chandni, cubriendo a Priya con las sábanas.

No lo había vuelto a mencionar. Y ya no importaba. Priya cerró los ojos con fuerza. Levantó una mano temblorosa del hombro de Ashok y señaló el camino. Hizo un juramento, de miedo o agradecimiento, no lo sabía, y siguió su intuición.

La entrada estaba en el suelo de un pasillo sin iluminación. Ashok patinó hasta detenerse. Sujetándola todavía, saltó a la oscuridad; se tambaleó un poco en el primer escalón, luego en el segundo. Entonces Priya abrió los ojos y observó cómo él usaba sus poderes de nacido dos veces y apuntaba con los dedos a la abertura que había encima de ellos.

El camino se cerró y quedaron envueltos en la oscuridad.

Siguieron su recorrido hacia abajo. Hasta el corazón del Hirana, la yema del huevo.

Llegaron al suelo. Incluso a través de los párpados cerrados, Priya podía ver y sentir la presión del agua luminosa. Su atracción, más de estrellas que de río.

—No mires, Priya —susurró él. Así que ella no lo hizo. Apoyó la cabeza contra su hombro lo suficientemente fuerte como para sentir la firme la tela contra sus ojos, pegajosa por sus propias lágrimas y el sudor de él. Aún podía oler el humo—. No mires. Solo muéstrame el camino.

—¿El camino adónde?

—Fuera de aquí —dijo. Su voz temblaba débilmente. Olía a cobre—. Tú conoces el Hirana mejor que nadie. Y el Hirana te conoce.

El goteo lejano del agua. Luz azul brillante, a su alrededor, que se filtraba bajo sus párpados. Él no estaba equivocado. A veces, Priya sentía el Hirana como si fuera otra extremidad suya. Ashok la llevó cerca de la orilla del agua, en busca de una salida. Ella señaló el camino. Túneles. Había túneles más adelante.

—No puedo tocar el agua —jadeó—, no puedo, no puedo. ¿Y si me muero?

—Tranquila —susurró—, tranquila. No te dejaré caer.

Le metió la cara debajo de su barbilla. La sostenía, aunque le temblaban los brazos, aunque estaba sudando y ella lo oía llorar.

—Todo va a salir bien —la consoló, con voz ahogada y temblorosa—. Ya verás.

Se abrieron camino juntos, por fin. Le dieron forma nuevamente a la piedra y emergieron, libres y solos, en el verde que rodeaba el Hirana.

Sobre ellos, el fuego aún ardía.

—No mires —repitió Ashok.

Y aunque debería de haber estado demasiado débil para levantarla de nuevo, Priya lo escuchó inspirar y hacerlo de todos modos. Puso las piernas alrededor de su cintura, los brazos alrededor de su cuello, y no trató de ser fuerte. Por una vez, él no le pidió que lo fuera.

Las hojas de la falda de Priya tardaron dos días en morir.

Años. Ella y Ashok habían pasado años en las calles, hambrientos y picados por los mosquitos, robando comida y mendigando cuando no había nada que robar. Él había golpeado a otros hombres unas cuantas veces para quitarles su dinero. Había convertido en aliados a hombres malos y a otros como Gautam, a los que podía doblegar por el miedo y los favores y las deudas impagadas. Pero a medida que enfermaba, sus poderes también parecían desvanecerse. Y los poderes de Priya siempre habían sido limitados. Se habían reducido al alejarse del Hirana, junto con su comprensión de sus propios recuerdos.

Chandni había visto algo en ella. Pero eso había sido en otra vida.

En ese momento, Priya estaba de pie en el pedestal, la lluvia le entraba en los ojos, y sollozaba tan profundamente que le dolían los pulmones.

Había encontrado el camino aquella noche. Ella fue quien salvó a Ashok, y él la salvó a ella.

"Él me salvó. Yo lo salvé".

Se dio cuenta de que estaba llorando. Se secó los ojos con el dorso de una mano, furiosa consigo misma por llorar como una niña. No importaba la edad que tuviera, su familia siempre parecía tener el poder de herirla.

Se habían salvado el uno al otro. Él la había dejado para que Bhumika la criara, porque la amaba. Le había hecho daño porque la amaba.

Amor. Como si el amor fuese una excusa. Como si la certeza de que él era cruel y despiadado y que estaba dispuesto a lastimarla hiciera que su corazón doliera menos.

Bajó del pedestal. La tela de su blusa se le pegaba a la piel. Su cabello goteaba. Sus huellas, cuando cruzó el *triveni* y salió a un corredor que conducía a las cocinas, estaban húmedas, la piedra debajo de ellas brillaba al moverse, como si caminara con ella.

Ya no sentía ningún vacío. Fuera lo que fuese ella —arma, monstruo, maldita o bendita—, estaba entera. Debajo de ella, el Hirana estaba tibio. Como una extensión de sí misma.

Ella había sabido el camino todo el tiempo.

El Hirana la condujo a una habitación del claustro, pequeña y sin pretensiones, que alguna vez había sido cuidada con esmero. Incluso en aquellos días lejanos era simple, desnuda, excepto por el patrón de ondas grabadas en las paredes y el suelo.

Las líneas fluían alrededor de los pies de Priya mientras caminaba.

El camino a las aguas inmortales no era fijo. Aparecía donde quería. Cuando era niña, Priya se había tumbado más de una vez sobre la abertura, con la cabeza inclinada sobre el borde en una habitación tras otra, escuchando el aullido de la caverna debajo, el hueco dentro de su caparazón de piedra. Sonaba triste. Como el mar. Como una canción.

El suelo no tenía una abertura ahora, pero Priya se arrodilló. Apoyó las manos en la piedra.

No debería haber sido capaz de abrir el camino sola; ella solo había nacido una vez, carecía de los dones más poderosos de sus hermanos. Pero las aguas inmortales querían que ella las encontrara. El Hirana había sido moldeado por manos que pertenecían al templo, por la carne de los hijos del templo, vivos y muertos, y se movía, se aferraba y cambiaba a su alrededor con el flujo y reflujo de su propio corazón. Es lo que el Hirana quería de Priya.

El suelo se onduló debajo de ella, grandes olas de piedra retrocedieron. La tierra se abrió.

Priya miró hacia la oscuridad. Se mordió la lengua, un dolor leve y profundo, y se sentó en el borde. Bajó los pies. Durante un momento no encontró apoyo, pero luego la tierra se movió una vez más y la vegetación formó un escalón debajo de las plantas de sus pies.

Ella se enderezó. Dio otro paso. Otro.

Fue un largo camino. Al menos su memoria no la había engañado sobre eso. En el momento en el que llegó al fondo y sintió el barro frío bajo sus pies y la frescura de la oscuridad profunda a su alrededor, toda su magia se había agotado. Estaba reseca.

Pero ella ya no la necesitaba más. Las aguas inmortales yacían ante ella, una larga espiral como la curva sinuosa de una serpiente. En la oscuridad debajo del mundo, brillaban con un azul tenue. Las escuchó en el silencio: un golpe de tambor, un susurro, una música en su alma.

Miró las aguas. Pensó en Bhumika, que le había rogado que no siguiera ese camino; la mirada en sus ojos decía que no tenía ninguna esperanza de controlar a Priya y nunca la había tenido. Pensó en Ashok, que le había hundido la mano en el pecho, impulsado por la furia, y que la había abrazado cuando era pequeña y ambos estaban solos. Pensó en Rukh, a quien había tratado, a su manera, de sostener y proteger, reviviendo su infancia.

Priya no estaba aquí por ellos, o a pesar de ellos. Sus voces permanecieron con ella, pero debajo de todo había una verdad muy simple: Priya había querido encontrar las aguas inmortales no para Ashok ni para sus hermanos muertos del templo, sino para ella misma. Siempre las había deseado. Y en ese momento estaba allí.

No se permitió pensar más. Dio un paso adelante, y otro, y se sumergió.

Un torrente de agua. La presión sobre la cabeza, los pulmones comprimidos como si los rodeara una banda de huesos, el azul luminoso que chispeó frente a sus ojos abiertos y...

Silencio.

Capítulo Treinta y cinco

ASHOK

—Entonces, ¿cómo lo vamos a hacer?

—¿A hacer? —La voz de Kritika era deferente, como siempre. Ah, la siempre vigilante Kritika.

—¿Qué nos darás por las armas? —dijo él con un dejo de impaciencia en su voz.

Los hombres que tenía delante eran de origen ahiranyi y srugani, y se habían adueñado de ese pueblo, abandonado cuando la podredumbre lo invadió. Alguien había hecho un mal trabajo al tratar de quemar la podredumbre, y todavía colgaban sus restos a su alrededor: flores vívidas en las paredes, resbaladizas y brillantes como veneno. Grandes raíces enroscadas, palpitantes y de aspecto carnoso brotaban a través de las grietas en los suelos. La mayoría de los hombres tenía algún indicio de la enfermedad: una extrañeza polvorienta que les oscurecía las venas de las manos, o polen en el cabello, o una textura de corteza en la cara. Llevaban encima madera sagrada para obtener el poco bien que pudiera hacerles. Era la única razón por la que aún no estaban todos muertos.

Ashok y los hermanos y hermanas que se habían unido a él para beber las aguas inmortales estaban a salvo de la podredumbre, o eso parecía. El resto de sus seguidores había tomado las precauciones adecuadas: llevaban paños atados a la boca y la nariz, las manos envueltas en guantes, cuentas de madera sagrada atadas con largos hilos alrededor de la garganta.

Esos matones, esta milicia, no tenían nada por lo que vivir y nadie más que estuviera dispuesto a negociar con ellos. Aunque la podredumbre no se propagaba de persona a persona, los que se contagiaban aún eran rechazados. Había muy pocas pandillas que considerarían causarles daño, pero ninguna comerciaría con ellos tampoco, y por la mirada demacrada del rostro del hombre que había hablado, por la rigidez de sus pómulos, la comida escaseaba. Por eso ambos mercenarios estaban dispuestos a vender sus excelentes armas a cualquier precio ridículamente bajo que pudieran conseguir, y también eran completamente impredecibles. O bien la gente de Ashok se iría con todo lo que había ido a buscar, o los matones intentarían asegurarse de que se fueran sin nada.

Ashok estuvo tentado de arrojar una bolsa de arroz al suelo, solo para ver qué hacían. Pero en lugar de eso, eligió ser sensato.

—Soy razonable. Yo...

Entonces sintió el golpe. Como el azote de una ola de poder estelar que lo atravesó. La sintió a ella, a través del lecho de la maleza, las venas de savia del bosque, el corazón tamborileante. La sintió a través de la raíz que se había abierto camino dentro de él cuando había entrado en las aguas una vez, luego dos, ahuecándose de modo que el río siempre circulara dentro de él, ligándolo a la fuente.

Kritika se giró para mirarlo.

—¿Qué le pasa? —preguntó el hombre.

Uno de los seguidores de Ashok lo tomó del brazo. Sirviéndole de muleta, el muchacho lo guio fuera de la choza; los dos avanzaron pesadamente hacia la luz.

—No te preocupes —escuchó decir a Kritika—. Después de todo, no estamos aquí por tus armas...

Otros dos seguidores esperaban del otro lado de la puerta. Lo condujeron lejos, a la sombra debajo de los árboles, apartado de los ojos suspicaces de los hombres podridos.

Sin su guía, los seguidores de Ashok se alinearon para protegerlo formando una especie de círculo a su alrededor, con sus guadañas listas y sus pies firmemente plantados.

—¿Qué ha pasado? —preguntó uno.

—Necesito silencio —dijo Ashok—. Por favor.

Ellos asintieron. La barrera se cerró más sólidamente.

Priya. Ella había encontrado el camino.

Ashok recuperó el equilibrio, su pulso se estabilizó en un ritmo menos frenético. Necesitaba estar tranquilo. Respiró. Necesitaba entrar en el *sangam*.

Entró como una criatura tropezando, desgarbado. Cayó de rodillas en el agua.

—¡Priya!

Él la había entrenado. Él la había hecho ser lo que era. La había mantenido a salvo, cuando todos los demás habían muerto y no se tenían nada más que el uno al otro.

—¡Priya!

Había mendigado dinero y comida a extraños. O había amenazado para obtenerla. Cuando comenzó a enfermar —tosía con sangre, los pulmones le dolían— había acuchillado a un hombre por el paquete de comida escondido bajo su brazo. Había visto a Priya comer y se alegró de tener la fuerza suficiente para matar por ella, aterrorizado de que pronto ni siquiera fuese a tener eso.

La había dejado. La abandonó en manos de Bhumika, su hermana que parecía una desconocida, con sus saris finamente tejidos y sus ojos fríos, con ese esposo cuyas manos estaban manchadas con la sangre de sus hermanos. Le cortaría el corazón. Cuando era un chico moribundo y nada más que eso, Priya había sido su corazón.

La llamó a gritos en el *sangam*, pero ella no acudió.

El agua se movió a su alrededor. Sintió a Bhumika, alarmada, al otro lado del agua. Pero ella sabía tan bien como él lo que había sucedido; lo sintió a través de lo que fuera que los unía a los tres, criados en el templo y dotados de poderes, juntos.

Entonces se dio cuenta de que Priya no iría.

La niña que había salvado. La niña a la que había abandonado.

Bien. Que así sea.

Ella tenía las aguas inmortales. Ella había abierto el camino. Y ese camino era todo lo que él necesitaba.

Volvió a su cuerpo. Su familia de seguidores lo rodeaba en un círculo, los treinta lo miraban.

Algunos portaban armas de metal. Otros, estacas y varas talladas en madera sagrada, que ardía con el calor y la promesa de violencia.

Kritika se abrió paso entre ellos. Estaba limpiando su guadaña de sangre.

—Ya nos hemos ocupado de esos hombres —le dijo—. Y tenemos lo que necesitamos.

Siempre eran subestimados, hasta que recurrían a sus máscaras.

Todavía tenían casas seguras intactas y desconocidas por el regente. Pero necesitaban alimentos, armas y fuentes de dinero. La nobleza que los había financiado era más cautelosa después del ataque al Señor Iskar, insegura de lo que sucedería bajo la regencia del Señor Santosh. Y ese momento se acercaba, inevitable como el amanecer.

Pero estos marginados podridos también poseían algo que Ashok necesitaba mucho más que la comida.

—¿La tienes?

Kritika asintió y sostuvo su botín frente a él.

Los habitantes de ese pueblo habían tenido una vez su propio consejo de aldea tradicional. La mayor parte de su riqueza les había sido arrebatada por esas aves carroñeras que eran la milicia y cualquier otro bandido o gente desesperada que había pasado por la región, pero nadie se había llevado el objeto más preciado que ese consejo había poseído alguna vez.

Parecía un saco de cachivaches: botellas de vidrio, de madera o de cuero seco, bien atadas con cuentas. Nada de valor, a los ojos ignorantes.

Ashok metió la mano. Sintió ese tirón, ese venenoso anhelo. Sacó los frascos de agua inmortal, uno por uno.

Enterraron los cuerpos. Se llevó consigo a tres de sus seguidores más fuertes para hacerlo. Luego, mientras acampaban a una distancia segura, les contó todo.

Kritika se quedó en silencio durante un momento. Detrás de ella, a su alrededor, los demás escuchaban y esperaban atentos. Entonces ella dijo:

—¿Qué vamos a hacer, Ashok?

Pensó en Priya, que trataba de hacerse más fuerte.

Pensó en su ausencia.

—Encontrémosla —dijo— y obtengamos de ella el camino a las aguas. Para ser fuertes debemos hacer lo que sea necesario, sin importar el costo.

Kritika asintió.

—Entonces nos permitirás a todos beber el agua contigo —dijo—. Y unirnos a ti para salvar nuestro país.

Treinta personas. Un número elevado. Necesitarían más agua para mantenerse, y Ashok, que había pasado años buscando botellas de agua inmortal, sabía que no sería posible. Si bebieran aquel día, esa sería su jugada final. Si no encontraban pronto la fuente de las aguas inmortales, morirían todos.

—Ya os habéis sacrificado suficiente. No puedo pediros esto a todos vosotros.

—Soy mayor que tú, Ashok, pero no tanto como pareces creer —dijo Kritika con su habitual gravedad—. Todavía tengo el deseo de buscar la libertad. De quemar a los soldados y señores de Parijatdvipa y ver al regente colgado del cuello. Permíteme hacerlo. Permítenos hacerlo a todos nosotros.

—Tal vez muramos todos —dijo Ashok, finalmente—. Puede que no encontremos a mi hermana. Quizá seamos asesinados por los hombres de Parijatdvipa. Este puede ser nuestro fin.

Kritika no dijo nada. Conocía la forma de pensar de Ashok, sus palabras, su silencio. Sabía que él no había terminado aún.

—Sabiendo que esto puede llevarnos a la muerte —dijo lentamente—, sabiendo que esta puede ser la última vez que seamos tan fuertes, debemos destruir la mayor cantidad posible de nuestros objetivos. Los nobles y los más ricos, los comerciantes y los médicos que Parijatdvipa necesita para mantener sus garras en nuestra tierra: debemos matarlos a todos. Ya sea que encontremos a mi hermana o no, debemos obtener algún tipo de victoria. —Miró a Kritika—. ¿Estás lista? —preguntó—. ¿Estás lista para arriesgar todo lo que tenemos?

—Te has preparado para ello —dijo Kritika—. Todos lo hemos hecho.

Sí. Habían acumulado armas. Tenían hombres y mujeres leales, y también gente a quien habían comprado su lealtad con miedo, esperanza, dinero o alguna combinación alquímica de los tres.

—Un poco de veneno —intervino Ganam— es algo que estoy dispuesto a tomar.

—Todos lo estamos —dijo otro joven—. Para esto, todos estamos preparados.

La mente de Ashok volaba veloz como un pájaro. Podían dejar a los que no tuvieran fuerza suficiente para pelear en el bosque. El más joven y el más viejo. El resto...

El resto ya estaba de pie ante él. Los hombres y las mujeres que se habían aliado para ver libre a Ahiranya. Que rechazaban los grilletes del gobierno exterior. Que buscaban algo mejor que la podredumbre que les había robado sus casas y había matado a sus seres queridos, y mejor que el hambre que siguió cuando el regente no se aseguró de que fueran alimentados.

Y Kritika, la mujer que lo había salvado cuando él pensó que iba a morir; su rostro arrugado era implacable. Ella sabía lo que venía. Todos lo sabían.

—Ya no podemos ser cautelosos —dijo Ashok—. Está bien. La cautela no nos ha servido de nada. Esta es nuestra última parada. Nuestro último aullido de rabia. Mostrémosles que somos herederos del bosque, hermanos y hermanas. Herederos de las aguas inmortales. Mostrémosles dientes y garras y pongamos fin al gobierno parijati.

Kritika repartió las botellas. Solo un trago. Solo se necesitaba un sorbo.

También guardó un frasquito en su mano. Sus dedos temblaban. No le quedaba mucho tiempo.

—Invadiremos el Hirana. Nos apoderaremos de su magia —dijo Ashok—. Recuperaremos Ahiranya.

—La última resistencia —dijo Kritika.

El círculo que lo rodeaba levantó las botellas y bebió.

Capítulo Treinta y seis

BHUMIKA

Regresó a su cuerpo con un gemido irregular. Ashok. Maldito sea. Sintió como si el veneno de su ira estuviera nadando en su cráneo. Se incorporó del suelo; vio a sus criadas rodeándola, preocupadas por ella, y dijo:

—Necesito ver a mi esposo.

—¿Voy a buscar al médico? —preguntó una criada.

—¿Un médico? No. Ve a buscar a mi esposo. Solo a él.

Se acomodó en un cojín del suelo. Aceptó un vaso de algo dulce y fresco y se lo bebió rápidamente para calmar el temblor de sus extremidades. Vikram entró; aún caminaba lentamente como consecuencia de su herida, lo seguían sus guardias más cercanos. Había estado en algún tipo de reunión, supuso Bhumika, por la expresión cansada de sus ojos. Ya había visto esa expresión antes.

—¿Algo va mal con el bebé? —preguntó Vikram abruptamente, mirándola con preocupación. Ella se puso de pie, negando con la cabeza.

—Estoy bien —dijo—. Y el bebé también, espero.

—Entonces, ¿por qué estoy aquí, Bhumika?

—Pedí verte a solas —dijo mirando brevemente al comandante, que tenía la vista al frente, los ojos fijos en la nada en la distancia.

—Déjanos, Jeevan —pidió Vikram, y el comandante inclinó la cabeza una vez con respeto y se fue.

—¿Y bien? —La voz del general estaba marcada por la impaciencia; su atención ya vagaba al saber que la salud de su mujer no peligraba.

—Tengo noticias —dijo Bhumika—. Una terrible advertencia. No puedo ocultártela por más tiempo.

Su cara era como la piedra.

—Habla —dijo.

Vaciló, luego comenzó:

—Mi familia es antigua y venerable, Vikram. Y yo soy... accesible. A veces la gente se siente más... cómoda... hablando conmigo de lo que tal vez se sentirían hablando contigo. Y he oído rumores sobre los rebeldes. Creo que estamos en gran peligro. La ciudad está en peligro. Debes ordenar que se proteja el *mahal* y se cobije a la gente tras sus muros.

—Dime quién te lo ha contado —exigió él—. Alguien de la nobleza ahiranyi, ¿verdad? ¿O las criadas chismosas? ¿Un guardia, un comerciante?

—Preferiría no decirlo.

—Bhumika, necesito nombres. Ahora.

—Si alguien se acerca a una mujer de mi posición con una advertencia y pide no ser nombrado —respondió Bhumika con cuidado—, entonces revelar su nombre garantizaría que esa mujer nunca más sea advertida.

—Nadie debería haberse acercado a ti en absoluto —dijo él; la mirada pétrea en su rostro le daba a su voz una calidad de plomo—. Eres mi esposa. Soy el regente. Deberían haberse acercado a mí.

—No te he dicho nada que sea falso —dijo Bhumika en voz baja—. Lamento ser la fuente de estas noticias. Pero soy tu esposa. No te mentiría sobre algo así.

—Cualquiera con información que valga la pena podría haber hablado con cualquiera de mis asesores —dijo con una gentileza denigrante—. O con mis guardias. Mis hombres. No contigo. Te han contado chismes venenosos y sin fundamento, Bhumika, nada más. No deberían haberse acercado a ti en tu frágil condición.

Bhumika tenía la verdad en la punta de la lengua.

Eran tantas las veces que había querido ser honesta con él. Tantas las veces en las que casi estuvo a punto de decirle lo que ella era.

Una ilusión se había apoderado de ella cuando se casó con él. No siempre la sostuvo. Pero a veces ese velo le cubría los ojos. A veces creía que lo amaba. A veces le estaba agradecida por el magnífico *mahal*, por la oportunidad que le daba de mantener a salvo a un puñado de personas.

Oh, tomó la precaución borrar todo eso, de recordar lo fundamental del asunto que tenía entre manos. Se había casado con el regente de Ahiranya. Con el hombre que había instigado el asesinato de sus hermanos y hermanas, y que también la habría visto arder a ella, si no hubiera tenido una familia de sangre que la amaba demasiado como para dejarla ir de verdad, y que poseía la influencia política suficiente para borrar su pasado y así salvarla. Pero si vives con una persona el tiempo suficiente, si te acuestas en su cama, sin importar la política, tarde o temprano sentirás algo por esa persona. Tales cosas eran inevitables.

Pero esta vez no fue el amor lo que contuvo a su lengua de soltar la verdad. Fue un despecho furioso lo que la hizo querer hablar.

Él pensaba que Bhumika era poca cosa. Muy poca cosa.

"No sabes nada, esposo. Mi hermano del templo ha estado esperando su momento, construyendo su fuerza, esperando hasta poder tomar los poderes de las aguas inmortales y luego asesinarte a ti y a todos los parijatis de este país. Y ahora mi tonta hermana ha encontrado el camino a las aguas, y ha tomado su poder ella misma en lugar de dárselo a él. Entonces, si quieres que tu gobierno sobreviva, Vikram, si quieres salvar a Ahiranya de la promesa de sangre, me escucharás. Escucharás".

No. Ella no podía decirle eso. Pero sintió el veneno en su voz, a pesar de todo, cuando dijo:

—Cuando los rebeldes destrocen esta ciudad, cuando nuestro hogar y aquellos que dependen de nosotros ardan, ¿recordarás mis advertencias? Te arrepentirás de no escucharme, Vikram, simplemente porque soy solo tu esposa. Si no puedes confiar en mí, ¿por qué te casaste conmigo?

Había dicho demasiado. Lo supo cuando lo miró a la cara.

—Lo que dices está fuera de lugar —dijo Vikram—. No te corresponde dirigirme. Ni siquiera te corresponde aconsejarme. —Su rostro se tensó; ella lo vio luchar con su despecho, resistirse. Luego, cedió y agregó—: Si hubiera querido una esposa sabia e inteligente, me habría casado con una mujer de Parijat.

—Te ganaste la lealtad de la nobleza ahiranyi porque te casaste conmigo, una mujer de la familia Sonali —dijo Bhumika, no sin orgullo y, ciertamente, no sin rabia—. Eso vale algo, lo sé. Después de que mataste a los niños del templo, preferirían haber escupido sobre tu sombra. ¿Y qué mujer noble parijati te habría aceptado a ti, un hombre que gobierna por méritos y no por el privilegio frívolo de la sangre?

Él se abalanzó sobre ella. Le aferró los brazos con las manos. A Bhumika le tomó un momento darse cuenta del dolor, sentir sus dedos como una mordedura, su fuerza espontánea e inconsciente al triturarle la carne, los huesos.

—Basta. —La sacudió, solo un poco, como si fuera un animal al que hay que ordenar que se calle; a Bhumika le castañeteaban los dientes y sentía la sangre helada en su interior—. Nombres, Bhumika, o nada en absoluto.

Ella no le enseñó los dientes. No le puso sus propias manos alrededor de la garganta. Bajó los ojos. ¿Nombres o silencio? Bueno, entonces tendría que darle silencio.

Su repentina modestia hizo que él se detuviera. Bhumika sintió que su presión se aflojaba un poco. Al levantar la mirada, lo vio observar la curva de su vientre.

—Llamaré al médico —dijo, y en eso ella escuchó una gran cantidad de cosas: su miedo de que él, tal vez, le hubiera hecho daño y, por extensión, al bebé. La creencia de que todo lo que había dicho era producto de su cuerpo (su embarazo, su supuesta debilidad femenina, física y de corazón) y no evidencia de su sabiduría, su perspicacia política y todo lo que ella era—. No hablaremos más de eso. —Él puso su mano sobre su vientre; una mano cálida, de dueño—. Esto es todo lo que importa, Bhumika. Concéntrate en ello.

Un hijo no debería ser una cadena usada para atar a una mujer como si fuera ganado a un rol, un propósito, una vida que ella no hubiera elegido para sí misma. Y, sin embargo, sintió entonces, con un doloroso resentimiento, que Vikram usaría a su bebé para reducirla y borrarla. Lo odió por eso, por robar la tranquila y extraña intimidad entre ella y su propia carne y sangre para convertirla en un arma.

—Lo haré —dijo plácidamente—. Lo siento.

Le dolían los brazos. No podía confiar en Vikram. Ni siquiera podía usarlo. Tendría que luchar contra Ashok ella misma. Así tendría que ser.

Capítulo Treinta y siete

E stuvo bajo el agua durante minutos, horas o siglos. No lo sabía. El agua la atravesó. Barrió a través de sus pulmones. De su sangre. No era fría ni dulce. Era como fuego, devoraba su carne y su médula, implacable. "Me estoy muriendo", pensó, al principio salvajemente y luego con calma, mientras su miedo se desvanecía junto con todo lo demás dentro de ella. Se sentía como si la hubieran vaciado. Como si fuera uno de los cocos que alguna vez había anhelado colocar en un santuario. Partida en dos y con sus entrañas, magulladas y florecientes, despellejadas.

Las imágenes se escapaban de su mente tan pronto como llegaban: grandes rostros tallados en madera que se volvían hacia ella, devorados por las llamas que brotaban de sus propias bocas. Cuerpos partidos, tres ríos de aguas que brotaban de sus entrañas vacías, abiertas a la nada. Las voces clamaban en sus oídos, pero no podía entenderlas. Pataleaba y movía los brazos, ascendía o se sumergía más profundo. No podía orientarse. Necesitaba respirar. Tenía que salir.

Hubo un tamborileo de silencio.

En los huecos que se habían formado dentro de su alma y sus huesos, se derramó la magia.

Vio el *sangam* debajo de ella. Vio el mundo entero. Sintió el bosque de Ahiranya: cada árbol, cada cultivo, cada enredadera, los insectos que excavaban en el suelo. Sintió a su familia. A Bhumika, allí en su palacio de las rosas. A Ashok, en lo profundo del bosque, caminando sobre la tierra abonada con huesos. Y sintió a otras almas. Otros parientes. En el bosque, otros que eran como ella se movían, respiraban y vivían.

No estaba tan sola como había creído durante tanto tiempo.

Jadeó, sorprendida, riéndose o buscando aire espasmódicamente, no lo sabía, y el agua se precipitó más profunda y más vasta, tragándola mientras ella la tragaba a su vez.

No hubo nada después de eso. Por mucho tiempo.

Más tarde. Más tarde.

Asomó la cabeza a la superficie del agua y respiró aire frío, jadeante, con los pulmones doloridos.

Había sobrevivido. Había nacido por segunda vez.

No podía sentir nada bajo sus pies, mientras pataleaba para mantenerse a flote. Solo había agua, insondable debajo de su cuerpo. A su alrededor, parpadeaba como si la salpicara la luz del sol a través de las hojas. Pero no había árboles ni raíces profundas bajo tierra. Por encima de ella estaba solo la caverna oscura del Hirana.

Nadó hasta el borde del agua y se arrastró hasta la tierra fría. Su ropa estaba empapada, pesaba mucho. Su pelo también cargaba el peso del agua. Lo escurrió un poco. Sus entrañas aún cantaban y ardían, pero tenía frío.

No podía recordar exactamente lo que había pasado mientras estuvo bajo las aguas. Los recuerdos ya comenzaban a deslizarse lejos de ella, como arena. Pero sabía lo que sentía: poder, goteando de cada centímetro de ella. El poder estalló como flores bajo sus párpados, cuando los cerró con fuerza y dejó escapar una risa entrecortada y alegre. Cuando abrió los ojos una vez más, vio que unos pequeños brotes se habían desplegado del suelo, por debajo de sus rodillas. Curvó sus dedos alrededor de uno. Estaba tibio.

Soltó un suspiro lento, sintió la magia fluir a través de ella con una facilidad sorprendente y gloriosa. El suelo tembló un poco. Luego la superficie estalló y pronto se llenó de capullos a su alrededor, raíces y hojas que surgían de las fauces del suelo helado.

Priya empezó a reírse otra vez. No pudo evitarlo. Había nacido dos veces, había encontrado las aguas, era fuerte. Se sentía invencible, como si pudiera darse la vuelta en ese mismo momento y sumergirse otra vez en el agua, asumir todo el poder de los nacidos tres veces.

Pero no. Eso nunca se había hecho. ¿Por alguna razón, seguramente? Ella no sabía. No sabía nada. Pero no importaba lo que supiera o no. Tenía aquello. Un don que vivía dentro de ella.

Recordó que algunos de los niños que habían logrado emerger de las aguas habían muerto... más tarde. Pero si ese iba a ser su destino, no era algo en lo que quisiera pensar entonces. A través del brillo invencible del poder, podía sentir a Ashok traquetear en su cráneo, llamándola, furioso.

Él quería lo que ella tenía. Y supo, con la profunda seguridad de una mujer que ha sentido un puño aferrar su corazón, que no podía dárselo.

Desanduvo el camino arriba, arriba, arriba. Y cuando subió a la superficie del Hirana, se volvió y miró hacia la entrada de las aguas inmortales. Se inclinó hacia delante. Tocó con los dedos la piedra. Con el mismo poder sangrante y lacerante, volvió a sellar la roca y el camino quedó cerrado.

Ashok no sería capaz de encontrarlo sin ella a partir de entonces.

Cruzó el Hirana: los pasillos vacíos, el *triveni*. El aire era frío y suave; el suelo, extrañamente cálido, como si el Hirana cobrara vida y cantara, en su presencia, a una nacida dos veces que cruzaba su superficie.

El corredor que conducía a la habitación de Malini estaba en silencio. Empujó la puerta suavemente, esperando encontrar a Malini tal como la había dejado, durmiendo en el *charpoy*. Pero Malini estaba sentada, tocándose la mejilla. Entre sus dedos, Priya pudo ver la sombra oscura de una contusión.

Sintió un movimiento detrás de ella, desde el rincón junto a la puerta. De repente, algo afilado debajo de su barbilla. Algo caliente. La humedad, no del agua, sino de su propia sangre, mientras la mano de Pramila temblaba alrededor del filo.

Capítulo Treinta y ocho

MALINI

"Tú me envenenaste primero".

Malini no lo dijo, por supuesto. Pero lo pensó. Se sentó muy quieta, con los puños apretados en su regazo, los ojos muy abiertos, y lo pensó con toda la furia que había en su interior. No había tenido que fingir dulzura o debilidad cuando Pramila se enfrentó a ella por primera vez y la abofeteó, acusándola de haberla envenenado en secreto, de ser una criatura impura y malvada hasta la médula. La lengua de Malini estaba espesa con el sabor metálico y el recuerdo pegajoso de la flor de aguja, administrada gentilmente por Priya la última vez que Malini se había despertado.

La segunda y la tercera vez que Pramila la golpeó, negó todo lo que le decía. No, no la había envenenado. No, no había ningún complot contra ella. Malini había estado consumiendo su vino obedientemente, tomando su medicina como se esperaba. No, Priya no había traicionado a Pramila. Priya era leal.

Aun así, a pesar de todas esas mentiras, dichas con toda la seriedad que pudo reunir, allí estaban: Pramila, con los ojos enrojecidos de furia, su mano temblorosa alrededor de un cuchillo. Priya, con la cabeza ligeramente levantada y un fino riachuelo de sangre que corría por su garganta.

—¿Por qué estás clavándole un cuchillo en la garganta a mi

criada? —preguntó, dejando que un temblor sacudiera las últimas palabras. No fue difícil. Era sorprendente, en verdad, lo mucho que se parecía el sonido de la furia al del miedo. ¿Cómo se atrevía Pramila? ¿Cómo se atrevía?—. Pramila, no lo entiendo. ¿Por qué estás haciendo esto? ¿Qué he hecho para ofenderte?

—Oh, no intentes eso conmigo, perra astuta —respondió. Su voz era salvaje, y su mano se crispó un poco con la fuerza de su ira—. Puede que me haya llevado tiempo, Malini, pero ahora lo sé. Usaste a esta sirvienta para envenenarme, ¿no? Me quieres muerta. Bueno, no puedo matarte. Yo... —Respiró, en un espasmo—. Pero esta es una traidora.

Priya estaba empapada. Tenía el cabello pegado a sus hombros. Goteaba agua del dobladillo de su sari, y la sangre de su cuello había cambiado del rojo a un rosa pálido. ¿Dónde diablos había estado? Malini había quedado atrapada en la neblina de su malestar durante quién sabe cuánto tiempo, y estaba claro que habían pasado muchas cosas mientras ella estaba hundida en el vacío. Maldita sea.

Priya parecía extrañamente tranquila. Su mirada se encontró con la de Malini. ¿Qué quería decirle? ¿Qué significaba esa calma?

La princesa no podía entenderlo. Estaba cansada, vacía por los sueños dolorosos y el veneno.

—Priya ha sido una sirvienta leal —logró decir con voz vacilante.

—Leal a ti.

—Es una buena chica —insistió, aunque sabía que era inútil continuar con la mentira. Sin embargo... El cuchillo—. Una chica sencilla.

—Ni siquiera sé si lamentarías perderla —dijo Pramila con voz espesa—. Probablemente ni siquiera lloraste por mi Narina, ¿verdad? Y ella estaba destinada a ser como una hermana para ti. Oh, pero la dejaste morir gustosamente. ¿Qué podría importarle una sirvienta simple y estúpida a un monstruo como tú?

Esta vez no fue un estremecimiento accidental lo que hizo sangrar la piel de Priya. Fue un movimiento deliberado de la mano de Pramila. Priya abrió la boca, solo un poco.

Y Malini sintió que algo dentro de ella se tensaba. Estar encerrada allí la había convertido en una sombra de sí misma. La perseguía su propio pasado —una princesa de Parijat coronada de flores, con una sonrisa astuta y una voz llena de secretos, que tenía el deseo y los medios para arrancar a Chandra de su trono—, y la posibilidad de ser esa mujer estaba fuera de su alcance.

Pero de repente todo eso ya no importaba. De repente, su columna vertebral era de hierro. Su lengua sabía a sangre, como si el dolor de Priya estuviera dentro de ella.

No necesitaba flores ni cortesanos ni las cortesías debidas a una princesa para ser lo que era.

—Pramila —dijo. Su voz antigua salió de ella, profunda como el agua—. Baja el cuchillo. Nunca has matado antes. ¿Empezarás ahora?

Pramila se quedó muy quieta. Después haber visto a Malini temblar, la fuerza repentina que mostró la princesa obró como un arma en sí misma.

—Puedo hacer lo que sea necesario —dijo entre dientes.

—¿Es necesario matar a una simple criada? —preguntó Malini, dejando que la voz se le escapara de los labios como un lazo de seda—. Vamos, Pramila. Nunca has sido cruel. —Eso era mentira. Pero era una mentira que su carcelera creía, así que le parecería una verdad—. El único asesinato que es necesario que cometas es el mío. Sin embargo, te resistes incluso a eso, ¿no? Me das la flor de aguja, pero no la cantidad suficiente como para matarme rápido. Me ruegas que elija la pira, pero tú misma no encenderías una debajo de mí. En eso, te pareces mucho a mi hermano. —Malini dejó que la lástima se filtrara en su tono—. Él tampoco puede soportar tener sangre en sus manos. Prefirió que mi sangre quedara en las tuyas, después de todo. Dime, ¿te disgusta que todavía esté viva? ¿Mi supervivencia continua es un fracaso para ti?

—He soñado muchas veces con matarte yo misma —escupió Pramila—. Créeme, lo he hecho. No temo manchar mis manos de sangre. Pero a diferencia de ti, princesa, trato de hacer lo correcto. Me he esforzado mucho para asegurarme de que tu muerte te purifique. Pero ahora, ahora me despierto una y otra vez de sueños plagados de pesadillas, alucinaciones donde mi hija grita... —Pramila tragó saliva. Levantó el cuchillo un poco más.

Un riachuelo más espeso de sangre recorrió la garganta de Priya.

—No la lastimes —dijo Malini, y se horrorizó al escuchar que su voz flaqueaba por sí sola. Por las Madres, una cosa era temblar cuando ella elegía hacerlo. Otra muy distinta era vacilar, cuando con su aire de mando había logrado mantener momentáneamente inmóvil a Pramila, y tal vez pudiera volver a hacerlo—. No... Pramila, ella no es nada.

—Nada —repitió la mujer—. Nada y, sin embargo, mírate. ¿Vas a llorar? Creo que estás a punto de hacerlo. Si has caído tan bajo como para llorar por una criada, entonces bien. ¡Bien! —La risa de Pramila fue más un sollozo, una inquietante cinta de dolor—. ¡Me lo quitaste todo!

Malini se había sentido impotente en el pasado. Ya no se sentía así, aunque debería. La mejilla le palpitaba. La cabeza le daba vueltas.

—Si la matas —dijo con una voz que parecía provenir de algún sitio muy lejos de ella, de un lugar antiguo y más allá de las vidas de los mortales—, no sabes lo que harás de mí. Te veré arruinada, Pramila. Veré arruinadas a tus hijas vivas. Borraré todo lo que te trae alegría de este mundo. Asesinaré más que tu carne. Asesinaré tu corazón y tu espíritu y la memoria misma de tu nombre y tu linaje. Lo juro.

—¿En serio? ¿Lo harás de verdad? —La mano de Pramila estaba firme en la hoja, sosteniéndola tan cerca de la garganta de Priya que seguramente ella no podía respirar—. Ya no estás en Parijat, princesa Malini. No tienes espías astutos, ni tontos babeantes que te pisen los talones. Eres una traidora impura y llena de suciedad, y morirás en una tierra extranjera como la vergüenza que eres.

—Sigo siendo lo que siempre he sido —dijo la princesa, aunque Pramila no lo entendería. Ella nunca había entendido ni siquiera a su propia hija, su inteligente y aguda Narina, que había muerto creyendo en algo que todavía perseguía a Malini—. He puesto muchas cosas en marcha, Pramila. Puedo organizar algunas más, antes de que la muerte venga por mí.

Pramila se rio.

—¡Qué amenazas tan vacías, Malini! Nunca pensé que te vería patalear y gritar como una niña pequeña, pero aquí estamos. Tú...

Se detuvo bruscamente; se estaba ahogando. Había algo

alrededor de su garganta: una gran madeja anudada de verde, tierra y raíces.

Malini había estado tan concentrada en el cuchillo apoyado en el cuello de Priya que no había visto lo que estaba sucediendo más abajo. Pero entonces notó que unos delgados zarcillos de enredaderas espinosas se habían deslizado por el suelo, a través de la celosía oculta detrás de la cortina y la grieta debajo de la puerta. Subieron por un lado del cuerpo de Priya, por su muñeca y su hombro, y detrás de su cuello hasta que toda la maraña se concentró de lleno alrededor de la garganta de Pramila.

Las ramas se estrecharon aún más. Un poco irritada, Priya aferró la muñeca de Pramila y la apretó con fuerza. Los dedos de la mujer se contrajeron, mientras luchaba por respirar y contra la presión de Priya. Segundos después, el cuchillo cayó al suelo.

—Lo siento —dijo la criada, inclinándose y recogiendo el cuchillo. Los zarcillos de espinas se deslizaron lejos de ella, su ropa y su piel quedaron sin marcas—. No sabía si sería capaz de hacerlo.

—¿Has hecho algo así antes? —preguntó Malini; sintió un anhelo extraño en la nuca mientras observaba a Priya darle la vuelta al cuchillo que tenía en la mano. "Dime lo que eres", decía su anhelo. "Dime qué eres, cada capa de ti, dime cómo puedo usarte...".

—No. —Priya guardó el cuchillo—. Encontré algo que perteneció a mi pueblo una vez. Y ahora tengo nuevos poderes. Y nuevas armas.

Fue la maestra de la infancia de Malini, la sabia a quien su madre le dijo que debía llamar "su niñera" si alguien preguntaba, quien les había enseñado a Malini, Narina y Alori sobre los ahiranyis y su antiguo liderazgo del consejo. Aunque Malini había aprendido algo sobre lo que estos habían podido hacer tiempo atrás, leyendo antiguos pergaminos históricos sobre la Era de las Flores y escuchando leyendas, fue su maestra quien les detalló todos los dones que supuestamente los ahiranyis habían poseído alguna vez. Fuerza sobrehumana. Poder sobre la naturaleza, tan fuerte que podían desgarrar la tierra y convertirla a su voluntad. Un fragmento de la terrible magia de los *yaksas*, que obtenían tras de un ritual realizado en aguas sagradas e inmortales.

Aguas que se habían perdido cuando murieron los mayores del templo y los niños.

Priya miró a Pramila, que aún respiraba con dificultad. El cuchillo todavía estaba en la mano de Priya.

—¿La matarás? —preguntó Malini inclinándose hacia delante sobre su *charpoy*; el dolor en la mejilla y la mandíbula solo aumentaba su sed de sangre.

Pero tal vez sonó demasiado ansiosa, porque Priya le lanzó una mirada con gesto ceñudo.

—No —respondió, mientras Pramila se desplomaba en el suelo detrás de ellas. Los ojos de la mujer estaban cerrados—. Está inconsciente. No puede hacernos daño. Después de todo, no vamos a estar aquí mucho tiempo más.

—Ojalá la mataras —insistió Malini.

Priya se quedó en silencio por un momento. Luego sostuvo el cuchillo, con la empuñadura por delante, hacia Malini. Los ojos felinos de Priya estaban entrecerrados, su boca era una línea delgada. Parecía una talla de una de las Madres, pura furia austera.

—Si la quieres muerta, entonces haz lo que quieras —dijo.

Por un momento Malini lo consideró. Realmente lo consideró. El cuchillo estaba delante de ella. Pramila todavía estaba en el suelo. Sería fácil.

Pero no podía olvidar el rostro de Narina. Su susurro, antes de caminar hacia la pira. "Quiero a mi madre".

Priya esperó un segundo más. Retiró su mano y el cuchillo.

—Ya me imaginé que no lo harías —dijo.

Las espinas se deslizaron por el suelo, siguiéndola mientras se movía. Tenía el mismo aspecto de siempre: la nariz asimétrica, la piel oscura, su cabello quizás un poco más húmedo y revuelto que de costumbre. Y, sin embargo, había un poder que la rodeaba como un aura, en la piedra y el verde, en la forma en la que Pramila yacía inmóvil detrás de ella. En la forma en la que había sostenido el cuchillo, no había ninguna deferencia en ella.

Priya había considerado a ambas iguales antes. Pero en ese momento miraba a Malini como si la princesa fuera la sirvienta suplicante, y ella la heredera de un antiguo trono.

—Un último trato —dijo; su voz era un susurro ronco de hojas. Levantó una mano para limpiarse distraídamente la sangre de la garganta—. Malini, haz un trato final conmigo.

—¿Qué quieres de mí? —preguntó la princesa con la garganta seca.

—No queda mucho tiempo. Alguien viene por mí. —Priya dijo las palabras con cuidado. Sus ojos no parpadeaban—. Alguien quiere las aguas que me dieron este don. Quiere poder, más poder, para destruir el dominio de Parijatdvipa sobre Ahiranya.

—¿Cómo sabe un rebelde que has encontrado estas aguas mágicas?

—Lo siente —dijo Priya simplemente.

—¿Hay tanta gente dotada con magia en este lugar?

—Ahiranya no es como Parijat.

—No sabes nada sobre Parijat.

—Soy parte de Parijatdvipa, ¿no? —dijo Priya—. Sé lo mucho que significa pertenecer a tu país. Probablemente sé más que tú.

Malini miró su cara y pensó: "No conozco a esta mujer en absoluto".

Y, sin embargo, eso no la asustó como debería. Sabía que la gente poseía muchos rostros, uno escondido debajo del otro, buenos y monstruosos, valientes y cobardes, todos ellos verdaderos. Había aprendido de joven que un hermano bien criado podía convertirse en un salvaje por nada. Nada. Se había sentado con señores, príncipes y reyes, para hacer alianzas para la entronización de Aditya como emperador. Había conocido el tamaño y la influencia de sus ejércitos personales, los nombres de sus esposas, su codicia y sus pecados susurrados; los había conocido y aprendido como uno aprende de cualquier desconocido: en persona, haciendo que se abrieran a ella para controlarlos, y aun así había sido consciente de que, debajo de todos sus apetitos y debilidades cuidadosamente catalogados, probablemente yacía una multitud de personalidades que ella nunca vería.

El rostro que veía en Priya le era familiar. Lo tenía cuando mató a la sirvienta rebelde en el *triveni*; cuando Malini la miró por primera vez y pensó: "Me vendría bien esta". Era el rostro de una hija del templo, formidable y extraño. Priya no era solo una criada o un arma. Era algo más y no tenía palabras para ella.

—Malini —dijo Priya, con repentina alarma—. ¿Puedes entenderme?

—Sí.

—Necesitas una dosis de flor de aguja. —Priya se llevó una mano a la garganta, no a la herida, sino a la botella tapada, todavía a salvo, colgada de un hilo.

Malini negó con la cabeza después de un momento.

—No la necesito —dijo. No era la enfermedad lo que la había distraído. Las yemas de sus dedos hormiguearon como si hubiera fuego dentro de ellos—. Continúa.

—Malini...

—Cuéntame cuál es tu trato —la interrumpió bruscamente—. Dijiste que no había mucho tiempo.

La mano de Priya se detuvo.

—Bien —dijo—. Quiero la libertad de Ahiranya. Completa. No la amabilidad o la benevolencia de tu emperador Aditya, ninguna gracia otorgada desde lo alto. Ahiranya no necesita ser otra nación ligada al imperio. Quiero nuestra independencia total. Te dejaré libre, Malini. Me aseguraré de que te encuentres con tu príncipe sin nombre y sus aliados. Y a cambio, me jurarás que me darás Ahiranya.

—¿Dártela a ti? —dijo Malini lentamente—. ¿Y qué harías? ¿Convertirte en su reina?

La boca de Priya se curvó en una sonrisa.

—Yo no —respondió—. Pero pertenecer a Parijatdvipa no le ha hecho ningún favor a este país. No importa cuán amablemente digas que tu hermano Aditya nos tratará, seremos como perros que solo reciben las migajas de la mesa. Siempre estaremos descontentos si permanecemos encadenados a tu imperio.

Malini no dijo nada por un momento. Semejante trato acarrearía consecuencias. Ella no podía alterar unilateralmente la estructura de Parijatdvipa. No sabía qué dirían Aditya o sus hombres ante la tonta promesa de una mujer.

Bueno, las promesas podrían romperse. Por supuesto que podrían. Y, sin embargo, Priya era... no era precisamente una persona a la que conviniera mentirle. Peor aún, Malini no quería romper ninguna promesa que le hiciera.

Se oyó un sonido, en algún lugar debajo de ellas. La mandíbula de Priya se tensó.

—Prométemelo o, de cualquier forma, morirás aquí.

—¿Me matarás después de todo, Priya?

—No, mujer estúpida —respondió Priya, con los ojos en llamas—. Yo no. Nunca.

Malini no estaba segura de entender lo que sentía en ese momento, la furiosa tormenta de sentimientos que se desataba en ella, pero sabía la elección que tenía ante sí.

—Lo prometo —dijo—. Si me salvas la vida, si me reencuentro con Rao, entonces Ahiranya es tuya.

—Bien. —Priya suspiró, larga y lentamente. Las espinas a su alrededor retrocedieron. Las ramas que rodeaban la garganta de Pramila se marchitaron—. Tenemos que irnos. Ahora.

Capítulo Treinta y nueve

BHUMIKA

Cuando sonó la caracola, Bhumika estaba preparada. Se sentó en su habitación en el palacio de las rosas con las ventanas abiertas. Escuchó el eco del sonido reverberar sobre el Hirana, sobre la ciudad que ya titilaba con una luz ardiente.

Fue difícil seguir el camino del fuego, pero Bhumika lo intentó de todos modos. La luz más fuerte estaba cerca del propio *mahal*, en el distrito que albergaba a los más ricos de Ahiranya: los consejeros de su esposo, los nobles de Parijatdvipa, los comerciantes, las familias más antiguas de la nobleza ahiranyi.

Su tío.

Se volvió y se encontró con los ojos de Khalida.

—Reúne a los sirvientes en mis habitaciones —dijo—. Sin hacer ruido.

Ese era el momento perfecto. Los guardias estarían ocupados asegurándose de que el *mahal* estuviera a salvo. No cuestionarían a un puñado de mujeres y niños que corrieran para ponerse a salvo, especialmente si Khalida los escoltaba siguiendo las órdenes de su bondadosa señora.

Esperó.

Escuchó los gritos distantes. En su mente, el *sangam* parpadeó, lleno de la furia y el dolor de Ashok, empapado en sangre.

Hizo pasar a los sirvientes y los niños, que la miraron con nerviosismo. Algunos de los más jóvenes estaban llorando.

—La ciudad está ardiendo —dijo Bhumika sin preámbulos—. Los rebeldes han atacado a quienes consideran una amenaza para Ahiranya y su libertad potencial. —Todo lo demás, incluyendo las casas de madera de Hiranaprastha, sus residentes e incluso los siervos inocentes del *mahal*, eran daños colaterales aceptables para su hermano—. Atacarán el *mahal*. Quizá rompan el perímetro. Y vendrán a por nosotros. —Miró a cada uno de ellos—. Os prometí que estaríais a salvo cuando os di un lugar en esta casa. No permitiré que esta noche se incumpla mi promesa.

Un silencio sin aliento la rodeó. Incluso los niños se habían callado.

—Recibiréis armas —dijo—. Tengo arcos, para aquellos de vosotros que cazabais antes de venir aquí. Hachas, para los más fuertes. Dagas para los más pequeños. Khalida os guiará en la preparación de agua y aceite hirviendo que se puede arrojar sobre los muros, si es necesario. Aunque espero que no lleguemos a tomar tales medidas.

—Sí, hará falta —dijo una voz—. Señora Bhumika, lo siento, pero así será. Tenemos un traidor entre nosotros.

Una criada, Gauri, arrastró a Rukh por el brazo. Lo arrojó al suelo. El chico ya no tenía puesto su chal. Sus brazos desnudos y desgarrados por la podredumbre estaban rodeados de hojas, espinas de savia le pinchaban los hombros.

—Díselo —dijo la criada—. Dile lo que me contaste a mí.

—Es culpa mía que hayan atacado el *mahal* —se atragantó el niño—. Los rebeldes me pidieron que espiara para ellos. Que vigilara... —Titubeó, le costaba mover los labios—. Que vigilara a... alguien. Y que encontrara una forma de que pudieran entrar.

Vigilar a alguien. Por supuesto.

"Oh, Priya".

—¿Y encontraste esa manera de entrar, como te pidieron? —dijo Bhumika, manteniendo su tono de voz tranquilo.

—A veces los guardias no vigilan bien las puertas —respondió—. A veces, cuando se traen provisiones... Yo como en las cocinas a veces, y veo... que a veces podía colarse una persona allí. Se lo dije a los rebeldes.

—Estos rebeldes no entrarán como ladrones —dijo Bhumika, pensando en el fuego, el humo. La fuerza contundente de la ira de Ashok, que desgarraba la ciudad—. De todas maneras, has traicionado al hogar que se ha preocupado por ti, Rukh.

Él se estremeció.

—Aceptaré cualquier castigo que creas correcto, mi señora —susurró.

—¿Y qué castigo se te debe dar por colaborar en el asesinato de personas inocentes en este *mahal*? ¿Por la muerte de los hombres de mi esposo y, quizás, del propio regente?

El chico tragó saliva de nuevo. No quería decirlo. Pero ella esperó.

—La muerte —dijo—. Mi muerte.

—La muerte te llegará pronto, ya sea que la decrete yo o no —observó Bhumika—. Esa cuenta de madera sagrada alrededor de tu muñeca no puede contener la podredumbre que veo en ti.

Él inclinó la cabeza.

Otra sirvienta se adelantó.

—Ahora está con nosotros, mi señora —dijo apresuradamente, su mano apoyada sobre el hombro de Rukh—. Seguramente eso es todo lo que importa. Él... él cometió un error. Es solo un niño.

Priya había salvado a este chico. Bhumika lo sabía. Este chico moribundo, que era joven y tonto. Y la sirvienta amiga de Priya estaba de pie y observaba a Bhumika con cautela; su postura irradiaba una actitud defensiva.

La expresión de Rukh cuando Bhumika lo miró era, de alguna manera, igual de valiente. Sus pequeños puños se cerraron.

—No tenía que decirte la verdad, mi señora. No debía hacerlo. Nadie debía saberlo. Pero no quería que nadie sufriera aquí. Siempre he... siempre quise hacer algo bueno, algo importante. —Había un anhelo en su voz demasiado grande para su edad—. Ayudé a los rebeldes porque quería luchar por algo. Quería que mi vida importara. Pero aquí...

De nuevo, hizo una pausa. Sima le apretó el hombro.

—Nadie me había protegido nunca —exclamó—. Ni había sido amable conmigo. Y aquí... ella... tú... algunas personas lo han hecho.

No había pronunciado el nombre de Priya. Pero su nombre estaba escrito en su rostro y sus palabras.

—Cualquiera que sea el castigo, lo aceptaré —dijo, con su voz trémula—. Incluso... incluso la muerte, mi señora. Pero prefiero hacer todo lo posible para proteger el *mahal*. Eso es lo que me gustaría hacer.

—Entonces este es mi castigo para ti, muchacho —dijo Bhumika—. Si deseas hacer algo importante, lo harás a mi servicio. Me servirás lealmente hasta la muerte. No habrá más traiciones. Serás mi criatura hasta tu último aliento. ¿Lo juras por tu alma y por tu vida?

Detrás de él, en las sombras, unas figuras entraron por la puerta. Bhumika vio un destello de plata. Delgado como la cicatriz de una hoz.

—Lo haré —dijo Rukh.

—Júralo.

—Lo juro, Señora Bhumika.

—Bien. Si me traicionas, o traicionas a los míos otra vez, morirás.

—Sí, mi señora —aceptó él en voz baja. La mano de Sima finalmente aflojó su brazo, sus propios hombros se relajaron.

Con eso resuelto, Bhumika miró a las personas que aún la rodeaban. Tenían muy poco tiempo.

—Se os entregarán armas —les dijo—. Y se os dirá qué hacer. Los soldados os dirigirán —añadió inclinando la cabeza hacia el hombre que estaba de pie en la puerta, con su brazalete de mando reluciente, su armadura inmaculada blanca y dorada. Él asintió, hizo un gesto y sus hombres se desplegaron.

Khalida ayudó a Bhumika a acomodarse sobre los cojines del suelo, debajo de una ventana abierta que dejaba entrar la brisa cargada de humo.

Estaba rodeada de rosas, que crecían en profusión en sus jarrones de barro y lacados. Flores dulces y delicadas, que se asomaban desde sus enredaderas espinosas y trepaban desde los jardines hasta sus ventanas. Plantas suaves, de hojas plumosas que colgaban del techo plano. Ella las había cultivado todas, las había cuidado con atención. Con sus manos y, lo más importante de todo, con su magia. Cada vez que Bhumika respiraba se movían con ella, como si su propia caja torácica fuera su suelo, el hogar de sus raíces.

"Hay un poder que es llamativo y feroz. Y hay un poder que crece lentamente y se hace más fuerte por el tiempo empleado en trenzar su antigua fuerza".

Esa era una antigua lección de la mayor Saroj. Bhumika la atesoró en su mente mientras esperaba.

—Ashok —susurró—. Ven a por mí. Y veremos quién es más fuerte.

Capítulo Cuarenta

MITHUNAN

El regente había estado gritando durante un buen rato, exigiendo que le trajeran al comandante Jeevan. Pero no había ni rastro del comandante ni de ninguno de los miembros de la guardia personal del regente. Los hombres del Señor Santosh también se habían ido y nadie podía decir exactamente adónde, aunque uno de los guardias afirmó que habían salido por los establos hacía horas, completamente armados.

Todo era un caos. De pronto, a Mithunan, un humilde guardia que vigilaba las murallas, entrenado para disparar alguna flecha de vez en cuando y tocar la campana para el cambio de hora, no mucho más, le habían dado una espada y lo habían enviado a luchar.

Y de pronto, su cuello estaba en manos de un rebelde.

El rebelde lo golpeó contra el suelo sosteniéndolo por el cuello. Una vez. Dos. Lo soltó. Por encima de Mithunan, el rostro enmascarado vaciló. Detrás de él, apareció otra máscara. Eran dos.

Luego, el sonido de una bota que golpeaba un cuerpo contra el suelo. Tres.

Había muchos más tras los muros del *mahal*.

—Muéstranos el camino a los aposentos de la señora de la casa —dijo el rebelde arrodillado—. O te mataremos ahora mismo.

Él no quería. Estaba mal hacerlo. Lo sabía. Pero oía los gritos y los silbidos de las flechas. El ruido sordo y el chasquido del acero. Oía los resoplidos ahogados de otros guardias, heridos y agonizantes, a su alrededor.

No quería morir.

A su izquierda, uno de sus compañeros de guardia se estaba incorporando sobre los codos, jadeante.

—No lo haremos —se atragantó el guardia—. No...

Sus palabras enmudecieron. Le habían clavado una espada de madera en el pecho. Alrededor de la empuñadura su piel ardía, ampollada por el calor.

Mithunan se estremeció.

—Entonces —dijo el rebelde arrodillado, todavía observándolo—. ¿Qué vas a hacer?

—Te llevaré —respondió Mithunan. Tragó saliva—. Por favor. No me mates.

El rebelde lo arrastró para que se pusiera de pie.

La esposa del regente tenía su propio palacio en miniatura, en el patio central del *mahal*. Cuando Mithunan caminó tambaleante hacia allí, con un extraño cuchillo ardiente apoyado en la espalda, se asombró de cuánto habían transformado el humo y la batalla incluso el prosaico fuerte hecho de flores. Los enrejados de rosas, las flores blancas y amarillas de las ventanas, todo parecía más espeso y oscuro. El verde de las enredaderas era más profundo, casi aceitoso de color. Los postigos de las ventanas estaban absurdamente abiertos. En lugar de celosías había hojas, entrelazadas con sombras.

—No parece gran cosa —murmuró la rebelde más baja. Una mujer, por el sonido de su voz.

El rebelde masculino gruñó como respuesta.

Empujó su cuchillo hacia delante.

Mithunan no sintió nada durante un momento. Miró hacia abajo y vio el eje de la hoja sobresalir de su estómago, rodeado de sangre, como si fuera un sueño. Entonces empezó a temblar. Cayó cuando el cuchillo salió de su cuerpo.

"No deberías haber confiado en que los rebeldes te perdonarían", pensó, y la voz de su mente sonó como la de su comandante:

un rumor grave y burlón, crítico. "Estaba claro que te iban a matar. Muchacho tonto".

—Tardarás en morir por eso —dijo la mujer. Pasó por encima de él.

Pero cuando los dos rebeldes se acercaron al palacio de las rosas, una lluvia de flechas cayó sobre ellos repentinamente, desde el techo y las ventanas. Maldijeron y saltaron, con aterradora rapidez, entre las flechas que caían. Era como si bailaran.

Y luego el suelo... se movió.

Flores irregulares como el cristal. Espinas que brotaban de la tierra, afiladas como cuchillos. Como dientes.

Los escuchó como a través del agua. Los vio tambalearse y desplazarse mientras su visión fallaba.

La tierra se tragó los pies de la mujer. Ella gritó, trató de luchar, pero la suave extensión de flores que la Señora Bhumika había sembrado con sus propias manos mucho tiempo atrás había consumido misteriosamente a la mujer rebelde hasta los tobillos. El suelo estaba ensangrentado a su alrededor.

Algo verde atravesó el pecho del hombre rebelde.

"Tú también tardarás en morir por eso", hubiese querido alardear Mithunan. Pero no le quedaban palabras. La vida se le escapaba.

La oscuridad lo envolvió como un manto.

Capítulo Cuarenta y uno

MALINI

Se dirigieron al *triveni*. Allí, Malini podía oler el humo. Escuchó sonidos lejanos, como voces, lamentos.

—Te guiaré hacia abajo —dijo Priya.

Malini miró el Hirana por encima del borde del *triveni*. La superficie era irregular, los bordes resbaladizos, riscos afilados. La última vez que había subido al Hirana tenía una cuerda guía y guardias que la vigilaban para que no cayera. Pero lo que veía del Hirana debajo de ella no tenía ninguna cuerda. Incluso con Priya a su lado, sintió un nudo de náuseas en el estómago.

—Supongo que no hay otra manera —murmuró.

—No —dijo Priya—. Ya no.

Malini se armó de valor. Tenía que hacerlo si quería ser libre. Y morir por una caída en lugar de por veneno o fuego sería... original. Al menos eso.

Dejó que Priya tomara su mano. Dio el primer paso sobre una superficie que se sentía traicionera y frágil, como pisar sobre un caparazón roto con nada más que un vacío debajo. Después, la superficie se estabilizó bajo sus pies. El musgo se filtró entre sus dedos. Tragó saliva y fijó los ojos en el rostro de Priya.

—Dime dónde colocar los pies.

—Solo sígueme —dijo Priya—. Eso es. Así.

La brisa se arremolinó a su alrededor y trajo olor a quemado nuevamente.

Malini mantuvo los ojos fijos en Priya y la siguió.

—Eso es —repitió Priya, con una voz como el viento a través de las hojas. Tal vez pretendía que fuera tranquilizadora. No lo era. No exactamente—. Más rápido, si puedes.

—No puedo —gruñó Malini.

Quería explicarle la poca fuerza que tenía. Pero hubo un silbido repentino en sus oídos y un ruido sordo, y Priya se resbaló y maldijo. Una flecha había aterrizado en el suelo a sus pies. Malini se estremeció; luchó contra el instinto de hacerse un ovillo o, peor aún, dejarse caer hacia atrás. Se tambaleó por un momento, soportó su propio peso balanceándose sobre un pequeño afloramiento de roca.

Otra flecha siseó en el aire y Malini saltó para esquivarla.

El suelo cedió con un chasquido y, ah, tropezó y se tambaleó otra vez por un segundo sin que nada la sostuviera. Su mirada se encontró con los ojos horrorizados de Priya. El miedo se agitó a través de ella. Iba a caer. Se soltó con un grito silencioso...

Y algo la sostuvo. Musgo, como una red en su espalda. El corazón le latía con fuerza, apoyó una mano sudorosa y resbaladiza sobre la roca. Cualquier roca. Pudo sentir el musgo sisear y crecer detrás de ella para formar, a una velocidad antinatural, una red que sostuvo su cuerpo.

"Priya".

La criada la miraba boquiabierta.

—No sabía que podía hacer esto —dijo débilmente.

Y luego, como saliendo del estupor, dio un paso adelante y puso a Malini de nuevo en pie. No lo hizo solo con su fuerza física, aunque Malini sentía la firmeza de hierro de sus manos y veía cómo apretaba la mandíbula mientras se esforzaba por levantarla; Malini también sentía el empujón verde del musgo, como si fuera una extensión de Priya, que respondía a sus movimientos. Aferró las muñecas de su criada.

—No me sueltes de nuevo —jadeó.

—No lo haré.

—Incluso si corremos el riesgo de que nos alcancen las flechas. No me sueltes.

—No lo haré. —Las yemas de los dedos de Priya ahora le tocaban con suavidad la piel, sobre el pulso de su muñeca. La aferró con firmeza, sus ojos en los de Malini, cuyo rostro se veía gris—. No lo haré —repitió.

Bajaron por el Hirana. Despacio, despacio. Cayó otra flecha y Priya soltó una maldición con violencia y arrastró a la princesa para acurrucarse contra la roca. Mostró los dientes, el único gesto de rabia que había exhibido desde que comenzaran a descender; luego hizo que Malini volviera a ponerse de pie y continuó guiándola.

—No están tratando de lastimarnos —le dijo en voz baja—. Quieren asustarnos para que nos quedemos quietas, y así poder atraparme. Así que sobreviviremos a esto, Malini. Lo prometo.

Malini creyó que lloraría cuando volvió a sentir la tierra firme bajo sus pies. Pero ella no era ese tipo de mujer, así que simplemente asintió con la cabeza y enderezó la columna, mirando hacia el *mahal* del general.

Estaba bien protegido por muros altos e infranqueables. Como cualquier *mahal* habitado, el acceso debería haber sido permeable, con tantos sirvientes y visitantes que entraban y salían, pero Malini alcanzó a ver que sus habitantes habían comenzado pronto a atrincherarse. Las ventanas de celosía estaban cubiertas. En el techo había arqueros, con las puntas de sus flechas iluminadas por llamas.

Más allá del *mahal* ardía la ciudad de Hiranaprastha. El humo se enroscaba en el aire, formaba un halo.

—Uno de ellos está aquí —dijo Priya, muy seria—. No. Más de uno.

Todavía sostenía las manos de Malini, y las apretó aún más fuerte por un momento antes de soltarlas finalmente. Luego se volvió hacia a la extensión de suelo, marcado solo por afloramientos de árboles.

Una sombra se movió debajo de los troncos de esos árboles. Solo por un momento.

Malini se quedó muy quieta; el viento azotaba su cabello.

Entonces, de repente, aparecieron.

Dos personas con máscaras de madera, grandes y temibles rostros esculpidos, corrieron hacia ellas. Priya empujó bruscamente a Malini contra el suelo, y la princesa se quedó aplastada, sin quejarse. No quería morir así, no cuando la libertad estaba tan cerca, no cuando tenía la oportunidad de alcanzar a Rao y Aditya y la venganza que anhelaba. Y el combate nunca había sido su fuerte.

Pero ciertamente era el fuerte de Priya. Se movía con la rapidez venenosa de una serpiente. No era una mujer alta, pero había fuerza en sus hombros, en la musculatura acordonada de sus brazos. Golpeó al primer rebelde con un hombro en el estómago, lo que lo arrojó al suelo. El rebelde estaba sin aliento, pero se recuperó rápidamente y lanzó un puñetazo a la cara de Priya.

Ella lo esquivó, pero el movimiento le hizo perder estabilidad y el rebelde se incorporó, volviéndose hacia ella de nuevo. Ese golpe no lo falló. Priya lo recibió de lado y cayó al suelo pesadamente. El rebelde enmascarado se abalanzó sobre ella, los puños apuntando hacia su rostro. Y, entretanto, Malini logró ponerse de pie, impulsada por algún instinto salvaje, como si su escasa fuerza fuera suficiente para alejar a cualquiera de estos rebeldes.

Pero Priya... Priya se estaba riendo. El rebelde se detuvo; detrás de ellos, su compañero también dejó de correr para unirse a la refriega.

—Si me matas, el camino morirá conmigo —susurró Priya—. Si me matáis, todos moriréis sorbiendo desesperadamente vuestras botellitas.

El rebelde que estaba sobre Priya se quedó inmóvil.

—Lo he cerrado —continuó provocándolo ella—. Lo he escondido de nuevo. El camino a las aguas inmortales se ha ido.

El rebelde vaciló un segundo más.

El suelo tembló bajo sus pies y unas espinas enormes brotaron del césped. El rebelde que estaba de pie aulló y cayó hacia atrás. Una línea de sangre floreció en su brazo. La madera de la máscara estaba marcada con un arañazo blanco, peligrosamente cerca de la cuenca del ojo.

El rebelde más bajo, posiblemente una mujer, extendió la mano delante de ella, como si ese movimiento pudiera contener las espinas. Y tal vez podría.

Sobre el suelo, esas espinas se retorcían, se enroscaban sobre sí mismas.

—No eres la única con poderes. —A través de la máscara, su voz sonaba hueca, distorsionada por la madera—. Yo también estoy bendecida por las aguas.

—Bendecida por agua embotellada —dijo Priya entre dientes—. Eres una muerta en vida. No durarás mucho.

Si la rebelde tenía alguna idea sobre qué significaba esa declaración, logró ocultar bien sus sentimientos bajo la máscara.

—Podrías salvarnos a todos si nos mostraras el camino. Deberíamos estar del mismo lado.

—Díselo a tu líder —respondió Priya—. Dile que fue él quien nos trajo hasta este punto. Yo no. Quiero lo que siempre he querido.

No movió la mano; aun así, las espinas comenzaron a desenroscarse lentamente, erizándose. El movimiento era lento. Demasiado lento.

—Tu voluntad no es más fuerte que la mía —dijo la rebelde—. No tienes convicciones. No estás al servicio de ninguna causa.

—Soy más fuerte de lo que crees —dijo Priya. Y luego el suelo comenzó a romperse debajo de los rebeldes. Las espinas se doblaron más cerca, amenazantes—. Tu líder no quiere mi cadáver —agregó mientras luchaban por mantener el equilibrio—. Ambas lo sabemos. Pero, ¿la verdad? No me importaría en absoluto matarte. Así que mi consejo para ti es simple: "corre".

No querían huir. Eso estaba claro. Pero el césped se agitaba debajo de ellos, nuevas espinas se deslizaban libremente como dedos larguiruchos, desgarrando y curvándose. Así que se dieron la vuelta y se retiraron a toda prisa.

Priya ni siquiera los vio irse. Estaba jadeante, su brazo ya lívido por las contusiones, mirando algo más allá de ellos. Malini siguió la inclinación de su cabeza. Vi lo que ella veía.

Había un hombre cerca del *mahal*. No se movía hacia ellas. Malini ni siquiera estaba segura de que las estuviera mirando. Los ojos de su máscara eran pozos negros. Estaba de pie con un arco apoyado contra su pierna, sin hacer ningún movimiento para usarlo. Su cabeza se inclinó hacia atrás. Como un reconocimiento, o un desafío.

—Ven —murmuró Priya, dando un paso atrás. Otro. Malini contuvo el aliento y la siguió.

Parecía que era su turno de correr.

No se hicieron notar en la ciudad como temía Malini, porque la violencia de los rebeldes y la respuesta igualmente violenta de los soldados del general habían sembrado el caos. Las casas de madera de Hiranaprastha no habían resistido los embates. Pronto se lanzaron a través de un laberinto de edificios en llamas. Incluso si Malini no hubiera pasado meses atrapada en una sola habitación, se habría sentido abrumada por el alcance y el tamaño de la locura.

Tal como estaban las cosas, todo lo que podía hacer era apretar los dientes y obligarse a seguir moviéndose, sin importar que su cuerpo amenazara con traicionarla. La multitud la empujó, la presión fue aplastante y Priya la aferró con más fuerza.

—No me sueltes —instó Priya—. Sujétame como si todavía estuviéramos bajando por el Hirana. Así.

—Se huele el fuego —dijo Malini, con la voz ahogada por el olor y los recuerdos que desenterraba en ella.

—Lo sé —asintió Priya. Parpadeaba con fuerza, los ojos llorosos, enrojecidos por el humo. Por un brevísimo instante no miró a Malini, sino a través de ella: atrapada en la oscuridad de su propio pasado—. No pienses en eso. —La aferró con más firmeza—. No podemos pensar en eso. Tenemos que seguir moviéndonos.

Priya hizo de guía, resuelta como si cumpliera una misión, a través de callejones angostos y calles anchas llenas de gente y gritos y caos. Le hizo un gesto a Malini para que se cubriera la cara con su *pallu*, para evitar el olor acre, porque los ojos de la princesa lloraban por el olor y la sensación del humo. "Sigue moviéndote", se dijo Malini. "Sigue moviéndote, estás muy cerca. Estamos muy cerca".

Podía ver el bosque a lo lejos cuando Priya giró repentinamente a la derecha y arrastró a Malini bajo la cubierta de un nicho de piedra. La muchedumbre seguía circulando a su alrededor.

La expresión de Priya era resuelta.

—Ve —dijo Priya—. Ve a buscar a tu leal seguidor, cualquiera que sea su nombre. Él te está esperando bajo la enramada de los huesos. Te diré el camino; no está lejos de aquí. Ve y él te llevará con tu hermano.

—¿Crees que puedo sobrevivir aquí sola? —preguntó Malini con incredulidad—. Tengo bastante confianza en mí misma, en serio, pero no creo ser capaz de atravesar una ciudad en llamas sin morir en el intento.

—Todos aprendemos de esta manera —dijo Priya.

—¿Rogando no morir, cuando las probabilidades están completamente en contra?

Malini no lo decía en serio, pero la boca de Priya era firme, sus ojos solemnes mientras asentía.

—Sí —respondió.

—Me pediste que te hiciera una promesa —intentó Malini—. Me pediste que te prometiera algo, por el bien de tu Ahiranya. ¿No intentarás asegurarte de que viva para verlo cumplido?

Priya dijo, con voz ahogada:

—Mis amigas están en el *mahal*.

Sus amigas. Esas otras sirvientas. Malini tragó saliva y dijo con calma:

—Están detrás de los muros, tan seguras como es posible.

Pero Priya no la escuchaba.

—Tengo este poder. Este don dentro de mí. Y es más fuerte ahora de lo que nunca volverá a serlo. Necesito ayudarlas. Si les pasa algo, yo...

—¿Eres más fuerte que todos los rebeldes que atacan el *mahal* y queman esta ciudad juntos? —preguntó Malini—. ¿Eres más astuta, más inteligente, estás mejor equipada y mejor situada para vencerlos?

—Solo quieres convencerme de que haga lo que necesitas de mí.

—Sí —reconoció Malini—. Pero eso no implica que no tenga razón. Sálvame y podrás salvar a tu Ahiranya. Sálvame y tu país tendrá una opción más allá de los rebeldes y del destino que el emperador le tenga reservado. Por favor.

Priya no estaba segura de qué hacer, Malini lo sabía. Lo vio en sus ojos; en sus labios apretados como la cuerda tensa de un arco. Y Malini no pudo hacer más para convencerla.

—Tienes razón —dijo Priya—. Te hice una promesa. Y tú me hiciste otra a cambio.

Luego giró, dirigiéndose hacia el refugio del bosque, y Malini no tuvo más remedio que seguirla.

Estaban en lo más profundo del laberinto oscuro y sinuoso de árboles cuando Priya se detuvo de repente.

—Priya —dijo Malini en voz baja. ¿Había oído algo? ¿Has visto algo? —. ¿Qué ocurre?

Priya se balanceaba levemente sobre sus pies. Se volvió hacia la princesa lentamente, parpadeando. Levantó un brazo y se secó los ojos.

La mano que retiró estaba manchada de sangre.

—Algo... —dijo—. Algo va mal...

Malini no tuvo tiempo de hacer ni decir nada antes de que Priya se desplomara en el suelo.

Capítulo Cuarenta y dos

ASHOK

Ya casi no podía sentir a Priya.

Se quedó de pie frente al pequeño fuerte achaparrado —el palacio de las rosas, esa fea creación seguramente obra de Bhumika, de eso no tenía ninguna duda— que yacía en el corazón del *mahal*. Rodeado de jardines, sus muros eran un nudo de espinas tan anchas como el brazo de un hombre. Espinas tan afiladas como una cuchilla, fibrosas como cartílagos y cubiertas de sangre.

Ella estaba dentro de esas paredes. Pero Priya no.

—Podría encontrarte, Bhumika —murmuró, con los ojos cerrados—. Si lo intentara, podría hacerlo.

—Tienen arqueros en el techo —señaló una de sus chicas en voz baja. Estaba de pie al amparo de las sombras, con la máscara levantada.

—No son muy buenos —dijo Ashok con calma—. Los buenos los perdieron en los muros exteriores.

El líquido hirviente que arrojaban al suelo le preocupaba más. Trucos baratos, pero efectivos, a la luz de sus limitados recursos.

El *mahal*, después de todo, estaba destrozado.

Ashok solo había perdido a unos pocos hombres y mujeres. No estaba claro si al final los habían matado las espinas o las flechas, pero pensó que era poco probable que alguien más que Bhumika hubiera puesto fin a sus vidas. Su hermana de voz suave, demasiado noble para ensuciarse las manos, siempre había sido una oponente monstruosa cuando se permitía la indulgencia de dar batalla apropiadamente. En eso, al parecer, no había cambiado.

Ya no importaba. Que se pudriera en este lugar. Él no la necesitaba de todas maneras.

Cuando regresara, cuando naciera tres veces, con toda la fuerza de las aguas en él, entonces hablarían sobre el futuro de Ahiranya. Y su voluntad dominaría la de ella.

—Seguidme —dijo, y se dio la vuelta.

Caminó desde el palacio de las rosas, desde el *mahal* destruido, hasta el Hirana, que se cernía sobre ellos. Escalaron usando la cuerda para sostenerse.

La última vez que había estado en el Hirana, sus hermanos del templo se habían quemado. Había tenido pesadillas durante años después de sus muertes. Una antigua ira creció en él mientras subía y miraba las tallas, tan familiares como desconocidas por el paso del tiempo. Esta había sido su casa alguna vez. Este lugar había sido suyo.

En el Hirana, hizo un buen uso de su ira. Mataron eficientemente a los pocos guardias que encontraron. Exploraron las habitaciones. No encontraron nada. Solo había una mujer inconsciente en el suelo de la habitación norte. No era la princesa imperial. "Qué lástima", pensó.

Ashok hizo señas a uno de sus hombres.

—Despiértala —dijo—. Interrógala. Averigua si sabe algo útil sobre mi hermana.

Su hombre asintió y extrajo la guadaña de su faja.

Ashok lo dejó y regresó al *triveni*.

"Eres mío", pensó, hablándole al Hirana en el silencio de su propia cabeza. Puso su mano sobre el pedestal. "Y yo soy tuyo. Si no morí dentro de ti, fue por una razón. Así que muéstrame el camino".

Debajo de su mano, la piedra estaba fría y no respondía. No podía sentir su calor, como lo sentía cuando era niño. Estaba quieta y helada, un cadáver de piedra. Había tenido la esperanza, tal vez, de encontrar el camino sin Priya. Dado que el poder del regente se había quebrantado, que Hiranaprastha ardía, esperaba que el templo se le rindiera. Una pequeña esperanza, contra toda razón.

No importaba.

Una de sus mujeres entró en la habitación, limpiándose la sangre de las manos. Detrás de ella había tres rebeldes más, observándolo, esperando órdenes.

—Sigamos buscando —dijo.

Así lo hicieron. Caminaron a lo largo del Hirana, entraron en cada habitación del claustro, en cada espacio donde sus hermanos una vez habían corrido y luchado y jugado y orado. Entró en el *sangam*, con la esperanza de que el Hirana lo sintiera y se rindiera ante él. Pero la entrada a las aguas inmortales no apareció. No pudo encontrarla.

Tal vez si meditaba, si pasaba días y días allí, como había hecho ella, encontraría el camino.

Pero no había tiempo. Las aguas inmortales nadaban en la sangre de sus seguidores, y estaban convirtiéndose rápidamente en veneno. Exprimiendo su fuerza. Sus vidas. Necesitaba actuar antes de que fuera tarde.

"Maldita seas, Priya".

—Nos vamos —dijo finalmente a sus seguidores, derrotado por un montón de piedras—. Vamos a buscar a mi hermana otra vez.

—Lo siento —dijo otro de sus hombres. A través de la máscara, Ashok no podía ver su expresión, pero sonaba avergonzado—. No debería haberla dejado escapar.

—No hay nada que lamentar —respondió—. Todavía tenemos nuestra nueva fuerza. Encontraremos el camino.

Capítulo Cuarenta y tres

PRIYA

El primer paso, después de entrar en las aguas inmortales, era emerger del todo. Si podías caer debajo de ese azul cósmico y volver a salir, y tu cuerpo aún funcionaba bien, bueno, ya habías logrado un pequeño milagro.

El siguiente paso era sobrevivir las horas venideras. Priya no había olvidado la enfermería: no había olvidado a los nacidos una y dos veces que habían muerto allí, en sus camas, perdidos y con fiebre. Pero no había pensado que esto mismo le sobrevendría en ese momento, cuando el Hirana la había llamado a las aguas y no había sentido nada más que una especie de dicha mientras se sumergía en ellas y el *sangam* se desplegaba para ella.

Pero ahí estaba. Ardiendo. Escupiendo bilis en los arbustos.

Era culpa suya por pensar tontamente que, de alguna manera, era especial. No lo era. Y se estaba muriendo.

Las malas hierbas se marchitaron y resucitaron en un ciclo frenético bajo sus manos mientras se secaba. Maldijo, mareada, apoyada sobre las manos y las rodillas.

—¿Puedes levantarte? —preguntó Malini.

Su voz estaba cerca. Estaba arrodillada junto a Priya, sus propios ojos fijos en el camino detrás de ellas. Buscaba, tal vez, a otras personas que huían en busca de refugio, o soldados.

—Puedo. Solo dame un momento.

Con gran esfuerzo, Priya se tambaleó para ponerse de pie.

Cayó.

—Bueno —dijo Malini—. Aparentemente no.

—Tendré que hacerlo —murmuró Priya entre dientes—. No podemos quedarnos aquí. No con la ciudad en el estado en que está.

Malini guardó silencio por un momento. Luego dijo:

—Entiendes que mi fuerza es... limitada.

—Por supuesto que sí.

—Entonces me perdonarás si esto termina mal. Ven. Pon tus brazos alrededor de mí.

Priya lo hizo. De alguna manera, Malini logró que a ambas se pusieran en pie, con la cara de Priya contra la curva de su hombro y las manos aferradas con fuerza contra la tela de la blusa de Malini.

—¿Qué diablos te ha pasado? —susurró la princesa, la voz ligera como una pluma en el cabello de Priya. Y Priya se estremeció, no solo por la fiebre, y dijo:

—No puedo explicarlo.

—¿No puedes?

—Bueno, no quiero. Mi magia es... asunto mío.

—Entonces, sé todo lo misteriosa que quieras con tu magia y tus dones, si es necesario —dijo Malini—. Pero dime adónde tenemos que ir, para llegar a esta enramada de huesos.

Priya se lo dijo. Y Malini empezó a caminar, con pasos lentos y cuidadosos, consciente del peso tambaleante de Priya en sus brazos. Priya se obligó a mover un pie delante del otro, una y otra vez, incluso cuando su sangre se sentía como una marea que retrocedía dentro de su cuerpo.

—Priya —susurró Malini—. Priya, Priya. Escucha mi voz.

—¿Por qué repites mi nombre?

—Porque no me estás respondiendo.

El aliento de Priya salió de ella en una ráfaga.

—Lo siento, te estoy asustando.

—No tengo miedo —dijo Malini, con tono furioso.

Todavía sostenía a Priya, todavía usaba su fuerza para arrastrarla a través de las frondas de grandes hojas oscuras.

—Por supuesto que tienes miedo —contradijo Priya.

Quería que sus palabras sonaran amables, comprensivas, pero le salieron arrastradas por el dolor y Malini las ignoró.

Caminaron. Caminaron.

—No puedo llevarte más —dijo Malini, después de una eternidad—. Tendremos que esperar aquí.

"¿Esperar para qué?", pensó Priya. Pero no preguntó. Malini temblaba y sudaba, con el rostro macilento, mientras se dejaba caer contra el tronco nudoso de un árbol; la luz del sol la bañaba. Su mejilla, donde Pramila la había golpeado, estaba lívida.

—La flor de aguja —recordó Priya débilmente.

—Me gustaría que dejaras de mencionar la flor de aguja —dijo Malini.

Pero después de un momento, maldijo y se acercó a Priya, quien giró la cabeza para que Malini pudiera quitarle la cadena que le colgaba del pecho. La princesa sorbió un poco de la tintura con los labios. Hizo una mueca.

—Listo —dijo—. Ahora no necesitamos discutirlo más.

—Póntela alrededor de tu cuello.

Malini le dirigió una mirada indescifrable y deslizó la cadena sobre su propia cabeza; el pequeño recipiente se posó en el hueco de su garganta.

—¿Por qué quieres saber sobre mi magia? —preguntó Priya—. ¿Por qué te importa?

—Te dije que tú me importas —respondió Malini—. Te dije que quiero saber todo sobre ti.

—Dijiste eso para hacerme pensar que yo te gustaba —dijo Priya vacilante.

Los ojos grises oscuros de Malini se clavaron en los suyos.

—Me gustas —confirmó.

—Por favor, no digas eso.

—Me has ayudado. Intentaste salvarme del veneno. Me consolaste cuando la realidad parecía lejana y yo no sabía qué era real y qué no, tú...

—Por favor —la interrumpió Priya, y supo que sonaba como si estuviera rogando esta vez—. No lo hagas.

No quería comportarse como una tonta otra vez, no quería permitirse que le gustara demasiado Malini. No quería confiar en ella, ni ser su amiga. No quería desearla. Y habría sido tan fácil, después de todo lo que habían pasado juntas, después de haber visto a Malini casi morir y después de ver sus ojos abiertos de par en par, congelados de furia cuando Pramila puso el cuchillo en la garganta de Priya. Estaba tambaleándose al límite. No quería caer.

Un silencio se instaló entre ambas. Luego, con una voz inexpresiva, Malini dijo:

—Si tú lo dices. Tal vez esto te resulte más agradable: quiero comprender el mundo en el que vivo, por extraño que sea. Necesito entender para poder sobrevivir. Aprendí muy joven la importancia de comprender la naturaleza de quienes me rodean, pero también la necesidad de comprender cosas más grandes, como la religión. La estrategia militar. La política, y todos sus juegos. Tu magia no es diferente de todo eso.

Eso estuvo mejor. Era más fácil de manejar. Hizo que el corazón de Priya se sintiera menos expuesto, menos herido.

—Hay un río debajo del Hirana —dijo Priya en medio de la quietud aterciopelada de los insectos zumbadores, de la respiración desigual de Malini—. Tu niñera tenía razón en eso. Pero no es accesible para cualquiera. Creo que, si el general Vikram o cualquier soldado imperial intentara abrirse camino a través de la piedra, no habrían encontrado nada. Es... mágico. Y está vivo, y me deja encontrarlo por ser lo que soy.

"Todos los rituales se dividen en tres partes en Ahiranya —continuó—. No sé si es lo mismo en Parijat o en cualquier otro lugar, pero de niños siempre supimos que tendríamos que pasar por esas aguas tres veces si queríamos los regalos de los *yaksas*. Desde la fundación de Parijatdvipa, el ritual ha dado a nuestros mayores los dones más pequeños. Poderes para controlar el Hirana. Nada más. Pero cuando mis hermanos y yo viajamos a través de las aguas, en el festival de la oscuridad de la luna... de repente, nos volvimos como habían sido los mayores tiempo atrás, en la Era de las Flores.

"Los que, como yo, habíamos cruzado por primera vez las aguas, estábamos cambiados. Pero los que estaban pasando por segunda vez, o tercera... —Priya negó con la cabeza—. Fue como si una semilla hubiera sido plantada la primera vez, y hubiera estado creciendo dentro de ellos hasta ese momento. Algo que había estado creciendo en las aguas, quizás durante años, floreció en nosotros. Nuestros mayores, ellos... deberían haber estado complacidos. Pero no lo estaban. Porque pensaron...

—Priya tragó saliva. ¿Debería admitirlo? ¿La terrible sospecha que habían tenido sobre sus hermanos, sobre ella?—. La podredumbre llegó al mismo tiempo que nuestros poderes —dijo finalmente—. No era tan grave, era más débil, pero tuvieron miedo. Pensaron que nosotros éramos la causa. Y que éramos monstruosos. Que éramos demasiado fuertes. Entonces nos mataron. Y murieron con nosotros.

Priya apoyó los codos en el verde suave, calmante.

—He estado buscando las aguas de nuevo —dijo Priya—. Buscando el camino. Y lo encontré. Pero el hallazgo... tiene un precio. Y lo estoy pagando.

Malini hizo un sonido ahogado, pero Priya no la miró.

—No quiero tu lástima —dijo sin dejar de mirar el verde.

—¿Qué esperabas lograr? —preguntó Malini, en voz baja, después de contar varios latidos de su corazón.

—Estaba tratando de encontrarme... a mí misma. Después de que los otros murieran, yo... Creo que mi mente trató de protegerme. Olvidé demasiado. No podía usar ni siquiera los poderes que ya tenía.

—¿Y te has encontrado a ti misma, Priya?

Ella negó con la cabeza.

—Ya no sé lo que significa ser una hija del templo. Tal vez signifique ser útil para las personas que buscan el poder —dijo mirando finalmente a Malini—. Tal vez signifique ser alguien monstruoso. A veces es lo que siento. Pero tal vez..., tal vez signifique algo más. Podríamos controlar el Hirana. Controlar la naturaleza. Alguien me dijo una vez que el más fuerte de nosotros podría incluso controlar la podredumbre. Tal vez lo que significa ser yo misma es... ser quien la cure.

Era una esperanza que solo había comenzado a considerar ahora que podía sentir el poder desvanecerse en ella, con reflujos y flujos, que había sentido su dulzura embriagadora. ¿Podría su magia realmente ser monstruosa si la sentía tan dulce?

—¿Crees que puedes tener el poder para acabar con la podredumbre? —preguntó Malini.

—Tal vez —respondió Priya. Todo..., todo es *tal vez*. No sé. Ahora ya no importa, ¿verdad? No voy a sobrevivir para probar mi fuerza.

Las raíces de los árboles en la superficie del suelo del bosque se ondularon ligeramente, temblando, crujiendo a través del suelo hasta llegar hasta Priya.

—¿Debería apartarlas? —preguntó Malini con una voz extraña y seca—. ¿O las estás llamando?

Priya suspiró, repentinamente cansada.

—Déjame. Ve a ver a ese Señor Rajan tuyo. Y a tu hermano. Haz lo que esperabas. Sé que quieres. No finjas que te importa lo que me pase.

—Me salvaste la vida —dijo Malini—. Más de una vez.

—Y aun así no te importa —aseguró Priya—. Lo sé. Así que vete.

Sintió a Malini pensar. La princesa tenía la flor de aguja. Priya le había dicho que la tomara exactamente por esa razón. Podía dejar a Priya allí y caminar hasta la enramada de los huesos y comenzar su viaje a Srugna. Si era rápida, tal vez incluso alcanzaría a Rao y a todos los demás hombres.

—Me estoy muriendo, de todas maneras —agregó Priya—. ¿Qué importa? He cumplido con mi propósito.

—La verdad es que sí que importa —dijo Malini con una voz demasiado aguda.

De repente, ya no estaba sentada contra el tronco del árbol. Estaba inclinada sobre Priya, la mirada fija, algo feroz en la curva de su boca. Eso captó la atención de Priya, incluso a través del estupor de la fiebre. Malini a menudo era vulnerable, astuta o tan transparente como el cristal. ¿Pero feroz? No. Rara vez era así.

—No tienes que creer que me preocupo por ti, Priya. Solo tienes que creer que te necesito. Y te necesito.

—Ya tienes la flor de aguja. Conoces el camino.

—Te necesito —repitió Malini. Y había mucho en esas palabras, en la forma de sus labios—. Así que, ¿qué puedo hacer para asegurarme de que vivas? ¿Conoces a algún curandero?

Priya pensó en Gautam y en cómo habían quedado la última vez.

—No —dijo.

—Entonces, ¿cómo puedo ayudarte?

Un estremecimiento la sacudió. Frío. Estaba empezando a sentir frío. Esa era una mala señal si tenía fiebre.

—Hay alguien ahí fuera que me salvará.

La fuerza se estaba desvaneciendo, pero sabía lo que había sentido en las aguas: el *sangam*, el bosque, entrelazados. Había sentido a otros parientes. Tal vez incluso tres veces nacidos, porque la sensación de su presencia no se había parecido en nada a la de sus hermanos nacidos dos veces, de alguna manera más nítidos en el *sangam*, distantes y más brillantes a la vez.

—¿Donde?

Priya trató de hablar. Tragó saliva. Levantó una mano, señalando el camino, y las marcas se tallaron en los árboles como respuesta. Su corazón se aceleró.

—Por allá. Sigue las marcas en los árboles. Como dedos.

—Muy útil —dijo Malini. Pero incluso en su aturdimiento, Priya sintió el miedo debajo de su tono irónico—. Vamos —continuó—. Apóyate en mí otra vez.

Le tomó mucho tiempo ayudarla para que se pusiera de pie una vez más, y Malini estaba jadeante cuando terminó, pálida por el agotamiento. Pero sujetó a Priya con fuerza de hierro.

—No fue mi niñera quien me contó historias sobre los *yaksas* y las aguas mágicas de Ahiranya —confesó—. Ninguna sirvienta que se respetara a sí misma arriesgaría su posición de esa manera.

—¿No? —Priya pensó que ella sabía bien lo que significaba ser una sirvienta que se respetaba a sí misma.

Pero Malini solo sonrió ante eso, una sonrisa fina y tensa, incluso mientras se tambaleaba hacia delante y decía:

—No. Ninguna criada normal que tuviera que preocuparse por no perder su empleo. Fue mi maestra, mi sabia, quien me lo dijo. Ella me educó. Como se educaba a las mujeres de la familia de mi madre. Como a los príncipes. Y ella también me enseñó esto: ninguna guerra se gana sin aliados.

—Tus aliados están preparados.

—Pero yo estoy aquí, en este bosque abandonado. Y tú también.

—¿Estamos peleando una guerra en este momento, Malini?

—Sí —respondió—. Siempre.

Capítulo Cuarenta y cuatro

RAO

Esperaron en la enramada de los huesos durante mucho mucho tiempo en la oscuridad de la luna. Esperaron mientras Hiranaprastha comenzaba a brillar con luces festivas, que se hicieron lo suficientemente brillantes como para que el resplandor fuera visible incluso a través del denso bosque. Esperaron, mientras el amanecer se acercaba con sus dedos rosados, a que llegara Malini.

Rao había prometido esperar a Malini toda la noche, y así lo hizo, junto con Lata, Prem y todos sus hombres. Se hizo de día. La ciudad siguió titilando, iluminada tanto por el sol como por las llamas. ¿Acaso el festival no había terminado? Pero Rao no sabía nada de las tradiciones ahiranyi. No podía estar seguro.

Siguió esperando.

Los hombres estaban inquietos. Uno de los mensajeros al servicio de Prem, un hombre acostumbrado a viajar a través del imperio, entretuvo a los demás contándoles sobre la extraña naturaleza del sendero del buscador.

—Srugna se encuentra más allá de los bosques en todos los mapas. Es un viaje largo, por lo general. Lleva semanas. Pero el bosque de ahiranyi no siempre obedece las reglas normales, y en el sendero del buscador el tiempo se mueve de manera diferente —les explicó el mensajero.

—¿Cómo que diferente? —preguntó otro hombre, escéptico.

El mensajero se encogió de hombros.

—Todo lo que puedo decirte es que si recorres este camino llegarás a Srugna en días, no en semanas. Los lugareños dicen que lo construyeron los *yaksas*. Por lo que sé, así fue.

—¿Exige un precio?

Rao y los demás se volvieron. Lata estaba de pie atrás, en la sombra debajo de los árboles. No se distinguía su expresión.

—No sé a qué te refieres —dijo el mensajero.

—Ningún cuento afirmaría que los *yaksas* son seres benévolos por naturaleza —dijo Lata—. Ni siquiera con su propia gente. Si han hecho un sendero, si ese sendero aún existe mucho después de que ellos hayan desaparecido, no tengo ninguna duda de que su magia es una espada de doble filo.

—Bueno, no es un camino seguro —dijo el mensajero, pensativo—. A veces la gente desaparece a lo largo de él. O aparece muerta. Pero eso no es diferente de viajar por el bosque de la manera normal. Un cazador furtivo podría dispararte con la misma facilidad, o un animal salvaje podría comerte.

—¿Lo has recorrido solo?

El mensajero negó con la cabeza.

—¿Y cuántos de vosotros llegasteis al otro extremo?

—Eso no es importante. —Prem interrumpió con firmeza—. Vamos a ir por el camino rápido, nos guste o no. —Su voz no tenía nada de su lánguida dulzura habitual. Era una voz que no admitía discusión—. Nos hemos quedado en Ahiranya demasiado tiempo.

Hubo un ruido detrás de Lata. Apareció uno de los hombres que había estado de guardia, con expresión sombría.

—La ciudad está en llamas —dijo.

—¿Qué quieres decir con que está en llamas? —vociferó Prem.

—No lo sé —dijo el guardia, impotente—. Me acerqué al límite del bosque y, mi señor, el humo no proviene de las luces del festival. Es algo mucho más grande.

Alarmados, Prem y Rao fueron a ver por sí mismos. El humo de la ciudad comenzaba a elevarse hacia el bosque. Desde allí era difícil saber la causa. Pero Rao podía distinguir la madera quemada y el distintivo olor de la carne carbonizada en el aire. Se tapó la nariz, asombrado por no haberlo olido antes, ni haber sentido el calor puro de las llamas.

El bosque de Ahiranya no obedecía las reglas normales. De alguna manera, la extrañeza del bosque había silenciado lo peor de lo que ocurría hasta que se acercaron a sus límites.

—Necesitamos enviar a alguien de regreso allá para averiguar qué está pasando —sugirió Rao a Prem. Este se cruzó de brazos.

—Creo que deberíamos dirigirnos directamente a Srugna —dijo—. Tan rápido como sea posible.

—Hay personas de Parijatdvipa allá, y necesitamos saber qué ha sido de ellas —exclamó Rao sombríamente—. Necesitamos saber qué tipo de peligros estamos dejando a nuestra espalda.

El hombre que había estado de guardia se ofreció voluntario.

—Si hay algún problema, regresa inmediatamente —le dijo Prem—. ¿Entendido?

—Sí, mi señor —dijo el hombre. Inclinó la cabeza, luego se enderezó, ajustando el látigo en su cintura—. No tardaré mucho.

—No más de una hora, o tendremos que dejarte atrás.

—Sí, mi señor —asintió el hombre, se inclinó una vez más y se alejó.

Rao se desplomó contra un árbol, frotándose la frente. Prem se unió a él y se sentó en el suelo a su lado con una mueca de dolor.

—¿Estás herido? —preguntó Rao.

—¿Yo? No. Rao, estoy más interesado en hablar de ti.

Rao lo miró. Prem le sonrió de medio lado.

—Tanto deseo... —murmuró Prem—. Creo que nunca me he sentido como tú.

—No estoy enamorado de la princesa Malini —dijo Rao—. Esa no es la razón por la que he esperado aquí.

Prem resopló con incredulidad.

—Si tú lo dices...

—Prem. Ella era la mejor amiga de mi hermana.

—¿Me estás diciendo que dejaste atrás a tu familia, te escondiste aquí con una identidad ficticia, te uniste a los ahiranyis y te negaste a irte conmigo porque piensas en ella como una "hermana"?

—¡No! No. —Rao respiró hondo—. Estoy aquí porque conozco a Aditya. —Bajó la voz a un susurro—. Él la necesita.

Prem se quedó en silencio por un momento. Su sonrisa se convirtió en algo más pensativo.

—Ya se las arregló para ganar muchos seguidores sin ella.

—¿Tú crees? Yo estaba allí cuando decidió irse —dijo Rao—. Cuando decidió convertirse en sacerdote, abandonar el lugar de príncipe heredero y elegir otro camino.

—Y ahora ve que equivocó su rumbo.

—Estuve allí —insistió Rao, en voz tan baja como pudo— cuando Malini le escribió carta tras carta, para convencerlo de que volviera a tomar lo que le correspondía por derecho de nacimiento. Estuve allí también cuando convenció a un señor tras otro, guerreros, príncipes y reyes, para que se unieran a la causa de su hermano. Yo estaba allí cuando... cuando se plantó ante la corte y acusó a Chandra de ser un falso emperador en un trono robado, y proclamó que hablaba por las Madres de las llamas. Cuando ella prometió que él caería.

—Le das demasiada importancia a su dramatismo —dijo Prem—. Esos señores y reyes tienen buenas razones para no querer a Chandra en el trono imperial. Habrían recurrido a Aditya sin ella.

—No estoy muy seguro. Aditya se retiró de la política. Quizás algunos lo habrían buscado. Pero el poder que se acumuló a su alrededor... Ella vio una debilidad, una necesidad, y la aprovechó. Eso es lo que ella le dio. Y sin ella...

—Estará bien.

"Todavía crees que la amo", pensó Rao.

—Sin ella —continuó, en voz baja—, no sabrá qué hacer. Me crie junto a él, Prem. Yo era su compañero, uno de sus señores más cercanos desde la niñez. Lo sé.

Prem lo miró. Pero todo lo que dijo fue:

—Alguien viene.

Rao lo escuchó entonces: el ruido de los cascos. El chasquido de metal contra metal, sables desenvainados. Prem emitió un silbido bajo y, un momento después, sus propios hombres aparecieron entre los árboles detrás de él.

Se oyó un relincho distante y temeroso de caballos. El ruido de los hombres que desmontaban. Las bestias de carga estaban demasiado asustadas del bosque para entrar. Los ahiranyi lo sabían. Incluso Rao lo sabía. Pero los hombres que se acercaban arrastraban con ellos sus monturas de ojos desorbitados, al parecer por orden de un hombre que gritaba detrás de ellos.

—Deberíamos irnos —murmuró Rao.

—Pensé que eras tú quien quería saber qué peligros acechaban a nuestra espalda —susurró Prem como respuesta. Su mirada estaba fija hacia delante, la boca casi no se movía—. Bien. Ahora lo sabremos.

Después de un momento, diez figuras aparecieron en su línea de visión. Un contingente de soldados, vestidos de blanco y dorado, el uniforme parijati. El hombre de Prem que había ido a la ciudad estaba al frente. Tenía un sable apoyado en su garganta.

Inmediatamente, Rao buscó un *chakram* que llevaba en su muñeca. A su alrededor, los hombres de Prem pusieron la mano en los látigos. Los de atrás, casi en la sombra del sendero del buscador, prepararon sus arcos. Detrás de ellos, Lata se hundió más en la penumbra, en busca de refugio.

—Ah. No es necesario. Bajad las armas —dijo una voz.

La figura dio un paso adelante y Prem maldijo, desenrollando el látigo de su cinturón con un silbido de acero.

—Santosh.

—Fuimos a buscarte a tu burdel, príncipe Prem —dijo el Señor Santosh con los ojos brillantes—. Y a ti, príncipe Rao —añadió inclinando la cabeza en una burla del trato de respeto—. Aunque esperaba encontrar al Señor Rajan. ¡Qué agradable sorpresa, encontrarte a ti en su lugar! El burdel se quemó, por desgracia. Y tú no estabas allí.

—Suelta a mi guardia, Santosh —exigió Prem—. O cometerás un crimen contra la sangre real de Saketa.

—Actúo en nombre del emperador —respondió Santosh bruscamente—. Protejo sus intereses. Y se me ha ocurrido que es curioso que un príncipe de baja categoría pase tanto tiempo en Ahiranya justo cuando la hermana del emperador está aquí, encarcelada. Muy curioso.

—Te lo dije —explicó Prem, enseñando los dientes en algo que se aproximaba vagamente a una sonrisa—. Vine a Ahiranya por placer.

—¿Y tú, príncipe Rao? ¿Solo por placer?

—¿Qué quieres? —Rao preguntó sin rodeos. El hombre de Saketa parpadeaba con fuerza, obviamente aterrorizado, luchando por respirar a pesar de la presión de la hoja en su cuello, y Rao descubrió de repente que no tenía paciencia para los juegos—. A cambio de la vida de este muchacho.

—Quiero saber por qué estás aquí —respondió Santosh—. Quiero saber adónde vas. Quiero saber con quién estás trabajando contra nuestro emperador.

—Me temo que no tienes la autoridad para un interrogatorio tan invasivo, Señor Santosh —dijo Prem—. Déjame explicártelo, ya que me pareces particularmente lento: no eres más que un señor parijati endogámico al que le encanta lamer el sudor de los pies de Chandra. Nosotros, por otro lado, somos hijos de sangre real de las ciudades-Estado de Parijatdvipa. No eres nuestro igual. A menos que Chandra ya te haya entregado la regencia de Ahiranya, ¿es así?

—Soy un consejero del emperador —dijo Santosh.

—Todos nuestros ancestros, desde la Era de las Flores, han sido consejeros de los emperadores —respondió Prem, señalando a Rao y a sí mismo—. Nuestros parientes fueron consejeros del emperador y siempre han puesto su sangre y su corazón al servicio del bien común. No eres más que un lacayo.

—No mereces servirle —replicó Santosh con un brillo frenético en sus ojos mientras desenvainaba su propio sable—. Te han dado demasiada libertad. Fue Parijat quien salvó a tu gente y la sangre de los parijatis es la que debería estar en primer lugar. Tu traición solo lo prueba. Él es muy superior a ti.

—Él no es tu amigo —incitó Prem—. Lo sabes, ¿no? —Chasqueó la lengua—. Pobre ingenuo. Veo que no lo sabes.

—Te arrancaré la piel de los huesos, príncipe de baja calaña.

—Fanfarroneas. Acércate, si lo dices en serio.

Juntos, Rao y Prem dieron un paso atrás y otro, adentrándose más en el sendero del buscador. El aire ondulaba extrañamente a su alrededor. Vieron la vacilación en los ojos de los soldados parijati, quienes claramente temían la extraña quietud del bosque y recordaban las horribles historias que les habían contado sobre Ahiranya cuando eran niños.

—Regresa por donde viniste —gritó Prem—. Ve a sentarte en cuclillas en el trono del regente. Es claramente donde quieres estar, de todas maneras. ¿O acaso Chandra necesita ponerte a prueba primero?

—Hablad —ordenó Santosh, enfadado—. Bajad las armas y decidme cómo habéis traicionado al emperador, o vuestro hombre morirá.

El muchacho saketano los estaba observando.

—Mis hombres conocen sus lealtades —dijo Prem.

El chico cerró los ojos. Se movió hacia delante, gritando, mientras intentaba liberarse. El soldado parijati que lo sostenía movió su sable hacia atrás.

Hubo un estallido de sangre y el hombre de Prem cayó muerto.

Casi en el mismo momento, una andanada de flechas estalló detrás de ellos, respondiendo a la orden de Prem.

—Rápido —exclamó Rao, mientras la mano de Prem bajaba y los parijatis se inclinaban para esquivar las flechas, levantando sus escudos o los brazos; uno de ellos recibió una flecha en la muñeca—. Al bosque. Podemos tratar de dejarlos atrás.

—¿Y llevarlos directamente a Aditya? —dijo Prem, incrédulo—. Vamos, Rao, si nos quedamos y peleamos...

—Moriremos —completó Rao.

—No le tengo miedo a la muerte —dijo Prem.

—Tal vez no—respondió Rao—. Pero te gustaría ganar, ¿no?

Prem vaciló.

—Confía en mí, Prem. No conocen el terreno. Tenemos una guía. No saben lo que les espera allí. Tengo un plan...

—Lo que sea que estés pensando —gritó Lata en un tono de voz alto, que Rao jamás había escuchado de ella antes—, ¡date prisa!

—Confío en ti —dijo Prem con aspereza. Y con otro gesto, un agudo silbido, sus hombres se desviaron por el sendero del buscador.

Los parijatis, venciendo su vacilación, montaron sus caballos y los siguieron.

Capítulo Cuarenta y cinco

BHUMIKA

Había olor a metal en llamas y carbonizado en el aire. Bhumika se sentó muy quieta, rodeada de su gente, y sintió el goteo de la sangre de las espinas, olió las bocanadas de humo que se elevaban de la ciudad y se filtraban a través de las ramas de vid que bloqueaban las ventanas.

Jeevan entró. Se paró frente a ella. Meneó la cabeza.

—Malas noticias, mi señora.

—Dime.

—Tu esposo vive.

Cualquier mujer normal habría estado encantada de saber que su esposo había sobrevivido. Pero Bhumika se mordió la lengua hasta que le sangró.

Su hermano ni siquiera había tenido la amabilidad de quitarle esa decisión de sus manos.

—¿Qué debo hacer con él? —preguntó Jeevan.

—Llevadlo al palacio de las rosas —dijo—. Encuentra una habitación donde pueda estar encerrado. Y luego me ocuparé de él.

Jeevan colocó a Vikram en la habitación de Khalida, contigua a los aposentos de Bhumika. Vikram yacía semiconsciente sobre la estera de Khalida. Tenía una gran herida abierta en el costado, similar a la que había recibido en el *haveli* del Señor Iskar, vendada apresuradamente con tela arrancada de la túnica de un soldado. Se preguntó qué pobre alma lo habría salvado, tal vez a costa de su propia vida.

Bhumika se sentó en el suelo a su lado.

—Los rebeldes —dijo Vikram. Su voz era una pregunta ronca, ensangrentada por el miedo.

—Un muro de enredaderas creció alrededor del palacio de las rosas —dijo Bhumika—. Nadie puede entrar.

Él no cuestionó sus palabras. Tal vez sus heridas lo habían aturdido temporalmente.

—Han arrasado la ciudad —agregó—. El *mahal*, no deberían haber podido violar los muros del *mahal*. No eran una fuerza militar organizada, como las de Parijatdvipa. ¿Cómo destruyeron los muros?

Bhumika se quedó en silencio. Observó su rostro contraerse, atormentado.

—Muchos de mis hombres están muertos —dijo.

Ella no había sabido lo que haría una vez que lo viera. Pero la expresión de su rostro ablandó su corazón traicionero.

—Hasta la casa de mi tío se ha quemado —comentó en voz baja, pensando en esa hermosa y vieja *haveli* con dolor en el corazón.

Las flores que había cultivado para su tío, lirios de color rojo intenso, alimentados por su propio corazón y su propia magia, se habían convertido en cenizas junto a su cama. Ella lo había sentido. Pero no había lugar para su dolor en esta tarea, en el papel que desempeñaba en ese momento. Solo podía ocultarlo, cobijarlo, hasta que llegara el día en que pudiera darse el lujo de sentirlo. Si tal día llegara alguna vez, por supuesto.

—Hay nobles que han huido de la ciudad, tal vez mi tío se haya unido a ellos. No creo que tuviera fuerzas para hacerlo, que la tierra y el cielo lo protejan. Pero imaginaré que murió en su cama, en paz. Me ofrezco a mí misma ese consuelo.

Vikram la miró sin verla. Casi sin oír su voz.

—No entiendo —dijo—. No puedo. Es casi como si...

Se quedó en silencio. Entonces supo que él estaba pensando en los niños del templo.

—Buscaré la ayuda del emperador —dijo finalmente Vikram.

—Hará que te quiten de tu puesto —objetó Bhumika—. O te asesinará. Y entonces no tendrás nada.

—Tengo conexiones —agregó Vikram—. No hay ningún lugar en Parijatdvipa que me dé un trono, ciertamente, y ya no tengo fuerzas para las campañas militares, pero siempre hay trabajo para un hombre que sabe cómo cuidar el poder. —Hizo una pausa—. En Saketa, tal vez. Es un lugar verde. Hermoso. Sería un buen hogar para nuestros hijos.

—No deseo dejar Ahiranya. Este es mi hogar.

—No conoces nada más que Ahiranya —dijo él con desdén. Intentó sentarse a pesar de que el dolor casi le impedía moverse—. Aprenderás. ¿Dónde está el maldito médico?

—No dejaré Ahiranya —insistió Bhumika—. Tengo la intención de quedarme aquí. Mis disculpas, esposo, pero no puedes hacer que me vaya.

Él tenía la cara gris por el dolor, los labios de un púrpura moteado.

—Eres mi esposa —dijo con dureza—. Y llevas a mi hijo en tu vientre.

—Sí. Pero no te pertenezco. Y el niño sigue siendo mío, mi carne y sangre, y mi cuerpo y mi leche. Un día eso cambiará. Todos los hijos dejan atrás a sus madres tarde o temprano. Pero por ahora, permanece conmigo, como debe ser.

—Ya basta, Bhumika. Llama al médico. Tengo trabajo que hacer si queremos sobrevivir.

Ella negó con la cabeza.

—¿Qué quieres decir con que "no"?

Vikram no estaba preparado para lo que podían hacer aquellos tocados por las aguas inmortales. Y esos rebeldes de Ashok no estaban preparados para ella. Pero, claro, Ashok siempre la había subestimado. Tal como lo había hecho Vikram. Tal como lo había hecho Priya.

Afortunadamente, Bhumika nunca se subestimó a sí misma.

"Deberías haberme escuchado", pensó en decir. "Deberías haber evitado la escalada con los rebeldes. Deberías haberlo pensado mejor antes de unirte a un emperador que quema mujeres, que aplasta a sus aliados, un emperador que sueña con un mundo purificado por la fe y las llamas".

"Deberías haber confiado en la mujer con la que te casaste".

—Nunca quise esto —dijo en cambio. Eso, al menos, era cierto—. Quería paz. Estaba dispuesta a pagar el precio que exigía la paz, por muy imperfecta que fuera. Pero ahora que se ha ido, esposo, y ahora que los rebeldes y tus hombres han desgarrado a Hiranaprastha como perros, haré lo que sea necesario. Tomaré el puesto que alguna vez fue mío.

Finalmente, él la miró y la vio. El rubor de su rostro, impregnado de poder. Y detrás de ella...

Las espinas, que se enroscaban a través de la ventana con una sensibilidad sinuosa y antinatural.

Ella vio amanecer en los ojos de Vikram la comprensión de lo que acababa de escuchar. Era un horror frío y puro, un horror que le decía que nunca había sospechado de ella, nunca la había temido. Nunca pensó que su esposa de la nobleza ahiranyi, casada con él por la política y por su belleza, por la posibilidad que implicaba el niño que llevaba en su vientre, era el tipo de monstruo que una vez había buscado quemar.

—No volverás con tu emperador —dijo Bhumika—. Lo siento, Vikram. Pero hay vidas que valoro más que la tuya. Y de verdad... —Tragó saliva—. De verdad lo intenté.

Se puso de pie. Él aferró el dobladillo de su sari. Ella se alejó antes de que pudiera tocarla.

—Un médico —la llamó—. Bhumika. Al menos eso.

Estaba tratando de ponerse de pie. Lo escuchó gemir una vez más de dolor.

Cerró y echó el cerrojo a la puerta detrás de ella, sin mirar atrás.

Todo lo que había construido se había hecho añicos.

Su identidad segura. Su matrimonio. Su nación de frágil paz. Ya no podía usar la fuerza de Parijatdvipa para protegerse. Era la fuerza de Ahiranya lo que necesitaba entonces. La fuerza de las aguas inmortales y su magia de raíces y ramas.

Necesitaba a Priya.

Muchos de los sobrevivientes del palacio de las rosas eran demasiado viejos o jóvenes. Pero algunos eran hombres de Jeevan, o guardias que habían corrido para ponerse a salvo. Algunos eran jardineros de brazos fuertes, o cocineros con cicatrices de quemaduras y manos callosas. Y algunas eran sirvientas, acostumbradas al duro trabajo de acarrear agua y leña, de escalar el Hirana. Esas fueron las personas con las que habló.

Les dijo que no todos los niños del templo habían muerto.

Les habló de los dones de Priya, tan parecidos a los suyos. Les dijo que había encontrado el camino a las aguas. Les explicó que había una posibilidad de que el poder que alguna vez había existido en Ahiranya pudiera ser restaurado. Les dio más honestidad de la que jamás le había dado a Vikram.

—Y si venís conmigo, o cuidáis el palacio de las rosas hasta mi regreso —agregó—, si actuáis como mi séquito y sois leales, si me ayudáis a encontrar a mi compañera hija del templo, aseguraréis la esperanza para Ahiranya. La esperanza de que sobreviva, aun incluso si el imperio se vuelve contra nosotros. Entonces... —Los miró a todos—. ¿Vendréis?

—Todos conocemos las historias del consejo del templo —dijo un cocinero con aspereza—. Algunos de nosotros, que nacimos y crecimos en la ciudad, los conocimos en persona. Sabemos lo que les hicieron. A los niños. —Se miró las manos en carne viva, no solo por las cicatrices de la cocina, sino por haber manejado un arco—. Iré.

—Yo también quiero ir —dijo la sirvienta Sima.

Algunas otras voces se unieron, ofreciendo su presencia en el viaje o sus flechas en los muros del *mahal*.

—Este no será un viaje fácil para ninguno de nosotros —dijo una vez que todos los voluntarios hablaron y se encomendaron las funciones—. Y para aquellos que os quedéis, rezaré todas las noches para que la fuerza de mis espinas resista.

No hubo descanso después de eso. Solo planes y más planes, y luego, cuando finalmente encontró un momento a solas para cerrar los ojos, escuchó pasos. Miró y vio al niño con la podredumbre, de pie frente a ella, con una mirada esperanzada en los ojos.

—Rukh —dijo—. ¿Qué quieres?

—Voy contigo —respondió—. ¿Verdad? Me hiciste prometer que te serviría. Así que debo ir. Necesito ayudarte a encontrarla.

El viaje que tenían por delante no era adecuado para un niño. Ella debería haberlo rechazado. Pero dejarlo atrás aplastaría parte de la esperanza que él sentía. Y descubrió que no podía hacerlo.

—Sí —le dijo—. Ve y recoge tus cosas.

Este viaje tampoco era lugar para ella. Ni siquiera podía imaginar a su propio hijo todavía. Cuando lo intentó... no vio nada.

Solo sintió la extrañeza de su propio cuerpo, el peso y el dolor que se acumulaban en la base de su columna vertebral. Y, sin embargo, los amaba, porque eran suyos, y respiraban y soñaban con ella.

—Te mereces algo mejor que esto —murmuró, acariciando la curva de su vientre de un lado a otro. De un lado a otro—. Pero aquí estamos. Este trabajo debe cumplirse.

Capítulo Cuarenta y seis

PRIYA

Una cama. Una cama verde. Una cama de agua. Estaba debajo de un río arremolinado, cubierta de flores de loto, cuyas raíces se enredaban alrededor de sus muñecas y su garganta.

Se retorció y giró entre las flores, perturbada porque el líquido que la rodeaba no era frío, sino caliente. Tenía un recuerdo lejano de que alguna vez había sido doloroso, un calor abrasador, pero se movía a su alrededor con la misma calidez y lenta uniformidad que la sangre.

Se tocó la garganta, desenredó las raíces y salió a la superficie del agua. Estaba en el *sangam*, o algo que se parecía mucho a él, con ríos serpenteantes y estrellas que nadaban en madejas y nudos sobre el agua. Pero esta agua era profunda, profunda, y estaba repleta de flores, lirios y otras extrañas y rizadas para las que no tenía nombres.

No debería haber estado allí. Ella había estado en otro lugar solo unos momentos antes. ¿No era así? Malini la sostenía. Lo recordaba. Malini la abrazaba, y su voz ordenaba a Priya que se quedara con ella, que se quedara, por favor...

"Retoño. Mira".

Volvió a mirar el agua de la que había salido. A través de la oscuridad, vio un cuerpo.

Su propio rostro yacía bajo el sedimento. Su propio cabello, una nube suelta de frondas negras. Esos eran sus propios ojos, cerrados como si estuviera dormida. De su pecho florecía un gran loto, que estallaba a través de las costillas expuestas. De sus ojos brotaban pétalos de caléndula, salpicados de oro y cornalina, que se filtraban por debajo de los párpados cerrados.

No era un reflejo. Ella sabía que no era eso. Y como confirmación vio debajo, en el gris del lecho del agua, que cambiaba lentamente, una docena más de figuras enredadas, sostenidas por raíces de loto, con el cabello enrollado en el agua, sus cuerpos mitad raíz y mitad carne, hermosas y extrañas.

Ese cuerpo que era tan parecido al suyo, que yacía por encima del resto, se movía. La boca se abrió y dentro de ella había una flor que se desplegaba en espinas, virulenta, azul y negra; su corazón, un cosmos.

Dio un grito ahogado y volvió a moverse en el agua, tratando de nadar, de girar, pero esas grandes raíces de loto la sujetaron como cuerdas.

El cuerpo salió del agua. Sus ojos se abrieron. Rodeados de pétalos dorados. Carmesí como la sangre.

Vadeó hacia ella. Le tocó la mandíbula con los dedos, cálidos como la madera sagrada. Su sonrisa era roja. No era ella. No podía ser ella.

Le acarició la mejilla.

—Mírate —dijo, con una voz que no era la suya—. Eres tan nueva. Y, sin embargo, estás tan vacía.

—¿Qué eres? —susurró Priya.

—¿No reconoces aquello que veneras? —preguntó su reflejo. Sonrió.

Priya se estremeció, un estremecimiento de sorpresa de todo el cuerpo, y el *yaksa* se echó a reír. El agua estaba caliente como la sangre, la forma del *yaksa* parecía tallada en madera y carne, sus ojos eran una flor sangrienta.

—Te has quitado el corazón para conocerme —dijo—. ¿No me pedirás que te bendiga?

Priya no dijo nada. No pudo. Había enmudecido por el horror y el asombro. Y el *yaksa* solo meneó la cabeza, pétalos negros cayeron de sus hombros, y siguió sonriendo.

—Quiero volver —dijo finalmente Priya—. Por favor.

El *yaksa* asintió. Sus dedos se retiraron, pero no antes de que una uña afilada, fina como una aguja, dibujara una línea de sangre en su mejilla. Apoyó una mano que era como la de Priya en su rostro. Tocó con sus labios la sangre.

—Oh, retoño —susurró la criatura—. Nos encontraremos de nuevo, tú y yo. De una forma u otra.

Y la criatura se acercó a Priya y la besó, justo en la boca.

Por un momento, vio el mundo entero.

Vio el océano turbulento en los bordes del gran subcontinente de Parijatdvipa. Vio las montañas cubiertas de nieve en la frontera de Dwarali. Vio Lal Qila, un fuerte que se encontraba en el borde del mundo conocido. Vio a Parijat y al *mahal* imperial en Harsinghar, rodeados de flores.

Vio la podredumbre. La vio en todas partes, en todas partes. Y la vio crecer y cambiar; vio que no era podredumbre en absoluto, sino una floración; vio una docena de criaturas, de cuyos dedos brotaba agua de río y con claveles por ojos, elevarse del suelo del mundo y respirar...

Se despertó, no con un grito ahogado ni con un sobresalto, sino lentamente. Como si solo hubiera estado soñando. Como si no hubiera estado en el *sangam* en absoluto. Estaba tendida en una estera para dormir en el suelo de una casa que era achaparrada y fresca, con un dulce olor a humedad. Malini estaba sentada a su lado, de rodillas.

Se arrojó sobre Priya, abrazándola.

¿Qué...?

—¿Qué es este lugar al que nos has traído? —preguntó Malini en voz peligrosamente baja—. La mujer no me deja salir de esta habitación. Y el hombre...

Malini se quedó abruptamente en silencio. Priya la sintió retroceder, su rostro se calmó de nuevo, sus ojos bajaron recatadamente.

Y allí, detrás de ella, estaba la mayor Chandni.

El corazón de Priya dio un fuerte golpe.

Había sentido la presencia de un hermano, o eso había pensado. Alguien de su familia, una espina afilada en la maraña del bosque. Pero no había esperado esto.

Su infancia. Chandni en su escritorio. La mano de Chandni en su cabello.

La fiesta. La sangre. El fuego.

Chandni se adentró más en la choza, en su semioscuridad. Pero Priya podía verla. Su rostro, con sus pómulos angulosos y el cabello que se había vuelto completamente gris, recogido en la nuca. Tenía nuevas arrugas y una forma de caminar que hablaba de dolor.

—Tu compañera te trajo aquí —dijo Chandni. Su voz era suave. Priya tardó un momento en darse cuenta de que estaba hablando en el clásico ahiranyi, excluyendo de la conversación a Malini, que no comprendía—. Ella dijo que le pediste que te trajera a este lugar.

Priya tragó saliva. Su garganta estaba seca. Se sentía un poco como si todavía estuviera atrapada en algún terrible sueño febril.

—Lo hice.

—Y, sin embargo, no creo que supieras que me verías. ¿O sí? —Los ojos de Chandni siguieron cada movimiento del rostro de Priya, cada tic y contracción de los músculos de su cuerpo.

Priya deseó tener la habilidad de Malini para eliminar todo sentimiento de su propia expresión, pero no lo hizo. Aun así, ella no se inmutaría. Allí no. Miró a Chandni sin pestañear hasta que sus ojos ardieron tan ferozmente como esa cosa anudada en su pecho para la que no tenía nombre.

—Sentí que alguien como yo estaba aquí —dijo Priya—. Pero no. No esperaba que fueras... tú.

—¿Me creías muerta?

"Esperaba que estuvieras muerta", pensó Priya. Pero en el siguiente latido, supo que no era cierto. Sin embargo, ninguna respuesta iba a ayudarla o dejar a Malini indemne.

—Todo el consejo del templo murió, mayores y niños por igual. O deberían haber muerto —dijo Priya.

"Nos mataste. Deberías haber tenido la decencia de morir con nosotros".

—Algunos eligieron morir con los niños —dijo Chandni—. Y otros elegimos esto.

Esto. Priya miró a su alrededor. Moho en las paredes de madera.

Gusanos e insectos que se escurrían a través de las tablas podridas y salpicadas de humedad. El goteo de un techo roto.

Malini la miraba con los ojos entrecerrados, aparentemente indiferente. Pero Priya sabía que no era así.

—No estás en el exilio —logró decir Priya—. Todavía estás en Ahiranya.

—No, no es un exilio —dijo Chandni. Todavía era suave. Tan suave. Se acercó un paso más y Priya se dio cuenta de que no era delicadeza, como había supuesto al principio, sino la voz arrulladora que se usa con un animal salvaje para calmarlo, antes de ponerle una correa o de la matanza—. Aún teníamos trabajo por hacer. O pensamos que lo teníamos.

—¿Quién más está aquí?

—Ahora solo Sendhil. El resto se ha ido. Pero él no te hará daño. —Chandni se inclinó con dificultad.

Puso una mano en la frente de Priya, que no se movió. Solo la miró fijamente.

—¿Cómo me salvaste? Pensé que las aguas me habían atrapado.

—No te salvé —dijo Chandni—. Sobreviviste por tu cuenta, Priya, tal como lo hicieron, o no, los niños que llevaban a la enfermería en el templo.

Se miraron, desconfiadas, mientras sus reflejos aparecían distorsionados en la penumbra.

—Te ha bajado la fiebre. —Chandni bajó la mano—. Eso es bueno. Entonces vivirás.

—Si hubiera sabido que eras tú, nunca habría venido —dijo Priya—. Pensé que me matarías en el momento en que me vieras.

—No debería haberte dejado vivir, Priya —dijo Chandni—. Ni entonces, ni ahora. Debería haberte matado cuando tu compañera te trajo aquí. Eso es bastante cierto.

—Entonces, ¿por qué no lo hiciste? —preguntó Priya, repentinamente enfadada, tan enfadada que podía sentir que estaba temblando y ni siquiera se había dado cuenta—. Difícilmente podría haberte detenido.

—Cuando estés mejor, hablaremos.

Chandni empezó a levantarse y Priya la aferró por el hombro.

Ella no tuvo que hacer fuerza. No necesitaba hacerla. Los huesos de Chandni eran puntas afiladas bajo su mano, frágiles como una caracola.

—Ahora estoy bien—dijo Priya en zaban, la lengua común que fluía mucho más fácilmente de sus labios—. Ahora estoy bien. Y ahora, hablaremos.

"Soy la más fuerte", pensó Priya sosteniendo la mirada de Chandni fijamente. "Ya no soy una niña. Y me darás respuestas".

—Bueno, vale —aceptó Chandni, en cuidadoso zaban—. Si te sientes bien, levántate. Sígueme afuera y hablaremos. A solas.

Chandni no tuvo la amabilidad de apartar la mirada mientras luchaba por ponerse de pie. Malini estaba junto a ella, con las manos entrelazadas. No las siguió mientras Priya y Chandni salían de la habitación, aunque Priya podía sentir el peso de su mirada.

Priya sentía dolor en cada parte de su cuerpo. La gran fuerza que poseía justo después de emerger de las aguas inmortales se había ido, dejándola completamente agotada. Pero al menos ya no tenía fiebre ni agonizaba. Se sentía, sobre todo, como ella misma. Y ella misma estaba furiosa y cansada, desollada. No sabía si quería estrangular a Chandni o llorar sobre ella.

—Por aquí —dijo Chandni.

Usando la pared como apoyo, guio a Priya hacia la parte trasera de la cabaña. Sendhil estaba sentado allí, con una capucha sobre la cabeza. Parecía estar dormido, pero Priya estaba segura de que no. No te duermes cuando una niña a la que intentaste asesinar regresa a tu casa, ya adulta.

—¿Cómo has vivido, desde que cayó el consejo del templo? —preguntó Chandni.

—"Cayó" —repitió Priya—. Esa palabra realmente no describe lo que sucedió.

Chandni se quedó en silencio por un momento. Luego dijo:

—No importa.

Algo de su suavidad pareció abandonarla entonces, y la reemplazaron los hombros ligeramente arqueados, la inclinación repentina de su cabeza. Parecía derrotada.

—¿Cómo se llama la veneración en los textos ahiranyis más antiguos? —preguntó Chandni finalmente.

—No lo sé —dijo Priya.

—Yo te enseñé una vez.

—No lo recuerdo.

Chandni se volvió para mirarla. A la luz del día, su cara estaba cansada y arrugada, casi quebradiza.

—El vaciamiento —le dijo Chandni—. Se llama "el vaciamiento".

Apartó la mirada de Priya, y recorrió lenta y laboriosamente el perímetro de la cabaña.

—Creíamos que lo entendíamos. Vaciarte, para raspar toda debilidad y quedar limpia. Vaciarte, para convertirte en un recipiente para la verdad y el conocimiento. Vaciarte por la pureza. —Hizo una pausa—. Hasta que tus hermanos entraron en las aguas inmortales y volvieron con seres desconocidos alojados detrás de sus ojos. Y entendimos que estábamos equivocados. Todos los que regresaban vestían su piel. Pero no eran ellos mismos. Y entonces comenzó la podredumbre. Lo que sea que yace en ti, lo que sea que regresó dentro de ellos, fue la madre de la podredumbre. Una plaga. Teníamos que terminar con eso antes de que acabara con el mundo. El emperador los temía y los quería muertos. Queríamos que la podredumbre terminara. Pensamos que era lo correcto.

Priya pensó en sus hermanos. El pequeño Nandi. Sanjana. Su voz tembló cuando habló.

—Solo éramos niños.

—Los tres veces nacidos ya eran jóvenes mayores, listos para unirse a nuestro círculo. No tan niños. Y el resto... —Un suspiro. Priya no supo si fue solo un suspiro o un gemido de dolor hasta que Chandni se detuvo y se tranquilizó—. Los niños que pueden cambiar la forma de las montañas y obligar a crecer a la raíz y la hoja, ya no son niños. Son algo que solo parece un niño. Teníamos un deber, Priya.

—Entonces, ¿por qué me salvaste la vida? —preguntó Priya—. Si éramos monstruos que debían ser destruidos, por el bien de tu deber, ¿por qué trataste de perdonarme?

—A veces hacemos cosas tontas —dijo Chandni, con tristeza en su voz—. Ya no importa. Ese tiempo se ha ido. Solo necesitas entender esto, incluso si no me lo perdonas: buscamos evitar que la podredumbre creciera y se propagara. Teníamos miedo de lo que sería del mundo. Y vinimos aquí para buscar una forma de proteger a nuestro Ahiranya. Para destruir la podredumbre que quedaba. Y para... transitar nuestro duelo. —Su voz se quebró un poco—. Ahora, por tu propio bien, camina con cuidado y sígueme.

Detrás de la choza donde vivían Sendhil y Chandni había un claro vacío. Tal vez alguna vez se había utilizado para cultivar vegetales o criar animales, pero en el presente su suelo permanecía intocado por manos humanas, cubierto por un remolino de hierba con la espesura resbaladiza del cabello. En el centro del claro había un solo árbol. A su alrededor había estacas, piezas de madera clavadas profundamente en el suelo.

—Puedes mirar el árbol —dijo Chandni—. Inspecciónalo como sea necesario, pero no cruces el perímetro de madera sagrada.

Era una gran cosa parecida a un mangle, ese árbol, con un tronco marchito y ramas caídas cargadas de pequeñas hojas, tan pálidas como perlas. Priya caminó hacia él, el calor de la madera sagrada producía un latido palpitante ante ella.

—¿Qué es esto? —dijo Priya—. ¿Qué...?

Se había equivocado al pensar que el tronco simplemente estaba marchito. En ese momento, de cerca, podía ver su podredumbre: el rosa de la carne herida entre las estrías de la madera, el latido entrecortado de las raíces, con las ramas sueltas contra el suelo.

Los rostros.

Saroj. Bojal. No todos los mayores. Pero suficientes.

Priya sintió que la bilis le subía a la garganta.

—Comenzó poco después de que llegáramos aquí. Cuando el primero de nosotros enfermó y murió, el árbol cambió. Robó su alma, creo. Luego el segundo. El tercero. Ahora solo quedamos Sendhil y yo. Esperando. —Su voz era terriblemente tranquila—. Cualquiera que sea la maldición que pesa sobre ti y tus semejantes..., bueno, también pesa sobre nosotros, al parecer. Aunque se manifiesta como ves aquí.

—¿Y sus cuerpos?

—Quemados. Pero no importa. La podredumbre se apoderó de nosotros. Una maldición más allá de la muerte, creo. —Priya escuchó a Chandni acercarse y notó por primera vez que había un crujido casi de madera en sus movimientos; que su piel, a la luz, no se veía simplemente arrugada, sino agrietada como una corteza.

Priya no miró a Chandni, sino al árbol que tenía delante. Esa podredumbre. Su justicia.

—Te equivocas al pensar que éramos un síntoma de la podredumbre. Somos la cura. Estoy segura de ello. —Inclinó la cabeza hasta que se quedó mirando el cielo recortado por la copa del árbol, parpadeando para contener las lágrimas que no quería derramar—. Me han dicho que un nacido tres veces podría controlarla. Tal vez desterrarla.

—¿Quién te lo dijo?

—¿Es verdad? ¿Podría controlarla?

—Podría —dijo Chandni, después de una pausa—. Sí.

—Qué tontos fueron —dijo Priya, ahogándose en su dolor, su ira. Todos los niños se habían merecido algo mejor que la muerte que habían tenido. Pensó en la sonrisa de Sanjana, los ojos amables de Nandi, y se sintió abrumada por el peso de lo que no habían sido, de lo vacío que era el mundo sin ellos—. Fuimos la respuesta todo el tiempo y nos descartaron. Nos destruyeron.

—Tal vez —dijo Chandni pesadamente.

—Nada de "tal vez" —dijo Priya con voz espesa—. ¿Valió la pena, entonces, asesinar a mis hermanos y hermanas? ¿Por una creencia?

Priya se volvió. Chandni estaba mirando el árbol. Tal vez estaba pensando en los otros ancianos perdidos, que habían sido como parientes suyos. Tal vez pensó en los niños que habían asesinado.

—Fue la elección que hicimos —dijo finalmente Chandni—. Creíamos que eran monstruos. Crees que no lo eres. Hicimos lo que pensamos que era correcto, y ahora puedes condenarnos por ello. Pero no cambia nada.

—¿Por qué yo sigo viva?

—Naciste en el Hirana —dijo Chandni resignada—. No fuiste simplemente criada en el templo, sino que naciste en él. Tú lo sabes.

—Lo sé. Pero nacidos o criados, todos fuimos separados de nuestras familias biológicas y se nos dio una nueva familia, los viejos lazos se cortaron —dijo Priya—. Ese era el precio para ascender al estado de mayor del templo, ¿no? Renunciar a la familia de sangre. Elegir una familia de hermanos y hermanas en el servicio. Y mi familia ardió en el Hirana.

Pensó en la mano de Chandni sobre su cabello mientras dormía. Pensó en lo que significaba haber nacido en el templo cuando todos los demás niños eran adoptados para el servicio. Sabía lo que significaba, lo no dicho entre ellas. Y no le importó.

—Si tuviera familia de sangre, eso es lo que les diría.

—Ah —dijo Chandni—. Entonces supongo que te protegí por sentimentalismo. Por un sueño que debería haber dejado de lado. Te dije que fue por una tontería.

—Lo fue.

La sonrisa de Chandni era triste.

—Correcto —dijo ella. Como si hubiera sabido que al final llegaría a esto: Priya de pie ante un árbol que no era del todo árbol, con las raíces hinchadas con la sangre y la carne de los muertos—. Algunas cosas son inevitables —continuó Chandni—. Las mareas. El amanecer. Quizás, a pesar de nuestros esfuerzos, la podredumbre también es inevitable. Y tú eres inevitable. —Miró, una vez más, al árbol—. Estoy demasiado vieja y cansada para hacer más. Así que esta es mi respuesta, Priya: te permito vivir ahora porque no puedo detener la marea. —Chandni negó con la cabeza—. Ahora, si ya te sientes bien, deberías irte.

Capítulo Cuarenta y siete

VIKRAM

El dolor y la traición lo habían dejado en una niebla de la que no podía levantarse.

Todo su arduo trabajo. Sus años de sacrificio por el imperio. Las guerras que había librado, los pactos y alianzas que había hecho, la regencia que le habían otorgado. La mujer con la que se había casado. Los niños que había quemado. Todo eso se había desvanecido.

La puerta se abrió. Por un momento, los hombres que entraron quedaron en la sombra. Escuchó sus pasos calzados con botas. Con dificultad, levantó la cabeza y los vio acercarse. El primero era un joven guardia, un muchacho de ojos fríos que ni siquiera agachó la cabeza. El segundo...

—Jeevan. —Vikram suspiró pesadamente, más aliviado de lo que podía confesar—. Gracias a las Madres que estás aquí.

Jeevan cerró la puerta en silencio detrás de él. No vestía los colores de Parijatdvipa, ni blanco puro, ni dorado. Su túnica era sencilla y oscura. Pero el brazalete que marcaba su condición de jefe de la guardia personal del regente todavía estaba en la parte superior del brazo, y tenía un chal atado del hombro a la cintura, anudado en la cadera, bordado con las flores de jazmín del imperio en hilo blanco.

—Mi señor —dijo Jeevan. Se arrodilló—. Este es un día difícil, en verdad.

—¿Podemos escapar sin toparnos con obstáculos? —preguntó Vikram—. Jeevan, mi herida es grave. Necesito ver a un médico antes de que empecemos nuestro viaje a Parijat. —Gruñó, incorporándose sobre los codos—. Ayúdame a levantarme —dijo—. Rápido, ahora. ¿Hay rebeldes en el pasillo? ¿Tienes más hombres?

Jeevan lo ayudó a sentarse derecho. La mano del comandante se apoyaba firme contra la espalda de Vikram. El otro guardia se arrodilló junto a él mientras, con una mano, Jeevan se desataba el chal que llevaba puesto.

—¿Qué estás haciendo, hombre? —exclamó Vikram. Y luego, cuando el chal estuvo suelto, finalmente entendió.

—Ah, ah —dijo el joven guardia, poniendo una mano contra el pecho de Vikram—. Quédese quieto, mi señor.

—Trabajas para ella —susurró. El comandante de su guardia personal. El hombre que lo había mantenido con vida todos estos años, que lo había protegido en su momento más vulnerable. ¿Cómo podía ser?—. Trabajas para mi esposa, ese monstruo, esa...

—No lo digas, mi señor —dijo Jeevan con calma, aferrándolo con fuerza para mantenerlo firme—. Los insultos están por debajo de tu nobleza.

Vikram se rio, una risa impotente, porque no podía creer lo que había sido de él y de su vida; su vida, que estaba en ruinas, convirtiéndose en cenizas a su alrededor. ¿Qué podría haber por debajo de él en ese momento?

—La salud de la Señora Bhumika no le permite hacer todo lo necesario —dijo bruscamente el soldado que lo había servido durante tanto tiempo—. Además, estoy aquí para esto. Este es mi propósito.

—Entonces, ¿ya no puedo confiar en nadie? —jadeó Vikram—. ¿Después de todo lo que he hecho? ¿De lo mucho que me he esforzado por hacer algo bueno de este lugar? ¿Me condenarás sin piedad, sin juicio, sin justicia?

—Lo siento, mi señor —dijo Jeevan, aunque no sonaba particularmente arrepentido—. Habrá un juicio en otra vida y lugar, supongo. Pero no aquí y ahora.

La tela del chal ya estaba enrollada alrededor de su cuello. Vikram luchó, pero el joven guardia lo inmovilizó con eficacia, clavándole un codazo brutal en el estómago para dejarlo momentáneamente sin aliento, aturdido hasta la quietud. Eso fue suficiente. Ya era demasiado tarde.

Vikram sintió cómo el nudo se apretaba.

Capítulo Cuarenta y ocho

RAO

Los hombres de Santosh habían tratado de arrastrar sus caballos con ellos hacia el sendero del buscador, lo que le dio tiempo a la gente de Prem, tal como Rao había sospechado que sucedería. El tiempo suficiente para preparar una emboscada.

—Crecí en la corte imperial —dijo Rao a los hombres reunidos, mientras se detenían para recuperar el aliento—. Aprendí los métodos tradicionales, las grandes estrategias que se remontan a la Era de las Flores. Si Santosh es tan purista como recuerdo, se adherirá a las reglas de la guerra justa. Sin caballos ni carros, luchará. Usará sables. Nada de arqueros ni lanzadores de *chakram* y, por cierto, nada de látigos —dijo Rao, señalando el látigo de acero enrollado en la cintura de Prem—. Él no manchará a sus hombres con las armas de otras naciones. Pero así estará mal equipado para enfrentar una emboscada.

Prem se secó el sudor de la frente. Aún llevaba puesto su pesado chal, bien anudado para que no estorbara.

—Es un purista, eso es cierto —dijo Prem—. Bien. Vamos a intentarlo.

—Yo puedo usar un arco —ofreció Lata.

—Tú vas a mantenerte bien alejada de la batalla —le dijo Prem con firmeza.

Lata inclinó la cabeza, obediente, pero Rao se aseguró, de todas maneras, de que tuviera un cuchillo arrojadizo. Los saketanos permanecieron en las sombras, con los látigos de acero preparados. Los arqueros subieron a los árboles. Rao se unió a ellos, sosteniendo firmemente entre las yemas de sus dedos un *chakram*.

Cuando aparecieron los hombres de Santosh, todos sus caballos, menos uno, se habían ido. Muy probablemente habían huido corriendo, completamente asustados por el bosque. Pobres bestias.

Prem retuvo a sus hombres hasta que Rao lanzó el primer *chakram*. Cuando lanzó el segundo, llovieron las flechas. Tan pronto como se disparó la última (los parijatis se apiñaban en el centro del camino para evitar ser alcanzados, y los que habían sido heridos ya sangraban postrados en el suelo), Prem y sus hombres en retaguardia avanzaron, cortando el aire con sus látigos.

Rao saltó de su rama y rodeó el tumulto para evitar que lo tocaran los látigos. Fue entonces cuando vio a Santosh alejarse de la batalla.

Sacó una daga de su cinturón. Saltó sobre el hombre y... falló cuando Santosh se apartó rodando y se puso en pie de un salto con más agilidad de la que Rao había esperado de él.

Rao maldijo, giró la daga en su mano y la deslizó en su lugar en el cinturón mientras Santosh extraía su sable.

El sable no servía de mucho contra un látigo de cuchillas, pero era muy efectivo a corta distancia contra las armas tradicionales de los aloranos, que estaban diseñadas para arrojar o para apuñalar a corta distancia. A Rao le quedaban cuatro *chakrams* en el brazo y un puñado de dagas arrojadizas en la cintura. Saltó hacia atrás y le lanzó una a Santosh, pero no acertó.

Habría sido bueno, incluso agradable, que Santosh hubiera sido un mal luchador. Pero había crecido en la nobleza, si no en la realeza, y sabía cómo manejar un sable parijati. Sus movimientos eran perfectos: cortes afilados y puñaladas en ángulos precisos, que Rao tuvo que esquivar a toda velocidad para evitarlas, deseando tener un látigo propio.

De repente, los saketanos se movieron como uno solo, avanzando, y Prem saltó, lanzando su látigo en un movimiento ondulante que golpeó a Santosh en el brazo que empuñaba el sable y le atravesó la piel. El hombre maldijo de dolor, pero no soltó el sable.

—¿Dos contra uno? ¿Dónde está vuestro honor? —rugió Santosh.

—Asegúrate de decirle a Chandra qué perros deshonrosos somos si ganas —dijo Prem alegremente, cortando un arco agudo en el aire su látigo de acero, del que Santosh escapó tambaleante.

Detrás del destello del látigo, Rao vio una figura que se acercaba detrás de Prem con un sable desenvainado, rompiendo la defensa proporcionada por los hombres de Prem. No había tiempo para pensar. Por instinto, Rao tomó un *chakram* de su muñeca y arrojó el disco afilado al soldado parijati.

Le atravesó el cráneo, pero no antes de que la espada del hombre alcanzara a Prem en el brazo.

El látigo de Prem cayó. Su chal, desgarrado por el filo, se deslizó de su hombro.

Y Rao... se quedó helado.

En la garganta expuesta de Prem y en su brazo sangrante había... marcas. Contusiones.

No. No eran moratones. Eran espirales de corteza, grandes como la palma de Rao. Tallos que salían de ellas, delineados en verde. La sangre que manaba de su herida no era del todo roja. No del todo humana.

Santosh aprovechó la conmoción de Rao y el tambaleo de Prem, que intentaba, a pesar de su herida, volver a colocarse el chal en su lugar. Se abalanzó sobre el príncipe.

Los ojos de Prem se agrandaron. Buscó a tientas su látigo. Rao, horrorizado, trató de usar uno de sus *chakrams*, sus cuchillos, cualquier cosa...

El látigo de Prem brilló en el aire, cortó la armadura de Santosh, ensangrentó sus brazos y le partió el labio. Pero Santosh ya había avanzado. Su sable había atravesado, limpiamente, directamente, el estómago de Prem.

La mente de Rao se quedó en blanco por un momento. Vio pasar una flecha volando junto a él. Escuchó gritos apagados, como si sus oídos estuvieran sumergidos y el agua fuese el ruido sordo de su propia ira sangrienta derramándose a través de su cráneo. Lo siguiente que supo fue que tenía a Santosh atrapado debajo de él. Santosh estaba llamando a gritos a sus hombres, a Chandra, pidiendo ayuda, que alguien que ayudara.

En una neblina de confusión, Rao clavó uno de sus *chakrams* de acero en la palma de la mano de Santosh. Lo empujó con fuerza y saña, sintiendo que los huesos se rompían debajo como los cuellos de pequeñas criaturas peludas.

—Él es miembro de la realeza de Saketa —dijo Rao entrecortadamente—. No tenías derecho, ningún derecho. Toda tu charla sobre el honor, no tenías derecho a hacerlo.

—El emperador —jadeó Santosh. Sus dientes estaban bañados en sangre—. ¡Por el emperador, por Parijat, soldados, protegedme!

Uno de los hombres de Prem estaba en ese momento detrás de Rao. Otro se inclinaba sobre Prem y le hablaba con urgencia. Y allí estaba Lata, tratando de detener el flujo de la sangre; las lágrimas corrían por su rostro. La batalla tenía que terminar, y Rao sabía, sabía a distancia que debía tomar a Santosh como rehén, que Aditya podía usarlo como ventaja.

—Chandra no es nuestro emperador —dijo Rao con voz áspera.

Santosh todavía gritaba, con la boca abierta, así que Rao levantó la mano ensangrentada y extrajo una de sus dagas del cinturón. Sin detenerse, la llevó a la parte posterior de la garganta de Santosh.

Montaron un campamento. Los hombres de Prem no se fueron. Fue un milagro que se quedaran, pero Rao lo aceptó. Había pensado que la podredumbre en la piel de Prem los haría huir. Pero ellos simplemente negaron con la cabeza. "Sabíamos lo que tenía, mi señor", dijo uno. "Él era nuestro señor. Nos lo dijo. Nos explicó que no se propaga entre personas".

Juntos, armaron una tienda de campaña para instalar a Prem. Rao se arrodilló en el suelo, una vez que estuvo arreglada, y observó a Lata trabajar preparando sus tinturas y las vendas, con los ojos enrojecidos. Ella lo sabía. Todo este tiempo lo había sabido. Solo Rao, al parecer, había permanecido ignorante. No podía preguntarle a Prem ahora por qué no se lo había dicho. Solo podía sentir la sangre secarse en su ropa y ver cómo subían y bajaban las heridas de sable en el estómago de Prem. No imaginaba cómo podría sobrevivir.

—No te puede infectar —dijo Lata. Su voz era cuidadosa, tranquila—. Él no mentía sobre eso. ¿Dónde está su pipa?

—¿Su pipa?

—Un analgésico —dijo—. Le alivia el dolor. Le dio buen resultado en los últimos meses.

—No servirá de nada —dijo Prem. Sonaba ronco—. Hace un tiempo que ya no funciona. Y ahora... —Se tocó la parte superior del abdomen con una mano. Maldijo.

—No te toques —advirtió Lata.

—¿Qué importa ya?

Ella no dijo nada. Prem cerró los ojos, su piel se veía pálida y tensa.

—Nunca debiste haber venido a Ahiranya —dijo Rao, con un nudo de indefenso malestar en el estómago. Quería gritarle a su amigo, sacudirlo—. Deberías haberte quedado en Saketa, bebiendo vino.

—Ese nunca fue mi estilo —dijo Prem, con dificultad. Las vendas que Lata le había aplicado en el estómago ya estaban empapadas de sangre—. No me malinterpretes, Rao. Me gusta tomar un buen vino. Pero solo si veo al hombre correcto en el trono...

—Esto te lo ha hecho Ahiranya. Tratar de ver coronado a Aditya te ha enfermado.

—Ahiranya no me lo ha hecho —dijo Prem, y carraspeó—. Ya estaba enfermo antes de venir aquí.

Rao negó con la cabeza.

—¿Qué quieres decir? ¿Cómo puede ser?

—Esta podredumbre —continuó Prem— no sé cómo se propaga, pero también existe en Saketa. Cientos han muerto por esto. El gran príncipe ha logrado mantener todo el asunto en secreto por ahora, pero... —Prem tosió. Un sonido húmedo, burbujeante de sangre. Lata se movió rápidamente, limpió la sangre de sus labios—. Los últimos dos años. Ha echado raíces. Se está volviendo difícil de ignorar. Debe de estar en todas partes.

—No ha llegado a Alor —dijo Rao.

Pero ¿lo sabía con certeza? Había estado en Alor en raras ocasiones, después de su crianza en Parijat. Sus hermanos mayores apoyaban hábilmente a su padre, pero había aspectos del gobierno de su ciudad-Estado natal en los que nunca lo habían involucrado. Si una extraña plaga hubiera atacado los campos y granjas de Alor, sus rebaños, ¿alguno de ellos se lo habría contado?

—Rao. Es Chandra. Es él. Ha hecho enojar a las Madres. Usó sus nombres con fines políticos. Aquellas grandes y buenas mujeres de antaño no murieron por personas como él. Ahora nos están castigando a todos.

—No puedes creer que es por eso por lo que estás... así.

—¿Por qué, si no, la podredumbre empeoraría tanto? —preguntó Prem—. Conozco la voluntad de las Madres. Puedo sentirla. —Hizo una mueca de nuevo. Con un suspiro tembloroso, agregó—: ¿Qué dice tu dios sin nombre? ¿No está de acuerdo?

—Nada de debates teológicos —dijo Rao—. Ahora no.

—No lo sé —dijo Prem—. Ahora parece el momento perfecto.

Intentó extender la mano, pero gimió de dolor. Así que Rao se acercó a él y la tomó.

—Necesitamos que se vaya, Rao —murmuró Prem—. Y, que las Madres me protejan, respeto tu fe, por extraña que sea. Pero el príncipe Aditya tiene que dejar el sacerdocio a un lado y convertirse en el emperador que Parijatdvipa necesita.

Rao tragó saliva. Asintió con la cabeza. Debajo de su palma, podía sentir la corteza en la piel de Prem, fibrosa y áspera.

—No me quedé porque esperara salvarla a ella —dijo Prem—. Me quedé porque sabía que él no nos escucharía a ninguno de nosotros excepto a ti. Compartes su fe. Eres su amigo más querido. Si le dices que regrese, que tome su corona, que sacrifique su vocación... —Otra tos. Luego añadió—: Tenía que llevarte hasta él. Lo siento, no llegaré a... hacerlo.

—No —dijo Rao—. No.

En la oscuridad de una tienda de campaña, en un sendero a través de un bosque, tan lejos de casa que Saketa y Alor parecían sueños lejanos..., así no era como Prem debería morir.

—Dime algo —dijo Prem; su voz sonaba húmeda—. Considéralo una última bendición.

—Lo que quieras.

—¿Quién eres en realidad? —preguntó—. ¿Con qué profecía fuiste nombrado por tu dios sin nombre? ¿Qué sabes de lo que viene?

—Algunas profecías son pequeñas —dijo Rao.

—Pero la tuya no lo es —señaló Prem.

No se debe decir un nombre hasta que sea el momento adecuado. Un nombre solo debe pronunciarse cuando el cumplimiento de una profecía está cerca. Y sin embargo...

No era lo mismo que decir su nombre. Un secreto contado a los muertos sigue siendo un secreto. Y por la mirada en los ojos de Prem, por el perfil de la cara y el agobio de los hombros de Lata, a Prem no le quedaba mucho tiempo.

Rao se inclinó hacia delante. Susurró contra el oído de Prem. Sílaba tras sílaba.

Por un momento, Prem se quedó en silencio. Luego soltó una risa ahogada.

—Con razón te quedaste por ella —dijo Prem—. No es de extrañar.

Lata estaba esperando fuera de la tienda. Ya era de día.

—Puedo impartirle los últimos ritos —dijo. Su voz era grave.

Rao tragó saliva. Sintió como si tuviera la garganta llena de vidrio.

—En Saketa no se permite que las mujeres realicen ritos funerarios.

—No hay nadie más que lo haga. —Su voz era amable, su expresión remota.

—No lo permiten en Srugna. Ni en Dwarali. Ni en Parijat.

—No hay nadie más —repitió ella.

Él asintió. Se sentía imposiblemente cansado.

—Gracias —dijo—. Por cuidarlo.

—¿De qué sirve tener conocimientos si no se usan?

Todos los hombres habían esperado. Escucharon, mientras Rao les decía que Prem estaba muerto.

—Él no querría que volviéramos a Saketa —murmuró uno de los jugadores de *pachisa* favoritos de Prem—. Vamos al encuentro del emperador Aditya. Es lo que él hubiera querido.

Lo enterraron. No había elección, allí, en el bosque.

Tuvieron que seguir caminando. Tampoco tenían otra opción al respecto. Malini no había acudido y Prem estaba muerto.

—Dime cómo son los jardines de laca —logró decirle Rao a Lata mientras caminaban penosamente.

"Sácame de aquí", quería decir. "Cuéntame un cuento que me permita dejar el dolor, la pérdida y la podredumbre de este lugar por un tiempo. Por favor, dame ese consuelo".

Los pies de Lata pisaron la hierba alta. Extendió un palo por el suelo delante de ellos, advirtiendo a las serpientes dormidas que los humanos estaban pasando, y que sería mejor escabullirse y dejarlos en paz.

—Sé menos que tú sobre los jardines —dijo.

—Cualquier cosa que hayas leído. Seguro que leíste algo. Por favor.

—Era un lugar construido en aras de una visión —explicó finalmente—. Y como todas las cosas que nacen de una visión, es un artificio irracional.

—Parece como si estuvieras citando.

—Muy perspicaz. Así es. Cito los textos de mi propio maestro.

—¿Qué significa "artificio irracional"?

Ella levantó la cabeza, entrecerrando los ojos por el sol.

—Lo verás por ti mismo, muy pronto —dijo—. Mira.

Delante de ellos se alzaba un desfiladero, y al otro lado se extendía un puente de raíces, tallado entre paredes rocosas de montaña. A través del sendero, pudo ver el jardín de un templo. Un gran monasterio.

Habían llegado a Srugna. Habían encontrado los jardines de laca, donde esperaba Aditya. Había hombres esperándolos en lo alto del camino. No eran soldados de Parijatdvipa, de blanco imperial y oro, sino jinetes enanos. Señores saketanos. Incluso guerreros de Alor. Los hombres de su padre, enviados para asegurarse de que Aditya tomaría el trono.

Rao los miró a todos y pensó en las palabras que tendría que decir.

"El príncipe de Saketa ha muerto. El príncipe Prem murió. Pero estoy aquí, Aditya. Estoy aquí".

Capítulo Cuarenta y nueve

CHANDNI

S endhil entró en la choza, quitándose la capucha de la cabeza. Sin ella, las partes de su cabeza donde había crecido musgo eran completamente visibles. Se arrodilló y entrelazó sus manos nudosas delante de él.

—Deberías haberla matado.

—Mmm.

—Deberías haberme dejado hacerlo, si no podías.

—No habría tenido sentido —respondió Chandni—. Nada de lo que hemos hecho puede detener esto ahora. Además, ella no es la única que sobrevivió.

Sendhil lanzó un gruñido como respuesta. Había sido muy elocuente tiempo atrás. Muy incisivo. Ella recordaba aún las caminatas junto a él y todos sus compañeros mayores, una mezcla de los niños que habían crecido junto a ella y las personas que los habían criado, vestidos con sus finas sedas, con el viento que serpenteaba a través del Hirana sobre su piel.

Ya no estaban.

Miró sus propias manos. Las yemas de sus dedos, con espirales como el corazón de un árbol. Por sus venas corría un líquido infecto, una savia venenosa que pronto la mataría. Muy pronto su rostro dejaría de ser el suyo propio.

Pensó en el rostro de Priya, retorcido en un rictus de odio.

Es posible tener una hija, y abrazar a esa hija contra tu propia piel, y criarla.

Puedes traicionarte a ti misma y a tus valores por esa niña. Puedes dejarla escapar, aunque sepas que debería morir; aunque sepas, sin importar cuán fuerte y firme sea su mano en la tuya, que ella es una plaga y debe ser eliminada para darle al mundo la oportunidad de sobrevivir.

Y esa niña puede mirarte con furia y desprecio, y dejarte morir.

Ella y Sendhil se sentaron y no hablaron durante mucho tiempo. Luego, Sendhil suspiró, bajo y lento, y dijo:

—Escucho gente que se acerca.

Chandni pensó en la agonía que le causaría ponerse de pie, obligar a todas sus articulaciones endurecidas a crujir para ponerse en movimiento. Así que no se levantó. Cuando los hombres y las mujeres entraron en la choza, ella todavía estaba acurrucada en el suelo. Se escuchaban más gente rodeando el exterior. Contó los pasos. Eran al menos veinte personas.

Miró hacia arriba y se encontró con los ojos de Ashok.

—Se fue hace mucho —le dijo—. Pero eso ya lo sabes.

Él se arrodilló.

—Así que estás viva.

Chandni inclinó la cabeza. Se preguntó si él la golpearía, o simplemente le rebanaría el cuello con la fina hoz que llevaba en su mano derecha. Detrás de él, su gente exploraba la cabaña, algunos salían y se dirigían al jardín traicionero y al árbol de la carne. No eran niños a los que ella hubiera enseñado o criado.

Eso, al menos, la alegraba.

—¿Qué le hiciste a ella? —preguntó Ashok.

—La cuidé hasta que se recuperó, después de que las aguas la enfermaran —dijo Chandni tranquilamente—. Y cuando se sintió bien, se fue. No sé más.

—Deberíamos haberle cortado la garganta —intervino Sendhil—. Pero esta tonta no lo hizo.

Ashok le lanzó una mirada inquisitiva. Luego dirigió su atención una vez más a Chandni.

—¿A dónde fue?

—No lo sé.

—Debes haber visto en qué dirección caminaba al irse.

Chandni negó con la cabeza lentamente.

—Creo que, tal vez, quieres verla enferma —suspiró—. Siempre tuviste pasiones fuertes, Ashok. Esperaba que te abandonaran a tiempo.

—Qué extraño que digas eso, teniendo en cuenta que tu intención fue asegurarte de que yo no tuviera tiempo. Pero no importa, yo sigo vivo y tú te estás muriendo. Así que dime dónde está mi hermana, mujer —dijo, con una voz que temblaba, venenosa e infantil en su dolor, una furia que se tambaleaba vacilante, nacida del amor roto—. Dímelo, o me veré obligado a arrancarte la respuesta a la fuerza.

De repente, pareció recordar a la gente a su alrededor, y su expresión volvió a ser firme. Con una voz mucho más uniforme, repitió su orden.

—Dime dónde encontrar a Priya.

Ella no dijo nada.

—Ashok —lo llamó una mujer que volvía a entrar en la choza—. Hay algo que tienes que ver.

Él se puso de pie y salió de la choza. Cuando volvió había una curva solemne en su boca. Se arrodilló una vez más junto a ella y miró la podredumbre sobre su piel, las marcas moteadas de sus huesos cambiantes contra la carne cada vez más parecida a una corteza.

—Si hubiera sabido que estabas viva, te habría matado hace mucho tiempo —dijo Ashok—. Ahora veo que la vida ya ha hecho justicia contigo. Pero aún puedo hacerte daño, anciana. Y puedo matarte, rápida o lentamente. No deseo causarte dolor, pero lo haré si me sirve para encontrarla. Ella es más importante que tú ahora. La valoro por encima de cualquier justicia a la que merezcas enfrentarte.

—Y, aun así, no tengo una respuesta para ti —dijo Chandni—. Hazme daño si quieres. Hiere a Sendhil. Mátanos a los dos. No podemos entregártela.

Ashok asintió.

—Dime—dijo—. Estuvo en el Hirana desde mucho antes que cualquiera de nosotros. Desde que era un bebé. ¿Es tuya?

—Eso no importa —dijo Chandni—. Ya sea que mi carne la haya hecho, ya sea que la dejaran abandonada en la base del Hirana, aun cubierta con la sangre del parto, ¿qué diferencia hay? La consideré mía. Ese fue mi error.

Ashok asintió de nuevo. Se puso de pie.

—Atadla al árbol —ordenó—. Atadlos a los dos. Veremos qué pasa con ellos.

Capítulo Cincuenta

PRIYA

Priya le dijo a Malini secamente que se dirigirían directo al sendero del buscador. Cuando Malini sugirió la enramada de los huesos, Priya negó con la cabeza.

—Tu príncipe debe de haberse ido hace mucho —dijo—. Será mejor tratar de alcanzarlo.

Se adelantó, abriendo el camino. Durante un tiempo, caminaron. Y caminaron. Los árboles eran espesos a su alrededor, con hojas pesadas que caían sobre el camino sinuoso entre los troncos y las ramas.

—Así que —dijo Malini después de un rato— tus mayores viven después de todo. —Priya escuchaba los pasos cautelosos de Malini detrás de ella—. Era muy extraña su casa. Casi no me hablaron.

Priya se mordió la lengua. Estaba tan... tan enfadada.

—Priya, ¿puedes detenerte un rato? O reducir la velocidad. —La voz de Malini sonaba tensa—. Debes de estar exhausta. Yo lo estoy.

Priya no quería detenerse ni reducir la velocidad. Detenerse significaba pensar, y ella no quería pensar. No en el árbol con sus rostros de carne y corteza, ni en el rostro resignado y podrido de Chandni, ni en cómo la había hecho sentir todo eso. Asustada y afligida, pero, sobre todo, enfadada.

—Priya. —La mano de Malini se cerró sobre su hombro. Su voz era suave cuando dijo, una vez más—: Detente.

La palma de Malini se sentía demasiado caliente en su hombro. Priya podría haberse sacudido la mano. Pero no lo hizo. Se quedó quieta y cerró los ojos, calmó su respiración, y escuchó el susurro de los árboles. El leve torrente de agua.

—No quiero hablar de eso —dijo con fuerza. Tragó saliva—. Se escucha un arroyo. Tengo sed. Vamos.

El espeso laberinto de árboles pronto se abrió a una pendiente de rocas grises que rodeaba un estanque. El estanque estaba alimentado por una cascada plateada y serpenteante que caía sobre las rocas bajas cubiertas de polvo verde. El agua se ondulaba débilmente cuando la cascada se precipitaba a su encuentro. Era límpida, sin rastros de nada parecido a podredumbre. Priya bajó por la pendiente hasta el agua. Oyó que Malini resoplaba algo que podría haber sido una maldición y luego la seguía.

Priya se arrodilló en el borde y recogió agua, fría y clara, en el hueco de la mano y se la llevó a los labios. Bebió. Luego se salpicó la cara y parpadeó para escurrir el agua de sus ojos. Ah, espíritus, se sentía sucia, como si su propia mente le hubiera manchado la piel. Y haber visto a la mayor Chandni, al mayor Sendhil, el árbol...

—Mis mayores —se atragantó—. No quiero hablar de mis mayores.

—Lo sé —murmuró Malini.

—Ellos... Chandni dijo que pensaban... pensaron que ni siquiera éramos humanos. Que ni siquiera soy humana. Ella cree que soy monstruosa. Mi propia... mi propia familia. Eso es lo que piensan de mí. ¿Crees que soy monstruosa, Malini?

Priya escuchó los pasos de Malini acercándose. Pero en realidad no quería escuchar su respuesta. De pronto tuvo miedo de que Malini dijera que sí. Así que habló de nuevo, y las palabras salieron a borbotones.

—Porque creo que tú lo eres. O temo que lo seas. Oh, eres tan encantadora conmigo, te sale bien ser encantadora, pero también eres la mujer que organizó un golpe contra el emperador. Eres peligrosa, Malini. Mucho más de lo que estás dispuesta a mostrarme, y eso me asusta. Creo que siempre estoy esperando que te vuelvas contra mí.

—Siempre he sido yo misma contigo —dijo Malini. Su voz era cautelosa. Firme—. Pero todos tenemos más de una cara. Tenemos que tener muchas caras para sobrevivir, ¿no? Eso es natural. Normal. —Malini estaba ahora junto a su hombro, también arrodillada—. Este rostro que conoces no te abandonó en el bosque cuando te derrumbaste. Te llevé cuando estaba débil, con personas que francamente me asustaron, y aun así me quedé contigo. Yo era todo eso.

Priya sabía que era cierto. Pero ¿cómo podía confiar en Malini? ¿Cómo, si no podía confiar ni en sí misma?

—Pero el resto de ti... —dijo Priya vacilante—. Tus otras caras...

—Algunas partes de mí son monstruosas —admitió la princesa, y cuando Priya se volvió para mirarla vio que estaba tocándose el recipiente de flores de aguja que colgaba de su cuello—. ¿Sabes por qué? Una mujer de mi estatus y crianza, me dijo Chandra, debería servir a su familia. Todos me decían que debía ser obediente con mi padre y mis hermanos y, algún día, con mi esposo. Pero Aditya y Chandra tomaron sus decisiones, y yo no acepté simplemente esas decisiones. No obedecí. Porque mis hermanos estaban equivocados. Pero más que nada, Priya, más que eso, soy monstruosa porque tengo deseos. Deseos que he sabido toda mi vida que no debo tener. Siempre he querido cosas que me ponen en peligro.

Su voz tembló un poco, como si temblara en el mismo borde que Priya.

—He evitado el matrimonio. Nunca engendraré hijos voluntariamente con un hombre. ¿Y qué hay más monstruoso que eso? ¿Ser inherentemente, por naturaleza, incapaz de cumplir con tu propósito? ¿Querer simplemente porque quieres, amar simplemente por amor?

Sus ojos estaban fijos la una en la otra. Priya no podía apartar la mirada.

El espacio entre ellas era muy pequeño.

Durante mucho tiempo, el vacío dentro de Priya había estado entre su pasado y su presente. Pero esto... Priya podría cruzar esta distancia. Sería sencillo. El pensar en ello hizo que se le cortara el aliento y sintiera la piel demasiado pequeña, caliente y hormigueante.

En cambio, se dio la vuelta y metió las piernas en el estanque, deslizándose en el agua fría. Cuando se puso de pie, el agua le llegaba a las rodillas.

—Me voy a lavar —dijo—. Voy a... —tragó saliva—. Quién sabe cuándo tendremos la oportunidad de bañarnos otra vez.

Tenía sudor, sangre y suciedad por todas partes, por lo que el agua en realidad fue muy bienvenida. Vadeó más profundo, hasta que estuvo bajo la estela de la cascada, sumergida hasta la cintura. Sumergió su rostro en el agua. Lo levantó, con los dedos a través de la húmeda maraña de su trenza.

—Ven —dijo Malini. De repente, su voz sonó en el oído de Priya. Estaba justo allí, parada en el agua junto a ella; los pliegues de su sari ondeaban a su alrededor—. Déjame ayudarte.

Malini tocó con los dedos el final de la trenza, tentativamente. Había una pregunta en sus ojos. Y Priya... asintió con la cabeza. Le dio la espalda.

Malini tomó el peso empapado de la trenza de Priya y comenzó a desenredarla, pasando los dedos por ella con cuidado.

—Mi cabello es más fácil de manejar que el tuyo —logró decir Priya—. No tengo rizos.

Malini trabajó lentamente, peinando suavemente con sus dedos cada nudo.

—Sé que estás tratando de evitar hablar de nosotras.

"Nosotras".

—¿Me dejarás hacerlo? —preguntó Priya.

—¿De verdad quieres que lo haga?

Podía sentir el movimiento de las manos de Malini, el hormigueo en su cuero cabelludo. Meneó la cabeza y supo que Malini podía verlo, sentirlo.

—Nunca mentí sobre mi deseo de ti —dijo Malini en voz baja—. Ni con mis ojos ni con mis palabras. Ni cuando te toqué. Todo eso era cierto. —Otro tirón. Priya sintió que la última parte de su trenza se desenredaba, la presión sobre su cuero cabelludo se liberaba—. Ya me estás ayudando. Me has salvado la vida, Priya. Soy libre. No hay ningún beneficio, no gano nada para el imperio ni para mis objetivos al decirte esto. ¿Lo entiendes?

Malini colocó su mano plana contra la espalda de Priya. El agua estaba fría y el calor de su piel, de sus dedos extendidos, quemaba. Puso su mano contra la blusa de Priya, debajo de los pliegues de su sari, entre su omóplato y su columna, donde su corazón latía con fuerza dentro de la jaula de sus costillas. Era como si estuviera tratando de sostener el ritmo frenético del corazón de Priya en la palma de su mano.

—¿Por qué? —preguntó Priya—. ¿Por qué lo harías...? —Su voz se apagó.

No sabía cómo preguntar. "¿Por qué me querrías? ¿Por qué me seguirías al agua, y tomarías mi corazón y me hablarías con esa voz, como si me anhelaras?"

Como si Malini la hubiera escuchado, dijo:

—Pensé que podrías morir. —Un pequeño suspiro entrecortado—. Pensé que podría ser el final cuando te desmayaste en el bosque. Y yo...

Priya se volvió. El agua se movía a su alrededor.

—Priya —dijo Malini; su voz era oscura y hambrienta, y atrajo a Priya como la gravedad.

—Malini —dijo ella a cambio. Apoyó una mano en la mandíbula de princesa.

Y luego las manos de Malini se aferraron a las costuras de la blusa de Priya y la arrastraron hacia delante. Hubo un momento, un solo momento, en el que Priya miró a Malini a los ojos y Malini miraba los suyos, y finalmente Priya dejó de pensar y simplemente se movió. Se inclinó.

La boca de Malini se posó sobre la de Priya con una dulzura que era como un castigo, una calidez hiriente que hizo que algo salvaje y hambriento se apoderara de Priya con una rapidez que la devastó. De repente, las manos de Priya ya acariciaban el cabello de Malini, ese cabello ridículo y nudoso que nunca podía desenredar, y ambas se tambalearon hacia atrás, hacia atrás, hasta que Priya pudo sentir la piedra fría contra su columna vertebral, el agua que caía a su alrededor, y las manos de Malini sobre ella. Sobre sus hombros, su garganta, su mandíbula. Y Malini le levantaba el rostro y la besaba con una furia que se convertía en dulzura, con una ternura que era fuerte como la sangre y quemaba. Quemaba.

Capítulo Cincuenta y uno

RAO

Los jardines de laca de Srugna eran un laberinto entrelazado de monasterios. Rao caminó a través de ellos, casi sin ver nada a su alrededor. Los sacerdotes se habían reunido. Había señores de Dwarali con túnicas de cuello alto y lazos a la espalda; sruganis, lanzas en mano; saketanos con sus látigos de acero enrollados en la cintura; sus propios aloranos, ataviados con turbantes azules, bandas de dagas en la cadera y *chakrams* de acero en las muñecas, e incluso parijatis vestidos con tejidos ligeros, con sables y piedras de oración para mostrar su origen. Había suficientes señores y nobles diversos como para llenar los escalones del monasterio casi por completo.

Un hombre bajó los escalones por el camino que quedaba entre ellos. Llevaba un *dhoti* y un chal de color azul pálido, el pecho descubierto y el pelo recogido hacia atrás en una larga trenza. Incluso antes de que levantara la cabeza, incluso antes de que su boca formara una sonrisa, Rao lo reconoció.

—Emperador Aditya. —Rao se arrodilló. Detrás de él, escuchó a los hombres de Prem, sus hombres, arrodillarse también, un coro de crujidos de cuero y armaduras—. Hemos llegado.

—Rao. —La voz de Aditya era amable—. No soy el emperador.

—Todavía no —dijo el señor dwarali desde el borde de los escalones—. Pero lo serás. Hemos venido por eso.

Aditya caminó hasta el suelo. Bajo sus pies descalzos, las hojas verdes se arrugaron sin hacer ruido. Los pájaros cantaban. Le tendió la mano a Rao, quien la tomó. Cuando Rao se puso de pie, se encontró envuelto en un fuerte abrazo, la mejilla de Aditya apoyada contra la suya.

—Rao —dijo Aditya retrocediendo, con los ojos brillantes—. Ah, te he extrañado. ¿Por qué has tardado tanto en venir?

—Malini —logró decir.

—¿La traes contigo? —preguntó Aditya. Había una enorme esperanza en sus ojos.

Rao negó con la cabeza y la esperanza se apagó.

—Ven, entonces —dijo Aditya—. Y hablaremos de lo que ha pasado.

Se instalaron en lo que solo podía ser la habitación de Aditya. Era pulcra y sencilla, un lugar enteramente sacerdotal, con un *charpoy* para dormir y una caja de libros, cuidadosamente sellada para protegerla del calor y la humedad. No había velas. De noche, la única luz entraba por la gran ventana, que se abría a un jardín de laca y de verde. Había pájaros cantores dorados que revoloteaban de rama en rama, trinando alegremente.

—Me alegro de que hayas intentado salvarla —dijo Aditya una vez que Rao hubo contado, titubeante, lo que había sucedido—. Y... lamento tu pérdida.

Rao tragó saliva. Si hablaba demasiado pronto, tenía miedo de empezar a llorar. Su dolor se cernía sobre él como manos pesadas. Pero no podía permitir que lo invadiera.

—Sí —logró decir—. Prem era... —Su sonrisa perezosa. La permanente corona de humo de su pipa. Esos ojos astutos y su pura amabilidad, siempre camuflada alrededor de una broma, una risa, una bebida. ¿Qué se suponía que iba a hacer Rao sin él? Cerró los ojos. Un latido del corazón, ese fue el tiempo que tardó en poder respirar a través del dolor que lo invadía—. Él también fue tu amigo tiempo atrás, Aditya.

Aditya asintió.

—Uno de sus primos está aquí, el Señor Narayan. Habrá que decírselo.

—Así se hará. —Estudió a su amigo, la preocupación dejó a un lado el dolor por un momento—. ¿Estás bien? No pareces tú mismo.

—Lo siento —dijo Aditya entonces. Y hubo verdadera tristeza en su voz, al menos. Ahora que estaban solos, ya no ante los saketanos y dwaralis, los sruganis y los señores de Parijat, sus hombros se habían encorvado. La calma de su rostro se había desvanecido—. No soy el amigo que conociste, me temo. Y tampoco el candidato a emperador que estos hombres necesitan. Yo les dije..., ah. —Se tocó la frente con las yemas de los dedos, como si tratara de suavizar un dolor invisible—. Les dije que esperaba una señal de mi dios, para librarme de la tarea de la guerra.

—¿Y se han quedado?

La sonrisa de Aditya era tensa.

—Ningún hombre de fe, adore lo que adore, pervierte a sabiendas la voluntad de un dios.

Rao pensó en Prem, pudriéndose, floreciendo, culpando de la enfermedad que había caído sobre él y su gente a la perversión de la fe de Chandra en las Madres de las llamas.

—¿Y esperarás a que nuestro dios hable, Aditya? Porque estos hombres no esperarán para siempre, y Chandra debe ser eliminado.

—Si quieren que Chandra sea depuesto, esperarán.

Él estaba en lo cierto. Parijatdvipa había nacido del sacrificio de las Madres de las llamas y había florecido bajo el gobierno unificador de sus descendientes. La Era de las Flores era un recuerdo cultural muy fuerte en todos ellos, una fe que iba tanto más allá de los dioses o los espíritus, que reemplazar el linaje imperial que los mantenía unidos como un hilo a través de una tela deshilachada era una herejía para ellos. Si querían que Chandra se fuera, necesitaban a Aditya. No había nadie más.

—¿Realmente debe ser depuesto? —dijo Aditya de repente, como si leyera los pensamientos de Rao.

—Sí —respondió él igual de rápido—. Mi padre se ha sumado a esta causa. Mi hermana murió por eso. Tu propia hermana está encarcelada o muerta también por haber tratado de derrocarlo. Prem... —Rao se detuvo—. Sí. Chandra debe ser eliminado. Lo sabes, no importa lo sacerdotal que seas ahora.

Todos los hermanos imperiales tenían los mismos ojos, pensó Rao, mientras Aditya lo miraba: profundos y oscuros, con una mirada que podía fijar un cuerpo y sostenerlo, solo por la pura fuerza del carisma.

—¿Me dirás tu nombre, Rao? ¿Tu verdadero nombre?

—Como sacerdote de la fe sin nombre, tendrías que saber que no debes preguntarme eso.

—No te lo pido como sacerdote —dijo Aditya en voz baja—, sino como tu amigo.

—No —replicó Rao—. Me lo preguntas como el príncipe nombrado emperador. Me lo preguntas porque obtuviste una revelación cuando entraste en el jardín de los sin nombre hace muchos años, conmigo. Espero que hayas tenido muchas otras revelaciones desde entonces, como sacerdote. Pero aun así, la imagen está incompleta, ¿verdad? El futuro es una sombra proyectada por una gran bestia, o una luz que se ve a través del agua en movimiento. Solo necesitas un poco más. Una pista, una palabra, y estarás seguro de que lo que piensas que está por venir es verdad. —Rao tragó saliva y apartó la mirada hacia los jardines. Vio pájaros azules. Oro—. El conocimiento de todo el destino no es para mortales como nosotros. Así que no, no te diré mi nombre. No es para ti.

—Uno pensaría que tú eres el sacerdote, no yo —dijo Aditya suavemente.

—He sido fiel al dios sin nombre por mucho más tiempo del que tú has sido un devoto, Aditya.

Aditya nunca se había enojado rápidamente, y eso no había cambiado. Inclinó la cabeza sin decir palabra. La única señal de que estaba perturbado o herido eran los labios ligeramente apretados.

—Ven —dijo—. Tengo una visión que mostrarte. Algo que el dios sin nombre me reveló.

Aditya lo condujo hacia un sector tranquilo del jardín, rodeado por un muro protector de árboles laqueados y larguiruchos cargados de pesadas hojas rojas. En su centro había un estanque de agua sobre un pedestal.

—Lo alimentamos con agua extraída del embalse que se encuentra debajo de los jardines. —Hizo un gesto hacia los canales que había en el suelo. Caminó hacia el pedestal—. ¿Recuerdas —continuó— la noche en la que me llevaste a los jardines de Parijat?

Por supuesto que Rao lo recordaba.

—Estábamos borrachos —dijo—. Si hubiéramos estado sobrios, nunca te habría llevado.

Pero habían estado bebiendo, y Aditya había preguntado de nuevo por su nombre, de esa manera en la que siempre lo hacía: insistente, constante pero encantadora, con una sonrisa en los labios.

—No se revela una profecía así, sin más —había dicho Rao, también con una sonrisa—. No importa lo que sea. ¿Sabes que el nombre de mi tía abuela era una profecía de tres páginas? Trataba sobre cómo se regarían los campos dentro de quince años, en el este de Alor.

—¿De veras?

Rao asintió.

—Bueno, al menos hizo muy felices a los granjeros. Aumentó el rendimiento de nuestros cultivos.

—¿Y qué cambiará tu nombre, Rao?

Rao había negado con la cabeza, con una sensación de náusea en el estómago que no era solo por la bebida.

—Si estás tan interesado en la fe de los sin nombre —había respondido Rao, sin saber qué resultado tendrían sus palabras—, entonces levántate, deja tu vino, y te mostraré el futuro.

Habían entrado en los jardines de los sin nombre, riendo y tropezando, y se encontraron en un pedestal como el que tenían delante en ese momento.

Aditya ocupó el puesto que Rao había tenido tanto tiempo atrás. Puso sus manos en los bordes del cuenco en silenciosa reverencia. Recorrió los bordes. Atrás. Adelante. Empezó a murmurar una oración en alorano arcaico.

Rao se armó de valor, se acercó al pedestal e imitó la postura de Aditya. Bajó la cabeza para mirar el agua.

A su alrededor, las hojas de laca chasquearon y crujieron, y luego se quedaron en un silencio inquietante.

Cuando te comunicas con los sin nombre, cuando un sacerdote o un príncipe alorano borracho pone las manos en un cuenco para ver y canta la antigua oración, buscas la voz del universo.

Había una puerta en el agua. Una puerta en su mente. Rao miró una vez a Aditya y luego la atravesó.

Hay un vacío que sostiene el mundo.

Algunos países, algunos pueblos, algunas religiones piensan que se parece al agua o a los ríos. Pero Rao lo sabía bien. Cuando era niño, antes de vivir en Parijat, el sacerdote de la familia se lo había enseñado, en el jardín de los sin nombre que bordeaba el *mahal* real de Alor.

Antes de que existiera la vida, existía el vacío. Y, en su inmensidad desconocida y sin luz, yacía la verdad del dios sin nombre.

Miró el vacío. Se asomó a su nada negra y esperó mientras la voz de lo que no tenía nombre se desplegaba a su alrededor, abriéndose como estrellas.

Vio la voz de los sin nombre y la escuchó resonar en sus oídos. Una máscara, una máscara de madera. Una máscara que era un rostro de carne y jazmín y flor de aguja, caléndulas brillantes y rosas embriagadoras y dulces. Un rostro sobre un cuerpo que se arrastra, libre, de las aguas profundas y extrañas. Escuchó la voz del dios sin nombre.

"Un advenimiento. Un advenimiento inevitable".

Vio flores que se marchitaban en el fuego. Una pira. Los gritos de las mujeres. La voz de su hermana.

Un advenimiento, un advenimiento. Vienen en el agua, vienen en el fuego. Vienen.

Esta astilla, este fragmento de las visiones de Aditya, lo atravesó.

Regresaron al jardín. Volvieron a ser ellos mismos.

La respiración de ambos al unísono era ronca e inestable, pero Aditya logró estabilizarse primero.

La expresión de Aditya era de otro mundo; sus ojos, completamente negros. Parpadeó y parpadeó una vez más, hasta que volvieron a su gris oscuro normal. Pero el don de los sin nombre aún estaba en su voz cuando habló: el conocimiento seguro de lo que estaba predeterminado.

—Hay una enfermedad que viene a Parijatdvipa. Hay una enfermedad que llegará a todas las tierras, imperiales o no; un aumento de la sensibilidad que destruirá todo lo que nos importa. Eso es lo que vi cuando me llevaste a los jardines de oración y los sin nombre me hablaron. Si me hubieran puesto un nombre profético al nacer, habría sido así: "Los verás venir, y en el ojo del dios sin nombre, verás la manera de hacer que se vayan". —Aditya tenía una expresión torturada—. Ahora que los has visto, comprenderás por qué dejé a un lado el trono. Por eso busco la manera de entender lo que me prometió el dios sin nombre.

Rao lo comprendió. La visión fue tan abrumadora que se tambaleó. La tierra se volvió monstruosa. El cuerpo se volvió monstruoso. Pensó en Prem, muerto, con pétalos de caléndula manando de sus ojos.

—¿Qué son? —preguntó Rao, ahogado.

—Eso no lo sé —dijo Aditya sombríamente.

El camino de los sacerdotes era el aislamiento y la meditación, una rendición al destino. Lo opuesto a la realeza, donde un hombre inevitablemente tenía el destino de muchas personas en sus manos.

—Entonces, ¿por qué te pusiste de acuerdo con Malini? ¿Para qué permitir esta rebelión?

—El dios sin nombre no me da respuestas —dijo Aditya—. Y en el silencio de los sin nombre, habla mi hermana. Se nos dice que confiemos en el destino, Rao. Me pregunto... me pregunto si permitir que la fuerza de voluntad y la creencia de mi hermana me guíen es lo que el sin nombre quiere de mí. O si... si su sueño me desvía de la verdad. Así que dejo que los hombres me rodeen y me nombren emperador, y espero que llegue la respuesta. Y, por supuesto, me echo de menos a mí mismo —agregó Aditya en una voz tan baja que sonaba como la confesión que era—. Echo de menos mi antiguo destino y mi propósito. Y a pesar de que Parijatdvipa, el trono, la corona, el imperio, todo eso, es insignificante en comparación con los peligros que amenazan este mundo, todavía extraño mi antigua vida.

Aditya soltó el cuenco. Se alejó de él para acercarse a Rao.

—El trono de Parijatdvipa, el gobierno sobre mi padre y su tierra, y todas las tierras del imperio, no es poca cosa —respondió Rao.

—Sé que lo crees así. Una parte de mí sigue creyéndolo también, a pesar de la verdad. Ahora ves — murmuró Aditya— por qué quiero saber tu nombre. Quizá ningún hombre mortal merezca una imagen completa del destino. Tal vez ningún hombre pueda comprender tal cosa. Pero tengo dos grandes propósitos entre los que me debato. Necesito una guía. Y si tú has llegado tan lejos para servir en esta guerra, y posees un nombre que es una profecía, tengo que preguntar. Y espero que seas mi respuesta.

—No puedo decirlo —dijo Rao con tristeza—. Aún no.

—Y, sin embargo, me concierne, ¿no es así? —Cuando Rao no respondió nada, Aditya suspiró y asintió—. Ojalá me lo dijeras, para que yo supiera qué hacer.

—Así no es como funciona —señaló Rao—. Sabes que no. Y... Aditya. Yo... —Hizo una pausa—. No soy un hombre que se enfade fácilmente. Pero lo que Chandra le hizo a tu hermana, a la mía y a Narina, la forma en la que se burló de la fe para quemarlas... —Rao luchó por recuperar la calma, mirando fijamente las pulcras líneas del chal sacerdotal de su amigo—. Él siempre fue cruel, Aditya. Cruel y vengativo. Pero no necesito ser un sacerdote de la fe sin nombre para ver que esto es solo el comienzo de lo que puede llegar a hacer, y que hará, ahora que tiene poder. Y si no puedes verlo, si no puedes ver que debes apartarlo, entonces de hecho no eres el amigo que una vez conocí. Cualquiera que sea la visión que los sin nombre te concedieron cuando te llevé a los jardines, la respuesta a lo que debes hacer es clara.

Aditya se estremeció como si lo hubieran golpeado. Rao se pasó una mano por la cara.

—Yo... necesito descansar —dijo entrecortadamente—. En cuanto a tu hermana...

—Tengo hombres vigilando el sendero del buscador —dijo Aditya—. Observan si hay luces, o extraños. Si viene Malini, lo sabremos. Te lo prometo.

—Estaba presa en Hiranaprastha. En el Hirana —dijo Rao bruscamente—. Tal vez haya muerto.

—Ah, Rao. —Aditya sonaba compasivo—. Ambos sabemos que no está muerta. Ahora descansa. Has tenido un viaje terrible.

"No lo sabemos", pensó Rao, con sus pensamientos histéricamente agudizados al borde de la furia y la desesperación. "Nosotros no".

"Pero yo sí".

Capítulo Cincuenta y dos

MALINI

Se tumbaron una junto a la otra en la orilla del estanque de rocas, dejando que sus saris se secaran con el calor. No había llovido, lo cual era un alivio. Solo el sol del día y una leve brisa que se mezclaba con la frescura del agua debajo de ellas.

Después de todo lo que había pasado Malini (la quema de sus hermanas del corazón, su envenenamiento y encarcelamiento, su escape con Priya a través de una ciudad en llamas y el peligro de muerte que sufriera Priya), estar allí era como una bendición. Besar a Priya en el agua clara, abrazarla, sentir su piel cálida a su lado en el tranquilo calor de la luz del sol, hizo que Malini se sintiera más cerca de la felicidad de lo que había estado en mucho tiempo.

Si su decisión de entrar al agua con Priya para actuar según su deseo había sido una tontería, la verdad la golpearía más tarde. Pero en ese momento no sentía vergüenza ni arrepentimiento. Quería cosas sencillas: saborear ese momento —aun a pesar de las piedras que se clavaban en la cadera— todo el tiempo que pudiera. Tener tiempo para memorizar la forma y el tacto de la boca de Priya, para conocer su piel a ciegas. Para reír y hablar con ella y aprender de ella, sin pactos ni dolorosas deudas entre ambas.

—Sabes que esto no te convierte en un monstruo —murmuró Priya. Yacía frente a Malini, el sol sobre su piel morena, su cabello una sábana suelta de oscuridad a su alrededor—. Desearme. Lo sabes, ¿no?

Malini quería explicar que ser monstruosa no era algo innato, como parecía creer Priya. Era algo que te ponían: una cadena, o un veneno que te inyectaban manos crueles.

Pero eso no era lo que Priya necesitaba escuchar.

—Lo sé —dijo Malini simplemente—. Esta parte de mí no es nada de lo que me avergüence.

Sintió una vergüenza mucho mayor por su propia ira: su frío peso de hierro, siempre presente y constante en su corazón. La avergonzaban todas las cosas que soñaba con hacerle a Chandra, pero solo por el placer que le producía pensar en su sufrimiento. Se merecía sufrir. Pero disfrutar de la idea de su dolor la hacía más parecida a él de lo que quería ser.

—Creo que puedes ser una buena persona después de todo —dijo Priya lentamente.

—Ah, ¿sí? —Malini sonrió—. ¿Cambias de opinión tan rápidamente?

—Parte de ti, entonces —dijo Priya—. Parte de ti quiere que el mundo sea mejor. Quiere justicia para ti y para las personas que amas, porque les han negado sus derechos. Crees que el mundo te lo debe.

—Tienes que mejorar tus estrategias de cortejo, Priya —dijo Malini secamente, y Priya se rio con un sonido cálido—. Y espero que te des cuenta de que podrías estar hablando de ti misma, hija del templo.

Priya negó con la cabeza. La risa se desvaneció de la forma de su boca y de sus ojos, mientras su expresión se volvía contemplativa.

—Nunca he querido justicia. Tal vez debería, pero lo que realmente quería era recuperarme a mí misma. Y ahora solo quiero saber, probar, que los mayores del templo estaban equivocados. Parijatdvipa estaba equivocado. Mis hermanos y hermanas y yo nunca fuimos monstruos. No merecíamos lo que nos hicieron. Quiero creerlo. Quiero saberlo. Quiero que sea verdad, y si no lo es, quiero hacer que lo sea. Pero tú, Malini —dijo—, quieres rehacer el mundo.

—Solo quiero cambiar quién se sienta en el trono imperial —respondió la princesa.

Pero eso no parecía del todo cierto, incluso para sus propios oídos.

Priya extendió la mano y recorrió la mandíbula de Malini con las yemas de los dedos. Priya la miraba con los ojos claros y gesto ceñudo, leyendo sus huesos como si fueran un mapa.

—Esta cara. Esta cara que está justo enfrente de mí. La cara que me has mostrado, el hecho de que me besaras. La conozco. Te conozco —dijo Priya—. Sé exactamente quién eres. Hay otras versiones tuyas que no conozco. Pero esta... —Sus dedos tocaron los labios de Malini—. Esta es mía.

Por un momento, Malini sintió como si tal vez eso fuese todo lo que ella era. No había nada más, ni princesa de Parijat, ni política, ni realeza. Era solo eso, solo ella misma, bajo la mano segura de Priya. Alguien feliz.

Se dio la vuelta, poniendo distancia entre ellas. Priya retiró la mano y tal vez entendió el gesto, porque rodó sobre su estómago, apoyándose en los codos, sin tocar a Malini. En cambio, bajó la mirada a su garganta, donde la botellita de flor de aguja colgaba de su cadena.

—¿Tienes suficiente?

Malini rodeó el recipiente con la mano. Pesaba en la palma de su mano, la cadena era un golpe frío de metal.

—Ya no la necesito —dijo.

—¿Estás segura?

—No tengo aquí a un médico que me aconseje, así que no. Por supuesto que no. Pero ya me siento bastante bien. —"Bastante bien" tendría que ser suficiente. No volvería a tragar la flor de aguja a menos que no tuviera otra opción.

—Si ya no la necesitas, ¿por qué la llevas?

—¿Quieres que me deshaga de ella?

—No —dijo Priya—. Pero... pensé que querrías hacerlo.

—Me conoces tan bien —dijo Malini, sin malicia. Bajó la mano—. Es un recuerdo.

—¿De qué?

Podría haber sido impertinente otra vez. Podría haberle negado una respuesta verdadera. Pero en cambio, dijo:

—Del precio que he pagado para ver a Chandra destituido de su trono.

—¿Puedo? —preguntó Priya.

Malini no sabía qué planeaba hacer Priya. Pero asintió, de todas maneras, y dijo:

—Adelante.

Priya tocó la botella con las yemas de los dedos. Una presión firme que la hundió contra la tela de la blusa de Malini.

—Un recuerdo —dijo en voz baja.

Las plantas que había en el suelo a su alrededor y en el limo del estanque de rocas se estremecieron. El aire se quedó quieto. Hubo un sonido como de algo que se astillaba. Los restos de la esencia de la flor de aguja habían cobrado nueva vida y atravesado la botella hasta que esta se hizo añicos y cayó al suelo. La flor era fea, puntiaguda, y de un negro profundo como un río en una noche sin luna.

Malini pensó en la historia de veneración que Priya le había contado, de una cáscara de coco hueca llena de flores como ofrenda de devoción a los *yaksas* y a los muertos. Algo frívolo. Algo del corazón.

—No morirá —dijo Priya—. No hasta que yo muera, creo. Es un recuerdo, pero no... no solo de una pérdida.

Bajó la mano y Malini inmediatamente levantó la suya, tocando esos bordes negros como agujas. Eran extrañamente sedosos bajo sus dedos. La flor estaba viva, a pesar de la cadena que la atravesaba; el metal a través del capullo. Acomodó la cadena para que la flor venenosa quedara oculta debajo de su blusa, un extraño peso sobre su piel.

—Eres aterradora —dijo Malini.

Sin embargo, su voz no denotaba miedo. Casi deseó que la flor tuviera los bordes afilados para poder sentir el dolor contra su pecho.

Priya resopló.

—Solo un poco —dijo—. Y luego, con entrañable timidez, se retiró el cabello detrás de la oreja y miró hacia otro lado—. Deberíamos seguir avanzando.

Priya sabía más de Malini de lo que creía. Y a Malini le sorprendió, absurdamente, lo mucho que le gustaba la mujer en que Priya la había convertido, aunque fuera fugazmente.

"Te conozco".

Priya se detuvo. Volvió ligeramente la cabeza. Estaba lo suficientemente cerca para que Malini pudiera ver la tensión en sus hombros, sus fosas nasales dilatadas, como un animal olfateando el aire. Priya se puso de pie con brusquedad.

—Tenemos que irnos —dijo Priya—. Rápido. Tan pronto como podamos.

—¿Qué pasa?

—La gente que nos encontramos en el *mahal*. Los hombres con los que luché. Están aquí. Puedo sentirlos. Vamos, Malini.

Malini no hizo más preguntas. Dejó que Priya la ayudara a levantarse. La siguió a través de la maleza, entre las altas puntas de los árboles. Y cuando Priya empezó a correr, ella hizo lo mismo.

Madera afilada bajo sus zapatos. El chasquido punzante de las hojas y ramas contra su rostro, sus brazos, mientras la luz del sol asomaba y desaparecía por encima de ellos. Malini no podía oír nada más que el latido de su corazón, el desagradable silbido de su propia respiración en los oídos. No estaba hecha para la tarea de correr para salvar su vida.

—¡No mires! —gritó Priya—. No mires, solo sigue corriendo...

Malini tenía la intención de seguir las órdenes de Priya, realmente quería. Pero algo se aferró a su tobillo, una raíz que tal vez no había visto, pero parecía nueva y se abría paso a través del suelo, y le hizo perder el equilibrio.

Cayó y dejó escapar un grito ahogado; Priya la atrapó, y luego ambas se tambalearon hasta detenerse, rodeadas de árboles altos y de diez figuras con máscaras que salieron de las sombras.

Estaban rodeadas. Priya se giró, tomando a Malini por los brazos, como si quisiera empujarla detrás de ella. Pero Malini no tenía dónde esconderse, y Priya no tenía forma de defenderla del círculo de rebeldes, con sus máscaras de madera oscura. La apretó con las manos por un momento. Luego la soltó.

—Quédate quieta —le dijo levantando una mano en el aire.

La tierra se resquebrajó, la hierba se dobló sobre sí misma mientras unas espinas se clavaban como lanzas en el césped. Malini se mantuvo perfectamente inmóvil mientras las espinas subían por el suelo alrededor de sus pies, mientras los árboles crujían, como si los atrajera una terrible gravedad para inclinarse hacia el lugar donde se encontraban los rebeldes.

Los rebeldes levantaron las manos e hicieron desaparecer la maleza creada por Priya.

—Eso no funcionará, Pri —dijo en voz baja un hombre. Uno de los rebeldes dio un paso adelante—. Todos hemos bebido el agua hoy. —Tenía ojos negros, ensombrecidos por la máscara—. Baja tu mano y ven aquí, obedece, ¿eh? Estás desperdiciando tu energía. Date cuenta de eso.

Sus palabras fueron repetidas por los otros rebeldes, con un susurro como el viento a través de las hojas. "Obedece. Obedece".

A Priya le tembló la mano. La abrió al cielo, los árboles gimieron peligrosamente. En respuesta, el rebelde enmascarado inclinó la cabeza y una raíz se abrió paso desde el suelo, azotando con fuerza alrededor de su muñeca.

—No quiero lastimarte —dijo—. Pero lo haré si es necesario.

—Ashok —dijo ella—. Déjame ir.

—Arrodíllate —ordenó, y volvió a oírse ese eco susurrado. Ese coro.

Una de las espinas del suelo se partió. Rebotó. Con su mano libre, Priya empujó a Malini detrás de ella. Luego hizo un sonido como si le hubieran dado un puñetazo y, en el silencio que siguió, Malini vio un riachuelo de sangre que corría por el cabello de Priya, manchándole el cuello y la parte de atrás de la blusa.

Priya miró con desesperación a Malini, que estaba en shock por la impotencia que ambas sentían.

Entonces Priya se alejó. Lentamente, se arrodilló.

El rebelde dio un paso adelante. A pesar de su tamaño, sus pasos eran casi silenciosos en el suelo. Se quitó la máscara y reveló un rostro anguloso, oscurecido en la mandíbula por la barba incipiente. No miró a Malini ni a los demás rebeldes. Parecía ver nada más que a Priya.

—No quiero pelear contigo —dijo.

—Pero lo has hecho —dijo ella. Su voz sonaba tensa, como si estuviera empujando un gran peso.

—Moriré, Priya. Todos moriremos. —Él también se arrodilló—. ¿Eso es lo que quieres?

—Sabes que no.

—Entonces indícame el camino —insistió—. Muéstramelo. Podemos ir juntos. —Extendió la mano, con la palma abierta—. Te he superado. He demostrado que soy más fuerte. Es lo correcto.

Priya meneó la cabeza con brusquedad.

—¿En verdad me negarás mis derechos como tu hermano del templo? ¿Me negarás la oportunidad de darle a Ahiranya la libertad que necesita para sobrevivir?

Por supuesto. Por supuesto, él también era un hijo del templo, Malini debería haberlo sabido. Debería haber reconstruido la naturaleza de esto. Pero no se movió. Escuchó y esperó que todo resultara mejor que cualquiera de las terribles posibilidades que tenían ante ellos.

—¿Si te negaré el derecho de convertirnos exactamente en lo que los mayores temían que nos convertiríamos? —Malini no podía ver el rostro de Priya, pero imaginaba su expresión: mostrando los dientes, la mandíbula desafiante—. Me gustaría hacerlo.

—Estás actuando como una niña —dijo él—. Sabes lo que hay que hacer. Sabes que la única oportunidad para Ahiranya es liberarse del control del emperador y su ideología. Nuestra única oportunidad de ser más que podredumbre, degradados por la idea que Parijatdvipa tiene de nosotros, empequeñecidos día tras día, año tras año, es esta. Las aguas inmortales. Su sangre en nuestras manos justicieras. Y aun así te niegas.

—No me niego —exclamó Priya—. Pero no te diré el camino así, Ashok. Así no. No de la manera en que tú quieres.

El hombre, el rebelde, el hijo del templo llamado Ashok se puso en pie y se irguió en toda su altura.

—Entonces, ¿cómo? —preguntó, con la voz peligrosamente tranquila—. ¿Quieres que me arrastre, Priya? Tal vez haya tiempo más adelante para cambiar el mundo y sus reglas, como tú quieres. Pero en este momento tienes un arma que no tienes idea de cómo usar correctamente. Y es mía por derecho.

—Quiero que me hables. Quiero que razones. Pero te has atrincherado, ¿verdad, Ashok? Estás matando todo lo que amas. A ti mismo. A tus seguidores. Y no puedes ver otra salida que no sea esa. —La cabeza de Priya todavía sangraba abundantemente, goteaba sobre el suelo—. Tal vez debería agradecerte, después de todo, que me abandonases. Si me hubiera quedado contigo, también me estarías matando. Al menos ahora solo me estás lastimando.

—Te dije que no tengo ningún deseo de hacerte daño.

—Lo que tú digas —dijo Priya, y Malini notó el desdén en su voz, incitándolo.

El rostro de Ashok se oscureció.

Priya se había movido un poco mientras hablaba, tratando cuidadosamente de ubicar su cuerpo frente al de Malini para cubrirla. Pero, desafortunadamente, Ashok la miró. Inclinó la cabeza, examinándola.

—Una dama de Parijat —dijo en voz baja—. ¿Qué debo hacer con ella, Priya? ¿Es una rehén? —Dio un paso hacia ella. La miró de arriba abajo, midiéndola.

—Ashok —dijo Priya—. No.

—Hay muchas maneras de hacerle daño a alguien —dijo amablemente—. ¿Recuerdas cuando Sanjana golpeó a Nandi una vez, para que tú le dieras algo que ella quería? ¿Qué era, una horquilla?

—Un brazalete —respondió Priya débilmente.

—Lo hizo porque sabía que no te rendirías si te golpeaba. Pero te preocupabas demasiado por Nandi para verlo sufrir. Estoy seguro de que este principio todavía se aplica. —Hizo una pausa—. Esta es tu última oportunidad, Priya.

Malini lo miró a los ojos. Entendió su brillo. Sabía reconocer a un hombre que se complacía en el dolor cuando lo veía, y este era así, sin que importara si admitía su oscuridad o no.

Priya giró la cabeza y miró a Malini y a Ashok, no con miedo ni impotencia, sino con una especie de furia testaruda.

—Realmente te odio a veces, Ashok —dijo en voz baja—. Lo juro.

Un ruido, como un estallido. Las espinas enderezaron su cabeza. Priya se puso de pie y se arrojó sobre la espalda de su hermano, arañándole la cara como un gato. Él maldijo y le dio un codazo en el estómago. Ella no hizo ningún ruido, el golpe debió de dejarla sin aliento, y cayó con fuerza contra el suelo.

Los otros rebeldes avanzaron, pero el suelo retumbó y se partió, haciéndola saltar en el aire. Priya cayó de pie. Aferró el brazo de Malini, para sostenerla y mantenerla cerca de ella; una luz maníaca brillaba en sus ojos.

—Me necesitan —dijo Priya, entrecortada—. No te preocupes. Quédate cerca.

De repente, unas manos se cerraron sobre la garganta de Malini, sobre sus hombros. Ella se retorció, furiosa, lanzando un puño hacia arriba sin tener idea de dónde aterrizaría, y sintió una explosión de dolor en sus nudillos. Madera. La máscara. Debería haber sido más cuidadosa, pero no era una guerrera y no sabía qué hacer.

Gruesas enredaderas treparon por sus brazos, y sus espinas feroces se clavaron en su atacante. Y solo para ayudar, Priya lanzó un puñetazo que tumbó la máscara. El rebelde maldijo y la soltó; Malini cayó al suelo y Priya circuló a su alrededor, tratando desesperadamente de mantenerla a salvo, pero superada en número por sus rivales.

Llevaban armas de madera, y estaban tan cerca que Malini podía sentir el calor que emanaba de esas armas: una magia extraña e inmutable.

"Piensa", se dijo. "Piensa, piensa".

El calor estaba más cerca de lo que debería haber estado. Miró hacia abajo. Había una daga en el suelo. Estaba hecha de madera, pulida y afilada, y cuando la tocó se quemó los dedos. Contuvo una maldición y la dejó caer. Luego envolvió su *pallu* alrededor de su palma y la levantó.

Pensó en las lecciones que Alori le había enseñado. Cómo usar un cuchillo. Cómo destripar o matar. El hueco cóncavo de un corazón. Pensó en la fragilidad de su propia carne y huesos, y en cuánto le quedaba por lograr.

Malini sujetó la madera con fuerza, acostumbrándose a su calidez ardiente. Se enderezó. En su mente, dejó atrás a la Malini que había descansado junto a la cascada; dejó atrás a la mujer que había sido durante semanas, salvada y vista por los ojos, las manos y el corazón de Priya. Pensó en el dolor, en cómo podía aprovecharse y en las lecciones que pueden enseñarte tus enemigos, por involuntarias que sean.

Pensó en su propio fantasma acechándola: una princesa de Parijat, de ojos fríos.

Pensó en la absoluta confianza de Priya bajo sus caricias.

Malini se levantó y se lanzó contra la espalda de Priya, aferrándose a su costado. Sintió la pegajosidad de la sangre de Priya, su propio latido de pánico. Se obligó a no temblar. Nada bueno podía salir de una mano inestable.

Y luego, sin temblar, sin vacilar, colocó la punta del cuchillo debajo de las costillas de Priya.

Capítulo Cincuenta y tres

Al principio, Priya no entendía qué estaba sintiendo. Unas manos en su cintura. Unos brazos. Estuvo a punto de desembarazarse de ellos, pero escuchó un susurro contra su oído. La voz de Malini.

—Priya. Por favor.

Aun así, por un instante consideró empujar a Malini. Estaba limitando sus movimientos al aferrarla así, y ambas se encontraban completamente rodeadas. Priya necesitaba poder moverse, necesitaba protegerla.

Priya sentía que su magia tiraba de ella para mover la tierra, los árboles y las plantas a su voluntad. Sentía la fuerza antinatural de sus propias manos. Pero nada de eso era suficiente. La circundaban rebeldes que habían bebido agua inmortal. Y Ashok la miraba con una mezcla de lástima y diversión en los ojos.

Ojos que se agrandaron, medio segundo antes de que ella sintiera la presión de un cuchillo contra su piel.

—La mataré antes de dejar que te la lleves —dijo Malini.

Había colocado el cuchillo en el área cóncava debajo de las costillas de Priya. Era un buen lugar para apuntar un arma. Mejor que el cuello. Ahí, en el ángulo en que sostenía la hoja, podía deslizarla hacia el corazón de Priya.

Los rebeldes se pusieron de pie, conmocionados y en silencio. Y Priya... Priya no hizo nada. Todavía sentía gotear por el cabello y los hombros la sangre de la herida en su cuero cabelludo.

—Priya podría matarte ahí mismo donde estás —dijo Ashok.

Malini se rio, una risa gloriosa como el sonido de una espada desenvainada.

—Podría. Pero no lo hará.

Priya respiraba casi sin llenar los pulmones. No sabía si tenía miedo o no. El sudor brotaba de su piel. El cuchillo de madera quemaba. Ni siquiera estaba segura de sentirse traicionada.

—Conozco a Priya. Cada centímetro de su corazón. —La forma en que Malini dijo "corazón", tan salvajemente, era como si realmente estuviera hablando del músculo que latía en el pecho de Priya, y eso la dejó sin aliento en la garganta—. No me tocará. Podría romperme la mano, pero no lo hará.

Este era un juego de voluntades. Ashok, mirando a Malini, directamente a los ojos. Y Malini mirando hacia atrás. Priya sabía qué estaba pensando él: "Esto es un truco".

Pero no fue así. Priya sentía la firmeza de la mano de Malini y no hizo... nada. Se quedó allí parada y respiró y respiró como si el cuchillo debajo de sus costillas fuese un amigo bienvenido. Tal vez estaba en una especie de estupor. No sabía. Sintió el calor de Malini a su espalda. El latido de su corazón, acelerado por el terror.

—Aléjate de ella, Priya —dijo Ashok en voz baja.

—No lo hará —repitió Malini—. Prefiere que la lastime, que la mate, antes que darte lo que quieres. Lo mejor para ti, Ashok, será que nos dejes ir a las dos. Porque te aseguro que yo no puedo conducirte a tus aguas inmortales. Si Priya muere, el conocimiento muere con ella. Y me alegraré de morir también, sabiendo que he mantenido mi imperio a salvo de ti y de los de tu calaña.

Algo brilló en los ojos de Ashok. Priya vio la forma en que él observaba a Malini, sopesando su piel, lo suficientemente ligera como para revelar que no estaba acostumbrada al esfuerzo al aire libre; su delgadez, la falta de músculos en sus miembros; el sari que llevaba puesto, más caro que cualquier cosa que él o Priya hubieran tenido jamás. Se movió, solo un poco.

Y el cuchillo se movió, solo un poco. Solo raspó la piel.

—Puede que seas rápido —dijo Malini en voz más alta—, pero yo puedo ser más rápida. Así que, ¿qué vas a hacer?

Ashok dio un paso adelante. Otro. Malini se mantuvo firme.

—¿Qué es esto, Priya? —Su mirada parpadeó—. ¿Dejarás que esta puta parijati te asesine para fastidiarme?

—No deberías ser tan grosero con las mujeres que sostienen cuchillos —dijo Malini, abrazando a Priya con fuerza—. No es prudente.

Él miró a Malini una vez más. Algo inquietante le hizo torcer la boca.

—Mátala, entonces —dijo—. Adelante.

—Preferiría irme de aquí.

—Bueno, no puedes. Así que mátala o baja tu arma. Esperaré.

—La necesitas —susurró Malini.

—Y tú —dijo Ashok, con los ojos entrecerrados— no la matarás. Eres una chica delicada. Conozco a tu gente. Es más probable que te cortes la garganta a ti misma que a ella. No te dejaré ir. ¿Qué harás ahora?

"Ah, Ashok", pensó Priya, desesperada. "No la conoces en absoluto".

Priya sintió que la muñeca de Malini se movía, los músculos que sostenían el cuchillo se tensaron.

El momento se alargó y se alargó. ¿Estaba soltándola o empujando más la daga hacia arriba? En ese momento Priya no estaba segura, no podía estar segura. Solo podía quedarse allí y sentir la magia verde de la vida en el bosque que la rodeaba, en el suelo debajo de ella.

La magia cambió. Se agitó.

Una lluvia de piedras empezó a caer; venía de las manos de personas escondidas detrás de los árboles. El suelo se estremeció, sísmico, mientras más figuras aparecían en las sombras entre esos árboles. Los rebeldes que los rodeaban estaban rodeados a su vez por sirvientas, cocineras y jardineros que Priya había conocido casi toda su vida.

Y allí, guiándolos, estaba Bhumika.

Ella también llevaba soldados reales, incluidos algunos de los hombres más leales del regente. Priya reconoció a Jeevan, que ya no vestía los colores de Parijatdvipa, aunque todavía llevaba el brazalete de comandante, de plata curvada y pulida. Khalida empuñaba una hoz como una extensión de su brazo. Un exceso de sirvientas con armadura, el jefe de cocina sosteniendo una enorme maza.

Ashok giró salvajemente.

—¿No me escuchaste venir, hermano? —La voz de Bhumika resonó, dulce y pura. Salió de la multitud, con el rostro enrojecido por el calor, pero sonriente.

—No te acerques más, Bhumika —dijo Ashok—. O me veré obligado a encargarme de ti, y no tengo ningún deseo de hacerlo.

—¿Lucharás conmigo, en mi estado? —preguntó Bhumika, colocando una mano en la curva de su vientre. Arqueó una ceja, desafiante.

—Lucharé contigo si es necesario —dijo Ashok con aspereza—. Pero no quiero.

—Es extraño que nunca quieras pelear y, sin embargo, siempre lo hagas. —Bhumika continuó caminando hacia delante con un aire deliberadamente tranquilo. Algunos de los rebeldes se alejaron de ella, como si no supieran qué hacer. Pronto estuvo a centímetros de Ashok, mirándolo a la cara—. Y cuando éramos niños..., bueno. Acuérdate. Siempre te ganaba.

—Ya no somos niños —dijo.

—No, la verdad es que no —admitió Bhumika.

Su mano a un lado del cuerpo, visible para Priya, quien todavía estaba inmóvil por la punta del cuchillo, se movió un poco. Era un pequeño movimiento que Priya había aprendido desde el principio cuando todavía era sirvienta, cuando aún había esperanza de que desarrollara los buenos modales y el recato adecuados para servir en banquetes y funciones, a la entera disposición de las mujeres de la nobleza. El gesto significaba: "Mírame. Es posible que pronto te necesite".

—No me vencerás —dijo Bhumika—. Tienes a tus seguidores envenenados con agua inmortal embotellada, llevas la corrupción en tus venas. Pero no soy la única nacida dos veces que se enfrenta a ti hoy.

Priya apoyó su mano sobre la de Malini. Sintió que la princesa se estremecía como un perro acostumbrado al látigo. Su mano temblaba empuñando el cuchillo, caliente por la madera sagrada y húmeda por el sudor.

—Suéltame —susurró Priya.

—No puedo permitir que te lleve —dijo Malini con aspereza.

Podría haberse soltado del brazo Malini. Podría haberle roto los dedos. Podría haberla atado con raíces y espinas y liberarse fácilmente.

—Déjame ir —repitió.

Nunca había necesitado fuerza para separarse de ella. Solo eso. Ni la sombra de un roce, ni la más mínima presión de sus dedos en el brazo de Malini. Solo su propia voz. Se inclinó hacia atrás apoyándose en ella, y dejó que soportara un poco de su peso.

—Por favor, Malini —dijo—. Confía en mí.

Malini dejó escapar un suspiro tembloroso. La liberó.

La mano de Bhumika se movió en un arco. Y Priya también movió una mano, como a través del agua y aprovechó el poder que vivía dentro de ella, tal como estaba haciendo Bhumika.

El aire era una lluvia de esquirlas afiladas, mortales y relucientes.

Priya nunca había visto algo así antes. Nunca había hecho algo así antes. Palpó las raíces debajo de la tierra y las extrajo. El terreno se desmoronó de manera desigual, hundiéndose y azotando con fuerza alrededor de los pies de los rebeldes, arrojándolos al suelo y tragándose sus armas enteras.

Priya forcejeó torpemente con su nueva fuerza y la concentró en la tarea. No habría podido hacer nada de eso sin Bhumika. Fue la habilidad de Bhumika la que rompió esas espinas en fragmentos afilados como navajas; quien enrolló la tierra alrededor de las extremidades.

Priya comprendió por primera vez el poder absoluto que Bhumika había ocultado durante todos estos largos años. Vio a los rebeldes tratar de aprovechar sus habilidades malditas y vacilar, bajo la fuerza de lo que ella y Bhumika hacían. Sus poderes parecían alimentarse unos de otros, una corriente de agua más fuerte por su peso, más fuerte por su poder compartido.

Ashok se tambaleó hacia atrás. Trató de usar sus poderes, pero era como moverse contra la corriente. Ella lo sintió en el *sangam*. Como un parpadeo.

—Somos más fuertes que tú, hermano —dijo Bhumika, y su dulce voz fue un beso rabioso.

El suelo se agitó debajo de él, golpeando sus pies. Ashok cayó al suelo.

"Imagina lo que podrían haber hecho los nacidos tres veces", pensó Priya salvajemente, "si hubieran sabido lo que sus poderes podrían hacer al unirse. Es como una canción, una canción aulladora...".

Ashok se cubrió la cara con la máscara para protegerse. Los otros rebeldes hicieron lo mismo. Ella vio sus hombros subir y bajar. Su pecho agitado.

Ashok bajó las manos de golpe; la hierba se onduló debajo de él en una ola. Así como Priya había usado el impulso de su caída para volver a ponerse de pie, él lo usó para lanzarse hacia delante, todo fuerza bruta. Cuando Bhumika le arrojó una enredadera pesada, más gruesa que su torso, él la atrapó y se la enrolló alrededor del brazo. Arrojándola como un látigo, se la devolvió a Bhumika.

Bhumika la partió en dos en el aire. Las dos piezas se estrellaron contra el suelo.

Lentamente, Bhumika caminó hacia él entre las mitades partidas.

—¿Me harás daño, entonces? —preguntó, con voz suave—. ¿A tu propia hermana del templo?

Priya vio que Ashok cerraba el puño. Lo vio levantarlo. Priya avanzó, sus propias manos en alto.

Él se encorvó, agarrándose el pecho.

Abrió la boca y de ella brotó un torrente de sangre y agua. Dos de sus rebeldes, que habían luchado para liberarse de las ramas y las raíces, corrieron hacia él y lo sostuvieron de los hombros mientras él llevaba su cabeza hacia arriba, metiéndose el puño en la boca.

—Tal vez no —dijo con voz espesa.

Bhumika se aprovechó de su pérdida de control. Entrecerró los ojos y volvió a romper la tierra debajo de él. Ashok cayó hacia delante y los dos rebeldes lo sujetaron.

—¡Retirada! —gritó uno, y cuando la tierra se agitó a su alrededor y los árboles se derrumbaron, tropezaron hacia atrás y comenzaron a correr. Ashok se bamboleaba, inestable, entre ellos.

—Dejadlos ir —dijo Bhumika, y las personas detrás de ella, que habían comenzado a avanzar, se detuvieron abruptamente. Se llevó los nudillos a la boca como lo había hecho Ashok, con una mirada calculadora y casi triste en los ojos.

—Tenemos lo que necesitamos —agregó—. Priya, ¿estás bien?

Capítulo Cincuenta y cuatro

PRIYA

—Estoy bien —dijo Priya aturdida—. Estoy bien.

De repente estaba arrodillada. ¿Lo había hecho intencionadamente? No estaba segura. Malini estaba a su lado, con la rodilla tocando la suya.

—Priya —dijo Malini, castañeteando los dientes, como si el frío o la conmoción la hubieran vencido—. ¿Estás herida?

—No —respondió—. No, no estoy herida.

—No quise decir... —comenzó Malini. Luego se detuvo—. Yo nunca... No creo que lo hubiera hecho.

Todas sus palabras eran fragmentos. Y Priya no sabía cómo sentirse al mirarla. Tal vez ella misma estaba un poco sorprendida.

Apoyó su frente contra la de Malini.

—Respira conmigo —susurró, mientras el mundo se estabilizaba a su alrededor, y el poder de Bhumika y el suyo propio tejían el bosque de nuevo en su lugar.

El suelo se alisó, los árboles se asentaron. Las hojas susurraban con el viento.

Cuando Malini se apartó, un hilo de sangre brillaba en su frente. Priya se llevó una mano a su propio cuero cabelludo e hizo una mueca.

—Toma —dijo Bhumika.

Estaba de pie frente a ellas, con un paño en la mano, que Priya tomó y presionó con fuerza sobre la herida. No creyó que fuera profunda. Las heridas en la cabeza siempre sangraban demasiado, superficiales o no.

Finalmente, Priya miró a su alrededor con asombro. Luego comenzó a reír.

—Están... todos aquí. ¿Aquel es el comandante Jeevan, de verdad? ¿Billu? ¡Tú, Bhumika!

—Parece que te has quedado sin palabras, Priya —dijo Bhumika serenamente.

Priya sintió que las lágrimas amenazaban con brotar de sus ojos, a pesar de la risa. Las obligó a retroceder.

—Tuve miedo por ti. —Su voz sonó áspera.

—Y yo por ti, aunque no sé por qué me tomo la molestia, cuando siempre te estás metiendo en líos. —Bhumika miró a Malini, que estaba de pie detrás de Priya, mirándolas con la atención de un halcón—. ¿Por qué —continuó— estás en el bosque con la hermana del emperador?

—Habría muerto si la hubiera dejado en el Hirana —dijo Priya.

—Eso no responde a mi pregunta.

—Señora Bhumika —dijo Malini, inclinando ligeramente la cabeza, con el gesto de una mujer noble que saluda a una igual a la que respeta.

Después de un momento, Bhumika le devolvió el saludo.

—Deberíamos hablar en privado —le dijo.

Las tres se alejaron un poco de la familia itinerante, aunque Priya se volvió mientras caminaban, buscando rostros conocidos en el grupo. Con dificultad, Bhumika se sentó en el tronco cortado de un árbol, apoyándose en el brazo de Priya mientras se inclinaba. Priya se arrodilló a su lado, Malini la imitó. A poca distancia, Khalida rondaba, con los ojos entrecerrados y cruzada de brazos.

En ese momento en el que no estaba usando sus poderes de dos veces nacida, Bhumika parecía dolorida y cansada. Su bebé iba a nacer muy pronto, Priya lo sabía, y sintió que una punzada de preocupación la recorría cuando la vio enderezarse con cuidado en su asiento, con un silencioso suspiro.

—Contadme —dijo Bhumika.

Priya fue quien le explicó el nuevo acuerdo. La posibilidad de un gobierno autónomo para Ahiranya, completamente libre del control de Parijatdvipa. Mientras hablaba, observó la forma en la que Malini las miraba a ambas, sopesando todo lo que había visto, los poderes que Bhumika y Priya compartían, el trato informal que había entre ellas, y sacaba sus propias conclusiones sobre el vínculo entre ellas.

Al final, Bhumika asintió. Dijo:

—Ya veo. —Luego se inclinó un poco hacia delante, con expresión pensativa—. Para mí —continuó—, la diferencia entre un lugar en el imperio y un lugar propio, como nación aliada, es... insignificante. Es posible que hayáis notado que nuestros cultivos y nuestros agricultores han sufrido mucho. No podemos alimentarnos fácilmente. Nuestra posición es débil. Sobrevivir como una nación independiente requeriría que fuéramos como cualquier ciudad-Estado de Parijatdvipa en todo menos en el nombre. Y, además, no tendríamos poder en la corte imperial.

—No puedo prometeros poder en la corte y libertad —dijo Malini—. Pero en cuanto a la independencia... Señora Bhumika, seguramente el simbolismo es importante, ¿no es así? Nadie olvida lo que fueron los ahiranyis en la Era de las Flores. Parijatdvipa no olvida la forma en la que sus antepasados del templo y los *yaksas* casi se adueñaron de todo. Ellos gobernaron sobre todo. Y mi propia gente cree que, en general, no habríais sido buenos amos del imperio.

"Subyugaros como nación vasalla ha sido un símbolo para Parijatdvipa —continuó Malini—. Un símbolo de poder, para demostrar que nadie puede oponerse a las naciones de Parijatdvipa sin consecuencias. Tu libertad, por más que siga vinculada al imperio por el comercio o la necesidad, sería para tu propio pueblo un símbolo de que ya no están subordinados. Tal vez incluso sea suficiente para que los rebeldes de Ahiranya te obedezcan.

Bhumika no parecía menos dolorida o cansada, pero había una nueva luz en sus ojos.

—Si tu hermano, el príncipe Aditya, gana, tal vez podamos estar de acuerdo en que la libertad simbólica sería... útil —dijo Bhumika, con cautela—. Pero hasta que eso ocurra, Ahiranya será vulnerable al emperador Chandra y a las otras naciones de Parijatdvipa. No tenemos la fuerza para defendernos de ellos.

—Creo que tienes una fuente de poder que puede protegerte —señaló Malini—. Los rebeldes la buscaban. Y Priya tiene la llave.

Finalmente, las dos miraron a Priya.

—Princesa Malini. Creo que tú y yo deberíamos, tal vez, hablar un poco más, a solas —dijo Bhumika.

Priya pensó en protestar. Después de todo, no era exactamente ajena a nada de esto. Pero luego Bhumika dijo:

—Priya, creo que hay alguien en mi séquito a quien tal vez quieras ir a ver. —Sonrió, solo levemente, pero era una sonrisa verdadera.

Malini no la tocó. No trató de detenerla. Sus dedos temblaron sobre sus rodillas, y con voz tranquila agregó:

—Gracias, Priya. Puedes irte. La Señora Bhumika y yo estaremos bien.

Priya comenzó a alejarse. Miró hacia atrás solo una vez. Malini estaba de espaldas a ella y su rostro era invisible, incognoscible.

No se tocó la herida de las costillas. Se quitó la tela empapada de sangre de la cabeza, la arrugó y siguió caminando.

"Hay alguien en mi séquito a quien tal vez quieras ir a ver".

Sima. Allí estaba Sima, de pie entre las otras criadas, hablando con un guerrero que sostenía una maza a su lado. Levantó la vista y luego corrió por el bosque hacia ella.

—¡Priya!

Sima la abrazó con fuerza.

—Me has ocultado tantos secretos —jadeó.

—Tenía que hacerlo —dijo Priya, luego tosió cuando Sima la apretó más. Le dolía debajo de las costillas, un dolor que no quería contemplar, un dolor más profundo que la piel y su capacidad para comprender su propio corazón rebelde—. Me estás abrazando demasiado fuerte.

—Eres una mayorcita, puedes soportarlo.

—Tu cabello se me mete en la boca.

Sima se rio y se echó hacia atrás. Le dedicó a Priya una gran sonrisa, aunque sus ojos lloraban.

—Lo siento —se disculpó—. Estoy tan contenta de que no estés muerta.

—Y yo también estoy contenta de que no estés muerta —coincidió Priya—. ¿Qué estás haciendo aquí? Y eso es... ¿tienes una hoz?

—¿No es obvio? Estoy aquí para llevarte a casa a salvo. Y porque... porque la ciudad está en ruinas, y la Señora Bhumika nos está guiando ahora. Así que..., en fin. —La sonrisa de Sima vaciló y luego se desvaneció—. No puedo contar con que cobraré mi salario, ahora que el regente está muerto.

Priya miró a las personas que la rodeaban: al comandante Jeevan, que la observaba con dureza. Por supuesto que el regente estaba muerto.

—Rukh —recordó Sima—. Imagino que querrás verlo.

Priya sintió el corazón repentinamente en la boca.

—¿Verlo? ¿Está aquí?

Sima asintió.

—¿Qué está haciendo en este lugar? —preguntó Priya. ¿Quién había llevado a un chico, un niño, a lo profundo del bosque, a la sangre y a la guerra?

—La Señora Bhumika le ordenó que viniera —explicó Sima. Vaciló y luego agregó—: la Señora Bhumika..., ella sabe que Rukh hizo algo que no debería haber hecho. Que habló con gente con quien no debería haber hablado.

Así que Bhumika se había enterado.

Tal vez la presencia de Rukh allí era un castigo. Un castigo para él, o para Priya, por llevarlo al *mahal*. Pero tal crueldad no parecía algo que Bhumika hubiera elegido voluntariamente, por lo que Priya no estaba segura de poder creerlo.

—Quiero verlo —dijo—. Por favor.

Sima asintió y dijo:

—Solo... prepárate, Priya. Ya no es como antes.

Y, de hecho, había empeorado mucho. Todo su cabello tenía ahora la textura de las hojas, oscuro como la tinta. Sus venas sobresalían, de un extraño color verde bajo su piel. Había anillos como el corazón secreto de la corteza, tatuados a lo largo de sus brazos. Incluso las sombras debajo de sus ojos eran más madera que carne. Estaba un poco apartado del resto del séquito de Bhumika, envuelto en una manta bajo la copa de un árbol. Cuando ella se acercó, él se puso de pie y dejó que la manta se cayera a sus pies.

La miró. Ella lo miró.

—Rukh. ¿No me saludas?

—¿Estás segura de que quieres que lo haga? —preguntó el niño.

Podría haberle dicho que nunca había temido a la podredumbre. Podría habérselo asegurado de una docena de maneras diferentes.

En cambio, caminó hacia él, se inclinó y lo abrazó con cuidado. Era la primera vez que lo hacía y quería que él supiera que podía apartarla. Pero no lo hizo. Se quedó muy quieto.

—Estoy tan contenta de volver a verte.

Ella sintió su tensión. La forma en la que se contenía, con los puños apretados, listo para cualquier cosa que pudieran arrojarle. Después, lo sintió quebrarse.

—Lo siento —jadeó el niño—. Lo siento.

Entonces lo abrazó con más fuerza, con fiereza, como si solo con sus brazos tuviera el poder de mantenerlo a salvo.

—Lamento haberme unido a los rebeldes —dijo Rukh—. Lamento no haber sido leal. Pero lo soy ahora. Me quedaré aquí, contigo, con Sima y con la Señora Bhumika. Lo prometí. Lo lamento tanto.

—No importa —lo consoló—. Nada de eso importa. Estás bien.

—Le dije a la Señora Bhumika lo que hice. Le dije a Gauri. Yo...

Se apagó, como si no pudiera explicárselo a ella. Como si no tuviera las palabras para decir por qué su corazón había cambiado. Por qué quería quedarse con ella, con Bhumika.

—Es diferente —lo ayudó ella—. Tener un hogar. ¿No es así?

Él frunció la boca para evitar que le temblaran los labios. Asintió con la cabeza.

—Estás bien —dijo Priya suavemente—. Ambos estamos bien. No tienes por qué disculparte, Rukh, nada en absoluto. —Lo abrazó de nuevo, apoyando su cabeza contra las hojas y los rizos de la de él—. Lo siento, te estoy abrazando y estoy cubierta de sangre.

—No importa —dijo Rukh contenido; sonaba más tranquilo. Sollozó un poco—. No me importa. Sin embargo, no hueles muy bien.

—Apuesto a que no.

Ella lo dejó ir entonces, antes de que cualquiera de ellos pudiera comenzar a sentirse incómodo. Rukh se alisó la ropa. Se frotó los ojos.

—Han pasado muchas cosas en Hiranaprastha desde que me fui —dijo Priya—. ¿Me contaréis los dos todo lo que podáis?

Parte de esa terrible culpa finalmente desapareció del rostro de Rukh. Sima se acercó más y los dos comenzaron a tejer la historia mientras Priya pensaba en las aguas inmortales. La promesa. La esperanza.

Pensó en sus hermanos muertos. En los nacidos tres veces, como Sanjana, que podían manipular la podredumbre. Pensó en lo que podría hacer ella para salvar a Rukh, si tuviera el mismo tipo de poder.

Podría hacer algo bueno con lo que ella era —con lo que ella, Ashok y Bhumika eran—, que no solo era monstruoso o maldito. Ella podría hacer algo bueno. Podría salvarlo.

Sanar. No matar.

Quizás.

Capítulo Cincuenta y cinco

ASHOK

E mpezaron a morir. Uno, luego dos. Luego un tercero.

—Tres veces muertos —murmuró mientras cerraba los ojos. Sentía las muñecas mudas, sin pulso. Ojalá hubiera magia en esto, como la había en sobrevivir a las aguas. Pero morir era fracasar, y las aguas inmortales no concedían nada a cambio de lo que les correspondía.

Escuchó los pulmones cargados de agua de los demás, que luchaban por respirar a su alrededor, y sintió la opresión en los suyos. Sintió que el temblor de su propia fuerza comenzaba a filtrarse fuera de sí.

Siguieron caminando. También sentía a Priya y Bhumika. Podía seguir el pulso de su presencia en el *sangam* y el verde de la tierra hasta que las encontrara una vez más, y luego se apoderaría del conocimiento de Priya, por medio de engaños o violencia o, llegado el caso, suplicando a sus pies.

Después, Ashok comenzó a empeorar: brotaba sangre de su sudor, de sus ojos.

Él y sus seguidores se detuvieron a descansar, bajo la sombra de una enramada. No había cuerpos enterrados allí, pero Ashok pensó en lo pacífico que era ese lugar y en que sería un buen sitio de descanso para sus propios huesos.

No quería que lo quemaran cuando muriera. Ya había tenido suficiente fuego.

—Ashok. —Era la voz de Kritika.

Ella se arrodilló a su lado. Abrió su morral y extrajo con cuidado una máscara de corona, asegurándose de sostenerla solo por la tela que la envolvía. La apoyó en el suelo. Después, extrajo un objeto pequeño. Algo hecho de cristal azul que brillaba débilmente.

Solo quedaba un frasco.

Kritika lo sostuvo sobre su palma.

—Tienes que beber —dijo. Cuando Kritika parpadeó, Ashok vio sangre en sus pestañas y se preguntó qué daño terrible le estaba haciendo el agua a ella—. Tienes que beber —insistió—. Debes sobrevivir.

—Kritika...

—Debes nacer tres veces, convertirte en el mayor supremo y usar esta máscara. —La empujó hacia delante—. Debes salvar a Ahiranya. Así que bebe.

Él quería. Tenía sed. Estaba reseco y vacío, una cáscara al borde del colapso interior.

Pero no podía beber.

—Has estado conmigo más tiempo que cualquiera de los otros. Te diré la verdad —murmuró Ashok. Kritika se inclinó más cerca, para escucharlo—. No tengo la fuerza para hacer lo que hay que hacer. No sobreviviré para encontrar a mi hermana y luchar por ella y regresar a casa, al Hirana. Así que no beberé.

Kritika no dijo nada, pero su labio comenzó a temblar sutilmente. La vista de su angustia casi debilitó la decisión de Ashok.

—Eres nuestra única esperanza, Ashok —dijo ella—. Siempre lo has sido. No te rindas a la desesperación ahora, te lo ruego. Todavía hay un futuro para Ahiranya, y para nosotros.

Un hilo de sangre escapó de su nariz.

No podría soportar verla muerta. No podría.

Pensó por un oscuro momento en terminar con todo para ambos. Sería sencillo. Quizás incluso honorable. Como una historia dramática, representada por actores enmascarados en el escenario de un pueblo. Tenía un cuchillo, una hoja fina y afilada, en su cinturón.

—Estoy más que agradecido de que me hayas salvado, hace tantos años —dijo, en cambio—. Si no me hubieras dado las aguas, me habría muerto de la enfermedad que me come los pulmones. Habría muerto avergonzado y solo. Si esta rebelión ha logrado algo, es gracias a ti.

—Fui peregrina al Hirana por la misma razón que todos los demás, Ashok —dijo Kritika moviendo el frasco de un lado a otro suavemente entre sus palmas—. Quería algo mejor para mí. Para mi familia. Para Ahiranya. Y cuando todo se volvió oscuro y pensé que nada podía salvarse, ah, encontrarte me salvó.

—Nunca tuve una madre —dijo Ashok—. Y... tú no eres mi madre.

—Una risa ahogada—. Una madre no sigue a su hijo a la guerra.

Le tomó la mano, curvando los dedos alrededor del frasco. Lo presionó hacia ella.

—Lo beberás tú —insistió—. O nadie. ¿Lo entiendes? Mi visión debe sobrevivirme. Ahiranya debe ser salvada. Debe ser libre. —Su voz se volvió repentinamente irregular—. Este país necesita protectores. Si mis hermanos no me permiten hacerlo, entonces deben hacerlo ellos. O debes hacerlo tú.

—Quieres que pase por las aguas tres veces. —dijo Kritika, incrédula—. No soy una hija del templo, Ashok.

—Fuimos entrenados para eso —dijo—. Para ser lo suficientemente fuertes como para sobrevivir. Sería un milagro si lo lograras y, sin embargo, es lo que te pido, Kritika. Busca ese milagro. Tú y los otros rebeldes. Incluso si solo uno o dos podéis encontrar las aguas inmortales, si podéis sobrevivir al proceso, vuestra fuerza sería suficiente.

—Haría cualquier cosa por Ahiranya —aseguró Kritika con voz temblorosa—. Bebí de los frascos, aun sabiendo que podrían causarme la muerte. Todos lo hicimos. Pero hay límites para lo que cualquiera de nosotros puede hacer, sin importar lo que deseemos.

—Entonces convence a mis hermanas de que sean más de lo que son —dijo con cansancio—. Solo bebe, para que tengas tiempo de hacerlo.

Kritika inclinó la cabeza, elegante en su obediencia. Tocó con la yema del dedo la parte superior del frasco y se la puso en la lengua.

—Bébetelo —insistió Ashok con rudeza—. No lo frotes simplemente. Por la tierra y el cielo, no sobrevivirás así. No es suficiente.

Ella se puso de pie. Se inclinó, para recoger la máscara y el frasco del suelo. Entonces, él vio lo que ella no había extraído de su morral: un cuadrado de arroz fermentado, un *roti* enrollado. Fruta, cuidadosamente envuelta en tela para mantenerla libre de hormigas. Tenía provisiones. Y una mirada tensa y seria en su rostro ensangrentado.

Colocó el frasco en su cinturón, con cuidado, luego se enderezó.

—Descansa, Ashok —dijo suavemente—. Volveré.

Capítulo Cincuenta y seis

MALINI

" Casi la mato".

Esa sería una nueva pesadilla, que se sumaría el resto. Ya soñaba con fuego, el olor a carne quemada, la sonrisa ennegrecida de Narina.

Pronto soñaría con el corazón de Priya en sus manos, palpitante, a un pelo de distancia de su daga.

No se permitió revelar cómo se sentía. Caminó con el extraño séquito de la Señora Bhumika (soldados, sirvientas, cocineros) e ignoró las miradas que le dirigían.

Bhumika había accedido colaborar para que Malini se reencontrara con su hermano Aditya, de modo que ella pudiera cumplir con su parte del trato. Luego, a su vez, Bhumika regresaría a Hiranaprastha, donde protegería a Ahiranya con todo su poder y el de Priya y esperaría a que Aditya tuviera éxito o fracasara. Por el momento, ordenó a su séquito que continuara por el sendero del buscador e insistió en mantenerse cerca de Malini, a menudo apoyándose en su brazo. Mientras caminaban, aprovechó para hacerle preguntas indiscretas sobre su vida en la corte, sobre la política imperial, sobre Chandra y Aditya.

Malini no debería haber subestimado a Bhumika cuando la conoció. Eso había sido un grave error de su parte.

Respondió lo mejor que pudo. Después de todo, tenían una alianza. Y se alegró de haber hecho de la mujer ahiranyi una aliada en lugar de una enemiga.

Malini preguntó por el destino del regente solo una vez.

—Creo que sabes la respuesta —dijo Bhumika sin ninguna emoción visible, pero Malini sabía que eso no significaba nada. No curioseó más. Lo que yacía en la intimidad de la mente de Bhumika era asunto de ella.

—Mis condolencias —dijo Malini simplemente.

—Era necesario —explicó Bhumika, monótona, lo cual era... revelador.

Malini asintió y caminó despacio al lado de Bhumika, para igualar su ritmo. A su izquierda, más lejos, vio a Priya, que caminaba junto a un niño y otra sirvienta. Como si sintiera su mirada, Priya se giró para mirarla. En la forma de su boca, en la inclinación de su cabeza, se dibujaba una pregunta. Todavía no habían tenido la oportunidad de hablar a solas.

Malini miró hacia otro lado y encontró a Bhumika mirándola con una expresión insondable.

—¿Estás contenta con nuestro pacto, Señora Bhumika?

Bhumika pensó un instante, mientras volvía la vista hacia delante otra vez.

—Sí —dijo finalmente—. El simbolismo es importante. Y la libertad... no lo entenderías, princesa Malini. Pero hay un dolor sutil que sienten los conquistados. Nuestra antigua lengua casi se ha perdido. Nuestras viejas costumbres también. Incluso cuando tratamos de explicarnos unos a otros una visión de nosotros mismos, en nuestra poesía, nuestras canciones, nuestras máscaras teatrales, lo hacemos en oposición a vosotros o mirando al pasado. Como si no tuviéramos futuro. Parijatdvipa nos ha reformado. No es una conversación, sino una reescritura. El placer de la seguridad y la comodidad solo puede aliviar el dolor durante un tiempo. —Juntó las manos—. Y, sin embargo, nunca fue lo que quise, este colapso de la regencia. Este final. Entiendo que aliviar el dolor de ser una nación vasalla tiene el costo de vidas mortales. Ahora el derramamiento de sangre es inevitable... Con gusto hago un pacto que permita reducir el número de muertes, y hasta salvar una sombra de nuestra libertad, de nosotros mismos. Además —murmuró Bhumika—, ¿quién soy yo para deshacer el pacto entre mi hermana y tú?

Malini la miró. Bhumika parecía cansada, pero había una sonrisa en sus labios, pequeña y sabia.

* * *

Más tarde, cuando todos se detuvieron para descansar, Malini se escabulló y encontró un lugar para sentarse a solas: el tronco de un árbol caído, bajo la copa de un viejo baniano que había absorbido la humedad y la vida de la tierra a su alrededor, dejando un claro privado. Allí esperó.

No pasó mucho tiempo antes de que llegara Priya.

—Por fin —dijo, acercándose. El suelo susurraba bajo sus pies, y algunas plantas pequeñas giraban alrededor de sus talones. Malini se preguntó si Priya se daría cuenta de lo que estaba pasando—. Quería hablar contigo.

—Ha sido difícil —coincidió Malini—. Hay... tanta gente. Ya no estoy acostumbrada a eso. Había mucho más silencio en el Hirana.

—Malini —dijo Priya—. Yo solamente...

Malini la observó acercarse hasta que estuvo de pie junto a ella, con un brazo rodeando su vientre. Se preparó. Esperó.

—Entiendo —continuó Priya—por qué me amenazaste como lo hiciste. Era la única arma que tenías.

Malini levantó la cabeza y miró a Priya a los ojos.

—¿Pero entiendes que casi te mato?

Priya guardó silencio. No apartó la mirada de Malini. No se movió.

—¿Entiendes lo que te estoy diciendo? —preguntó Malini mirando hacia arriba, hacia arriba—. Si hubieras perdido, y estabas perdiendo, Priya, él me habría matado o herido, o me habría tomado como rehén para usarte. Era preferible matarte que permitir eso. Era mejor matarte que dejar que un enemigo de Parijatdvipa tuviera esa clase de poder. Eso... eso es lo que me decía a mí misma antes de que llegara la Señora Bhumika. Me dije a mí misma que clavaría el cuchillo en tu corazón. Y lo habría hecho. Habría... —Apretó los párpados cerrados. Las imágenes de Narina y Alori y la sangre en el cabello de Priya se grabaron detrás de ellos. Los abrió de nuevo—. No pude —admitió—. No pude hacerlo.

Priya suspiró. La luz la iluminaba por detrás. Malini solo podía ver sus ojos: la caída de su cabello, negro con un halo dorado.

—Entonces no eres la persona que crees que eres —dijo Priya.

—Pero voy a tener que serlo, Priya. Debo ser así... La parte de mí que necesito ser no puede ser buena. O amable. No debo evitar hacer lo que sea necesario.

Priya no dijo nada. Simplemente inclinó la cabeza, escuchando.

—Voy a tener que forjar un rostro nuevo. Uno que pueda pagar el precio que tengo que pagar. Me voy a volver monstruosa —dijo Malini saboreando el peso de las palabras en sus labios, en su lengua—. Durante mucho tiempo solo he querido escapar y sobrevivir. Pero ahora soy libre, y por el bien de mi propósito..., por el bien del poder —admitió—, voy a convertirme en alguien inhumano. Mucho peor que alguien que no es buena. Debo hacerlo.

Priya vaciló. Dijo finalmente:

—No estoy segura de que ser poderosa signifique eso. Perderte a ti misma.

—Como si tú no hubieras pagado un precio —dijo Malini—. Como si tu Bhumika no lo hubiera hecho. O tu hermano.

—Bien. Así que el poder... cuesta. Pero lo importante es lo que haces cuando tienes poder, cuando lo has ganado, esa es la clave, ¿no? —Priya dio un paso adelante—. Sé lo que haría mi hermano... y no es que esté equivocado. Pero no es lo suficientemente inteligente como para hacer algo que perdure luego de causar una carnicería. Y lo sé porque yo tampoco podría. Pero ¿qué harás tú, una vez que obtengas justicia?

—¿Una vez que me haya ocupado de Chandra? No lo sé —dijo Malini—. No puedo imaginarlo. Incluso la esperanza ha estado fuera de mi alcance durante mucho tiempo.

—Podrías hacer algo bueno —dijo Priya—. No, ya prometiste algo bueno. La libertad de Ahiranya.

—Y eso es amable de mi parte, ¿verdad? ¿Liberar a Ahiranya para que los rebeldes como tu hermano puedan apoderarse de ella y ejercer su maltrato en lugar del maltrato de Parijatdvipa?

Priya suspiró.

—No sé lo que significa ser un gobernante justo, ¿de acuerdo? No sé lo que quieres escuchar. Pero creo que puedes averiguarlo. Serás influyente cuando tu hermano Aditya reclame su trono. Lo sé.

—Priya. Casi hundo un cuchillo en tu corazón. ¿Cómo puedes estar aquí? ¿Cómo puedes hablarme?

—Bueno, si lo hubieras hecho, estaría muerta y no estaríamos hablando de nada. —Se encogió de hombros.

—Priya. —Y la voz que salió de ella suplicaba—. Por favor.

¿Qué le suplicaba? ¿Honestidad? ¿Perdón? Lo que sea que quisiera, sabía que solo Priya podía proporcionárselo.

Priya le devolvió la mirada, penetrante, sin sonreír.

—Cuando era pequeña, cuando comencé como niña del templo, aprendí lo importante que es ser fuerte. Fuimos entrenados para luchar, para luchar contra enemigos y entre nosotros. Para cortar nuestras partes débiles. Sobrevivir y gobernar significaba eso. No ser débil. —Priya hizo una pausa—. Y, aun así, la mayoría murió. Porque confiábamos en las personas que nos criaron. Supongo que eso también fue debilidad.

—¿Qué estás tratando de decir?

—Que... que las personas que te importan pueden ser utilizadas en tu contra. Y la fuerza, la fuerza es un cuchillo que apunta a la parte de ti que se preocupa por otros. —Las yemas de los dedos de Priya tocaron el hueco de sus propias costillas.

Malini tragó saliva. Pensó en la noche en que la flor de aguja que abandonaba su cuerpo casi la mata y ella apresó a Priya debajo de ella. Pensó en la ardiente suavidad del corazón palpitante de Priya.

—Sé lo que significa tener poder —continuó Priya—. Conozco el precio. No sé si puedo culparte por querer pagarlo.

—Deberías —dijo Malini con voz áspera. Sentía la garganta en carne viva.

—Tal vez —admitió Priya—. Tal vez si me hubieran educado con dulzura personas que me enseñaran a ser amable y buena, sabría cómo hacerlo. Pero me enseñaron bondad y amabilidad, o algo que aparenta serlo, hacia otros niños dañados, así que no puedo. —Se adelantó y se sentó en el suelo, junto al tocón del árbol donde se sentaba Malini—. Mi propio hermano me arrancó el corazón en una visión. Esa parte no importa —dijo apresuradamente, cuando la boca de Malini comenzó a formar una pregunta alarmada—. Lo que importa es que mi propio hermano me lastimó horriblemente, y aun así no creo que pueda odiarlo.

Malini hizo a un lado las preguntas obvias.

—Cuando mi hermano me lastimó, hice que el propósito de mi vida fuera destruirlo.

Priya rio suavemente.

—Tal vez esa sea la mejor manera.

—No estoy muy segura. —No podía sonreír. Sentía el corazón como un aullido—. No deberías perdonar con tanta facilidad, Priya. Tienes que protegerte.

Priya la miró a través de esas pestañas que eran como de oro, esos ojos claros que se clavaban en su alma.

—No pudiste usar el cuchillo conmigo —dijo—. ¿Crees que algún día te convertirás en alguien que podrá hacerlo? ¿Que perforará mi corazón sin remordimientos?

Malini pensó en Alori y Narina quemadas.

—Priya —dijo finalmente.

Su voz sonó ahogada por todas las astillas de sí misma, por todo lo que había quedado deshecho por la pérdida, el fuego y la prisión, el aislamiento y la furia, por la ternura de la boca de Priya sobre la suya. No lo sabía. No lo sabía.

La expresión de Priya se suavizó. Había algo de sabiduría en esa mirada: sabiduría y cariño.

—Malini —dijo—. Si lo haces, si cambias, no dejaré que lo hagas. Puede que no sea astuta o inteligente o... o nada que tú seas, pero sí tengo poder. —Las hojas a su alrededor, como en respuesta a sus palabras, crujieron y se acercaron. Los árboles eran un muro a su alrededor—. Te detendré. Convertiré cualquier brizna en hierba o en flores. Te ataré las manos con ramas.

—¿Me harás daño? —exigió saber Malini—. Deberías, para salvarte a ti misma.

Priya negó con la cabeza.

—No.

—Priya.

—No. Lo lamento, pero no. Porque soy lo suficientemente fuerte como para no necesitarlo.

—No lo lamentes —dijo Malini—. No...

Sus propias palabras la abandonaron. Se rompieron. Esto era lo que ella necesitaba. No el perdón, no un bálsamo para esta extraña furia que se retorcía dentro sí misma, sino la promesa de alguien a quien cuidar, a quien amar, a quien no podría dañar. Incluso si tuviera que hacerlo. Incluso si lo intentara.

Se inclinó hacia delante y Priya tomó el rostro de Malini entre sus manos, como si hubiera estado esperando para recorrerle las mejillas con los pulgares, para mirarla con esa suavidad absoluta y aterradora.

—Nunca entenderé tu magia —dijo Malini, mientras Priya le acariciaba suavemente la frente—. Y me alegro. Me enfurece y, sin embargo, me alegra.

Priya hizo un ruido, un ruido que no significaba nada y lo significaba todo, levantó la cabeza y besó a Malini una vez más. Esa vez no había furia. Solo el calor de la piel de Priya. Solo su suave aliento y la caída lacia de su cabello, rozando la mejilla de Malini como la parte plana de un ala. Solo una sensación de caer en un pozo profundo y oscuro, un vértigo sin deseo de levantarse.

Bhumika empezó su trabajo de parto al día siguiente.

Malini estaba de pie cerca del palanquín de la dama cuando se oyó un grito ahogado. Se giró y de repente se vio rodeada por una multitud de personas mientras bajaban apresuradamente el palanquín.

—Tendremos que parar —dijo Bhumika con firmeza—. Por un tiempo. Solo por un tiempo.

—Que alguien arme una tienda —gritó su sirvienta.

Malini dio un paso atrás, otro. Observó a Priya inclinarse junto a su hermana. Después de un momento, se fue. Nadie la necesitaba allí.

Mientras caminaba, miró a su alrededor. Pensó que los soldados acudirían corriendo en el momento en que la dama había gritado, pero estaban inquietantemente ausentes.

Siguió andando por el sendero, todavía sola. No había estado sola en mucho tiempo.

"Debería tener miedo", pensó. Había visto lo suficiente del extraño árbol detrás de la choza donde Priya se había recuperado como para sentir un sano terror hacia ese bosque, sus aguas y su suelo y, ciertamente, sus árboles, pero no estaba asustada.

Finalmente vio a los soldados ahiranyis de Bhumika en un claro, más adelante. Cuando se acercó a ellos, su comandante giró y le apuntó con la espada, con rapidez instintiva, al esternón.

Ella no se inmutó. Estremecerse era invitar al primer embate. Chandra se lo había enseñado. Ella simplemente miró al comandante a los ojos y esperó. Vio el momento en que él se dio cuenta de quién era, y también vio el momento que siguió, cuando consideró la posibilidad de herirla de todas maneras.

Bajó su espada.

—Princesa —dijo.

—Comandante Jeevan —saludó ella. Ya había escuchado su nombre con suficiente frecuencia en este viaje como para recordarlo—. ¿Qué te ha asustado?

La mandíbula del comandante se tensó. No envainó la hoja.

—No tengo miedo. —Su voz era un susurro—. Y baja la voz. Hay hombres más adelante en el camino. Están acampando. No podemos rodearlos sin ser vistos.

Y tampoco podían moverse, de todas maneras. No fácilmente. No en ese momento.

—Voy a buscar a Priya —dijo.

—No. La Señora Bhumika la necesita.

Ah. Así que alguien le había advertido lo que estaba pasando.

—Ella tiene muchas mujeres en las que confiar —dijo Malini—. Pero necesitarás la fuerza de Priya.

Se volvió para irse. Él la tomó del brazo.

Se encontró con los ojos del soldado.

—Son parijatis, ¿no?

Él no dijo nada.

—No temas —murmuró ella—. Si son los hombres de Chandra, no tengo reparos en que los mates.

—¿Y si son de tu hermano sacerdote?

Parecía demasiado esperar que fueran los soldados de Aditya. Pero, no obstante, ella dijo:

—Entonces, sabiendo el pacto que hice con la Señora Bhumika, deberías permitirme reunirme con ellos.

—Voy a buscar a Priya —murmuró uno de los otros soldados. Jeevan asintió bruscamente y no soltó a Malini.

—Me acompañaste al Hirana —dijo Malini—. Te recuerdo.

—Así es —confirmó Jeevan.

Ella inclinó un poco la cabeza, lo estudió.

—No sientes lástima por mí —murmuró—. Pero tampoco te alegraste de mi sufrimiento. Curioso.

—No tan curioso —dijo él, con la mirada todavía fija en ella, aunque un músculo de su mandíbula se contrajo un poco—. Solo me importan unas pocas cosas. Tú no eres una de ellas.

Después de un momento, alguien se acercó.

—¿Qué ocurre? —preguntó Priya en voz baja. Se acercó a ellos, sus pasos eran silenciosos en el suelo.

—Hay hombres allá adelante —dijo Jeevan—. Acampando. Todavía no saben que estamos aquí. Lo sabrán pronto.

—¿Son peligrosos?

—Son parijatis.

Priya miró a Malini a los ojos.

—Protégenos como mejor te parezca —dijo Malini.

Priya resopló.

—Jeevan, ¿por qué estás sosteniendo su mano?

—Alguien se acerca —dijo uno de los hombres de Jeevan, con la espada lista.

Jeevan maldijo, y finalmente soltó a Malini, que tuvo el tiempo suficiente para desear tener un arma antes de que un hombre apareciera delante de ellos. No había forma de que se escondieran de la vista. Jeevan y sus hombres avanzaron con sus espadas y Priya se enderezó, para hacer uso de la extraña magia de su interior.

El hombre parijati giró sobre sus talones y echó a correr.

Por un momento, simplemente miraron su figura en retirada.

—¿Nadie tiene un arco y una flecha? —murmuró Malini.

Priya la miró. Movió los dedos, y una rama salió disparada por el aire y golpeó al hombre en la parte posterior de la cabeza. Se derrumbó en el suelo.

Gritó mientras caía. Priya hizo una mueca y maldijo.

—Preparaos —dijo Jeevan. Los hombres se abrieron en abanico cuando convergieron pasos veloces y aparecieron más parijatis.

—¡Hay más! —Uno de los parijatis gritó esas palabras, luego algo incomprensible que atrajo más pasos, hombres que corrían a lo largo del sendero del buscador. Hombres de Parijat y de Alor, vestidos con los altos turbantes azules de su pueblo.

—Esperad. Son aloranos.

Jeevan y los demás los recibieron con un choque de acero, las espadas en un arco danzante contra el aire. Priya le dirigió una mirada a Malini, le ordenó que corriera, luego se giró y se metió en la refriega. No había armas en sus manos, nada más que lo que yacía en su sangre.

Malini debería haber huido. El sentido común lo exigía. Pero había algo más que sentido, común o no, en juego. Había aloranos y hombres de Parijat, pero —a pesar de que llevaban ropas parijatis, en tejidos pálidos, con collares de oración alrededor de la garganta— no vestían el blanco y el oro del ejército imperial. Esta era una oportunidad, una posibilidad.

Pero solo se engañaba a sí misma. Por supuesto, un hombre alorano se abrió paso entre las filas de Jeevan. Por supuesto, corrió y agitó su espada hacia ella.

—Rao —jadeó—. ¡Conozco al Príncipe Rao, no me hagas daño!

Los ojos del alorano se agrandaron.

Desafortunadamente, las palabras sirvieron de poco contra una espada en movimiento. Malini la vio descender hacia ella, y entonces apareció Jeevan. Su espada se encontró con la del hombre alorano en ángulo y se la quitó de las manos. Lo golpeó y el alorano cayó al suelo.

Malini se tambaleó hacia atrás, alejándose de la pelea, y sintió que la tierra se movía debajo de ella, llevándola más lejos, como si fuera una ola verde. Priya no se había girado, pero por supuesto Malini sabía que era obra de su mano en ese momento de extrañeza.

"Corre". Incluso la tierra lo decía, con la voz de Priya.

Pero Rao...

No fue su mejor momento. No fue un acto de política sutil o astucia. Era solo esto: sus manos cerradas en puños mientras respiraba profundamente y gritaba con todas sus fuerzas.

—¡Rao! —Casi se estremeció ante el sonido de su propia voz, tan aguda—. ¡Rao, estoy aquí! ¡Rao!

—Deteneos. —dijo una voz. La voz de Rao: un chasquido de mando, dolorosamente familiar—. Paz, hermanos. ¡Paz!

No debería haber hecho nada. Pero Priya maldijo, y luego la tierra se movió, el suelo se hundió, sujetando todos los pies firmemente.

Todos se quedaron inmóviles.

Cuando el caos se asentó, Malini observó lo que tenía delante. Hombres con espadas. Y allí, Rao.

Rao, con la punta de la espada de Jeevan debajo de su barbilla. Los dos estaban atrapados por la tierra, fusionados en el momento anterior al corte de la hoja.

Este era el momento en el que ella sabría si era una rehén después de todo.

—Déjalo ir, comandante —dijo Malini—. Baja tu espada. Estos son hombres de mi hermano Aditya.

Una pausa.

—¿Estás segura? —preguntó Jeevan, inexpresivo.

—Sí —respondió Malini—. Lo juro por la promesa que he hecho. Sí.

—Jeevan —dijo Priya—. Vamos. Bájala.

Claramente en conflicto, Jeevan finalmente dejó caer la punta de su espada. Y Malini miró a Rao, su rostro agradable, su cabello oscuro suelto, y casi se estremeció por la familiaridad que sintió hacia él.

—Hola, príncipe Rao —dijo.

—Malini —respondió Rao, a modo de saludo. Parpadeó hacia ella—. Yo... ¿Priya?

—Señor Rajan —dijo Priya—. Me alegro de volver a verte.

—Priya es mi aliada, Rao —explicó Malini—. Creo que ha habido un... malentendido. Estos ahiranyis se han aliado conmigo. Con Aditya.

—Por supuesto que sí —dijo con la sonrisa más extraña adornando su rostro, solo por un momento—. Retiraos. Todos.

Sus hombres bajaron sus armas con reticencia, al igual que los soldados de Jeevan. Después de un momento, el suelo se onduló, liberándolos a todos, y Jeevan se tambaleó hacia atrás con una maldición. Con cuidado, Rao dio un paso adelante. Otro.

Y así llegó frente a ella. No la tocó. Simplemente inclinó la cabeza y se tocó la frente con las yemas de los dedos, en un gesto de amor y respeto. Malini extendió las manos ante ella, contenta de que no le temblaran.

—Príncipe Rao —dijo—. Sé que me esperaste. Que trataste de salvarme.

—Lo intenté. Lamento no haber logrado mi objetivo.

—No importa —respondió ella en voz baja—. Pero dime, ¿por qué estás aquí, en este camino?

—Nuestros exploradores trajeron noticias de que había gente aquí. Mujeres, hombres y niños. Y tenía la esperanza, pero no sabía, no podía estar seguro... ah, Malini... —Bajó la voz—. Me alegro de que estés aquí por fin.

Tomó las manos de la princesa entre las suyas. La miró como si su rostro fuera una luz resplandeciente, como si brillara más que la estatua de una de las Madres.

—Estoy aquí —dijo— para llevarte con tu hermano. Tu hermano está aquí, Malini. Él está aquí.

Capítulo Cincuenta y siete

PRIYA

—Regresa con la Señora Bhumika —dijo Jeevan en voz baja.

—¿Y si se vuelven contra ti?

Él la miró de soslayo.

—Regresa con ella —insistió.

Priya lo entendió. Asintió con la cabeza y se volvió hacia el campamento. Sintió a los parijatis observarla mientras caminaba. El escozor en su espalda. Se preguntó si veían a un enemigo cuando la miraban. Eso era lo que ella había sentido al mirarlos.

Malini... Malini no parecía inquieta cuando entró en el campamento parijatdvipano. En cambio, se había erguido, con la barbilla levantada. Mostraba una gracia repentina y nueva al caminar. Por un momento, Priya vio a aquella Malini que caminaba por su prisión, sus manos revoloteando sobre las de Priya, mientras saboreaba sus primeros momentos de libertad de la flor de aguja. Sin embargo, al mirarla, Priya se dio cuenta de que nunca había visto realmente a Malini en su elemento, como una princesa rodeada de aquellos que la veneraban por su sangre. Lo que Priya había presenciado en la intimidad del Hirana, a la luz de la linterna, había sido solo una sombra de esta mujer.

Priya alejó su repentino anhelo de conocer a esta Malini, como conocía a la que había besado debajo de una cascada.

Regresó al campamento principal, donde la gente se arremolinaba alrededor de la tienda de Bhumika. La tienda en sí estaba en silencio. Mientras se acercaba, apareció Khalida, con el rostro sombrío. Parecía un poco enferma.

—¿Dónde has estado? —la regañó Khalida.

—Hay un grupo de parijatis más adelante en el camino —dijo Priya en voz baja, acercándose para no tener que levantar la voz—. Son aliados del príncipe Aditya. La princesa está con ellos, y Jeevan y sus hombres están allí. Me quedaré aquí para mantener a salvo a la Señora Bhumika.

—Los aliados del príncipe Aditya —repitió Khalida—. ¿Tienes miedo de que los parijatis se vuelvan contra nosotros?

—Jeevan está con ellos —repitió Priya—. Y si intentan algo, usaré todo lo que tengo, todos lo haremos, para mantenerlos a raya.

—Tienes un trato con la princesa —dijo Khalida, con voz cortante. Sus ojos brillaron—. ¿Me estás diciendo que no confías en su palabra?

—Te digo que cuando hay un gran grupo de hombres con armas que no son mis amigos, ni siquiera yo soy "tan" estúpida como para confiar en ellos —respondió Priya—. Quiero ver a Bhumika.

—¿Y cómo la protegerás desde allí? —Khalida hizo un gesto hacia la tienda.

El poder de Priya estaba agotado, pero dejó que tocara su voz, solo un roce, cuando replicó:

—Soy lo suficientemente fuerte como para hacer que te apartes de ahí.

—No puedes asustarme —la desafió Khalida.

—No estoy tratando de hacerlo —dijo Priya—. Somos aliadas, Khalida. No seas estúpida. Hazte a un lado, o te obligaré. Y eso no te gustará en absoluto.

—Tú —susurró Khalida— no le traes más que dolor. Lo sabes, ¿no?

Priya la miró fijamente, pero no dijo nada.

Sin otra palabra, Khalida levantó la tela de la tienda.

Bhumika estaba arrodillada en el suelo, casi en silencio, pero hacía ruidos bajos, animales, de dolor. Su rostro estaba húmedo de sudor.

Un terror oscuro e íntimo consumió a Priya cuando se arrodilló a su lado.

—¿Priya? —dijo Bhumika entre dientes.

—Estoy aquí.

—Acércate.

Bhumika extendió una mano y Priya la tomó.

—No sé nada sobre dar a luz —confesó, sosteniéndola con fuerza.

—Oh, bien —dijo Bhumika—. Bien. Yo tampoco. Una pena que tengamos que aprender así.

—Pensé que sabrías qué hacer —dijo Priya horrorizada.

—Bueno, pensé que habría parteras cualificadas cuando llegara el momento —comentó Bhumika con los dientes apretados.

—Me tienes a mí —dijo Khalida, con voz atormentada, desde el exterior de la tienda.

Priya aferró la mano de Bhumika con más fuerza para reconfortarla, una tarea difícil cuando la presión de Bhumika era de hierro.

—Khalida —exclamó Priya—. Trae a Sima.

—¿Por qué?

—Su madre solía ayudar a nacer a los bebés en su pueblo —respondió—. Seguro que sabrá más que cualquiera de nosotros.

Khalida se fue de inmediato. Un momento después, la voz tranquila de Sima atravesó la penumbra.

—Puedo ayudar. —La cortina de la tienda se abrió de nuevo y entró otra mujer con agua—. Y también necesitaré a algunas de las otras sirvientas—. Lo siento —agregó Sima.

—Esta tienda se está llenando de gente —dijo Bhumika entre dientes.

—Saldré y vigilaré la entrada —anunció Khalida con tono de alivio.

Las mujeres iban y venían, llevando agua hervida y limpia, y paños, mientras Sima le susurraba a Bhumika, guiándola para que respirara y convenciéndola para que adoptara una posición incómoda tras otra. Impotente, Priya se sentó y tomó la mano de Bhumika y le dijo tonterías.

Estaba viendo a Sima frotar la espalda de Bhumika cuando le sobrevenía una nueva oleada de dolor, y sintió que una de las sirvientas se arrodillaba a su lado y le acercaba un paño húmedo para la frente de Bhumika.

—Tengo al niño —dijo en voz baja—. Ven y habla conmigo, y te lo devolveré vivo.

Priya levantó la vista.

No conocía el rostro de la mujer. Pero sí reconocía esos ojos. Los había visto a través de una máscara de madera.

Antes de que pudiera hacer nada, la mujer se había ido y Priya sostenía la tela en sus manos, con el agua goteando en sus palmas.

—Priya. ¿Priya? Dame eso. —Sima se la arrancó.

Luego se volvió hacia Bhumika, y Priya solo pudo ponerse de pie. Se dio la vuelta rumbo a la entrada de la tienda.

—Priya, ¿adónde vas? —preguntó Bhumika, alarmada.

—Vuelvo enseguida.

—Priya...

—Vuelvo enseguida.

Capítulo Cincuenta y ocho

MALINI

El campamento era más grande de lo que sugería a primera vista, más largo que ancho, serpenteante para coincidir con la estrechez del espacio que el sendero del buscador dejaba entre el arco de árboles. Había tiendas y hombres afilando sus espadas. Sin caballos, sin fogatas, solo una vigilancia silenciosa que se convirtió en algo nuevo cuando Malini entró en el campamento con Rao a su lado y el comandante Jeevan y su pequeña fuerza de soldados a su espalda.

Priya había desaparecido. Malini se mordió la lengua, un dolor ligero y tranquilizador, y no volvió a buscarla.

En cambio, miró a los hombres del campamento. Dwaralis. Sruganis. Saketanos. Aloranos. Eran hombres de Parijatdvipa, del gran imperio de su familia. Se enderezó, deseando tener algunas de sus mejores galas —su corona de flores, el peso de la armadura de sus joyas—, pero se las arreglaría con lo que tenía, aunque todo lo que tuviera fueran su mente y su orgullo. Había logrado mucho con menos, en estos últimos meses angustiosos.

—Por aquí —dijo Rao.

La guio hasta una tienda de campaña, abriéndole el camino.

Ella se volvió por un momento. Se encontró con los ojos del comandante Jeevan, firmes e inquebrantables, incluso con enemigos a sus espaldas. Miró hacia delante.

—Rao —susurró—. Asegúrate de que los hombres ahiranyis no sufran daños.

—Lo haré —le dijo.

"Bien", pensó sombríamente. "O Bhumika y Priya nos verán enterrados".

Asintiendo, entró en la tienda.

No era una buena tienda real parijati. No había una alfombra extendida por el suelo. Sin cojines, sin braseros ardiendo bajo un dosel de tela dorada y blanca. La tienda estaba bien hecha pero era sencilla, una construcción abovedada de estilo srugani. En el suelo solo había un escritorio bajo. Y un hombre estaba de pie delante de él.

Aditya.

Su cara le era conocida y extraña, todo a la vez. Esa misma mandíbula firme, esas mismas cejas arqueadas. Esos grandes ojos oscuros, exactamente como los suyos. Su recuerdo de él siempre había sido tan claro, tan inmutable. Pero ella había olvidado, de alguna manera, la longitud de su nariz. El lunar debajo de su ojo izquierdo. La forma en la que sus orejas sobresalían, solo un poco. La forma en la que su expresión se enternecía siempre, infinitesimalmente, al verla. Su hermano. Allí estaba su hermano.

—Malini —dijo, y sonrió con su antigua sonrisa. Abrió los brazos, los dedos curvados hacia ella, con el corazón abierto y suplicante—. Estás aquí. Por fin.

Malini nunca había sido de las que se funden en abrazos con la facilidad de una niña pequeña, ni siquiera cuando era niña. En lugar de eso, tomó sus manos. Luego sus brazos. Simplemente se aferró a él, solo para asegurarse de que era real.

Había trabajado muy duro para estar allí. Había parecido imposible a veces. Pero aquí estaban los dos. Por fin.

—He soñado con estar aquí —dijo Malini. Las lágrimas amenazaban con salir, a su pesar—. Durante tanto tiempo, pensé que tal vez no lo lograría... Que no viviría para verte otra vez.

—Estás aquí ahora —dijo él, con su voz baja y cálida—. Estás a salvo.

A salvo.

Eso desvaneció parte de la niebla de la emoción. La dejó fría y silenciosa y, una vez más, siendo ella misma.

—Malini —agregó Aditya—. Hermana. Te ves tan delgada.

Ella negó con la cabeza, sin hablar. Él debería haber sacado sus propias conclusiones sobre por qué ella estaba así. Sin embargo, sonrió otra vez, como si no hubiera entendido que ella estaba en desacuerdo, sino que simplemente estaba apartando las palabras de su cabeza, como agua fría. Dijo:

—Te daremos toda la comida que quieras. Cualquier cosa.

—Cuando estemos en casa en Parijat y todo esté bien, y tengas el trono seguro a tu alcance, no haré nada más que comer hasta saciarme —le respondió Malini—. Pero ¿dónde está tu ejército?

—No hace falta hablar de eso ahora que acabamos de reencontrarnos —dijo él.

Ella también meneó la cabeza ante ese comentario.

—Te envié hombres de todo el imperio, y veo muchas caras, pero ningún caballo. Ni elefantes. No tienes suficientes refuerzos para pelear por tu trono.

—No caben en este camino —dijo él, paciente—. El bosque perturba a los animales. Y en el monasterio no hay lugar para alojar elefantes de guerra.

—Monasterio —repitió Malini—. ¿Todavía permaneces en el monasterio?

Él inclinó la cabeza.

—La mayor parte de las fuerzas esperan órdenes en el camino a Dwarali.

—Entonces, ¿por qué no estás en el camino a Dwarali, guiándolos?

—Te estaba esperando.

Pero ella supo de inmediato que esa no era toda la verdad.

—Aditya. No me mientas —dijo.

Él vaciló, alejándose de ella, con las manos entrelazadas a la espalda.

—Tengo una tarea aquí, en el sacerdocio. Un propósito. Y aún no estoy seguro de cómo proceder. —Una pausa—. Si le preguntas a Rao, tal vez él pueda explicártelo.

—¿Qué hay que explicar? —preguntó Malini—. ¿Qué más tienes que hacer, que no sea arrebatar el trono de las manos de Chandra?

Aditya estudió el escritorio, como si las respuestas que buscaba estuvieran grabadas allí. Luego, finalmente, la miró.

—No estoy seguro de que esto sea lo que debo hacer, Malini. No estoy seguro de si gobernar Parijatdvipa es el camino correcto.

La furia, pura, feroz y caliente, la atravesó. Atravesó su euforia como un cuchillo, dejándola en carne viva. No se había preparado para esto.

—No estás seguro de querer gobernar Parijatdvipa —dijo lentamente, tratando de mantener la frialdad de su voz—. ¿Crees que eso me sorprende? Te conozco, Aditya. Pero pensé que dejarías de lado tu reticencia después de que te escribiera lo que había hecho Chandra: los asesores a los que reemplazó porque no eran parijatis. Los que ejecutó. Los sacerdotes frívolos a los que ascendió por encima de los confidentes más sabios y santos de nuestro padre, ¿y todavía piensas que tu deseo de gobernar es importante? El trono es tuyo. Si no por deseo, entonces por necesidad y por derecho.

—Siempre estás muy segura —comentó él.

—No siempre. Pero de esto, sí, estoy segura.

Él meneó la cabeza.

—He visto algo, en las visiones que me concedieron los sin nombre. He visto... —Su voz se apagó—. No hablemos de esto ahora, hermana —dijo—. Estoy tan contento de que estés aquí.

Bien. Si él no quería discutir, entonces ella no discutiría. Habría tiempo suficiente para eso. Lo que no había logrado con las cartas que le había escrito, tal vez podría hacerse en persona.

Obligó a su cuerpo a relajarse. Reprimió su furia y dijo:

—He traído aliados conmigo. Son ahiranyis que se han rebelado contra Chandra.

—¿Y quieren unirse a mí, estos ahiranyis?

—Quieren su libertad —respondió Malini—. Su independencia como nación. Y se la he ofrecido en tu nombre, como agradecimiento por salvarme la vida y traerme bajo tu cuidado.

Aditya parpadeó, sobresaltado.

—¿Entregarías una pieza del imperio en mi nombre?

—Si mi vida no vale tal precio, y seguramente, hermano, para ti lo vale, entonces considera solo la responsabilidad que representa Ahiranya. Sufre una plaga en los cultivos que puede infectar la carne. Su gente se rebela contra nuestro gobierno. Pronto será una nación sin recursos con un pueblo que nos odia. ¿De qué nos sirve eso? No necesitamos ese país —dijo Malini, con total convicción.

Aditya meneó la cabeza.

—Quizás esto esté predestinado —agregó ella—. Tiempo atrás, reprimimos a Ahiranya por tratar de conquistarnos. Fue un castigo justo. Seguramente, ahora que los ahiranyis me han ayudado, podemos considerar su deuda pagada.

—Malini. No puedo darles nada a tus ahiranyis ahora —dijo Aditya.

—Pero podrás hacerlo cuando seas emperador.

Él le dirigió una mirada considerada.

—Es muy importante para ti, ¿verdad?

—Sí —dijo Malini simplemente. Él no tenía por qué conocer el torrente de sentimientos que se escondía detrás de esas palabras—. El destino de los ahiranyis me importa mucho. Prométemelo, Aditya. Júramelo.

—Lo que quieras —respondió él.

Esa respuesta no la satisfizo. Debería haberle hecho preguntas. Debería haber sopesado las consecuencias de tal acto, si valía la pena cumplir la promesa. Esos eran los cálculos que requería el liderazgo. Pero no hizo nada de eso, y su asentimiento informal, su cansado desinterés, la llenaron de inquietud.

Aditya la miró con algo de dolor en sus ojos oscuros.

—Regresaremos al monasterio —dijo finalmente—. Y a partir de ahí, ya veremos, Malini.

—¿Cuándo?

—Después de una noche de descanso —respondió Aditya—. O lo que sea que pase por la noche en este lugar.

Entonces, pronto estaría en el monasterio. Y desde allí, junto a Aditya, vería realmente cómo comenzar la eliminación de Chandra. Lo haría como una mujer libre, la amenaza de fuego ya no pendía sobre su cabeza. Comenzaría a transformarse en el tipo de persona que necesitaba ser para destruir a Chandra, para despojarlo de su trono y ver su nombre deshonrado y borrado de la historia de Parijatdvipa.

¿Por qué no se sentía del todo exultante? ¿Por qué su alegría inicial se había convertido en una punta de lanza dolorosa debajo de sus costillas?

Pensó en Bhumika, que estaba dando a luz en el camino, y en el comandante Jeevan cuando la miró y consideró la posibilidad de matarla.

Pensó en Priya.

—Mañana —dijo—. Espero con ansias.

Capítulo Cincuenta y nueve

PRIYA

No había señales de la mujer que le había susurrado en la tienda. Pero Priya se adentró en la oscuridad de los árboles que rodeaban el sendero del buscador, donde el tiempo se estiraba y se contraía de forma extraña, la inquietante mancha de luz más allá del laberinto de troncos se rompía en fracturas aún más profundas. Sintió movimiento a su alrededor, como de agua. Dejó el sendero y sintió que la extrañeza se desvanecía. Allí estaba la mujer. La esperaba.

Y allí estaba Rukh, atado a un árbol con sus propias raíces. Tenía una mordaza en la boca y, cuando vio a Priya, emitió un sonido gutural que habría sido un grito si no estuviera amortiguado.

—Esperaba que viniera por las buenas —dijo la mujer—. Pero era... reacio. —Su boca se frunció—. Qué rápido cambia la lealtad de los niños.

—Debería fabricar una lanza de madera y clavártela en el cráneo —dijo Priya apretando las manos con fuerza—. O tal vez debería hundirte en el suelo y dejar que te devoren los gusanos.

—Le rodeé la garganta con raíces —dijo la mujer con calma—. Puedo estrangularlo antes de que logres salvarlo o asesinarme.

—No puedes.

—Estrangular a alguien lleva tiempo —admitió la mujer—. Mejor, simplemente, le romperé el cuello.

—Era uno de los tuyos —dijo Priya—. Leal a ti y a tu causa. ¿De verdad lo matarías?

—Si todavía tuviera algo de lealtad, moriría voluntariamente por ver libre a Ahiranya.

—Es un niño —exclamó Priya—. ¿Realmente asesinarías a un niño que conoces, con tu propio poder?

Se oyó un ruido, un siseo, cuando las raíces se enrollaron con más fuerza, y Rukh pateó furiosamente el suelo con los pies.

Bueno, esa había sido, sin duda, una respuesta contundente.

Una línea de sangre acuosa brotó de la nariz de la mujer. Se deslizó por su labio. Ella se la limpió con el dorso de la mano.

—Estamos a poca distancia de los parijatdvipanos, que estarían encantados de ver colgados a los rebeldes —dijo Priya—. Y las personas que viajan conmigo tampoco tienen motivos para que les caigas muy bien.

—Bueno, no me detuvieron —dijo la mujer, que no usaba ni llevaba máscara alguna. Tenía mechones plateados en el cabello, arrugas alrededor de su boca—. Sin mi máscara, tú y yo somos bastante parecidas. Sierva y sierva. Mujer común y mujer común. Invisibles.

—No nos parecemos en nada.

—No —asintió la mujer—. Eres una hija del templo. Tienes un deber para con Ahiranya. Cuando yo tenía tu edad no era más que una devota, una peregrina en tu templo. Y ahora sigo a tu hermano, y vengo para buscar tu ayuda y asegurarme de que cumplas con tu deber. Todo lo que tienes que hacer es decirme el camino.

—¿Y dónde está Ashok? ¿Por qué estás tú aquí y no él?

La mujer ladeó ligeramente la cabeza.

—¿No me dirás el camino? ¿Ni siquiera ahora?

—Si Ashok quisiera lastimarme o manipularme, lo haría él mismo —dijo Priya—. Ni siquiera sabe que estás aquí, ¿verdad? Pero eres leal a él. Obediente. ¿Por qué vendrías aquí sin su bendición?

La mujer no dijo nada.

—Entonces se está muriendo —murmuró Priya.

Odiaba la forma en la que su corazón se retorcía ante la idea, un dolor sordo en el pecho y la garganta.

La mujer no volvió a hablar, pero Rukh emitió un sonido

ahogado, bajo y terrible, como si las raíces se hubieran apretado aún más alrededor de su cuello.

—No puedo simplemente decirte el camino —dijo Priya rápidamente—. Te lo tendría que mostrar. Y si Ashok está agonizando, es muy posible que no tenga la fuerza para llegar al Hirana antes de morir.

La mujer negó con la cabeza.

—No es solo el camino lo que deseo de ti. Ashok tiene una visión que debe cumplirse... sobreviva él o no. —La mujer tragó saliva, el dolor parpadeaba en su rostro—. Tú lo has condenado. Pero sé que su visión es más grande incluso que él mismo, así que dejaré de lado cualquier idea de hacer justicia si vienes conmigo y le escuchas hablar.

Priya no podía dejar a Bhumika, a Sima y al resto desprotegidos. Pero tampoco podía abandonar a Rukh.

—Ven conmigo y escucha a tu hermano —dijo la mujer—. O el niño morirá.

—Déjalo ir ahora, y yo iré.

La mujer resopló.

—No —insistió—. Viene con nosotros.

Priya miró a Rukh. Tenía el cabello pegado a la frente húmeda de sudor, el rostro enrojecido, aterrorizado y furioso.

—Bien—dijo Priya—. Vamos.

El nombre de la mujer era Kritika. Tiempo atrás había sido una peregrina, una de los hombres y mujeres que escalaban el Hirana y recogían las aguas inmortales para colocarlas como ofrendas a los pies de los *yaksas* en sus altares o usarlas como talismanes de poder y fortuna. Pero cuando el consejo del templo se quemó, ella conservó toda el agua en un sitio seguro, previendo que algún día sería necesaria.

Le contó todo esto a Priya, mientras arrastraba a Rukh con una correa de enredadera. Las manos del niño estaban atadas. Él miraba a Priya, de vez en cuando, y ella le devolvía la mirada. "Todo va a salir bien", trató de decirle con los ojos. Pero Rukh todavía parecía asustado, y había una mueca de rabia en su boca, como si no supiera si quería gritar o llorar.

Priya vio otras siluetas en las sombras a medida que disminuían la velocidad. Llevaban hoces y sus ojos entrecerrados estaban fijos en ella cuando pasó a su lado. Algunos todavía estaban enmascarados, sus identidades ocultas detrás de rictus de madera, pero otros tenían el rostro descubierto y expresiones tensas.

Kritika se detuvo ante una pequeña enramada cubierta de flores de color ámbar pálido, con hojas que colgaban como velos. Entró allí con Rukh todavía atado a ella. Pasó el tiempo. La presencia de Ashok era un tambor silencioso debajo de la tierra: una canción que le recordaba a Priya las formas, grandes y pequeñas, en las que las aguas los unían.

Kritika regresó con Rukh.

—Te está esperando —le dijo.

—¿Estaba enfadado contigo?

La rebelde le dirigió una mirada neutra.

—Habla con él —respondió—. Esperaré con el chico.

—Regresaré pronto —dijo Priya mirando a Rukh a los ojos. Luego se adentró en la mortaja de hojas.

El mundo yacía en sombras mudas. Ashok estaba acostado boca arriba en el suelo, envuelto en un chal largo. Observó a Priya acercarse con ojos que brillaban como si tuviera fiebre. Su rostro estaba demacrado.

Parecía el hermano que la había abandonado en la terraza de Gautam, hacía muchos años. El hermano que estaba agonizando.

—Vine aquí para morir en paz —susurró Ashok—. Pero me alegra que Kritika no haya obedecido mis deseos. —Sus dedos se crisparon contra el borde del chal—. Acércate.

Priya se acercó más. Se arrodilló a su lado.

—¿Estás triste? —preguntó—. Sabías que esta sería la consecuencia de negarme las aguas inmortales, después de todo. Mi muerte y la de ellos. —Señaló débilmente la entrada de la enramada y las figuras vigilantes que yacían más allá.

—No pongas el peso de tu muerte sobre mis hombros —dijo Priya con aspereza—. Tú lo elegiste. Conocías los riesgos.

—Entonces, ¿qué pasa ahora, hermanita? Cuando esté muerto, ¿permitirás que el imperio nos destroce a todos con sus dientes?

¿Encerrarás las aguas inmortales hasta que encuentres a alguien que consideres digno de ese poder?

Ella negó con la cabeza, con el corazón dolorido.

—Obtendrás lo que quieres después de todo, Ashok —dijo en voz baja—. Que Ahiranya sea libre. Pero será obra de Bhumika y mía. No tuya. Hicimos un trato.

Él se esforzó para sentarse, los ojos intensamente fijos en ella.

—¿Qué tipo de trato?

—La política no es mi fuerte —dijo Priya. Era mentira solo en parte—. Tendrás que preguntarle a Bhumika sobre eso. Pero como sea que se haya hecho, se prometió la independencia de Ahiranya y vamos a usar la fuerza de las aguas inmortales para aferrarnos a ella. Tal como crees que deberíamos hacer.

Ashok soltó una risa ahogada.

—Mis dos hermanas me han escuchado. Nunca pensé que vería este día.

—Tu Kritika me trajo aquí en contra de mi voluntad. Pero sería útil tener luchadores fuertes que trabajen con nosotros en defensa de Ahiranya. Tener una red de manos y ojos leales. Tener un nuevo consejo del templo que ya conozca el sabor de las aguas y sus riesgos.

Hubo un latido de silencio cuando Ashok la miró. Quizás era la enfermedad la que lo había dejado tan vulnerable, en carne viva, pero se podía ver la esperanza en su rostro, en la forma de su boca. Quería que sus seguidores vivieran.

—¿Y qué pedirá a cambio mi querida hermanita, que dice no saber nada de política?

—Que aceptes a Bhumika como nuestra líder —dijo Priya—. Debes jurar que nunca intentarás derrocarla. Debes prometer, sobre los *yaksas* y las aguas que corren por tu sangre, que nunca pelearás contra ella por el control de Ahiranya. Déjala ser la mejor de nosotros, Ashok. Ella es la única sensata de los tres, después de todo.

—No puedo prometer no pelear con ella ni ponerla a prueba —dijo de inmediato—. Ella no entiende lo que debería ser Ahiranya. No le importa.

—No estás en posición de negociar, Ashok —replicó Priya.

Ashok tosió con un estertor. Se limpió el agua y la sangre de los labios y luego dijo:

—Mis seguidores ¿tendrán un futuro? ¿Como líderes?

—Sí —respondió Priya, y deseó desesperadamente no estar cometiendo un error.

—¿Junto a ti y a Bhumika?

Priya no estaba segura de querer que se mencionara su propio nombre relacionado con el liderazgo, pero repitió:

—Sí.

—Entonces acepto —dijo Ashok—. Llévame a las aguas, sálvanos a mí y a los míos, y serviré a Bhumika. Por el bien de Ahiranya, todos lo haremos.

Priya asintió, profundamente aliviada.

—¿Puedo confiar en ti? ¿De verdad?

—Somos familia, Priya —respondió él. No hay nadie en el mundo exactamente como nosotros. Nadie que sepa lo que sabemos, o que haya sufrido como nosotros sufrimos.

—Eso no es un sí, Ashok. —Ella apretó los párpados cerrados. Los abrió de nuevo—. Pero me basta. Necesito una cosa más de ti.

—Dime.

—Tu Kritika tiene un niño como rehén. Rukh. Lo quiero de vuelta, o no hay trato entre nosotros. Esto es asunto nuestro, Ashok. De nuestra familia. No necesitamos involucrar a nadie más. Hablaré con Bhumika y, una vez que acepte nuestro trato, regresaré con ella.

—Bien —dijo.

Pensó en levantarse y dejarlo allí. Su acuerdo estaba cerrado, después de todo. No había nada más que decir.

Pero, en cambio, se inclinó hacia delante y apoyó su frente contra la de él; olía a sudor, a enfermedad, a hogar. Todavía era vulnerable a él, al amor y a la familia extraña y rota en que los había convertido... lo que fuese que ellos eran.

—Te esperaré —murmuró.

"No tienes otra opción", pensó ella.

Se mordió el labio y asintió, luego se apartó.

—Kritika —llamó Ashok.

La peregrina entró de inmediato.

—Deja que el chico se vaya —dijo—. Mi hermana y yo hemos llegado a un acuerdo. Ella regresará con nosotros muy pronto.

* * *

El campamento ya no estaba tranquilo cuando Rukh y Priya regresaron. Las otras mujeres hacían mucho ruido; Khalida salió de la tienda con el rostro pálido, furiosa por la ausencia de Priya. Todavía estaba regañándola cuando se abrió la puerta de la tienda y se asomó Sima. Captó la mirada de Priya. La llamó.

—La Señora Bhumika pregunta por ti —dijo, mientras Priya se liberaba de la ira de Khalida y se le acercaba—. Ven a ver.

Alguien había quemado incienso dulce para mejorar el olor de la tienda. Bhumika estaba medio sentada, con la cara sudorosa y sonrojada. Y había un bulto que se retorcía y chillaba como un gatito recién nacido, en sus brazos.

—Es...

—Un bebé —dijo Bhumika—. Una niña, al parecer. Supongo que eso es bueno. ¿Quieres tenerla en brazos?

La bebé era pequeña y no olía bien, y cuando Bhumika se la colocó en los brazos, Priya sintió algo abrumador: una especie de terror y asombro ante la repugnante belleza de la vida, que la hizo querer entregar a este pequeño humano lo más rápido posible, y también, al mismo tiempo, aferrarse a ella para siempre.

—Huele mal —comentó, mirando fijamente el diminuto rostro de la bebé.

—Las primeras palabras que escucha la pobre criatura, y eso es lo que le ofreces —dijo Bhumika—. Devuélvemela.

Priya lo hizo.

—Si todavía estuviéramos en el templo, consultarías los mapas estelares para elegir las letras y sílabas correctas para un nombre, como hacíamos con los bebés de las peregrinas.

—Afortunadamente, ya no somos niñas del templo —dijo Bhumika—. Su nombre es Padma. Ese es el nombre que he elegido para ella. Le servirá igual. Ahora dime qué te ofreció Ashok.

Priya levantó la cabeza.

—¿Lo sabes?

—Yo también lo sentí —respondió Bhumika—. ¿Cómo no iba a hacerlo?

Esto no tenía fin. Incluso entonces, en este momento, sus deberes no tenían fin. La guerra era su trabajo.

Priya respiró hondo y comenzó.

* * *

Después de que el comandante Jeevan hubiera regresado para proteger a Bhumika y a los demás, tras enterarse de todo lo que había pasado, Priya se escabulló.

Se movió en silencio, con cuidado, abriéndose camino a través del bosque hasta el campamento de los parijatdvipanos.

Malini tenía una tienda propia: Jeevan había visto cómo la erigían y le había explicado su ubicación a Priya antes de que ella partiera.

Priya esperó hasta que nadie estuviera mirando, luego se deslizó dentro de la tienda.

Malini la vio entrar. No pareció sorprendida.

—Priya —murmuró.

Cruzó la tienda y le tomó el rostro con las manos. Pero no la besó. Simplemente la miró.

Y Priya...

—¿Qué clase de tienda es esta, por la tierra y el cielo? —preguntó, mirando alrededor—. ¿Eso del techo es oro? ¿Y por qué tienes un escritorio?

—En realidad, es modesta para los estándares que conocí en mi juventud —dijo Malini, con una sonrisa en los labios. Pero sus ojos eran cautelosos cuando dijo—: No deberías haber venido aquí.

—Esos soldados no podrían haberme hecho daño.

—No importa —dijo Malini—. ¿Por qué has venido?

Priya la miró y la miró, luchando por encontrar las palabras.

—Malini —comenzó, dando forma al nombre con cuidado en la lengua, como si así pudiera conservarlo—. Estás donde tienes que estar. Mi parte de nuestro trato está hecha. Y yo... vine aquí para decir adiós.

Observó cómo la sonrisa se desvanecía y moría en el rostro de Malini.

—Yo... la verdad, no creo que deba estar aquí diciéndote esto. Es un exceso de confianza —admitió.

—Te vas —dijo Malini—. Te vas ahora.

—Sabías que en algún momento tendría que hacerlo —explicó Priya—. Bhumika y yo, todos nosotros, tenemos que proteger a Ahiranya hasta que tu hermano Aditya asuma el trono. Hasta que seas capaz de hacer cumplir tu promesa.

—Lo sé —dijo Malini aturdida—. Lo sé. Es que es tan... tan pronto.

Su frente se arrugó, solo un poco. Se tocó la garganta con las yemas de los dedos.

Había tensión en el rostro de Malini mientras se alejaba con elegancia y se sentaba en su escritorio, de espaldas a Priya.

—Gracias —dijo— por venir a hablar conmigo. Sabiendo cómo me siento, fue muy amable por tu parte. —Inclinó un poco la cabeza y dejó la nuca al descubierto al acomodarse la trenza sobre el hombro—. Y gracias también por... todo. Por el tiempo que hemos pasado juntas. No olvidaré la promesa que te hice.

Priya tragó saliva. Tenía un nudo en la garganta. Le escocían los ojos.

—No hemos terminado lo nuestro, Malini —dijo—. Este no es el final.

—Por supuesto que lo es, Priya. Tú misma lo dijiste. Ahora estamos en caminos diferentes. ¿No es eso un final?

Ser nada más que una parte de la vida de Malini, y que ella fuese solo una parte de la vida de Priya... no. Estaba mal, visceralmente mal. No podía ser tan fácil borrar lo que sentían la una por la otra, la maravilla y la esperanza de ese sentimiento.

—Malini —dijo Priya—. Malini. Yo... —Tragó saliva—. Volveremos a vernos. Lo sé. No importa adónde vayas o lo que hagas, tarde o temprano te encontraré, porque te llevas una parte de mi corazón contigo. Tú lo forjaste, después de todo.

Malini se puso en pie de un salto. Se acercó a Priya y le tocó la frente con la suya; el pulso de Priya se aceleró. Malini olía a piel limpia y a jazmín, y estaba demasiado cerca, demasiado cerca para que Priya la viera con claridad. Todo lo que pudo ver fue una sombra de cabello oscuro. El parpadeo de la lámpara de aceite, que proyectaba sombras en la mejilla de Malini. La mandíbula apretada de Malini. Sus pestañas húmedas.

—Al menos, bésame para despedirnos —susurró Priya—. Al menos eso.

Malini le tomó la cara entre las manos y la besó. Le mordió el labio, alivió el escozor con la dulzura de su lengua y la besó más profundamente. Priya, con su sangre cantando, tocó la nuca de Malini con la palma de la mano, la piel cálida y sedosa, rozó con el pulgar los bucles ligeros de su cabello y el plateado tenue de una vieja cicatriz y acercó la cara de nuevo. Y otra vez. Fue un beso exuberante, mordaz. Era un adiós, y a Priya le dolía el corazón.

—Podría hacer que te quedes —susurró Malini, retrocediendo, con su respiración agitada y una mirada salvaje en sus ojos—. Podría convencerte. He convencido a tanta gente en el pasado para que haga lo que quiero... Si puedo persuadir a alguien para que cometa traición, seguramente puedo convencerte de que te quedes a mi lado. —Se apoyó en los brazos de Priya—. Tú también lo deseas, después de todo. No quieres dejarme. No estarías aquí si realmente quisieras hacerlo.

Había deseo en sus palabras, pero también miedo. Priya lo sabía. Era el mismo miedo que Malini había confesado cuando contó cómo había estado a punto de clavarle un cuchillo en el corazón. Era miedo de sí misma.

—No pudiste convencerme —le dijo Priya—. No pudiste engañarme. Estoy absolutamente segura de eso. Tengo un propósito y una meta, y ni siquiera tú puedes obligarme a renunciar a ella. Te lo prometo, Malini. —La besó de nuevo, un roce más ligero de sus labios contra la mejilla de Malini—. Lo prometo.

Malini suspiró.

—Bien —dijo—. Está bien. —Y luego giró la cabeza para rozar una vez más la boca de Priya con la suya antes de retroceder y alejarse—. Deberías irte ahora, si quieres partir antes de que amanezca. Vete, Priya.

Priya miró a Malini. Su espalda, una línea imponente.

—Te prometo que volveré —le dijo—. Sé que no piensas mucho en las profecías. Ni en portentos, ni en el destino, ni en nada por el estilo. Pero un día voy a venir a buscarte. Para entonces, supongo que ya me habrás olvidado. Tal vez solo pueda caminar por fuera de cualquier *mahal* en el que vivas, pero mientras... mientras tú quieras que vaya, iré. Si quieres que te encuentre, iré a tu encuentro.

Había tantas cosas que Priya no sabía cómo decir.

"En el momento en el que te vi por primera vez, sentí que algo me arrastraba a ti. Eres como la sensación de caer, como las aguas de la marea, la forma en la que un ser vivo siempre gira buscando la luz. No es que crea que eres buena o amable, ni siquiera es que te ame. Es que, cuando te vi, supe que te buscaría. Así como busqué las aguas inmortales. Así como busqué a mi hermano. Así como busco todas las cosas, sin pensar, sin nada más que deseo".

—Si quieres —repitió.

—Siempre serás bienvenida —dijo Malini bruscamente, como si le hubieran arrancado las palabras—. Cuando vengas a buscarme, serás bienvenida. Ahora, Priya, por favor...

Priya tragó saliva.

—Adiós, Malini —dijo.

Capítulo Sesenta

MALINI

Malini esperó hasta asegurarse de que hubiera pasado mucho tiempo desde la partida de Priya. Esperó horas, en la extraña luz del sendero del buscador, sentada ante el escritorio, pero sin pluma en la mano. Luego se puso de pie y salió de la tienda para preguntar por el paradero del comandante Jeevan.

Como esperaba, pronto se enteró de que Jeevan y sus hombres habían regresado al séquito de Bhumika hacía algún tiempo. Cuando uno del grupo de Rao fue a buscarlos, acercándose con cautela con una lámpara sobre su cabeza para marcar su presencia, no encontró señales del campamento.

—Los ahiranyi han desaparecido —dijo Rao—. Se fueron por su propia voluntad, por lo que sabemos.

Rao le había llevado comida. Sana, sencilla, traída desde el monasterio: verduras en escabeche, frijoles fermentados, *roti* cocinado a las brasas sobre el fuego compartido. Comió sin saborear nada. Había pensado, había tenido la esperanza de que Aditya iría a preguntarle. Pero su rechazo a comprometerse con su destino aparentemente abarcaba incluso esto. En cambio, era Rao quien estaba de pie en su tienda, con las manos entrelazadas en la espalda, mirándola con ojos cautelosos.

—Fui yo quien les dijo que se fueran —explicó Malini.

No era verdad. No importaba, por supuesto. La verdad y la mentira eran herramientas para ser utilizadas cuando fuera necesario. Y le había hecho a Priya una promesa que tenía la intención de cumplir.

—Podrían haber sido útiles —observó Rao.

—La mayoría no lo era —dijo Malini sin rodeos.

Los ojos de Rao se entrecerraron un poco, con suspicacia.

—La que te salvó...

Malini negó con la cabeza.

—Estoy en deuda con ellos —dijo—. Me rescataron de la prisión y me salvaron la vida. Si han elegido regresar para defender a su nación, no puedo recriminárselo. Solo puedo estar agradecida.

—Aditya me dijo que les hiciste una promesa.

—Así es —dijo Malini—. Y haré que se cumpla.

Rao la miró fijamente.

—Malini. —Dudó.

—¿Sí?

Bajó la mirada.

—Nada. Estamos levantando el campamento. ¿Quieres que los hombres te preparen un palanquín?

Ella negó con la cabeza.

—No es necesario. Caminaré.

A medida que se acercaban al final del sendero del buscador, la luz del sol se filtraba a través de los árboles, sin enturbiarse por la extraña lluvia de la noche.

—Sin velas —les gritaba uno de los hombres a los demás—. Y nada de fumar en pipa, señores. No lo olvidéis.

A primera vista, los jardines de laca de Srugna eran un gran monasterio del valle, un lugar de culto ideal para la fe sin nombre. Las laderas del valle estaban cubiertas de una exuberante y delicada profusión de hojas de color verde oscuro y amarillo bruñido. El suelo era de hierba ondulante y flores silvestres: púrpura, rosa, azul, tan pequeñas como cuentas. Había árboles, delicados y de ramas largas, doblegadas por el peso de la fruta y las hojas tiernas, las bayas oscuras.

Pero nada de eso era real. El clima en Srugna no era adecuado para las flores silvestres de Dwarali, las hierbas dulces que crecían en otras partes de Alor.

Malini miró las altas laderas cubiertas de árboles que rodeaban los jardines, circundados a su vez por una gran reserva de agua; la entrada estrecha a través de un puente de raíz tejida y vid. El monasterio estaba bien protegido de los intrusos y, a la vez, era terriblemente vulnerable.

Sintió profundamente ese equilibrio al filo de la navaja cuando cruzó el puente. Debajo de ella había un abismo de rocas puntiagudas. El puente en sí era una trama frágil, que se balanceaba de manera alarmante con el movimiento de sus cuerpos al cruzar su superficie.

Una vez que hubieron cruzado, Aditya se puso a caminar a su lado.

—El jardín fue tallado forjado y construido según la visión del primer sacerdote srugani de los sin nombre. Se le dijo que "fuese al valle del loto y construyera dentro de su corazón un palacio para mí, un lugar de laca". Así se hizo.

Aditya tomó su mano. La condujo hasta los hermosos árboles adornados con gemas que rodeaban la entrada del monasterio. Puso su mano contra la superficie de la corteza.

Laca. Barniz. Dulce, resinoso.

"Jardines de laca" no era simplemente un nombre, después de todo.

Ella retiró la mano.

—Cualquiera podría quemar este lugar hasta los cimientos, por error o a propósito —dijo—. Lo sabes, ¿no? Solo haría falta una chispa.

—No más que una vela —asintió una nueva voz. Un sacerdote se acercó a ellos, vestido con las túnicas azules de su fe, su voz y su expresión tranquilas—. Pero somos sacerdotes de los sin nombre, princesa, y nos entregamos al destino. Es nuestra vocación.

—Ven —dijo Aditya, instándola suavemente a seguir—. Déjame mostrarte tus nuevos aposentos.

Una habitación sencilla. Una cama. Estos lujos, después de tanto tiempo, deberían haberla abrumado.

Se sentó en el suelo y resistió prudentemente las ganas de gritar.

Vivían por su propia voluntad dentro de una pira apagada, los muy tontos. Sintió que esa certeza le comprimía el cráneo.

Fuego. Incendio. Tenía suerte de no creer en el destino, porque estas cosas parecían seguirla. Esperarla.

—Princesa Malini —dijo una voz tranquila pero cálida—. Estoy muy contenta de que estés viva.

Volvió la cabeza hacia la puerta. La discípula favorita de su antigua maestra estaba frente a ella. Como todos los sabios, Lata era austera. Llevaba el pelo recogido en trenzas apretadas dispuestas como una corona alrededor de la cabeza. Su sari, cubierto por un chal gris, estaba impecable.

—¡Lata! No esperaba verte —exclamó Malini sorprendida.

—Acompañé al príncipe alorano —murmuró Lata—. Como me pediste.

Malini tuvo suerte de que algunos de sus muchos mensajes, enviados durante su encierro antes de que intentaran quemarla, o escritos apresuradamente y pagados con sobornos de joyas antes de su encarcelamiento en Ahiranya, hubieran llegado a sus destinatarios, después de todo.

—Y yo estoy muy contenta de que lo hayas hecho —dijo cálidamente, aunque sentía el corazón frío—. Por favor, ven y siéntate.

Lata se sentó a su lado.

—¿Por dónde debo empezar, princesa? —dijo Lata, ladeando la cabeza hacia un lado. Esas eran las palabras de una sabia, una especie de ofrenda recitada de memoria—. ¿Qué quieres saber?

—Todo —respondió ella—. Cuéntamelo todo.

Según Lata, la mayor parte de las fuerzas que buscaban derrocar a Chandra tenían su base en Srugna y en el camino a Dwarali. No había lugar para ellos en el monasterio, confinado y peligroso como era. Solo los señores y príncipes interesados en la politiquería, o que calibraban la capacidad de Aditya, habían optado por acercarse a los jardines de laca.

—Bueno —murmuró Malini, cuando Lata terminó—. Si los hombres nobles quieren politiquería... —Se puso de pie—. Tendrás que actuar como carabina y como una de mis damas de compañía —dijo—. ¿Puedes hacerlo?

—Estoy segura de que puedo manejarlo —respondió Lata.

—Entonces —dijo Malini— primero necesito bañarme.

Se bañó con agua fría e intentó no recordar cuando Priya le ofreció un baño de agua fría en el Hirana; Priya arrodillada, mirándola. Se peinó lo mejor que pudo, después de haber maltratado tanto su cabello. Lata le dio uno de sus propios saris. La blusa le quedaba tan holgada que se abría, pero estaría escondida debajo de la tela, así que tendría que servir. Malini no tenía joyas. Nada de marcas de nobleza. Nada que indicara su valía.

Luego miró hacia arriba, a la ventana.

Por supuesto.

Con la ayuda de Lata, se recogió el cabello en un moño y, con cuidado, fijó en su lugar una media luna de flores de laca recién arrancadas.

Los hombres se callaron abruptamente cuando ella entró en las habitaciones. No había ni rastro de Aditya, ni tampoco de Rao.

Ella había interrumpido un juego de *catur*. Pero entendió que los juegos de dados y de estrategia no eran simplemente una diversión para los hombres de alta alcurnia. Inclinó la cabeza, un movimiento elegante que sabía que enfatizaba la vulnerabilidad de su cuello y la majestuosidad de su porte, y dijo:

—Me temo que estoy interrumpiendo.

—Princesa. —Los hombres no se pusieron de pie, pero inclinaron la cabeza con igual respeto. Fue suficiente—. No es necesario que te disculpes. ¿Estás buscando a alguien?

—Señor Narayan —dijo ella, al encontrar su rostro entre los presentes—. Siento mucho tu pérdida. El príncipe Prem era un gran amigo de mi hermano Aditya. Lo admiraba mucho.

—Gracias, princesa —dijo el joven, repentinamente sombrío—. Es un gran dolor para nosotros perderlo.

—Comparto tu pena —murmuró Malini. Cruzó la habitación hacia él, cada paso era lento y deliberado.

Mientras lo hacía, miró a cada uno de ellos por turno.

—Parecen incómodos, mis señores.

El señor dwarali fue el que habló primero.

—Pensamos que el emperador Aditya regresaría con un ejército. —Su boca no sonreía—. Pero no será así, ya veo.

Malini negó con la cabeza.

—No pude traerle un ejército —dijo—. Solo vine yo. Pero haré todo lo que pueda, mis señores, para verlo en el trono.

—Quizás ahora —murmuró uno de los señores sruganis, con ira en su voz— considerará darnos la guerra por la que vinimos.

Ella suspiró. Giró el cuello, solo un poco, para resaltar las flores de laca trenzadas en su cabello. Era una princesa imperial de Parijat. Eso pesaba.

—Créanme, buenos señores —dijo Malini, bajando recatadamente las pestañas, aunque mantuvo la columna recta y los hombros en una línea firme—. Mi hermano Aditya verá restaurada vuestra antigua gloria. Tendréis lo que teníais antes. El control de vuestros propios reinos. Lugares de autoridad y respeto en la corte imperial. La gloria del imperio, moldeada por la lealtad, volverá a ser como antaño.

Y por eso estaban allí, ¿no? Estaban obligados a pertenecer al Parijatdvipa rehecho y retorcido de Chandra, obligados por los mismos juramentos que sus antepasados habían hecho para pagar el sangriento y terrible sacrificio de las Madres que habían formado Parijatdvipa en el principio. El carácter sagrado de esa promesa todavía resonaba a través de Parijatdvipa desde aquellas muertes. Solo querían lo que siempre habían tenido: igualdad, influencia y prosperidad, y Malini podía asegurarse de que Aditya se lo proporcionara.

Mejor un emperador débil, pensaban sin duda. Mejor un emperador reticente, que quiere ser sacerdote, antes que un fanático que tomará lo nuestro y lo hará suyo.

—¿Y cuándo —dijo el mismo señor srugani— tendremos todo lo que se nos prometió?

—Es tarde —agregó el señor dwarali que había hablado primero, poniéndose de pie—. ¿Puedo guiarla de regreso a su habitación, Princesa Malini?

—No estoy segura de que esa sea una idea inteligente —murmuró Lata.

Pero Malini solo sonrió y dijo:

—Por supuesto, mi señor. Acompáñame.

—Tú eres el Señor Khalil —dijo Malini, mientras salían a la oscuridad aterciopelada. Lata los seguía—, de Lal Qila, ¿no es así?

—Así es —reconoció él.

—Tu esposa piensa muy bien de ti, Señor Khalil —dijo Malini—. Ella describió tu defensa de tu fortaleza contra los Jagatay con gran admiración.

—Y con mucho detalle, sin duda. Mi mujer tiene un interés malsano en la estrategia militar. —Él la miró de soslayo—. Sé que le escribiste a Raziya, princesa Malini. Ella compartió muchas de tus cartas conmigo. Yo estaba... intrigado.

—Pensé que tal vez lo estarías —dijo ella—. Viniste aquí, después de todo.

El Señor Khalil soltó una risa estrepitosa, aunque falta de humor.

—Una decisión de la que estoy empezando a arrepentirme mucho. Echo de menos mi hogar, mis caballos. Y este lugar... —Miró a su alrededor con desagrado—. No permitiría ni siquiera que mis mejores jinetes entraran aquí —dijo—. Estamos cercados. ¿De qué sirven los caballos en un terreno como este? —Hizo un gesto con la mano, con evidente disgusto por la profusión de flores brillantes que colgaban de la rocalla—. Espero aquí mientras al emperador le plazca. Pero me temo que lo que le place es quedarse aquí y meditar.

—Él tuvo la amabilidad de esperarme —dijo Malini—. Fue amable y noble, como un noble de antaño.

El señor resopló, burlón.

—Tengo poca paciencia para sus gestos nobles.

—Agradezco tu franqueza —dijo Malini.

—Mis disculpas. No tenemos tiempo para palabras floridas en Dwarali.

Malini, que había leído las elegantes misivas de su esposa y alguna vez disfrutó de la poesía de Dwarali, se abstuvo de comentar sobre esta afirmación.

—¿Cuántos asesores de Dwarali han sido enviados de regreso con deshonor? —preguntó Malini suavemente—. ¿Y cuántos han sido ejecutados? Para devolverte la franqueza, Señor Khalil, la manera en la que Chandra manifiesta su nobleza no te favorecerá como sí lo hará la de Aditya.

—O la tuya —dijo el señor—. Pero tienes razón en ese punto. La quema de mujeres..., eso no gustó mucho, puedo asegurártelo, princesa. Pero poner a sus sacerdotes de fuego por encima de los reyes y señores que le han dado a Parijatdvipa su grandeza... —Chasqueó la lengua contra el paladar—. Eso fue mal planteado.

—Te advertí que lo haría—le recordó Malini.

—Sí, lo hiciste —reconoció Khalil—. Trabajaste muy duro para sembrar mala voluntad hacia el falso emperador en tus misivas —dijo—. Esto también me lo dijo mi esposa.

—Tu esposa es una mujer astuta.

—Así es.

Caminaron un momento en silencio. Los pájaros revoloteaban sobre ellos. En el cielo brillaban las estrellas y el jardín de laca centelleaba extrañamente.

—Un emperador cruel es desagradable —dijo Khalil. Su tono era desenfadado, casi coloquial—. Pero si protege los intereses de sus allegados, se le puede perdonar mucho.

—Chandra ni siquiera protege los intereses de su propia familia —dijo Malini. Y, vaya, mostró más honestidad de la que debería.

—Ese es el punto crucial, ¿no es así?

Malini siguió caminando. Tranquila, segura.

—Aditya siempre protegerá los intereses de aquellos que le son leales —dijo—. Puedo prometértelo, mi señor.

—Aditya lo hará, ciertamente —murmuró Khalil, mirándola con astucia. No era Aditya, parecían decir sus ojos, quien protegería sus intereses.

Pero eso estaba bien. Después de todo, los intereses de Malini estaban alineados con los de Aditya.

—Te dejo aquí, princesa —dijo Khalil, inclinando la cabeza.

—Gracias —murmuró Malini.

Ella y Lata esperaron mientras él se alejaba.

—Son más amables con sus mujeres en Dwarali —le dijo Malini a Lata, cuando él ya no estaba—. Me he arriesgado.

Luego, para sí misma, murmuró: "Alguien tiene que hacerlo".

Capítulo Sesenta y uno

RAO

Más de una docena de hombres vieron cuando el mensajero, no uno de Prem, sino un saketano vestido de verde oscuro, con el cabello trenzado medio despeinado y pringoso por la sangre, cayó de su caballo y se derrumbó en el otro extremo del puente. Ya estaba empezando a arrastrarse cuando los hombres lo alcanzaron y lo ayudaron.

—Soldados de Parijat —jadeó el mensajero una vez que estuvo en suelo del monasterio—. Están... están viniendo. Solo un batallón, alabadas sean las Madres.

—¿Saben que él está aquí? —preguntó Narayan con urgencia.

—No lo sé —murmuró el mensajero—. No lo sé, yo... ¡ah! —Y ante su quejido de dolor, los soldados y los sacerdotes se abalanzaron sobre él, lo rodearon y lo levantaron para ponerlo a salvo. Un hombre dwarali se quitó la faja y la acercó a la herida que el mensajero tenía en el costado.

La mente de Rao se aceleró. ¿Alguno de los hombres de Santosh había logrado escapar tras su encuentro? ¿O habían dejado un contingente en Hiranaprastha para buscar ayuda si Santosh no regresaba? No había forma de saberlo.

Rao vio un parpadeo de movimiento en las puertas del monasterio. Un destello de azul, cuando alguien que observaba desapareció en el interior.

Podría haber sido cualquiera de los sacerdotes. Pero Rao sabía que era Aditya.

Se quedó mirando la puerta durante un largo rato; una pizca de amargura y arrepentimiento florecía en su estómago.

Aditya lo había escuchado. Y luego había huido.

Tiempo atrás, Rao había admirado la quietud de Aditya.

El hombre nunca había sido imprudente o rápido para enfurecerse. Le habían regañado por sus reflejos lentos cuando practicaban con sables, pero los sabios y los líderes militares que lo habían educado en las reglas de la guerra honorable, en la estrategia militar antigua y moderna, habían admirado su cuidadosa consideración de todos los factores. Aditya era un pensador. Siempre había sido un pensador. Aditya siempre había querido hacer lo correcto.

Había pasado horas estudiando minuciosamente textos, sopesando estrategias y tácticas militares, reflexionando sobre la ética de la guerra, descifrando las mejores opciones, las estratagemas que proporcionarían el equilibrio perfecto: bajo costo para la vida humana, una victoria rápida, una batalla honorable.

Rara vez descubrió que se pudieran lograr todos.

—No será tan fácil en el mundo real —había dicho Aditya una vez mientras jugaban al *catur* con los ojos fijos en el tablero. Su mano siguió moviéndose, revoloteando primero sobre el pequeño elefante tallado, el auriga, el soldado de infantería, el ministro. El rey—. Aquí puedo optar por sacrificar a quien sea necesario para ganar. —Su voz, su expresión, ambas extrañamente apagadas—. En nuestras lecciones, se nos enseña que debemos hacerlo. Pero a veces pienso que, si no hubiera guerra en absoluto, todo sería más fácil.

—Sí, así es —había coincidido Rao, desconcertado—. Pero la guerra sucede.

—¿Tiene que suceder?

—No lo sé —había dicho Rao—. Creo que así es el mundo.

Aditya había fruncido el ceño. Miró el tablero. Luego tomó la pieza que simbolizaba al rey y la colocó más allá del tablero, en el borde de la mesa.

—Ahí —dijo, devolviéndole la sonrisa a Rao—. Ahora el rey puede contemplar el horizonte. Mucho más divertido que la guerra, creo.

—Estoy bastante seguro de que va en contra de las reglas —había bromeado Rao.

—Está bien —había respondido Aditya—. No me importa el juego de *catur* de todas maneras.

Y Rao se había reído y, tras darle una palmada en la espalda, le había dicho:

—Si estás tan cansado, ven a tomar una copa conmigo.

Había creído, entonces, que habría tiempo para que Aditya se convirtiera en un buen emperador.

Debería haber sabido, como devoto del dios sin nombre, que el rey parado más allá del borde del tablero había significado algo. Que un hombre a veces puede ver su verdadero destino sin darse cuenta.

—Un nombre profético no siempre es algo susurrado por un sacerdote en el nacimiento de un niño —había dicho un sacerdote de la fe sin nombre, cuando Rao le preguntó por qué tenía que cargar con ese nombre, por qué él—. Incluso más allá de nuestra fe, hay personas que descubren su destino por casualidad. Su destino los encuentra: en sueños, en historias, en casualidades. A menudo no reconocen la verdad cuando las honra con su gracia, y el conocimiento de la profecía los pasa por alto. Pero tu destino te habría encontrado, joven príncipe, tanto si fueras alorano como si no. Alégrate de que tu fe te anticipe lo que está por venir.

—Debe ser extraño —había murmurado Rao—. No saber tu destino, incluso cuando lo ves.

—Tal vez —había dicho el sacerdote, sonriendo con benevolencia—. Pero tú eres de la fe de los sin nombre, príncipe de Alor. Reconocerás exactamente tal profecía cuando la veas. Puedes salvar a otro hombre de seguir su camino en la ignorancia algún día.

Rao no lo había hecho.

Rao encontró a Aditya en un pequeño jardín repleto de pájaros cantores. Aditya no se dio la vuelta, así que Rao lo giró, haciendo que el hombre lo mirara a los ojos.

—Tu hermano viene a por ti —le dijo agitado, con las manos sobre los hombros de Aditya—. Mi príncipe, mi emperador, mi amigo. Chandra ha enviado a sus hombres aquí. Te matará. Tenemos que huir.

—Solo un poco más —murmuró Aditya, apartando la mirada de Rao hacia los pájaros, el cielo. Rao se preguntó qué factores estaba sopesando en esa cabeza suya: cómo comparaba la justicia con la ética y la estrategia, llegando como resultado a nada más que la quietud de su cuerpo, sus ojos distantes—. Solo un poco más, y sabré lo que hay que hacer.

—¡No hay más tiempo! Nunca ha habido tiempo.

Aditya cerró los ojos. Parecía como si un peso terrible yaciera sobre él, un peso aplastante que le doblaba los hombros como ninguna política cortesana, ninguna guerra, nada que hubieran experimentado juntos como príncipes en Parijat.

—No lo entiendes —susurró Aditya.

—Lo entiendo. Lo entiendo. He sido fiel los principios de esta fe toda mi vida, Aditya. Mi hermana murió por ellos. Pero no puedo permitir que hagas esto.

Aditya lo miró a los ojos finalmente. Ojos oscuros. Cejas severas.

—Si soy tu emperador, debes darme el tiempo que necesito. Mi palabra es, después de todo, ley. —Su voz se volvió repentinamente dura—. Y si no soy tu emperador, entonces ve y pelea tu guerra sin mí. Es bastante simple.

Rao pensó en ese tablero de *catur* de hacía mucho tiempo; en el ceño fruncido de Aditya, en su deseo de salir del tablero. Pero no había salida de este juego. Aditya era una pieza que tenía que moverse si se quería ganar o perder algo.

—No —dijo con firmeza—. No tomaré esta decisión por ti. Esta es tu tarea, Aditya. No la mía. Si vas a ser emperador, si vas a liderarnos, tienes que dar el primer paso. Tú tienes que decidir. No elegiré por ti.

Aditya se soltó de sus brazos. Se dio la vuelta y se alejó. Y Rao inclinó la cabeza, pensando en su hermana, que había sido quemada, y en el terrible peso de su propio nombre. En la esperanza.

La realidad de Aditya, atado por una visión. Sin intenciones de elevarse.

Capítulo Sesenta y dos

MALINI

B astó que uno de los señores sruganis y todos sus seguidores, un número significativo de hombres, decidieran abandonar el monasterio para que Malini supiera toda la verdad.

—El mensajero se arrastró desde su caballo muerto —anunció el Señor Narayan paseándose nervioso—. Arriesgó su vida para traernos este mensaje. Y ahora, nada. ¿Dónde está el emperador Aditya? Príncipe Rao, ¿lo sabes?

Rao negó con la cabeza. No dijo nada.

—Chandra no puede estar seguro de que Aditya esté aquí, o habría enviado muchos más hombres —opinó otro señor.

—Puede estar atacando todos los monasterios de los sin nombre — dijo Rao—. O bien hizo que nos siguieran por el sendero del buscador.

—Atacar todos los monasterios sería una tontería en el mejor de los casos, y una afrenta a la fe en el peor —dijo otra voz, horrorizada—. Ningún hombre en su sano juicio lo haría.

La risa de Rao fue amarga.

—Chandra lo haría.

—Los soldados llegarán aquí esta noche —dijo otro.

—¿Estás seguro?

—Si viajan discretamente, no deben tener caballos ni ninguna posibilidad de llegar antes. Pero el mensajero estaba seguro.

—¿Y el emperador Aditya...?

—Ya se le avisó tan pronto como llegó el informe —dijo el Señor Khalil, con una mirada de párpados caídos.

Observó a los demás como si estuviera sobre la mesa de juego de *catur*, sopesando su próximo movimiento y sopesándolos a ellos también.

—¿Y cuáles son sus planes? —preguntó Lata, desde la esquina de la habitación.

—No ha creído conveniente ilustrarnos —dijo Khalil tranquilamente—. Pero estoy seguro de que hablará con su amada hermana.

—Estoy seguro de que lo hará —respondió Malini, con la misma tranquilidad. La sangre latía con fuerza en sus oídos.

—Habrá muchas batallas y muchas guerras si el príncipe Aditya tiene la intención de recuperar el trono.

—Y lo hará —dijo Malini con firmeza.

Khalil hizo un ruido. No estaba del todo de acuerdo.

—¿Nos haría huir, como cobardes, en contra de nuestro estatus? —preguntó Narayan.

Malini no pensó que la supervivencia fuera una cobardía, pero se abstuvo de decirlo.

—Somos guerreros, mis señores —dijo Rao sorprendiéndola—. No huimos de la batalla. Pero al menos podemos usar este tiempo para elaborar estrategias. Si os unís a mí...

Malini no se quedó. Fue a pasear por los jardines. Caminó con prudencia, pasando junto a sacerdotes que meditaban o pintaban con laca las hojas de las plantas.

—Lata —dijo Malini a su sombra siempre presente—. Historia militar.

—Mi maestra era la que mejor conocía la historia.

—Si ella estuviera aquí, con mucho gusto aceptaría su consejo. Pero tú eres su discípula. Dime lo que sabes.

—Esto es lo que sé, princesa: usas cualquier herramienta que tengas a tu disposición. Haz un balance, ¿qué tienes?

Malini miró a su alrededor. Los jardines. Los árboles antinaturales; las hojas y los frutos que colgaban de ellos y que nunca se pudrirían. Un oscuro presentimiento se deslizó por su espalda.

—No puedo usar lo que tengo.

—¿Por qué no? —preguntó Lata simplemente.

"Porque está mal". Pero no. Eso no le importaba a ella. No verdaderamente. "Porque sería monstruoso".

Incluso eso. Incluso eso no importaba tanto como debería.

—Porque puedo perder a los seguidores de Aditya. O... —Hizo una pausa—. O puedo ganarle más —murmuró—. Piensan que él no tiene la capacidad de ser despiadado. Piensan...

El rostro de Lata de repente se puso gris. Sabía exactamente lo que pretendía hacer Malini.

—No quise decir...

—¿No quisiste?

Malini no le sonrió. No estaba contenta.

—Gracias —dijo, en cambio.

—No me des las gracias —dijo Lata—. Por favor.

"Al fin", pensó Malini. "Ella entiende la amargura del conocimiento".

Malini encontró a Aditya meditando en su habitación, sentado con las piernas cruzadas en el suelo. Lo observó durante un rato, esperando que él se diera cuenta y levantara la cabeza. Como no lo hizo, se arrodilló a su lado sin que le importara interrumpirlo.

—Hermano mío —dijo. Habló en voz baja y amable. El tono que usaba su madre—. Necesito que guíes a tus hombres. No podemos permanecer aquí por más tiempo.

Hubo un largo momento en el que no dijo nada.

—¿Te envió Rao? —dijo él finalmente.

—No. —No necesitaba que Rao la dirigiera sobre lo que era necesario hacer. Aditya debería haberlo sabido.

—Extraño. Y, sin embargo, ambos queréis lo mismo de mí. —Había una sonrisa triste en su boca—. Quieres que mate por el trono. Que asesine por ello.

—Debes matar por el trono —dijo Malini. Obligó a su voz a permanecer calmada, amable—. De eso se trata la guerra. Y no somos simplemente Rao y yo quienes queremos que tomes el trono. Aditya, lo sabes. Sabes que todos esos hombres esperan que los guíes porque

Chandra debe ser detenido, y no hay nadie más que tú para hacerlo. ¿Por qué no actúas?

Los ojos de su hermano tenían ojeras, pero su expresión debajo de la dureza de su sonrisa era decidida.

—Ven conmigo —dijo—. Tengo algo que enseñarte.

La llevó a un jardín. Dentro había una jofaina de agua sobre un pedestal. Ella lo siguió hasta allí; puso las manos sobre el recipiente a petición de él.

—Siempre quisiste conocimiento —dijo—. Ahora puedes recibirlo.

—Tengo muchos libros —dijo Malini mirando a su hermano y no al agua—. O los tuve una vez. Y ahora tengo a Lata para continuar mi educación.

—Quieres entender por qué me resisto al camino que crees que debo seguir. Para eso, debes comprender el conocimiento que los sin nombre me otorgaron —dijo Aditya. Vaciló, y luego habló de nuevo—. Malini, en verdad, te necesito. Necesito tu perspicacia.

—Ya tienes mi guía —dijo ella—. Sabes exactamente lo que creo que es mejor.

—No —insistió él—. Necesito que "veas". Que entiendas lo que me retiene aquí y por qué no puedo irme hasta que sepa lo que debo hacer. Cuando veas, lo sabrás.

—Ya se lo dije a Rao una vez, hace mucho tiempo —se resistió Malini—. No creo en el destino.

—Y, sin embargo, hay fuerzas más grandes que nosotros —dijo Aditya—. Fuerzas que no podemos controlar, que nos llevan, lo queramos o no. La lección más grande que me han enseñado los sin nombre es la fuerza que se necesita para reconocer cuándo no hay una lucha que ganar, cuándo no hay una guerra entre iguales. Solo la posibilidad de rendirse.

Rendirse. Era una palabra fea, una palabra ardiente. Quitó las manos del borde del recipiente.

—No lo acepto —dijo Malini con brusquedad—. Ese no es mi camino.

Dio un paso atrás.

—Malini —pidió Aditya—. Por favor. Si no miras, nunca sabrás por qué lucho.

—Dímelo, entonces —dijo ella—. Dime, para que podamos ir más allá de tu lucha y regresar al mundo real.

—¿Crees que puedo reducir una visión de los sin nombre a palabras que puedas comprender? —Se rio, una risa cansada—. Malini, sé razonable.

Ella había sido razonable. Más que razonable. Él había dejado su corona, su imperio, por abrazar su nueva fe. Y ella, muy razonablemente, le había suplicado que regresara. Ahora estaba allí ante él, con el umbral del monasterio manchado de sangre, pidiéndole razonablemente que actuara.

Nada más.

No podía apartar la mirada de él, de ese hermano al que amaba, que había rechazado todos los privilegios que la vida le había dado para seguir un camino que ella no podía entender. Dejó que algo se levantara dentro de sí misma, algo duro como el hierro y furioso.

—No estoy pidiendo nada descabellado —replicó Malini—. Nunca lo he hecho. Pero si no quieres explicarte, deja que yo te explique algo: tanto tú como Chandra creéis que el derecho a gobernar es algo que os deben otorgar las Madres de las llamas, la sangre, los sin nombre. No soy tan tonta. Sé que no hay un poder superior que sancione a un rey o emperador. Solo existe el momento en que el poder se deja en tus manos, y hay una verdad: o tomas el poder y lo ejerces, o alguien más lo hará. Y tal vez no sea tan amable contigo y los tuyos. —Se inclinó hacia delante—. Hiciste tu elección, Aditya. Y cuando renunciaste al poder, Chandra se volvió contra mí y contra mis mujeres. La muerte de Alori. La muerte de Narina. Cada momento de sufrimiento al que me he enfrentado, todos descansan sobre tus hombros. Debes hacerlo mejor ahora.

Él se estremeció. Ella se obligó a hacer salir de su garganta más palabras, más veneno y verdad, aprovechando su ventaja mientras la obstinada pasividad de su hermano comenzaba a desmoronarse.

—Si tuviera la posibilidad, destruiría a Chandra —dijo lenta, deliberadamente—. Cortaría las rutas comerciales que le llevan arroz y cereales. Quemaría sus campos y destruiría sus minas. Le quitaría todos sus aliados, mediante sobornos o violencia. Y lo mataría. Lenta y deshonrosamente. Eso es lo que yo haría si tuviera la suerte de ser tú, Aditya. Si tuviera tus privilegios. Pero nunca podría ser tú porque yo no habría rechazado mi derecho de nacimiento como lo hiciste tú.

—Tú, mi dulce flor, mi hermana, sueñas con la guerra —murmuró él—. Pensé que tú, entre todas las personas, entenderías mi necesidad de estar libre de tales cosas. Eras la más espiritual de los tres cuando eras niña. ¿Lo recuerdas? No eras devota de los sin nombre, ciertamente. Pero solías pedirme que te llevara al santuario de las Madres para que pudieras poner flores de jazmín y besar sus pies.

—Eso fue antes de que Chandra me hiciera daño por primera vez —dijo Malini secamente—. Eso terminó abruptamente con mis fantasías infantiles.

Él la miró fijamente, sin comprender.

—¿Cuándo —dijo— te lastimó, de niña?

Ella contuvo el aliento. Él no se acordaba.

Quería levantarse el pelo y dejar su cuello desnudo. Quería mostrarle cómo le había hecho daño; mostrarle no solo la cicatriz física, sino la forma en la que las crueldades de Chandra, grandes y pequeñas, habían desollado su sentido de sí misma hasta dejarla en carne viva, una furiosa maraña de nervios, hasta que se vio obligada a fabricarse una armadura, dentada y cruel, para poder sobrevivir.

Pero él no lo entendería. Nunca lo había entendido. Sus dolores y sus terrores, que la habían consumido toda su vida, siempre habían sido pequeños para él. O nunca los había visto, o simplemente los había olvidado con facilidad.

Así que, en lugar de eso, se alejó del pedestal y tocó una de las hojas del jardín. Frotó las yemas de sus dedos de un lado a otro sobre la superficie, sintiendo esa extrañeza pegajosa. Laca. Laca dulce.

—Hay cloacas debajo de los jardines, ¿no es así? Para llevar las aguas y alimentar el huerto de frutas. —Ella había visto las rejas; había escuchado su eco—. ¿Qué profundidad tienen? ¿Son lo suficientemente grandes como para que los hombres caminen a través de ellas?

—Creo que sí —dijo Aditya, claramente perplejo por el cambio de conversación.

—¿Se pueden usar para salir de los jardines discretamente?

—Quizás —respondió Aditya con cautela.

Malini pensó en el aceite que habían frotado en el cabello de Narina y de Alori el día en que las quemaron. La cera que habían cosido en pequeñas pesas en sus faldas.

Sintió nauseas.

Y también se sintió exultante.

—Tengo un plan —dijo—. Para asegurarnos de sobrevivir y poder salir de este lugar para buscar a tu ejército. Y roguemos, por las Madres, que todavía te estén esperando.

Le contó cada detalle cuidadosamente delineado, deliberado. Vio crecer el horror en su rostro.

—No lo haré —dijo Aditya—. No lo permitiré.

—Lo harás —dijo Malini—. O todos moriremos. Tal vez podríamos haberlos combatido, pero gracias a tu falta de voluntad para actuar, tus filas se han reducido. Este valle es una prisión. El único golpe de suerte fue la estrechez de la entrada a los jardines del monasterio. Pídele orientación a tu dios sin nombre si quieres, Aditya, pero es este plan el que encararemos.

—¿Y si no lo hago? —dijo suavemente.

Podría haberlo amenazado. Los nobles estaban asustados, enfadados e inquietos, y ella sabía cómo entretejer palabras agradables y poner una cara bonita mientras lo hacía. Haría falta muy poco para volverlos contra él. O podría haberle llorado o suplicado a su hermano, con el corazón herido sobre su piel.

Pero estaba cansada de todo eso.

Y todavía lo necesitaba a él.

—Mira el mundo, no el agua —dijo Malini—. Mira a tu hermana. Sabes que esto es lo que se debe hacer.

Los nobles todavía estaban discutiendo cuando ella regresó. Fue junto a Rao. Esperó hasta que la conversación se calmó por un momento.

—Mis señores y príncipes —dijo—. ¿Puedo hablar?

Se quedaron en completo silencio.

—Mi hermano Chandra siempre me decía que yo no obedecía a los sacerdotes o a las Madres como debía —comenzó Malini—. Me decía que escuchara la voz de las Madres en mi corazón. Pero cuando escuché, no escuché nada. Y sé que él tampoco oía nada.

Verdad y mentira. Los envolvió juntos, un tejido tan fino que tenía el aspecto de una sola carne.

—Luego trató de quemarme. Y finalmente escuché a las Madres. Y recordé un hecho que todos hemos olvidado, mis señores.

Ya los tenía. Los mantuvo atados con sus palabras, serpenteando y serpenteando.

—La primera de las Madres, la que fundó nuestro linaje y el imperio, era una devota del dios sin nombre, como lo son los aloranos y los sruganis. En su fe y su naturaleza, Aditya está más cerca de ella que cualquier descendiente de su linaje. Él no olvida que Parijatdvipa está unido por una razón. Las Madres optaron por elevarse en el fuego para obtener el poder de proteger a su pueblo. Nuestro pueblo, porque somos un solo imperio.

Hubo un ruido detrás de ella. Malini no se volvió cuando los hombres se inclinaron; cuando Aditya se acercó, vestido con sus suaves túnicas sacerdotales, con la cabeza tan alta como la de un emperador.

Aditya respiró hondo. Avanzó para pararse frente a ella.

—No hay nada que temer —dijo, con esa cadencia mesurada y resonante suya, la que siempre había sofocado incluso a los hombres más feroces—. Mi hermana dice la verdad. Nunca he olvidado los lazos entre nosotros, mis hermanos. Y sé cómo asegurar no solo nuestra supervivencia, sino también nuestra victoria.

Capítulo Sesenta y tres

Viajaron desde Srugna de regreso a lo largo del sendero del buscador. La gente del *mahal* y los rebeldes formaban una compañía incómoda. Los rebeldes siguieron tratando de tomar la delantera, y las sirvientas y los hombres del *mahal* parecían estar considerando seriamente destriparlos a todos en la oscuridad de la noche.

Por necesidad, se movían con lentitud. Bhumika solo podía viajar en su palanquín. Los rebeldes también habían preparado un palanquín improvisado para Ashok: una lona sostenida por bastones, más bien parecida a una hamaca. Kritika caminaba a su lado. Priya se preguntaba cómo estaría. ¿Todavía podía hablar? ¿Estaría sufriendo?

Sin embargo, no se acercó a él. No sabía qué decirle. Una vez que estuvieran en Hiranaprastha y él hubiera atravesado las aguas inmortales y estuviera nuevamente bien, hablarían.

En cambio, caminó junto a Sima. En ese momento, Sima sostenía a la bebé Padma en sus brazos, cuidadosamente atada a su pecho con un cabestrillo hecho de tela rasgada, para que Bhumika pudiera dormir un poco. Priya se aproximó a ellas mientras caminaban y bajó la vista hacia la carita arrugada de Padma.

—Parece una anciana, ¿no crees? —observó.

—Los bebés recién nacidos siempre son así, Pri. Se pondrá más bonita. —Sima miró hacia abajo y agregó, dudosa—: Probablemente.

Se oyó un ruido delante de ellas. Uno de los hombres rebeldes se derrumbó en el suelo y sus compañeros, horrorizados y resignados al mismo tiempo, lo levantaron. Su rostro estaba anegado en sangre. No respiraba.

Otra pérdida, entonces.

—No sé nada de política, pero creo que las personas que matan inocentes y queman una ciudad deberían ser asesinadas —murmuró Sima.

—Por eso dejamos que sea la Señora Bhumika quien haga política —respondió Priya.

—Parece que no te molesta estar de acuerdo con eso —dijo Sima. Había un tono verdaderamente acusatorio en su voz, y dolor auténtico.

No habían hablado de la verdadera naturaleza de Priya desde que se reunieron por primera vez en el bosque. En aquel momento, el alivio de reencontrarse había superado cualquier herida. Pero, oh, el dolor estaba allí, brillaba en los ojos de Sima.

Priya suspiró.

—No era solo mi secreto —dijo—. Lo que soy. Y yo... Sima... no pensé que volvería a ser una hija del templo. Pensé que sería una sirvienta para siempre.

—¿En serio? —La voz de Sima era cautelosa.

—En serio. No me gusta nada de esto. Hacer tratos con asesinos, el solo hecho de que tenga que haber asesinatos. Todo esto. —Agitó una mano hacia el grupo que los rodeaba—. Ojalá las cosas pudieran ser como antes.

—¿De verdad lo deseas?

¿Lo deseaba? Priya se permitió pensarlo, solo por un momento. ¿Quería volver a ser una criada, beber en el huerto, reír y bromear con Sima? ¿Moverse alrededor de Bhumika en círculos siempre vigilados? ¿Mirar hacia el Hirana y anhelar algo que casi no tenía, algo perdido y deseado, la posibilidad de "más" siempre lejos de ella, atrayéndola como una canción?

¿Deseaba no haber conocido a Malini, ni haberla besado nunca? ¿Ni haberla dejado atrás?

—Por supuesto —mintió—. Por supuesto que sí.

—Señora Bhumika —gritó alguien. Era Billu; se aproximó al palanquín de Bhumika, mientras los dos hombres que lo sostenían lo bajaban para dejarla salir—. Uno de los nuestros está enfermo. El niño... está empeorando.

Priya se acercó corriendo.

—¿Qué le pasa a Rukh? Billu, ¿dónde está?

Bhumika la miró, las ojeras ensombrecían sus ojos.

—¿Te lo dejo a ti, Priya? —preguntó con cansancio.

Priya asintió.

—Descansa de nuevo si puedes —dijo y se fue.

Billu llevó a Priya hasta donde estaba Rukh, acurrucado de lado contra un árbol. Sufría un dolor evidente; se encorvaba hacia delante y apretaba su brazo contra el pecho.

—Duele —dijo con voz áspera, cuando Priya se arrodilló para ver cómo estaba.

Ella le apartó la mano. Varios brotes de madera se habían abierto paso a través de su piel, desde los dedos hasta el codo. La carne que los rodeaba estaba salpicada de sangre, anormalmente perlada.

—Oh, Rukh —dijo en voz baja. Mirando a Billu, preguntó—: ¿Alguien tiene algo para el dolor?

Billu negó con la cabeza.

—Los rebeldes han agotado sus propias provisiones. No tenemos nada.

Priya levantó a Rukh. Él emitió un gemido y ella se mordió el labio para evitar maldecir o llorar o ambas cosas.

—Te llevaré a mi espalda —dijo—. Así.

Oyó el crujido de la maleza y apareció Jeevan.

—Tienes que ser capaz de defendernos —dijo él, mirándolos a ella, a Billu y a Rukh con los ojos entrecerrados—. La Señora Bhumika no puede. Tú también, Billu.

—Oh, no me necesitáis —dijo Billu.

—Eres fuerte —dijo Jeevan—. No sabemos con qué nos vamos a encontrar.

—¿Qué esperas que hagamos, entonces? —exclamó Priya—. ¿Abandonarlo aquí?

Rukh emitió un gemido y Priya inmediatamente se sintió un ser humano horrible. Billu le dirigió una mirada de impotencia.

—Yo me encargaré. —Era uno de los rebeldes, un hombre llamado Ganam—. No puedo pelear —agregó con una sonrisa tensa y cautelosa—. Yo también voy a empeorar en cualquier momento. Pero por ahora estoy más saludable que la mayoría de los que bebieron las aguas de las botellas y pude sostener el peso de Ashok. Así que puedo sostener a un niño.

Priya no quería entregarle a Rukh. Pero Jeevan miraba inquieto el palanquín de Bhumika, y no podían permitirse estar detenidos por mucho tiempo.

—Bien —dijo—. Pero trátalo con cuidado.

Ganam le quitó a Rukh de los brazos. Los ojos del chico estaban cerrados con fuerza, su respiración era entrecortada.

—Él no es solo uno de los tuyos —dijo Ganam, ajustando fácilmente su peso—. También es de los nuestro. Espiaba para nosotros. Sirvió a nuestra causa. Tal vez la libertad nos permita proteger a nuestros niños en lugar de usarlos —agregó, apartando el cabello cubierto de hojas de Rukh de su frente—. Me gustaría creerlo.

Priya miró a Rukh, que había apoyado su cabeza sobre el hombro de Ganam. Miró la expresión cautelosa pero tierna del hombre. Luego, a la multitud de personas a su alrededor, y la ira contenida dentro de todos ellos, y también el hambre. Por algo mejor. Por un futuro.

—A mí también me gustaría —coincidió.

Desde el otro lado del sendero, Kritika la observaba con una expresión pensativa en el rostro. Asintió con la cabeza. Después de un momento, Priya le devolvió el gesto.

Siguieron caminando.

Capítulo Sesenta y cuatro

BHUMIKA

Aunque viajaba en el palanquín, estaba exhausta cuando llegaron a la enramada de los huesos. El trabajo de parto había dejado su cuerpo cambiado y consumido, y la bebé casi no dormía. Daba gracias a los espíritus por tener a Sima, que le brindaba consejos para mantener con vida a la pobre niña.

"Este no es lugar para ti", pensó, mientras acunaba a Padma cerca de su pecho. Habían llegado a la enramada de los huesos. Había gran cantidad de huesos, apilados en el suelo. Tintineaban entre las hojas por encima de ellos. "No es lugar para ninguno de nosotros".

Mientras Khalida vigilaba, apoyó la espalda contra un árbol y alimentó a Padma. Estaba tan cansada que podría haber llorado.

—Ya no falta mucho —le susurró a Padma, que ahora solo estaba silenciosamente inquieta—. Pronto estaremos en casa.

—La ciudad no es segura —informó Khalida más tarde. Ella y Jeevan habían entrado en Hiranaprastha, y regresado luego al linde del bosque, donde esperaban los demás, con las noticias que pudieron reunir—. La gente protege sus hogares lo mejor que puede, pero los guardias y soldados, al no estar bajo el control de un amo, están causando muchos estragos. Podríamos tener problemas si entramos en la ciudad tal como estamos.

Bhumika asintió sin sorprenderse. Su mente estaba repleta de posibilidades y preocupaciones: la probable distancia de las fuerzas imperiales, enviadas para sofocar los disturbios o proporcionar ayuda al regente; la cantidad y fuerza de los soldados que ella y los demás tendrían que enfrentar; si terminarían atrapados entre múltiples fuerzas, en un tumulto de sangre...

—No tenemos que pelear —dijo Priya de repente—. Hay una manera de moverse por la ciudad sin molestar a nadie hasta que estemos listos y podamos lidiar con ellos.

El plan era claro y simple, y Bhumika no pudo evitar que una mirada de aprobación cruzara su rostro.

—¿Ves? —dijo Priya, con una sonrisa—. Soy lista. Te lo demostré.

—Nunca he dicho que no seas inteligente.

—Me llamas tonta todo el tiempo.

Bhumika arrugó la nariz y miró hacia otro lado. "Hermanas".

—Estamos preparados —dijo un rebelde poco después. El grupo de los afectados por el agua de las botellas estaba de pie en un círculo alrededor de ellos. Ashok yacía cerca, envuelto en un chal. Padma se revolvía en su manta junto a él.

Priya miró a Bhumika a los ojos. Bhumika asintió.

Una espiración lenta y compartida y el suelo a su alrededor se cubrió de flores puntiagudas, de color púrpura tormentoso y amarillo ácido. Los rebeldes unieron fuerzas y respiraron con ellas.

Las flores comenzaron a subir por los pies de los rebeldes. Bhumika miró hacia abajo y las vio enroscarse alrededor de sus propios tobillos. Se movían a través de ella como carne nueva.

La ciudad estaba destrozada: edificios quemados y humeantes; los pocos que quedaban en pie, cerrados y tapiados. Había figuras que se movían en la distancia: grupos de hombres con hachas o mazas, sus rostros envueltos en telas. Pero no se acercaron a los rebeldes ni a la gente del *mahal.*

Incluso desde la distancia, las hojas y flores que les brotaban de la piel eran visibles. Parecían un grupo de enfermos de podredumbre, tropezando con los ojos muy abiertos por una ciudad que no tenía lugar para ellos. La gente se mantenía bastante alejada del grupo.

Bhumika abrazó a Padma —que, afortunadamente, dormía— contra su pecho mientras cruzaban Hiranaprastha y miraban al *mahal*. Los muros exteriores se habían hecho añicos en los lugares donde los rebeldes los habían traspasado con ramas y movido los cimientos levantando la tierra y las raíces con su fuerza maldita. Pero cuando Bhumika miró a lo lejos, vio una luz que parpadeaba desde lo más profundo del *mahal*.

Una mujer en el muro, una flecha colocada en su arco.

Bhumika avanzó, con la cabeza en alto. Cuando la mujer la vio, bajó su arco. Dio un grito. Y con alivio, Bhumika se dio cuenta de que su gente había guardado el palacio de las rosas después de todo.

—Las espinas mantuvieron alejados a los peores —dijo la sirvienta Gauri con aspereza. Caminaba con un dolor evidente, pero su temple de acero le demostraba a Bhumika que se había defendido bien desde su partida—. Esos eran agresivos, mi señora. Nos alegra haberlos apartado.

Un puñado de soldados parijatis y ahiranyis exhaustos, las sirvientas armadas, los huérfanos: estas eran las personas que habían ocupado el *mahal* desde la partida de Bhumika.

Los sirvientes miraron con inquietud a los rebeldes, pero no dijeron nada. Fue un alivio, al menos, que los rebeldes tuvieran el buen sentido de no usar sus máscaras. Pero Bhumika no tenía ningún deseo de poner a prueba a sus sirvientes convertidos en soldados, o la tregua frágil e incómoda que había crecido entre su séquito y el de Ashok. Sabía que no costaría mucho destruirlo.

—Llévatela —dijo, volviéndose hacia Jeevan y entregándole a su hija dormida—. Si no vuelvo, necesitará una nodriza. Habla con las criadas. Ellas lo organizarán.

Él la miró fijamente, afligido.

—Debo ir al Hirana —agregó—. Debo obtener la fuerza que necesitamos para mantener este país seguro.

Él siguió mirándola como si estuviera luchando por encontrar las palabras.

—Habla —le dijo Bhumika.

—Ella no tendrá a nadie —dijo Jeevan finalmente—. Mi señora.

—Si muero, entonces ella no es hija de nadie —dijo Bhumika—. Y eso sería apropiado, supongo. Fue mi destino una vez, y lo rechacé. —A pesar de todo, acercó su rostro al de Padma, la olió y la besó en la frente antes de enderezarse.

Jeevan inclinó la cabeza hacia ella. No dijo nada más cuando ella se fue, sus manos entrelazadas suavemente alrededor del pequeño bulto.

Juntos, iniciaron la caminata hacia el Hirana. Los rebeldes. Sus hermanos: Priya, con gesto decidido. Ashok, medio inconsciente, sangrando por la nariz.

—Apóyate en mí —dijo Priya.

Ashok negó con la cabeza, exhausto.

—Puedo llevarte —insistió ella, y lo tomó del brazo.

Capítulo Sesenta y cinco

RAO

Si llovía, el plan fracasaría.

En ese momento, las aguas del túnel que corría por debajo de los jardines de laca estaban desbordadas; llegaban hasta el pecho de los hombres que descendieron primero en la oscuridad. A pesar de que Malini era una mujer alta, Rao temía que no pudiera soportarlo.

Pero ella descendió de todos modos. El agua le llegaba a la barbilla.

Los guerreros que encabezaban la marcha sostenían sus armas envueltas por encima de ellos, cubiertas con sacos para protegerlas del daño que pudiera causarles el agua, que despedía un olor fétido. Rao tuvo que contener las ganas de vomitar.

"Agradece", se dijo, "que no haya llovido recientemente. Agradece que no nos estemos ahogando aquí".

"Agradece que haya una salida".

Se armó de valor y avanzó en la oscuridad.

Habían dejado hombres y mujeres en los jardines de laca. Tuvieron que hacerlo.

—Si vienen soldados aquí, notarán claramente si el lugar está vacío —había dicho el señor de Dwarali—. Así que dejaré a uno o dos muchachos, y os pido al resto, caballeros, que hagáis lo mismo.

Los otros príncipes y señores habían estado de acuerdo, y así lo hicieron. Y Rao no había mirado a Malini. No lo necesitaba. Sabía con qué cuidado hilaba sus redes. Su silencio, cuando los hombres hablaron, no significó nada en absoluto.

Los sacerdotes sin nombre habían elegido quedarse.

—Este es nuestro hogar, y el lugar de nuestro servicio y deber —había dicho un hombre, tranquilo mientras se arrodillaba en un bosquecillo de árboles lacados, bajo el brillo nacarado de sus hojas y el aceite pegajoso y reluciente de su corteza—. Los sin nombre decidirán qué será de nosotros.

—Es probable que no consigamos nada —respondió bruscamente Mahesh, un señor parijati que había sido completamente leal a Aditya desde el principio—. Pero te agradecemos tu valentía.

—No es valentía —le había murmurado Aditya a Rao más tarde, mientras los hombres guardaban su equipaje y sus armas, y Malini observaba desde debajo de la sombra de la terraza del monasterio, con su *pallu* sobre el rostro—. Es simplemente nuestra vocación. Aceptamos los vientos del destino.

—Creo que aceptar tu destino sí puede ser valiente —había respondido Rao, pensando en Alori—. Afrontar tu muerte con calma... es un gesto de valor.

Aditya también debió de pensar en ella entonces. Pareció repentinamente afligido.

—Rao, no quise decir...

—No es nada —había interrumpido Rao. Y no era nada. No tenía que ser nada. Pero no podría haber soportado las disculpas de Aditya—. Será mejor que nos preparemos para partir.

Ahora avanzaban más y más lejos a lo largo de los túneles de agua, grandes huecos revestidos de piedra, en la oscuridad cada vez más densa que se cerraba sobre ellos. Sin lámparas. Ni fuego. Allí no podía haber fuego. Todavía no, y si todo salía bien, nunca. Miró una vez más a Malini. Era casi invisible, pero podía ver el blanco de sus ojos como un resplandor contra el agua.

—Príncipe Rao —dijo uno de los hombres de Prem en voz baja—. Nos estamos acercando al final.

Había una alcantarilla encima de ellos. Finos segmentos de luz de luna. Tres hombres se estiraron para apartarla a un lado. Rao solo tuvo un momento para temer una emboscada: un estratega astuto con un simple puñado de hombres podría eliminarlos uno por uno allí, pero lograron abrirse camino a través del hueco sin problemas. Cuando sacaron a Malini del agua, Aditya la envolvió de inmediato en el saco que le habían quitado a una de las armas. Malini susurró su agradecimiento y apretó la tela a su alrededor como si fuera un elegante chal dwarali.

Se trasladaron en silencio bajo el refugio de los árboles frescos, sin laca, dulces con el aroma de la savia y la tierra. No había ninguna luz mientras se tensaban los arcos y probaban su peso. Detrás de los árboles se encontraba el gran embalse de Srugna, un ingenioso artificio de piedra como Rao nunca había visto antes. Le hubiera gustado admirarlo, estudiarlo, alguna vez. No aquel día.

Malini se acercó a él. Temblaba ligeramente, pero sus ojos eran agudos, estaban fijos en el monasterio que estaba debajo de ellos.

—Todo está tranquilo —dijo Malini.

—¿Te lo dijo tu señor dwarali?

—El Señor Khalil me lo dijo, sí —respondió Malini—. Y él no es mío, Rao. No seas cruel. Su lealtad primera es hacia su emperador.

—Su lealtad primera es a los intereses de Dwarali.

—Qué suerte, entonces, que los intereses de Aditya y los de Dwarali coincidan. —Su voz, su expresión, eran impasibles—. Tengo la impresión de que estás enfadado conmigo, Rao.

Él se quedó en silencio por un momento. Luego dijo:

—Este plan...

—¿Sí?

—Es una tontería. No sé cómo convenciste a Aditya para que lo apoyara, pero me da miedo.

Malini ni siquiera fingió que no había sido su plan.

—No lo convencí de nada. Simplemente hice una sugerencia. Y el emperador Aditya le dio la debida consideración.

—La debida consideración —repitió Rao—. ¿Qué le dijiste?

—La verdad —dijo Malini simplemente.

—Este plan es... —Él dudó.

—Dilo, Rao.

—Despiadado —dijo—. Cruel. Impropio de ti.

—Te pareces un poco a Aditya cuando hablas —comentó Malini,

después de una pausa que tensó el aire entre ellos—. Pero supongo que habéis sido amigos durante mucho tiempo por una razón. Ambos tenéis una debilidad que no entiendo.

—La moral no es debilidad.

—Lo es si nos conduce a todos a la muerte. Rao, tenemos hombres, pero solo algunos hombres y algunas armas —dijo Malini—. El monasterio está en un valle. Es vulnerable, por lo que solo tiene una entrada conocida. Todo eso ya lo sabes. Si nos quedábamos allí nos rodearían con facilidad. Nos sacrificarían. Quizá nos quemarían. Sería tan fácil. —Su voz cambió, como los dedos sobre las cuerdas de un sitar, de la suavidad al zumbido salvaje—. Y no dejaré que me quemen, Rao.

—Malini.

—¿Qué? ¿Qué quieres de mí? Si a los Señores Khalil o Mahesh o Narayan se les hubiera ocurrido la idea, no reaccionarías así. Si Aditya lo hubiera pensado, habrías obedecido con pesar en el corazón, pero no le habrías hablado como lo haces conmigo. ¿Por qué?

—Crees que te considero menos que a estos hombres —dijo Rao, incrédulo.

Ella le dirigió una mirada que no contenía nada. Ni siquiera lo juzgaba.

—No sé lo que ves cuando me miras. Pero si crees que es un plan demasiado despiadado para mí, o demasiado cruel... —Se encogió de hombros—. Nunca te he mentido, Rao. Si no me conoces, si no entiendes lo que quiero lograr, solo tú eres responsable de eso.

Rao se mordió la lengua ante aquello.

Tal vez ese era el momento. Tal vez era hora de que él le dijera la verdad. El secreto de su nombre, envuelto como un oscuro regalo, esperando ser pronunciado. Siempre había creído que sabría cuándo era el momento propicio; le habían dicho que sabría cuándo era necesario pronunciar su nombre. Pero en ese instante no sentía el peso de esa responsabilidad en los huesos. Solo la humedad creciente de su apestosa ropa mojada y el silencio inquietante del aire, mientras los guerreros se agazapaban a su alrededor en la oscuridad.

Casi lo dijo de todos modos. Casi se volvió hacia Malini, para dar forma a las palabras con su boca. "Mi nombre, el nombre que los sacerdotes susurraron en mi oído al nacer. Malini, mi nombre es...".

—Están aquí.

Un murmullo, que pasó de guerrero a guerrero, llegó al lugar donde se encontraban Malini y Rao. El cuerpo de Rao se entumeció.

Debajo de ellos, zigzagueando a lo largo del único paso que permitía la entrada directa a los jardines de laca, había una procesión de guerreros. No eran las fuerzas completas de Chandra, de ninguna manera, pero de todos modos eran guerreros reales parijatis. Avanzaban en silencio, con rapidez, pero Rao los reconoció a pesar de todo. Había algo en la forma en la que se movían. Y, por supuesto, esas armas: grandes sables relucientes, el destello de un disco afilado en el cinturón de otro hombre.

Un séquito enviado a matar a un hombre en su cama. Rao sospechaba que no sabían que Aditya tenía seguidores congregados a su servicio. Si lo hubieran sabido, no habrían acudido en tan escaso número. Habrían llevado mejores armas de guerra.

No obstante, si los seguidores de Aditya no hubieran dejado los jardines de laca como les había advertido el explorador, si se hubieran quedado y hubieran seguido el camino del sacerdocio, permitiendo que la marea del destino los bañara...

Rao miró a Malini. Ella no miró hacia atrás.

De rodillas, el guerrero que había hablado estaba haciendo movimientos lentos y deliberados: buscaba su pedernal, la flecha, la mezcla de aceite y *ghee* que habían embotellado apresuradamente antes de su descenso. Los demás estaban haciendo lo mismo. En el tenso silencio, Aditya se abrió paso entre el grupo. Tenía un arco en las manos y un carcaj de flechas a la espalda.

Fue un alivio verlo avanzar así, con los hombros rectos y la cabeza erguida, los ojos entrecerrados, mientras miraba a través de la oscuridad de la noche hacia el monasterio que se extendía debajo de ellos.

Levantó la mano e hizo un gesto inconfundible. "Firmes".

Esperaron. Abajo se oían gritos y el choque de espadas. Como estaba previsto, los pocos soldados que quedaban abajo se habían vuelto contra los hombres de Chandra. Era un señuelo para que los guerreros de Parijat pensaran que habían llegado al monasterio sin que nadie se diera cuenta. Que creyeran que vencerían a Aditya y lo enviarían a su muerte.

Que se adentraran más profundamente en los jardines de laca.

La mano de Aditya permaneció levantada. "Firmes". Y Rao, que no empuñaba un arco, no sostuvo nada más que el aliento contenido en su garganta. Incluso su corazón estaba congelado, esperando la señal inevitable.

"Encended las flechas. Prended fuego al monasterio. Aseguraos de que todos los hombres de Chandra y todos los pobres sacerdotes mártires que se han quedado atrás... se quemen".

"Firmes".

Él esperó. Aditya no bajó la mano.

Hubo un susurro de inquietud. El ruido de abajo se estaba volviendo más feroz.

En cualquier momento iban a ser descubiertos. Los guerreros parijatis los verían, levantarían sus armas y alcanzarían a los hombres de Aditya con sus flechas en la garganta, el vientre. Los parijatis estaban en desventaja, por estar abajo, en el valle, pero Rao sudaba frío al pensarlo.

Uno de los señores murmuró una maldición y se movió como si fuera a bajar la mano de Aditya a la fuerza, para hacer el movimiento que ordenaba el ataque, pero Aditya dijo, con una voz como la lluvia más fría:

—¿Quemarías a los sacerdotes? Espera, hermano.

El señor se estremeció. Se detuvo.

Aditya era imponente de perfil. Su mirada de hielo, su mandíbula afilada, austera y remota. Se parecía más a sí mismo —al Aditya con el que Rao había crecido, un príncipe de Parijat, un hombre que nunca había sido más que indefectiblemente honesto, un seguidor escrupuloso del honor y del código de nobleza— de lo que había sido desde la noche en la que escuchó hablar a los sin nombre.

Rao conocía a Aditya, a "este" Aditya, lo suficientemente bien como para saber qué vendría después. Estaban bien situados allí, como para correr valle abajo y masacrar a muchos guerreros. Sería un camino más puro que el previsto. Daría como resultado la muerte de muchos de sus propios hombres, a quienes no podían permitirse perder. Y, sin embargo, pensar en ello era un alivio. Era una manera honorable de presentar batalla, y Aditya era un candidato a emperador honorable.

Rao ya estaba buscando su espada cuando Malini dio un paso adelante. Había dejado caer el saco y estaba de pie sin nada más que su sari húmedo; su trenza era una serpiente negra enrollada en su garganta. Avanzó a grandes zancadas mientras los horribles gritos se intensificaban debajo de ellos: los bramidos de los hombres que asesinaban y los de otros que morían. Aditya se quedó completamente inmóvil. Lo que sea que viese en el rostro de su hermana lo retuvo.

—Ningún hombre quiere matar a sus parientes —dijo Malini con suavidad—. Lo entiendo.

Tomó el arco de las manos de Aditya. Era demasiado grande para ella, pero lo sostuvo firme.

—Los sacerdotes del dios sin nombre creen en el destino —dijo, en claro idioma zaban común, lo suficientemente alto para que los hombres la escucharan. Lo suficientemente alto, temía Rao, para que los de abajo también la escucharan. Pero ella no se inmutó ni se protegió. Se mantuvo erguida—. Los sacerdotes construyeron su jardín de laca y resina. Sabían que este día llegaría. ¿No es así, príncipe Rao? ¿Tus sacerdotes conocen el camino del destino?

—Sí, ya lo saben —se escuchó decir a sí mismo, y supo que los había condenado.

—Quizá no desees escuchar las súplicas de una simple mujer —continuó, con una voz que era uniforme y tranquila y no tenía humildad en absoluto—. Pero soy una hija del linaje más antiguo de Parijatdvipa. Una princesa de Parijat. Soy descendiente de la primera Madre de las llamas. Mi hermano, el falso emperador, trató de quemarme viva, pero sobreviví. Conozco el juicio del fuego y el precio que exige. Y aquí, en esta oscuridad, escucho a las Madres. Y sé que es mi deber asegurarme de que se cumpla el destino. —Respiró hondo, como si se fortaleciera, como si llevara una carga de un peso insondable; se volvió y miró al guerrero arrodillado, que la miraba silencioso y embelesado—. Enciende mi flecha —le dijo.

Él mojó una flecha en *ghee*. Levantó su pedernal. Encendió una chispa.

"Los sacerdotes de los sin nombre construyeron su jardín de laca y resina. Sabían que este día llegaría".

Rao observó el punto ardiente de la llama mientras Malini

levantaba y colocaba la flecha con una cara pétrea. Pensó en los sacerdotes que se habían quedado atrás y en sus ojos tranquilos. Pensó en la forma en la que el destino se movía como un nudo corredizo, como un cordel de seda, esperando hasta que llegara el momento de ajustarlo.

Sabían que este día llegaría. Era lo correcto. Ah, maldita sea, era lo verdadero.

Detrás de ella, a su alrededor, aparecieron una docena de nuevos puntos ardientes. Una docena más. Dispararon flechas. Levantaron las lanzas.

Malini disparó su flecha y el fuego siguió el arco de su llama liberada.

Por un momento no hubo nada más que las puntas de esas flechas ardientes en la oscuridad, pequeñas motas que brillaban como estrellas fugaces.

Y luego el jardín de laca comenzó a arder.

A través del crepitar de las llamas, Rao escuchó gritos. Malini se quedó de pie, por un breve momento, iluminada por la luz, con el arco todavía en sus manos. El humo se elevó detrás de ella, una gran nube rizada y gris en la noche, sus bordes de un dorado desvaído. Rao tragó saliva, mirándola y mirándola, hasta que el humo y el fuego hicieron que sus ojos lagrimearan y ardieran. Tal era el camino del destino.

Él debería de haber sabido que este día también llegaría.

Capítulo Sesenta y seis

PRIYA

No era una carga llevar el peso de Ashok, aunque él parecía convencido de que lo era. Priya sentía la fragilidad de su cuerpo: la entrada y salida de su aliento que agitaba sus costillas, la humedad en sus pulmones.

—Caerás bajo mi peso —le dijo Ashok a Priya con voz irregular. Había sangre en sus labios, caía como las lágrimas de sus ojos.

—Entonces no te apoyes en mí por completo y todo irá bien —respondió ella.

Caminaron en silencio por un momento. Luego él dijo:

—Kritika tiene una máscara de corona. Cuando nazcamos tres veces, uno de nosotros debería usarla.

—No necesitamos coronas ni máscaras —dijo Bhumika con cansancio.

—Pero necesitamos energía —respondió Ashok y se encorvó al toser. Bhumika apartó la mirada, su rostro era a su vez una máscara, y siguió caminando. Pero Priya se detuvo para permitirle respirar, todavía sosteniéndolo.

Se iba a poner bien, se recordó a sí misma. Una vez que hubieran atravesado las aguas inmortales, recuperaría su fuerza.

—Priya —dijo Ashok, después de un momento—. Priya. Tú... tienes que saberlo.

—¿Qué?

—Maté a Chandni. O tan bueno como matarla. La dejé atada al árbol de podredumbre. Y también a Sendhil. —Un suspiro agitado—. Ahora todos los mayores se han ido. Somos todo lo que queda.

Muerta. Chandni estaba muerta.

Las palabras resonaron en la cabeza de Priya como una campana. "La maté. La dejé atada al árbol de podredumbre. La maté".

No pudo hablar durante un largo rato. Luego obligó a su lengua, a sus labios, a moverse, aunque los sentía pesados.

—¿Por qué me lo cuentas? ¿Quieres que me alegre de eso?

—Solo quería que lo supieras —murmuró Ashok.

—Pero, por la tierra y el cielo, ¿por qué?

—Tienes derecho a saberlo —dijo—. Considéralo mi confesión en el lecho de muerte.

No sonaba culpable. Priya no estaba segura de querer que sintiera culpa. Solo sabía que la noticia, como un golpe en el cráneo, todavía resonaba en sus oídos. No podía pensar en ello y, sin embargo, lo intentó. ¿Qué fue lo último que le había dicho a Chandni? ¿Cómo la había mirado Chandni cuando la dejó? Priya no podía recordarlo. No se le había ocurrido que querría hacerlo.

—Era una anciana; de todas maneras, se estaba muriendo. Y tú no tienes miedo de matar. Debería haber anticipado que esto ocurriría. Y no debería importarme. —Priya sentía la garganta espesa. Fue difícil forzar las palabras—. Desearía poder decir que no sé por qué eres así, por qué siempre me destrozas el corazón una y otra vez, pero sí sé por qué. Yo también viví nuestra infancia. —Apartó la mirada de él—. Hemos llegado.

Estaban en la base del Hirana.

Bhumika le dirigió a Priya una mirada neutra y Priya negó con la cabeza.

—No necesitamos escalar —dijo Priya rápidamente—. El Hirana me conoce. Y yo lo conozco. Nos dejará entrar.

Bhumika no discutió cuando Priya le pasó el peso de Ashok. Él se apoyó en el hombro de Bhumika mientras Priya presionaba con una mano la piedra gris oscura del Hirana, inundada de mosaicos de musgo. El Hirana la sintió. Le dio la bienvenida.

El camino se abrió.

Era un túnel. Sin luz, oscuro, pero un camino de todas maneras.

—Seguidme, todos —dijo Priya.

Caminaron juntos en la oscuridad. Priya podía oler las aguas inmortales cada vez más cerca, frescas y nítidas como una noche fría. Ese cosmos líquido, casi a su alcance.

Y luego, de repente, allí estaban.

Las aguas inmortales yacían ante ellos, de un azul incandescente en la oscuridad del templo hueco. Priya tomó a Ashok de los brazos de Bhumika; lo guio hasta el borde y lo soltó. Él se arrodilló junto al agua, con las palmas de las manos apoyadas en el suelo. Respiró, bocanadas largas e irregulares, cargadas de sangre, y apoyó la frente en el suelo.

Junto a Priya, Bhumika miraba fijamente el espejo de agua, con los puños cerrados a los lados del cuerpo. Los rebeldes se arremolinaban detrás de ellos, con terror y asombro en su rostro.

—¿Deberíamos decir algunas palabras especiales? —murmuró Priya a Bhumika—. ¿Para que se sientan mejor?

Bhumika suspiró, inclinando la cabeza hacia atrás como si dijera "Espíritus, salvadme", y luego dijo:

—O podemos entrar al agua y terminar con esto de una vez.

Pero parte de la tensión se había aflojado en sus manos. Cuando Priya se le acercó, Bhumika entrelazó sus dedos con los de ella y los apretó, una vez.

—Adelante —jadeó Ashok, y los otros rebeldes envenenados con el agua de las botellas dieron un paso adelante, de pie en el borde—. Entremos al agua —dijo—. Si tenemos suerte, emergeremos. Y luego protegeremos a Ahiranya. Cumplamos con nuestro deber.

Hubo un murmullo de aprobación. Ashok miró a Priya. Sus ojos estaban húmedos.

Priya le devolvió la mirada y optó por no pensar en todo lo que él había hecho. Pensó en cambio en el hecho de que ella, Ashok y Bhumika eran los últimos sobrevivientes de su familia, una familia no de sangre, sino de historia y sufrimiento, de amor y del tipo de dolor que solo el amor puede engendrar.

Le tendió la mano. Él la tomó y se puso de pie con cuidado.

Priya miró el agua delante de ella. Se obligó a no pensar en nada, a no esperar nada, mientras aferraba con fuerza las manos de sus hermanos y entraba.

Y se hundió.

Caer y levantarse son lo mismo en el agua, cuando estás lo suficientemente profundo, y las aguas inmortales eran algo sin fin. Eran de un azul frío y brillante, el azul del universo. El azul de las estrellas envuelto en madejas de cielo que contenían todas las cosas. Priya estaba sumergida profundamente, con los ojos abiertos; los pulmones le ardían. Se preguntó si se ahogaría.

No lo recordaba. ¿Había sucedido así la última vez que había entrado? ¿Y la primera? Pataleaba y no sabía si estaba saliendo a la superficie o sumergiéndose más profundamente.

Levantó los brazos frente a ella. En el agua ondulante, para sus ojos aterrorizados, su piel era como una sombra: la sombra proyectada entre grandes árboles, una oscuridad profunda que se difuminaba con el carbón de la luz bajo las hojas moteadas.

No podía respirar. Siguió pataleando, luchando por ascender, aunque no sabía lo que era ascender. Pero finalmente no pudo aguantar más. Abrió la boca y aspiró una bocanada ardiente y bebió las aguas. Bebió, y fue consumida.

Levantó la cabeza, jadeando en busca de aire. Le llevó un momento darse cuenta de que sus pulmones ya no ardían. El agua que la rodeaba era oscura, pero en su interior flotaban las raíces de las flores de loto, arremolinándose y enroscándose. Dentro de ellas había cuerpos.

Y allí, ante ella una vez más, estaba el *yaksa*.

Esta vez no tenía su cara.

—Ah, retoño. —Su voz sonaba afectuosa—. Te gusta más esta cara. Sabía que así sería.

—Tú no eres ella —susurró Priya—. Por favor. No seas ella. No es lo que quiero.

El *yaksa* negó con la cabeza. Los rizos oscuros de Malini flotaban sueltos alrededor de su rostro, con sus huesos elegantes y sus ojos insondables.

—Pero sí quieres —dijo. Le tocó la mejilla una vez más. Retiró los dedos y, alrededor de la punta, Priya vio un hilo o una raíz, hecha de sangre y verde entrelazados—. Te conozco. Estamos unidos, tú y yo. Así que lo sé.

—Por favor —pidió Priya de nuevo.

El *yaksa* negó con la cabeza una vez más, los rizos de Malini se desdibujaron en un halo, y el rostro... cambió.

Ojos profundos de caléndula. Cabello de enredaderas enrolladas. Boca rosada.

Una sonrisa que era toda espinas, afiladas como puntos de luz.

Era a la vez hermoso y horrible como una mujer en estado de podredumbre. La cabeza estaba inclinada, los ojos de pétalos de oro fijos en su pecho.

—¿Qué es la adoración? —preguntó el *yaksa*.

Ella lo sabía.

—Vaciarse —respondió—. Es...

Y se apagó al mirar hacia donde miraba el *yaksa*. Su pecho sombrío era una cavidad, una herida abierta. La herida estaba cubierta por una profusión de pétalos; los huesos eran estrías angulares de madera; la sangre, una savia limpia y dulce de hojas. En su interior yacía un corazón palpitante de... flores.

Miró lo que había sido su corazón. Pensó en las palabras de Ashok, cuando dijo que el *yaksa* era como un cuco en el nido del cuerpo. Recordó el árbol detrás de la ermita de Chandni.

El *yaksa* levantó una mano. Limpiamente, alzó un dedo y sopló sobre él. El dedo era de madera, se curvaba y se afilaba, cuidadosamente tallado por el aliento del *yaksa*. Incluso antes de que le tendiera el cuchillo, Priya supo que era madera sagrada, nacida del sacrificio de la carne y la sangre de un *yaksa*. Y supo, con un horror y un hambre que la sacudieron, lo que se esperaba que hiciera.

—Vacíate —dijo el *yaksa*.

—No puedo —respondió ella—. ¿Cómo podría?

—Cada vez que vienes aquí lo haces—dijo, con una voz suave e indescriptiblemente cruel—. Cada vez, el agua te llena de pies a cabeza y te haces la pregunta: ¿debo permitir que el agua me borre y me rehaga, o debo aferrarme a mi carne mortal con fuerza? ¿Mantendré esta alma contenida, en el recipiente de mi carne, en este cuerpo venenoso atado a la muerte, o me haré una con las aguas del universo?

¿Era por eso por lo que los demás habían muerto? ¿Porque no habían estado dispuestos a hacer el sacrificio, a ser menos o más que humanos?

Había luchado por estar allí, una y otra vez, y allí estaba. Y, sin embargo, la sombra de su mano tembló cuando tomó el cuchillo. Cuando colocó las yemas de los dedos sobre él ardieron.

—Esta es la única forma en la que puedo ser lo suficientemente fuerte para salvar a Ahiranya —susurró—. La única forma en la que puedo salvar a mi familia.

El *yaksa* no dijo nada.

Priya tomó el cuchillo. Lo sostuvo contra su propia piel de sombra, su piel de alma. Y cortó un lugar para la magia.

No hubo dolor. Solo una sensación como de aire saliendo de sus pulmones, como de agua entrando a raudales, y luego fuego, y luego una luz clara, verde y pura.

Algo se le atascó en la garganta. Algo del alma mortal. Algo de sangre vital.

La flor que le había dado a Malini. Una flor de aguja.

Ella había puesto un poco de su corazón dentro de ella.

—No puedo darte todo —jadeó alrededor de esa herida—. Ya no lo tengo.

—No importa —dijo suavemente el *yaksa*—. No importa, retoño. Tenemos suficiente.

Pensó en la sangre del corazón, en el amor y la furia y en el dulce lugar intermedio donde moraban los pensamientos de Malini. Y la flor, ese retoño que era su propia magia, creció y creció, hasta que Priya supo que ya no era exactamente Priya. Quizá nunca lo había sido. Tal vez desde el momento en que llegó al Hirana cuando era una niña, las aguas inmortales la habían estado remodelando desde dentro, convirtiéndola en un recipiente para su magia y sus voces, desechando todas las partes de ella que la convertían en una mujer mortal con un sencillo corazón mortal.

—Esto también —escuchó decir al *yaksa* — puede vaciarse con el tiempo.

Y luego Priya estuvo en el agua una vez más, fría, brillante y azul, y estaba pataleando. Ya conocía el camino. Estaba rehecha y entera, y sabía cómo ascender.

Emergió jadeando, tosiendo agua de sus pulmones incluso mientras luchaba por permanecer en la superficie, pataleando a través del peso de la nada. Nadó hasta la orilla y se arrastró hacia arriba, hacia arriba.

Bhumika ya estaba allí, con el pelo empapado y el rostro moteado de frío y alivio.

—Yaksa —jadeó Priya, y Bhumika le giró la cabeza con manos firmes.

Otro rebelde, ahora otro hijo del templo, le golpeó la espalda con fuerza una, dos veces, y Priya vomitó agua sobre las rocas, sin decir más nada.

No recordaba lo que quería decir. Pero su mejilla ardía con un fuego fresco y no podía olvidar la sensación de raíces y flores que crecían donde debería haber estado su corazón, abriéndose camino hacia su alma. Un vaciamiento.

Pero se había sentido bien. Se había sentido gloriosa. Y había aprendido algo, en ese momento de cambio; algo sobre lo que significaba ser una mayor del templo. Sobre lo que significaba servir al *yaksa*.

Algo que ya se estaba desvaneciendo.

Se aferró a ese saber con fuerza y sintió un dolor agudo en la mejilla, donde el *yaksa* le había pasado la uña por la carne. El dolor retuvo fragmentos del recuerdo, como una puntada a través de una tela.

—Pensé que no lograrías salir —dijo Bhumika entre dientes—. Priya, has tardado mucho. Tanto...

Y luego, para sorpresa de Priya, Bhumika la abrazó, respirando fuerte e inestablemente contra su cabello mojado. Priya le devolvió el abrazo, distraída.

—Ashok —susurró luego—. ¿Dónde está Ashok?

Bhumika no dijo nada. Uno de los rebeldes estaba gimiendo, un grito bajo y agudo.

—No puedes volver a entrar, Priya —dijo finalmente Bhumika—. No puedes.

Priya se la quitó de encima. Se volvió, para regresar al agua, todavía de rodillas. Bhumika la hizo caer al suelo, pero Priya era más fuerte; podía derribar a Bhumika sin siquiera intentarlo.

—Detente —le dijo Bhumika—. Para, para, por favor, para. Pri. Priya. —Apoyó su mejilla contra la de ella. Su piel estaba mojada, con agua y lágrimas—. Se ha ido, Priya.

—No. No, no es cierto.

—Se ha ido —repitió Bhumika de nuevo, y Priya supo que tenía razón. Sintió la ausencia. El silencio en el *sangam*.

—Se ha ido.

Capítulo Sesenta y siete

Los incendios no se extinguieron hasta bien entrada la mañana. Cuando finalmente se apagaron, los guerreros se dirigieron hacia los restos del monasterio.

—No deberías venir, princesa —dijo un guerrero. Tenía su chal anudado alrededor de la cara, dejando solo los ojos y el surco de su frente visibles—. El aire es venenoso.

Ella lo sabía. Podía olerlo, sentirlo, incluso desde allí.

—Debo hacerlo —dijo, y se envolvió la boca con el borde largo de su propio sari. La tela todavía estaba ligeramente húmeda por las aguas debajo de los jardines, una humedad verde y fea—. Pero te aceptaré como mi guardia si me acompañas.

No quedaron con vida sacerdotes ni soldados parijatis. Unos cuantos guerreros reales habían corrido para salvar sus vidas cuando comenzaron las llamas. Muchos se habían quemado demasiado para llegar lejos, y los hombres de Aditya habían encontrado sus restos en el borde de las ruinas del puente.

Algunos de los señores ya estaban empezando a pensar cómo construir un puente improvisado. Quedaba muy poco en los jardines de laca que pudiera usarse, pero al menos un puñado de sus propios hombres eran de Dwarali y sabían cómo escalar las peligrosas paredes de roca.

Tres se ofrecieron a bajar, con solo una cuerda para sostenerse, y buscar una ruta segura o provisiones. Mientras discutían qué opciones tenían disponibles, Malini se arrodilló sobre el suelo carbonizado. El sol calentaba su espalda. Sobre la alcantarilla que conducía al agua había paneles de madera gruesa, clavados en su lugar. Estaban chamuscados o quemados hasta quedar irreconocibles, pero Malini alcanzó a ver marcas en ellos, como las que hacen los animales al rascar en los troncos de los árboles.

Marcas de uñas. Alguien había arañado la cubierta de las entradas al agua. Alguien había luchado para sobrevivir. Pero los hombres de Aditya habían sellado las salidas cuidadosamente. El puente se había quemado. Habían tenido una muerte horrible y dolorosa.

Miró y... no sintió nada. La nada era tan sólida, tan completa, que supo que no era un verdadero vacío o una verdadera neutralidad. Era una sensación como un puño cerrado alrededor de la garganta.

—Princesa —dijo nuevamente el guerrero. Sonaba ansioso—. Por favor.

Ella aceptó la mano que le tendió y se alejó de entre los muertos.

Esa noche, mucho después de que los soldados de Dwarali se hubieran marchado, soñó. Narina y Alori estaban sentadas a los pies de la cama, con las manos entrelazadas y el cabello envuelto en coronas de llamas silenciosas.

—No sois reales —les dijo—. Ya me he deshecho de la flor de aguja.

—Pero la flor de aguja no ha terminado contigo —respondió Narina con lástima—. Lo lamento, Malini. Pero aquí estamos.

—Malini —dijo Alori—. Malini. ¿Cuál crees que sería tu nombre si hubieras nacido como yo, un miembro de la realeza de la fe sin nombre? ¿Qué crees que te habría susurrado el sacerdote al oído?

El destino no la había nombrado. Pero las elecciones que habían hecho los hombres, y las que ella había hecho —cuando su hermano le puso un cuchillo en el cuello, cuando trató de quemarla— la habían moldeado y le habían dado un propósito.

—No pienso en eso —respondió—. No creo en eso.

—Y, sin embargo, el dios sin nombre piensa en ti —dijo Narina—. Los espíritus piensan en ti. Las Madres piensan en ti.

—Ya no creo en las Madres —susurró Malini—. No creo que lo que te hizo Chandra te volviera mejor de lo que eras.

—El universo es más vasto y extraño de lo que crees —dijo Alori con tristeza—. Pero Malini...

Su voz se apagó. Era raro. No se le había ocurrido que una visión pudiera llorar.

—Cuando asesines a tus hermanos, recuerda que una vez te amamos, hermana de corazón —finalizó Narina—. Recuerda que todavía te amamos, sin importar en qué te conviertas.

Malini cerró los ojos, que ardían de lágrimas. Los cerró para evitar verlas a ellas y al dolor. Cuando los abrió, Narina y Alori ya no estaban.

Al amanecer, uno de los soldados de Dwarali regresó. Llegó con más cuerdas y un plan para descender laboriosamente por el acantilado, con la seguridad de las cuerdas y un cabrestante para guiarlos a todos hacia abajo.

Malini pensó en su traicionero descenso del Hirana y estuvo a punto de echarse a reír. Oh, si Priya estuviera aquí.

—¿Puedes hacerlo? —preguntó Rao.

—Puedo hacer lo que sea necesario —respondió.

Bajaron, Malini sentada en una especie de trapecio de cuerda. Lo sujetó con fuerza y miró la caída debajo de ella: una gran extensión de aire sin fin, que terminaba en rocas irregulares. Cuando volvió a apoyar sus pies en tierra firme, hizo todo lo posible para ocultar su alivio.

Comenzaron su viaje. No podían perder más tiempo. Tenían que encontrarse con sus hombres más fuertes, que los esperaban en el camino a Dwarali, y rezar para que los soldados de Chandra no los hubieran encontrado todavía. Seguirían la costa tanto como fuera posible. Esas tierras estaban más allá de las fronteras de Parijatdvipa y, en consecuencia, probablemente más a salvo de los espías o soldados de Chandra. Khalil relató todo esto mientras Rao permanecía rígido y desconsolado junto a Malini, mientras Lata la sostenía del brazo, mientras Aditya permanecía a la cabeza de todos ellos, silencioso como un fantasma.

—Será un largo viaje —dijo el señor de Dwarali con brusquedad—. Pero prepararemos un carro para ti, princesa. Algo adecuado.

—Las mujeres de Dwarali montan a caballo, ¿no?

—Todos cabalgamos —le dijo—. Hombres, mujeres o cualquier alma intermedia.

—Es una pena que no tenga esa habilidad —comentó ella—. Esta habilidad que poseen tus mujeres dwaralis.

—Las habilidades se aprenden, princesa —dijo Khalil—. Creo que aprenderás bastante rápido.

Hablaba con un respeto que bordeaba la reverencia. Malini simplemente asintió, con los ojos fijos en la distancia, y siguió caminando.

Llevaban días viajando. Días. No estaban en ninguna parte importante, un camino de tierra, rodeado de polvo de bronce bruñido a la luz del sol poniente, cuando Rao giró.

El contacto de Lata se tensó sobre su brazo.

—Príncipe —dijo Lata, con voz firme—. ¿Es ahora el momento?

La expresión de Rao... Malini nunca había visto algo así. Parecía decidido y aterrorizado al mismo tiempo; la miraba fijamente, atravesándola, con los ojos llameantes.

—Ya es hora —respondió.

Lata suspiró. Aflojó la presión en el brazo de Malini. Dio un paso atrás y se apartó de ella.

Rao dio un paso más cerca.

—Rao —dijo ella, repentinamente asustada—. ¿Qué pasa?

—Puedes burlarte de nuestros destinos —dijo Rao—, pero lo comprendes. Huiríamos de ellos si pudiéramos. Conocer tu mayor propósito en la vida, o tu final inevitable... es una carga terrible. No le envidiaba el nombre a mi hermana —continuó—. No una vez que lo supe. Pero incluso entonces, creía que mi destino sería más fácil de soportar. Ahora, no estoy tan seguro.

Rao se arrodilló ante ella. No como un hombre vencido por el dolor, o como se arrodillan los príncipes de los cuentos ante las mujeres que aman. Ni siquiera como lo había hecho cuando su hermana fue quemada en la pira, con el rostro inexpresivo y los puños cerrados, demasiado devastado para moverse o respirar.

Se arrodilló y bajó la cabeza. Tocó con las yemas de los dedos el suelo ante sus pies.

Se arrodilló como un hombre se arrodilla ante un rey. Un emperador.

—Es hora —dijo, con voz clara, a Malini y a todos los nobles de Parijatdvipa reunidos— de deciros mi nombre.

Capítulo Sesenta y ocho

BHUMIKA

No lo llamaron coronación, pero era exactamente eso.

Había una sala del trono para el regente, quemada y saqueada, en el *mahal*. Pronto tendrían que hacer uso de ella. Pero eran ahiranyis, así que fueron primero al *triveni*. A su basamento. Solo había allí dos de los tres veces nacidos en el Hirana. Pero detrás de ellos estaban los recién nacidos, que habían sido rebeldes al mando de Ashok. A sus espaldas se encontraban los sirvientes del *mahal*. Este había sido un día portentoso y todos querían estar presentes.

Algunos de los sirvientes habían pedido seguir sus pasos. Entrar en las aguas, luego de haber visto el cambio provocado en los rebeldes sobrevivientes, en Bhumika y Priya. Pero Bhumika se había negado.

—Todavía no —les dijo—. Las aguas exigen un precio. Dejemos que los que debemos ir sobrevivamos primero y aprendamos a usar su poder. Luego, ya veremos.

Habían esperado una sola noche. Nadie había enfermado ni muerto. Tal vez la fiebre les sobrevendría más tarde y los mataría. Pero Bhumika tenía esperanzas.

Llevaba a Padma contra su pecho, atada en un cabestrillo de tela. Uno de los hombres había tratado de discutir con ella, diciendo que el Hirana no era un lugar para un bebé. Pero Bhumika había levantado una ceja y dicho:

—¿Hay algún lugar más seguro en Ahiranya que junto a alguien nacida tres veces? —Y el hombre se había quedado en silencio.

El rostro de Priya estaba demacrado, sus ojos rojos. No había mencionado a Ashok desde su muerte en las aguas, pero Bhumika sabía que pensaba en él constantemente.

—Ven —le dijo. Extendió una mano—. Vamos juntas.

Priya la tomó.

Una vez, hacía mucho tiempo, cada nuevo mayor que celebraba su iniciación vestía ropas finas, túnicas de seda. Se le peinaba el cabello, suelto como un río y perfumado con aceite, se le colocaban joyas y oro en su cuello y sus muñecas. Se cantaban himnos y se hacían ofrendas al *yaksa*. A los peregrinos que ascendían al Hirana se les daban flores y frutas y botellas de agua inmortal, atadas con cintas de plata.

Esta iniciación se realizó con una reverencia precaria.

Cruzaron el *triveni*.

Bhumika ascendió, con la debida gravedad, hasta el cénit del pedestal. Priya fue con ella. Se pararon, las dos, debajo de una abertura que dejaba ver el cielo y se miraron.

Kritika cruzó la habitación. Inclinó la cabeza.

—Mayores —dijo ella—. Es la hora.

En sus manos, sobre un lecho de tela, había una máscara de corona. Priya se inclinó. La tocó con los dedos desnudos.

—No quema —murmuró.

"Bien", pensó Bhumika con algo de alivio, mientras Priya levantaba la máscara de corona y la sostenía. Se encontró con los ojos de Bhumika.

Habían hablado de esto antes de la ceremonia. Hablaron de cómo los mayores siempre habían sido dirigidos por uno de los suyos: el más fuerte, el más sabio, el más viejo. Ahora solo eran dos. Solo dos.

Pero Bhumika no volvería a subestimarse a sí misma.

Hizo un gesto de asentimiento hacia a Priya. Apartó el cabestrillo, suavemente, para cubrir el rostro de Padma, mientras Priya asentía a su vez, con una ligera mueca de dolor en sus labios.

—Siempre estuviste destinada a gobernar —dijo Priya. Y colocó la máscara sobre el rostro de Bhumika.

Debería haberla quemado. Debería haber lastimado su piel. Pero ella había nacido tres veces, bendecida en lo más profundo del alma con el poder de las aguas, y sintió que su fuerza la llenaba como una luz resplandeciente, poderosa y bella.

Se tomaron de la mano. Y en ese momento, estaban en el *sangam* y en el *triveni* al mismo tiempo. Bhumika podía sentir todo el territorio de Ahiranya brillando dentro de ella, cada río y estanque de agua, cada raíz de cada árbol. Podía ver a Priya en el *sangam*, ya no como una sombra, sino una corteza, hojas y flores sinuosas, oscura como la noche.

—¿Lista? —preguntó Bhumika. Su voz era áspera.

—Sí. —La voz de Priya estaba llena de determinación y asombro—. Estoy lista.

Inspiraron. Espiraron.

Y lo sintieron todo.

Sintieron Ahiranya, de punta a punta. Sintieron el bosque, las ramas de esos grandes árboles, la sensibilidad verde del suelo, el poder de la cosecha venenosa, de la hoja, de la vid.

Llegaron más lejos que nunca y supieron que, si algún ejército invadía Ahiranya, podrían destruirlo clavándole sus espinas.

Sus manos se separaron, pero el conocimiento y el poder permanecieron aún entre ellas, en las aguas que alimentaban sus fuerzas.

—Bhumika, mayor de Ahiranya —dijo una voz. Otra. Un canto de voces. Un júbilo.

—Priya, mayor de Ahiranya.

"Mayores. ¡Mayores de Ahiranya!"

Bhumika se quitó la máscara de corona y se dio cuenta de que estaba llorando. Y sonriendo. Y que el rostro de Priya era un reflejo del suyo.

Capítulo Sesenta y nueve

MALINI

El verdadero nombre de un príncipe de Alor no era poca cosa. Malini pensó que ningún noble presente dejaría de entender la importancia de lo que estaba sucediendo ante ellos. Incluso los soldados se habían quedado en un silencio sepulcral.

—¿Qué tiene que ver tu nombre conmigo? —dijo.

Él suspiró, como si ella lo hubiera golpeado.

—Todo, princesa Malini —respondió—. Todo.

Miró al suelo. Cerró los ojos con dolor y reverencia, y cuando habló, lo hizo en alorano. Alorano antiguo y arcaico, un lenguaje melódico que ni siquiera Malini había aprendido. Pero Aditya lo sabía, y ella dedujo el peso de la profecía al ver palidecer el rostro de su hermano, al verlo cerrar los ojos e inclinar la cabeza hacia atrás, hacia la sangrienta oscuridad.

—Cuando esté coronada de jazmín, de flor de aguja, de humo y de fuego, él se arrodillará ante ella y la nombrará —repitió Rao, en idioma zaban. Y de repente Malini empezó a temblar, cada centímetro de ella ardió con una euforia enloquecida que se elevó en su sangre—. Él le dirá a la princesa de Parijat su destino: Dirá... — Rao tragó saliva. Alzó los ojos, que eran feroces y húmedos—. Dirá el nombre de quien se sentará en el trono, princesa. De la flor del imperio. De la cabeza que reinará bajo una corona de veneno. De la mano que encendió la pira. —El silencio era profundo; un silencio tenso como un tamborileo, como la cuerda de un arco—. Él la nombrará así —terminó Rao—. Y ella lo sabrá.

Malini no sentía sus pies debajo de ella. Era como si estuviera flotando en su propia piel, en una ola de algo que no era ni miedo ni alegría, pero que ardía en ella, más embriagador que el licor, más potente que la flor de aguja.

—Yo encendí la pira —dijo Malini bruscamente—. Yo incendié el monasterio. Fui yo.

Entonces vio en el rostro de Rao que él se había dado cuenta de lo mismo.

—Sí —confirmó.

El momento estaba en el filo de la navaja. Con qué facilidad podría cambiarlo todo.

Malini miró una vez más a Aditya.

Aditya, que había rechazado el trono una y otra vez. Ella le había dado las herramientas para convertirse en emperador y él las había descartado o desestimado, una y otra vez. Ella le había dicho cómo funcionaba el poder y el precio que exigía. Él no le había brindado al poder lo que le correspondía. Cuando el poder llegó, se había apartado de él.

Pero ella había tomado la flecha. Había incendiado el monasterio.

Y allí, allí estaba su oportunidad de tomar el poder para sí misma. Una terrible oportunidad. Si aceptaba la corona que Rao había puesto en sus manos, si convertía el nudo de sus palabras en un arma...

Sería una tontería tratar de tomar lo que no era suyo. Eran los hijos varones reales los que llevaban la corona. Las mujeres reales eran...

Bueno.

Pensó en su amiga, la princesa Alori, y en la noble Narina, y en cómo habían gritado cuando las llamas las tocaron. En su olor mientras se quemaban, mientras sus coronas de estrellas se astillaban alrededor de su cabeza, el olor acre del cabello y la seda chamuscada que ni siquiera la dulzura del perfume y las flores podían borrar, el olor de la carne, la grasa, el tuétano que ardían y ardían, carbonizados.

Las mujeres de la realeza solo son coronadas cuando mueren, pensó Malini con furia.

Ella no quería morir. Ella quería su corona en ese momento. Había tejido intrigas políticas para ello; había apostado y perdido por ello, y casi había muerto. Y, sin embargo, allí estaba. Viva.

Y allí estaba Rao, un príncipe anónimo de Alor, cuyo nombre de nacimiento era una profecía susurrada al oído de su madre. Allí estaba el príncipe que le había dado una corona y un trono y le decía que ella tenía el derecho de otorgárselos a sí misma donde quisiera.

Allí estaba. De rodillas ante ella.

No era posible. Ella sabía que no se podía hacer eso. Toda su vida le habían dicho que no.

Pero había visto la mirada de esperanza y lealtad en los ojos de los hombres cuando les ordenó luchar. Había visto cómo cambiaban sus rostros cuando les dijo que era una Madre de llamas encarnada: una mentira que había funcionado como una palanca, una cadena para su garganta, una mano enroscada alrededor de los tendones y la sangre espesa de su corazón latiente.

Ella tenía a Alor. Había hecho un pacto con los usurpadores de Ahiranya.

Se tenía a sí misma. El destino se estaba cerrando a su alrededor. Falso, falso destino. Y, sin embargo, ella se regodeó en él, porque esta... era una oportunidad que debía aprovecharse. Y Malini no era tan tonta como para dejarla pasar.

Los hombres la miraban. Su príncipe de Alor. Los señores de Saketa y Dwarali, de Srugna y Parijat.

Su hermano, con dolor en los ojos.

Esperó a que él hablara. Le dio un latido de tiempo, y otro, y lo vio bajar vista sin decir una palabra.

—Sería un gran sacrificio de mi parte gobernar esta tierra —dijo Malini, con voz lenta y solemne, como si su corazón no fuera un carbón ardiente, lleno de júbilo y rabia—. Solo soy una mujer, con hermanos que aún viven. Si voy a gobernar..., mis señores, debo hacerlo en nombre de las Madres. Debo gobernar como madre de Parijatdvipa. No fui quemada, como se quemaron las Madres —continuó—. Sé que no es su voluntad. Pero sí quemé mi bondad en las llamas del monasterio. Quemé mi dulzura. Me convertí en una emperatriz adecuada. Mis señores, si es la voluntad de las Madres y de los sin nombre, ocuparé el trono de Parijatdvipa por el bien de todos nosotros. Lo haré como exige la profecía.

Silencio. Y luego, un rugido. Júbilo.

Rao, con un temblor en los hombros, no se levantó.

—Mi emperatriz —dijo. Y su voz no era exultante, sino vacía.

Ella se tocó el pecho con los nudillos.

La flor seguía creciendo, como si el agua no pudiera matarla ni el fuego quemarla. Su flor de aguja.

La cara de Priya contra la palma de Malini. La luz constante y penetrante de sus ojos.

"Te conozco. Sé exactamente quién eres".

Bajó la mano.

Ella se conocía a sí misma. Sabía lo que había debajo del artificio. Pero estos hombres no la conocían. La miraron y vieron a la Madre de las llamas que decía ser. Algunos la miraban con sospecha, calculando su valor, el beneficio potencial de que los gobernara una mujer de Parijat en lugar de un hijo imperial.

Algunos la miraron con fe verdadera y ardiente en los ojos.

Otros, como los arqueros junto a los que había estado cuando disparó la flecha que quemó el monasterio, con algo parecido al respeto.

Podría usar todo esto.

Vio a Aditya observarla. Había una mirada sombría y de aceptación en su rostro. Sin alegría. Él la miró como si viera su muerte sobre ella.

"Bueno, déjalo. Déjalo". Ella no se afligiría.

Podría hacer de Parijatdvipa algo nuevo.

Podría convertirse en alguien monstruoso. Una criatura nacida del veneno y la pira, de las llamas y la sangre. Le había dicho a Aditya que cuando se presentaba la oportunidad de tomar el poder, de ejercerlo, había que aprovecharla, conservarla y utilizarla. Si él no iba a hacerlo, ella lo haría.

Si él no ocupaba el trono de su hermano, en esa habitación de dulce jazmín donde habían ardido las hermanas de su corazón, entonces ella lo haría.

Iba a construir un nuevo mundo.

Todo eso es lo que haría cuando se sentara en el trono de Parijatdvipa.

"Pero primero", pensó en silencio, salvajemente, para sí misma, mientras los hombres a su alrededor se arrodillaban y gritaban su nombre, *Malini, Malini, Madre Malini, emperatriz Malini*, "voy a encontrar a mi hermano emperador. Voy a hacer que Chandra se arrodille ante sus compañeros, humillado y destrozado. Y voy a verlo arder".

Capítulo Setenta

PRIYA

Después de la coronación, Priya fue a ver a Rukh.

Había una enfermería improvisada para todas las personas que habían resultado heridas defendiendo el *mahal*. Rukh tenía su propia cama junto a la ventana, bajo un rayo de sol. Estaba acostado de lado, y las hojas de su cabello se volvían hacia la luz solar.

Había esperado hasta estar segura de que viviría, que las aguas no le quitarían la vida. Había esperado hasta que sintió que la magia se había asentado en su sangre, constante y fuerte. Retrasarlo más sería simplemente cobardía.

No quería que él supiera que tenía miedo.

—Rukh —lo llamó—. ¿Estás despierto?

Cuando el chico levantó la cabeza, las hojas de su cabello se movieron. Las astillas de madera de sus manos se movieron, con los finos huesos de sus dedos, mientras él giraba el cuerpo para mirarla.

—¿Priya?

—Sí, soy yo —dijo con una sonrisa—. ¿Me haces un sitio?

Rukh se hizo a un lado. Ella se sentó en la cama junto a él.

—Quiero probar algo, si me dejas —explicó. Le sostuvo una mano entre las suyas—. Quiero tratar de aliviar la podredumbre.

—No quiero usar más cuentas de madera —dijo resignado.

—No —aclaró ella—. No es eso. Quiero probar algo mágico. ¿Me dejarás intentarlo, Rukh?

Él se quedó en silencio por un momento.

—Estoy tan cansado —dijo en voz baja.

—Lo sé —respondió ella. Frotó el pulgar sobre los dedos, del niño, con cuidado de evitar la piel desgarrada alrededor de las ramas—. Lo sé, Rukh.

Él miró la mano de Priya sobre la suya.

—¿Me va a... me va a doler? —preguntó.

—No lo sé —respondió ella en voz baja—. Pero si te duele, dímelo y me detendré.

—Está bien —accedió. Abrió los dedos, con un audible chasquido de articulaciones—. Está bien —repitió—. Confío en ti.

Priya trató de proyectar confianza mientras le sostenía la mano con más fuerza. Respiró hondo. Cerró los ojos.

Todo lo que tenía eran las palabras de Ashok, su recuerdo de que los nacidos tres veces habían sido capaces de manipular la podredumbre tiempo atrás. Todo lo que tenía era su esperanza de que lo que ella era pudiera servir para algo bueno.

Dejó que la magia creciera en ella y se derramara hacia fuera.

Mientras sostenía la mano de Rukh, sintió la podredumbre dentro de él, una sensibilidad viva y mágica, la misma vida verde que vivía en el bosque, en sus árboles y su tierra, y sintió que le respondía.

Respiró lento y profundo. Solo hizo falta eso, mover la magia suavemente, ordenarle a la podredumbre, como lo hacía con cualquier otra cosa verde y viva: "No crezcas. No te propagues". Trató de hacerla retroceder, marchitarla hasta la nada, pero ya se había hecho un lugar dentro de Rukh, había hecho de su cuerpo su hogar, y sin él moriría.

Hizo lo que pudo. Solo eso.

Luego abrió los ojos una vez más y le sonrió.

—Priya—. Rukh respiró profundamente, como si no lo hubiera hecho así en mucho tiempo—. Yo... Priya, ¿qué has hecho?

—No vas a morir —dijo ella—. Me he asegurado de que no mueras. La podredumbre ya no te hará daño.

Desencajado, se miró las manos todavía rodeadas de corteza, extrañas.

—Pero ¿no puedes arreglarme? Yo... ¿no voy a volver a ser como antes?

—No puedo hacerte como eras antes —dijo Priya lentamente, mirando las raíces que se enroscaban alrededor de sus orejas; las líneas de savia, como venas, que asomaban a través de su garganta y en el blanco sombreado de sus ojos—. Pero estás bien, Rukh —dijo suavemente—. Estarás bien.

Él asintió solemnemente. Luego le tembló el labio y apoyó la frente en el hombro de Priya, y ella sintió brotar sus sollozos, grandes y desgarradores. Se subió a la cama con él y lo abrazó con fuerza. Apoyó la cara contra su cabello, sus propios ojos húmedos; estaba feliz de no haberlo perdido también a él.

—Está bien —susurró—. Rukh, todo irá bien. Todo irá bien.

Bhumika estaba sola, esperándola, de pie junto a una ventana rota del gran *mahal*. Miraba hacia el Hirana y bebía de una botella de vino traída de una de las despensas del regente que, por milagro, había sobrevivido al saqueo.

—¿Dónde está Padma? —preguntó Priya.

—Durmiendo —respondió—. Khalida está con ella. ¿Crees que dejaría sola a mi bebé recién nacida?

—Solo preguntaba —dijo Priya—. Además, se puede dejar a los bebés solos para que duerman. ¿No es así?

Bhumika murmuró algo desagradable en voz baja y empujó la botella de vino hacia Priya. Ella la tomó y bebió.

—Entonces —dijo Bhumika—, ¿qué vas a hacer?

Priya bajó la botella.

—¿Qué quieres decir?

—Sé que deseas irte, Priya.

Priya tragó saliva. Contempló el Hirana roto, pero en pie, con una luz parpadeante sobre el *triveni*, donde permanecían algunos de los nacidos una vez.

—Yo nunca dije eso.

—No hace falta que lo digas, Pri. —Priya permaneció en silencio y Bhumika continuó—: Todo lo que pido es que... no te vayas, sin más. Háblame. Te necesito aquí por muchas razones en este tiempo de inquietud. Para que trates de asegurar que los rebeldes y nuestra propia gente no se destrocen las gargantas unos a otros. Porque la amenaza de Parijatdvipa aún persiste en nuestras fronteras. Porque necesitamos de aliados con los que comerciar.

—Eso es mucho, ¿no? —Priya suspiró y movió los hombros, enderezando la columna—. Me gustaría ayudar a mantenernos a salvo. Aunque no creo que a Jeevan le guste. No se alegró mucho cuando le rompí la cabeza a un soldado con una rama.

—Se las arreglará —dijo Bhumika secamente.

—En cuanto al resto, la verdad es que no sé de política —dijo Priya—. No soy una guerrera. Ya ni siquiera soy una sirvienta. Soy...

Pensó en la sensación de que Ahiranya se desplegaba en su mente y el poder, en su sangre. En lo que significaba ser tocada por los espíritus: ser una hija del templo, una guardiana de la fe.

Ser una... elemental.

Bhumika todavía la miraba.

—Soy poca cosa —terminó Priya—. No soy importante en absoluto.

—Ahora eres una mayor.

—Vamos, sabemos que eres la única verdadera mayor aquí.

Bhumika negó con la cabeza.

—Eso no es cierto, Priya —dijo—. Ojalá lo veas algún día.

—Sí, quiero irme —admitió Priya—. Supongo que siempre quiero hacer lo incorrecto. Pero te prometo que no me iré. No dejaré que sufras por lidiar con este trabajo sola.

Bhumika negó con la cabeza.

—Eso no es lo que quiero.

—¿Entonces qué quieres?

—Dime qué deseas hacer —dijo Bhumika—. Eso es todo lo que quiero saber.

Priya quería hundirse bajo las aguas de nuevo.

Quería que Ashok estuviera vivo.

Quería a Malini. Quería a la mujer que le había clavado un cuchillo en el corazón. Ella solo quería cosas que la destruyeran, ¿y de qué podía servirle eso a alguien?

—Muchas cosas —respondió finalmente—. No importa.

Bhumika esperó. Luego acercó la botella hacia sí misma.

—Esta es una muy buena cosecha de Saketa —comentó mirando la botella—. A Vikram le gustaba el buen vino. Una vez, pedí que trajeran un barril de las bodegas de Sonali para él. Una cosecha antigua, que mi tío valoraba mucho. Pero Vikram ni siquiera lo tocó. Y, sin embargo, a veces pensé que me valoraba. —Levantó la cabeza—. ¿La amas más que a tu propia familia?

Por supuesto que Bhumika lo sabía. Priya nunca había sido buena para ocultar sus sentimientos.

—No somos una muy buena familia —dijo—. Nunca lo hemos sido. Pero ella... ella tampoco es muy buena.

—Ah, Priya. Esa no es una respuesta.

—Aquí está mi respuesta, entonces. Te elijo. Elegí a Ashok. —Su voz se quebró un poco. Tragó saliva—. Elijo a Ahiranya primero. Tengo que hacerlo. Vive dentro de mí.

—Un día te irás —dijo Bhumika—. Sé que lo harás. Pero necesito que me hagas una promesa que no romperás. —Bhumika se volvió para mirarla—. Haz de ella una aliada —continuó—. Un amor, si quieres, pero aliada. Si no puedes hacerlo, si ella va a ser una amenaza para nuestro país, necesito que la elimines. ¿Lo entiendes?

Silencio.

—Quieres que la mate —dijo Priya.

—Quiero que uses tu cercanía con ella si Ahiranya lo requiere —aclaró Bhumika con calma—. Quiero que recuerdes, siempre, dónde yacen tus lealtades.

—¿Aquí?

—Sí, Priya. Aquí.

Priya negó con la cabeza.

—Qué extraña es tu manera de pensar —dijo.

—Pienso como una gobernante —señaló Bhumika con tono resignado—. Ahora tengo que hacerlo.

—Puede que nunca la busque. Puede que... —Priya se encogió de hombros, indefensa bajo el peso de la necesidad y el deber—. Puede que ella no quiera tener nada que ver conmigo. Pero si voy a buscarla, o si ella viene a mi encuentro...

—No te mientas a ti misma —dijo Bhumika suavemente—. Créeme. No sirve de nada.

Priya asintió. Presionó sus nudillos ligeramente contra sus costillas, donde el cuchillo de Malini la había tocado.

—Tienes razón —admitió—. Iré a buscarla. Pero no ahora. Quizás no lo haga durante tiempo. Y si lo hago, si ella me ve, si ella... —Hizo una pausa. Tragó saliva y dijo—: No olvidaré dónde están mis lealtades.

—Gracias —dijo Bhumika. Tocó su hombro con el de Priya—. ¿Más vino?

—Por supuesto.

Priya bebió un sorbo profundo y volvió a bajar la botella.

—Lo dije en serio, no sé de política ni soy una guerrera.

—Lo sé, Pri.

—Pero hay algo que sí puedo hacer —agregó—. Algo útil. Algo bueno.

—¿Qué es? —preguntó Bhumika.

Priya volvió a mirar hacia el Hirana. Pensó en cuánto tiempo había estado arrodillada en la cama consolando a Rukh, que lloraba destrozado y lleno de esperanza.

Ella y Bhumika finalmente eran la cura que siempre debieron ser. El destino que merecían vivía dentro de ellas, les pertenecía solo a ellas.

"Una cura". El pensamiento le hizo arder la piel.

Se llevó una mano a la mejilla, sintió la línea de calor que yacía allí, una punzada de fuego palpitante. Respiró, su pecho tomó aire para hacerle espacio a la esperanza, como si se abriera. Por un segundo, un vertiginoso segundo, sintió que yacía inmóvil bajo el agua y algo crecía en sus pulmones, en su corazón, algo que florecía, algo que había olvidado...

Luego pasó el momento y bajó la mano. Volvió a ser Priya. Sabía lo que tenía que hacer.

—La podredumbre —dijo—. Voy a destruir la podredumbre.

Epílogo

Chandra se arrodilló en las ruinas del jardín de su madre. A su alrededor, las flores yacían en montones podridos, con sus raíces expuestas; las moscas y las hormigas trepaban sobre sus restos. Cuando Chandra ordenó que se preparara el jardín para su uso, unas pocas semanas atrás, dejó claro que las flores se dejarían morir allí.

Había una dulzura en el aroma de la vegetación moribunda que lo tranquilizaba.

Su madre había amado sus abedules dwarali: la corteza pálida, las agujas orgullosas de las ramas, cargadas de hojas.

Los sirvientes habían cortado todos los árboles en una mañana, años de crecimiento borrados instantáneamente. Se habían arrancado las raíces del suelo, se había secado y hachado la madera, y luego se la había dispuesto cuidadosamente en piras individuales. Las mujeres habían sido conducidas a las piras; las piras se habían encendido; la ceniza se había limpiado y vuelto a amontonar, hasta que se acabó toda la madera tras darle un buen uso, al servicio de un propósito superior.

Chandra lo había visto todo.

Aquel día, solo una pira seguía ardiendo. Su fuego se había reducido a brasas incandescentes, palpitantes bajo el peso ennegrecido de la madera. La mujer que estaba sobre ella ya llevaba tiempo muerta y el jardín estaba felizmente tranquilo una vez más. Una criada le había llevado bebidas a Chandra: un sorbete cargado de flores trituradas y semillas de albahaca perlada, rosa y blanca. Una taza de cerámica con té, cubierta con un paño para mantener su calor. La criada había dispuesto cuidadosamente las bebidas en la mesa baja junto a él, y se había ido tras hacer una reverencia, con la boca y la nariz cubiertas por el *pallu*, los ojos enrojecidos por el humo.

La luz de las brasas se desvaneció aún más, ahogada por el peso de la madera quemada. Chandra miró más de cerca, a través de la ceniza blanca y negra, a través del abedul y los huesos. Y ahí estaba.

Una brasa, solo una, se había encendido. Crecía en la oscuridad, latiendo como un corazón. El pequeño puño de luz se estremeció ante los ojos atónitos y esperanzados de Chandra y comenzó a desenroscarse. Un capullo de oro fundido se convirtió en una flor de fuego.

Chandra inspiró, una respiración profunda para luego dejar escapar una risa jubilosa. Su boca se llenó del humo del carbón humano, del perfume enfermizo del jazmín muerto. Nunca había probado algo tan dulce.

Se sentó y vio arder el fuego. Y pensó en su hermana con una sonrisa en los labios.

AGRADECIMIENTOS

Una nueva serie siempre es como una aventura hacia lo desconocido y peligroso: aterrador y emocionante, y mucho mejor si es en compañía. Quiero dar las gracias a todas las personas que hicieron este viaje conmigo.

Gracias, ante todo, a todos los lectores de este libro. Los libros no son nada sin sus lectores, y esta autora está muy agradecida de tenerlos aquí. Dedico mi amor especial y mi gratitud a mis lectoras sáficas desi. Espero que este libro las haya hecho sentirse visibles, al menos un poco.

Gracias a mi agente, Laura Crockett, quien me ha dado la oportunidad de escribir los libros de mis sueños. Gracias, también, a todos en Triada US Literary Agency, especialmente a Uwe Stender.

Muchas gracias a todos en Orbit: a Priyanka Krishnan, mi brillante editora, que hizo este libro más grande, mejor y significativamente más romántico. No sería ni la mitad de bueno sin ti, y estoy muy agradecida por tu guía. A Hillary Sames, por revisar borrador tras borrador y hacer que el libro resplandeciera. A mi editora del Reino Unido, Jenni Hill, y a mi publicista del Reino Unido, Nazia Khatun, por guiar *El trono de jazmín* al mundo más cercano a casa. A Lauren Panepinto y Micah Epstein, por la hermosa portada. A Ellen

Wright y Paola Crespo, por su increíble marketing, publicidad y apoyo. A Anna Jackson y Tim Holman, por dirigir el barco. Gracias a Bryn A. McDonald y Amy J. Schneider por su magia (los editores de estilo son magos, sin duda). Y finalmente, alejándose suavemente de Orbit, gracias a Sarah Guan, quien plantó la semilla que se convirtió en este libro.

Kat, Kate, Daphne, Tori, Lesedi, Shuo: en estos tiempos tan extraños, me han mantenido con los pies en la tierra. Os quiero. Y gracias a todos los amigos que no he nombrado aquí y que me han acompañado de todas las maneras posibles y se merecen algo mejor que esta vaga mención.

Muchas gracias a todos los colegas autores que me han apoyado mientras divagaba sobre este libro en nuestros chats. Algún día espero veros a todos en una convención nuevamente y poder daros las gracias como corresponde, con una taza de té (o un whisky, si lo preferís). Devin Madson, Rowenna Miller, Anna Stephens: gracias especialmente por leer los primeros borradores de este libro. Y gracias a Natasha Ngan, por decirme que escribiera el libro sáfico que tenía miedo de escribir.

Conejito Lan Zhan, conejito Wei Ying y Asami: vosotros no lo podéis leer porque sois animales, pero gracias de todos modos por vuestra compañía y por ser tan esponjosos y lindos, supongo.

No hubiera podido hacer nada de esto sin el apoyo amoroso y paciente de mi familia. Un agradecimiento especial a mi madre, Anita Suri, por mantenerme alimentada y ser una roca (y una potencia).

Y finalmente, a Carly: te quiero. Nada de esto hubiera sido posible sin ti. Esto es para ti.

Lista de personajes

Ahiranyis
Ashok: rebelde contra el gobierno de Parijatdvipa, hijo del templo
Baldev: poeta rebelde
Bhavan: rebelde contra el gobierno de Parijatdvipa
Bhumika: esposa del regente de Ahiranya, hija del templo
Billu: cocinero en la casa del regente de Ahiranya
Bojal: mayor del templo, fallecido
Chandni: mayor del templo
Ganam: rebelde contra el gobierno de Parijatdvipa
Gauri: sirvienta principal en la casa del regente de Ahiranya
Gautam: distribuidor de medicamentos
Govind: señor noble de la familia Sonali, tío de Bhumika
Jeevan: capitán de la guardia del regente de Ahiranya
Jitesh: guardia en la casa del Señor Iskar
Kana: Mayor del templo, fallecida
Khalida: sirvienta de la Señora Bhumika
Kritika: rebelde contra el gobierno de Parijatdvipa

Meena: rebelde contra el gobierno de Parijatdvipa
Mithunan: guardia en la casa del regente de Ahiranya
Nandi: hijo del templo, fallecido
Nikhil: guardia en la casa del Señor Iskar
Priya: Sirvienta en la casa del regente de Ahiranya, hija del templo
Rishi: verdugo
Riti: hijo del templo, fallecido
Rukh: joven sirviente en la casa del regente de Ahiranya, enfermo de podredumbre
Sanjana: hija del templo, fallecida
Sarita: rebelde contra el gobierno de Parijatdvipa
Saroj: mayor del templo, fallecida
Sendhil: mayor del templo
Sima: sirvienta en la casa del regente de Ahiranya

Aloranos
Alori: princesa de Alor, asistente de la princesa Malini, fallecida
Rao: príncipe de Alor
Viraj: rey de Alor

Dwaralis
Khalil: señor de Lal Qila
Raziya: dama de la nobleza, esposa del Señor Khalil

Parijatis
Aditya: expríncipe heredero de Parijatdvipa; sacerdote de la fe sin nombre
Chandra: emperador de Parijatdvipa
Divyanshi: primera Madre de las llamas, fundadora de Parijatdvipa, fallecida
Iskar: consejero del regente de Ahiranya
Lata: sabia
Mahesh: señor noble, leal al príncipe Aditya
Malini: princesa de Parijat

Narina: asistente noble de la princesa Malini, fallecida
Pramila: dama noble, carcelera de Malini
Santosh: señor noble, leal al emperador Chandra
Sikander: emperador anterior de Parijatdvipa, fallecido
Vikram: regente de Ahiranya

Saketanos
Narayan: señor noble
Prem: príncipe de bajo rango

GLOSARIO

arrack: bebida alcohólica destilada, elaborada a partir de la savia fermentada de flores de coco o caña de azúcar, y también de grano o fruta según el país de origen.

banyan: árbol del género *Ficus*, de la familia de las moráceas. Se lo conoce también como higuera de Bengala. En la tradición de la India representa la vejez.

cauri: pequeño caracol de mar, muy común en las aguas tropicales del Indo-Pacífico.

catur: juego de tablero, ajedrez.

chakram: arma de filo circular. Se utiliza principalmente para lanzar, pero también para la lucha cuerpo a cuerpo. Puede ser tan pequeño como un brazalete o del tamaño de un escudo.

charpoy: cama de malla tejida o cáñamo tendido en un marco de madera con cuatro patas.

chutney: condimento agridulce elaborado con frutas, verduras o hierbas con vinagre, azúcar y especias.

dhal: guiso elaborado con legumbres.

dhoti: prenda de vestir masculina consistente en una pieza rectangular de algodón, generalmente de color blanco o crema, que se enrolla alrededor de la cintura y se une pasándolo por el medio de las piernas, y se fija finalmente en la cintura. Se forman así unos pantalones ligeros.

dosa: alimento plano en forma de disco, elaborado con una mezcla semilíquida fermentada de arroz, frijol y especias que toma consistencia al calor.

dvipa: en la cosmología india, nombre dado a las principales divisiones de la esfera terrestre o continentes. En esta historia se lo utiliza en sentido figurado para nombrar al imperio formado por las diversas ciudades-Estado.

jalebi: dulce de masa frita con forma de anillo.

ghagra choli: vestido compuesto por una falda larga y amplia, una blusa y un velo.

ghee: mantequilla clarificada empleada para cocinar para las celebraciones religiosas.

haveli: casa señorial, mansión generalmente construida alrededor de un patio.

kachori: buñuelo de masa esponjosa con especias.

katar(as): daga de hoja ancha con una empuñadura en

forma de H. Se sujeta por medio de un guante al que va unida y que se acopla a la mano y se ata por medio de cuerdas o diversas ligaduras al antebrazo, para así darle un mayor agarre.

kichadi: plato informal compuesto de una combinación de arroz y lentejas que se condimentan con cúrcuma y al que a veces se le agregan diversos vegetales.

ladoo: dulce esférico hecho principalmente de harina, grasa y azúcar. A veces también se le agregan ingredientes como nueces picadas o pasas secas.

lassi: bebida tradicional refrescante hecha a base de yogur.

maang tikka: pieza de joyería que se cuelga sobre la frente. Se usa en bodas y otras celebraciones.

mahal: palacio.

mahout: persona que guía y cuida a los elefantes domesticados.

malai: crema espesa que se prepara calentando leche entera no homogeneizada durante aproximadamente una hora y luego dejando que se enfríe.

mantra: sonido emitido como sílaba, palabra, fonema o grupo de palabras que, según algunas creencias, tienen algún poder psicológico o espiritual.

pakora: fritura elaborada con verduras rebozadas en una mezcla hecha de harina de garbanzos.

pallu: parte decorada de un sari que se lleva suelta, colgando de un hombro.

paratha: pan plano elaborado con harina de trigo en una sartén caliente con ghee o aceite, que generalmente se rellena con verduras.

rasmalai: postre elaborado con requesón, pistachos, crema y especias.

roti: pan de harina de trigo cocinado sobre una superficie plana o ligeramente cóncava de hierro. Se emplea siempre como acompañamiento y admite cualquier alimento dentro de él, ya que a veces se enrolla.

sabzi: estofado hecho con hierbas aromáticas que luego se cocina con judías, cebollas de primavera, cebollino y limas secas, y se le agrega carne de cordero o vaca.

samosa: empanadilla frita u horneada con relleno salado, tales como patatas condimentadas, cebollas, guisantes, carne o lentejas.

sari: vestido largo femenino, generalmente de seda, que consiste en una tela que envuelve el cuerpo sin costuras ni botones.

sangam: el significado literal es "punto de encuentro" o "confluencia". En esta historia, es el lugar fuera del tiempo y el espacio en el cual quienes han probado las aguas inmortales pueden comunicarse espiritualmente.

sitar: instrumento musical de cuerda pulsada semejante a la guitarra, el laúd o el banjo, pero con el mástil más grande.

tanpura: instrumento de cuerda pulsada que se usa para mantener sonidos zumbantes constantes.

triveni: en sánscrito, confluencia de tres ríos que también es un lugar sagrado. En esta novela se denomina así a la habitación del Hirana donde convergen los pasillos o corredores que comunican las tres alas del templo.

yaksa: espíritu generalmente asociado a entidades de la naturaleza. Por lo general los *yaksas* son benévolos, aunque también pueden ser malignos. Se esconden en la tierra y entre las raíces de los árboles.

Nuestros autores y libros en Gamon

Gamon+

Fantasía Steampunk
Robert Jackson Bennett: Trilogía Los fundadores
Entremuros (2022)
Shorefall (2024)
Lockland (2025)

Fantasía épica
Andrea Stewart: Trilogía El imperio hundido
La hija de los huesos (2022)
La emperatriz de los huesos (2023)
El imperio hundido (2024)

Fantasía épica
Tasha Suri: Trilogía Reinos en llamas
El trono de jazmín (2022)
La espada Oleander (2023)
Reinos en llamas (2025)

Visita nuestro sitio web para más información
www.gamonfantasy.com